CHRISTOPHER PIKE

SARIŞIN VAMPİR

NO. 1

İngilizceden Çeviren:
ÇİĞDEM SAMSUNLU

PEGASUS YAYINLARI

İÇİNDEKİLER

SON VAMPİR • 11

SİYAH KAN • 195

KIRMIZI ZAR • 395

SON VAMPİR

Doktor Pat'e

BİRİNCİ BÖLÜM

Ben bir vampirim. Ama vampir kavramının *modern* dünyadaki karşılığı ve benim gibi yaratıklar hakkında anlatılan hikâyeler tam olarak doğru değildir. Güneş ışınlarına maruz kaldığımda küle dönüşmem, haç işaretini gösterdiklerinde de aman dilemediğim gibi, boynumda taşıdığım haçlı kolyemi de sırf sevdiğim için takarım. Kurt sürüsüne liderlik edemem, ayrıca uçmam da imkânsız. Gerçi kurtlar da, diğer yırtıcılar gibi beni sever ve öyle yükseklere zıplayabilirim ki, insanlar benim uçtuğumu düşünebilir. Başka biri benim kanımı içse bile, onu vampirleştiremem. Ve söz konusu kan olduğunda... Ah! Karşı koyamadığım aşkım... Kan içmek, bu dünyada beni büyüleyen tek şeydir. Onun boğazımdan aşağı sıcacık akışı susuzluğumu bir sonrakine kadar keser, ki bu çok uzun sürmez.

Bugünlerdeki ismim Alisa Perne; sadece iki kelime. Ben bu ismi yirmi yıldır kullanıyorum. Rüzgârın sesine bağlı olduğumdan daha fazla bağlı değilim kelimelere. Sapsarı saçlarım ipek kadar yumuşak, gözlerimse safir kadar parlak, volkanlar gibi alevlidir. Vücut hatlarım modern çağ kadınları kadar zarif ama kollarım hafifçe kaslı olduğundan, çok da fazla ilgi çekici değil. Onlarla konuşmaya başlamadan önce insanlar yaşımın on sekiz olduğunu düşünür ama konuştuktan sonra sesimdeki gariplik, edindiğim tecrübelerin enginliği, olaylara bakış açım daha yaşlı olduğumu anlamalarına sebebiyet verir. Aslında ne zaman doğmuş olduğuma kafa yormayı bırakalı uzun zaman olduğundan, tam olarak kaç yaşında olduğumu bile bilmiyorum. Ama ben bile, nadiren de olsa doğmuş olduğum zamanları düşünüyorum.

Piramitlerin solgun ay ışığında ortaya çıkmalarından uzun zaman önceydi. Kökenlerim dünyanın bu bölgesinden değil. O günlerde çöllerde yaşıyordum.

Hayatta kalmak için kana ihtiyacım var mı? Ben bir ölümsüz müyüm? Geçen bunca zamana rağmen inanın ki, bunların cevabını ben bile bilemiyorum. İçimdeki şiddetli arzuların sakinleşmesini sağladığından kan içiyor, bunun yanında normal yiyecekleri de yediğimde herhangi bir problem çekmeksizin sindirebiliyorum. Ben yaşayan, nefes alan ve diğer kadınlardan farkı olmayan bir canlıyım derken, kalp atışlarımının şiddetini kulaklarımda duyabiliyorum. Yaşlandıkça kulaklarım ve gözlerim kendilerini geliştirerek inanılmaz hassaslaştığından, birkaç kilometre ötede olup biten her şeyin yanı sıra, kurumuş bir yaprağın yere düşmesini bile duyup Ay yüzeyindeki kraterleri teleskopsuz görebiliyorum.

Bağışıklık sistemimin çökmesi mümkün değil ve vücudumun kendini yenilenme sistemi, eğer mucizelere inanıyorsanız, ki ben inanmam, mucizevîdir. Kolumdan bıçaklanmış olsam bile saniyeler içinde herhangi bir iz kalmadan iyileşebilmeme rağmen, birisi kalbimi günümüzün tahta kazıklarıyla deşmeye kalksa, buna dayanamayıp ölebilirim. Vampir bir beden için bile saplanmış bir kazık yarasını iyileştirmek zordur.

Peki beni kazıkla deşmek isteyen biri olabilir mi? Beş erkeğin gücüne, çocuklarını korumak isteyen bir kedinin reflekslerine sahipken, buna cesaret eden olur mu? Başa çıkamayacağım ya da alt edemeyeceğim bir düşman yokken, bu imkânsız gibi gözüküyor. Düzinelerce yaratık, zifiri karanlık bir sokakta bana saldıracak olsa bile onlarla başa çıkabilirim. Onları başımdan savarkense ceketimin önünü açmaya bile gerek duymam. Öldürmeyi sevdiğim kadar, birileriyle dalaşmayı sevdiğimi de itiraf etmeliyim. Ama artık günümüzün modern katilleri iş başında olduğundan, bana ihtiyaç duyulmadığını düşünerek sonsuza kadar sürecek zamanımı boşa harcamak istemiyor ve daha az öldürüyorum. Bazı alışkanlıklarımı bırakmak zorunda kaldığım gibi, diğerlerini de zaman içerisinde unuttum. Beni bir canavar olarak düşündüğünüzde kulağınıza garip gelebilir, ama ben tutkulu bir şekilde sevmesini de bilirim. Bu yüzden kendimi kötü biri olarak görmüyorum.

Bütün bunları neden anlatıyorum ki? Üstelik kime anlattığımı da bilmeden. Sanırım tüm bu düşünce ve duygularımı, sonunda zamanı geldiği için dışa vurmak istiyorum. Neyin zamanı geldi diye soracak olursanız, onu da bilmiyorum. Ama bunun hiçbir önemi yok, illaki bir sebep arıyorsanız, anlatmak istediğim için anlatıyorum diyelim. Benim arzularım; ne kadar az ve ne kadar derin... Şu anda bunları kiminle konuştuğumu söylemek yerine, kendime saklamayı tercih ediyorum.

Yaşadığım şu an sadece size göre değil, bana göre de birçok sırra gebeyken... Hayatımın sayfalarını açmaya karar veriyorum.

Gecenin bir vakti Dedektif Michael Riley'nin ofisinin önünde duruyordum. Ofisinin arka odasında bulunduğunu ve içerisinin loş olduğunu bakmaksızın anlayabiliyordum. Benim kadim dostum Bay Riley! Beni üç saat önce aramış, bazı önemli meseleleri konuşmamız için ofisine uğramam gerektiğini söylemişti. Sesi hafif tehditkâr, bir o kadar da gizemliydi. İnsanların düşüncelerini okuyamıyor olsam da, onların duygularını anlıyor, ruhumun derinliklerinde analiz edebiliyordum. Bu sıkışık ve bakımsız koridorda, merakıma engel olamamanın yanında inanılmaz bir gerginliği içimde taşırken, bu durumumun Bay Riley'ye hayır getiremeyeceği aşikârdı. Ofisin dış kapısını hafifçe tıklattıktan sonra gelecek cevabı beklemeksizin içeriye daldım.

"Merhaba," derken, sesim gayet masumane çıkmıştı. Bay Riley'nin, beni genç bir kız sandığını gördüğümde ise bu hoşuma gitti. Sekreterinin darmadağın masasının yanında durup bu haftalık ödemesini alıp almamış olduğunu kendime sorarken, masasının arkasına oturmuş olan Bay Riley, ayağa kalktı. Üzerinde buruşmuş, kahverengi spor bir mont, belinde tüm ihtişamıyla parıldayan silahı gözlerimden kaçmadı. Bay Riley'nin silahlanması, benim tehlikeli olduğumu düşünmesinden ileri geliyordu, ama hakkımda bilgi sahibi olan insan sayısı o kadar azken, bu bilgileri ona veren kişinin kimliği kafamı kurcalıyordu. Kafasını kaldırarak, "Alisa Perne?" diye sordu.

"Evet."

Beş metre öteden, "Lütfen içeriye girin ve oturun," dedi. Ofisine girdiğim zaman bana gösterilen sandalyeyi tercih etmek yerine, Riley silahını çektiği zaman ihtiyacım olacak olan mesafeyi ayarlayıp, pencere kenarındakine oturdum. Silahını çektiği anda ölecekti, ki ben de bunu büyük bir zevkle yapacağımdan emindim. Beni incelercesine bakmak istese de oturduğum için işi zorlaşıyordu. Buna rağmen kendisi birçok görüntüyü üzerinde taşıyordu. Ceketi sadece buruşmuş değil, aynı zamanda aceleyle yenmiş hamburgerden düşen yağdan dolayı lekelenmişti. Hepsini not ediyordum.

Gözlerindeki kızarıklık sağlıklı bir uykuya duyulan hasretin işaretini veriyor, ben karşı kaldırımda ofisinin penceresinden onu gözetlerken aldığı ilaçların yan etkilerinden oluşmuş sivilceler dikkatimi çekiyordu. Gözlerindeki pırıltı, sonunda avını yakalamış olan bir avcının mutluluğunu yansıtıyordu. Havasız ve soğuk ofisi, kutuplarda yaşayabilecek kadar dirençli olsam da hoşuma gitmiyordu. Zaten soğuğu beş bin yıldır sevemediğime göre, bundan sonra seveceğimi de zannetmiyorum.

Riley, "Sizinle bu kadar acil konuşmayı isteme sebebimi merak ettiğinizi tahmin edebiliyorum," derken, ben başımı söylediğini onaylarcasına sallıyor, kaskatı kesilmiş bacaklarımı gevşetmek için sallarken, sandalyenin kenarına astığım çantama bakıyordum. Her şey yolundaymışçasına bir elimi saçlarımı dolayarak oynarken diğerini de kucağımın üzerinde tutuyordum.

"Size Alisa diyebilir miyim?"

"İstediğinizi diyebilirsiniz, Bay Riley." Sesim onu biraz ürküttü, ama bu istediğim bir etkiydi. Sesimi değiştirerek onun sinirlerini bozmak ve sinirleri bozulmuş Bay Riley'e söylememesi gereken şeyleri söyletmeyi hedeflemiş olmama karşın o sakinliğini korumaya devam ederek, "Bana Mike diyebilirsiniz," dedikten sonra "Burayı bulurken zorluk çektiniz mi?" diye sordu.

"Hayır, çok kolay buldum."

"Bir fincan kahve alır mıydınız? Arzu ederseniz sodam da var."

"Teşekkür ederim, ama bir şey içmek istemiyorum."

Masanın üzerindeki açık dosyaya bakarak güldü. Boğazını temizlemeye çalışırken yorgunluğunu hissettiğim kadar korktuğunu da anlamış, ama bu korkunun kaynağını kestirememiştim. Kemerindeki silah bana karşı koymaya yetmeyebilirmiş gibi masadaki kâğıt yığınının altına koyulmuş olan ikinci silahın varlığı beni rahatsız ediyor, soğuk çeliğin görüntüsü ve barut kokusu itici geliyordu.

Benim gibi küçük bir kızı karşılamak için bu kadar donanım fazla, diye düşünürken, Riley yerinde duramayan tavırlarla bir ileri bir geri giderek konuşmayı başlatmak için sabırsızlanıyordu.

"Her şeyden önce, size kim olduğumu söylesem iyi olacak. Telefonda da söylediğim gibi, ben özel bir dedektifim. Burası bana ait ve çoğunlukla başkalarının hesabına çalışırım. İnsanlar bana kayıplarını bulmam için gelir. Bunun haricinde, riskli yatırımları araştırıp onlara fikir verirken, ihtiyaç duyulduğunda onlara koruma sağladığım da olmuştur. Konu gizemleri araştırmak olduğunda benden daha uzman birini tanımıyorum."

Gülümsedim. "İyi bir casus olduğunuzu mu ima etmek istiyorsunuz?" diye sordum.

Bana bakıp göz kırparken, "Ben casusluk yapmıyorum Bayan Perne," dedi.

"Gerçekten mi?" diye sorarken, gülümsemem kahkahaya dönüştü. Öne doğru eğildiğimde siyah iç çamaşırımdan taşmak üzere olan göğüslerim göründü.

"Çok geç oldu, Bay Riley, beni buraya çağırmanızın sebebini söylemenizi rica ediyorum."

Riley başını sallayarak, "Genç bir bayana göre çok cesaretlisiniz," dedi.

"Özel dedektif olduğunuza göre sizin sinirleriniz de çelikten olmalı."

Söylediklerimden memnun görünmediğinden masanın üzerindeki dosyaya vurarak, "Mayfair'e taşındığınızdan beri sizi araştırıyorum, Bayan Perne. Yaptığım araştırmalardan çok ilginç bir geçmişe sahip olduğunuzu ortaya çıkarttım. Ama bunu zaten bildiğiniz için, sizi şaşırtmış olduğumu sanmıyorum," dedi.

"Gerçekten mi?"

"Konuşmama başlamadan önce, yaşınızı sormamda bir sakınca var mı?"

"Sorabilirsiniz."

"Kaç yaşındasınız?"

"Bu konu sizi ilgilendirmez."

Yarama parmak bastığını sanarak gülümsemişti. Oysa ben, onu ne şekilde öldüreceğimin planlarını yapıyordum. Gücümü topladıktan sonra konuşmanın nereye varacağını merak ettiğimden, onu sonuna kadar dinlemeye karar verdim. Bir vampire yaşı sorulmaz, hiçbirimiz bu sorudan hoşlanmadığımız gibi, son derece de kaba buluruz. Riley boğazını bir kez daha temizlerken onu boğmanın ne kadar zevkli olacağını düşünüp yerimde duramıyordum.

"Mayfair'e taşınmadan önce Los Angeles-Beverly Hills'de, 256. Cadde'deki iki yüzme havuzlu, tenis kortlu, sauna ve rasathaneli üç yüz elli metrekarelik bir malikânede oturuyordunuz. Değeri neredeyse altı buçuk milyon doların üstünde ve bu durumda sayılı zenginler arasında yer alıyorsunuz."

"Zengin olmak suç mu?"

"Hayır, ancak siz 'sadece' zengin değil, 'inanılmaz' zenginsiniz. Araştırmalarıma devam ederken Avrupa ve Asya kıtalarında da bunun gibi beş tane daha evinizin olduğunu ortaya çıkardım. Devlet tahvilleriniz ve banka hesaplarınızın miktarına değinmek bile istemiyorum. Ama araştırmalarımı ne kadar derinleştirmiş olursam olayım, bu servetin kaynağına dair en ufak bir ipucu dahi bulmayı başaramadım. Bayan Perne, o kadar araştırmış olmama rağmen, ailenize ait bir kanıta rastlayamamış olmam size de garip gelmiyor mu?" diye sordu Riley.

"Adeta bir karınca gibi çalışmış olduğunuzu takdir ediyorum, ama birilerinin yardımı olmadan bu bilgilere ulaşmanız imkânsız. Bundan dolayı, işbirliği yaptığınız kişinin adını vermeniz yararınıza olacaktır."

İlgimi çekmiş olması onu mutlu ederken, "Kaynaklarımın gizli olduğunu anlamanızı ümit ediyorum," dedi.

"Tabii ki," derken, ateş püsküren gözlerimle dik dik bakıyordum. Bazen dikkatli olmayıp, bir çiçeğe uzun süre baktığımda çiçek kuruyup ölüyordu. Riley'yi, ağzından istediğim bilgiyi almadan öldürmemem gerektiği yönünde kendimi telkin ederken, Bay Riley'nin yüzündeki gülümseme kaybolmuştu, yine de gözlerini benden alamıyordu.

"Beni neden araştırıyorsunuz?"

"Bulduklarımın doğruluğunu kabul ediyor musunuz?"

"Benim onayıma ihtiyacınız yok, ama beni araştırıyor olmanızın sebebi benim için çok önemli ve direncinizi sürdürüp, bana istediğim bilgiyi vermediğiniz takdirde sonuçlarına katlanmak zorunda kalırsınız."

Bana göz kırptıktan sonra kafasını çevirmişti; terlemiş alnına dokunurken, "Beni büyülüyorsunuz," dedikten sonra, "Dünyanın en zengin kadını hakkında kimsenin bilgi sahibi olmaması beni hayrete düşürüyor. Yirmili yaşlarda, üstelik ailesi bile olmayan bir kızın bu servete sahip olmasının sırrını çözmek zorundayım," diye devam etti.

"Beni merak mı ediyorsunuz, Bay Riley?"

Bana kısa bir bakış attı; göz göze gelmek istemediğini anlamıştım.

"Görünmez olmak için neden bu kadar çaba sarf ediyorsunuz?"

"Bence bunun için ödediğim bedeli merak ediyorsunuz."

Sesini yumuşatarak, "Beni yanlış anladınız, öyle demek istemedim," dedi.

"Bilgi kaynağınızın adını vermek için ne kadar istiyorsunuz?"

Sorum onu kalbinden vurdu, aynı zamanda da memnun etti. Riley elimi kirleten ilk kişi olmak zorunda değildi. Onu öldürmeden önce bana bilgi kaynağının adını vermek zorundaydı.

"Ne kadar öneriyorsunuz?" diye sormaya cüret etti.

Omuz silktikten sonra, "Duruma bağlı," demek zorunda kaldım.

"Hangi duruma?"

"Hakkımdaki bilgileri veren kaynağa bağlı."

Biraz hiddetlendi ve, "Sizi temin ederim ki, bu bilgilere ulaşabilmem için herhangi bir bilgi kaynağım yoktu. Tüm bunları kendi çabalarımın sonucu buldum," demiş olsa da, bir insanın ne zaman yalan söylediğini anlayabildiğimden, onun gözlerinin içine bakıp yalan söylediğini anlamam uzun sürmedi. Bugüne kadar bazı insanlar beni aldatmayı başardı, ama sonunda onlardan kanlarını emerek hıncımı aldım.

"Madem bilgi kaynağınız yok, o zaman size bir teklifte bulunmuyorum."

Oturduğum sandalyenin üzerinde hafifçe doğrulurken bana saldırmak üzere olduğunu anladım. "Eğer bir anlaşmaya varamazsak, bulduğum bilgileri kamuoyuna açıklayacağımı üzülerek söylemek durumundayım," dedi Riley.

"Bu, asla olmayacak."

Gülümseyerek, "Size öyle geliyor," dedi.

Şaka yapmadığımı anlamasını istediğimden "Bunu yapmadan önce, ölmüş olursunuz," derken bile ciddi olduğumu düşünmüyordu.

Kahkahalar atarken gösterdiği, sigaradan sapsarı olmuş dişleri midemi bulandırıyordu, "Beni tehdit mi ediyorsunuz?" diye sordu.

"Sonunda aynı dili konuşmaya başladığımıza sevindim."

Konunun gittikçe ciddileşmesi, Riley'nin kalp atışlarını hızlandırmıştı ve yüzü kireç gibi bembeyaz oldu. Elini kaldırdı, işaret parmağını gözüme sokmak istercesine beni işaret edip, "Bana bir şey olacak olursa, polisin kapınıza geleceğinden emin olabilirsiniz," dedi.

"Bana ait bilgileri size bir şey olduğu takdirde başkasına göndermekle mi tehdit ediyorsunuz?"

"Sonunda gerçekten aynı dili konuşuyoruz," derken neşeli görünmeye çalışmıştı, ama ben yalan söylediğini anladım. Sandalyenin arkasına yaslandığımda bunu dinlenmek için yaptığımı sanmış olsa da, ben saldırı pozisyonumu almış, uygun anın gelmesini bekliyordum. Onu esaslı bir tekmeyle öldürüp kanını son damlasına kadar içmek için sabırsızlanıyordum.

"Bay Riley! Sizinle kavga etmemizin hiçbir anlamı yok. Siz benden bir şeyler bekliyor, ben de bunun karşılığında sizden bilgi istiyorum. Hakkımdaki bilgilere kimin vasıtasıyla ulaştığınızı söylerseniz, bir milyon doları istediğiniz para biriminde, istediğiniz banka aracılığıyla, istediğiniz yerde ödemeye hazırım."

Gözlerimin içine bakıp, vücudumun bir volkan kadar gergin ve patlamaya hazır olduğunu fark ettiğinden, konuşmaya devam ederkenki sesinde hissedilen güvensizlik ve korku, benim yüz seksen derece dönmüş olmama bir anlam veremediğinden kaynaklanmıştı.

"Sizinle ilgilenen başka birilerinin olup olmadığını bilmiyorum."

Derin bir iç çektikten sonra, "Karşıma silahlanmış olarak çıkmanızı anlayamıyorum," diyerek rahatsızlığımı dile getirdim.

Anlamazlıktan gelerek, "Ben bir dedektifim, silahımın olması doğal değil mi?" diye sordu.

Bu sefer sesimi sertleştirerek, "Belinizdeki silah yetmiyormuş gibi, şu kâğıt yığınının altında ikincisini saklıyorsunuz. Bir şey olmamış gibi konuşmaya devam edip şantajlarınızı sürdürüyorsunuz. Artık aynı dilden konuşmadığımızı anlasanız iyi olacak. Ben genç bir bayanım ve iki silahla birden karşıma çıkılmasını gerektirecek kadar tehlikeli olduğumu sanmıyorum. Bu durumda, benim tehlikeli olduğumu söyleyen birilerinin olduğu ihtimali bana daha mantıklı geliyor. Yoksa bu kadar önlem almış olmanız gerekmezdi. Bu yüzden bana bilgi kaynağım yok deseniz bile ben var olduğunu biliyorum," dedim.

Kafasını sallayarak bana sevecen bir edayla bakıyor olsa da, gördüklerinden pek memnun görünmüyordu. Riley öylesine korkmuştu ki, bir an için altını ıslatmış olduğunu düşündüm. "Bu kadar çok şey biliyor olmanız beni şaşırtıyor."

"Bulduklarımı onaylıyor musunuz?" diyerek onu taklit ettiğimde, kafasını sallamakla yetindi. Riley'nin değiştirdiğim sesimi duyar duymaz titreyip kekeliyor olmasını, benim bir yaratık olduğumu anlamış olduğunun göstergesi olarak algıladım. Ama ben sadece bir yaratık değilim. Ben inanılmaz güçlere sahip bir vampirim; yaratıkların en tehlikelisi.

"Yalan söylediğinizi anlamak benim için çocuk oyuncağı olduğundan sizi kimin tuttuğunu söylemeniz yararınıza olacaktır. Bir milyon dolar hayatınızı kurtarır ve yepyeni ufuklara yelken açabilirsiniz. Düşünsenize, bu çöplükten kurtulmak ne müthiş olurdu, öyle değil mi?" Söylediklerime inanamıyormuşçasına bakıyor, gözleri görüyor olmasına rağmen kulakları algılayamıyordu. Mavi gözlü hoş bir bayan karşısında otururken ağzımdan çıkan sesin bir cehennem zebanisine ait olması, aklını yitiriyor olduğunu düşünmesine sebep oluyordu. Kekeliyor, alnına biriken terlere engel olamıyordu.

"Bayan Perne! Beni bir kez daha yanlış anladınız. Size zarar vermek istemiyor, sadece basit bir anlaşmaya varmaya çalışıyorum. Hiç kimse... size zarar vermek istemiyor."

Aslında istediğimde nefesimi bir saatten fazla tutabilmeme karşın, derin derin nefes alıyor, tuttuğum nefesleri verdiğimdeyse odanın ısısını düşürüyordum. Riley titremeye başladığında olayları daha fazla abartmak istemediğimden, "Soruma cevap vermeniz menfaatinize olacak," diye tekrar ettim.

Öksürerek, "Başka kimse yok," dedi.

"Silahına davransan iyi olacak."

"Anlamadım."

"Az sonra öleceksin. Belki de dövüşerek ölmeyi tercih edersin."

"Bayan Perne..."

"Ben beş bin yaşındayım."

Gözlerini kırpıştırıp, "Ne?" diye sorarak şaşkınlığını dile getirirken, ona eskiden insanları öldürürken baktığım korkunç gözlerimle baktım. Pes edip beni araştırması için tutan kişinin kimliğini deşifre etmesi için zorladım ve adımı söylüyormuşçasına, "Ben bir vampirim. Ve sen beni çok kırdın," dedim.

Bana inandığı anda, küçükken ona anlatılan kana susamış yaratıkların ava çıkıp kurbanlarını parçalamasını anlatan korkutucu hikâyelerin ona artık sıradan gelmemeye başladığını hissedebiliyordum. Yavaşça silahını çekmeye çalışırken kendimi sandalyenin ön tarafına itip uçarcasına ayağa kalktığımda, vücudum inanılmaz derecede hassaslaşmıştı. Son iki bin yıldır tehditkâr bir durumla karşılaştığımda, olayları kafamda tartmadan saldırıya geçmemeye çalışıyorum. Ancak bu durum, yavaşlamam ya da kurbanıma aman vermem anlamına gelmediği gibi beni daha da hırslandırıyor. Riley hızımdan dolayı gözlerinin önünde oluşan bulanıklık yüzünden net göremiyor ve benim uçarcasına ona doğru gitmemi algılayamıyordu.

Sağ ayağımı kaldırarak, kaburga kemiğinin ortasına esaslı bir tekme savurdum. Riley sırtüstü düşerken, kırılan kemiğinin sesini duyuyordum. Silahının belinde olması ona bir yarar sağlamıyordu. Tekme atmış olmama rağmen, yumuşak bir inişle yere inip ceketimi düzeltirken, Bay Riley yerde boylu boyunca uzanmış, can çekişiyordu. Nefes almak için gayret gösteriyor, ama ağzından akan kan nefes yolunu tıkıyordu. Şimdi ölmesi onun sonu olduğundan elimi kafasının üzerine koyarak yumuşak bir sesle, "Mike, neden beni dinlemek istemedin ki?" diye sormama rağmen beni duyamamıştı.

Güç bela nefes alırken kendi kanında boğuluyordu. Ciğerlerinin parçalanmak üzere olduğunu hissediyordum. Dudaklarımı dudaklarına dayayıp susuzluğumu giderecek kanı emmek istememe rağmen vazgeçerek, son kez şansımı denemek istercesine kulağına "Sana vampir olduğumu söylediğimde bana inanmalıydın. İki değil, bin tane silahın olsa bana karşı koyman imkânsız. Bunun adaletsiz olduğunu düşünmekte haklısın ama böyle gelmiş, böyle gidecek. Bana gerçeği anlat ve çektiğin acılara hemen son vereyim," diye fısıldadım.

Gözlerini fal taşı gibi açmış bana doğru bakarken, "Slim" diye fısıldadı.

"Slim... Erkek mi?"

"Evet."

"Aferin sana, Mike. Onunla nasıl haberleşiyorsun?"

"Hayır... Öyle bir şey yok."

"Artık sıkılmaya başlıyorum Riley! Evet demek istedin, herhâlde," derken çenesini okşuyordum, "Slim nerede?" diyerek sorumu bir kez daha yineledim.

Riley çektiği acı ve ölüm korkusunun iç içe geçtiği çaresizlik içinde ağlarken, tir tir titreyen dudakları, "Ölmek istemiyorum. Oğlum, oğluma ne olacak..." diye yalvarırken, sesi kesildi.

"Bana Slim'in kim olduğunu anlat, oğluna göz kulak olacağıma söz vereyim."

Ölmek üzere olan birine, bana Slim'i anlat yoksa *oğlunu bulur, derisini yüzerek öldürürüm* demek isterdim, ama bunu yapabilecek kadar kaba biri olmadığımı düşünüyorum. Üstelik bu denli acı içindeyken beni duyması da pek mümkün değildi. Ağzından bir şeyler almaya çalışırken onu sarsmamaya özen göstersem de, bana inanmayıp bu hallere düştüğü için Mike'a çok kızıyordum.

Kendi kanının içinde boğulurken Riley, "Lütfen! Bana yardım et," diye yalvarıyordu.

"Çok üzgünüm ama ben sadece öldürürüm, iyileştirme kabiliyetim yok. Üstelik öylesine ağır yaralısın ki iyileşmenin mümkün olduğunu sanmıyorum," dedim.

Riley'nin bilgisayarının yanında aşağı yukarı on sekiz yaşlarında birinin resmi çarptı gözüme. Elimi Riley'nin alnından çekip resim çerçevesini göstererek, "Oğlun mu?" diye sordum.

Vücudu korkudan tir tir titreyip şuurunu kaybetmek üzere olduğundan bilinçsiz bir şekilde, "Hayır!" diye bağırdı.

Kulağına dudaklarımı dayayarak, "Oğluna zarar vermek niyetinde değilim, ama beni durdurmak için Slim hakkında bilgi vermen gerekir," dedim.

Bay Riley vücudunu saran kasılmanın etkisiyle iki büklüm olurken, bacaklarını sallıyordu; onu kendine getirmek istercesine sarstım ama artık çok geçti. Ağzından gelen kan fazlalaşıyor, gözleri dönüyor, son bir kez nefes alıyordu. Elimde tuttuğum resme bakarken can verdi. Resmi kenara koyduktan sonra, kollarımın arasında duran Riley'e karşı son görevimi yapmak istercesine gözlerini kapattım.

Riley'nin oğlunun gülümseyen yüzü dikkatimi çektiğinde, güzelliğini annesinden almış olmalı, diye düşündüm.

Dedektifin bürosuna geldiğim zamankinden daha karmaşık bir durumun içindeydim. Birileri peşime düşmüş, bense aradaki tek bağlantıyı öldürmüştüm. Riley'nin çalışma masasında evinin adresini bulmak umuduyla yaptığım kısa süreli bir araştırmanın ardından, bir bilgiye ulaşamadığım saniyelerde gözüm masanın üzerinde duran bilgisayara takıldı. Bilgileri kesin burada saklamış olmalıydı. Bilgisayarı açtım, ama benden şifre istendiğinden dosyalara girmeyi başaramadım. Merakım doruk noktasına çıkıyordu. Kafamı çevirip Riley'nin oğlunun resmiyle göz göze geldiğimde, şifreyi mutlaka biliyor olmalı, diye düşünmeden edemedim.

Küçük Bay Riley şifreyi biliyorsa, onu ziyaret etmenin zamanı geldi, dedim kendime.

Riley'nin ölmüş bedenini yere bıraktıktan sonra her zaman olduğu gibi, ustalıkla yaptığım temizlik işine başladığımda, yerde halı bulunmaması işimi kolaylaştırdı. Ofisin içinde yapılan kısa bir araştırmanın ardından deterjanlarla dolu odayı buldum, elimde kova ve bezle dönüp yerdeki kan lekelerini silmeye başladım.

SON VAMPİR

Yanımda getirdiğim büyük çöp poşetinin içine Riley'nin cansız bedenini koyduktan sonra, elimdeki ağır yükle ofisi terk etmeden önce parmak izlerimin temizlendiğine emin olmak istiyordum. Dokunduğum ama temizlemediğim bir yer kalmadığından kesinlikle emin olduktan sonra ofisi terk ettim. Yaşadığım bunca yıldan sonra, gecenin en iyi arkadaşım olduğunu bir kez daha anlıyordum. Riley'yi sokağın aşağısına doğru taşırken etrafta birilerinin olmaması başka insanların ölmesini önlüyordu. Riley'yi arabamın bagajına tıkarken bu işlerin ne kadar zor olduğunu hatırladım ve öldürme arzusuyla yanıp tutuşmadığıma bir kez daha şükrettim.

Oregon kıyısındaki Mayfair, sonbaharın son günlerinde soğuktur ve bir tarafı palmiye ağaçlarıyla çevrelenmişken, diğer tarafında tuzlu su vardır. Arabayı sürerken Bay Riley'yi okyanusun derinliklerine atma fikri hoşuma gitmemiş, bunun yerine ormanlık tepeye gitmeyi tercih etmiştim. Bu saatlerde tepede birilerinin olması ihtimali neredeyse imkânsızdı. Bu bölgede ilk kez birini gömüyordum. Aslında Mayfair'e taşınalı daha birkaç ay olmuştu ve henüz kimseyi öldürmemiştim. Arabamı dar bir kaldırımın kenarına park ettikten sonra Riley'nin cansız bedenini omzuma yüklediğim gibi, ormanlık alanın içine kadar götürdüm. Kulaklarımı kabartmış, etrafta bir ölümlünün olup olmadığını anlamaya çalışıyordum ama görünüşe göre hepsi uyuyordu. Yanımda kürek getirmemiştim; buna ihtiyacım yoktu. Parmaklarım bir insanın vücudunu deşen en keskin bıçaktan daha keskin olduğundan, en sert toprağı bile kazmakta zorlanmamışımdır. Zaten bugüne kadar öldürdüğüm birini gömmek için alet kullandığım da olmamıştır. Ormanlık alanın içinde iki kilometreye yakın bir mesafe ilerledikten sonra, Riley'yi yere bırakıp dizlerimin üzerine çökerek toprağı kazmaya başladığımda kıyafetlerim çamura batıyordu, ama evimde bir çamaşır makinesi ve deterjan olduğundan bunu dert etmediğim gibi gömdüğüm bedenin bulunma ihtimalini de düşünmüyordum.

Ama başka konular beni kaygılandırıyordu.

Kimdi bu Slim?

Beni nasıl bulmuştu?

Riley'nin bana karşı dikkatli davranmasını uyaracak kadar beni nasıl tanıyordu?

Riley'yi kazdığım çukurun içine yatırdım, dua etmeksizin saniyeler içinde üzerini toprakla örttüm.

Zaten dua etsem bile, kime edebilirim ki? Krişna'ya mı? O, kanlı partimizi bozmak için uğraşırken, en değerli mücevherini kana susamış ellerimin arasında tuttuğum zaman anlatamamışken şu anda da ne kadar üzgün olduğumu anlatamazdım ona. Hayır, duam kurbanımın ruhu için bile olsa Krişna'nın ettiğim duayı duyacağını düşünmüyordum. O, sadece gülüp hayatın şarkısı diye adlandırdığı melodiyi flütüyle çalmaya devam edecektir. Ama kendisinin takipçilerinin dediği gibi, ölümden daha kötü olan müzik hangisiydi? Mutluluk neredeydi? Hayır, ne Riley'nin tanrısına ne de oğluna dua edecektim.

Okyanusun kıyısındaki malikânemde elimde tuttuğum Riley'nin oğlunun resmine bakarken, bana bu kadar tanıdık gelmesinin sebebini bulmak istercesine kafa patlatıyordum. Büyüleyici ve masum kahverengi gözleri, minik bir baykuşunki kadar parlaktı. Zamanı geldiğinde onu da babasının yanına gömüp gömmeyeceğimi merak edip düşüncelere daldığım zaman içimi kaplayan hüznün sebebini bilmiyordum.

İKİNCİ BÖLÜM

İki saatlik bir uyku bana yeter ve genellikle güneş ışınları gün içerisinde tepe noktasına vardığı zaman uyumayı tercih ediyorum. Ölümlü yazarımız Bram Stroker'ın *Drakula*'da bahsettiği gibi olmasa da, güneş ışığının beni etkilediği doğrudur. Drakula'nın hayatını anlatan romanı yayınlandığının ilk gününde, üstelik sadece on dakikada okumuştum. Fotoğrafik hafızam sayesinde gördüğüm her şeyi aklımda tutabilirim. Bay Stoker'ı 1899 yılının güzel bir İngiliz akşamında bizzat evinde ziyaret ettiğimde, gerçek bir vampirle tanışma fırsatını bulmuş oldu. Ona karşı son derecede nazik ve sevecen davranarak kitabını benim için imzalamasını istedim. İmzalama işlemi bittikten sonra, yanağına kocaman bir öpücük kondurmakla kalmayıp birazcık da kanını içtim. Daha sonraki günlerde vampirler hakkında kafasına takılan sorularını cevapladığım zamanlarda benim bir vampir olup olmadığım sorusunu sormaya cesaret edemedi.

Tecrübelerime dayanarak diyebilirim ki, insanlar kendilerini korkutan şeylere uzun süreyle takılıp kalmaz, günün birinde kendi hür iradeleriyle mutlaka yüzleşirler. Bay Stoker değişik perspektiflere sahip olduğundan, benim kendisinden farklı olduğumu tahmin etmekte zorlanmıyordu. Bana âşık olduğunu sansam da bana kalbini açacak cesareti hiçbir zaman bulamadı. Benden hoşlandığını biliyordum.

Güneşin yakıcı ışınları altında gücüm inanılmaz azalır. Güneş tepe noktasına vardığında kendimi yorgun gibi değil de, uykulu hissettiğimden bir şeyler yapma coşkusunu kaybetmiş olurum. Gündüzü gece kadar sevmem. Karanlıktaki manzaranın o keskin olmayan hatları hoşuma gider ve zaman zaman Pluto gezegenini ziyaret etmeyi düşünürüm.

Riley'yi gömdüğümün ertesi günü şafak vaktinde hesaplarımla ilgilenen muhasebecilerimden üçüyle toplantıda, hesaplarımın başkaları tarafından incelenebilmesinden duyduğum rahatsızlığı ifade ederken, korku dolu gözlerle beni dinliyorlardı. Kendilerini savunmalarına izin vermiş, yalan söylemediklerini anlamıştım. Bay Riley'nin dedektiflik kabiliyetini araştırdıkça çıkmaza batıyordum. Hayatıma girdiği halde, herhangi bir iz bırakmamış olmasındaki ustalığı çözmek zaman alacaktı.

Tabii bana yardım ederdi, ama o zaman da kendisini tutan kişiye karşı gelmiş olacaktı. Ne kadar zengin olduğumu öğrendiğinde benimle doğrudan bağlantıya geçerek daha fazla kâr elde etmeyi düşünmüş olmalıydı. Bu da, Riley'yi tutan kişinin nerede oturduğuma veya hayatıma dair detayları bilmediği şüphesi uyandırıyordu. Riley ortadan kaybolduktan sonra onu kimin öldürdüğünü bulmak için peşimden geleceğinin farkındaydım. Zamanım olduğuna inanıyor, yine de bunun çok uzun bir süre olmadığını biliyordum. Doğam gereği avlanan değil, avcı olmayı tercih ederim. Evet, gerçekten de Riley'yi tutan kişiyi bulduğumda onu öldürmekle kalmayacak, yeryüzünden silecektim.

Tanıdığım Amerikalı bir iş adamı sayesinde günün erken saatlerinde, herhangi bir zorluk çekmeden Riley'nin oğlunun okuduğu Mayfair Lisesi'ne Lara Adams adıyla kaydımı yaptırmayı başardım. Çarklar işlemeye başlamış ve kısa zamanda yeni bir kimliğim olmuştu. Adım Lara Adams'dı ve velim Bayan Adams not dökümümle okulu ziyaret ederek Riley'nin oğlunun okuduğu okula kaydımı yaptıracaktı. Riley'nin oğlunun adını öğrenmem uzun sürmedi. Kollarımın uzandığı yerler, tarih boyunca döktüğüm kandan nehirler kadar uzundur. Şu sahte Bayan Adams'ı asla tanımak istemiyordum ve bu konuda hislerimiz karşılıklıydı; o da beni tanımak istemiyordu. Lara'nın yerine, göstermiş olduğu çabalar konusunda konuştuğu zamanlar hariç. Bu iş bittiğinde Bayan Adams'ın bir daha konuşması imkânsızlaşacaktı. Arkadaşlarım sessizlik arzusuna saygı duyar. Bu saygı için para öderim.

Gece yaklaşıp kendini gösterdiğinde, inanılmaz bir susuzluğun içerisinde kıvranıyordum.

Ne kadar sıklıkla canımın kan çektiğini ben bile bilmem. Bazen bir hafta geçer, bazen on beş gün; sonunda susuzluğum bedenimi kaplar ve kanın hayali bile beni tatmin eder. Uzun bir süre boyunca kan içememek gücümü azaltır, ama bu, ölmeme yol açmaz. Bir keresinde altı ay boyunca insan kanı yerine hayvanların kanını içmiştim. Belki hayvanlardan emdiğim kan vücutsal ihtiyaçlarımı karşılamıştır, ama bu beni tatmin etmez. Ancak bir insandan beslendiğimde kendimi gerçek anlamda tatmin olmuş hissederim. Bir fiziksel sıvı olmasından ziyade, içimdeki yaşam gücü ihtiyacı sebebiyle kan isterim.

Bu hayat iksirini nasıl açıklayacağımı bilemezken tadının güzelliğini anlatacak kelimeler bulmak mümkün değil. Bir insanın atar damarına dudaklarımı değdirip hafifçe ısırdıktan sonra ağzımın içini dolduran sımsıcak sıvı, bana şelaleler kadar gür bir kaynak sunar. Bir insanın kanını emdiğimde, onun ruhunun derinliklerine kadar inmek, bana tatminlerin en büyüğünü yaşatır.

Bir insanın kanını emdiğimde onun özünü ve arzusunu içmiş gibi hissediyorum. Elli yüz yıl boyunca yaşayabilmek olağanüstü bir çaba gerektirir.

İnsanları ısırıp kanlarını emdiğimde, hikâyelerde anlatıldığı gibi vampire dönüşmezler. Kazara benim kanımı içseler bile herhangi bir dönüşüm yaşamazlar. İçtiğimiz kan sindirim sistemimiz sayesinde vücudumuzun birçok bölümüne ulaşır. Ağız yoluyla dönüşümün gerçekleştiğine dair efsanelerin nereden kaynaklandığını bilmiyorum. Bir ölümlüyü vampirleştirmek için o kişiyle kanımı değiş tokuş etmem gerekir, ki burada söz konusu olan kan miktarı az değildir. Kanımı değiş tokuş ettiğim kişi ölümsüzlüğe adım atmadan önce kanım onun kan sisteminde baskın hale gelmek zorundadır.

Tabii bu günlerde kimseyi vampirleştirmiyorum.

Kuzey Kaliforniya'ya varmadan caddenin kenarında ışıkları yanan, oldukça geniş bir barın önünde durup arabamdan indiğimde gece olmuştu. Gösterişsiz bir giriş yaparken masanın başında içen adamlar kafalarını bana doğru çevirip ardından arkadaşlarına baktı. Barmene sert bir bakış atınca kimliğimi sormadı. Kadınlardan çok erkeklerin doldurduğu barın içinde dişime göre birilerine bakarken, köşede oturan kıyafetleri yağ içindeki iri yarı, sakallı birinin önünde durdum. Yüzü soğuk biranın ardında oturmaktan dolayı memnun bir ifade almış olsa da biraz yalnız görünüyordu. Bu adam uzun yol tır şoförüydü ve damarlarından sık sık kan içtiğim için onu tanıyordum.

Karşısına oturduğumda kafasını kaldırmış, şaşkın bir ifadeyle bana bakıyordu. Gülümsedim. İfadem alarma geçirdiği gibi silahsızlanmayı da sağlayabilir. Bana bir şişe bira ısmarladıktan sonra evli olduğunu tahmin etsem de, ona bu konuda soru sormadığım gibi o da gündeme getirmiyordu. Bir müddet sonra benim için tırın arkası da olur demiş olsam da, bir otel odası ayarlamakta ısrar etmişti. O gerçek bir beyefendi. Onu asla öldürmem.

Beni soyarken boynuna yapışarak onu ısırdım. Isırmam ona bir nevi memnuniyet sağladığından, kafasını arkasına yaslarken ne yaptığımdan tam olarak emin değildi. Emdiğim süre boyunca bu pozisyonda kaldı. Duyguları hipnotize edilmiş gibiydi. Bu, ona tırnaklarımın ucuyla onu içten dışa okşuyormuşum gibi geliyordu. Her zamanki gibi, sevişiyormuşçasına doğal ve tatlı bir şeyler hissediyordum. Ama onunla sevişmedim. Bunun yerine dilimin ucunu ısırarak bir damla kanı boynundaki yarasının üzerine akıttım. Yara hemen iyileşmiş, ardında iz bırakmamıştı. Onu dinlenmesi için yatırdım. Birkaç yudum kan içmiştim. Derin bir uyku çektikten sonra hafif bir baş ağrısıyla uyanacaktı.

"Unut," diye kulağına fısıldadım.

Beni hatırlamayacak. Beni hatırlamaları nadir olan bir şeydir.

Bir sonraki gün Bay Castro'nun tarih dersindeydim. Üzerimdeki krem rengi elbise günün modasını yansıtıyordu. Elbisemin eteğindeki süsler dizlerime değdikçe içimi hoş bir gıdıklanma sardı.

Aslında bacaklarım en ünlü mankenlerinkinden bile güzeldir, ama ben sergilemeyi önemsemiyorum. Dalgalı sarı saçlarım omuzlarıma kadar uzanıyordu. Makyaj yapmadığım gibi mücevher de takmıyordum. Ray Riley sağımda otururken onu ilgiyle inceliyordum. Ders üç dakika içinde başlayacaktı.

Yüzündeki derin hatlar babasını hiç andırmıyordu. Günümüz gençlerinin modasına uymuş ve kıvırcık saçlarını yeni bir trende göre kestirmişti. Keskin bir profil çiziyordu. Diğer yandan karakteri onu neredeyse alay konusu haline getiriyordu.

Ray Riley çocuk olmaktan çoktan çıkmıştı. Bu, kahverengi gözlerinden anlaşılıyordu. Bunu başkalarının ne düşündüğüne önem vermeksizin hareket ettiğinde gösteriyordu. O kendine has bir kişilikti ve bu çocukta hoşuma giden şey de buydu.

Fısıldaşarak konuştuğu kızın kız arkadaşı Pat olduğunu öğrenmem uzun sürmedi. Sıska bir kız olan Pat, Ray'in gözlerinin içine baktığında ağzı kulaklarına varıyordu. Göze çarpan tavırları olsa da hayat dolu olduğundan onu itici bulmuyordum. Elleri sürekli Ray'e dokunmakla meşguldü. Onu sevecek olsam bana engel olup olmayacağını merak ediyordum. Kendi iyiliği için bana engel olmayacağını ümit ediyordum. Dürüst olmak gerekirse, genç insanları öldürmeyi tercih etmiyorum.

Sıradan bir kot ve gömlek giymiş olan Pat, ailesinin mali durumunun iyi olmadığını düşündürüyordu. Ama Ray'in kıyafetlerinin seçkinliği babasına teklif etmiş olduğum bir milyonu aklıma getirdi.

Ray babasının ortalarda olmamasından ötürü altüst olmuşa benzemiyordu. Muhtemelen babası sık sık, günlerce ortadan kayboluyordu.

Boğazımı temizlerken, bana doğru bakmış, "Selam, burada yenisin herhâlde?" diye sormuştu.

"Selam, kaydımı bu sabah yaptırdım. Adım Lara Adams."

"Ray Riley," derken elimi sıktı. Dokunuşu sıcak, kanı sağlıklıydı. İnsanların kanını tenlerinden koklayabiliyor, daha geçirmemiş oldukları ciddi hastalıkları yıllar öncesinden söyleyebiliyordum. Ray bana bakmaya devam ederken, ben de şımarık bir kızın edasıyla kirpiklerimi kırpıştırıyordum. Arkasındaki Pat sınıf arkadaşlarıyla konuşmasını yarıda keserek bize doğru baktı.

"Nerelisin?" diye sordu Ray.

"Colorado."

"Ah! Gerçekten mi? Hoş bir aksanın var."

Ray'in yorumu aksanlar konusunda uzman olduğumdan, beni şaşırtmıştı.

Meraklı bir şekilde "Hangi aksandan bahsediyorsun?" diye sordum.

"Bilmiyorum. İngilizce Fransızca karışımı bir şeyler çıkıyor." İngiltere'de ve Fransa'da uzun yıllar yaşamıştım. "Çok seyahat ederim," dedim. "Muhtemelen bahsettiğin budur."

"Öyle olmalı," dedi kendi tarafını gösterirken. "Lara, bu benim kız arkadaşım Pat Mcqueen, Pat, bu Lara Adams," diyerek bizi takdim etti.

Pat kafasını sallayarak, "Merhaba Lara," dedi. Tavırları kendini savunur tarzda değildi. Ray'in aşkına güvendiği kadar kendi sevgisine de güveniyordu. Ama bu durum çok yakında değişecekti. Aklım ofiste bıraktığım bilgisayardaydı; polisin ofise gelip etrafa bakındıktan sonra onu alması uzun sürmeyecekti. Makineyi almadım çünkü Ray'e onunla ne yapacağımı açıklayamayacağım gibi, veri dosyalarını açması konusunda onu ikna edebileceğimi sanmıyordum.

"Selam Pat! Seni tanıdığıma memnun oldum."

"Ben de. Ne kadar güzel bir elbise."

"Teşekkür ederim."

Aslında Pat etrafta dolanmadan Ray'le yalnız başına kalmayı tercih ederdim. İşte o zaman aramızda bir arkadaşlığın başlaması daha kolay olacaktı. Ray'in ilgisini çekeceğimden emindim. Sunduğum şeye hangi erkek karşı gelebilir? Gözlerimi ona çevirerek, "Bugünkü dersin konusu ne?" diye sorduğumda, "Avrupa

Tarihi. Sınıfın tamamı bu konu hakkında geniş bir sunum yapacak ama önce Fransız İhtilali konusunu bitirmek zorundayız. Bu konuda bildiğin bir şeyler var mı, Lara?" diye sordu Ray.

"Marie Antoinette'i şahsen tanıyorum," derken yalan söylüyordum. Yani Fransız soylularını tanıdığım doğruydu ama onlara tahammül edemediğimden dolayı hiçbir zaman yakınlaşmamıştım. Ama Marie Antoinette'in idam edildiği gün kalabalığın arasındaydım. Giyotinin keskin bıçağının Marie Antoinette'in kafasını uçurmasına derin bir iç çekmiştim. Giyotin beni rahatsız eden birkaç idam şeklinden biridir. Birkaç kez asılmış, dört farklı sebepten dolayı çarmıha gerilmiş olsam da, atlatmayı başardım. Ama kafamı kaybetmiş olsaydım, bu, sonum olurdu. Fransız İhtilali'nin başında orada bulunmuş olmama rağmen, ihtilalin sonunu beklemeden Amerika'ya gitmiştim.

"Gerçekten ekmek bulamazlarsa pasta yesinler demiş midir?" diye soran Ray az önce Fransız soyluları hakkında söylemiş olduğum şeylerin ciddi olmadığını düşünüyordu. "Bunu söyleyenin teyzesi olduğuna inanıyorum," dedim. Asık yüzlü, eseri beğenilmemiş yeni yetme yazarlara benzeyen tarih öğretmenimiz Bay Castro sınıfa girdi. Sınıfın ön tarafında yürürken sadece hoş kızlara gülümsüyordu. Tıraş kremi reklamlarındaki gibi bir çekiciliği vardı. Ona doğru kafamı sallarken, "Nasıl biri?" diye sordum.

Omuzlarını silken Ray, "Eh! Fena sayılmaz," diye cevap verdi.

"Yani iyi olduğunu söyleyemiyorsun."

"Senden hoşlanacağı kesin."

"Anlaşıldı."

Ders başlar başlamaz Bay Castro beni sınıfa takdim ettikten sonra, ayağa kalkıp kendi hakkımda bir şeyler söylememi rica etmiş olsa da, ayağa kalkmak yerine oturmaya devam ettim. Kendimi on kelimeyi geçmeyecek kısalıkta anlatmamın ardından Bay Castro memnun olmasa da derse başladı.

Ah, tarih, insanoğlu geçmişine ait ne kadar aldatıcı ilgiye sahip. Ve yakın zamandaki II. Dünya Savaşı sanki o dönemlere ait herhangi bir duygu yokmuşçasına hatırlanmasına rağmen bilim adamları yüzleri morarıncaya kadar tezlerinin gerçekliği konusunda tartışıyor. II. Dünya Savaşı'nın gerekliliğini savunan bazı tarihçiler, savaşın arkasındaki acıyı, kederi, açlığı ve umutsuzluğu göz ardı ediyorlar. Şu ölümlüler her şeyi ne kadar da çabuk unutuyor. Ben hiçbir şeyi unutmam. Kana susamış bir fahişe olan ben, şimdiye kadar varsa bile şerefli bir savaşa şahitlik etmedim. Geçmişe ait duyguları olmadığı gibi, Bay Castro konuya da hakim değildi. Otuz dakikadır ders anlatıyordu ve ben gittikçe sıkılıyordum. Parlak güneş biraz uykumu getirmişti. Beni pencereden dışarıyı seyrederken yakaladı.

"Bayan Adams," diyen Castro dalgınlığıma bir son verirken, "Fransız soyluları hakkındaki düşüncelerinizi bizimle paylaşır mısınız?" diye sordu.

"Haddinden fazla asildiler."

Bay Castro kaşlarını çatarak, "Fakirleri görmezden gelip aşırı harcamalarını onaylamıyor musunuz?" diye sordu.

Cevap vermeden önce Ray'in bulunduğu yere baktım. Derinliklerinde tipik kızları istemediğini düşünüyordum ve bu durumda tipik bir kız gibi davranmaya niyetim yoktu. Sevimli çocuk bana bakıyordu.

"Yaptıklarını ne onaylıyor ne de onaylamıyorum," dedim. "Güçlü insanların güçsüzler üzerinde hüküm sürdüklerini kabul ediyorum."

"Bu sık duyulan bir genellemeden başka bir şey değildir,"

diye Castro cevap verdi. "Mayfair'e gelmeden önce hangi okuldaydınız?" diye sordu.

"Hangi okula gittiğimin ne önemi var?"

"Kulağa okul idaresiyle problem yaşamışsın gibi geliyor."

"Her zaman değil, duruma bağlı."

"Hangi duruma?"

"Okul idaresinin salak olup olmadığına." Bunu söylerken Castro'ya gülümsediğimden onu kastettiğimi anlamıştı. Bay Castro akıllıca beni geçerek başka bir konuya yöneldi.

Zil çaldığında beni dışarıya göndermek yerine, sınıfta kalmamı emretti. Bu kısa teneffüsü Ray'le konuşarak değerlendirmek istediğimden, sınıfta kalmak beni sıkıntıya soktu. Pat'le beraber sınıftan çıkarlarken onları izledim. Ray gözden kaybolmadan önce omzunun üzerinden bana bakmıştı.

Bay Castro dikkatimi çekmek istediğinden eliyle kürsüye vurdu.

"Bir sorun mu var?" diye sordum.

"Umarım yoktur. İyi bir başlangıç yapmış olsak da kaygılıyım. İkimizin de diğerinin nereden geldiğini anlayabilmesi adına."

Ona dik dik baksam da solduracak kadar sert bakmıyordum ama bakışım onu kıvrandırmaya yetmişti. "Nereden geldiğinizi bildiğimi sanıyorum," dedim.

Kızgın bir tavırla, "Ah! Öyle mi, nereden geliyormuşum bakalım?" diye sordu.

Bir önceki, ondan önceki, ondan da önceki akşamdan kalma alkol kokusunu nefesinde hissediyordum. Otuzlu yaşlarda olmasına rağmen gözlerinin altındaki halkalar, karaciğerinin yetmişli yaşlarda olduğunu işaret ediyordu. Cevabımı beklerken elleri titrediğinden güçlü duruşu sadece aldatmacaydı. Gözleri vücudumun üzerindeyken, sorusunu duymazdan gelmeye karar verdim.

"Yanlış davrandığımı düşünüyorsunuz. Dürüst olmak gerekirse sizin sandığınız gibi biri değilim. Beni tanımış olsaydınız tarihten anladığım şeye kızmak yerine beni takdir ederdiniz ve..." dedim. Sesimi incelttim, "Başka bir şey."

"Bu dersten alacağınız notu merak ediyor musunuz?"

Bu soruyu saçma bulduğumdan güldüm. Bay Castro'ya doğru eğilerek, zıplamasına sebep olacak sertlikte yanağını sıktım. Aynı hareketi kasıklarına yapmadığımdan şanslı sayılırdı. "Bay Castro! Küçük Lara'ya istediği notu vereceğinizi düşünmüyor musunuz?" diye sordum.

İtmeye çalıştığında, elimi zaten çoktan geri çekmiştim.

"En iyisi izleyin ve olacakları görün, genç bayan."

Kıkırdadım. "Sadece dönem bitmeden içkiden ölmeyeceğinden emin olmak için seni izleyeceğim, Bay Castro. Bana bu notu vermek zorunda olduğunu biliyorsun."

Yanımdan geçerken duyulması güç bir sesle, "Ben içki içmem," dedi.

Omuzlarım üzerinden bakarken, "Ben notlarımdan asla ödün vermem," dedim.

Bir sonraki ders, sahte velim benim ders programımla onunkini çakıştıramadığından Ray'i kaçırdım. Elli dakikalık tarih kadar iyi bildiğim trigonometri dersi boyunca da öylece oturdum ve öğretmeni yabancılaştırmaktan kaçınmayı başardım.

Üçüncü dersim de Ray'inkiyle ortak değildi. Ders beden eğitimi olduğundan giymek için yanımda mavi şort ve beyaz tişört getirmiştim. Ray'in *kız arkadaşı* Pat McQueen'in dolabı benimkinin yanındaydı ve kıyafetlerimizi çıkartırken benimle konuşmaya çalışıyordu.

"Castro sınıfta kalmanı neden istemiş?" diye sordu.

"Beni sorguya çekmek istedi."

"Şu Castro denen herif kızları sever. Ray hakkında ne düşünüyorsun?"

Pat paranoyak değildi, sadece gerçek amacımı bulmaya çalışıyordu.

"Çok sevgi istiyor," dedim.

Söylediğim şey hakkında ne düşüneceğinden emin olmadığı için güldü. "Ona başa çıkabileceğinden çok sevgi veriyorum." Kısa bir ara verirken, çıplak vücudumu hayranlıkla seyrediyordu.

"İnanılmaz güzel olduğunu söylememe gerek yok, bunu zaten biliyorsundur. Bence erkekler senin için deli oluyordur."

Şortumu giymeye çalışırken, "Ben onları önemsemiyorum. Hatta onları geri çeviriyorum. Acımasızca," dedim.

Pat biraz sinirli bir şekilde gülümsedi.

Beden eğitimi öğretmeni o anda Mayfair'deki kız ve erkek öğrencileri okçuluğun temelleri konusunda eğitiyordu. İlgimi çekmişti. Karma sınıf ve elimde tuttuğum okla yay, hatıralarımı geri getirmişti. Belki de Krişna'nın en iyi arkadaşı ve tüm zamanların en büyük okçusu olan Arjuna'yla ilgili eski anıları karıştırmamam gerekirdi. Çünkü Arjuna herhangi bir ölümsüzden çok daha fazla vampir öldürmüştü.

Her şey bir yayın içinde.

Her şey tek bir gecenin içinde.

Her şey Krişna'nın arzusuna göre.

Pat yaptıklarımı takip ediyordu, ama ekipmanları seçtiğimizde kendini nazik bir şekilde uzaklaştırmıştı. Onu biraz korkutmuş olduğumu kabul etsem de, bunun kötü olduğunu düşünmüyordum. Gri renkte güçlü güneş gözlükleri takıyordum.

Yay ve oklarımı bir araya toplarken kansız görünen kulaklarında kulaklık olan genç bir adam bana laf attı.

"Buralarda yenisin herhalde?" diye sordu.

"Evet, adım Lara Adams, ya sen kimsin?"

"Seymour Dorsten," Bana elini uzattı, "Tanıştığımıza memnun oldum," dedi.

Elimi uzatıp tokalaşırken, vücudum onu sarıyordu ve bu zavallı genç adamın bir yıldan az bir zaman içinde ölmüş olacağını hissediyordum. Damarlarındaki kan hastayken, vücudunun geri kalanı nasıl olabilirdi ki? Elini uzun bir süre tuttuğumdan dolayı bana komik bir bakış attı.

"Çok güçlüsün," dedi Seymour.

"Bir kıza göre çok güçlüsün demek istedin herhâlde, öyle değil mi?" diye sorarken gülümseyerek elini bıraktım.

Elini yanlarına sürterek ovuşturdu. Hastalığı beni şaşırtmıştı. Elini morartmıştım. "Öyle sanıyorum," dedi.

"Seymour ismi ne anlama geliyor? Yani kulağa uyuzmuş gibi geliyor da..."

Samimi davranmam hoşuna gitmişti. "Bu ismi annem koymuş, ama bu isimden ben de nefret ediyorum."

"Liseyi bitirince değiştirirsin. Marlboro, Slade ya da Buba koyarsın. Üstelik şu gözlüklerinden de kurtulmaya bak. Bence lens kullanmalısın. Kıyafetlerini de annenin seçtiğine bahse girerim."

Seymour'u ifşa ettiğimden güldü. "Annem alıyor, bu okulun en inek öğrencisiysen öyle görünmek zorundasın."

"Açıkgöz olduğundan dolayı mı uyuz olduğunu düşünüyorsun? Ben senden daha zekiyim ama ne kadar harikayım." Elimdeki okla yayı işaret ederek, "Bunları nereye atmalıyız?" diye sordum.

Birkaç dakika sonra oklarımızı futbol sahasının diğer tarafından elli metrelik bir sıra halinde yerleştirilen hedef tahtalarına atıyorduk. Üç kez tam on ikiden vurmam Seymour'u etkiledi. Etkilenmesi, okları saplanmış oldukları hedef tahtasından toplamak için gittiğimiz zaman onları çıkarabilmek için tüm gücünü kullanmak zorunda kaldığında daha da arttı. İstediğimde okların hepsini aynı deliğe atabileceğimi bilmiyordu. Belki bu yaptığım en akıllıca iş değildi ve gösteriş yaptığımı biliyordum ama bu umurumda değildi. Bugün üzerimde havai bir ruh hali vardı çünkü lisedeki ilk günümdü. Pat ve Ray hakkındaki ilk güzel düşünceler, Seymour'a kanımın ısınması... Okları hedeften toplarken ona yardım ettim.

"Daha önce ok attın," dedi.

"Usta bir nişancıdan ders aldım," diye cevap verdim.

Son oku çıkartırken ok gevşediğinden neredeyse yere düşüyordu. "Bence olimpiyatlara katılmalısın."

Atış noktasına geri dönerken omuz silkerek, "İlgilenmiyorum," dedim.

Seymour kafasını sallarken, "Ben de matematik için aynı duyguları besliyorum. Aslında matematikte çok iyiyim ama beni ölümüne sıkıyor," dedi.

"İlgi duyduğun bir şey var mı?"

"Yazmak."

"Ne gibi şeyler yazıyorsun?"

"Henüz bilmiyorum. Ama alışılmışın dışındaki şeyler ilgimi çekiyor." Kısa bir ara verdikten sonra, "Çok korku kitabı okurum. Sen de korku kitaplarını sever misin?" diye sordu.

"Evet." Sorusuna karşılık bu tür kitapların bana ne kadar hitap ettiğine dair bir şaka yapmaya başlarken, bu olayı daha öncesinden yaşamış hissine kapıldım. Bu hissi asırlardan beri duymamış olduğumdan beni şaşırtmıştı. Bu duygunun yarattığı heyecan şiddetli olduğundan bunu yaratan sebebi araştırırken elimi başımın üzerine koydum.

Seymour bana yardım etmeye çalışırken, teninin altındaki damarlarının içinde dolaşan hastalıklı kanı daha da hissediyordum. Hastalığının nereden kaynaklandığına emin değildim ama ne olduğuna dair bir fikrim vardı.

"Her şey yolunda mı?" diye sordu.

"Evet," derken soğuk terler alnımda birikmiş olduğundan onları sildim. Terim büyük miktarda kan emdiğim zamanlardaki gibi pembe renkte değil de berraktı. Güneş ışınları tepemde parıldadığından kafamı eğerken Seymour beni izlemeye devam ediyordu. Aniden sanki vücudu benimkinin üzerine gelecekmiş gibi bana doğru yaklaştığını hissettim. Güneşe karşı daha büyük bir hassasiyet geliştirip geliştiremediğimi merak ediyordum. Yıllardan beri günün bu saatlerinde dışarıda bulunmamıştım.

"Seninle daha önceden tanışmış gibiyim," dedi Seymour yumuşak, şaşırmış bir ses tonuyla.

"Ben de aynısını hissediyorum," dedim. Sonunda dürüstçe beni etkileyen gerçeği söylemiştim.

İnsanların duygularını anlayabilme kabiliyetimden daha önce bahsetmiştim ki bu doğrudur. Bu kabiliyeti yüz yıllar geçerken yavaş yavaş edindim. Önceleri bunun yoğun gözlem yeteneğimden dolayı olduğunu varsaydım ve bunun böyle olduğunu hâlâ bir parça hissederim. Bir insanın duygularını anlayabilmek için onu yakından incelemem gerekmez ve kabul etmeye hazır olmadığım fiziksel olmayan bir duyguyu verdiğinden, bu yeteneğe bu güne kadar engel olmuştum.

Bu kabiliyete sahip tek kişi ben değilim. Yaşadığım zaman boyunca benim kadar hassas olan sıradan insanlarla tanıştım. Benim ne olduğumu ya da insan olmadığımı hissedebilenlerden bazılarını öldürdüm. Arkadaşlarına anlatabilir, benim için tehlikeli olabilirlerdi. Onları öldürdüm, ama beni tek anlayan onlar olduğundan onları öldürmek istemedim.

Seymour'un bu tip insanlardan olduğunu hissedebiliyordum. Ok ve yayı tekrar elime aldığımda bu duygu bir kez daha içimi kapladı. Görüş dikkatim dağılmıştı. Bay Castro uzakta, okulun arka tarafında laubali bir sarışınla konuşuyordu. Konuşuyor ve dokunuyordu; belli ki genç kıza doğru hamle yapıyordu. Öğretmen belki üç yüz metrelik bir uzaklıkta, ama güçlü kollarının arasında tuttuğum okla benim ulaşabileceğim bir mesafedeydi. Bir sonraki okumla oynarken, onu göğsünden vursam kimsenin bilmeyeceğini ya da benim öldürdüğüme inanmayacağını düşünüyordum. Seymour'un okun nereye gittiğini anlamamasını sağlayabilirdim. İki gece önce Riley'yi öldürmek içimdeki öldürme duygusunu tetiklemişti. Gerçekten de şiddet, şiddete sebep oluyordu, en azından vampirler için. Kanın görüntüsü kadar tatmin edici bir şey yoktur, tadı haricinde.

Oku yayın içine yerleştirdim.

Gözlerimi kıstım.

Castro kızın saçını okşamaya devam ediyordu.

Gözümün kenarından Seymour'un beni izlediğini görebiliyordum.

Ne görüyordu? Ne hissediyordu? İçimde akan kanın ateşi yükseldi.

Belki. Bir sonraki kelimesi durumu açıklar nitelikteydi.

"Yapma," dedi.

Yapacağım şeyden tereddüt ettikten sonra şaşırdım. Seymour, Bay Castro'yu öldürmeyi düşündüğümü biliyordu! Kendi kendime *Kim bu Seymour?* diye düşündüm. Okumu indirerek ona baktım. Sormak zorundaydım.

"*Neyi* yapma?"

Kalın gözlük camlarının ardından bana büyüleyici bir bakış atarken, "Bir insanı vurmak istemiyorsun," dedi.

Düşüncesi bile beni titretse de kahkahalarla güldüm. "Bir insanı vurmak istediğimi de nereden çıkartıyorsun?" diye sordum.

Gülümseyerek bir nebze rahatladı. Masumane ses tonum işe yaramıştı. Belki. Seymour'un beni kandırabilecek ölümlülerden biri olup olmadığını merak ediyordum.

"Bir an için onu vuracaksın sandım. Özür dilerim."

"Bu kadar tehlikeli mi görünüyorum?"

"Tehlikeli değil ama bu güne kadar tanıdığım insanlardan farklı görünüyorsun," dedi kafasını sallarken.

Önce Ray aksanımın farklılığını anlamış, şimdi de Seymour düşüncelerimi okumuştu. En azından, *ne kadar ilginç bir gün,* diyebilirim. Daha fazla dikkat çekmemem gerektiğine karar verdim. En azından şu an için.

"Güzelliğim seni şaşırtıyor olmalı."

Gülerek başını salladı. "Senin gibi bir güzelliğin benim gibi bir ineğin yanında durup konuşması çok sık olmaz."

Elimdeki okun ucunu hafifçe karnına değdirdim. "Bana hoşlandığın hikâyelerden biraz daha bahsetsene." Oku kılıfının içine soktum. Bay Castro bir gün daha yaşayacaktı, ama daha uzun değil. "Favori korku hikâyelerin hangileri?" diye sordum.

Seymour dersin kalan süresi boyunca sevdiği yazarların okuduğu kitaplarını bana anlatırken, *Drakula*'nın favori kitabı olduğunu öğrenmek beni memnun etti. Birkaç kez hedef tahtasının ortasını bilerek kaçırmış olmama rağmen Seymour'u aldatıp aldatmadığımı bilemiyordum. Gözlerini asla üzerimden çekmiyordu.

Bir sonraki ders biyolojiydi ve Ray arkamdaki sıraların birinde oturuyorken, vakit kaybetmek istemediğimden yanına gidip oturdum. Burası başkasına ait dercesine kaşlarını çatmış olsa da, görünüşe göre kısa bir süre sonra fikrini değişmişti ki;

"Okçuluk dersinde eğlendin mi?" diye sordu.

"Pat'le mi konuştun?"

"Evet."

Ray'in kız arkadaşı Pat yine aramızda. Bir kez daha Bay Riley'nin ofisindeki veri tabanını düşünüyordum. Polis onları incelediğinde ve Bay Riley'nin bir oyuna geldiğine karar verdiklerinde, beni ziyaret edeceklerdi. Tüm cazibemi mahvetme riskini göze alarak işleri biraz hızlandırmaya karar verdim. O dosyalara bu akşam bakmak istiyordum. Ray'in kolunu tutarak, "Bana bir iyilik yapar mısın?" diye sordum.

Çıplak koluna dokunan parmaklarıma bakarken, dokunuşumun sıcaklığının içine işlemesini bekliyordum.

"Tabii ki," dedi.

"Annemle babam birkaç günlüğüne şehir dışına gitti ama garajdaki eşyaları evin içine taşımam için yardıma ihtiyacım var.

Garajdaki eşyaları taşımama yardım edersen emeğinin karşılığını öderim."

"Bana bir şey ödemek zorunda değilsin. Bu hafta sonu sana yardım etmek büyük bir zevktir."

"Ama *eşyalardan* biri, benim yatağım. Dün gece yerde yatmak zorunda kaldım."

"Ne kadar kötü bir durum," dedikten sonra derin bir nefes alıp düşünmeye daldı. Bu arada kolunu tutmaya devam ediyordu, tenimin sıcaklığının düşünüyor olmalıydı. "Bugün okuldan sonra çalışmak zorundayım."

"Saat kaça kadar?"

"İşten dokuzda çıkıyorum, ama daha sonra Pat'e uğramak zorundayım."

"Pat çok tatlı bir kız," derken gözlerim Ray'in üzerindeydi. Ray'in gözleri, *evet çok tatlı, tatlıdan da öte harika*, demek istiyor ama ben hayatta aşktan ağır basan dürtülerin var olduğunu biliyordum. Ray'in gözlerinin içine baktığımda onun sevebileceğim sayılı ölümlüden biri olduğunu hissetmekten kendimi alamıyordum. Bu benim için oldukça şaşırtıcıydı. Yüzyıllardır bir adamı veya bir kadını sevmemiştim. Hiçbirini de vampire dönüştürülmeden önceki hayatımdaki kocam Rama'yı sevdiğim kadar sevmedim.

Ray'in gözlerinin içine bakarken Rama aklıma geldiğinden en azından Ray'in tanıdık gelmesinin sebebini biliyordum. O, Rama'nın gözlerine sahipti.

Ray göz kırparak, "Bir yıldır çıkıyoruz," dedi.

İsteksiz bir şekilde kafamı salladım. Yüz yıllar geçmiş olmasına rağmen, Rama'yı hâlâ özlüyordum. Yumuşak bir ses tonuyla, "Bir yıl çabuk geçer," dedim.

Ama beş bin yıl geçmez... Uzun yıllar bıktırıcı ama aynı zamanda ihtiyatlı hayaletler gibi arkamda duruyordu. Zaman dikkati keskinleştirirken eğlenceyi mahveder. Karanlık bir gecede Ray'le parkta dolaşmayı düşünüyordum. Onu öpebilir, canını acıtmadan onu ısırabilirdim. Şu zavallı çocuk babasının katilinin yanında oturduğunu bilmiyordu; derin bir iç çektim.

"Belki sana yardım edebilirim," dedi Ray net bir ses tonuyla. Gözlerim tahmin ettiğim kadar onu yıldırmamıştı ve geri adım atmasının onun iç gücünden mi yoksa bakışlarımdaki şefkatten mi olduğunu da bilmiyordum. "Ama önce Pat'le konuşmalıyım."

Sonunda kolunun üzerindeki elimi çekerken, "Pat'e soracak olman çok asil bir davranış, ama ya ben de seninle gelmek istiyorum derse ne yapacaksın?" derken, "Bütün kızlar gelmek ister," diye ilave ettim.

"Gelmesinde bir mahsur var mı?" diye sordu Ray.

"Hayır."

Cevabım onu şaşırtmış olsa da, *Neden mahsuru yok?* demeyecek kadar kurnazdı. "Onunla konuşur, daha sonra da sana gelirim. Saat kaçta yatıyorsun?" diye sordu.

"Geç."

Ders biyoloji ve konumuz fotosentez. Güneş enerjisinin kimyasal enerjiye dönüşmesi, klorofiller, yeşil pigmentler v.s. Öğretmen klorofil hücreleriyle kan hücrelerinin, demir atomu haricinde içlerinde benzer özellikler taşıdığını söyleyerek, benim için oldukça ilginç olan bir yorum yaptı. Ray'in gözlerinin içine bakarken evrimsel değişim zincirinde tek bir atomun bizi ayırdığını düşünüyordum.

Tabii ki evrim hiçbir zaman bir vampir yaratmazdı. Biz bir kaza, korkunç bir hataydık. Ona bakıp eğer bana dosyaları bulmama yardım ederse işi bittiğinde onu öldürmek zorunda kalacağımı düşünürken, Ray bana gülümsüyordu. Ama ben ona karşılık vermedim.

Ders bittikten sonra Ray'e bu sabah kiraladığım evin adresini yazıp eline tutuşturup, telefon numaramı alıp gelemeyeceğini bildirmesini engellemek için soru sormasına izin vermedim. Ray mümkün olduğunca çabuk geleceğine dair söz verdi. Kafasında seks yapma düşüncesi yoktu. Yine de benimle seks yapmak isterse buna karşı koymazdım. Ona benden talep ettiğinin fazlasını vermek istiyordum.

Varoş mahallesindeki basit evime gittiğimde mobilyalar yerleştirilmişti. Tek bir ter damlası olmadan mobilyaların çoğunu büyük bir hızla garaja taşıdım. Ardından ebeveyn yatak odasına giderek perdeleri çektim ve sert zeminin üzerine yatarak gözlerimi kapattım. Güneş gücümü tüketmişti. Aslında bunun başka bir nedeni de bugün tanıştığım insanlardı. Beni derinden yakalamışlardı. Demir gibi kanım unutulmuş yılların soğuk kirinin üzerinden kara bir nehir gibi akıp, bu yeşil dünyaya dökülüyordu. Efendi'nin laneti gibi. Krişna'yı rüyamda görmeyi umut ederek uykuya dalmak istemiş olsam da Krişna'nın yerine Yakşa iblisiyle boğuşmak zorunda kalacağımı biliyordum. Yakşa, yeryüzündeki vampirlerin ilkiydi.

Ben de sonuncusuyum.

ÜÇÜNCÜ BÖLÜM

Kökenlerimiz orijinal Aryanlar'a dayanmaktadır. Tüm Aryanlılar gibi saçlarımız sarı, gözlerimizse mavi renktedir. Hindistan'ın sıcak bölgelerini eşek arısı sürüleri gibi istila ettiğimizde daha takvim bile yoktu. Keskin kılıçlarımızla gelip çok kan döktük. M.Ö. 3000 yılında, yani ben doğduğumda, artık düşman değil, her işgalcinin özümseyip kardeş olduğu bir kültürün parçasıydık. Çöl kumlarının uçsuz bucaksız bölgesinde kurulmuş olan Racastan köyünde bir kabilenin üyesi olarak dünyaya geldiğimde babam yüzüme gülümseyerek bakmış ve adımı Sita koymuştu. Bugüne kadar süren hikâyemiz ve sonu gelmez acılarımız işte bu küçük köyde kök salmaya başladı. Vampirlerin anası olan *Amba*, benim en iyi arkadaşımdı. Amba'nın anlamı 'koruyan, annelik eden'di. O iyi bir kadındı.

Köyümüze hastalık geldiğinde, Amba benden yedi yaş büyüktü. Aramızda yedi yaş fark olmasına rağmen, bu durum arkadaş olmamızı engellemiyordu. Ben yaşıma göre uzun, Amba ise kısaydı. İkimiz de şarkı söylemeyi seviyorduk; özellikle de karanlık çöktükten sonra nehir kıyısında söylediğimiz kutsal Veda ilahilerini. Benim tenim yakıcı güneşten, Amba'nınki ise Hintli atalarından dolayı esmerdi. Birbirimize benzemiyor olsak da kutsal şarkıları söylerken tek vücut oluyor, mutluluğumuzu da hüznümüzü de paylaşıyorduk. Hayat Racastan'da gerçekten çok kolaydı.

Hastalık gelinceye kadar.

Hastalık kabiledeki herkesi değil, ancak yarısını etkilemişti. Bu yüzden zehirli nehirden Amba ve diğerleri kadar su içmiş olsam da, hastalıktan etkilenmememin nedenini bilmiyordum. Hastalanıp yatağa düşen ilk o oldu. Amba hayatının son iki günü boyunca kan kusarken yapabildiğim tek şey yanında oturmak ve ölmesini izlemek oldu. Amba sekiz aylık hamile olduğundan acıların en büyüğünü yaşıyordum. Onun en iyi arkadaşıydım ama bebeğin babasının kim olduğunu ne ben, ne de kabilenin diğer üyeleri biliyordu.

Öldüğünde bedeni yakılmalı ve külleri Ulu Vişnu'ya sunulduktan sonra da kutsal nehrimize serpilmeliydi. Bu mesele de böylece bitmeliydi, ama olmadı.

Son günlerde köyümüze Agoralı bir rahip gelmişti ve Amba'nın vücuduyla ilgili başka planları vardı. Ona göre Agora, kötülüğe giden karanlık yoldu ve eğer kabilede salgınla ilgili panik hüküm sürmüyor olsaydı hiç kimse onu dinlemeyecekti. Rahibin kâfir düşünceleri vardı, ama çoğu, hastalıktan korktuğundan onu dinliyordu. Ona göre salgının sebebi büyük tanrı Vişnu'ya tapınmamıza gücenen *kötü rakşasanın* ya da şeytanın işiydi. Köyümüzün kurtulması için karanlıkların efendisi *Yakşini* çağırılacak, Yakşini de kötü şeytan Rakşasa'yı yiyecekti.

Bazıları bu fikrin mantıklı olduğunu düşünürken, ben dahil diğerlerinin çoğu tanrı bizi koruyamazsa *Yakşini* nasıl koruyacak hissini taşıyorduk. Böylelikle çoğumuz Yakşini'nin Rakşasa'yı yok ettikten sonra yapacakları için endişe duyuyordu.

Kutsal kitaplardan Yakşini'nin insanlara acımadığını biliyor, bu da bizi inanılmaz endişelendiriyordu. Ama Agoralı rahip her şeyi halledeceğini, endişelenecek bir şeyin olmadığını söyleyerek bizi ikna edip hain planlarını işletmeye başlamıştı bile.

Agoralılar genelde tanrıya ya da tanrıyı simgeleyen putlara dua etmezdi ama ölü bir beden için ellerinden geleni yapmaya çalışırlardı. Bizi Hinsitan'daki pek çok dindardan ayıran yegâne özellik bu uygulamaydı. Son günlerde fazlalaşan ölüm olayları insanların paniklemelerine yol açtığından, ölü bedenlere yapılacak cenaze törenine Agoralı Rahip karar vermeye başlamış ve sanırım ilerlemiş hamileliği yüzünden Amba'nın cansız bedeni inanılmaz ilgisini çekmişti. Küçük bir çocuk olmama rağmen, yolunda gitmeyen bir şeylerin olduğunun farkındaydım. Kadınların ve çocukların cenaze törenlerine katılması yasaktı. Ama arkadaşımın bedenine ne yapacakları konusunda duyduğum endişeden dolayı, olup biteni kaçırmak istemediğimden kocaman bir kayanın ardına saklanmış ve cenaze törenini izlemeye başlamıştım.

Önce babam, daha sonra da yanındaki altı adam Amba'nın cansız bedenini kocaman bir masanın üzerine yatırıp üzerine güzel kokular serptikten sonra yağladılar. Bu yağlama geleneklerimize uygun cenaze töreninin vazgeçilmez bir parçasıydı. Agoralı Rahip, Amba'nın etrafında dönerken şarkıya benzer bir şeyler mırıldanıyor olsa da, kulağıma gelen melodi Amba'yla söylediğimiz kutsal şarkılardan inanılmaz farklı olduğundan, beni hoşnut etmek yerine tiksindiriyordu. Rahip söylediği şarkının her mısrasının ardından Amba'nın karnına bağladığı urganı çekiştirip kaldığı yerden devam ediyordu.

Amba'nın çekiştirilen karnı kanamaya başladığında etraftaki erkekler bile korkmaya başlamışlardı. Çünkü Amba canlı ve içinde atan bir kalp varmışçasına kanıyordu. Ama bunun olamayacağını biliyordum. Amba ölürken onunla birlikteydim ve daha sonrasında da yanında otururken, en ufak bir nefes belirtisine dahi şahit olmamıştım. Bir saniyeliğine bile rahibin Amba'yı geri getirdiğine inanmadığımdan onun yanına koşmaya niyetli değildim. Bunun yerine nerede olduğumu merak etmiş olan anneme koşmaya istekliydim. Özellikle karanlık bir bulut ayın üzerini kapatıp çürük kokusu taşıyan sert bir rüzgâr estiği zaman. Etraf devasa büyüklükteki bir şeytan ansızın ortaya çıkıp tören alayına nefesini vermişçesine berbat kokuyordu.

Bir şey gelmişti. Koku kötüleştiğinde, adamlar rahibin töreni kesmesi yönünde mırıldanırken yanan ateş kor halini aldı. Havayı duman kaplamış, bir sürü yılanın çürüyen avına dolanması gibi korun etrafını sarmıştı. Adamlardan bazıları korkudan çığlık atıyordu. Rahip kahkahalar atıp törenine devam etti. Amba doğrulup oturduğunda, rahibin sesi kesilir gibi oldu.

Bakılamayacak kadar çirkinleşmiş yüzünden kanlar damlıyordu. Gözleri yuvalarından fırlayacakmış gibi şişmişti. Ağzının kenarları tellerle çekilmişçesine dişleri ortaya çıkmış, sırıtıyordu. En kötüsüyse bir ayak boyunu bulan ve bir insanınkinden çok daha uzun olan dili, dans eden yılanlar gibi kıvrılarak havayı yalıyordu. Yakşini'nin hayat bulduğunu bildiğimden olanları korku içinde izliyordum. Göz alıcı kızıl parlaklığındaki yüzünü, sesi kesilmiş rahibe doğru çevirdi. Görünüşe bakılırsa rahibin artık kendine güveni kalmamıştı.

Yakşini bir sırtlan gibi kıkırdarken, kolunu uzatarak rahibi yakaladı.

Rahip çığlık atıyor olsa da, kimse onun yardımına koşmamıştı.

Yakşini rahiple yüz yüze gelinceye kadar onu yakınına çekmişti. Ardından berbat dili rahibin yüzünü yalamaya başladığında zavallı adamın çığlığı boğazında kaldı. Çünkü dilinin dokunduğu her yer eriyordu. Rahip boynuz darbeleriyle yaralanmışçasına yüzsüz kaldığında, Yakşini kafasını geriye doğru attı ve güldü.

Güçlü bir dokunuşla rahibin kafasını büktüğünde kemikleri çatırdadı. Bıraktığında, rahibin ölmüş bedeni düştü. Ardından hâlâ oturmakta olan yaratık kamp ateşinin etrafındaki korkmuş adamlara baktı. Bu bakış şeytaniydi. Benimle göz göze geldiğinde gülümsedi. Evet, büyük bir taşın ardına saklanmış olsam da beni gördüğüne inanıyor, gözlerini kalbime baskı uygulayan soğuk bir bıçak gibi hissediyordum.

Tanrı'ya şükürler olsun ki sonunda yaratık gözlerini kapatmış ve sırtüstü yatmıştı. Uzun bir süre boyunca adamların hiçbiri hareket etmedi. Ardından babam —cesur, ama akıllı değil— hareket ederek Amba'nın cesedinin yanına diz çöktü. Elindeki sopayla Amba'yı dürtmüş ama Amba hareket etmemişti. Rahibi de dürttü ama bu adamın artık hayatı boyunca başka törenler yapamayacağı kesindi. Diğer adamlar da babamın yanına geldiler. Aralarında her iki bedeni de yakmaya dair konuşmalar oldu. İri bir taşın arkasına saklanmışken kafamı şiddetle sallıyordum. Leş kokusu rüzgârla birlikte kaybolmuştu ve ben geri dönmesini istemiyordum.

Ne yazık ki daha odun toplanamadan, babam Amba'nın karnındaki hareketliliği fark edip diğerlerine seslendi. Amba ölü değildi. Ya da o ölüyse bile bebeği hâlâ canlıydı. Babam Amba'nın rahminden çocuğu çıkarabilmek için bıçağına uzandı.

Ağlamaklı bir ses tonuyla, "Baba!" diye bağırırken, elindeki bıçağı tutmaya çalıştım. "Bu çocuğun dünyaya gelmesine izin verme. Amba öldü, bunu kendi gözlerinle gör. Çocuğu da aynı şekilde ölmüş olmalı. Lütfen baba, beni dinle!"

Tabii ki adamlar beni gördüklerinde şaşırmış olduklarından

söylediklerimin hiçbirine dikkat etmediler. Babam bana kızmış olsa da, yanımda diz çökerek sakin sakin konuştu.

"Sita!" dedi. "Görünüşe göre arkadaşın ölmüş ve biz rahibin onun bedeninin üzerinde yaptığı şeylerden sorumluyuz. Ama gördüğün gibi o da yaptığı kötü karmanın bedelini hayatıyla ödedi. Eğer karnındaki bebeğin yaşamasına izin vermezsek biz de kendi kötü karmamızı yaratmış olacağız. Saşi'nin doğumunu hatırlıyor musun? Annesi ölmüştü ama o sağ salim dünyaya geldi. Bazen ölü bir kadının canlı bir bebek doğurması mümkündür."

"Hayır," diyerek itiraz ettim. "O çok farklı bir durum. Saşi doğduğunda annesi öleli daha birkaç dakika olmuştu. Amba şafak sökerken öldü, onun içinden canlı bir şeyin çıkması imkânsız."

Babam elindeki bıçakla Amba'nın karnında kıvranan hayat belirtisini işaret etti.

"O zaman buradaki yaşam belirtisini nasıl açıklayabiliyorsun?" diye sordu.

"Onun içinde hareket eden, karanlıkların efendisi Yakşini'dir," dedim. "O pis şeytanın gitmeden önce nasıl gülümsediğini gördün. Gitmedi ve bizi aldatmayı planlıyor. Çocuğun içine girmiş."

Babam söylediklerimi büyük bir dikkatle dinliyordu. Yaşıma göre fazlasıyla akıllı olduğumu bilip zaman zaman tavsiyelerime başvurduğundan, bugün de fikrimi almak istiyordu. Yol göstermeleri için adamların bulunduğu yere baktı ama adamlar da kendi aralarında bölünmüştü. Bazıları bıçakla Amba'nın içindeki canlıyı deşmek isterken, diğerleri babam gibi günah işlemekten korkuyordu. Sonunda babam bana doğru dönmüş ve elindeki bıçağı uzatmıştı.

"Amba'yı herkesten daha iyi tanırdın," dedi. "Onun içinde hareket eden hayatın iyi mi kötü mü olduğunu en iyi sen bilirsin. Eğer kalbinin derinliklerinde yaşayan şeyin kötü olduğundan emin olursan, bıçağı saplarsın. Burada bulunan adamlardan hiçbiri yaptığın şey için seni suçlamayacaktır."

Dehşete düşmüştüm. Küçük bir çocuktum ve babam benden zalimce bir şey yapmamı istiyordu. Ama babam sandığımdan daha akıllıydı. Ona şaşırmış gözlerle baktığımda elimdeki bıçağı geri aldı:

"Görüyorsun, değil mi? Sen de emin değilsin. Eğer söz konusu olan bir ölüm kalım meselesiyse dikkatli olmak zorundayız. Ve eğer bir hata yapacaksak bu, hayattan yana yapılmış bir hata olmalıdır. Bu çocuk kötü birine dönüşürse bunu büyürken anlayacağız. O güne kadar, onunla ne yapmamız gerektiği konusunda düşünecek çok zamanımız olacak." Amba'nın vücuduna geri dönerek, "Ama şimdi onu kurtarmaya çalışmak zorundayım," dedi.

Ben, "Belki sandığın kadar zamanın olamayacak," derken babam, Amba'nın karnını kesiyordu. Kısa süre sonra kanlı bir erkek bebeği elleri arasında tutuyordu. Kıçına vurulmuş yumuşak bir şaplaktan sonra kuru bir nefes alan bebek ağlamaya başladı. Adamların çoğu, gözlerindeki korkuyu görmeme rağmen, gülümseyerek alkış tuttu. Babam bana doğru dönerek bebeği tutmamı istedi, ama onu reddettim. Tutmamış olsam da çocuğa ismini ben verdim.

"Adı Yakşa olmalı," dedim. "Çünkü Yakşini'nin kalbine sahip."

Böylelikle çocuğun adı Yakşa olarak kaldı. Pek çoğu bunun kötü bir alamet olduğunu düşünse de, içlerinde hiçbiri, en karanlık rüyalarında bile bu adın ona ne kadar uygun olduğunu anlayamazdı.

Yine de salgın hastalık o günden itibaren bıçak gibi kesildi ve bir daha da geri dönmedi.

Babam Yakşa'yı çocuğu olmayan teyzeme vermiş, o da büyük bir sevgiyle onu bağrına basmıştı. Teyzem sade, bir o kadar da sevecen bir kadındı ve Yakşa'yı çocuğuymuş gibi sevdi, kendi gözünden bile sakındı. Karşılığında aynı sevgiyi çocuğundan görüp görmediğini bilmiyordum. Yakşa koyu renk saçları ve masmavi gözleriyle güzel bir çocuktu.

Yıllar her zamanki gibi akıp geçti ve hem Yakşa hem de benim için zaman tuhaflıkları beraberinde getirdi.

Yakşa köyümüz tarihindeki en hızlı büyüyen çocuktu. On beş yaşıma geldiğimde benden sekiz yıl sonra doğmuş olmasına rağmen, benim boyuma, eğitimime, yaşıma çoktan ulaşmıştı. Hızlı gelişimi, doğumuyla ilgili dedikoduları gündeme getiriyordu.

Yakşa'nın dünyaya geldiği geceye şahitlik eden adamlar rahibin Amba'nın cansız bedenine Yakşini'yi sokarken meydana gelen olaylardan asla bahsetmediklerinden, söylentiler dedikodu olarak kalmıştı. Birbirlerine bu sırrı saklayacaklarına dair yemin etmiş olmalıydılar çünkü babam beni zaman zaman yanına çekip, o gece hakkında konuşmamam gerektiğini hatırlatıyordu. Tabii ki anlatmadım, çünkü bu olaya şahitlik eden altı adamın dışında bana kimsenin inanacağını düşünmüyordum. Üstelik babamı seviyor ve hata yaptığını düşünsem dahi ona her zaman itaat etmeye çalışıyordum.

On beş yaşıma geldiğimde Yakşa benimle konuşmak için fırsat kollamaya başlamıştı. O zamana kadar ondan kaçmış, beni takip ettiğinde bile mesafemi korumuştum. En azından başlarda, ama onda karşı koymamı güçleştiren bir şey vardı. Bu şey tabii ki, uzun, parlak yele gibi siyah saçları ve ışıl ışıl parlayan gözleriyle muhteşem güzelliğiydi. Gülüşü büyüleyiciydi. İki sıra halinde, parlatılmış inciler gibi olan bembeyaz dişleriyle benim bulunduğum yere doğru kaç kez ışıldamıştı. Onunla konuşmaya çalıştığım zamanlarda küçük bir kaşık dolusu kum hamuru, tütsü çubuğu, bir dizi boncuk gibi hediyeler veriyordu. Bu hediyeleri günün birinde ona vermek istemediğim bir şeyin karşılığı olarak alacağını hissettiğimden gönülsüzce kabul ediyordum. Ama asla bir şey talep etmedi.

Fakat onu çekici bulmamın sebebi sadece güzelliği değildi.

Sekiz yaşına geldiğinde, köyün en akıllı kişisi olup çıkmıştı. Birçok yetişkin hasadın nasıl arttırılacağı, yeni mabedin en iyi şekilde nasıl inşa edileceği, tohumlarımızı almaya gelen gezici tüccarlarla ne şekilde pazarlık yapılacağı gibi önemli meselelerde ona danışır olmuştu. İnsanların Yakşa'nın soyu hakkında şüpheleri olsa bile, davranışları hakkında onu övmekten başka yapabilecek bir şeyleri yoktu.

Beni cezbediyordu, ama ondan korkmaktan asla vazgeçmedim. Zaman zaman gözlerinde yakaladığım rahatsız edici bir parıltı, bana Yakşini'nin Amba'nın vücudundan ayrılmadan önceki kurnaz gülümsemesini hatırlatıyordu.

Doğumuna şahitlik etmiş olan altı adamdan ilki kaybolduğunda on altı yaşındaydım. Adam birdenbire kayıplara karışmıştı. Aynı yılın ilerleyen zamanlarında altı adamdan biri daha kayboldu. Babamla bu konuyu ciddi bir şekilde konuşmak istedim ama o Yakşa'yı bundan dolayı suçlayamayacağımızı söyledi. Yakşa güzelce büyüyordu. Ama bir sonraki yıl adamlardan ikisi daha kaybolduğunda babam bile şüphelenmeye başlamıştı. O korkunç geceye şahitlik edenlerden geriye sadece babamla benim kalmamız uzun sürmemişti. Ama beşinci adam öylece ortadan kaybolmamıştı. Bedeni vahşi bir hayvan saldırmış gibi, delik deşikti. Ölmüş bedeninde tek bir damla bile kan yoktu. Diğerlerinin de aynı şekilde öldürüldüğünden kim şüphe duyabilirdi ki?

Babama, neler olduğunu ve Yakşa'nın bu olaydaki yerini herkese açıklaması için yalvardım. O günlerde Yakşa on yaşına basmış olsa da, yirmi gibi görünüyordu ve henüz köyün lideri olmasa da, çok az insan yakında lider olacağına şüpheyle bakıyordu. Babam yumuşak kalpliydi. Yakşa'nın büyümesini gururla izlemişti. Bu muhteşem genç adamın doğumundan kendini sorumlu hissettiğine şüphe yoktu. Ve kız kardeşi, Yakşa'nın üvey annesiydi. Babam başkalarına bir şey anlatmamamı ve Yakşa'dan bir daha dönmemek üzere köyü terk etmesini isteyeceğini söylemişti.

Yakşa ortadan kaybolmuş olmasına rağmen, köye bir daha dönmeyen babam olmuştu. Babamın bedeni, nehir kıyısında bulunan bir tutam kanlı saçının haricinde, asla bulunamadı. Babamın onuruna düzenlenmiş törende yıkılmış ve Yakşa'nın doğduğu gece olan birçok şeyi haykırmıştım. Ama insanların çoğu, duyduğum acıdan dolayı ne söylediğimi bilmediğimi düşündüklerinden beni dinlememişti. Yine de, ortadan kaybolan adamların aileleri beni dinlemişti.

Babamın üzüntüsü yavaş yavaş geçiyordu. Onun ölümü ve Yakşa'nın ortadan kayboluşunun üzerinden iki yıl geçip yirmi yaşıma bastığımda, gezici bir tüccarın oğlu olan Rama'yla tanıştım. Rama'ya duyduğum aşk bir anda olmuştu. Onu gördüğümde, onunla birlikte olmak zorunda olduğumu biliyordum ve Efendi Vişnu'nun lütfuyla o da aynısını düşünmüştü. Dolunay ışığının altında, nehrin kıyısında evlendik. Kocamla uyuduğum ilk gece rüyamda Amba'yı gördüm. Amba gecenin geç saatlerinde birlikte şarkı söylediğimiz zamanlardaki gibiydi. Ama bana söylediği sözler karanlıktı. Bana ölmüş kandan sakınmam ve asla dokunmamam gerektiğini söylemişti. Ağlayarak uyanmış ve ancak kocama sıkı sıkıya sarılarak uyumaya devam edebilmiştim.

Evliliğimin ilk yılı dolmadan kızım Lalita doğmuştu. Mutluluğum tamamlandığından babamın acısı azalmıştı. Ama bu mutluluğa sadece bir yıl süreyle sahip olabilecektim.

Aysız gecelerden birinde, bir ses beni uyandırmıştı. Bir yanımda kocam, diğer yanımda kızım uyuyordu. Yüksek bir ses olmamasına rağmen beni neden uyandırmış olduğunu bilmiyordum. Ama ses garipti; sanki birisi bıçağın yüzeyini tırnaklarıyla tırmalıyordu. Ayağa kalkıp evimin dışına çıktım ve karanlıkta durarak etrafa baktım.

Arkadaş olduğumuz zamanlarda yaptığı gibi arkamdan yanaştı. Ama ben daha konuşmaya başlamadan, o olduğunu biliyordum. Onun yakınlığını, insan olmayan varlığını hissettim.

"Yakşa," diye fısıldadım.

"Sita." Sesi çok yumuşaktı.

Dönüp bağırmaya çalıştım ama daha ses çıkaramadan önümde durmuştu. Yakşa'nın köyümüzde yaşarken sakladığı gerçek gücünü ilk kez hissediyordum. Boynuma geçirdiği uzun tırnaklı elleri kaplan pençesi gibiydi. Uzun bir kılıç dizine çarpıyordu. Nefesimi keserek üzerime eğilmiş ve kulağıma fısıldamıştı. Onu son gördüğümden beri boyu uzamıştı.

"Beni aldattın aşkım," dedi. "Konuşmana izin verirsem bağıracak mısın? Eğer bağırırsan, ölürsün. Anlaşıldı mı?"

Kafamı salladım ve boynumdan tutmaya devam etse de, boğazımı sıktığı elini gevşetmişti. Konuşmaya başlamadan önce öksürmek zorunda kalmıştım. "Sen beni aldattın," dedim acı bir sesle. "Sen babamı ve diğer adamları öldürdün."

"Bunu bilemezsin," dedi.

"Eğer onları öldürmediysen, nereye gittiler?"

"İçlerinden bazıları benimle, senin anlayamayacağın bir şekilde."

"Sen neden bahsediyorsun? Yalan söylüyorsun. Onlar öldü, babam öldü."

"Babanın öldüğü doğru, ama sadece bana katılmak istemediğinden dolayı." Beni sertçe sarstı. "Bana katılmayı arzu ediyor musun?" diye sordu.

Gece karanlık olduğundan, yüzünün ifadesini çok net görememiştim. Ama bana gülümsediğine inanıyordum. "Hayır," dedim.

"Sana sunduğum şeyin ne olduğunu bilmiyorsun."

"Sen bir şeytansın."

Bana şiddetli bir tokat attı. Yediğim tokat neredeyse boynumu koparacaktı. Kendi kanımın tadına baktım. "Benim kim olduğumu biliyorsun," dedi Yakşa, kızgın ama aynı zamanda gururlu bir ses tonuyla.

"Senin kim olduğunu biliyorum. O gece oradaydım. Diğerleri, onları öldürmeden sana anlatmadılar mı? Her şeyi gördüm. Adını koyan bendim; Yakşa. Yakşini'nin lanetlenmiş oğlu!"

"Sesini yükseltme!"

"Senin söylediğin hiçbir şeyi yapmayacağım."

Tekrar boğazımı sıktığında nefes almakta zorlanmıştım. "Sevgili Sita! O halde kocanın ve sevgili yavrunun ölümünü izledikten sonra öleceksin. Evet, onların evde uyuduğunu biliyorum. Seni bir süredir uzaktan izliyorum."

Acı içinde güçlükle nefes alırken, "Benden ne istiyorsun?" diye sordum.

Beni bıraktı. Ses tonunun yumuşak ve arkadaş canlısı olması dayanılmazdı. "Sana iki seçenek sunmak için geldim. Karım olup *benim gibi* olabilirsin. Ya da ailen bu gece ölecek. Çok basit."

Zalimliğinin yanı sıra sesinde bir gariplik vardı. Sanki beklenmedik bir keşif yapmışçasına heyecanlıydı. "*Benim gibi* derken ne demek istedin? Asla senin gibi olamam. Sen herkesten farklısın."

"Benim farkım gücümün büyüklüğünden kaynaklanıyor. Ben türümün ilk örneğiyim, ama başkalarını da benim gibi yapabiliyorum. Eğer benimle kanını değiştirirsen beni sevmeni sağlayabilirim."

Yakşa'nın teklifinin ne olduğunu bilmiyordum, ama onun kanının en ufak bir zerresinin bile içimde dolaşma ihtimali beni korkutmuştu. "Senin kanın bana ne yapacak?" diye sordum.

Dik dururken, "Ne kadar güçlü olduğumu görüyorsun. Beni öldürmek çok zor. Senin göremediğin şeyleri görüyor, duyamadığın şeyleri duyabiliyorum." Bana doğru eğildiğinde, soğuk nefesi yanağımdaydı. "Her şeyden önemlisi senin hayal edemeyeceğin şeyleri hayal ediyorum. Sita! Sen bu rüyanın bir parçası olabilir ya da bu gece toprağın altında kızın ve kocanla birlikte çürümeye başlayabilirsin."

Söylediklerinden şüphe etmemiştim. Onun eşsiz, benzersiz olduğu ilk günden beri âşikârdı. Sahip olduğu özellikleri başka niteliklere dönüştürebiliyor olması beni şaşırtmamıştı.

"Senin kanın benim vücudumda dolaşmaya başladığında ben de senin kadar zalim olacak mıyım?"

Sorum onu eğlendirmişti. "Sanırım zamanla benden daha kötü olacaksın." Bana yaklaştığında dişlerinin kulak mememe dokunduğunu hissettim. Kulağımdan akan kanı emerken aldığı zevk beni etkilemişti. Bu zevk, kocamın bana gecenin bir yarısında yaşattığı tutkudan daha üstündü. Yakşa'nın gücünün özünü, derinliğini ve Yakşini'nin geldiği, gökteki siyah boşluğun ötesindeki boşluğu hissedebiliyordum. O küçücük ısırıkla kanımın her zerresi siyah kana dönüşüyor gibiydi. Kendimi yenilmez hissediyordum.

Yine de ondan bu güne kadar etmediğim kadar nefret ediyordum.

Bir adım uzaklaştım.

"Seni büyürken izledim," dedim. "Sen de beni izledin. Her zaman kafamdan geçenleri söylediğimi biliyorsun. Senden bu kadar nefret ederken, nasıl karın olabilirim? Neden benim gibi bir eş istiyorsun?"

Yakşa ciddi konuştu. "Ben seni yıllardan beri istiyorum."

Ona arkamı döndüm. "Eğer beni istiyorsan, bu bana değer veriyorsun demektir. Ve bana değer veriyorsan, burayı terk etmelisin. Uzaklara git ve bir daha da dönme. Ben ailemle mutluyum."

Soğuk elini omzumun üzerinde hissettim. "Seni terk etmeyeceğim," dedi.

"O zaman beni öldür, ama kızımla kocama dokunma."

Omzuma dokunuşu sertleşti. Gerçekten de on adamdan fazla olmasa da, on adam kadar güçlüydü. Eğer bağırmış olsaydım, Rama bir saniye geçmeden ölmüş olacaktı. Omzumun ağrısı vücuduma yayılmış olduğundan öne doğru eğilmek zorunda kaldım.

"Hayır!" dedi. "Benimle gelmek zorundasın. O gece orada olman kaderdi. Gece bitmeden benimle gelmek de kaderinin bir parçası olacak."

"Gece bitmeden mi?"

Beni döndürdü ve sert bir şekilde öptü. Kanımın onunkiyle karışmış tadını bir kez daha aldım. "Sonsuza kadar yaşamaya devam edeceğiz," diye yemin etti. "Sadece evet demen yeterli. Evet demek zorundasın." Duraksadı ve evime doğru baktı. Bir kez daha söylemesine gerek yoktu; anlamını biliyordum. Yenilmiştim.

"Evet."

Bana sarılarak, "Beni seviyor musun?" diye sordu.

"Evet."

"Yalan söylüyorsun ama önemli değil. Çünkü zamanla seveceksin. Beni sonsuza kadar seveceksin."

Beni kucağına aldı ve uzağa taşıdı. Karanlık ormanda, huzurlu ve sessiz bir yerde kendi damarıyla benimkini tırnaklarıyla açtı. Kollarımızı birbirine bastırıp, sonsuz gibi gelen bir zaman boyunca bu şekilde tuttuk. O gece tüm zamanlar kaybolmuş, tüm sevgiler lekelenmişti. Beni değiştirirken benimle konuşmuş ama kullandığı kelimeleri anlamamıştım. Çıkarttığı ses Yakşini'nin kendine ait karanlık ininde çiftleşirken çıkarttığı ses olmalıydı. Beni öptü ve saçımı okşadı.

Sonunda değişen kan vücudumu ele geçirmişti. Nefes alışımla kalp atışım gittikçe artan bir hızla yarışmış, kızgın yağla dolu bir kazanın içine düşmüş biri gibi bağırıncaya kadar birbirlerini takip etmişlerdi. Ama bunu, o zaman da şimdiki gibi anlamamıştım. Acının en kötü tarafı, bana yetmemesi ve hiçbir ölümlünün bana veremediği kadar heyecan vermesiydi. O andan itibaren Yakşa benim efendim olmuştu ve istediklerimi Vişnu yerine ondan dileyecektim. Kalbimin atışı ve nefes alışım dururken bile, evet, ölürken bile Tanrı'mı unutmuştum. Ben babamın reddettiği yolu seçmiştim. Evet, yapmış olduğum seçimle şeytanın oğlu beni kucakladığında şeytani bir zevk alıp çığlık attığım zaman kendi ruhumu lanetlediğim bir gerçektir.

DÖRDÜNCÜ BÖLÜM

Ne kadar uzun yaşarsam o kadar sabırsızlaştığımdan, *gençlerin sabırsızlığı* kavramını aptalca bulurum. Doğru, etrafımda bir şeyler olmadığında ben de tamamen sessiz ve mutlu bir şekilde oturabilirim. Bir keresinde altı ay boyunca bir mağarada oturup yarasa ailesinin kanıyla idare etmeye çalışmıştım. Ama yüzyıllar yanımdan geçip giderken, istediğim şeyin hemen gerçekleşmesini istemeye başladım. Bir ilişkiyi çabucak başlatırım. Bu yüzden de Ray ve Seymour'la daha yeni tanışmış olmamıza rağmen kafamda onları çoktan arkadaş olarak hesaba kattım.

Tabii bazen de bu arkadaşlıkları aynı hızda bitiririm.

Ray'in kapıya vurması beni uykumdan uyandırdı. Bir vampir nasıl uyur? Cevap gayet basit. Ölü gibi. Uyurken sık sık rüya gördüğüm doğrudur, ama bu rüyalar genellikle kanlı ve acıdır. Ama Rama, Amba, Yakşa ve başlangıçla ilgili olan az önceki rüya en acı vereniydi. Zaman geçse bile acısı asla azalmıyordu.

Ağır adımlarla kapıya yöneldim.

Ray okul kıyafetlerini değiştirmiş, altına bir kot, üstüne de gri bir kazak giymişti. Saat dokuz. Ray'in gözlerindeki parıltı bana, hava karardıktan sonra benim evimde ne yaptığını merak ettiğini söylüyordu... Gözlerini hipnotize eden bu kızla daha yeni tanışmıştı. Daha önce seksi düşünmemişse bile çok yakında düşünecekmiş gibi duruyordu.

"Çok mu geç kaldım?" diye sordu Ray.

Gülümsedim. "Ben bir vampirim, bütün gece uyanığım." Yana doğru çekilip işaret ederken, "Lütfen içeriye gir ve kusuruma bakma. Dediğim gibi; mobilyaların çoğu garajda. Eşyaları taşıyan adamlar geldiklerinde eve girememişler," dedim.

Ray etrafa bakınıp, onaylarcasına kafasını salladı. "Annelerin uzakta olduğunu söylemiştin?"

"Evet, bunu söyledim."

"Neredeler?"

"Colorado'da."

"Colorado'nun neresinde yaşıyordunuz?"

"Dağlarda," dedim. "Bir şeyler içmek ister misin?"

"İsterim. Neyin var?"

"Su."

Güldü. "Bana katıldığın sürece, kulağa hoş geliyor."

"Memnuniyetle. Bir şişe şarabım da var. Şarap içer misin?"

"Arada sırada bira içerim."

Mutfağa doğru gittim. "Şarap daha iyidir, kırmızı şarap. Et yer misin?"

"Eğer vejetaryen olup olmadığımı soruyorsan, değilim. Neden sordun ki?"

"Sadece meraktan," dedim. Karşımda öylesine tatlı duruyordu ki onu dişlememek için kendimi tutmakta zorlanıyordum.

Mutfakta durduğumuz süre boyunca birlikte bir kadeh şarap içtik. Dünya barışı için içtik. Ray işe başlamakla ilgili endişeliydi. Sadece endişeli. Bir ölümlüyle birlikteyken uyuşmazlık auram daha yüksektir. Ray eşsiz bir kadınla birlikte olduğunu biliyordu ve bu durum ilgisini çekmişti. Utangaçtı. Onun karışmış kafasını dağıtmak istediğimden, Pat'in nasıl olduğunu sordum.

"İyi," dedi.

"Ona bana geleceğinden bahsettin mi?"

Kafasını eğdi. Kendini biraz suçlu hissediyordu ama çok değil. "Ona yorgun olduğumu ve erken yatacağımı söyledim."

"İstersen burada kalabilirsin. Ama önce yataklarımı getir."

Cesaretim onu şaşırtıyordu. "Babam nerede kaldığımı merak eder."

"Telefonum var. Onu arayabilirsin."

"Baban ne iş yapar?" diye sordum.

"Özel dedektiftir."

"Kulağa hoş geliyor. Onu aramak ister misin?"

Ray gözlerimin içine baktı. Ben de bakışlarına karşılık verdim. Babası gibi, bakışlarımın karşısında çekinmiyordu. Ray gerçekten güçlüydü.

"Her şeyi akışına bırakmak daha iyi olacak. Belki işimiz çabuk biter," dedi Ray dikkatlice.

Kısa bir süre sonra oflayıp puflamaya başladı. Ona yardım ettim, ama biraz. Buna rağmen gücüm hakkında yorum yaptı. Ona Seymour'la ne şekilde arkadaş olduğumuzu anlattığımda buna ilgi duydu. Görünüşe göre Seymour onun da arkadaşıydı.

"Bence okulun en akıllı çocuğu. Daha on altı yaşında ama haziranda mezun olacak."

"Bana yazmayı sevdiğini söyledi."

"O inanılmaz bir yazar. Pat'e bazı hikâyelerini okudu, ardından da bana verdi. Bir tanesi zamanın anları içinde uzayda olup biten şeyler hakkında. Hikâyenin adı; *İkinci El.* Hikâyenin karakteri aniden *moment*'ler arasında yaşamaya başlıyor ve orada normal hayattan daha çok şeyin olduğunun farkına varıyor.

"Gerçekten çok ilginç. Hikâyeyi gizemli kılan şey ne?"

"Hikâyenin kahramanı son saatini yaşıyor ve bu son saati bir yıl sürüyor."

"Kahraman son saati olduğunu biliyor mu?"

Ray tereddüt etti. Seymour'un sağlığının iyi olmadığını biliyor olmalıydı. "Bilmiyorum Lara."

Daha önce adımı kullanmamıştı. "Bana Sita diyebilirsin," dedim, kendime hayret ederek.

Kaşlarını kaldırdı. "Bu senin lakabın mı?"

"Bir bakıma. Babam beni böyle çağırıyordu."

Üzüntümün sesime yansımasına izin verdiğimden, Ray ses tonumun değiştiğini fark etmişti. Belki de bu ses tonu, acıdan farklı olan yalnızlığın sesiydi. Binlerce yıldır değer verdiğim hiç kimse gerçek adımı kullanmamıştı. Ray'in gerçek adımı kullanmasının ne kadar hoş olacağını düşündüm.

"Ailen Colorado'da ne kadar kalacak?" diye sordu Ray.

"Sana yalan söyledim. Benim babam burada değil, öldü."

"Çok üzüldüm."

"Sen gelmeden önce onu düşünüyordum." Derin bir iç çektim. "Öleli o kadar uzun zaman oldu ki."

"Hasta mıydı?"

"Öldürüldü."

Ray suratını buruşturdu. "Senin için çok zor olmuş olmalı. Eğer benim babama bir şey olsaydı buna dayanamazdım. Annem bizi terk ettiğinde daha beş yaşındaydım."

Boğazım düğümlendi. Göstermiş olduğum tepkinin büyüklüğü karşısında, bu çocuğun beni bu kadar etkilemesine izin verdiğimin farkına vardım. Bunların hepsi Rama'nın gözlerine sahip olmasından mıydı? Bundan fazlası da vardı. Bu çocuk, Rama'nın sesine sahipti. Hayır, tam olarak onun aksanı değil elbette. Sıradan biri bile onları yan yana konuşurken duymuş olsaydı aynı sese sahip olmadıklarını söyleyebilirdi. Ama benim vampir kulaklarıma göre seslerinin tınısı neredeyse aynıydı. Hecelerinin arasındaki sessizlik. Beni Rama'ya çeken ilk şey derin sessizliğiydi.

Çok yakın olmalısınız, diyebildiğim tek şey olmuştu. Ama çok yakında tekrar babasından bahsetmek zorunda kalacağımı biliyordum. Ofise bu gece gitmek istiyordum. Umarım bir zerre kan kalmamıştır. Ray gerçeği öğrendiğinde onun yanında olmak istemezdim.

Tabii gerçeği öğreninceye kadar yaşarsa.

Eşyalarımın tamamını garaja taşımam yirmi dakika sürmüş olsa da, Ray'in onları geri getirebilmesi iki saati buldu. Ona bir kadeh daha şarap teklif ettim –büyük bir kadeh– ve çabucak içti. Benim kadar susamıştı. Onun kanını, bedenini istiyordum. Kan içmek ve seks yapmak kafamda ayrı tuttuğum şeyler değildir. Yine de ben bir karadul değilim. Seviştikten sonra öldürmem. Fakat öncelikler ve şehvet bazen birlikte gelir. Her şeye rağmen bu genç adamın canını yakmak ya da onun başına kötü bir şey gelmesini istemiyordum. Ama sadece benimle birlikte olması bile ölme ihtimalini artırmaktaydı. Bunu söylemek için bir geçmişime, bir de şimdi karşımda beni izleyen çocuğa bakmam yeterliydi. Boş kadehi koyarken onu izledim.

"Eve gitmeliyim."

"Bu halde araba kullanamazsın."

"Neden?"

"Çünkü sarhoşsun."

"Ben sarhoş değilim."

Gülümsedim. "Seni sarhoş edecek kadar şarap verdim. Haydi, adamım, burada bir süreliğine de olsa sıkışıp kaldığını anla. Hemen ayılmak istiyorsan, benimle sıcak bir banyo yapabilir, bünyendeki alkolü terleyerek atabilirsin."

"Mayomu getirmedim."

"Benim de mayom yok," dedim.

Teklifimle çok ilgilendi, ama şüpheliydi. "Bilmiyorum."

Ona doğru yaklaşarak elimi terleyen göğsünün üzerine koydum. Kasları iyice gelişmişti. Kimin kazanacağını bildiğim için, onunla güreş tutmanın zevkli olacağını düşünüyordum. Benden bir baş daha uzun olduğundan, gözlerinin içine bakabilmek için kafamı kaldırdım. Bana doğru baktı ve gözlerimin içine düşmüş gibi hissetti. Bu gözler ardında ikiz gökyüzünün sonsuz karanlığının saklanmış olduğu dipsiz mavilikteki pınarlardı. Yakşini'nin krallığıydı. O an karanlığımı sezinledi. Onun hakkında başka şeyler sezdiğimde ürperdiğimi hissettim. Bu çocuk Rama'ya ne kadar çok benziyordu; beni ele geçirmişti. Bu doğru olabilir miydi? Radha'nın bana Krişna'nın aşk hakkında söylediği ya şu sözlere ne demeli?

"*Zaman ona asla zarar veremez. Ben aşkım; zaman bana dokunamaz. Zaman şeklini değiştirir. Bir yerde, bir zamanda geri dönecektir. En ummadığın anda sevdiğinin yüzünü tekrar göreceksin. Yüzünün ardına bak...*"

Mükemmel bir hafızaya sahip olmama rağmen sözlerin geri kalanını hatırlayamamam çok garipti.

"Pat'e anlatmayacağım," dedim. "Asla bilmeyecek."

Ray derin bir nefes aldı. "Ona yalan söylemekten hoşlanmıyorum."

"İnsanlar her zaman birbirine yalan söyler. Dünyanın kanunu bu. Bunu kabul et. Bu, yalan söylediğinde onun canını acıttığın anlamına gelmez." Ellerini tuttuğumda hafifçe titredi ama, gözleri benimkilere kenetlenmişti. Parmaklarını öptüm ve yanağıma dokundurdum.

"Benimle yaşayacakların onu üzmeyecek."

Hafifçe gülümsedi. "Bu, acımı hafifletmek için söylenmiş bir yalan mı?" diye sordu.

"Belki."

"Kimsin sen?"

"Sita."

"Sita kim?"

"Sana anlattım, ama beni dinlemedin. Önemi yok. Gel jakuzinin içine oturalım ve yorgun düşmüş kaslarına masaj yapayım. Bunu çok seveceksin. Ellerim çok güçlüdür."

Kısa bir süre sonra ikimiz de jakuzinin içinde çırılçıplak oturuyorduk. Bu güne kadar hem erkeklerle, hem de kadınlarla olan birlikteliklerime rağmen, Ray kadar beni heyecanlandıran biri yoktu. Ray çıplak sırtını bana dönmüş otururken, dizlerim göğüs kafesini sarmış, ellerim omurgası boyunca etini derinden yoğuruyordu. Birine masaj yapmayalı asırlar olmuştu ve bunu yapmak hoşuma gitti. Su çok sıcaktı. Buhar etrafımızı sararken Ray'ın teni kızardı. Ama o canlı canlı haşlanırmışçasına hissetmeyi sevdiğini söylemişti. Tabii benim için kaynayan suyun hiçbir önemi yoktu. Üzerine eğilerek yumuşak bir hareketle omzunu ısırdım.

"Dikkatli ol," dedi. Pat'in bulabileceği bir iz bırakmamı istemiyordu.

"Sabaha geçmiş olacak." Yarasından birkaç damla kan çektim. Geceyi geçirmenin en güzel yolu. Kanı bir yaşam iksiri gibi boğazımdan aşağı aktığında, daha fazla istememe neden oldu. Ama acele etmeye karşı direndim. Dilimin ucunu ısırarak yaranın üzerine bir damla kan akıttım; yara anında kapandı. Masajıma geri döndüm. "Ray?" dedim.

Zevkten inliyordu. "Evet."

"İstersen benimle sevişebilirsin."

İnlemesini artırarak, "Sen inanılmaz bir kızsın, Sita," dedi.

Onu incitmeyecek kadar yumuşak bir hareketle kendime çevirdim. Vücuduma bakmamaya çalıştı ama başarılı olamadı. Dudaklarına yapışıp ihtirasla öperken, onun hissettiklerini hissettim. İlk şaşkınlığı: Bir vampiri öpmek ölümlü birini öpmeye benzemez. Birçok erkek ve kadın dudaklarımın onlarınkine değmesiyle bayılmıştır. Verebileceğim zevk işte buna benzer. Ama öpüşmemin acı veren yönü, istemiyor olsam da dudaklarım genellikle öptüğüm kişinin nefesini içine çeker. İçimde Ray'in kalp atışlarını duyabiliyordum. Tehlikeye girmeden onu bıraktım. Zaman geçtikçe, aksi ne kadar kaçınılmaz gözükürse, ona zarar vermemek için o kadar yemin ediyordum. Islak ve kaygan bedeniyle beni kucakladığında, çenesini omzumun üzerine yaslayarak nefes almaya çalışıyordu.

"Boğazına bir şey mi kaçtı?" diye sordum.

Öksürdü. "Evet. Sanırım sen."

Sırtını okşamaya devam ederken, kıkır kıkır güldüm. "Daha kötüsü de olabilirdi."

"Bugüne kadar tanıdığım kızlara benzemiyorsun."

"Sen de sıradan kızları isteyecek birine benzemiyorsun, Ray."

Geriye yaslandığında çıplak bacaklarım vücuduna dolanmıştı. Gözlerimin içine bakmaktan korkmuyordu. "Pat'e ihanet etmek istemiyorum."

"Benden ne istediğini söyle?"

"Geceyi seninle geçirmek istiyorum."

"Bu bir paradoks. Bakalım hangimiz kazanacak." Kısa bir ara verdikten sonra, "Sır tutmakta benden iyisi yoktur. İkimiz de kazanabiliriz," dedim.

"Benden ne istiyorsun?"

Akıllıca sorulmuş sorusu beni şaşırttı. "Hiçbir şey," derken yalan söyledim.

"Benden bir şey istediğini düşünüyorum."

Gülümsedim. "Vücudunu istiyorum."

Sesimin şirinliğine gülümsemek zorunda kaldığını biliyordum. Ama vazgeçmiş değildi. "Başka ne istiyorsun?"

"Çok yalnızım, Ray."

"Yalnız görünmüyorsun."

"Sana baktığımda kendimi yalnız hissetmiyorum."

"Beni doğru dürüst tanımıyorsun."

"Sen de beni tanımıyorsun. Neden bu geceyi benimle geçirmek istiyorsun?"

"Vücudunu istiyorum." Ama gülümsemesi kesilmiş, başını eğmişti. "Aslında başka bir şey daha var. Gözlerimin içine baktığında kimsenin göremediği bir şey gördüğünü hissediyorum. İnanılmaz gözlerin var."

Ray'i kendime çekerek öptüm. "Bu doğru." Bir kez daha öptüm. "Senin içini görüyorum." Bir öpücük daha. "Seni engelleyen şeyi görüyorum." Dördüncü bir öpücük daha. Nefes almak için çaba harcarken onu bıraktım.

"Nedir?" derken nefes almaya çalışıyordu.

"Pat'i seviyor, ama gizemi de çok istiyorsun. Gizem de sevgi kadar güçlü olabilir, sen de öyle düşünmüyor musun? Beni gizemli buluyorsun ve elinden kaçırıp sonradan pişman olmaktan korkuyorsun."

Etkilendi. "Hissettiğim şey bu. Nasıl oluyor da bunu biliyorsun?"

Güldüm. "Bu da gizemin bir parçası."

Benimle birlikte güldü. "Senden hoşlandım Sita," dedi.

Gülmeyi kestim. Sözleri –öyle sade, öyle masum– beni bir hançer gibi parçalara ayırıyordu. Bana yüzyıllardır *senden hoşlandım* diyen biri olmamıştı. Yargısı çocuksuydu, biliyordum ama bunun bir önemi yoktu. Onu tekrar öptüm, bu sefer onu öylesine sıkı sıkacaktım ki benimle sevişmeye karşı koyamayacaktı. Ama bir şey beni durdurdu.

Küçücük bir iz fark ettiğinde karşındakinin derinliklerine bak, göreceksin.

Bunlar Krişna'nın sözleriydi ve bana bunu Radha söylemişti. Ray'in gözlerinin ardındaki ışık, onu dokunuşumla lekelememi engelliyordu. O zaman kötü bir yaratık olduğunu hissediyordum. İçimden Krişna'ya yemin ettim. Sadece onun hatırası bu şekilde hissetmeme neden olabilirdi. Aksi takdirde, onunla hiç karşılaşmamış olsaydım buna aldırış etmezdim.

"Sana değer veriyorum, Ray." Kendime çevirdim. "Haydi, çıkıp giyinelim. Seninle konuşmam gereken bir şeyler var."

Ray aniden geri çekilmeme şaşırmış, hatta hayal kırıklığına uğramıştı.

Ama bunun yanı sıra rahatlamış olduğunu da hissettim.

Oturma odasındaki şöminenin önünde otururken, açtığımız

şarap şişesini bitiriyorduk. Alkol bugüne kadar beni hiç etkilememiştir. Bir düzine kamyon şoförünün içtiği içkiyi bir dikişte içebilirim. Pek çok konu hakkında konuştuğumuzdan, Ray'in özel hayatı hakkında daha fazla bilgiye ulaşabildim. Önümüzdeki sonbaharda Stanford Üniversitesi'nde fizik ve sanat eğitimi almak istiyordu; bu iki dalı birden almak istemesinin tuhaf olduğunu kabul ediyordu. Babasının bu eğitimi karşılayabilip karşılayamayacağını bilmediğinden, okul taksitleri onu endişelendiriyordu. Endişelenmesi gerektiğini düşünüyordum. Modern kuantum mekaniğinin ve soyut sanatın bir hayranı. Okul çıkışında süpermarkette çalışıyordu.

Pat hakkında tek bir kelime dahi konuşmadı; ben de bahsini açmadım. Ama konuyu babasına yönlendirmeye çalıştım.

"Epey geç oldu," dedim. "Babanı arayıp harika bir sarışınla jakuzide oturduğunu haber vermek istemediğinden emin misin?"

"Doğruyu söylemek gerekirse babamın evde olduğunu düşünmüyorum."

"Kız arkadaşıyla mı takılıyor?"

"Hayır, kız arkadaşı yok. Birkaç gündür şehir dışında, bir davanın üzerinde çalışıyor."

"Ne tür bir dava?"

"Bilmiyorum. Çok para getirecek ya da onu meşhur edecek bir dava olmasının dışında bana bir şey anlatmadı. Bir süredir bu dava üzerinde çalışıyor. Ama onun için endişelenmeye başladım. Sık sık birkaç günlüğüne bir yerlere gider ama hiç bu kadar uzun süre telefon açmadan durmamıştı."

"Evde telesekreteriniz var mı?"

"Evet."

"Ve sana tek bir mesaj bile bırakmadı mı?"

"Hayır."

"Ondan ne kadar zamandır haber alamıyorsun?"

"Üç gün oldu. Çok uzun bir zaman olmadığını biliyorum ama sana yemin ederim ki beni her gün arar."

Sempatik bir şekilde gülümseyerek başımı salladım. "Senin yerinde olsam endişelenmeye başlardım. Şehirde ofisi var mı?"

"Evet. Tudor'da, okyanusa uzak olmayan bir mesafede."

"Ofisine gittin mi?"

"Sekreterini aradım ama onun da bir haberi yok."

"Bu çok saçma, Ray. Polisi arayıp babanın kayıp olduğunu bildirmelisin."

Ray elini hayır dercesine salladı. "Babamı tanımıyorsun. Bunu asla yapamam, öfkeden deliye döner. Eminim işlerine dalmıştır ve en ufak bir fırsat bulduğunda da beni arayacaktır." Duraksadı. "Öyle umuyorum."

O anda aklıma gelmiş gibi, "Bir fikrim var," dedim. "Neden babanın ofisine gidip dosyalarına bakarak şu üzerinde çalıştığı büyük davaya göz atmıyorsun? Büyük ihtimalle nerede olduğunu bulursun."

"Dosyalarını karıştırmamdan hoşnut olmaz."

Omuzlarımı silktim. "Bu sana bağlı. Söz konusu benim babam olsaydı nerede olduğunu bilmek isterdim."

"Dosyalarını bilgisayarında saklar. Sistemin tamamının içine girmem gerekir ve bunu yaptığımda bilgisayarına eklemiş olduğu ayarla babam sisteme girdimi fark eder. Bu şekilde ayarlı."

"Dosyalarına girebilir misin? Yani şifresini biliyor musun demek istedim."

Ray tereddüt etti. "Şifresi olduğunu nereden biliyorsun?"

Sorusunda bir şüphe belirtisi vardı ve bir kez daha Ray'in fark etme kabiliyetine şaşırmıştım. İki gün önce babasını öldürdüğümden beri uzun zamandır bu anı beklediğimden çok şaşırmak istemiyordum çünkü planımı altüst etmeye niyetim yoktu.

"Bilmiyorum," dedim. "Ama bu, dosyaları korumak için tercih edilen bir yoldur."

Tatmin olmuş görünüyordu. "Dosyalarına girebilirim. Küçük bir çocukken ona taktığım lakabı şifre olarak kullanıyor."

Onun şüphesini üzerime çekmek istemediğimden, şifrenin ne olduğunu sormak istemedim; bunun yerine ayağa kalkarak, "Haydi babanın ofisine gidip dosyalarına bakalım. Nerede olduğunu öğrenirsen daha iyi uyuyacağına eminim," dedim.

Şaşırmıştı. "Şimdi mi?"

"Herhâlde sekreteri ofise geldiğinde babanın dosyalarına girmen kolay olmaz. Bence bu saat çok mükemmel. Seninle gelebilirim."

Esnemeye başlayan Ray, "Ama çok geç oldu. Üstelik çok yorgunum. Eve gitsem daha iyi olacak, belki çoktan gelmiştir," dedi.

"Bu da bir fikir. Önce eve gelip gelmediğini kontrol et. Ama gelmediyse ve sana bir mesaj bırakmamışsa, o zaman ofise gitmek zorundasın."

"Babam için neden bu kadar endişe ediyorsun ki?"

Sorusu beni yaralamışçasına, ansızın durdum. "Bunu sorman gerekir mi?" Ona kendi ölmüş babam hakkında yorum yaparken bu yola başvurmuş olmaktan utanmıyordum. Elindeki kadehi koyarak yerden kalktı. "Çok üzgünüm. Haklı olabilirsin," dedi. "Neler olduğunu öğrenirsem daha rahat uyurum. Ama dönüşte seni tekrar evine getirmeliyim."

"Belki." Onu çabucak öptüm. "Ya da eve uçarak gelirim."

BEŞİNCİ BÖLÜM

E vlerine gittiğimizde Ray, babasının gelip gelmediğini ya da mesaj bırakıp bırakmadığını kontrol ederken, ben arabanın içinde bekliyordum. Birkaç dakika sonra üzgün bir hâlde dönmesine doğal olarak hiç şaşırmadım. Soğuk hava ayılmasını sağlamış, babası için endişelenmişti. Sürücü koltuğuna oturup kontağı çevirdi.

"Şansın yaver gitmedi mi?" diye sordum.

"Hayır. Ama ofisinin anahtarını aldım. Kapıyı kırmak zorunda kalmayacağız."

"Gerçekten çok ferahladım." Aksi hâlde, Ray'i uzaklaştırıp kilidi kırma niyetindeydim.

Arabayı kırk sekiz saat önce ziyaret ettiğim binaya doğru sürdü. Yine soğuk bir geceydi. Yıllar boyunca doğduğum yer olan Hindistan'daki gibi sıcak iklime sahip yerlere gittim. Oregon'a gelmeyi neden seçtiğimden emin değilim.

Ray'e doğru bakıyor ve buraya gelmemin onunla bir ilgisinin olup olmadığını merak ediyordum. Ama tabii ki buna inanmıyordum, çünkü ben aslında ne kadere ne de mucizelere inanırım. Krişna'nın tanrı olduğuna da inanmıyorum. *Belki* de tanrıydı. Bunu kesin olarak bilmiyorum ama eğer gerçekten tanrıysa, o zaman evreni yaratırken ne yaptığını bildiğine inanmıyorum.

Ancak aradan geçen bu kadar yıldan sonra, onu düşünmeden edemiyordum.

Krişna, Krişna, Krişna.

Adını duymak bile beni kendimden geçiriyor.

Ray binaya girmemizi sağladı. Az sonra Bay Michael Riley'nin ofisinin kapısı önünde duruyorduk. Ray başka bir anahtar aradı, ardından da doğru anahtarı buldu. İçerideydik. Işıklar kapalıydı; ama bu etrafı görmemi engellemediğinden açılmasa da olurdu. Işıkları açtığı gibi içeriye doğru yürüdü. O bilgisayarın başında otururken ben diğer tarafta durmuş, zemini inceliyordum. Birkaç kan damlası fayanslar arasındaki çatlaklar içinde kurumuştu. Ölümlülerin gözleri onları fark edemez, ama eğer polis burayı incelerse bulurdu. Ne olursa olsun buraya geri dönüp ayrıntılı bir temizlik yapmaya karar verdim. Ray bilgisayarı açtı ve görmediğimi sanarak aceleyle şifreyi yazdı; **RAYGUN**.

"En son girdiği dosyalara bakabildin mi?" diye sordum.

"Ben de tam olarak bunu yapıyordum." Bana doğru baktı. "Bilgisayarlar hakkında bir şeyler biliyor musun?" diye sordu.

"Evet." Monitörü görebilecek şekilde yaklaştım. Ekranda bir menü parlıyordu. Bilgisayarın yanında fare de vardı. Ray, *Pathlist* dosyasını seçtiğinde bir dizi dosya ekranı kapladı. Dosyaların hepsi, tarihlendirilmiş ve bellekte kapladıkları alana göre sıraya dizilmişti. Dosyaların başında duran isim parlıyordu;

ALISA PERNE

Ray ekranı işaret etti. "Bence bu kişinin üzerinde çalışıyor ya da araştırıyor olmalı." Giriş tuşuna bastı. "Bakalım, bu kadın kimmiş?"

Elimi omzunun üzerine koyarak, "Bekle!" dedim. "Duydun mu?"

"Neyi duydum mu?"

"Sesi."

"Ben hiçbir şey duymadım."

"Benim kulaklarım gerçekten çok hassastır. Dışarıda birileri var."

Ray bir an duraksayıp kulak kabarttı. "Bir hayvan olabilir."

"Ah! Yine oldu. Duymadın mı?"

"Hayır."

Biraz endişeli görünmeye çalıştım. "Ray, dışarıda birileri var mı yok mu, bakar mısın?"

Birkaç saniye düşündü. "Tabii. Sorun değil. Sen burada kal ve kapıyı kilitle. Geri döndüğümde sana seslenirim." Ayağa kalktı.

Gitmeden önce dosyaları kapatmasına karşın bilgisayarı açık bırakmıştı. Benimle yatmak için can atarken, babasının dosyalarını emanet edebilecek kadar bana güvenmiyor olmasını ilginç bulmuştum; akıllı çocuk.

Ray kapıdan çıkar çıkmaz, kapıyı kilitleyip bilgisayarın başına geçtim. Şifreyi girerek dosyaların açılmasını sağladım. Hiçbir ölümlünün başaramayacağı kadar hızlı okuyup, fotografik hafızam sayesinde gördüğüm her şeyi hafızama kaydedebilirim. Yine de günümüz bilgisayarının kopyalayabildiği hızda okuyamıyorum. Bir önceki gece sayesinde, Bay Riley'nin yedek disketlerinin olduğunu biliyordum. Çekmeceden iki tanesini çıkarıp birini bilgisayarın içine yerleştirdim. Bu işlemciye aşınaydım. Bay Riley hakkımda ne kadar çok bilgi edinmişti. Birinci diski kopyalamayı başlatmak için bilgisayara yerleştirdim. Alisa Perne dosyası çok büyüktü. Elimdeki donanımı kullanarak dosyanın her iki diskete yüklenmesinin beş dakika süreceğini tahmin ediyordum. Ray işlem bitmeden dönmüş olacaktı. Dosya yüklenmeye devam ederken, ofisin girişine geri dönüp kilide göz attım. Ray'in medivenlerden indiğini duyabiliyordum. Yürürken homurdanıyor, dışarıda birilerinin olduğunu düşünmüyordu.

Kilidi sıkıştırmaya karar verdim. Riley'nin masasından iki tane kâğıt ataşı alıp işime yarayacak şekle soktuktan sonra, kilidin içine yerleştirdim. Ray araştırma gezisinden döndüğünde ilk lisketin kaydı bitmişti. İkincisini yerleştirdim.

"Sita," diye seslendi Ray. "Benim. Dışarıda kimse yok."

Ofisin arka tarafından konuşuyormuş gibi yaptım. "Senin için kapıyı açmamı mı istiyorsun? Dediğin gibi kilitledim."

"Önemli değil, benim anahtarım var." Anahtarı kilidin içine yerleştirdi, ama kapı açılmıyordu. "Sita, açılmıyor. Mandalını mı geçirdin?"

Sesimi değiştirip sanki kapının arkasından konuşuyormuş gibi yapıyor, diğer yandan da monitörü görebileceğim şekilde kendime çevirmiş, sabırsızlıkla kopyalama işleminin bitmesini bekliyordum. Dosyalar hızla kopyalanıyordu, ama Ray'in en ufak bir şüpheye kapılmasını istemiyordum.

"Burada mandal falan yok," dedim. "Anahtarla açmayı tekrar dene."

Birkaç kez daha denedi. "Sen açmaya çalışsana."

Sanki tüm gücümle kapıyı açmaya çalışıyormuş izlenimini verirken, "Kapı sıkışmış," dedim.

"Beş dakika önce açılmıştı."

"Ray sana sıkışmış diyorsam, sıkışmıştır."

"Kapının mandalı yukarıya doğru mu duruyor?"

"Evet."

"Onu yana çevirmelisin."

"Çeviremiyorum. Sabaha kadar burada sıkışıp kalacak mıyım?"

"Hayır. Mutlaka basit bir çözümü vardır." Kısa bir süre düşündü. "Babamın çekmecelerine bak, belki bir kerpeten bulabilirsin."

Yeniden masaya dönebilmek beni mutlu etti. Kopyalamanın bitmesine birkaç saniye kalmışken, çekmeceleri açıp kapatıyor, kerpeten arıyormuş gibi yapıyordum.

Kopyalama işlemim bittikten sonra, adımın yazılı olduğu klasörü açıp, önemsiz bilgilerin bulunduğu ilk sayfa haricinde, geride kalan yüzlerce sayfayı sildim. Bilgisayarı şifre talep konumuna geri döndürdükten sonra elime aldığım disketleri pantolonumun arka cebine koydum. Kapıya gidip önceden sıkıştırdığım ataşları da aynı cebe koyduktan sonra kapıyı Ray için açtım.

"Neler oldu?"

"Ancak açabildim."

"Çok garip."

"Dışarıda kimsenin olmadığından emin misin?"

"Ben kimseyi görmedim."

Esnedim. "Çok yoruldum."

"Beş dakika önce enerji doluydun. Seni eve götürmemi ister misin? Ben daha sonra gelip dosyalara bakabilirim."

"Gelmişken bakabilirsin."

Ray yeniden bilgisayarın başına geçerken ben de bekleme salonunda oyalanıyordum. Şaşkınlığını belirten garip bir ses çıkartınca kapıdan baktım.

"Ne oldu?"

"Dosyanın içinde pek bir şey yok."

"Alisa Perne'ün kim olduğundan bahsediyor mu?"

"Çok değil. Hakkında pek bir bilgi yok ama babamı onu araştırması için kimin tuttuğu bilgisine ulaşabilirim."

"Bu en azından bize yardımcı olabilir."

"Bunu da yapamıyorum çünkü dosya ortasından silinmiş. Burada olduğuna yemin edebilirdim," derken, bana bakıyordu.

"Ne oldu Ray?" diye sordum.

Ekrana geri döndü. "Bir şey yok."

"Hayır, Ray, söyle. Neye yemin ederdin?" Bilgisayarı ilk açtığında dosyanın büyüklüğünün farkına varmış olmasından endişe duyuyordum. En azından dosyanın şu anda kapladığı alan küçücük görünüyordu. Ray başını salladı.

"Bilemiyorum," dedi. "Ben de çok yorgunum. Bu saçmalıklarla yarın ilgileneceğim." Dosyaları ve bilgisayarı kapattı. "Haydi gidelim."

"Tamam."

Yarım saat sonra okyanusun kenarındaki gerçek evimdeydim. Bilgisayarıma ihtiyacım olduğundan zip sürücülerle gelmiştim. Ray'e verdiğim iyi geceler öpücüğü çok kısaydı. Bana karşı duyduğu hisleri anlamak zordu. Benden kesinlikle şüphe duyuyordu, ama bu, bana karşı hissettiklerinin içinde baskın olan duygu değildi. Garip bir şekilde, içinde barındırdığı hisler korku, mutluluk ve bağlılığın bir karışımıydı. Ama şimdi babası adına ofise gitmemizin öncesine kıyasla daha fazla endişeleniyordu.

Evde bir sürü kelime işlemcisi bulunduğundan, disketlerden ilkini takıp Alisa Perne dosyasını ekrana getirmekte zorluk çekmedim. Bay Riley'nin araştırmasına, beni aramasından yaklaşık olarak üç ay önce başladığını anladım. Dosyama verdiği numaranın yanında bulunan *Bay Slim* ibaresi dikkatimi çekti. Bay Slim'in e-posta adresi olmasına karşın, herhangi bir telefon numarası yoktu. İsviçre uzantılı e-posta adresini hemen ezberledim ve dosyanın üzerinde yoğunlaşmaya gayret ettim. Riley'nin hakkımda aldığı notlar ilgimi çekerken Bay Slim'in çektiği fakslarının yerine, Riley'nin bunlar üzerine yaptığı yorumlara ulaşabildim.

8 Ağustos

Bu sabah Bay Slim adındaki bir beyefendiden bir e-posta aldım. Kendini Avrupalı zengin müşterilerin avukatı olarak tanıttıktan sonra benden, Mayfair'de yaşayan Alisa Perne adında genç bir bayanı araştırmamı istiyordu. Hakkında çok az bilgisi olduğunu sezinlemememin yanı sıra, bu bayanın, Bay Slim'in araştırdığı pek çok kişiden biri olduğu izlenimi edindim. Ülkenin bu kısmındaki başka kadınları da araştırmamı istiyordu, ama henüz diğerlerinin ismini vermiş değil. Bayan Perne'ün özellikle mali durumu ve ailevi bilgilerine ulaşmam isteniyor. Beni en çok şaşırtansa tanıdığı, ilişki kurduğu birinin yakın zamanda vahşi bir şekilde ölüp ölmediğini bulmamı istemesiydi. Ona Alisa Perne'ün tehlikeli olup olmadığını sorduğumda cevap olarak, göründüğünden daha tehlikeli olduğunu belirtti. Onunla hiçbir koşulda doğrudan iletişime geçmemem gerektiğini de sıkı sıkıya tembih ederken, Alisa Perne'ün on sekiz ila yirmi yaş arasında göründüğünü ifade etti.

Bay Slim'in araştırmama başlamadan önce banka hesabıma on bin dolar yatırmış olması, merakımı ayrıca uyandırdı. E-posta yoluyla, davayı alacağıma dair ona cevap yazdım. Genç bayanın adresi ve sosyal güvenlik numarası elimde olmasına rağmen, kendisine ait bir fotoğraf henüz elimde yok.

Mesafemi korumam konusunda uyarılmama karşın, bir adet fotoğraf çekerek kayıtlarıma koymak niyetindeyim. Bu yaştaki biri ne kadar tehlikeli olabilir ki?

Dosyanın devamında hakkımda yaptığı araştırmanın bir taslağı bulunuyordu. Görünüşe göre, TRW ile bir bağlantısı vardı; bu sayede sıradan bir dedektifin ulaşamayacağı bilgilere erişim sağlayabiliyordu. Bay Slim'in bu bağlantıdan haberdar olduğu ve Riley'yi bu sebeple tercih ettiğini düşünmeye başladım. Çok kısa bir sürede, Riley zenginliğimi ve ailemin olmadığını keşfetmişti. Hakkımdaki bilgilere ulaştıkça daha fazlası için araştırmış, buna karşın öğrendiklerini Bay Slim'e daha seyrek iletmeye başlamıştı. Bir noktada, Riley kendisi için büyük bir karar olarak New York Borsası'ndaki bir bağlantısını kullanmıştı. Bu kişiye giderek Riley önemli bir kozunu kaybediyordu ama sanırım benim buna değeceğimi düşünmüştü.

21 Eylül

Bayan Perne sahip olduğu gayrimenkullerin yanında IRS finans kurumunda sahip olduğu hisseler ve pek çok bankada bulunan hesaplarıyla büyük bir servete sahip. Görünüşe göre, tüm mal varlığı New York'ta bulunan Benson & Sons firması tarafından kontrol ediliyor. Onlarla doğrudan iletişime geçip kendimi zengin bir yatırımcı olarak tanıtmış olsam da, sadece Bayan Perne'ün hesaplarıyla ilgilendiklerini ve başka müşteriye ayıracak zamanlarının olmadığını söyleyerek beni kibarca reddettiler. Eğer bu doğruysa, Benson & Sons'ın yatırım tutarlarına bakarak Bayan Perne'in servetinin yarım milyar dolardan daha fazla olduğu söylenebilir.

Sonunda bu genç bayanı görme imkânına kavuştum. Bay Slim'in dediği gibi genç ama bir o kadar da çekici. Ancak bu kadar genç olması kafamı karıştırıyor ve kendime acaba annesiyle aynı adı taşıyıp taşımadığı sorusunu sormadan edemiyorum. Bunun nedeniyse, iş ilişkilerinin çoğu yirmi yıldan uzun zamandır sürdürülmesine rağmen, hepsinin Alice Perne'ün imzasını taşıması. Bu yüzden ne kadar düşünsem de işin içinden çıkamıyorum. Bay Slim'in uyarılarını hiçe sayarak onunla konuşmak için can atıyorum.

- Bay Slim benden pek memnun görünmüyor, ki duyguları karşılıklı. Ondan bazı bilgileri saklıyor olmamdan şüpheleniyor, gerçi bu konuda haksız da sayılmaz. Ama o da bana karşı dürüst davranmadı. Bayan Perne'ü neden araştırıyorsunuz diye defalarca sormuş olmama rağmen, bana herhangi bir açıklamada bulunmamıştı. Alisa Perne kim? Dünyanın en zengin kadınlarından biri. Peki bu servete nasıl sahip oldu? Yasa dışı yollardan mı? Olmayan ailesinden mi miras kaldı? Bu davayı kapatmadan önce ona bu soruları mutlaka sormalıyım.

Bay Slim bana yüklü bir miktar ödeme yapmış olmasına rağmen, Bayan Perne daha fazlasını ödeyebilir. Ama Bay Slim'in arkasından bir şeyler çevirdiğimin ortaya çıkması akıllıca olmaz. Bay Slim'in gönderdiği fakslarda belirgin bir kabalık var. Bu adamla tanışmayı pek istemezken, Alisa ile görüşmek için can atıyorum.

Eylül sonunda bana ilk ismimle hitap edebilecek bir konuma gelmiş olmasına rağmen, kasıma kadar benimle irtibata geçmemişti. Bu zaman zarfında ne yapmıştı? Daha derinlemesine okudum ve uluslararası mal varlığımı araştırdığını öğrendim. Asya, Avrupa kıtalarındaki mal varlığımla birlikte Fransız ve Hint pasaportlarına sahip olduğumu keşfetmişti. Ulaştığı bu son gerçek onun için bir devrim niteliğindeydi, ki öyle olması da gerekiyordu. Zira bu pasaportlara otuz yıldan uzun süredir sahiptim. Bana hemen yaşımı sormuş olmasına şaşmamalıydım.

Gerçi sonunda benimle bağlantılı bir olay bulmuştu; Los Angeles'ta beş yıl önce, Bay Samuel Barber'ın vahşice öldürülüşü. Bu adam benim bahçıvanımdı. Onu öldürdüm, çünkü pencerelerden içeriyi gözetleme gibi kötü bir huyu vardı. Hakkında konuşmak istemediğim şeyleri görmüştü.

25 Ekim

Polis raporlarına göre Bay Samuel Barber üç yıldır Bayan Perne için çalışıyormuş. Onu bir sabah okyanusun Santa Monica Rıhtımı açıklarında yüzükoyun sürüklenirken bulduklarında, öleli iki gün olmuş. Katil ya da katiller adamın boğazını parçalamış. Görüştüğüm dedektif, cinayet silahını hiçbir zaman belirleyemediklerini söyledi. Onu canlı gören son kişiyse Bayan Perne'den başkası değilmiş.

Onu öldürdüğünü düşünmüyorum. Ya da öldürmemiş olduğunu düşünmeyi tercih ediyorum. Onu ne kadar çok araştırırsam gizliliğine ve kurnazlığına karşı duyduğum hayranlık da o derece artıyor. Belki bu adam onun hakkında bilmemesi gereken bir şeyler öğrenmiş, o da adamı öldürtmüş olabilir. Sonuç itibarıyla, istediği kişiyi tutabilecek kaynaklara sahip olduğu aşikâr.

Onunla tanıştığım zaman bahçıvanının başına gelenleri mutlaka sormalıyım. Bu durum, onunla pazarlığını yapabileceğim kozlardan biri olabilir.

Sonunda onunla en yakın zamanda tanışmak istediğime karar verdim. Gönderdiğim son e-postada, Bayan Perne'ün servetinin boyutlarıyla ilgili olarak daha önce iddia ettiklerimi doğrulayabilecek kesin ipuçlarına ulaşamadığımı belirterek, Bay

Slim'le olan tüm bağlantılarımı kopardım. O zamandan beri e-posta adresimi değiştirmiş olduğumdan, bana cevap yazıp yazmadığına dair en ufak bir fikrim dahi yok. Bay Slim'in benden memnun kalmadığı su götürmez bir gerçek, ama bunu dert edip uykularımı kaçıracak halim yok.

Acaba Bayan Perne'den ne kadar istemeliyim? Bir milyon, kulağa hoş ve düz bir rakammış gibi geliyor. Sessiz kalmamı sağlamak için, bu miktarı ödemeyi seve seve kabul edeceğinden hiç şüphem yok. Ama gerçeği söylemek gerekirse, bu paraya dokunmayı düşünmüyorum. Ray yeteri kadar büyüdüğünde, bu parayı ona veririm.

Onunla buluştuğumda ne olur ne olmaz diye yanımda silah olacak. Tabii sadece tedbiri elden bırakmamak için, yoksa Bayan Perne'ün bana kötülük yapacağına, en ufak bir ihtimal dahi vermiyorum.

Bundan başka bir veri girmemişti. Bilgisayardaki dosyayı silmiş olmaktan dolayı mutluluk duydum. Polis benim hakkımda bu kadar çok bilgiye sahip olmuş olsaydı, peşimi bırakmazdı. Aslında ofisin bulunduğu binayı ateşe vermek de kötü bir fikir değildi. Bunu ayarlamak zor olmazdı. Ama böylesi bir girişim, Bay Slim'in dikkatini huzur içindeki Mayfair'e çekebilirdi. Genç ve güzel Alisa Perne'e.

Ama Riley'nin, sadece e-posta adresini değiştirmesiyle Bay Slim'in onu takip etmekten vazgeçebilceğini düşünmüş olması aptallıktı. Slim'in onu şimdi daha da yakından takip ettiğine kesinlikle emindim ve şimdi dedektif ortadan kaybolduğuna göre, Slim ve adamları çevrede olabilirlerdi. Slim bu işe büyük paralar yatırmıştı; dolayısıyla çok güçlü olmalıydı.

Ama ben kendi gücüme güveniyor ve bu görünmeyen kişinin beni bir gölge gibi takip etmesine kızıyordum. İsviçre'deki e-posta adresini aklımda tuttum ve bu herifle yüz yüze geldiğimde söyleyeceklerimi tasarladım. Mesajım kısa olacaktı, çünkü onun uzun bir süre yaşamasına izin vermeyi düşünmüyordum.

Ama Slim'in, benim ne kadar tehlikeli olduğumu bildiğini unutmamalıydım.

Bu, vampir olduğumu bildiği anlamına gelmiyordu, yine de durum endişe vericiydi.

Bilgisayarıma döndüm ve açma düğmesine bastım.

Sevgili Bay Slim,

Adım Alisa Perne. Bay Riley'i beni araştırması için tutmuş olduğunuzu tahmin ediyorum. Ondan uzun bir zamandan beri haber alamadığınızı biliyorum –ona ne olduğuna dair hiçbir fikrim yok– bundan dolayı sizinle bizzat iletişime geçmeyi daha uygun buldum. Sizinle tanışmaya hazırım. Bay Slim, sizinle yalnız görüşüp kafanızda neler olduğunu öğrenmek için can atıyorum.

Saygılarımla,

Alisa

Mesajı gönderdikten sonra beklemeye başladım. Fazla beklememe gerek kalmadan on dakika sonra, az ve öz yazılmış bir e-posta aldım.

Sevgili Alisa,

Nerede ve ne zaman buluşmak istiyorsunuz? Ben bu gece müsaidim.

Görüşmek dileğiyle,

Bay Slim

Düşündüklerimde bir kez daha haklı olduğum ortaya çıkmıştı. İsviçre'deki adres düzmeceydi ve düşmanlarım uzağımda değil bana bir nefes kadar yakındı. Kaybedecek tek bir dakika olmadığından e-postama derhal cevap yazdım.

Sevgili Bay Slim,
Water Cove Rıhtımı'nda buluşabiliriz. Lütfen yalnız gelin. Anlaşıldı mı?

Sevgili Alisa,
Anlaşıldı.

ALTINCI BÖLÜM

*W*ater Cove kasabasındaki rıhtım, Mayfair'deki evime yarım saatlik bir mesafedeydi. Evden çıkarken kot ceketimin cebine silahımı koydum. Daha küçük bir silahı da sağ botumun içine sıkıştırdım. Sol botumun içindeyse, son derece keskin bir bıçak vardı. Bıçakları rahatlıkla kullanabilirim; yüzlerce metre uzaklıktaki hareketli bir hedefi bileğimin ufak bir hareketiyle vurabilirim. Slim'in ne kadar tehlikeli olduğumu bile bile, tek başına geleceğine ihtimal vermiyordum. Benimle uğraşabilmesi için yanında küçük bir ordu getirmesi gerekiyordu.

Slim'den önce varmak istediğim için, hızlı bir şekilde evden ayrıldım. Siyah Ferrari'mle rıhtıma geldiğimde, etrafta kimseler yoktu. Rıhtımın iki blok ötesinde arabayı park ettim. Kalbim tetikteydi. Çekilmiş bir tetiğin sesini bir kilometre öteden bile duyabilirim. Slim'in beni öldürebilmesi için en azından bu kadar yakına gelmesi gerekirdi, ki bu, göz önünde bulundurduğum bir ihtimaldi.

Şimdilik etraf huzurlu ve sessizdi. Tedbirli bir şekilde rıhtımın sonuna kadar yürüdüm. Bu buluşma yerini iki sebepten dolayı seçmiştim. Slim bana buradayken sadece bir yönden yaklaşabilirdi. Ve eğer bana saldıracak olursa okyanusa atlayacak kadar zamanım olacaktı. Su yüzeyine çıkmadan okyanusun dibinde, bir kilometre boyunca yüzebilirim. Kendime güvenim yüksek, zaten neden yüksek olmasın ki? Yaşadığım beş bin yıllık hayatım boyunca dengim olan bir yüzücüyle hiç karşılaşmadım.

Buluşma saatimize birkaç dakika kala, rıhtımın kenarına yaklaşan beyaz limuzinden siyah, deri ceketli bir kadınla, yine siyahlar içinde olan bir erkek indi. Aşağı yukarı kırk beş yaşlarında görünen adam, siyah kravatı, beyaz gömleği ve şık siyah pantolonuyla Deniz Kuvvetleri SEAL'ı ya da CIA ajanlarını andırıyordu. Onlardan iki yüz metre uzakta olmama rağmen, adamın yeşil gözlerini, kısa kesilmiş saçlarını ve gelişmiş kaslarını görebiliyordum. Adamın teni, güneşte yanmış gibi bronzdu. Montunun içinde en azından bir tane silah vardı, belki iki.

Kadın, adamdan on yaş daha genç gösteriyordu ve çekici bir esmerdi. Baştan aşağı siyahlar içindeydi. Montu saklamış olduğu silahlar yüzünden şişkindi. Üzerinde en azından bir tane tam otomatik silah bulunuyordu. Cildi bembeyazdı, ağzının şekli sert bir ifade yaratıyordu. Bacakları uzun, kasları güçlüydü. Karate ya da benzeri bir spor dalında uzman olmalıydı. Düşüncelerini okumak zor değildi. Pis bir işi vardı ve bunun hakkını vermek istiyordu. Vaat edilen ödül büyüktü.

Yine de adamın lider olduğu aşikârdı. Gülüşündeki ifadesizlik ve incelmiş dudakları, kızın kaşlarını çatmasından daha ürperticiydi. Onun Slim olduğunu biliyordum.

Dört blok ötede ikinci limuzinin park ettiğini duydum, motoru çalışır haldeydi. Bu ikinci arabayı göremiyordum; binanın arkasına saklanmıştı, ama motor sesleriyle arabaları kafamda eşleştirebiliyordum. Her arabanın içinde onar kişi olabilir, diye tahmin ediyordum. İhtimalleri göz önüne alırsak, bu rıhtımda bana karşı yirmi kişi olabilirdi.

Kadınla adam, tek kelime etmeksizin bana doğru yürüdüler. Rıhtımın kenarından okyanusa atlayıp kaçmayı düşünüyordum. Ama tereddüt ettim, çünkü her şeyden önce ben yırtıcı bir hayvandım; kaçmaktan da her zaman nefret etmişimdir. Ayrıca oldukça merak ediyordum; bu insanlar kimdi ve benden ne istiyordu? Silahlarına uzandıkları anda atlayıp, göz açıp kapayıncaya kadar gitmiş olacaktım. Bana yaklaşmakta olan bu varlıkların, birer ölümlüden başka bir şey olmadıkları açıktı.

Kadın aramızda otuz metrelik bir mesafe kaldığı zaman durdu. Adam on metre kalıncaya kadar gelmişse de, daha fazla yaklaşmadı. İkisi de silahlarını çekmemiş olsa da tetikteydim. Dört blok ötede üç adamın limuzinden indiğini duydum. Üçü de farklı yönlere dağılıyordu. Ellerinde silahları vardı; o ağır metalin kıyafetine sürtünmesini duyabiliyordum. Pozisyon aldıklarında –sonunda onları gözümün ucuyla da olsa görebilmiştim– biri arabanın arkasında, biri ağacın yanında, sonuncusu da işaret levhasının arkasında konuşlanmıştı. Aynı zamanda limuzinin içindeki üç kişi, güçlü silahlarını bana doğru çevirmişlerdi.

En küçük bir tereddüt, bana pahalıya mal olacaktı.

Altı kişinin birden açacağı çapraz ateşin tam ortasında duruyordum.

Korkum henüz kontrol edebileceğim boyuttaydı. En fazla bir veya iki kurşun darbesiyle yan taraftan kaçabilmenin hesabını yaptım. Kurşunlar kalbime isabet etmediği müddetçe sorun yoktu. Yine de kaçmak değil, Slim'le konuşmak istiyordum. İlk konuşan o oldu: "Alisa olmalısınız."

Başımı salladım. "Slim?"

"Ta kendisi."

"Yalnız gelmenizi istemiştim."

"Bana kalsa yalnız gelirdim, ama bağlı bulunduğum ortağım bunun akıllı bir davranış olmayacağı görüşündeydi."

"Ortağınız, yanınıza bu kadar adamı vererek abartmış. Genç bir kız için bu kadar asker niye?"

"Şöhretiniz bunu hak ediyor, Alisa."

"Ne tür bir şöhret?"

Omuzlarını silkti. "Çeşitli kaynaklara sahip genç bir bayan olarak tanıyorsunuz."

İlginç, diye düşündüm. Beni kaçırmak için alınmış önlemlerin karşısında Slim neredeyse utanmıştı. Onlara anlatmış, emirler vermişti. Görünüşe bakılırsa, benim bir vampir olduğumu bilmiyordu ve eğer o bilmiyorsa, o zaman muhtemelen buradaki hiç kimse bilmiyordu, çünkü operasyonun başı Slim'di. Bu, bana büyük bir avantaj sağlamıştı. Yine de onu tutan kişi gerçeği biliyor olmalıydı. Onunla karşılaşmaya karar verdim.

"Benden ne istiyorsunuz?" diye sordum.

"Sadece bizimle kısa bir gezintiye çıkmanızı istiyorum."

"Nereye?"

"Buradan uzak olmayan bir yere," dedi.

Bu bariz bir yalandı. Bu limuzine bindiğim takdirde uzakta bir yere gidecektik. "Sizi kim gönderdi?"

"Benimle gelirseniz, bizi görevlendiren adamın kim olduğunu öğrenebilirsiniz."

Bir erkekmiş. "Adı ne?"

"Korkarım bu şartlar altında, sizinle bu konu hakkında daha fazla konuşmaya yetkili değilim."

"Sizinle gelmeyi reddedersem ne olacak?" diye sordum.

Derin bir iç çektim. "Bu sizin açınızdan iyi olmaz, hatta doğruyu söylemek gerekirse çok kötü olur."

Karşı gelirsem beni sorgusuz sualsiz vuracaklardı. Bunu bilmek kötü oldu.

"Dedektif Riley'i tanıyor muydunuz?"

"Evet. Onunla çalışma fırsatı buldum. Sanırsam siz de tanıştınız."

"Evet."

"O nasıl?"

Soğuk bir ifadeyle gülümsedim. "Bilmiyorum."

"Eminim ki öyledir." Limuzini işaret etti. "Lütfen benimle geliniz. Polisin gelmesi an meselesi olabilir. Sanıyorum ne siz ne de biz polisle sorun yaşamak isteriz."

"Eğer sizinle gelirsem, başıma bir şey gelmeyeceğine dair bana söz verebilir misiniz?" diye sordum.

Yüzü ifadesizdi. "Size söz veriyorum, Alisa"

Bir yalan daha. Bu adam bir katildi. Üzerindeki kanın kokusunu alabiliyordum. Hafifçe ayaklarıma doğru eğilirken bana doğrultulmuş silahlarda teleskopik dürbünler olduğunu biliyordum. Ben hareket ettikçe, onlar da benimle birlikte hareket ediyordu. Rıhtımın kenarına varmadan içlerinden en az bir nişancının beni vuracağını kestirebiliyordum. Birkaç kez vurulmuş olmama rağmen, bundan hoşlanmıyordum. Devam etmekten başka bir seçeneğim yoktu. O an için kararımı verdim.

"Peki, Bay Slim," dedim. "Sizinle geliyorum."

Bay Slim ve solumdaki kadının eşliğinde limuzine doğru yürüdük.

Rıhtımın girişine vardığımızda, caddenin aşağısında duran limuzin göründü. Dışarıdaki üç adamı almadan diğer limuzinin arkasına park edinceye kadar devam etti. Park ettiği zaman, içinden dört adam indi. Giydikleri kıyafetleri benzerdi; siyah eşofman. Otomatik silahlarını bana doğrultmuşlardı. Korkum gittikçe artıyordu. Almış oldukları önlem olağanüstüydü. Ateş açmaya karar verdikleri takdirde kesin ölecektim. Nedenini bilmiyorum ama Krişna'yı düşündüm. Bana onu dinlediğim takdirde merhametinin her daim üzerimde olacağı söylenmişti ve kendimce ona hiç itaatsizlik etmemiştim. Slim'in bulunduğu tarafa döndüm.

"Alisa," dedi. "Ceketinin içindeki silahı çıkarıp yere atarsan memnun olacağım," derken gayet ciddi bir ifade takınmıştı.

İstediğini yaptım.

"Teşekkür ederim," dedi Slim. "Üzerinde başka silah var mı?

"Bunu anlamak için üzerimi aramanız gerekir."

"Üzerinizi aramamayı tercih ederim. Ama eğer başka silah bulunuyorsa onu kendi iyiliğiniz için bırakmanızı bir kez daha rica ediyorum."

Bunlar tehlikeli insanlardı; eğitimliydiler. Kendimi savunmak zorundaydım, hızlı düşündüm. Slim'e dik dik bakarken, gözlerim içine işliyordu. Başka bir tarafa bakmaya çalıştı ama başaramadı. Yumuşak bir ses tonuyla konuşurken, sesimi kulaklarının arasında bir fısıltı gibi duyduğunu biliyordum.

"Benden korkmanıza gerek yok, Bay Slim," dedim. "Hakkımda size anlatılanların bir önemi yok. Korkunuz gereksiz. Gördüğünüz neyse, ben oyum."

Onu can damarından yakalamaya çalışırken, kadın ani bir hareketle öne çıktı.

"Onu dinlememen gerektiğini unutma."

Slim düşüncelerden kurtulmak istercesine başını iki yana salladı. Kadına işaret ederek, "Üzerini ara," diye emretti.

Kadın üzerimi arayıp botlarımın içindeki tabanca ve bıçağı bulduğunda tamamen hareketsiz duruyordum. Kadını tutup rehine olarak kullanmayı kafamdan geçirdim. Ama bir arada duran adamların gözleri, beni alt etmek için vakit kaybetmeksizin kadını öldüreceklerini söylüyordu. Kadın beni silahsızlandırdıktan sonra benden gelebilecek bir zarardan korkarcasına hızla geriledi. Bana bu kadar dikkatli yaklaşmasından ötürü istisnasız hepsinin kafası karışmıştı. Yine de hepsi emirlere uymaya kararlıydı. Slim ceketinin cebinden bir çift kelepçe çıkardı. Altın rengindeydiler ve çelik gibi kokmuyorlardı. Muhtemelen özel bir metal alaşımıydı. Normal kelepçelerden üç kat daha kalındı. Slim kelepçeleri bana doğru atınca ayaklarımın dibine düştüler.

"Alisa," dedi sabırlı bir ses tonuyla. "Bu kelepçelerden birini el, diğerini de ayak bileklerine takmanızı istiyorum."

Zaman kazanmak istediğimden, "Neden?" diye sordum. Belki bir polis memuru tesadüfen oradan geçebilirdi. Tabii bu insanlar polis memurunu da öldürürdü.

"Önümüzde uzun bir yol var ve yolculuğumuz boyunca sizin herhangi bir zarar görmenizi istemiyoruz," dedi Slim.

"Uzağa gitmeyeceğimizi söylemiştiniz?"

"Kelepçeleri tak."

"Tamam." Kelepçeleri takarken hazırlanışlarına bir kez daha şaşırdım.

"Kilitleninceye kadar onları sıkın," diye önerdi Slim.

Dediğini yaptım. Klik sesi duyuldu. "Mutlu musun?" diye sordum. "Gidebilir miyiz?"

Slim siyah bir göz maskesini cebinden çıkardı. "Bunu kafanıza geçirmenizi istiyorum," derken bana doğru yaklaştı.

Kelepçelenmiş ellerimi gösterdim. "Bunu sizin yapmanız gerekiyor."

Bir adım daha yaklaştı. "Elleriniz bunu takacak kadar serbest."

Gözlerinin içine son bir kez daha baktım; bu son şansım olabilirdi. "Benden bu kadar korkmanıza gerek yok, Slim. Korkmanız çok saçma."

Hızla yanıma gelerek gözlerimi kapattı. Sesini duyuyordum.

"Haklısın, Alisa," dedi.

Slim kolumdan tutarak beni limuzine doğru götürdü.

Sahildeki karayolundan güneye doğru yol alıyorduk. Her şey zifiri karanlıktı, ama yön bulma duygumu kaybetmemiştim. Görme duyum haricinde tüm algılarım olabildiğince açıktı. Slim sağımda, kadın solumda oturuyordu. İri yarı dört adam karşımızda, ikisi ön taraftaydı. Nefeslerini saydım. İkinci limuzin bizi iki yüz metre arkadan takip ediyordu. Yola çıkmadan önce üç nişancıyı da arabaya almışlardı.

Limuzinin içinde anormal bir koku yoktu. Araba yeniydi; içinde yiyecek yoktu ama barda soda, meyve suyu ve su vardı. Havada hafif bir barut kokusu vardı. Limuzin içerisinde bulunan bir ya da iki silah yakın bir zamanda ateşlenmişti. Herkesin silahı dışarıdaydı, ya ellerinde tutuyor ya da kucaklarında duruyordu. Sadece kadın, silahını bana doğrultmuştu. Benden en çok korkan oydu.

Bu şekilde birkaç kilometre ilerledik. Etrafımızdaki insanların nefes alışları yavaşlamaya, uzamaya ve derinleşmeye başlamıştı. Kadının haricinde herkes dinleniyordu. Zor kısmı atlatmış olduğumu düşünüyordum. Dikkatlice kelepçelerin dayanıklılığını test ettim. Metal inanılmaz sertti. Onları kırmak mümkün olmayacaktı. Ama bu, onlardan kurtulamayacağım anlamına gelmiyordu. Ayak bileklerimde kelepçeler varken zıplayabilir ve bu şekilde herhangi bir ölümlünün koşmasından çok daha hızlı ilerleyebilirdim. Karşımda oturan adamların silahlarını kucaklarından alabilir ve bana karşı ateş açılıncaya kadar limuzin içerisindekilerinin çoğunu öldürebilirdim. Ama bu sırada kadın kafama kurşun sıkabilirdi. Ayrıca arkamızdaki arabanın, aldığı sıkı talimatlarla beni takip ettiğini biliyordum. Adam kaçırmanın kuralları açıktı. Benim saldırdığımı gördükleri anda tereddüt etmeksizin ateş açacaklardı. İlk limuzindeki herkes ölecekti ve ben de onlardan biri olacaktım. Bir değil, iki araba olmasının sebebi buydu.

Başka bir yol denemeliydim.

Otuz dakika daha geçmesine izin verdim. Ardından konuştum:

"Slim. Tuvalete gitmem gerek."

"Üzgünüm, ama bu mümkün değil," dedi.

"Çok sıkıştım. Seninle buluşmadan önce bir şişe kola içmiştim."

"Senin tuvalet ihtiyacın bana bir şey ifade etmediğinden arabayı durdurmayacağım."

"O zaman ben de koltuğun üzerine çişimi yaparım; sen de bu çişli koltuğun üzerinde oturmak zorunda kalırsın."

"İşemek zorundaysan işe."

"Günah benden gitti."

Cevap vermedi. Birkaç mil daha ilerledik. Kelepçeleri Slim taşıdığına göre, onları açacak anahtar da onda olmalıydı. Yanımdaki kadının kolu yorulmaya başlamıştı. Bana doğrulttuğu silahı indirdiğini kıyafetlerinin hışırtısından anlıyordum. Hızımız saatte altmış kilometre kadar olmalıydı. Water Cove'un yaklaşık elli kilometre güneyinde olmalıydık. Seaside'a yaklaşıyorduk, önümüzdeki şehrin gürültüsünü, iki benzin istasyonunu, yirmi dört saat açık tatlıcının çıkarttığı sesleri duyabiliyordum.

"Slim," dedim.

"Ne var?"

"Sıkışmamın dışında bir sorunum daha var."

"Nedir?"

"Regl oldum. Banyoya gitmek zorundayım. Sadece iki dakikaya ihtiyacım var. İstersen şu bayan arkadaşın ve sen de benimle gelebilirsiniz. İsterseniz silahlarınızı bana doğrultabilirsiniz, umurumda değil. Ama durmazsak, burası az sonra batacak."

"Arabayı durdurmuyoruz."

Sesimi yükselttim. "Bu çok saçma! Ellerim ve ayaklarım kelepçeli. Sağım solum silahlanmış. Yalnızca iki dakikalığına tuvalete gitmek zorundayım. Tanrı aşkına nasıl hasta ruhlu insanlarsınız siz! Çiş ve kandan hoşlanıyor musunuz?"

Slim söylediklerimi kafasında tarttı. Onun öne doğru eğilip kadına baktığını duydum. "Sen ne düşünüyorsun?" diye sordu.

"Ne olursa olsun arabayı durdurmamak için emir aldık, bunu unutma," dedi kadın.

"Kahretsin, biliyorum." Kısa bir ara verirken onun kafasının içine yerleştirmiş olduğum soruyu sordu. "Ama bu haldeyken bize nasıl zarar verebilir ki?"

"Onu bir an için bile yalnız bırakmamamız gerekiyor," derken kadın ısrarını sürdürdü.

"Benimle birlikte tuvalete gelebileceğinizi söyledim," dedim.

"Yani bize izin veriyorsunuz, öyle mi?" diye sordu kadın, iğneleyici bir ses tonuyla.

Sesinin tonu beni iyice sinirlendirmiti. Anlaşılan kadın Almanya'dan gelmişti; doğu tarafından. Benimle tuvalete gelmesini ümit ediyordum. Onun için bir sürprizim vardı.

"Yanımda ped ya da ona benzer bir şey yok," dedi genç kadın.

"Ne varsa onu kullanırım."

"Kararı vermek sana bağlı," dedi kadın, Slim'e bakarak.

Slim'in kafasında beni tartıp, incelediğini biliyordum. Sonunda kararını verdi. "Kahretsin, diğerlerini ara. Onlara ilk benzin istasyonunda duracağımızı söyle. Arkadan dolaşacağız."

"Bundan hiç hoşlanmayacaklar," dedi önümde oturan adam.

"Onlara, endişe ettikleri bir şey varsa gelip benimle konuşmalarını söyle," dedi Slim. Bana doğru döndü. "Mutlu oldun mu?"

"Teşekkür ederim," dedim yumuşacık bir ses tonuyla. "Size herhangi bir problem çıkartmayacağım. Eğer istersen, sen de benimle tuvalete gelebilirsin."

"Geleceğimden emin olabilirsin, kardeşim," dedi Slim, söyledikleri kendi fikriymiş gibi. O anahtarları istiyordum.

Arama yapıldı. Seaside'a vardığımızda araba yavaşladı.

Sürücü benzin istasyonunda durdu. Gece vardiyasını devralan pompacıların sesini duyuyordum. Yan tarafa doğru ilerlemeye devam ederken, ikinci limuzin bizi yakından takip ediyordu. Araba durduğunda Slim kapıyı açtı.

"Burada kalın," dedi.

Slim'in geri dönmesini bekledik. Kadın silahını tekrar bana doğrulttu. Sanırım bakışlarımı sevmiyordu. Ama diğerleri rahattı. Tüm bu güvenliğin nedenini düşünüyorlardı. Slim geri geldi. Tabancasını kılıfına soktuğunu duydum.

"İkimiz de seninle geliyoruz," dedi Slim. "Kurnazlık yapma."

"Ama şu şeyi gözlerimden çekmeniz gerek," dedim. "Eğer görmezsem ortalığı batırırım."

Elbette kafamın üzerindekini tek bir hareketimle kendim de çıkarabilirdim. Ama onu kendim çıkartmak, bir sonraki adımımı engelleyecekti. Ayrıca ne şekilde saldıracağımı da planlamak istiyordum. Sonuçta maskeyi onların çıkartmasını istemekle, ne kadar çaresiz olduğumu vurgulamış oluyordum.

"Başka bir isteğiniz?"

"Yok."

Yaklaşıp kafamın üzerindeki maskeyi çıkardı. "Mutlu musun?"

Ona minnettarlıkla gülümsedim. "Tuvalete gittiğimde olacağım."

Bana dik dik bakarken, hissettiği şüphe ve kafa karışıklığı yüzüne yansımıştı.

"Kahretsin, kimsin sen?"

"Kötü huyları olan bir kızım."

Kadın tabancasını şakağıma dayadı.

"Dışarı çık. İki dakikan var, fazlası yok."

Arabadan çıktım. İkinci limuzindeki adamların hepsi dışarıya çıkmış, silahlarını hemen çekebilecekleri şekilde gizlemiş, hazır halde bekliyorlardı. Benzin istasyonuyla benim aramda etten bir duvar örmüşlerdi. İçlerinden hiçbirinin benimle tuvalete gelmemesini ümit ediyordum. Ama Slim'le kadın benimle kalmaya kararlıydı. Beni izleyen adamların yanından geçerken, onlara ürkek bir şekilde gülümsedim. Sakız çiğniyorlardı. Vücudumu süzdüler. Tüm bu şamatanın nedenini onlar da merak ediyordu. Tuvalete ilk giren, kadın oldu. Kadını takip ederken, Slim arkamdaydı. Başka kimse gelmedi. Kapı arkamızdan kapandı.

Her şeyi planlamıştım. Hemen harekete geçtim.

Bir ölümlünün takip edemeyeceği bir hızla dönüp Slim'in silahına vurarak onu yere düşürdüm. Kelepçelenmiş ellerimi başımın üzerine kaldırıp Slim'in kafatasına indirdim. Bunu yaparken gücümün sadece bir kısmını kullandım. Onu sersemletmekten başka bir şey istemiyordum. Kadın silahını doğrultmuş bana doğru dönerken, Slim yere yığıldı. İki ayağımı da kullanarak attığım tekmeyle kadının elindeki silahı düşürdüm. Dengemi sağlamış halde ayaklarımı yere bastığımda, kadın gözlerini kırpıştıyordu. Her iki elimle yüzünü yakaladığımda, bir şey söylemek için ağzını açtı. Onu kavrayışım sert olduğundan öldürmeden önce gözlerinin çevresine kan oturmaya başlamıştı bile. Tırnaklarım görüşünü kalıcı olarak tahrip etmişti.

Kafasını fayans döşeli duvara çarptığımda, daha çok kan aktı. Sarsıntının şiddetinden çatlayan duvardan çıkan toz bulutu, fışkıran kana karıştı. Aynı şekilde kadının kafatası bazı yerlerinden çatlamıştı. Kollarımın arasına yığıldığında, ölümcül yarasından fışkıran kan deri ceketimi sırılsıklam etmişti. Ölmüştü; onu yere bıraktım.

Kapı kapalıydı, ama kilitli değildi. Hızlı bir şekilde kilidi çevirerek kapıyı kilitledim. Ayaklarımın dibindeki Slim inliyordu. Aşağı eğilip onu tuttuğum gibi, kadının beyin parçalarının kirletmiş olduğu duvara yapıştırdım. Ellerimle boğazını sıktım. İçeri girdiğimizden beri sadece beş saniye geçmiş olmalıydı. Slim ürperdi ve gözlerini açtı. Gözleri beni görür görmez bana odaklandı.

"Slim," dedim yumuşak bir ses tonuyla. "Etrafına bak. Ölmüş ortağına bak. Beyni akıyor. Kötü görünüyor; berbat bir halde. Ben korkunç, aynı zamanda çok güçlü biriyim. Ne kadar güçlü olduğumu hissedebiliyorsun, değil mi? İşte bu sebepten dolayı, patronunuz dikkatli olmanızı istedi. Benimle istediğiniz gibi oynayıp, öylece çekip gidemezsiniz. Bunu düşünme bile. Şimdi sana ne istediğimi anlatayım: Elini cebinin içine sok ve kelepçe kilitlerini açacak olan anahtarları çıkar. Beni çöz. Ses çıkarma. Eğer bunları yaparsan belki gitmene izin verebilirim. Yapmazsan, beynin ortağınınki gibi yere saçılır. Söylediklerimi biraz düşün istersen, ama ben uzun düşünmem. Ne kadar sabırsız biri olduğumu görebiliyorsun."

Slim kekeledi. "Anahtarlar bende değil."

Gülümsedim. "Yanlış cevap, Slim. Şimdi, ceplerini arayıp anahtarları bulmak zorundayım. Ama bunu yaparken senin tamamıyla hareketsiz olmana ihtiyacım var. Yani, seni öldürmek zorundayım."

Korktu. Güç bela konuşabiliyordu. Kadının kafasından akan kan birikintisine istemeyerek değdi. "Hayır. Bekle. Lütfen. Anahtarlar bende. Onları sana vereceğim."

"Bu çok iyi. Senin için iyi." Kavrayışımı hafifçe gevşettim. "Kilitleri aç. Bağırırsan öleceğini unutma."

Elleri aşırı derecede titriyordu. Aldığı hiçbir eğitim, içinde bulunduğu bu durum için yeterli değildi. Kadının olduğu yere boş boş bakıyordu; kanlı, eciş bücüş bir akordiyona. Gerçi, sonunda Slim kelepçelerimi açmayı başarabildi. Serbest kalmaktan dolayı inanılmaz rahatlamıştım. Bir kez daha, her zamanki yenilmezliğimi hissetmiştim. Ben, kuzuların arasına dalmış bir kurttum. Katliam zevkli olacaktı. Kelepçeleri lavabonun içine atar atmaz, birisi kapıyı tıklattı. Parmaklarını Slim'in boğazına bastırdım.

"Ne olduğunu sor," dedim. Sadece konuşabilmesini sağlayacak kadar elimi gevşettim.

Öksürdü. "Ne oldu?"

"Her şey yolunda mı?" diye sordu adamlardan biri. Bir ses duymuşlardı.

"Evet," diye fısıldadım.

"Evet," dedi Slim.

Dışarıdaki adam kolu çevirmeye çalışıyordu, ama kapı kilitliydi. "Ne oldu?" diye sordu adam. Şüpheci bir tipe benziyordu ve her şeyin yolunda olduğundan emin olmak istiyordu.

"Her şey yolunda," diye fısıldadım.

"Her şey yolunda," diyebildi Slim. Ağlamaklı bir ses tonuyla konuştuğundan dışarıdaki adamın buna inanmamış olması şaşılacak bir şey değildi. Kapıyı açmayı bir kez daha denedi.

"Kapıyı açın," diye ısrar etti.

"Bu kapıdan çıkarsak, ikimizi de vururlar mı?"

Kurbağa gibi viyaklayarak, "Evet," dedi.

Banyonun içini inceledim. Slim'i yaslamış olduğum duvar baştan başa fayansla döşenmişti; odanın en kalın duvarıymış gibi gözüküyordu. Ama tuvalet kabininin arkasındaki duvar dayanıksız görünüyordu. Duvarın diğer tarafında gece pompacısının ofisi olmasından şüpheleniyordum. Slim'i sol elimle tutarken, eğilip kadının otomatik silahını aldım.

"Duvarın içinden geçeceğiz," dedim. "Ona tekme atacağım, ardından da harekete geçeceğiz. Bana karşı koymaya çalışmanı istemiyorum. Bunu yaparsan boğazını parçalarım. Şimdi bana benzin istasyonunun arkasında ne olduğunu söyle? Tarla mı? Başka binalar mı? Yol mu?"

"Ağaçlar."

"Orman gibi mi?"

"Evet."

"Harika." Onu kabine doğru sürükledim. "Kendini eğlenceli bir yolculuğa hazırla."

Slim'le birlikte havaya sıçrayıp, tuvaletin üzerindeki duvara üç tane esaslı tekme indirdim. Duvar çatlayınca geriye kalan kısmını sağ kolumun darbesiyle indirdim. Gece pompacısının ofisine ayak bastık. Daha bizi fark edemeden, başının arkasına vurdum. Yere düştü, muhtemelen yaşıyordu. Dışarıya açılan kapıyı tekmeleyerek açtım. Temiz hava, tuvaletin içindeki havasızlıktan sonra güzel gelmişti. Arkamdaki banyo kapısının kırıldığını duydum. Zavallı Bayan Almanya'ya yaptıklarımı gördüklerinde şok olmuşlardı.

Slim'i sürükleyerek, park edilmiş limuzinlerin arkasına ulaştım. Tuvaletin içinde adamlar vardı. Daha fazlası kapıda bekliyor, diğerleri limuzinden iniyordu.

Otomatik silahı kaldırdım. Bir Uzi'ydi. Ateş açtım. Çığlıklar gökyüzünü kapladı. Adamlardan bazıları düştü; diğerleri silahlarına davrandı. Şarjörü onların bulunduğu yöne boşaltıp Uzi'yi yere bıraktım. Buna ihtiyacım yoktu, ben bir vampirdim. İhtiyaç duyduğum tek şey doğal gücümdü.

Göz açıp kapayana kadar Slim'le birlikte park yerini geçip ağaçlık alana ulaştık. Birkaç kurşun bizi kovaladı. Kurşunlardan biri kalçama, diğeri yanağıma isabet etti. Kurşunların isabet ettiği yerler yanıyordu, ama aldırış etmiyordum. Ormandaki ağaçların çoğu çamdı, içlerinden bazıları alaçamdı. Karşımızda bir tepe yükseliyordu. Tepenin zirvesine çeyrek kilometrelik bir mesafe vardı. Slim'i zirveye kadar sürükledim, ardından da tepenin diğer tarafından aşağıya indik. Bir akarsu yolumuza çıktığında suyun içinden geçtik. *Akan su adımlarımızı yavaşlatır* diyen eski bir inanç benim için doğru değildir.

Slim'in ensesine kötü bir şekilde asılmıştım. Arkamda ormana giren adamların seslerini duyuyordum; altı kişi farklı yönlere dağılmış, bizi arıyordu. Diğerlerinin benzin istasyonunda acı içinde inlediğini duyabiliyordum. Kesik kesik nefes alışları artık tamamen durmuştu. Slim'i tuttuğum gibi akıntıya karşı taşırken, kurşunların vücudumun içinde olmalarına rağmen, en güzel evresindeki bir geyikten daha hızlı koşuyordum. Ardından Slim'i çalı öbeklerinin arkasına attım ve göğsünün üzerine oturdum. Korkudan fal taşı gibi açılmış gözlerle bana bakıyordu. Karanlıkta görebildiği kadarıyla onun için bir gölgeden ibarettim. Ama ben, onu mükemmel bir şekilde görebiliyordum. Arkama uzanarak, parmaklarımı zarar görmüş dokunun içine soktum ve mermiyi çıkartıp attım. Yara hemen iyileşmeye başladı.

"Şimdi konuşabiliriz," dedim.

"K-kim?" diye kekeledi. Üzerine eğildiğimde yüzüm onunkinin üzerindeydi.

"İşte sihirli soru," dedim. "Beni almak için seni kim gönderdi?"

Boğazını sıkmamama rağmen hâlâ nefes almak için çaba sarf ediyordu. "Öylesine güçlüsün ki. Bu nasıl mümkün olabiliyor?"

"Ben bir vampirim."

Öksürdü. "Anlamadım."

"Ben, beş bin yaşındayım. Ben tarih yazılmadan önce doğdum. Ben türümün son... Sonuncusu olduğuma inanıyorum. Ama seni tutan kişi benim gücümün boyutlarını biliyordu. Hazırlıklarınızı dikkatlice yapmışsınız. Benim bir vampir olduğumu biliyor olmalı. Onu istiyorum."

Nefesimi yüzüne doğru verdiğimde, Azrail'in ürpertisini ensesinde hissettiğini biliyordum. "Bana kim olduğunu söyle. Onu nerede bulabilirim?"

Şoktaydı. "Bu mümkün olabilir mi?"

"Sen gücümün sadece küçük bir parçasını gördün. Daha fazlasını göstermemi gerçekten istiyor musun?

Titredi. "Sana anlatırsam, yaşamama izin verecek misin?"

"Belki."

Zar zor yutkundu, feci şekilde terliyordu. "Biz İsviçre üzerinden çalışıyorduk. Ben patronla sadece birkaç kez karşılaştım. İsmi Graham, Rick Graham. Çok zengin. Bütün tuhaf işlerini onun adına biz yapıyoruz, ben ve adamlarım. İki yıl önce sizin tarifinize uyan birini araştırmamızı istedi."

"Beni nasıl tarif etti?"

"Göründüğünüz gibi. Diğer özelliklerinizi de anlatmıştı: Çok zengin olduğunuzu, gözlerden uzak yaşadığınızı ve ailenizin olmadığını söyledi. Sizin adınızla bağlantılı gizemli bir ölüm olacağını söyledi."

"Adımı biliyor mu?"

"Hayır."

"Başkalarını da araştırmanı istedi mi?"

"Hayır, sadece sizin tarifinize uyan birini." Acıdan yüzünü buruşturdu.

"Üstümden kalkabilir misiniz? Ağaçların arasında sürüklerken birkaç kaburgamı kırdığınızı düşünüyorum."

"Arabanın içindeki durumum sizi ilgilendirmemişti."

"Tuvalete gitmeniz için arabayı durdurdum."

"Bu senin hatan." Sesim soğuktu.

Korkmuştu. "Bana ne yapacaksınız?"

"Graham'ın adresini istiyorum. İsviçre'de mi?"

"Asla tek bir yerde durmaz. Sürekli seyahat eder."

"Neden?"

"Bilmiyorum, sizi arıyor olabilir."

"Ama şu anda batı kıyısında, değil mi? Oregon'da?"

"Bilmiyorum."

Doğruyu söylüyordu. "Beni ona götürüyordunuz, değil mi?"

"Bilmiyorum, sadece San Francisco'ya gidiyorduk. Oradaki bir telefon kulübesinden onu arayacaktım. Size telefon numarasını verebilirim. İsviçre'deki."

"Söyle." Bana telefon numarasını verdi. Düşündüm. "Size ulaşmak için bu gecenin erken saatlerinde İsviçre'ye faks çektim. Ama siz buradaydınız. O zaman Graham'ın da burada olması ihtimaldir."

"Olabilir. Yönlendiricimiz var."

"Slim kartvizitin var mı?"

"Anlamadım."

"Bana kartvizitini ver."

"Cüzdanım ön cebimde."

Cüzdanı çekip aldım. "İşte burada." Cüzdanını pantolonumun arka cebine soktum. Pantolonum kandan sırılsıklam olmuştu; kanın bir kısmı bana, bir kısmıysa kadına aitti. İki adamın uzaktan bize doğru geldiğini duydum. Daha ileride sahil karayoluna yönelmiş polis sirenleri duyuluyordu. Adamlar da siren sesini duydu. Düşüncelerini okuyabiliyordum, düşünceleri açık ve netti; Bu kadın bir canavardı. Slim onun yanındaysa, mutlaka ölmüştü. Polis geliyordu. Yapılacak en iyi şey, pılı pırtıyı toplayıp buradan toz olup gitmekti.

Adamlar gerisin geriye dönüp benzin istasyonuna doğru ilerlemeye başladılar. Slim'in yüzünün bir tarafına sevgiyle dokunuyordum. Onu sağ bırakmama en ufak bir ihtimal dahi yoktu.

"Neden Graham için çalışıyorsun?" diye sordum.

"Para."

"Anlıyorum. Bana Graham'ı tarif et."

"Uzun boylu, sanırsam bir doksanın üzerinde. Koyu renk saçları var. Saçlarını uzatmaktan hoşlanıyor."

Şimdi titreme sırası bana gelmişti. "Gözleri ne renk?"

"Mavi."

"Donuk bir mavi mi?"

"Evet. Ürkütücü."

Sesim fısıltıya dönüştü. "Benimkiler gibi mi?"

"Evet. Tanrım, lütfen beni öldürme. Size yardım edebilirim, genç bayan. Bunu gerçekten yapabilirim."

Yakşa.

Aradan geçen bunca zamandan sonra, bunun mümkün olamayacağını düşünüyordum. Hikâyeler... onlara neden inanmıştım? Sadece onun ölmüş olduğunu anlattıkları için mi? Büyük ihtimalle bunları o uydurmuştu. Ama benim için neden şimdi gelmişti? Yoksa bu soruların en aptalı mıydı? Bu adamlar zorda kaldıkları anda ateş açacaklardı. Beni ölü istiyor olmalıydı.

Krişna'nın anlattıklarından korkmuş olmalıydı.

"Bana yeterince yardımcı oldun," dedim Slim'e.

Sık nefes alıyordu. "Bana ne yapacaksın? Yapma!"

Tırnaklarımı Slim'in boynundaki atar damara batırırken, "Sana kim olduğumu söyledim. Çok açım. Neden kanının son damlasına kadar emmeyeyim ki? Bir aziz değilsin. Sen de vicdansızca öldürdün. En azından benim kollarımın arasında ölen biri güzel düşüncelerle ölür," dedim.

Slim ağlayarak, "Lütfen! Ölmek istemiyorum," dedi.

Üzerine doğru eğilirken, saçlarım yüzüne süründü.

"O halde hiç doğmamalıydın," dedim.

Slim'in damarını kesip ağzımı dayadım.

Zevkini yavaş yavaş çıkartacaktım.

YEDİNCİ BÖLÜM

Slim'in bedenini akarsu yatağının altına gömdüm. Burası benim en sevdiğim yerdi. Polis suyun altına nadiren bakardı. Onları uzaktan duyuyordum, muhtemelen benzin istasyonundaki polislerden biri beyaz diğeri zenciydi. Limuzindeki adamlarla çatışıyorlardı. Kazanan limuzindekiler oldu. Onların büyük bir hızla kaçtıklarını duyuyordum. Çok akıllıydılar. Kaçacaklarına inanıyordum.

Eğer onları yakalamak istersem, bunu daha sonra yapabilirdim.

Daha fazla polisin yaklaşmakta olduğunu duydum. Ormanı arka taraftan terk etmeye karar verdim. Ağaçların arasında koşarken, koşu rekorları kırıyordum. Altı kilometrelik koşunun ardından, kendimi kapanmış bir benzin istasyonunun önünde buldum. Bir telefon kulübesi vardı. Okçuluk dersindeki arkadaşım Seymour Dorsten'i aramayı düşünüyordum. Bu düşünce çılgıncaydı. Birkaç arabanın park edilmiş olduğu daha işlek bir yola kadar koşmak daha iyi olacaktı. Herhangi bir arabaya düz kontak yapmam bir dakikadan daha az sürüyordu. Üzerime bulaşmış kandan dolayı sırılsıklam olmuştum. Bu geceki olaylara Seymour'u karıştırmak delilik olacaktı. Annesine söyleyebilirdi. Yine de onu işin içine karıştırmak istiyordum. Nedenini bilmesem de bu genç adama güveniyordum.

Bilinmeyen numaralar servisi Seymour'un numarasını verdi. Aradım. İkinci çalışta açan Seymour'un sesi gayet uyanıktı. "Seymour," dedim. "Yeni arkadaşın."

"Lara." Memnun oldu. "Ne yapıyorsun?" Saat sabahın dördüydü.

"Küçük bir sorunum var ve yardıma ihtiyaç duyuyorum." Caddeyi bir kez daha kontrol ettim. "Pinecone Caddesi'ndeki benzin istasyonunun önündeyim. Seaside'dan altı kilometre kadar içeride, belki yedi, tam olarak şehrin doğusunda. Gelip beni almana ihtiyacım var. Üstümü değiştirebilmem için birkaç kıyafet de getirmelisin; pantolon, kazak. Hemen gelmek zorundasın ve bu yaptığını da lütfen kimseye söyleme. Annenler ayakta mı?"

"Hayır."

"Sen neden uyumadın?"

"Uyumadığımı nereden biliyorsun."

"Ben bir medyumum."

"Rüyamda seni gördüm. Uyanalı birkaç dakika oldu."

"Rüyanı daha sonra anlatırsın. Geliyor musun?"

"Evet. Tarif ettiğin yeri biliyorum. Orası bir Shell istasyonu mu? Zaten o yolun üzerinde başka bir benzin istasyonu yok."

"Evet. Aferin sana, Seymour. Evden çıktığını annenler duymasın."

"Kıyafet değiştirmeye neden ihtiyacın var?"

"Beni gördüğünde bunu anlayacaksın."

Seymour bir saat sonra geldi. Beklediğim gibi, beni görür görmez şoke oldu. Saçlarım bir volkanın gün batımındaki rengine bürünmüştü. Arabayı durdurarak aşağı indi.

"Sana ne oldu böyle?" diye sordu.

"Birkaç kişi bana musallat oldu, ama ellerinden kurtulmayı başardım. Şimdilik başka bir şey anlatmak istemiyorum. Kıyafetler nerede?"

"Aman Tanrım!"

Ön taraftaki koltuğa eğilirken bile gözlerini benden alamadı. Bana kot pantolon, biri beyaz biri yeşil iki tişört ve yine iki farklı kazak getirmişti. Kazakların biri siyah, biri de yeşildi. Siyah olanı giymek istedim. Seymour'un önünde soyunmaya başladım. "Lara," dedi biraz şaşırmış bir ses tonuyla. "Ben çekingen değilim." Pantolonumun fermuarını açıp indirdim. "Arabada bir havlun ya da beze benzer bir şeyin var mı?"

"Evet. Kanı mı temizlemek istiyorsun?"

"Evet. Benim için getirebilir misin?"

Lekeli bir kurulama bezi uzattı. O an tamamen çıplaktım, tenimdeki ter gecenin soğuk havasına hafif bir buhar salıyordu. Saçım ve göğsümdeki kanları temizleyebildiğim kadar temizledim. Sonunda benim için getirmiş olduğu kıyafetlere uzandım.

"Polisi aramamakta kararlı mısın?" diye sordu.

"Eminim." Önce tişörtü giydim.

Seymour kıkırdadı. "Seni yakaladıklarında yay ve birkaç okun olmalıydı."

"Silahlıydım." Botlarımı giyip, kıyafetlerimin önünü kapatarak giyinmeyi bitirdim. "Bir saniyeliğine bekle. Şu kıyafetlerden kurtulmam gerek."

Kıyafetlerimi ağaçların arasına gömmeden önce içinden arabamın anahtarıyla Slim'in cüzdanını çıkarttım. On dakika içinde döndüm. Seymour motoru çalıştırmış ve arabanın kaloriferini açmıştı. Çok çabuk üşüyor olmalıydı. Arabaya bindim.

"Arabam sahil yolunda, rıhtımın yakınlarında," dedim. "Beni oraya götürebilir misin?"

"Tabii ki." Kuzeye doğru yol aldık. "Beni aramanın sebebi ne?"

"Seksi zekân."

Güldü. "Şehirde seni yetkililere bildirmeyecek tek kişinin ben olduğunu biliyordun."

"Bunu kendine saklaman gerektiğini söylediğimde ciddiydim."

"Tamam saklayacağım."

Gülümsedim ve bacağına hafifçe vurdum. "Yapacağını biliyorum. Seni aradım çünkü seksi zekânın yanı sıra, böyle arada bir ortaya çıkan çılgınca şeylere itiraz etmeyeceğini biliyordum."

Kalın gözlük camlarının içinden bana baktı. "Sen bana göre biraz fazla çılgınsın. Daha ne olduğunu bile bana anlatmadın."

"Gerçeğe inanmakta zorluk çekersin."

Kafasını salladı. "Senin hakkında gördüğüm rüyadan sonra değil. Şaşırtıcıydı."

"Anlatsana."

"Senin savaş alanında olduğunu gördüm, şeytanlardan kurulmuş bir ordu her yönden sana doğru yaklaşıyordu. Balta, kılıç, çekiç... Her türlü silah vardı. Yüksek sesle gülüyorlardı. Seni parçalara ayırmak istiyorlardı, ama aynı zamanda senden korkuyorlardı da. Senin durduğun yer savaş alanının gerisinde, çimen kaplı bir tepecikti. Ama alanın geri kalan kısmı, Mars'ın yüzeyiymiş gibi kırmızı bir tozla örtülmüştü. Gökyüzü dumanla kaplıydı. Tek bir kişi binlerce kişiye karşıydı. Durum ümitsiz görünüyordu. Ama sen korkmuyordun. Egzotik bir tanrıça gibi giyinmiştin. Göğsünün üzeri gümüş bir zırhla kaplıydı. Sağ elinde tuttuğun kılıcına mücevherler işlenmişti. Altın içerisine yerleştirilmiş zümrüt küpelerin, sen ordunun üzerine yavaş yavaş yaklaşırken ses çıkarıyordu. Bir tavus kuşu tüyünü örülmüş saçlarının arasına sokmuştun ve taze deriden yapılmış botlar giyiyordun. Botlarından kan damlıyordu. Şeytanlardan kurulmuş ordunun öncü taburu sana saldırdığında sadece gülümsedin. Kılıcını kaldırdın. Ardından da dilini çıkarttın."

"Dilimi mi?"

"Evet. Bu en korkunç bölümdü. Dilin gerçekten çok uzundu. Pembeydi, kanlıydı. Dilini çıkarttığında şeytanlar donup kaldı ve korktular. Ardından boğazının arka tarafından bir ses çıkarttın. Bunu tarif etmek zordu. Yüksek bir sesti. Genzinden geliyordu. Muharebe meydanında yankılandı ve şeytanlardan birinin kulağına ulaştığındaysa şeytan yere düşüp öldü."

"Vay canına," dedim. Rüyanın dille ilgili bölümü bana Yakşini'yi hatırlattı. Artık kafamda başka bir soru yoktu. Seymour'un duygusal durumu, algısı doğaüstüydü. Benimle dışarıdan ne kadar bağlantılı görünüyorsa aramızdaki sezgisel bağ bundan kat kat daha fazlaydı. Kesinlikle, benim de onunla bir bağım vardı. Şaşırmıştım. Ona karşı duyduğum büyük sevginin mantığını anlayamıyordum. Bu Riley'nin oğlu Ray'e duyduğum tutkulu sevgi gibi değildi. Seymour küçük kardeşim, oğlum gibiydi. Beş bin yıllık hayatımda Lalita dışında hiç başka çocuğum olmadı. Bu genç adamla oynamak istiyordum. "Dahası var mı?" diye sordum.

"Evet," dedi. "Ama bu bölümü dinlemek istemezsin. Kusarsın."

"Ben kolay kusmam."

"Seni bu akşam gördükten sonra kusmayacağını anladım

gibi zaten. Şeytanların hepsi öldüğünde, sen muharebe alanında dolaşmaya başladın. Zaman zaman şeytanların kafalarına basıyor ve kafaları ayaklarının altında ezilirken beyinleri dışarıya sızıyordu. Zaman zaman duruyor ve şeytanların kafalarını kesiyordun. Bir sürü kafa toplayıp kendine onlardan bir gerdanlık yaptın. Başka bir sefer, henüz ölmemiş bir şeytan buldun. Onun da boğazını açarak ağzına götürdün." Etkilemek için kısa bir süre sustu. "Boğazlarını tırnaklarınla açıp kanlarını emiyordun."

"Kulağa kötü gelmiyor." Beni şaşırtmaya devam ediyordu. Rüyası gecenin tamamını kapsayan bir metafordu. "Başka bir şey?"

"Son bir şey daha. Alanı dolaşmayı bitirdiğinde, şeytanların bedenleri çürümeye başladı. Saniyeler içerisinde toz ve ufalanmış kemiklerden başka bir şey kalmamıştı. Ardından gökyüzü daha da kararmaya başladı. Gökyüzünde bir şey vardı, bir çeşit kuş. Etrafta dönüp duruyordu. Seni rahatsız ediyordu. Kılıcını ona doğru kaldırdın ve o esrarengiz sesi bir kez daha çıkarttın. Ama kuş dönmeye devam ediyor ve gittikçe alçalıyordu. Ondan korkuyordun. Onu durduracakmış gibi görünmüyordun."

"Bu henüz olmadı," diye fısıldadım.

"Pardon?"

"Bir şey yok. Kuşun cinsi neydi?"

"Emin olamıyorum."

"Bir akbaba mı?"

"Belki." Kaşlarını çattı. "Evet, öyle olduğunu düşünüyorum," Bana emin olmayan bir bakış attı. "Akbabaları sevmez misin?"

"Onlar terk edilişin sembolleridir."

"Bunu bilmiyordum. Sana bunu kim anlattı?"

"Tecrübe." Gözlerimi kapatmış bir halde sessizlik içinde birkaç saniye boyunca oturdum. Seymour beni rahatsız etmemesi gerektiğini biliyordu. Bu çocuğun günümüzü gördüğünü düşünüyordum. Peki nasıl geleceği görebiliyordu? Üzerimde uçan kuş, Yakşa'ydı, gittikçe yaklaşıyordu. Eski numaralarım onu artık durduramayacaktı. Gücüm, hızım, asla ona eş değer değildi. Gece bitmek üzereydi. Gün ağarıyordu. Bizim için gün dinlenme, saklanma ve mutsuzluğa düşme zamanıdır.

Kalbimin derinliklerinde Yakşa'nın uzakta olmadığını hissedebiliyordum.

Ama Krişna ona itaat ettiğimde minnettarlığının üzerimde olacağını söylemişti.

Ve ben de yaptım. Peki Krişna'nın Yakşa'ya verdiği söz neydi? Aynısı mı? Öyle olduğuna inanıyordum.

Kutsal kitaplar, Tanrı'nın şakacı olduğundan bahsediyordu.

Krişna'nın ona tam tersini söylediğini düşünmüyordum.

Gözlerimi açtım. Önümdeki yola dik dik baktım. "Ölmekten korkmuyor musun, Seymour?"

Dikkatlice konuştu. "Neden sordun?"

"Sende AIDS olduğunu biliyorum."

Nefesini tuttu. "Bunu nerden biliyorsun?"

Omuz silktim. "Ben bazı şeyleri biliyorum. Sen de bazı şeyleri biliyorsun. Bunu nasıl kaptın?"

Başını salladı. "Ben HIV pozitifim. AIDS'in tüm vücudumu sardığını sanıyorum. Aşırı yorgunluk, cilt kanseri, parazitik zatürre. Ama son birkaç haftadır kendimi iyi hissediyordum. Kötü mü görünüyorum?"

"Harika görünüyorsun, ama hastasın."

Tekrar başını salladı. "Beş yıl önce bir trafik kazası geçirdim..

Amcamla birlikteydim. O öldü ama ben zamanında hastaneye yetiştirildim. Dalağım patlamıştı. Beni ameliyat ettiler ve iki ünite kan verdiler. Bu olay, tüm bağışlanan kanlara uygulanan rutin HIV testinden önceydi, bana verdikleri kan gözlerinden kaçmıştı." İçini çekti. "Yani ben başka bir vakayım. Bana bu yüzden mi ölmekten korkup korkmadığımı sordun?"

"Bu, sebeplerden biri."

"Korkuyorum. Bence ölmekten korkmadığını söyleyen herkes yalan söylüyordur. Ama ben bunu düşünmemeye çalışıyorum. Şu anda hayattayım. Yapmak istediğim şeyler var..."

"Yazmak istediğin hikâyeler," diyerek sözünü kestim.

"Evet."

Ona doğru eğilerek eline dokundum. "Bir gün benim hakkımda bir hikâye yazacak mısın?"

"Ne yazmalıyım?"

"Aklına ne gelirse, bunun üzerinde çok düşünme. Kafanda ne varsa, onu yaz."

Gülümsedi. "Yazdıklarımı okuyacak mısın?"

Elimi geri çekip koltuğa yaslandım. Gözlerim bir daha kapandı, birden kendimi yorgun hissettim. Ben ölümlü değildim, en azından o akşama kadar öyle olduğumu düşünüyordum. Ama o anda hassastım. Ben de herkes kadar ölümden korkuyordum.

"Şansım olursa," dedim.

SEKİZİNCİ BÖLÜM

Seymour beni arabamın bulunduğu yere kadar götürdü ve Mayfair'e dönüş yolunda da beni takip etmeye çalıştı. Ama ben saatte yüz kilometre hıza ulaşarak ondan uzaklaştım. Seymour'un kızmamış olduğundan emindim. Onu acelem olduğu konusunda uyarmıştım.

Deniz kenarındaki malikâneme gittim. Benim için ev evdir, bu yüzden daha önce evimi anlatma gereği hiç görmemiştim. Bazı ölümlüler gibi, evlerime âşık olmam. Evim yirmi dönümlük bir arazinin üzerindeydi. Ağaçlıklı bir avludan başlayarak dağlık araziye kadar uzanıyordu. Araba yolu dar ve dönemeçliydi. Evin kendisi tuğladan, Tudor stilinde yapılmıştı. Bu yüzden şehrin bu bölümü için alışılmışın dışındaydı. Üç katlı evin en üst katında geniş bir okyanus manzarası vardı. İçerisinde bir sürü oda, şömine ve buna benzer şeyler de vardı, ama ben zamanımın çoğunu, öğle güneşi yüzünden kepenklerini kapatmak zorunda kaldığım geniş pencereli oturma odamda geçiriyordum. Orta Çağ sırasında şato ve kalelerde yaşamış olmama rağmen, mutlu olmak için fazla alana gerek duymam. Bir sandıkta yaşamak bile beni mutlu edebilir. Tabii bu işin şakası.

Eşyalar konusundaysa zevkim değişiktir. Kendimi bir sürü ahşap sandalye, masa ve dolapla çevrelemiş durumdayım. Tabutta değil, siyah dantel cibinliği olan büyük bir maundan yatakta uyuyorum. Yüzyıllar boyunca oldukça pahalı bir yağlı boya ve heykel koleksiyonu oluşturdum ve şu an hepsi Avrupa'da. Bunlardan Amerika'da tek bir tane bile yoktu. Sanatsal akımların tümünden geçtim ama bu, benim için şu anda önemli değil. Hâlâ gittiğim her yere yanımda götürdüğüm bir piyanom var. Neredeyse her gün çalıyorum ve dünyanın en başarılı piyanistiyim. Piyano çalarken oldukça hızlı ve çeviğimdir. Ama nadiren beste yaparım. Bunun nedeni yaratıcı olmamam değil de, bestelediğim şarkıların melodilerinin her zaman kederli olmasıdır. Sebebini bilemiyorum, oysa kendimi kederli bir vampir olarak tanımlamam.

Gerçi o gece, endişeli bir vampirdim ve sevmediğim bu duyguyu hissetmeyeli yüzyıllar olmuştu. Aceleyle eve girdim, üzerimi değiştirdim ve koşup tekrar arabama bindim. Kaygılarım Ray içindi. Eğer Yakşa peşimdeyse –ki bundan en ufak bir şüphem yoktu– o zaman bana ulaşmak için Ray'i kullanabilirdi. Benden Ray'in babası vasıtasıyla haberdar olması da bana mantıklı gelmişti. Yakşa'nın Bay Riley'nin ofisini ziyaret ettiğim andan itibaren beni takip ettiğinden şüphe ediyordum. Ama bana saldırmamasının nedenini bilemiyordum. Uzun bir zamandan beri görmediği bir düşmanının zayıf noktasını tespit edebilmek için inceleme yapmak istemiş olabilirdi. Gerçi Yakşa, benim yaşayan ya da yaşamayan tüm varlıklardan daha hassas olduğumu herkesten çok biliyordu.

Hâlâ hayatta olması bende şok etkisi yaratmıştı.

Arabayı Ray'in evine sürdüm, ön kapıya vardığımda durdum. Kaçırılmış olması ihtimali yüzde elliydi. Bir an için kapıyı çalmak yerine kırarak içeri girmeyi düşündüm. Ama Ray'in, Seymour gibi aniden ortaya çıkmamı kabul edebilecek biri olmadığını kendime hatırlatmam gerekiyordu.

Kapıyı çaldım.

Kapıyı Pat'in açması beni şaşırttı.

Ray'in kız arkadaşının beni görmekten memnun olmadığı belli oluyordu.

"Burada ne yapıyorsun?" dedi Pat şaşkınlıkla.

"Ray'i görmeye geldim." Pat, Ray benimle beraberken birkaç kez evi aramış olmalıydı. Ray eve geldikten sonra onu fazla aramamıştı belli ki. Bunun yerine Pat'in kaygılarını yatıştırmak için onu eve davet etmiş olmalıydı. Artık sakinleşmiş görünüyordu.

"Uyuyor," dedi Pat. Tam kapıyı yüzüme çarpacakken, kolumu kapının aralığına soktum. Kapatmak için gayret gösterse de, tabii ki başarılı olamadı. "Git buradan. İstenmediğin bir yerde hiçbir şey anlatamazsın."

"Pat," dedim sabırlı bir ses tonuyla. "Olaylar göründüğü gibi değil. Her şey çok daha karmaşık. Ray'i görmeliyim, çünkü onun büyük bir tehlikede olduğuna inanıyorum."

"Sen neden bahsediyorsun?"

"Sana anlatamam, kolay değil. Ray'le konuşmak zorundayım ve bunu hemen yapmalıyım." Gözlerimi ona diktim. "Lütfen beni durdurmaya kalkma. Bu iyi bir fikir değil."

Bakışım karşısında sindi. Onu daha fazla baskı altında tutmak için yakınlaştım, ama buna gerek kalmadı. Ray'in yukarıda yataktan kalktığını duydum. Birkaç saniye bekledikten sonra ona seslendim.

"Ray," dedim. Adımlarının hızlandığını duydum. İkimiz de duyduk.

"O benim," dedi Pat, Ray'in gelmesini beklerken. Pat üzgündü, çoktan yenilmiş gibi görünüyordu. Güzelliğimin ışığında içgüdüsel olarak, kendisinin sahip olmadığı bir güce sahip olduğumu biliyordu. Pat'in, Ray'e duyduğu sevgi gerçekti. Bunu görebiliyordum, bu yaştaki kızlar için ender rastlanan bir durumdu.

"Umut etmeye devam et," dedim içtenlikle.

Ray göründü. Eşofmanının altını giymişti, üstünde bir şey yoktu. "Neler oluyor?" diye sordu.

"Çok şey. Seninle konuşmalıyım, yalnız." Pat'e bir bakış attım. "Mahsuru yoksa?"

Gözleri nemliydi. Kafasını eğdi. "Gidiyorum," diye mırıldandı.

Ray elini Pat'in omzuna koydu. "Hayır," Bana keskin bir bakış attı. Dikkatli olmak zorundaydım. "Ne oldu?"

"Babanla ilgili," dedim.

Endişelendi. "Ne oldu?"

İnatçıydım. "Bunu sana yalnızken anlatacağım." "Üzgünüm Pat," diye ilave ettim.

Ray, Pat'in sırtını sıvazladı. "Yatağa gir. Birkaç dakika içinde gelmiş olurum."

Pat kafasını salladı, yanımızdan ayrılırken bana baktı. "Ben öyle düşünmüyorum," dedi.

Yalnız kaldığımızda, Ray benden bir açıklama istedi. "Bana Pat'in canını yakmayacağını söylemiştin," dedi.

"Buraya gelişim ona zarar vermez. Sana tam anlamıyla dürüst davranmadım, Ray. Bundan zaten şüphe ettiğine inanıyorum."

"Evet. Babamın bilgisayarındaki dosyayı kurcaladın."

"Bunu nereden biliyorsun?"

"Bilgisayara ilk girdiğimde dosyanın büyüklüğü ilgimi çekmişti. Çok geniş bir alan kaplıyordu. Geri döndüğümdeyse, çoğu silinmişti."

Başımı salladım. "O dosya benim hakkımdaydı. Baban beni araştırıyordu. Baban bazı kişiler tarafından tutulmuştu, onlar da başka bir adam tarafından. Bu adam tehlikeli biri. Bu gece, beni kaçırmaları için birilerini gönderdi. Kaçmayı başardım. Bundan sonra senin peşine takılacağına inanıyorum."

"Neden ben?"

"Çünkü benim arkadaşım olduğunu biliyor. Bugün beni izlediğine inanıyorum. Ayrıca bu adam senin babanı tutmuş olsa da, baban onunla tam bir iş birliği içine girmemişti."

"Bunu nereden biliyorsun?"

"Bu akşam benim için gelen adamlar anlattı."

"Benim için geldiler derken, ne demek istiyorsun? Silahlı mıydılar?"

"Evet."

"O halde onların elinden nasıl kaçtın?"

"Bir hata yaptılar ve ben de kaçmayı becerebildim. Bütün bunları bir kez daha anlatmak istemiyorum. Önemli olan tek şey senin şu an benimle gelmen."

"Bunu yapamam."

"Ah, anlamıyorsun."

Tereddüt etti. Sevdiğin kişilere yalan söylemek kolay değildir.

"Hayır."

Ray şüpheciydi. Gerçeği sezebildiği için söylediklerimdeki yalanı fark edebiliyordu. "Babamın tehlikede olduğunu mu düşünüyorsun?" diye sordu.

"Evet."

Ray bu kelimenin içindeki gerçeği duymuştu. "Polisi aramalıyız."

"Hayır!" Eline yapıştım. "Polis bize yardım edemez. Benimle gelmek zorundasın. Güven bana, Ray. Daha fazlasını sana ancak eve vardığımızda anlatabilirim."

"Burada yapamadığın bir şeyi, evde nasıl yapacaksın?"

"Göreceksin," dedim.

Sonunda benimle gelmeye razı oldu. Pat'e veda etmek için üst kata çıktı. Genç kızın ağladığını duydum. Gelecek günlerde daha çok gözyaşı dökmek zorunda kalabilirdi. Tabii yanılıyor da olabilirdim. Ray'i tehlikeden uzaklaştırmak yerine, onu tehlikenin tam ortasına atma olasılığım vardı. Caddeyi boydan boya inceledim, ama görünürde bir şey yoktu. Buna rağmen, bana dikilmiş olan gözleri hissedebiliyordum, benimkiler kadar güçlü olan gözleri. Ray'e yetişemezsem ne olacağını merak ediyordum, çünkü korkuyordum. Belki yalnız ölmekten korkuyordum.

Ray beş dakika sonra giyinmiş halde geri döndü. Arabaya gittik. Arabamı daha önce görmemişti, Ferrari'mi görünce şaşırdı. Malikâneme doğru ilerlerken, neden daha önceki yoldan gitmediğimizi sordu. Ona iki evimin olduğunu söyledim.

"Ben çok zenginim."

"Babamın seni araştırmasının sebebi bu mu?" diye sordu.

"Evet, dolaylı olarak."

"Babamla hiç konuştun mu?"

"Evet."

"Ne zaman?"

"İki buçuk gün önce."

"Nerede?"

"Ofisinde."

Ray kızdı. "Bana anlatmamıştın. Onunla neden konuştun?"

"Beni ofisine çağırdı."

"Neden?"

Her zamankinden daha dikkatli olmalıydım. "Araştırıldığımı bana anlatmak istemiş."

"Seni uyarmak mı istiyordu?"

"Öyle olduğunu sanıyorum. Ama..."

"Ne?"

"Onu tutan adamın ne olduğunu tam olarak anlamış değildi."

"Ama sen onu tanıyorsun?"

"Evet. Uzun bir zaman öncesinden."

"Adı ne?"

"Adını sık sık değiştiriyor."

"Senin gibi mi?" diye sordu Ray.

Bu çocuk sürprizlerle doluydu. Ona doğru eğilip bacağına dokundum. "Baban için endişe ediyorsun. Seni anlıyorum. Lütfen beni acımasızca yargılamamaya çalış."

"Bana karşı tam olarak dürüst değilsin."

"Sana anlatabileceklerimi anlatıyorum."

"Baban tehlikede derken tam olarak ne demek istedin? Bu adam babamı öldürmek mi istiyor?"

"Geçmişte öldürdü."

Arabanın içindeki hava birden sıkışmıştı. Ray sözlerimin ardındakileri duyuyordu. "Babam çoktan öldü mü?" diye sordu sessizce..

Yalan söylemek zorundaydım, başka şansım yoktu. "Bilmiyorum."

Eve vardık. Ben yokken kimsenin gelmemiş olduğunu söyleyebilirdim. Alarm sistemini devreye soktum. Bu, piyasadaki en donanımlı sistemdi. Evin etrafındaki çitin her tarafı yüksek voltajlı elektrikle yüklüydü. Hareket sensörleri, lazer ışınları ve radar çevreyi denetliyordu. Gerçi bunların, içeriye girmek isterse Yakşa'yı bir saniyeliğine bile durdurmayacağını biliyordum.

Benim gücümün ve hızımın en azından iki katına sahipti. Gerçekte benden çok daha güçlü olduğuna inanıyordum.

Ray evin etrafında incelercesine gezindi. Durdu ve okyanusa baktı. Kaybolmak üzere olan yarım ay, suyun karanlık gölgesinin üzerinde asılı duruyordu. Batıya bakıyorduk ve arkamızda, doğuda, gün ağarıyordu.

"Şimdi ne olacak?" diye sordu

"Bundan sonra ne yapmak istiyorsun?"

Yüzüme baktı. "Bu adamın buraya gelmesini bekliyorsun."

"Belki. Gelebilir."

"Kendini silahlandırma hakkında bir şeyler söyledin. Burada silahın var mı?"

"Evet. Ama sana silah vermeyeceğim. Bu işe yaramaz."

"Silahlar konusunda uzman mısın?"

"Evet."

Öfkelendi. "Tanrı aşkına kimsin sen, Sita? Tabii eğer gerçek adın buysa?"

"Bu benim gerçek adım. Çok az insan bunu bilir. Bu ismi bana babam vermişti. Hakkında konuştuğum adam, babamı öldüren kişidir."

"Neden polisi aramadın?"

"Bu adam çok güçlü. Neredeyse sınırsız yetenekleri var. Canımızı yakmaya niyetliyse, polis onu asla durduramaz."

"O zaman sen nasıl durduracaksın?"

"Durdurabilir miyim bilmiyorum."

"O halde neden buradayız? Neden arabaya atlayıp uzaklaşmıyoruz?"

Sorusu ilginçti; aslında bir bakıma mantıklıydı. Ama Yakşa'dan kaçmayı başarabileceğime inanmıyordum. Kaçınılmazı ertelemeyi sevmem.

"İstersen çekip gidebilirsin," dedim. "Arabamı alıp eve dönebilirsin. Ya da Los Angeles'a gidebilirsin. Bu, senin için en iyisi olacaktır. Burada kaldığın sürece büyük bir tehlike altında olduğunu sana tüm samimiyetimle söyleyebilirim."

"Beni buraya neden getirdin?"

Arkamı döndüm. "Neden olduğunu bilmiyorum. Ama düşünüyorum da... bilmiyorum."

"Ne?"

"Bu adamın gerçek adı, Yakşa. Senin arkadaşım olduğunu biliyor. Sen, beni ilgilendiren denklemin bir parçasısın."

"Bunun anlamı ne?"

Ray'e döndüm. "Babanla görüştüğümden beri beni takip ediyor, bundan eminim. Ama beni almak için kendisi gelmedi. Adamlarını peşimden gönderdi, ama bu aynı şey değil; ne onun ne de benim için."

"Sana bir çeşit koruma sağladığımı mı düşünüyorsun?"

"Tam olarak değil. Daha fazlası. Aramızdaki ilişkiyi merak ettiğini düşünüyorum."

"Neden?"

"Kolay kolay arkadaşlık kurmam. O, bunu çok iyi biliyor."

Ray içini çekti. "Arkadaşım olup olmadığından emin değilim."

Sözleri gecenin erken saatlerinde vücuduma isabet eden kurşunlardan daha yaralayıcıydı. Kolumu uzattım ve yüzüne dokundum. Rama'nın yüzü kadar güzel, aynı görünmese de, yüzünde benzerdi. Belki Krişna haklıydı. Belki ruhları aynıydı; eğer ruh diye bir şey varsa. Ruhumun olduğundan şüphe ediyordum.

"Sana uzun bir zamandır kimseye önem vermediğim kadar çok önem veriyorum," dedim. "Göründüğümden çok daha yaşlıyım. Kendime bile itiraf edemeyeceğim kadar yalnızım. Ama seninle tanıştığımda, yalnızlığım hafifledi. Ben senin arkadaşınım Ray, benim arkadaşım olmak istemesen bile."

Beni tanıyormuşçasına dik dik baktı, ardından da ona dokunan elimi öpmek için dudaklarını eğdi. Bir sonraki sözleri bana uzaktan geliyormuş gibi geldi.

"Bazen sana bakıyorum da, sanki insan gibi görünmüyorsun."

"Evet."

"Camdan oyulmuş bir şey gibisin."

"Evet."

"Yaşlı, ama yeni."

"Evet."

"Bana bir vampir olduğunu mu söylüyorsun?"

"Evet."

Ama bana vampir olup olmadığımı sormadı. Biliyordu. Ona

doğruyu söyleyeceğimi biliyordu ve bunu duymak istemiyordu. Elimi bir kez daha öptü ve dudaklarını öpmek için öne doğru eğildim. Uzun ve derinden. Bu sefer nefessiz kalmadı. Benimle sevişmek istediğini anlıyordum; çok mutluydum.

Nefesimi üfleyerek oturma odasında bulunan şöminenin alevini canlandırdım, birkaç kütük üst üste düştü. Güneş tepe noktasına ulaştığı zamanlarda üzerinde uyuduğum İran halısı vardı. Battaniyelerle yastıkları getirdim. Büyük bir hızla soyunduk; Ray'in kıyafetlerimi çıkartmasına izin verdim. Vücuduma dokundu ve beni tepeden tırnağa öptü. Birlikte yaptığımız seks onun için olduğu kadar benim için de mucizeviydi. Canını yakmamak için dikkatli davrandım.

Daha sonra uyuduğunda, otomatik silahımı almak için tavan arasına çıktım. Şarjörü dikkatlice doldurdum, silahın tüm parçalarının yağlanmış ve kullanıma hazır olduğundan iyice emin oldum. Ardından Ray'in bulunduğu yere geri döndüm ve silahı yastığın altına koydum. Ray çok yorgundu, kafasını okşadım ve bütün gece uyumasını sağlayacak olan kelimeleri fısıldadım. Yakşa'nın geceye kadar gelip gelmeyeceğinden emin değildim. Taze geceye, taze katliam. Bu onun tarzıydı. Silahımın onu durduramayacağını biliyordum. Elimde sadece Krişna'nın beni koruyacağına dair vermiş olduğu sözü vardı. Ama inanmadığın bir tanrının sözü ne kadar geçerli olabilirdi ki?

Ancak bir şey kesindi. Eğer o kişi Krişna değilse, yaşayan gelmiş geçmiş en sıra dışı insandı. Tüm vampirlerin güçlerinin toplamından daha güçlüydü. Ray'in yanında yatarken, Krişna'yı ve bu çocuğa karşı duyduğum sevgiyi düşündüm. Bu sevginin nedeni, Krişna'nın yüzünün bu çocuğun yüzü arkasında saklanmış olmasından mı kaynaklanıyordu? Krişna'nın yüzünü çok iyi hatırlıyordum. Aradan beş bin yıl geçmiş olsa bile unutulması imkânsız bir yüzdü onunkisi.

DOKUZUNCU BÖLÜM

Geçmişime döndüm. Yakşa ve ben. Köyümüzde ortadan kaybolan iki adam, büyük bir hızla bize katılmıştı. Vampirlerdi. Ben de vampirdim. Ama bu kavram o zamanlarda daha bilinmiyordu. Ben ne olduğumu tam olarak bilmiyor, sadece Yakşa gibi olduğumu sezinliyordum.

Her şey hakkında korku ve merak vardı.

Kan emme ihtiyacım ilk günlerde kendini göstermedi, sanırım Yakşa diğerlerine bu konu hakkında konuşmamalarını tembih etmiş olmalıydı, çünkü bahsi hiç açılmadı. İlk önce parlak ışığın beni rahatsız ettiğini fark ettim. Öğlen güneşinin ışınlarına dayanmak, neredeyse imkânsızdı. Bunu anladım. Çünkü biz büyürken, Yakşa öğlenleri ortadan kaybolma eğilimindeydi. Muhteşem gün ışığının tadını bir daha çıkaramayacak olmak beni üzüyordu.

Buna karşın geceler inanılmaz güzeldi. Gecenin karanlığında, gündüzün aydınlığından daha iyi görebiliyordum. Ay'a baktığımda kürenin inanıldığı gibi düz olmadığını, içinde atmosferi olmayan oyuklarla dolu, korkutucu bir dünya olduğunu görüyordum. Uzaktaki objeler, gözüme bir kol boyu uzaklıktalarmış gibi görünüyordu. Daha önce fark etmediğim şeyleri; cilt gözeneklerini, böceklerin çeşitli elmaslara benzeyen minicik gözlerini görebiliyordum. Sesleri, en basit titreşimleri bile duyabiliyordum. Kısa bir zamanda, insanların farklı şekillerde nefes aldıklarını anlayabilecek kadar hassaslaşmıştım. Her ritim farklı duygulara uyum sağlıyordu. Koku alma kabiliyetim son derece önem kazandı. Rüzgârın en ufak bir yön değiştirmesi, evreni yeni bir parfüm banyosuna sokuyordu.

En çok sevdiğim şeyse yeni edindiğim gücümdü. En uzun ağaçların bile tepesine sıçrayabiliyor, iri taşları avuçlarımın arasına alarak küçük parçalara ayırabiliyordum. Hayvanları kovalamaktan hoşlanıyordum, özellikle de aslanlarla kaplanları. Benden kaçıyorlardı. İçimde, insan olmayan bir şeylerin olduğunu biliyordum. Sonra birdenbire kana karşı duyduğum açlık başladı. Dördüncü gün Yakşa'ya gidip göğsümün alev alev yandığını ve kalbimin kulaklarımın içinde attığını söyledim. Gerçeği söylemek gerekirse, öleceğimi düşünüyordum. Kanla ilgili şeyleri düşünmeyi sürdürüyordum, ama kan içmeyi hiç düşünmemiştim; benim için bu, düşünülemeyecek kadar imkânsız bir fikirdi.

Yakşa bana ağrımı durdurmanın tek yolunun kan içmek olduğunu söylediğinde bile, bu düşünceyi kafamdan attım. Artık bir insan olmasam bile, insan gibi davranmak istiyordum. Yakşa beni o uzun gecede tutmasaydı öleceğimi hissediyordum. Ama diğerleri yaşıyorsa ben de yaşayabilirdim. İçimdeki canlı bu dünyaya ait değildi. Onunla yaşayabilirdim ama ona boyun eğmeyecektim. Yakşa bana kandan bahsettiği sırada artık kısır olduğumu da söylemişti. Lalita ve Rama için ağladım ve Sitaları yanında değilken ne yaptıklarını merak ettim. Buna rağmen onları görmeye gitmeyecektim.

Onların benim gibi bir canavarı görmelerine izin veremezdim. Ayrıca onları vampirleştirmekten de korkmuştum.

Ağrı benliğimi kaplayıncaya kadar bir başkasının kanını içmeye karşı direndim; güçsüzleştim, inlemeyi durduramıyordum. Bu inlemenin sebebi bir başkasının kanını içmek için duyduğum istek değil, Yakşa'nın içime yerleştirdiği şeyin beni canlı canlı yiyecekmiş gibi hissettirmesiydi. Değişimimden bir ay kadar sonra, Yakşa bana damarı neredeyse açılmış yarı baygın bir çocuk getirdi ve kanını içmemi emretti. Bana bu şekilde davranmasından dolayı ondan nefret ettim. Beni, Lalita ve Rama'dan uzaklaştırdığından dolayı duyduğum nefret nasıl da alevlenmişti! Ama nefretim bana güç veriyordu, çünkü gözle görülen bir şey değildi. Yakşa'ya beni değiştirmesinden sonra ihtiyaç duyuyordum ve bu ihtiyaç, sevginin arkadaşıydı. Ama Yakşa'yı herhangi bir zamanda sevdiğimi söyleyemem, daha doğrusu onunla birlikteydim çünkü benden daha güçlüydü. Uzun bir süre boyunca Yakşa hürmet ettiğim tek kişiydi, Krişna'ya kadar.

Çocuğun kanını son damlasına kadar içtim. Bayılma raddesindeyken üzerine atıldım. Onu öldürmemeye karar vermiş olsam da, içmeye başladıktan sonra kendimi durduramadım. Sonunda çocuk öldü. Kollarımda son nefesini verirken korkudan ağladım. Ama Yakşa sadece güldü ve, *Bir kez öldürdün mü, bir daha öldürmek kolaydır*, dedi.

Evet, ondan nefret ettim, çünkü haklı olduğunu biliyordum. Bundan sonra, çok insan öldürdüm ve zamanla bunu sevmeye başladım.

Yıllar geçti. Güney doğuya doğru ilerledik. İlerlemeyi asla durdurmadık çünkü insanların bizim tehlikeli olduğumuzu anlaması uzun sürmezdi. Geldik, arkadaşlık kurduk. Sonunda yavaşladık, ünümüz bizden önce gitti. Kendi türümüzden olanların sayısını artırdık. Yarattığım ilk vampir, koyu renk gözleri ve gece yarısı gökyüzüne yansıyan ışıklara benzer saçları olan yaşıtım bir kızdı. Kendi isteği doğrultusunda dönüştürmüş ve arkadaş olacağımızı düşünmüştüm. O zaman Yakşa dönüşüm için gerekli olan şeyleri anlatmıştı. Kalbimden gelen damar, onun kalbine giden damar; kan nakli; korku; kendinden geçme. Adı Mataji'ydi ve ona yaptığım şey için bana asla teşekkür etmese de, aradan geçen yıllar boyunca hep yanımda durdu.

Mataji'yi dönüştürmek gücümü kurutmuştu; birkaç gün ve birçok kurbanın ardından gücüm geri geldi. Yakşa'nın dışındaki herkes için durum aynıydı. O bir başkasını dönüştürdüğünde daha da güçleniyordu. Çünkü Yakşa'nın ruhu hepimizinkinden besleniyordu. Yakşini'nin vücut bulmuş haliydi. Derinlerden gelen şeytandı. Yine de, içinde kaynağını anlamasam da bir şefkat duygusu vardı. Yarattıklarına karşı koruyucuydu ve bana karşı, alışılmışın dışında nazikti. Bana bir daha beni sevdiğinden bahsetmedi, ama seviyordu, bunu anlayabiliyordum. Gözleri çoğu zaman üzerimdeydi. Ne yapmalıydım? Lanetlenmişler evlenemezdi. Kutsal metinlerde bize öğretildiği gibi, Tanrı bu birlikteliğe şahitlik etmek istemezdi.

İşte o zamanlarda, vampir oluşumuzun belki ellinci yılında, kutsal kitapların bahsettiği bir adamın vücut bulmuş olduğunu duymaya başladık. Bir adamdan daha çok şeylere sahip olan biri, belki Lord Vişnu'nun kendisiydi. Yağmaladığımız her yeni köy, bize daha fazla detay sunuyordu. İsimlerinden biri Krişna'ydı ve Yumana Nehri'nin yakınlarındaki Vrindavana ormanlığında, *gopis* adıyla anılan çobanlar ve süt sağan kızlarla birlikte yaşıyordu. Birçok adının olduğu söylenen bu adamın, yani Vasudeva'nın, şeytanları yok etme gücüne sahip olduğu ve mutluluk verdiği söyleniyordu. En iyi arkadaşları, küçük tanrılar olarak vücut bulan beş Pandava Kardeşler'di. Kardeşlerden biri Arjuna'ydı ve neredeyse Krişna kadar ünlüydü. Cennetin büyük tanrısı İndra'nın oğlu olduğundan bahsediliyordu. Arjuna'nın gerçekten görkemli bir savaşçı olduğunu duyduğumuzda bundan şüphe etmedik.

Bu durum Yakşa'nın ilgisini çekmişti. Diğer vampirlerin de ilgisini çekti, ama içimizde çok azımız Krişna'yla karşılaşmak istiyordu. Çünkü o sırada sayımız bini bulmuş olsa da, Krişna'nın bizi kollarını açmış halde beklediğini sanmıyorduk ve onun hakkında anlatılan hikâyelerin yarısı bile doğruysa bizi tahrip edebilirdi. Ama Yakşa ülkede kendinden daha güçlü biri olması düşüncesini kaldırmıyordu. Çünkü Yakşa'nın ünü, korkunun vermiş olduğu bir ün olsa da, almış başını yürümüştü.

Vrindava'ya gitmek için yola çıktık ve bu sefer kendimizi gizlemeden ilerledik, kaldığımız yeri bir sır olarak saklamadık. Yanlarından geçtiğimiz birçok ölümlü, kan içerek ilerleyen sürünün sonunun geldiğine inandığından mutlu görünüyordu.

Onların yüzünde minnettarlık gördüğüm zaman kalbimin derinliklerinde korku duydum. Bu insanlardan hiçbiri Krişna'yla şahsen tanışmamıştı. Ama ona inanıyorlardı. Onun adına bile güveniyorlardı. Bazılarını öldürürken bile onun, Krişna'nın adını haykırdılar.

Krişna geldiğimizi tabii ki biliyordu, işin bu kısmında her şeyi bilmeye gerek yoktu. Yakşa'nın kurnaz zekâsı vardı, ama bu zekâ ona bahşedilen kibrin gölgesinde kalmıştı. Vrindavana Ormanı'na ayak bastığımızda, her şey huzurlu görünüyordu. Gerçekten de keskin duyma kabiliyetimize rağmen, ağaçlar bize terk edilmiş gibi görünmüştü. Ama Krişna saldırısını ormanın derinlerine varıncaya kadar saklamıştı. Ansızın üzerimize doğru oklar atılmaya başlandı. Bir ok yağmuru değildi, her seferinde bir tane atılıyordu. Ama atılanlar birbirini hızlı ve mükemmel bir doğrulukta izliyordu. Gerçekten de okların hiçbiri hedefini şaşmadı. Bizden olanların kalplerine ve kafalarına isabet etti. Yakşa bize öldürülemeyeceğimizi anlatmışsa da, onlar öldürmekte başarısız olmadılar. En şaşırtıcı şeyse bize ok atan adamı yakalayamıyor olmamızdı. Onu göremiyorduk bile, onun *kavach* adındaki gizemli zırhı, bu kadar muhteşemdi.

Mataji kaşlarının arasına isabet eden okla, ilk düşen oldu.

Sayımız hâlâ çoktu ve en iyi okçu için bile hepimizi öldürmek zaman alacaktı. Yakşa ilerleyebildiğimiz kadar ilerlememizi sağladı. Ardından oklar sadece grubumuzun arka tarafına düşmeye başladı, sonra da tamamen kesildi. Arjuna'yı atlatmayı başarmış gibi görünüyorduk, ama arkamızda çok vampir bırakmıştık. Yakşa'ya karşı başkaldırılar vardı. Çoğumuz hangi yoldan kaçacağımızı bilsek, Vrindavana ormanını bir an evvel terk edecektik. Yakşa ilk kez kontrolü kaybediyordu. İşte o an, o büyük ormanda Yakşa'ya büyük bir nimet gibi görünen şeye rastladık; *Gopis*'lerin başı, Krişna'nın eşi Radha.

Radha hakkında bir şeyler duymuştuk; adı 'arzu' anlamına geliyordu. Bu şekilde adlandırılmıştı, çünkü Krişna'ya duyduğu arzu, nefes almaya duyduğundan daha fazlaydı. Onunla karşılaştığımızda Yamuna'nın tatlı sularından yasemin çiçekleri topluyordu. Onu korkutmadık, bizi gördüğünde gülümsedi. Güzelliği alışılmışın dışındaydı; beş bin yıllık hayatımda onun kadar nefis bir kadın daha görmedim. Cildi olağanüstü güzeldi; yüzü ay ışığının parlaklığında ışıldıyordu. Vücudu düzgündü. Eğlenceli bir tiyatrodaymış gibi hareket ediyordu. Kollarının her bir hareketi ya da dizlerini bükmesi bile, ona büyük bir mutluluk veriyormuş gibi görünüyordu. Bu mutluluğun nedeni yaptığı her hareketi Krişna'yı düşünerek yapmasındandı. Ona yaklaştığımız sırada Krişna'yı anlatan bir şarkı söylüyordu. Şarkısının ilk mısraları Krişna'yı tanımak isteyip istemediğimiz hakkındaydı.

Yakşa acele ederek onu tutsak aldı. Kimliğini saklamak için

çaba sarf etmedi. El ve ayak bileklerini bağladık. Yakşa bizden birini, Krişna'nın teke tek dövüşmeyi reddettiği takdirde elimizde tuttuğumuz Radha'yı öldüreceğimizi söylemesi için ormana gönderirken, ben de Radha'dan sorumluydum. Krişna'nın cevap vermesi uzun sürmedi. Arjuna'nın kardeşi Yudhiştira'yla bize bir mesaj gönderdi. Vrindavana ormanının kenarında, ormana ayak bastığımız yerde bizi bekleyecekti. Yolu bulmakta güçlük çekersek Yudhiştira bize yolu gösterecekti. İki şartı vardı: Radha'ya zarar verilmeyecek ve dövüşün şeklini kendi belirleyecekti. Yakşa meydan okumayı kabul ettiğini bildirmek için Yudhiştira'yı geri gönderdi. Belki Yudhiştira'ya dönüş yolunu sormuş olmamız gerekirdi. Ağaçlar bir labirente benziyordu ve Radha konuşmuyordu. Ama korkmuş bir hali de yoktu. Zaman zaman benim bulunduğum tarafa doğru öylesine huzur dolu bir ifadeyle bakıyordu ki onun yerine korkan ben oldum.

Yakşa kendinden geçmişti. Bir ölümlünün onu herhangi bir dövüş türünde yenebileceğine ihtimal vermiyordu. Böylesine bir özgüven içindeyken, Krişna'ya dair anlatılmış hikâyeleri hafife alıyordu. Ona bunu söylediğimde bana cevap vermedi. Gerçi gözlerinde bir ışıltı vardı. Bana, bu an için doğmuş olduğunu söyledi. Şahsen ben, bu oyundan korkuyordum. Krişna kurnaz olmakla ün salmıştı. Ama Yakşa kaygılarımı bir kenara attı. Krişna'yı tahrip edip, Radha'yı vampirleştireceğini söyledi. Radha onun *eşi* olacaktı. Kıskançlık duymadım; bunun gerçekleşeceğini düşünmüyordum.

Sonunda ormana ayak bastığımız yeri bulduk; daha önce yanından geçtiğimiz büyük çukurdan dolayı orayı hatırlamıştık. Görünüşe bakılırsa Krişna bu büyük çukuru, Yakşa'ya meydan okuması için kullanmak niyetindeydi. Ormandan çıkarken adamları çukurun etrafına toplanmıştı. Sayımız kabaca onlara eşitti, ama bize saldırma girişiminde bulunmadılar. Arjuna'yı, kardeşinin yanında dururken gördüm, güçlü yayı ellerindeydi. Gözlerini bulunduğum yöne çevirip Radha'yı tuttuğumu gördüğünde kaşlarını çattı ve eline aldığı oku göğsüne sürttü. Ama daha ileriye gitmedi. Efendisini bekliyordu. Hepimiz bekliyorduk. O anda daha yetmiş yaşında olmama karşın, elimde Krişna'nın en değerli mücevherini tutarken, bu insanı yaradılış tarihinden beri beklediğimi hissettim.

Krişna ormandan çıktı.

Daha sonraları yağlı boya tablolarında tasvir edildiği gibi mavi renkte değildi. Ressamlar onu bu şekilde gösterdi çünkü mavi, gökyüzünün rengiydi, ki bu sonsuzluk anlamına geliyordu. Ve Krişna'nın özü, yeryüzünden ve gökyüzünden daha büyük olan Brahman'ın sonsuzluğuydu. O gördüğüm diğer iki kollu ve iki bacaklı, omuzlarının arasında kafası olan adamlardan farksızdı. Cildi, içine süt karıştırılmış çay rengindeydi ve Hintli adamların cildi kadar koyu olmamakla birlikte, benim tenim kadar da açık değildi. Ama ona benzeyen başka biri yoktu. Tek bir bakışı bile bir şekilde özel olduğunu gösterdiğinden, onu asla tam olarak anlayamayacağımı biliyordum. Ormanın içinden çıktığında bütün gözler onu takip etmeye başladı.

Uzun boyluydu, neredeyse Yakşa kadar uzundu ki o günlerdeki insanlar nadiren bir seksen boyuna ulaştığından bu, alışılmışın dışında bir olaydı. Siyah saçları uzundu. Adlarından biri de *Keşhava*'ydı. Uzun saçlıydı. Sağ elinde lotus çiçeğini, sol elindeyse flütünü tutuyordu. İri yapılıydı; uzun bacakları yaptığı her hareketle insanı büyülüyordu. Birine doğrudan bakmıyormuş gibi görünüyordu; sadece yanlamasına bakıyordu. Ancak bu kadarı bile kalabalığın içine korku salmaya yeterli oldu. Gözlerimi kaçırmak için kendimi zorlasam da, gözünü dikip ona bakmamak imkânsızdı. Alnıma birisinin dokunuşunu hissettiğimde, içime bir daha asla çıkmayacak bir şeyin tohumları ekiliyormuş gibi hissettim. Bir anlığına kafamı yana doğru çevirmeyi başardım. Bana dokunan, düşmanım olması gereken Radha'ydı ve beni dokunuşuyla rahatlatıyordu.

"Krişna sevgi demek," dedi. "Ama Radha arzu anlamına gelir. Arzu, sevgiden daha eskidir. Ben ondan daha yaşlıyım. Bunu biliyor muydun, Sita?"

Ona baktım. "Adımı nereden biliyorsun?"

"Bana anlattı."

"Ne zaman?"

"Bir zamanlar."

"Hakkımda ne anlattı?"

Yüzü karardı. "Bunu bilmek istemezsin."

Krişna çukurun kenarına doğru yürüdü ve adamlarına ağaçların yanına çekilmelerini işaret etti. Yanında sadece Arjuna kaldı. Bizim tarafın geri çekilmesi için Krişna gibi hareket eden Yakşa, kafasını salladı. Ama benim çukurun kenarında kalıp Radha'yı sıkı sıkı tutmamı istedi. Hazırlıklar Krişna'yı rahatsız etmişe benzemiyordu. Krişna ne bana ne de Radha'ya doğrudan baktı. Söylediklerini duyacak kadar yakındık. Sesinin büyüleyiciliği söylediklerinden çok, çıktığı yerden kaynaklanıyordu. Otoritesi ve gücü inanılmazdı. Ve evet, sevgi, düşmanına konuşurken bile sevgi duyuluyordu. Sesinde bir nevi huzur vardı. Olan bunca şeye rağmen kaygılanmıyordu. Onun için, yaşananların sadece bir oyun ve hepimizin onun yönettiği bu oyunun aktörleri olduğumuz hissini yayıyordu bize. Ama benim seçilmiş olmamdan pek de hoşnut olmuşa benzemiyordu. Yakşa'nın Krişna'yı ne şekilde yenebileceğini kestiremiyordum. Bu günün, son günümüz olduğundan emindim.

Şafağın sökmesi uzak olmamasına rağmen etraf aydınlık değil, karanlıktı.

"Yakşa'nın yılanların efendisi olduğunu duydum," dedi Krişna. "Flütünün sesi onları sarhoş etmiş. Duyduğun üzere benim de bir flütüm var. Kafamdan flütlerimizi çarpıştırmak geçiyor. Bu çukuru kobralarla dolduracağım ve sen bir ucunda otururken, ben de diğer ucunda olacağım. İkimiz de yılanları kontrol etmek için flütümüzü çalacağız. Radha için çalacağız. Sen istediğini çalabilirsin, ama yılanlar seni defalarca öldüresiye ısırırsa ya da teslim olmaya karar verirsen, o zaman bana senden etmeni istediğim yemini edeceksin. Bu meydan okuma sana uygun geldi mi?"

"Evet," dedi Yakşa. Kendine olan güveni daha da yükselmişti, çünkü yılanlar üzerinde ne kadar etkili olduğunu biliyordu. Birçok kez onun, flütünün sesiyle yılanları hipnotize etmesini izlemiştim. Yakşini zaman zaman yılanlarla betimlendiğinde, bu beni şaşırtmıyordu ve kalbinin derinliklerinde bir yılan olduğunu düşünüyordum. Gerçekten de, vampirlerin yarasalardan çok yılanlarla ortak noktası vardır. Bir yılan da kurbanlarını canlı yemeyi tercih eder.

Yakşa'nın yılanlar tarafından birçok kez ısırılabileceğini, buna rağmen ölmeyeceğini biliyordum.

Krişna yılan toplama işini bizimkilere bıraktı. Vrindavana ormanını bilmediklerinden bu iş epey zamanlarını aldı. Ama vampirler mecbur kalırlarsa hızlı çalışabilir, uzağa gidebilirdi. Sonunda çukurun içi ölümcül zehirli yılanlarla doldurulmuştu. O sırada bizim grup Yakşa'yı destekliyordu. İçlerinden çok azı, ölümlü birinin çukurun içinde uzun bir süre boyunca hayatta kalabileceğine inanıyordu. İşte o zaman, Krişna vampirleri etkilemiş olmasına karşın onu hâlâ ilahi bir varlık değil de, sıra dışı bir adam olarak gördüklerini anladım.. Yine de, yarışma başlamadan önce herkes kaygılıydı.

Gün boyunca Radha'yla birlikte kaldım. Onunla Lalita ve Rama hakkında konuştum. Bana ikisinin de bu dünyadan göç edip gittiklerini söyledi, ama Rama hayatını asil bir şekilde sürdürmüştü ve kızım da mutlu olmuştu. Bunları nereden bildiğini sormadım. Ona sadece inandım. Sözlerine ağladım. Radha beni teselli etmeye çalıştı. *Doğan her şey ölecek,* dedi. *Ölen her şey bir kez daha doğacak.* Krişna ona bunun kaçınılmaz olduğunu anlatmıştı.

Sonunda, karanlığın çökmesine yakın, Yakşa ve Krişna çukurun içine girdiler. Her ikisinin yanında flütlerinden başka bir şey yoktu. Her iki tarafın da adamları izliyordu, ama Krişna'nın belirlediği bir mesafedelerdi. Sadece Radha ve ben çukurun yanında duruyorduk. Aşağıdaki büyük çukurun içinde yüze yakın yılan olmalıydı. Birbirlerini ısırıyorlardı. Yakşa ve Krişna çukurun içinde karşılıklı oturdular, her ikisinin de sırtı toprak duvara yaslanmıştı. Vakit kaybetmeden çalmaya başladılar. Isırılmamak için bunu yapmak zorundaydılar. Yılanlar ikisinden de hemen uzaklaştı. Ve çalmış oldukları müziğin sesiyle yılanlar bir araya toplandı. Ancak ne tarafa gideceklerine emin değillermiş gibi görünüyorlardı. O esnada, Yakşa melodilerini, keder ve acıyla dolu olsalar da, mükemmel çalıyordu. Müziği hipnotize edecek şekildeydi; kurbanlarını bu flütü çalarak etkileyebilirdi. Ama tüm bu güce rağmen Yakşa'nın çalışının, Krişna'nın müziğinin yanında bir gölge olarak kaldığını fark ettim. Çünkü Krişna'nın çaldığı melodi, hayatın ta kendisiydi. Flütünden çıkan her bir nota, insan vücudunun başka bir merkezine hitap ediyordu. Notalarının içinden geçen nefesi, insan bedeninden geçen bir nefes gibiydi. Flütün üzerindeki üçüncü notayı çaldı ve üçüncü nota vücudun üçüncü merkezi olan göbekti; kıskançlık, bağlılık, eğlence ve cömertlikti. Flütü çaldığında bunların hepsini hissettim. Krişna flütünün içine derin bir nefes üflediğinde bu güne kadar benim dediğim her şeyin, ellerimin arasından kayıp gidebileceğini hissettim. Ama nefesini değiştirdiğinde, notaları uzun ve hafif geçişlerle çalmaya başladığında, gülümseyerek etrafımdaki insanlara bir şeyler vermek istedim. Bu, onun üstünlüğüydü.

Çalışı yılanları tamamen sersemletmişti. Hiçbiri Krişna'ya saldırmak istemiyordu. Yakşa yılanları düşmanının üzerine göndermiyor olsa da, kendinden uzak tutmayı başardı. Böylece yarışma her iki taraf da zarar görmeden uzun bir süre boyunca böyle devam etti. Ama Krişna duygulara hakim olduğundan dolayı, emreden konumunda onun olduğunu biliyordum. Flütün vücudun beşinci merkezini, boğazı, ifade eden beşinci notasına yöneldi. Ama bu notada iki farklı duygu birden vardı: Keder ve minnettarlık. Her iki duygu da, biri sevinç diğeri de acı olmak üzere, gözyaşına sebep oluyordu. Krişna sesi alçalttığında, kendimi hıçkırarak ağlıyormuş gibi hissettim. Sesi yükselttiğindeyse havasızlıktan ölüyormuşum gibi hissettim; mutluydum. Ama neden dolayı mutlu olduğumu bilmiyordum. Tabii ki yarışmanın sonucuyla ilgili değildi. Sonunda Yakşa'nın kaybedeceğini ve bunun da bizim soyumuzun yok olması anlamına geldiğini biliyordum. Bizi bekleyen alın yazısı aklıma geldiğinde Krişna flütünün dördüncü notasını çalmaya başladı. Bu nota kalbimi etkiledi; orada olan herkesin kalbini etkiledi. Kalbin içinde üç duygu bulunuyordu. Onları hissettim: Sevgi, korku ve nefret. Bir insanın bunların üçüne birden değil, sadece birine sahip olabileceğini anladım. Eğer birini seviyorsan, korku ya da nefreti bilmezsin. Korktuğun zaman, sevgi ya da nefreti hissetmene imkân yok. Ve nefret ettiğindeyse, hayatında sadece nefret olur.

Krişna başta dördüncü notayı öylesine yumuşak çaldı ki, sıcaklık hissi her iki tarafı da sardı. Bunu uzun bir süre böyle devam ettirdi, öyle ki vampirlerle ölümlüler neden birbirlerine düşman olduklarınını düşünmeye başladılar. İşte bu notanın gücü burdaydı, mükemmel vurgulanmıştı.

Ardından Krişna müziğini zirveye çıkardı. Nefesini alçalttı ve toplananların içinde biriken sevgi, nefrete dönüştü. Huzursuzluk her iki tarafın adamlarının içine işlediğinde, birbirlerine saldıracakmış gibi pozisyon aldılar. O zaman Krişna dördüncü notayı farklı şekilde çalmaya başladı ve nefret, korkuya dönüştü. Sonunda bu duygu, Krişna'nın flütünün karşısında hareketsiz kalmış olan Yakşa'yı delip geçti. Onu titrerken gördüm. Bu bir yılan sürüsünün önünde yapabileceği en kötü şeydi. Çünkü bir yılan sadece korkunun olduğu yerde saldırıya geçerdi. Yılanlar Yakşa'nın bulunduğu yere doğru sürünmeye başladılar.

O anda teslim olabilirdi, ama acımasız bir yaratık olsa da cesurdu. Çalmaya devam etti, bu kez yılanları kovmak için çılgın bir melodi seçmişti. Bu ilk önce onları yavaşlattı, ama Krişna yorulmamıştı. Dördüncü notayı çalmaya devam etti, nefesini titreterek ve alçaltıp yükselterek flütün içine üfledi. Sonunda büyük bir yılan Yakşa'ya doğru sürünerek gitti. Yakşa'yı kalçasından yakaladı ve dişlerini geçirdi. Yakşa yılanı başından savmak için çalmayı durduramadı. İlkinin ardından başka bir yılan daha öne çıktı, onun ardından başka bir yılan daha... Kısa bir zamanda Yakşa vücudunun her tarafından ısırılmıştı. O vampirlerin kralıydı, Yakşini'nin oğlu, ama onun sistemi bile bu kadar zehir karşısında tükenebilirdi. Sonunda flütü elinden düştü ve olduğu yerde sallandı. Yardım çağırmak istediğini sandım; adımı seslenmiş olabileceğini düşündüm. Ardından öne doğru kapaklandı ve yılanlar onu yemeye başladı.

Krişna o zaman ayağa kalktı ve flütünü kenara bıraktı. Ellerini çırptı ve yılanlar Yakşa'nın bedeninden kaçarcasına uzaklaştı. Çukurun içinden çıkarak Arjuna'ya işaret etti. En iyi arkadaşı çukurun içine girerek Yakşa'nın bedenini dışarıya çıkardı ve yakınımda bir yere koydu. Nefes aldığını görebiliyordum, ama güç bela. Zehirden dolayı tepeden tırnağa sırılsıklam olmuştu ve bir sürü yara almıştı.

Radha'yı bıraktım. Gitmeden önce bana sarıldı. Ama Krişna'ya koşmadı; bunun yerine diğer kadınların yanına gitti. Arkamda bazı vampirlerin kaçmak ister gibi ormana doğru yöneldiklerini duyabiliyordum. Ama şimdilik bekliyorlardı; Krişna'nın bundan sonraki adımını görebilmek için bunu yapmak zorundalarmış gibi hissettiklerini düşündüm. Krişna onları görmezlikten geldi. Bana işaret etti, yaklaştı ve Yakşa'nın yanına diz çöktü. Duygularım çok garipti. Her halükârda beni yeryüzünden silecek bir varlık olan Krişna'nın yanına diz çöktüğümde, onun koruyucu kalkanının altındaymışım gibi hissettim. Güzel ellerinden birini Yakşa'nın başının üzerine koyarken onu izledim.

"Yaşayacak mı?" diye sordum.

Krişna sorusuyla beni şaşırttı. "Yaşamasını istiyor musun?"

Gözlerim, eski düşmanım ve arkadaşımın vücudunun kalıntıları üzerinde boş boş dolaştı. "Sen ne istersen, ben de onu istiyorum," diye fısıldadım.

Krişna gülümsedi, sessizdi. "Ben bu dünyadan ayrıldıktan sonra, devir değişmek zorunda. Kali Yuga başlayacak. Bu, kavgaların olduğu bir devir olacak ve insanlık genç yaşta ölecek. Senin türün, bu çağın çoğunda hoş karşılanmayacak. Kali Yuga devri, senin gibi insanların bu dünyadan gitmesi için sonuna kadar uğraşacak. Anladın mı?"

"Evet. Biz sadece acı çektirdik."

"O zaman neden devam ediyorsun, Sita?"

Adımı söylemesi bana dokunmuştu. "Sadece yaşamak istiyorum, Efendim."

Başını salladı. "Emirlerime uyarsan yaşamana izin veririm. Asla başka birini vampirleştirmezsen, minnettarlığımı ve korumamı kazanmış olacaksın."

Başımı eğdim. "Teşekkür ederim, Efendim."

Diğer vampirlere işaret etti. "Git ve onların yanında dur. Liderinle konuşmak zorundayım. Onun günleri daha bitmedi. Uzun bir süre de bitmeyecek." Gitmek için kalkarken Krişna beni durdurdu. "Sita?"

Son bir kez yüzüne bakmak için döndüm. Gözlerinin içinde tüm evreni görüyormuş gibiydi. Belki tanrıydı, belki de sadece bilgili biri. O kutsal anda, bunun benim için bir önemi yoktu. Onu sadece sevdim. Gerçi daha sonra bu sevgi nefrete, korkuya dönüştü. Bu duygular çok zıtmış gibi görünse de, aslında hepsi bir flütün içindeydi. Doğruyu söylemek gerekirse kalbimi çalmıştı.

"Evet, Efendim?" diye sordum.

Dudaklarına doğru yaklaşmamı emretti. "Sevginin olduğu yerde, minnettarlığım olacaktır," diye fısıldadı. "Bunu unutma."

"Deneyeceğim, Efendim."

Gittim ve diğerlerinin yanında durmaya başladım. Krişna Yakşa'yı kaldırdı ve yumuşak bir ses tonuyla kulağına bir şeyler söyledi. Söylediklerini bitirdiğinde, Yakşa başını salladı. Krişna, Yakşa'nın ayağa kalkmasını emretti ve Yakşa'nın yaralarının geçmiş olduğunu gördük. Yakşa bize doğru geldi.

"Krişna gidebileceğimizi söyledi," dedi.

"Sana ne anlattı?" diye sordum.

"Bunu söyleyemem. Sana ne söyledi?"

"Bunu söyleyemem."

Ama Krişna'nın Yakşa'ya söylediğini öğrenmem çok uzun sürmedi. Yakşa gizli gizli vampirleri yok etmeye başlamıştı. Kısa bir süre, yaptıkları gizli kaldı. Durum ortaya çıkınca kaçtım, hepimiz kaçtık. Ama o geçen yıllar boyunca diğerlerini avladı; Krişna gidip Kali Yuga hükümdarlık sürmeye başladığında bile. Yakşa yüzyıllar boyunca vampirleri dünyanın sonuna kadar, artık benden başka vampir kalmayıncaya kadar kovaladı. Ama benim için gelmedi. Orta Çağ'da, kara veba Avrupa'yı kasıp kavururken, onun cadılık yapmakla suçlandığını ve koca bir ordu tarafından yakalanarak bir kalede kül oluncaya kadar yakıldığını duydum. Haberi bana ulaştığında ağladım, çünkü sevdiğim şeyleri benden çalmış olsa da, o an içinde bulunduğum durumu o sağlamıştı. Krişna ne kadar efendimse, Yakşa da o kadar efendimdi. Her iki efendime de hizmet ettim; Krişna'nın gözlerinde gördüğüm aydınlığa ve Yakşa'nın gözlerindeki karanlığa. Şeytan bile, Tanrı'nın isteğini yapıyordu.

Asla başka bir vampir yaratmasam da, öldürmeyi hiçbir zaman durdurmadım.

ONUNCU BÖLÜM

Ray batıdan gelen güneş ışınlarının etkisiyle kıpırdandı. Oturma odasının köşesindeki küçük masamın üzerinde duran bilgisayarımın önünde otururken, önümde Riley ve Slim'in, benim için aldıkları e-posta adresi duruyordu. Ama Yakşa'ya mesaj göndermedim. Buna gerek yoktu. O geliyordu, bunu hissediyordum.

"Ray," dedim. "Kalkıp gecenin tadını çıkarma vakti."

Ray doğruldu ve esnedi. Gözlerindeki uykuyu küçük bir çocuk gibi ovmaya çalıştı. Saati sorunca şaşırdı. "Bütün günü uyuyarak mı geçirdim?"

"Evet," dedim. "Ve şimdi gitmek zorundasın. Böyle olması gerekiyor. Burası senin için güvenli değil. Pat'e git. O seni seviyor."

Battaniyeyi kenara çektikten sonra pantolonunu giydi. Gelip yanıma oturdu ve koluma dokundu. "Seni bırakmayacağım."

"Beni koruyamazsın. Sadece ölürsün."

"Öldürülürsem, öldürülürüm. En azından denemiş olurum."

"Cesur sözler, aptalca sözler. Gidebilirsin. Sana hakkımda öyle şeyler anlatırım ki, adımı lanetleyerek buradan koşup gidersin."

Gülümsedi. "Söylediklerine inanmam."

Ona bu şekilde zalimce davranıyor olmak beni de sarsıyor olsa da, sesimin tonunu sertleştirdim. Onu bu eve getirme sebebiminin bencilce olduğunu düşünmeye başlamıştım. Neye mal olursa olsun, gitmesini sağlamak zorundaydım.

"O halde dinle beni," dedim. "Geçen gece sana kalbimi açtığımı söylerken bile, yalan söylemiştim. Bilmen gereken ilk şey; baban öldü ve bunu yapan kişi de Yakşa değil, benim."

Ray arkasına yaslandı, sersemlemişti. "Ciddi değilsin."

"Sana vücudunun gömülü olduğu yeri gösterebilirim."

"Ama onu öldürmüş olamazsın. Neden? Nasıl?"

"Onu öldürdüm, çünkü beni ofisine çağırdı ve bulduğu bilgilerle şantaj yaptı. Bildiklerini herkese duyurmakla tehdit etti. Göğüs kafesini parçalayarak öldürdüm onu."

"Bunu yapmış olamazsın."

"Bunu yapabileceğimi biliyorsun. Ne olduğumu biliyorsun." Uzanıp oturma odasının üzerinde bulunan minyatür Gize heykelciğini elime aldım. "Bu parça, benim için Mısırlı bir heykeltıraş tarafından iki yüz yıl önce saf mermerden yapıldı. Çok ağır. Bana inanmazsan, ne kadar ağır olduğuna bakabilirsin."

Ray'in gözleri karardı. "Sana inanıyorum."

"İnanmalısın." Heykelciği sağ elimde tutuyordum. Onu toz haline gelip ufalanıncaya kadar sıktım. Ray geriye doğru sıçradı. "Sana anlattığım her şeye inanmak zorundasın."

Kendini toplaması biraz zaman aldı. "Sen bir **vampirsin**."

"Evet."

Sesinde bir acı vardı. "Ama babamı öldürmüş olamazsın."

"Ama yaptım. Onu acımadan öldürdüm. Beş bin yıllık hayatım boyunca sayısı binden fazla insan öldürdüm. Ben bir canavarım."

Gözleri nemlendi. "Yine de benim canımı yakacak hiçbir şey yapamazsın. Beni bırakmak istiyorsun, çünkü canımın yanmasından çekiniyorsun. Beni seviyorsun, ben de seni seviyorum. Bana onu öldürmediğini söyle."

Ellerini ellerimin içine aldım. "Ray, bunlar çok güzel sözler, ama bu dünya çok kötü. Çoğu insan, buradaki korkuyu hiç görmez. Aslında bu onlar için iyidir. Ama sen, bu korkuyu şu anda görmek zorundasın. Gözlerimin derinliklerine bakıp insan olmadığımı ve insanlık dışı şeyler yaptığımı görmelisin. Evet, babanı öldürdüm. Kollarımın arasında öldü. Bir daha asla eve gelmeyecek. Ve burayı hemen terk etmediğin taktirde, sen de bir daha evine gidemezsin. O zaman da babanın son dileği yerine gelmeyecektir."

Ray ağladı. "Bir dileği mi vardı?"

"Kelimelere dökülmüş bir dilek değildi, ama evet. Masasından resmini kaldırdığımda baban ağladı. O zaman onun için geç olmuş olsa da, benim kim olduğumu biliyordu. Sana dokunmamı istemiyordu." Ray'in kollarını okşadım. "Ama senin için çok geç değil. Lütfen git."

"Peki bu kadar korkunçsan bana neden dokunuyorsun, beni neden seviyorsun?"

"Bana birini hatırlatıyorsun."

"Kimi?"

"Kocam Rama'yı. Beni zorla vampir yaptıkları gece, onu terk etmek zorunda kaldım ve bir daha da görmedim."

"Beş bin yıl önce, değil mi?"

"Evet."

"Gerçekten bu kadar yaşlı mısın?"

"Evet. Krişna'yı da tanıyorum."

"Hare Krişna mı[1]?"

Gerçekten çok ciddi bir an olmasına rağmen, gülmek zorunda kaldım. "Kafanda tasavvur ettiğin şekilde olmadığını söylemem gerek. O öyle biridir ki... yani onu anlatacak kelime yoktur. O, her şeydir. Beni bunca yıl boyunca koruyan şey, Krişna'dır."

"Buna inanıyor musun?"

Tereddüt ettim, ama doğruydu. Neden gerçeği kabul edemiyordum? "Evet."

"Neden?"

"Çünkü ona itaat edersem, beni koruyacağına dair söz verdiği için. Ve gerçekten de böyle olduğu için. Sahip olduğum büyük güce rağmen pek çok kez yok olabilirdim. Ama ölmedim. Tanrı beni kutsadı."

"Ve lanetledi," diye ilave ettim.

"Seni nasıl lanetledi ki?"

Gözlerimde yaş vardı. "İşte beni bu duruma düşürerek lanetledi. Senden kopamıyorum ama, yanımda da tutamıyorum. Yakşa buraya varmadan git. Babana yaptıklarım için beni affet. Kötü bir adam değildi. Benden talep ettiği parayı da sana vermek için istemişti. Seni çok seviyordu."

"Fakat..."

"Bekle!" diyerek, sözünü kestim. Birden bir ses duymuştum; bir flütün sesi... Dalgaların sesiyle karışmış tek bir nota, beni kendine çağırıyor, bana her şey için artık çok geç olduğunu anlatıyordu. "Yakşa burada," diye fısıldadım.

---

[1] Hinduizm'de Vişnu'nun sekizinci avatarı sayılan Krişna için söylenen mantranın adı. (yay. n.)

"Ne? Nerede?"

Ayağa kalkıp okyanusun engin manzarasına açılan büyük pencerenin önüne gittim. Ray yanımda duruyordu. Aşağıda, dalgaların kayalara vurduğu yerde, siyahlar içinde tek bir kişi duruyordu. Sırtı bize dönüktü, ama elindeki flütü görebildim. Çaldığı melodi her zamanki gibi kederliydi. Benim için mi, yoksa kendisi için mi çaldığını bilmiyordum. Belki de ikimiz içindi.

"Bu o mu?" diye sordu Ray.

"Evet."

"Yalnız gelmiş. Onu alt edebiliriz. Silahın var mı?"

"Yastığımın altında bir tane var. Ama içinde gümüş mermi olmadığı sürece silah onu durdurmaz."

"Neden savaşmadan pes ediyorsun?"

"Pes etmiyorum. Onunla konuşmaya gidiyorum."

"Seninle geliyorum."

Ray'a doğru dönüp saçını okşadım. Bana öyle hassas görünüyordu ki. "Hayır. Benimle gelemezsin. Benim olduğumdan çok daha az insandır o. İnsanların ona söyleyeceği bir şeye ilgi duyacağını sanmıyorum." Karşı çıkmaya kalktığında, parmaklarımı dudaklarının üzerine götürdüm. "Benimle tartışma. Ben tartışmam."

"Buradan gitmiyorum," dedi.

İç çektim. "Bunun için zaten çok geç. O zaman kal. İzle. Dua et."

"Krişna'ya mı?"

"Tanrı tanrıdır. Adın ne önemi var. Yine de sanırım şu anda sadece Krişna bize yardımcı olabilir."

Birkaç dakika sonra Yakşa'nın on adım gerisinde duruyordum. Rüzgâr güçlü esiyordu, acıydı.

Rüzgâr batı ufkunun üzerinde, şişirilmiş bir kan damlası gibi duran soğuk güneşten esiyormuş gibi hissediliyordu. Dalgalardan gelen su serpintisi Yakşa'nın uzun siyah saçlarına yapışmış, çiy damlaları gibi duruyordu. Bir an için onun, evimin önünde yüzyıllardan beri duran bir heykel olduğunu hayal ettim. Burada olmasa bile, her zaman benim hayatımdaydı. Flütü çalmayı bıraktı.

Tarihin başlangıcından beri konuşmadığım bu kişiye, "Merhaba," dedim.

"Şarkım hoşuna gitti mi?" diye sorarken sırtı bana dönüktü.

"Çok hüzünlü."

"Hüzünlü bir gün."

"Gün bitiyor," dedim.

Dönerken kafasını salladı. "Bitirmek istiyorum Sita."

Yıllar görünüşünü değiştirmemişti. Ben değişmediğime göre, onun da değişmemiş olması beni neden şaşırtmıştı? Bilmiyordum. Onu biraz daha yakından inceledim. Bir adam aradan geçen bunca yılda mutlaka bir şeyler öğrenmiş olmalıdır, diye düşündüm. Bir zamanlar olduğu canavar olamazdı. Düşüncem karşısında gülümsedi.

"Şekil değişir, öz aynı kalır," dedi.

Bu, Krişna'nın doğa hakkında söylediği bir sözdü. Ama bizim için şekil değişmiyordu.

"Bu durum doğaüstü varlıklar olmamızdan kaynaklanıyor."

"Evet. Doğa, onu istila edenlerden nefret eder. Bu yüzden dünya bize kucak açmıyor."

"Ama iyi görünüyorsun."

"Ama değilim. Çok yorgunum. Ölmeyi diliyorum."

"Ben istemiyorum," dedim.

"Biliyorum."

"Beni Slim ve adamlarıyla sınamak istedin. Amacın benim ne kadar iyi dövüşebildiğimi görmekti."

"Evet."

"Sanırım sınavı geçtim. Ölmek istemiyorum. Burayı terk et ve ne yapman gerekiyorsa onu yap. Seninle bir ilgim olsun istemiyorum."

Yakşa hüzünlü bir şekilde başını salladı; kederli olmak onu değiştiren bir durumdu. Onu bir şekilde yumuşatıyor, gözlerini daha az soğuk gösteriyordu. Ama kederli olması, beni şeytani gözlerinden daha fazla korkutuyordu. Yakşa ölümsüz bir yaratık olarak nitelendirilendirilmesine rağmen her zaman öylesine hayat doluydu ki.

"Elimde olsa gitmene izin verirdim," dedi. "Ama yapamam."

"Bunun sebebi Krişna'ya ettiğin yemin mi?"

"Evet."

"Sana ne söyledi?"

"Eğer yarattığım vampirleri yok edersem, onun minnettarlığını kazanacağımı söyledi."

"Bundan şüphe ediyordum. Beni neden yok etmedin?"

"Zaman vardı. En azından kafamda. Beni zaman konusunda sınırlandırmamıştı."

"Geçen yüzyıllar boyunca hepsini yok ettin, değil mi?"

Beni incelemeye başladı. "Çok güzelsin."

"Teşekkür ederim."

"Güzelliğinin dünyanın herhangi bir yerinde var olmaya devam etmesi, kalbimi ısıtıyordu." Duraksadı. "Bu soruyu neden soruyorsun? Seni sevdiğimden dolayı öldürmediğimi biliyorsun."

"Beni hâlâ seviyor musun?"

"Tabii ki."

"O zaman gitmeme izin ver."

"Bunu yapamam. Üzgünüm, Sita, gerçekten."

"Yani onun minnettarlığı altında ölmek için can atıyorsun."

Yakşa ciddileşti. "Benim dünyaya geliş sebebim bu. O akşam Agoralı rahip adımı çağırmadığı halde, ben kendi isteğim doğrultusunda geldim. Krişna'nın orada olduğunu biliyordum. Bulunduğum yerden kurtulmak için dünyaya geldim. Geldim ve öldüğüm zaman, onun minnettarlığı altında olacağım."

"Ama sen Krişna'yı yok etmek için uğraştın?"

Yakşa bu önemli değilmiş gibi omzunu silkti. "Gençlik hatası."

"Krişna, Tanrı mıydı? Bundan emin misin? Bundan emin olabilir miyiz?"

Yakşa başını salladı. "Bunun bir önemi yok. Tanrı nedir? Sadece bir kavram... Krişna her kim olursa olsun, ikimizin de ona itaatsizlik edemeyeceği biri olduğunu biliyoruz."

Dalgaları işaret ettim. "Artık sınır çekildi. Deniz karaya vuruyor. Sonsuzluk, sonsuzluğun ne şekilde olması gerektiğini anlatıyor. Bunu kabul ediyorum. Ama sen, bir pürüzle karşı karşıyasın. Krişna'nın bana söylediği şeyleri bilmiyorsun."

"Biliyorum. Seni uzun bir zaman boyunca izledim. Gerçek ortada. Sana başka birini vampirleştirmediğin takdirde korunma sözü verdi."

"Evet. İşte bu, tam bir paradoks. Eğer beni yok etmeye kalkarsan, sözüne karşı gelmiş olursun. Yok etmezsen, lanetlenmiş olursun."

Sölerimin karşısında herhangi bir harekette bulunmadı. Her zamanki gibi benden bir adım ileride duruyordu. Flütüyle evi işaret etti. Ray camın önünde bizi izlemeye devam ediyordu.

"Son birkaç günü seni yakından izlemekle geçirdim," dedi. "Bu çocuğu seviyorsun ve onun ölmesini istemiyorsun."

Korkum doruk noktasına ulaşmıştı. Ama sert bir şekilde, "Eğer bunu kendimi yok etmem için bir tehdit unsuru olarak kullanırsan, Krişna'nın minnettarlığını kaybedersin. Bu, beni kendi ellerinle boğmak gibi bir şey olur," diyebildim.

Yakşa öfkeyle bir an cevap vermedi. Gerçekten de yorgun görünüyordu. "Beni yanlış anladın. Onun koruması altındayken sana herhangi bir zarar vermek istemiyorum. Seni bir şey yapman için zorlamayacağım."

Batan güneşi işaret etti. "Bir vampiri yaratmak için geceye ihtiyaç var. Bunu hatırladığından eminim. Güneş bir daha doğduğunda, senin için geri döneceğim, ikiniz için. O ana kadar onu dönüştürmüş olmalısın. O zaman benim olacaksın."

Sesinde öfke vardı. "Çok aptalsın, Yakşa. Başka birini vampirleştirme arzusunu yaşadığım yıllar boyunca pek çok kez duymuş olsam da, her zaman direndim. Bu çocuk benim korumamı yok etmeyecek. Yenildiğin gerçeğiyle yüzleş. Öl ve geldiğin karanlık cehenneme geri dön."

Yakşa kaşının birini kaldırdı. "Aptal olmadığımı biliyorsun, Sita. Dinle."

Önce evin bulunduğu tarafa, sonra Ray'in bulunduğu yere doğru baktı ve ardından flütünü dudaklarına götürdü. Tek bir nota çaldı, içe işleyecek kadar yüksek bir ses. Ses vücudumun içine işlemeye başladığında acı içinde titredim. Arkamda pencerenin kırıldığını duydum. Hayır, sadece pencere değil, Ray'in yaslanmış olduğu pencereydi. Arkama döndüğümde Ray'in kırılmış pencerenin içinden, yirmi metre aşağıdaki beton yola kafa üstü düştüğünü gördüm. Ona doğru gitmek isterken, Yakşa beni kolumdan yakaladı.

"Bu şekilde olmamasını isterdim," dedi.

Elini ittim. "Seni hiçbir zaman sevmedim. Belki ölmeden önce Krişna'nın minnettarlığını kazanmış olacaksın, ama benimkini asla."

Gözlerini kısa bir süre için kapattı. "Öyle olsun."

Ray'i kan ve cam gölünün içinde buldum. Kafatası ezilmiş, omurgası kırılmıştı. İnanılmaz şekilde, çok fazla zamanı olmasa da, bilinci hâlâ yerindeydi. Onu sırtüstü döndürdüm. Benimle konuşurken ağzından kan geliyordu.

"Düştüm."

Yanaklarımdaki gözyaşları, okyanus damlaları kadar soğuktu. Elimi Ray'in kalbinin üzerine koydum. "Senin için isteyebileceğim en son şey buydu."

"Gitmene izin verecek mi?"

"Bilmiyorum, Ray. Bilmiyorum." Ona doğru eğilip onu kucağıma aldığımda, ciğerlerinin parçalanışını duyar gibi oldum. Nefes alıp vermesi, babasının can vermeden önceki haline benziyordu. Babası ölürken tedavi edemeyeceğimi, sadece öldürebildiğimi söylemiştim. Ama bu, tam olarak doğru değildi, Yakşa'nın beni yok etme planını fark ettiğimde bunu anlamıştım. Bir zamanlar, sevdiklerim için sahip olduğum korkuyu beni vampirleştirmek için kullanmıştı. Şimdiyse, sevgimi başka bir vampir yaratmam için kullanacaktı. Haklıydı, aptal değildi. Kanımın gücünün en ölümcül yaraları iyileştirebildiğini bile bile, Ray'in ölmesine seyirci olamazdım.

"Seni kurtarmak istiyorum," diye fısıldadım. Elini kaldırmayı denedi, ama başaramadan yere düştü. Oturmuş ölümlü gözlerinin içine bakarken, bunca zaman boyunca birçok ölümlününkine korku ekmişken, onun gözlerinin içine sevgi ekmeye çalışıyordum.

"Seni kurtarmak istiyorum," dedim. "Seni kurtarmamı ister misin?"

"Bunu yapabilir misin?"

"Evet. Kanımı seninkiyle karıştırabilirim."

Gülümsemeye çalıştı. "Senin gibi bir vampir mi olacağım?"

Kafamı salladım ve gözyaşlarımın arasından gülümsedim. "Evet, benim gibi olabilirsin ama en azından hayatın kurtulacak," diyerek onu ikna etmeye çalıştım.

"İnsanların canını yakacak mıyım?"

"Hayır. Bütün vampirler insanların canını yakmaz." Yaralanmış yanağına dokundum. Yakşa'nın şafak sökerken ikimizi de almaya geleceğini söylemedim. "Bazı vampirler uzlaşma yapmaktan yanadır."

"Seni sevi..." Gözleri kapandı. Söyleyeceklerini tamamlayamadı.

Üzerine eğilip dudaklarından öptüm. Kanının tadını aldım. Ona yardım etmek için kanının tadını almaktan daha fazlasını yapmam gerekecekti.

"Sen âşksın," dedim damarımı açarken.

ON BİRİNCİ BÖLÜM

Ray beklediğim gibi huzur içinde ve derin bir şekilde uyuyordu. Onu eve getirdim, şöminenin önüne yatırdım ve kanları temizledim. Dönüşüm işlemi gerçekleştikten kısa bir süre sonra, araba yolunda iki büklüm yatarken, nefes alıp vermesi kısa bir zaman içinde düzelmişti. Ardından da durdu. Ama bu beni korkutmadı, çünkü bana da, Mataji'ye de ve diğerlerine de aynısı olmuştu. Tekrar nefes almaya başladığında solunumu güçlü ve sabitti.

Yarası sihirli bir şekilde ortadan kaybolmuştu.

Kanımı paylaşmış olmaktan dolayı güçsüzdüm ve çok yorgun.

Ray gecenin çoğunu uyuyarak geçirecekti ve Yakşa da sözünü tutup şafak sökene kadar gelmeyecekti. Evden ayrılıp arabamla Seymour'un evine gittim. Saat ondu, çok geç değildi. Anne babasıyla karşılaşmak istemedim. Sevgili oğullarının ahlakını bozacağımdan şüphe edebilirlerdi.

Evin arkasını dolaşıp Seymour'u yatak odası penceresinden gördüğümde, bilgisayarın başında bir şeyler yazıyordu. Penceresini tırnaklarımla tırmalayarak onu korkuttum. Buna rağmen ne olup bittiğini anlamak için pencere kenarına geldi. Beni görmek, onu rahatlattı. Pencereyi açtı, ben de tırmandım. Bilinen genel kanının aksine, davet edilmemiş olsam da içeri girebilirim.

"Burada olman gerçekten çok güzel," dedi Seymour. "Bütün gün senin hakkında yazdım."

Yatağına oturdum, o da çalışma masasında oturuyordu. Odasının içi teleskop ve buna benzer bilimsel şeylerle doluydu, ama duvarları klasik korku filmlerinin posterleriyle kaplanmıştı. Burası kendimi rahat hissedebileceğim bir odaydı. Sık sık film izlemeye giderim, geç saatlerdeki matinelere.

"Beni anlatan bir hikâye mi?" Bilgisayar ekranına göz attım, ama programı kapatmıştı.

"Tam olarak senin hakkında olmasa da, hikâyemin ilham kaynağısın. Bana dalgalar halinde geliyor. Senin yaşlarındaki vampir bir kız hakkında."

"Ben bir vampirim."

Kalın camlı gözlüklerini düzeltti. "Ne?"

"Sana bir vampir olduğumu söyledim."

Tuvalet masasının üzerindeki aynaya baktı. "Ama aynada yansımanı görebiliyorum."

"Eh, ne olmuş. Ben, sana söylediğim şeyim. Bunu kanıtlamak için kanını mı içmemi istersin?"

"Tamam, bunu kanıtlamak zorunda değilsin." Derin bir nefes aldı. "Vay canına, ilginç bir kız olduğunu düşünmüştüm ama, bunu asla tahmin..." Birden sustu. "Ama bunun doğru olmadığını sanıyorum, değil mi? Demek hikâyemi yazarken aslında seni anlatıyormuşum, değil mi?"

"Evet."

"Ama bu nasıl mümkün olabilir ki? Bana açıklayabilir misin?"

"Hayır. Bu, gizemlerden biriydi. Yeteri kadar uzun yaşadığında onlarla arada sırada tesadüfen karşılaşırsın."

"Kaç yaşındasın?"

"Beş bin."

Seymour elini kaldırdı. "Bekle, bekle. Biraz yavaşla. Bir bitki gibi dinlemek istemiyorum ve kanımı içmeni de kesinlikle istemem, ama daha ileriye gitmeden, bana güçlerinden bazılarını gösterirsen memnun olurum. Araştırmalarımda bana yardımcı olacaktır, anlarsın ya."

Gülümsedim. "Bana gerçekte inanmıyorsun, öyle değil mi? Tamam. Şimdi seni isteyip istemediğimi bilmiyorum. Ama tavsiyeni istiyorum." Gülümsemem kayboldu. "Şu anda bazı şeylerin sonuna gelmiş gibiyim. Eski bir düşmanım benim için geldi ve çok uzun olan hayatımda ilk kez, ona saldıramayacak kadar hassasım. Sen gelecekle ilgili rüyaları gören akıllı bir çocuksun. Ne yapmam gerektiğini söyle."

"Geleceği gören rüyalarım mı var?"

"Evet. Güven bana, yoksa burada olmazdım."

"Bu eski düşman senden ne istiyor? Öldürmek mi?"

"İkimizi de öldürmek istiyor. Ben bu dünyadan göçüp gitmedikçe, ölmek istemiyor."

"Neden ölmek istiyor ki?"

"Yaşamaktan yorulmuş."

"Epey bir zamandır etrafımda olduğunu tahmin ediyorum." Seymour bir müddet düşündü. "Seninle aynı anda mı ölmeyi düşünüyor?"

"Eminim bu onun için tatmin edici olurdu. Belki aklına gelmiştir."

"O zaman sorununuzun çözümü budur. Onu öyle bir duruma getir ki, ikinizin de gittiğinden emin olsun. Ama zamanı da öyle bir ayarla ki, düğmeye bastığında ya da her neyse, yok olan sen değil, o olsun."

"İlginç bir fikir."

"Teşekkür ederim. Bunu hikâyemde kullanmayı düşünüyordum."

"Ama ciddi bir sorunumuz var. Düşmanımız çok kurnaz. Öleceğimden kesinlikle emin olmadıkça, onu ikna etmek kolay olmayacaktır. Ve ben ölmek istemiyorum."

"Bir yolu olmalı. Her zaman bir yolu vardır."

"Hikâyende ne yapıyorsun?"

"Küçük detaylar üzerindeki çalışmalarımı henüz bitirmedim."

"Detayların benim için önemi yok."

"Çok üzgünüm."

"Tamam, önemli değil." Ailesinin oturma odasında televizyon izlediğini duydum. Oğullarının sağlığı hakkında konuşuyorlardı. Annesi üzüntü içindeydi. Seymour kalın gözlüklerinin ardından bana bakıyordu.

"Annem için çok zor."

"AIDS yeni bir şey değil. Aynısı olmasa da buna benzer bir virüs geçmişte de vardı. En hararetli zamanını gördüm. Antik Roma düşüş döneminde, bu hastalıktan muzdaripti. Birçok insan öldü. Köyler yok oldu. İşte bundan dolayı durdu. Ölüm oranı o kadar yüksekti ki, bazı bölgelerde hastalığın geçebileceği kimse kalmamıştı."

"Çok ilginç. Bundan tarih kitaplarında bahsedilmiyor."

"Tarih kitaplarına fazla güvenme. Tarih yaşanması gereken bir şeydir, okunarak anlaşılmaz."

"Bana bak, ben tarihim." İç çektim. "Sana hikâyeleri anlatabilirim."

"O zaman anlat."

Esnedim. Bu, normalde yaptığım bir şey değildi. Ray beni haddinden fazla yormuştu. "Zamanım yok."

"Geçmişteki AIDS salgınından kurtulmayı nasıl başardın?"

"Kanımın gücü sayesinde. Bağışıklık sistemimin dirençlidir. Bana yardım etmiş olsan da, buraya sadece senden yardım istemek değil, yardım etmek için de geldim. Sana kanımı vermek istiyorum. Bir vampir yapacak kadar değil ama, sistemindeki virüsü öldürecek kadar."

Etkilendi. "Bu işe yarar mı?"

"Bilmiyorum. Daha önce böyle bir şeyi denemedim."

"Tehlikesi olabilir mi?"

"Tabii ki. Seni öldürebilir."

Kısa bir süre tereddüt etti. "Ne yapmak zorundayım?" diye sordu.

"Gel, yanıma otur." Dediğimi yaptı. "Kolunu bana doğru uzat ve gözlerini kapat. Damarını açacağım. Endişelenme, bunu birkaç kez yaptım."

"Bunu hayal edebiliyorum." Kolunu kucağıma uzattı, ama gözlerini kapatmadı.

"Sorun ne?" diye sordum. "Senden yararlanacağımdan mı korkuyorsun?"

"Keşke yararlansan. Okulun en güzel kızının benim gibi bir ineğin yanında oturması, her gün olacak bir şey değildir." Boğazını temizledi. "Biliyorum acelen var, ama başlamadan önce sana söylemek istediğim bir şey var."

"Nedir?"

"Arkadaşım olduğun ve hikâyende oynamama izin verdiğin için teşekkür ederim. Hayatının herhangi bir devresinin küçücük bir parçası olmak bile bana yetti."

Krişna'yı düşündüm, onu her zaman düşünüyordum. Tüm evren onun oyunu gibiydi.

"Seymour, hakkımda yazdığın için sana teşekkür ederim." Ona doğru eğilip dudaklarından öptüm. "Bu gece ölecek olsam bile, bir zamanlar yaşamış olduğum hatırlanacak." Tırnaklarımı çıkarttım. "Gözlerini kapat. Bunu seyretmek istemezsin."

Kanımın bir bölümünü ona verdim. Nefesi hızlandı, ama Ray'inki kadar değildi. Ama tıpkı Ray gibi, Seymour da hızlı bir şekilde uykuya daldı. Bilgisayarını kapattım ve ışıklarını söndürdüm.

Annesinin ördüğünü tahmin ettiğim battaniye yatağın üzerinde duruyordu, onu battaniyeyle sardım. Odayı terk etmeden önce, avcumu alnına koydum ve duyularım el verdiğince derinlemesine dinledim ve hissettim.

Virüsün gitmiş olduğundan neredeyse emindim.

Odadan çıkmadan onu bir kez daha öptüm.

"Hikâyen yayınlandığında, hakkım olan parayı isterim," diye fısıldadım. "Yoksa devamı gelmez."

Bu kadar çok kan vermeme rağmen, karşılığında hiçbir şey almamıştım.

Kendimi yüzyıllardan beri bu kadar yorgun hissetmemiştim.

"Devamı olmayacak," diye cevap verdim kendi kendime.

Arabamı çalıştırdım. Gecenin içine sürdüm.

Yapacak işlerim vardı.

ON İKİNCİ BÖLÜM

Seymour bana bir fikir vermişti. Ama onun ilham kaynağıyla, her şey planladığı gibi gitse bile işe yarama ihtimali, en iyi şartlarda yüzde elliydi. Diğer bütün olasılıklardan daha azdı. Ama en azından Ray için bana umut verdi. O an sevgilim olduğu kadar, çocuğumdu da. Onun, bu genç yaşta yok olup gitmesi düşüncesine tahammül edemiyordum. Savaşmadan pes ettiğimi söylediğinde yanılıyordu. Sonuna kadar savaşacaktım.

NASA'nın büyük taşıtları uzaya göndereceğine dair bir proje vardı. Adı Orion'du; bu fikir bir devrim niteliğindeydi. Birçok uzman, pratikte bunun çalışmayacağını söylüyordu. Ama bilim insanları ve mühendislerin büyük bir çoğunluğu bu projenin, gelecekteki uzay taşımacılığının temellerini atacağına inanıyordu. Temelde, büyük platformların altına onu ateşleyen minyatür nükleer bombalar yerleştirilmesi vardı. Bombaların ateşlenmesinden ortaya çıkacak şok dalgası –zamanlama ve gücü mükemmel dengelendiğinde– platformu gökyüzüne kadar yükseltecekti. Bu fikrin avantajı geleneksel uzay araçlarının yanı sıra, çok yüksek tonajlıların da uzaya gönderilebilmesi olacaktı. Ama asıl problem şuydu: Patlamak üzere olan bir atom bombasının üzerine kurulmuş bir platforma kim çıkmak isterdi? Tabii ben bu yolculuktan zevk alırdım. Büyük miktarlardaki radyasyon, beni güneşli bir gün kadar sıkmıyordu artık.

Kaynaklarımın büyüklüğüne rağmen, elimin altında bir atom bombası yoktu.

Buna rağmen Orion Projesi, planımın ilham kaynağı oldu. Seymour, Yakşa üçünüzün de öleceğinden emin olduğu bir duruma getirilmeli, dediğinde tam üstüne basmıştı. Bu Yakşa'yı tatmin edecekti. O zaman Krişna'nın yanına, tüm vampirleri yok ettiğini düşünerek gidecekti. Kendi Orion projemi yapabilirdim. Dinamit ve ağır çelikten oluşmuş bir platform, Ray'i ve beni kurtardıktan sonra ikinci patlamayla Yakşa'yı öldürecekti.

Detayları da buna göre planladım; Yakşa'nın eve girmesine izin verecektim. Onunla savaşmak istemediğimi, hepimizin büyük bir patlamada zaten öleceğini anlatabilirdim. Bu ihtimalin Yakşa'yı kandıracağını biliyordum. Oturma odasında, dinamit sandığının etrafında oturabilirdik. Fünyeyi Yakşa'nın ateşlemesine bile izin verebilirdim. Bombanın hepimizi öldürecek kadar büyük olduğunu görecekti.

Ama göremeyeceği şey halının, Ray'in ve benim oturacağımız sandalyelerin altına gelen kısımlarına gizlenecek olan on beş santimlik çelik tabakalar olacaktı. Ray'in ve benim sandalyelerimiz çelik tabakaya halının içinden tutturulmuş olacaktı. Sandalyeler, metal levhanın bir parçası olacaktı. Tek bir ünite gibi. Yakşa platformun altındaki daha küçük bombayı görmeyecekti. Yakşa'nın bombası patlamadan, bu küçük bombayı patlatacaktım. Bu bomba benim amatör Orion'umu tavandan engin gökyüzüne çıkartacaktı. Onun yaratmış olduğu şok dalgası, ikinci bombayı tetikleyecekti.

Basit. Evet? Bir problem olduğunu biliyordum.

Gizli bombanın patlaması, daha büyük olan bombayı biz

yeteri kadar uzaklaşamamışken patlatabilirdi. Her iki bombanın da, eş zamanlı olarak patlaması gerektiğini tahmin ediyordum. Ama Ray'le benim Orion'un üzerinde, on beş metreden fazla yükselmemiz gerekiyordu. En iyisi bu yüksekliğin iki katı kadar olmasıydı. O zaman gizli bombanın şok dalgası ikinci büyük bombayı, biz on beş metreye çıkmadan etkilememeliydi.

Tavana çarpıp onu geçerek gökyüzüne ulaştıktan sonra, huzurda olduğumuz sürece kafalarımızın iyileşmesi uzun sürmeyecekti.

Fizik teoriden ibarettir, ama pratikte sınırsız hata yapma olasılıklarıyla doludur. Ray ve benim gün doğmadan muhtemelen ölmüş olacağımızı düşünüyordum. Ama bazı olasılıklar lanetliler için iyi olasılıklardır ve ben onları, kullanabileceğimiz kadar kullanmamızı istiyordum.

Telefon kulübesinde durdum ve Kuzey Amerika'daki danışmanımı aradım. Ona iki saat içinde, bir yerden dinamit ve kalın çelik levhâlar sağlamam gerektiğini anlattım. Onları nereden bulabileceğimi sordum. Benim sıra dışı taleplerime alışkındı. Yirmi dakika içinde geri arayacağını söyledi.

On beş dakika sonra hattaydı. Rahatlamıştı, çünkü bana hayal kırıklığı yaratacak bilgiler verilmemesinin onlar için iyi olduğunu biliyordu. Portland'da dinamit ve kalın çelik levhâları satan bir müteahhit olduğunu söyledi. Franklin and Sons... Gökdelen inşa ediyorlardı. Bana ana deponun adresini verdi, ardından telefonu kapattım. Portland yüz yirmi kilometre ötedeydi. Saat 22:50'yi gösteriyordu.

Deponun dışında arabamın içinde oturduğum zaman gece yarısına çeyrek vardı ve içerideki insanları dinliyordum. Depo kapalıydı, ama üç güvenlik görevlisi iş başındaydı. Biri, küçük ofisininin önünde televizyon izliyordu. Diğer ikisi, arka tarafta esrarlı sigaralarını içiyordu. Gecenin büyük bir bölümünü Krişna'yı düşünerek geçirdiğimden, bana yardım edeceğini ümit ediyordum. Üçünü de öldürmeye niyetli değildim. Arabadan indim.

Kilitli kapılar bana problem çıkarmadı. Hızla zom olmuş adamların üzerinden geçerek arkalarına indim. Şakaklarına aşırıya kaçmayan bir esinti göndererek uyumalarını sağladım. Ne yazık ki, televizyon izleyen adamın şansı diğerlerininki kadar iyi değildi. Beni gördüğünde silahını çekti ve içgüdüsel olarak harekete geçtim. Onu tıpkı Ray'in babasını öldürdüğüm gibi, göğsündeki kemikleri şiddetli bir tekmeyle kırarak öldürdüm. Son nefesini vermeden önce karnımı doyuracak kadar kanını içtim. Hâlâ güçsüzdüm.

Hassas burnum sayesinde dinamiti bulmak zor olmadı. Birkaç kalın dinamit lokumu, bina yakınlarındaki bir kasanın içine kilitlenmişti. Kapsül ve fünyeler de vardı. Arabamı bu akşam Mayfair'e geri götürmemeye çoktan karar vermiştim. Çelik levhâları depodan taşıyabilmek için bir kamyona ihtiyacım vardı. Metal istediğim kalınlıkta değildi. Birkaç tanesini üst üste getirip kaynak yapmak zorunda kalacaktım. Kaynak makinesini de bulup alacaklarımın yanıma koydum.

Deponun içinde park edilmiş halde duran iki kamyon bu iş için uygundu; anahtarları kullanıma hazır halde kontağın üzerinde duruyordu. Yüklemeyi yapıp depodan çıktım. Ferrari'mi deponun beş blok ötesine park ettim. Ardından da evin yolunu tuttum. Mayfair'e vardığımda saat, ikiyi geçiyordu. Kapıdan girdiğimde Ray şöminenin önünde oturuyordu. Değişmişti. O artık bir vampirdi. Dişlerinin daha uzun olması ya da buna benzer bir aptallık yoktu, ama işaretler ortadaydı. Bir zamanlar eşsiz olan kahverengi gözlerinin derinliklerinde, altın rengi zerrecikler vardı; bronz teni hafifçe şeffaflaşmış, hareketlerinde hiçbir ölümlünün taşıyamayacağı bir zarafet vardı.

"Yaşıyor muyum?" diye sordu masum bir şekilde.

Sorusu karşısında gülmedim. Bu sorunun cevabının sadece evet ya da hayır olmadığından emindim. Ona doğru bir adım yaklaştım.

"Benimlesin," dedim. "Benim gibisin. Benimle tanıştığında canlı olduğumu düşünüyor muydun?"

"Evet."

"O zaman yaşıyorsun. Kendini nasıl hissediyorsun?"

"Güçlü. Karşı konulmaz. Gözlerim, kulaklarım... seninkiler de böyle mi?"

"Benimkiler hassas. Zamanla daha da hassaslaşacaklar. Korkuyor musun?"

"Evet. Geri gelecek mi?"

"Evet."

"Ne zaman?"

"Gün ağarırken."

"Bizi öldürecek mi?"

"Bunu istiyor."

"Neden?"

"Çünkü bizim kötü olduğumuzu hissediyor. Bu gezegenden göç edip gitmeden önce bizi yok etmeyi bir zorunluluk olarak görüyor."

Ray kaşlarını çattı, yeni vücudunu ve titrekliğini inceledi. "Kötü müyüz?"

Elini tuttum ve oturmasını sağladım. "Kötü olmak zorunda değiliz. Çok yakında, kan için can atacaksın ve içtiğin kan sana güç verecek. Ama kan bulmak için öldürmek zorunda değilsin. Nasıl olacağını sana göstereceğim."

"Bu gezegenden gitmek istediğini söyledin. Ölmek mi istiyor?"

"Evet. Yaşamaktan yorulmuş. Hayatımız çok uzun olduğundan bu olur. Ama yaşamak beni yormadı." Ray'e karşı böylesine duygusal olmam beni şaşırttı. "Sen bana ilham veriyorsun."

Gülümsedi, ama gülümsemesi acıydı. "Beni kurtarmak senin için bir fedakârlıktı."

Nefesimi kesti. "Bunu nereden biliyorsun?"

"Ölürken, bana kanını vermekten korktuğunu gördüm. Bunu yaptığında ne oluyor? Seni güçsüzleştiriyor mu?"

Onu kucakladım, vücudunu tüm gücümle sıkabilip tek bir kemiğini bile kırmayacağım için mutluydum. "Benim için endişelenme. Seni kurtardım, çünkü kurtarmak istedim."

"Babam gerçekten öldü mü?"

Onu bırakıp gözlerinin içine baktım. "Evet."

Bir vampir, bir yırtıcı olmasına rağmen bana bakmakta güçlük çekiyordu. Düşünceleri değişmeye başlamış olsa da, kan içme hakkında konuştuğumda karşı çıkmamıştı. Ama babasına duyduğu sevgi, kandan daha derindi.

"Bu gerekli miydi?"

"Evet."

"Acı çekti mi?"

"Hayır, bir dakikadan az." Elini sıktım ve, "Üzgünüm," diye ekledim.

Sonunda gözlerini kaldırdı. "Kanını kendini suçlu hissettiğin için de verdin."

Başımı salladım. "Senden aldığım şeyin karşılığında bir şeyler vermem gerekiyordu."

Elini kafasının üzerine koydu. Beni tam anlamıyla affetmesine rağmen anlamıştı ve bunun için ona minnettardım. Hâlâ babasını özlüyordu. "Bu konuyu konuşmayalım," dedi.

"Çok iyi." Ayağa kalktım. "Yapacak çok işimiz var. Yakşa tan vaktinde gelecek. Kuvvetlerimizi birleştirmiş olsak da, kaba kuvvetle onu yok edemeyiz. Ama onu kandırmayı başarabiliriz. Çalışırken konuşabiliriz."

Ayağa kalktı. "Bir planın mı var?"

"Bir plandan daha fazlası var. Bir füzem var."

Levhâların on beş santimlik kalınlığa ulaşmasını sağlamak uzun sürmedi. Yakşa eve geldiğinde kokuyu fark etmesin diye, kaynak tabancasıyla dışarıda çalıştım. Onun yanına gitmediğimde evin içine girecekti. Ama zemine levhâları yerleştirmek için dikdörtgen bir taban hazırlamak çok zaman aldı. Saatler geçerken kaygılanıyordum. Ray güçleri konusunda henüz benim kadar uzman olmadığından pek yardımcı olamadı. Sonunda, ona oturup izlemesini söyledim. Onun için bir mahsuru yoktu. Gözleri her yerde geziniyor, etrafındaki nesnelere bakıp, daha önce görmediği şeyleri görüyordu. Zehir gibi bir vampir olduğunu söyledim. Güldü. Gülme sesini duymak güzeldi. Çalıştığım müddetçe Yakşa'nın yakınlarda olduğunu *hissetmedim*.

Bu hayırlıydı.

İki sandalyeyi levhanın üzerine monte edip halıyı da üzerlerine örttükten sonra hızımı yavaşlattım. Burada çok dikkatli çalışmak zorundaydım. Sandalyelerin oturma yerleri çok şeyi kapatıyordu. İşim bittiği zaman, oturma odası normal görünüyordu. Çelik levhanın altına şerit halinde koyacağım bombanın patlatıcısını saklamak için masayı kullanacaktım. Masaya uzunca bir delik açtım, metal plakaya giden bir çubuk yerleştirdim. Metal çubuğun ucunu lambanın altına sakladım. Sonunda patlayıcıya bir kapsül yerleştirdim. Zamanı geldiğinde küçük masanın üzerine vurmamla, kapsülün tepesi çökecek ve bizi uçuracak ilk bomba ateşlenecekti.

İkinci bomba da patlamalıydı, hem de birincinin hemen ardından. Bu, planımın en zayıf noktası olduğundan sürekli kafamda tartmak zorunda kalıyordum. İkinci bombanın yaratacağı şoktan kurtulabilmek için uygun yüksekliğe ulaşabilmeyi ümit ediyordum.

Bombayı levhanın altına tutturmam sadece bir dakikamı aldı. Birbirine sıkıca bağlanmış yirmi dinamit lokumu, ki bu bir kasa ediyordu, oturma odasında şöminenin yanındaki bu evin en rahat sandalyesinin bitişiğine yerleştirdim. Burası Yakşa'ya sunacağım oturma yeri olacaktı. Hesabımın ne kadar kesin olduğuna ve Yakşa'nın önünde rolümüzü ne kadar iyi oynayacağımıza bağlı olarak ya yaşayacak ya da ölecektik. Yakşa'nın kötü bir şey olduğuna dair şüphe duyma ihtimali, planın bir diğer zayıf noktasıydı. Bundan dolayı Ray'i az konuşması ya da susması için uyarmam gerekiyordu. Ama Yakşa'ya yalan söyleyebileceğimden emindim. Yalanı, doğruyu söylüyormuşçasına gayret sarf etmeden, hatta daha kolay söyleyebiliyordum.

Ray'le özel uçuş sandalyemizde oturmuş, sohbet ediyorduk. Kasanın içindeki bomba dört metre ilerimizde duruyordu. Üzerimizdeki tavan penceresini açmıştım. Gecenin soğuk havası iyi geldi. Pencerenin üzerindeki kaplamayı kaldırdığımdan, uçtuğumuzda sadece camı kırmamız gerekecekti. Ray'i uyarmışım, ama endişeli değildi.

"Bugün zaten bir kez öldüm," dedi.

"Pencereyle beraber düştüğüne göre burnunu yaslamış olmalısın."

"Flütünü kaldırıncaya kadar yaslamadım."

Kafamı salladım. "Daha sonra da eve baktı. Gözlerinin gücü sayesinde seni ileriye gitmek için zorlamış olmalı. Bunu yapabilir. Birçok şey yapabilir."

"Neden?"

"Çünkü o gerçek bir vampir." Ona baktım. Günün doğmasına daha bir saat vardı. "Onun doğum hikâyesini duymak ister misin?"

"Sana ait tüm hikâyeleri bilmek isterim."

Gülümsedim. "Seymour gibi konuşuyorsun. Bu akşam sen uyurken onu ziyaret ettim. Ona bir hediye verdim. Sana bundan başka bir zaman bahsederim."

Ara verdim ve nefes aldım. Güç toplamak için buna ihtiyacım vardı. Bu eylem hazırlıkları gücümü tüketmişti. Bu masal nerede başlamıştı? Bir saat içinde her şey bitecekmiş gibi durmuyordu. Nerede son bulacaktı?

Doğru... bir vampir için ne tür bir kelime seçmiştim. Ben ki Vedalar'ın[2], İncil'in ve dünya üzerindeki diğer tüm kutsal kitapların emirlerini çiğnemiştim. Ölüm hiçbir zaman *doğru* zamanda gelmezdi; ölümlülerin böyle olduğunu düşünmesine karşın her zaman bir hırsız gibi gelirdi.

Ray'e, Yakşa'nın doğumunu ve beni vampirleştirmesini anlattım. Krişna'yla karşılaşmamızdan konuşurken söylenecek kelimeleri bulmakta başarılı olamadım. Ağlamadım, saçmalamadım... sadece onun hakkında konuşamadım. Ray anladı; başka bir devirdeki hayatımı anlatmam için beni cesaretlendirdi.

---

2   Hinduizmin en eski ve kutsal metinleri. (yay. n.)

"Antik Çağlar'da Yunanistan'da bulundun mu?" diye sordu. "Orası beni her zaman büyülemiştir."

Başımı salladım. "Orada uzun bir süre boyunca kaldım. Sokrates'i, Platon'u ve Aristo'yu tanıdım. Sokrates beni insan olmayan biri olarak algıladı, ama onu korkutmadım. O adam korkusuzdu. İnsanları cezalandırmak için zehirli sıvıyı içmek zorunda kaldığında bile gülmüştü." Bu hatıra karşısında kafamı salladım. "Yunanlılar meraklıydı. Cleo adında genç bir adam vardı. Tarih onu hatırlamaz, ama o da diğerleri kadar muhteşemdi." Duraksadım. "Benim sevgilimdi, birkaç yıl onunla birlikte yaşadım."

"Senin vampir olduğunu biliyor muydu?"

Güldüm. "Benim cadı olduğumu düşünüyordu. Ama cadıları seviyordu."

"Bana onu anlat," dedi Ray.

"Cleo'yla, Sokrates'in döneminde tanıştım. Uzun yıllar ayrı kaldıktan sonra, Yunanistan'a döneli henüz kısa bir zaman olmuştu. Bir yerde ancak, gençliğim ve değişmeyen yaşım şüphe çekinceye kadar kalabiliyordum. Atina'ya döndüğümde beni hatırlayan olmadı. Cleo karşılaştığım ilk kişi oldu. Ben ormanın içinde yürürken, Cleo da bir bebeğin doğumuna yardım ediyordu. O günler için bu, duyulmamış bir şeydi. Doğumda sadece kadınlar bulunurdu. Her tarafı kanla kaplanmış bir halde ve meşgul olmasına rağmen beni fark etti. Ona yardım etmemi istedi, ki bunu yaptım. Çocuk doğduğundaysa onu anneye teslim etti ve benimle yürüyüşe çıktı. Bana, bebekleri dünyaya getirmek için daha iyi bir yol bulmak üzerinde çalıştığını açıkladı; teorilerini denemek istiyordu. Bebeğin babasının kendisi olduğunu itiraf etti, ama bunun hiçbir önemi yoktu.

"Cleo büyük bir doktordu, ayrıca zamanının da ötesindeydi.

Sezaryen tekniği üzerinde araştırmalar yapıyordu. Mıknatıslarla deneyler yapıyordu: Artı kutbu organı harekete geçirmek, eksi kutbuysa sakinleştirmek için kullanıyordu. Bazı çiçek kokularının sağlığı ne şekilde etkileyeceğini biliyordu. O aynı zamanda masajla tedavi eden ilk kişiydi. Boyun ve sırt kırıkları olan insanları eski hallerine getirebiliyordu. Bir keresinde bana masaj yapmaya çalıştı ve el bileğini burktu. Onu neden sevdiğimi anlamışsındır."

Cleo'nun özelliklerini anlatmaya devam ettim ve sahip olduğu ölümcül kusura değindim. Atina'nın güçlü adamlarının eşlerine duyduğu tutkuyu anlattım. Sonunda onun üst düzeydeki bir generalin yatağında adamın karısıyla yakalandığını, kafası uçurulurken bile gülümsediğini ve Atinalı kadınlarının ağladığını söyledim. Muhteşem Cleo.

Ona Orta Çağ'ın İngiltere'sinde bir düşes olarak sürdürdüğüm hayatımı ve kalede yaşamanın nasıl bir şey olduğunu anlattım. Sözlerim, hatıralarımı geri getirmişti. Şaşaalı hayat, soğuk duvarlar. Gürleyen şömine ateşleri, gecelerin ne kadar karanlık olabileceği... O vakitler adım Melisa'ydı ve yaz aylarında beyaz atıma binerek yeşilliklerin içinden geçerken, parlayan zırhlarının içinde bana reverans yapan şövalyelere gülerdim. Birkaç sevişme isteğini kabul etmiş olsam da, bu teklifte bulunanlar sonunda pişman olurdu.

Amerikan İç Savaşı sırasındaki hayat hakkında konuştum. Yankiler'in Mississippi Nehri'ne hücum ederken yaptıkları yağmaları... Acı bir ifade sesimi kapladı, ama Ray'e her şeyi anlatmadım. Yirmi tane askerin beni kaçırıp, boynuma geçirdikleri halatla bataklığın içinde sürüklerken, gün batımında onlara vereceğim mutluluğu düşünerek attığım kahkahaları anlatmadım. Ray'i korkutmak istemedim. Bu yüzden adamların ne şekilde öldüğünü, özellikle sonuncusunun karanlık bataklıktan kaçmaya çalışırken, hızlı beyaz bir elin kollarıyla bacaklarını ayırıp kafatasını ezerken attığı çığlıklardan bahsetmedim.

Ona Apollo 11'in uzaya fırlatıldığında, Cape Canaveral Uzay Üssü'nde olduğumu anlattım. İnsanların böyle bir olayı başarmış olmalarını görmek, beni inanılmaz gururlandırmıştı. Ray anlattığım hikâyelerden hoşlanmıştı. Hikâyelerim onu bekleyen korkuyu düşünmesinden uzak tutuyordu. Zaten hikâyeleri anlatma sebebim de buydu.

"Ay'a gitmeyi istediğin anlar oldu mu?" diye sordu.

"Pluto'ya gitmek isterdim. Güneşten daha uzak, biliyorsun zaten. Orada vampirler daha rahat ederdi."

"Cleo öldüğünde üzüldün mü?"

Gözlerim yaşarmış olmasına rağmen, gülümsemeye çalıştım. "Hayır. O yaşamak istediği hayatı yaşadı ve layıkıyla öldü. Uzun yaşasaydı sıkıntıdan patlardı."

"Anlıyorum."

"İyi."

Ray beni anladığını sanıyordu. Gözlerimden akan yaşlar Cleo için değildi; yaşadığım uzun hayat ve bu uzun hayatta yer alan insanlar içindi. Okunduktan sonra köşeye kaldırılacak, zengin bilgiler içeren bir tarih kitabı gibiydim. Seymour ve Ray'e bir daha anlatma fırsatı bulamayacağım hikâyeler için üzülüyordum. Sadık kalamadığım yeminim için üzülüyordum. Yakşa'ya hiçbir zaman veremediğim sevgi için üzülüyordum. Her şeyden çok, içimdeki ruh için üzülüyordum, sonuçta bir tanrı olduğuna ve onunla tanışmış olduğuma inanıyordum. Bilmediğim şey, bana verilmiş olan *ölümsüz* ruhun kanım hayatta kaldığı sürece yaşayıp yaşamayacağıydı. Kitabımın son sayfası kapandığında benim de sonumun geleceğini biliyordum.

Dışarıdan karanlık bir şey yaklaşıyordu.

Kendimi ona karşı koyabilecek kadar güçlü hissetmiyordum.

"Geliyor," dedim.

ON ÜÇÜNCÜ BÖLÜM

Kapıyı çalan Yakşa'ydı. İçeriye girmesi için seslendim. Baştan aşağı siyahlara bürünmüş olması, ona inanılmaz çekici bir görünüm sunuyordu. Başını salladı, karşımızdaki sandalyeye oturmasını işaret ettim. Flütünü getirmemişti. Dinamitleri yerleştirdiğim sandalyenin üzerine otururken, ikimize de gülümsedi. Ama gülümsemesinde neşe yoktu; yapmak üzere olduğu şeyden dolayı hayıflandığını düşündüm. Dışarıdaki karanlık gökyüzünde bir ışık haresi belirdi. Ray sessizce oturmuş ziyaretçimize bakıyordu. Söze başlamak bana düştü.

"Mutlu musun?" diye sordum.

"Mutlu olduğum zamanlar oldu," dedi Yakşa. "Ama bu, uzun bir zaman önceydi."

"Ama istediğini aldın," diye ısrar ettim. "Yeminime sadık kalamadım. Başka bir kötü yaratık daha yarattım, yok edeceğin başka bir yaratık daha."

"Bu günlerde dinlenmekten başka düşündüğüm bir şey yok, Sita."

"Ben de dinlenmek istiyorum."

Kaşlarını kaldırdı. "Bana yaşamak istediğini söylememiş miydin?"

"Bu hayat bittiğinde, benim için yepyeni bir hayatın başlayacağına inanıyorum. Senin de buna inandığını ümit ederim. Gerçi, sen de ölümden sonraki hayata inanıyor olmalısın ki, ölmek için bu kadar acele ediyorsun."

"Konuşmayı her zaman bilmişsindir."

"Teşekkür ederim."

Yakşa tereddüt etti. "Söyleyeceğin son bir şey var mı?"

"Evet, nasıl öleceğimize ben karar verebilir miyim?"

"Beraber ölmemizi mi istiyorsun?"

"Kesinlikle," dedim.

Başını salladı. "Senin uygun gördüğün yolu tercih ederim." Yanındaki dinamit lokumlarına baktı. "Bizim için bir bomba hazırlamışsın. Bombaları severim."

"Biliyorum. Fünyeyi ateşleyebilirsin. İşte fünye, çakmak da yanında. Devam et, eski arkadaşım, fitili yak. Beraber yanabiliriz." Öne doğru eğildim. "Belki de çoktan yanmış olmamız gerekirdi."

Yakşa çakmağı eline aldı. Ray'i inceledi. "Nasıl hissediyorsun, genç adam?"

"Garip," dedi Ray.

"Elimde olsa sizi serbest bırakırdım," dedi Yakşa. "İkinizi de bırakırdım. Ama öyle ya da böyle, artık bitmek zorunda."

Yakşa'nın böyle konuştuğunu daha önce hiç görmemiştim. Kendisini asla başka birine açıklamazdı.

"Sita bana ölmek istemenizin nedenini söyledi," dedi Ray.

"Baban öldü genç adam," dedi Yakşa.

"Biliyorum."

Yakşa elindeki çakmağı yaktı. "Ben babamı hiç tanımadım."

"Onu bir kez görmüştüm," dedim. "Çirkin bir yaratıktı. Yapacak mısın, yoksa benim yapmamı mı istiyorsun?"

"Ölmek için bu kadar mı acele ediyorsun?" diye sordu Yakşa.

İğneleyici bir ses tonuyla, "Heyecanın başlamasını asla bekleyememişimdir," dedi.

Yakşa kafasını salladı ve fitilin ucunu yaktı. Fitilin ipi cızırdamaya başladı; gittikçe kısalıyordu. İpin sonuna kadar yanması üç dakika sürecekti. Yakşa sandalyesinin arkasına yaslandı.

"Bu gece okyanusun kenarında dolaşırken, bir rüya gördüm," dedi. "Dalgaların sesini dinlerken, hiç kimse tarafından duyulmamış bir şarkının olduğu bir boyuta geçtiğimi hissettim. Bu şarkı, evrendeki yaradılışa ait her şeyi açıklıyordu. Ama şarkının büyüsü, yaşayan bir ruh tarafından anlaşılamamasındandı. Anlaşılsa, gerçek gün yüzüne çıkıp tartışılsa, büyü bozulur ve sular çekilirdi. Bunu anladığımda, rüyayı görmeye devam ettim. Ben dünyaya geldim ve suyun hayat verdiği her şeyi öldürdüm. Ardından da gün geldi: uyandım. Ve suyun şarkısını dinlemiş olduğumu fark ettim. Sadece bir şarkıydı."

"Flütle mi çalınıyordu?"

Fitil yanmaya devam ediyordu.

Olacakları ertelemek için hiçbir sebebim yoktu. Yine de erteledim.

Yakşa'nın rüyası beni etkilemişti.

Yumuşak bir sesle, "Belki," dedi Yakşa. "Rüyamda okyanusun suları yok oluyordu ve ben kurumuş, uçsuz bucaksız kırmızı tozdan toprakların üzerinde yürüyordum. Toprak, üzerinde yüzyıllar boyunca devasa büyüklükteki bir varlık esip ardından da güneş varlığın geri bıraktığı ne varsa kurutmuşçasına koyu kırmızıydı."

"Ya da diğerlerinden ne çalmışsa?"

"Belki," dedi Yakşa bir kez daha.

"Bunu senin söylemeni umuyordum."

"Sana ne söyleyebilirim ki? Zihninden geçenleri bilmiyorum."

"Ama bunu yapabilirsin, zihnim seninkinin aynısı."

"Hayır."

"Evet. Ben senin kafandan geçenleri nasıl oluyor da biliyorum?"

Titredim. Sesi değişmişti. Her zamanki gibi, etrafında olup bitenleri anlayabilmek için alarm durumuna geçmişti. Onu aldatabileceğimi düşünmüş olmak aptallıktı. Yine de bombayı patlatacak olan metal çubuğa uzanamıyordum. Aptalı oynamaya biraz daha devam edecektim. Konuştum.

"Rüyan, eğer dünya üzerinde kalmaya devam edip bir kez daha çoğalmaya başladığımız takdirde, bu dünyayı tükenmiş bir yer haline getireceğimiz anlamına gelebilir."

"Oyunun sonuna gelmişken, nasıl olur da çoğalabiliriz?" diye sordu Yakşa. "Sana çocuğunun olamayacağını söylemiştim. Krişna da buna benzer bir şey söylemiş olmalı." Bu kez öne doğru eğilme sırası ondaydı. "Sana ne anlattı, Sita?"

"Hiçbir şey."

"Yalan söylüyorsun."

"Hayır."

"Evet." Sol elini yanan fitilin bulunduğu tarafa doğru uzattı, parmakları fitili söndürecekmiş gibi dursa da, fitil yanmaya devam etti. "Beni aldatamazsın."

"Seni nasıl aldatabilirim ki, Yakşa?"

"Sen ölmek için beklemiyorsun. Bunu gözlerinin içinde görebiliyorum."

"Gerçekten mi?"

"Benimkilere benzemiyor."

"Sen bir vampirsin," dedim. Sanki bir şey olmamış gibi, elimle ayaklı lambanın sapına dokundum. "Sen bir aynanın içine bakamazsın. Baksan bile, görebileceğin bir şey olduğunu sanmıyorum. O halde gözlerinin nasıl göründüğünü nasıl bilebilirsin?" Tabii ki şaka yapmıştım. Bir kahkaha attım.

Gülümsedi. "Görüyorum ki, geçen zaman espri anlayışını yok etmemiş. Umarım ölmekten vazgeçmemişsindir. Hızlısın. Ama ben senden daha hızlıyım. Sen, benim durduramadığım hiçbir şeyi durduramazsın." Duraksadı. "Buna bir son vermeni tavsiye ediyorum."

Elim yolun yarısında donup kaldı. *Kahretsin*, diye düşündüm. Biliyordu, tabii ki biliyordu.

"Ne söylediğini hatırlamıyorum," dedim.

"Hafızan benimki kadar kuvvetlidir."

"O halde ne söylediğini sen söyle."

"Bunu yapamam. Senin kulağına fısıldadı. Bunu, benim duymamı engellemek için yaptı. Damarlarımdaki zehirle yerde yatarken, sizi dinlediğimi biliyordu. Evet, ona ettiğin yemini duydum. Ama yemininin sonunu duymama izin vermedi. Kendine has sebepleri olduğundan eminim, ama şimdi bu sebepler geçmişte kalmış olmalı. Birkaç saniye içinde öleceğiz. İkinci bir söz vermeni istedi mi?"

Fitil yanıyordu.

"Hayır." Yakşa doğruldu. "Benim hakkımda bir şey söyledi mi?"

Fitil gittikçe kısalıyordu.

"Hayır!"

"Sorularımı neden cevaplamak istemiyorsun?"

Gerçek, içimi kavurmaya devam ediyordu. Bunu söylemek için o kadar çok beklemiştim ki. "Çünkü senden nefret ediyorum."

"Neden?"

"Çünkü sen, aşkım Rama ve kızım Lalita'yı benden çaldın. Şimdi de bunca zaman sonunda bulduğum aşkımı benden çalıyorsun. Senden sonsuza kadar nefret edeceğim ve bu sebepler Krişna'nın minnettarlığı altında olman için seni durdurmuyorsa, ondan da nefret ediyorum." Ray'i işaret ettim. "Bırak gitsin. Yaşamasına izin ver."

Yakşa şaşırdı. Şeytanı sersemletmeyi başarmıştım. "Onu seviyorsun. Onu kendi hayatından daha çok seviyorsun."

Sadece acı hissediyordum. Dördüncü merkez, dördüncü nota. Bana bütün bunlar adaletsizce geliyordu. "Evet."

Yakşa'nın sesi yumuşadı. "Sana sevgi hakkında bir şey anlattı mı?"

Kafamı salladım, kendimi ümitsiz hissettiğim için ağladım. "Evet."

"Ne dedi?"

"Bana, sevginin olduğu her yerde korumasının olacağını söyledi." Flütünün sesi çok uzaklardaydı. Çok uzun olan hayatım boyunca bana verilenler için minnettarlık gösterebileceğim kadar zaman yoktu. Kederim beni boğuyormuş gibi hissediyordum. Sadece aşkım, çocuğum Ray'in yaşayamayacağı yılları düşünüyordum. Onu her an kurtaracakmışım gibi bana güven dolu gözlerle bakıyordu. "Bunu hatırlamamı istedi."

"Bana da aynısını söyledi." Yakşa şaşkınlıkla durdu. Daha fazla düşünmeden, "Doğru olmalı," diye ekledi. "Sen ve arkadaşın gidebilirsiniz."

Kafamı kaldırdım. "Ne?"

"Sen yeminini bu adamı sevdiğin için tutamadın. Tutamamanın tek sebebi buydu. Hâlâ Krişna'nın koruması altında olmalısın. Sen Rama'yı ve çocuğunu koruyabilmek için vampir oldun. En başından beri onun koruması altında olmalısın. Sana bu kadar şefkatli davranmasının sebebi bu olmalı. Bunu, bu güne kadar görememiştim. Sana zarar veremem. Bunu yapmamı onaylamaz." Yanan fitile baktı. "Acele etseniz iyi olacak."

Artık çok kısa kalmış olan fitil, kum saatinin dökülen son taneciklerini andırıyordu.

Ray'i kolundan tuttuğum gibi ön kapıya doğru çektim. Kapıyı elimle değil, tekme atarak açtım. Menteşeler koptu, ahşap kapı parçalandı. Ray'i önüme doğru ittim.

"Koş!" diye bağırdım.

"Ama..."

"Koş!"

Sonunda beni anladı ve ağaçların bulunduğu tarafa doğru koşmaya başladı. Neden olduğunu bilmiyorum, ama döndüm. Kovalamaca bitmiş, oyun kazanılmıştı. Şeytana uymanın sebebi yoktu. Bu hareketim, o güne kadar yapmış olduğum en büyük aptallıktı. Oturma odasına geri döndüm. Yakşa karanlık sulara bakıyordu. Arkasında durdum.

"On saniyen var," dedi.

"Sevgi, nefret ve korku, hepsi tek bir kalbin içindedir. Flütünü çaldığında bunu hissetmiştim." Omzuna dokundum. "Senden nefret etmiyorum. Korkmuyorum da."

Bana doğru döndü ve baktı. Gülümsedi; gülümsemesi her zamanki gibi şeytaniydi.

"Bunu biliyorum, Sita," dedi. "Elveda."

"Elveda."

Ön kapıya yönelip dışarıya çıktım. Bomba patladığında, evin dokuz metre ilerisindeki sundurmaya varmıştım. Patlamanın şok dalgası benim bile kaldıramayacağım kadar olağanüstüydü. Beni havaya kaldırdı; bir an için kendimi uçuyormuş gibi hissettim. Ama yere inişim yumuşak olmadı. Bana doğru gelen bir şey, bir anda beni bir kuş gibi avladı. Acı veren keskin bir nesne sırtımı delip geçmişti.

Kalbimin içinden geçmişti. Bir kazık.

Yoğun bir acı içinde yere düştüm. Arkamdaki karanlık, cayır cayır yanıyor, göğsümdeki yaradan beni kuruturmuşçasına kan fışkırıyordu. Yanımda duran Ray, ne yapması gerektiğini sorup duruyordu. Çamurun içinde kıvranırken, parmaklarım toprağı tırmalıyordu. Bu kadar uzun süre direndikten sonra teslim olmak istemiyordum. Bir şeyler söylemeye çalıştım, ama kolay olmadı. İçimden geçen nesnenin piyanomun bacağı olduğunu görebildim.

"Çıkart onu," diye haykırdım güçlükle solurken.

"Kazığı?" Bu, Ray'in ağzından duyduğum ilk aptal sözcüktü.

Ona doğru döndüm. "Evet!"

Ray sırtıma saplanan piyano bacağının ucunu kavradı. Ahşap parçası bedenimin içine girmiş olsa da, yanmaya devam ediyordu. Ray'in eli yandı. Kazık koptu; ancak yarısını çıkartmayı başarabilmişti. Diğer yarısı hâlâ vücudumun içinde duruyordu. Bu, benim için kötüydü. Gözlerimi bir an için kapattığımda milyonlarca yıldız gördüm. Gözlerimi kırpıştırdığımdaysa, evrendeki her şey sona ermişçesine patlayıverdi. Kırmızı ışık her yeri kaplamıştı. Bu, gün batımının rengiydi, kan kırmızısı. Kendimi yerde sırt üstü yatar buldum. Başım yana düşünce, serin çamur yanağıma değdi. Ağzımdan akan kan, yanağımı ıslattıktan sonra başımın etrafını sardı. Kırmızı leke, kızgın bir gece kadar karanlık, güzel saçlarıma yayılıyordu. Ray ağlıyordu. Ona öylesine sevgiyle baktım ki, bir an için Krişna'nın yüzünü görüyormuşum gibi hissettim.

Ölmek için daha kötü yollar da vardı.

"Seni seviyorum," diye fısıldadım.

Bana sarıldı. "Seni seviyorum, Sita."

Bu kadar sevgi, diye düşündüm. Gözlerimi kapatırken, ağrı gerilemeye başlamıştı. Krişna söylediklerinde samimiyse, bana karşı çok lütufkâr ve korumacı davranmıştı. Bunca şeyin ardından, ölüp ölmeyeceğimi merak ettim.

SİYAH KAN

Teli'ye

BİRİNCİ BÖLÜM

Los Angeles'ın karanlık ve tehlikeli sokaklarında yürüyordum. Görünüşte, ipek saçlı, büyüleyici mavi gözleriyle çaresiz bir kadındım. Gücün, henüz araba kullanmayı bile bilmeyen gençlerin saçtığı kurşunlarla ölçülüp pisliğin kol gezdiği ara sokak ve caddelerde yürüdüm. Çıkış ücretinin, giriş ücretinden daha yüksek olduğu bir otel inşaatı için ayrılan alanın önündeydim. Doğaüstü algılarımdan dolayı, günün ya da gecenin saatini sorduğum anda, boğazımı kesmek isteyecek insanlar tarafından çevrelenmiş olduğumu biliyordum. Ama ben özellikle gecenin karanlığında çaresiz değilim ve korkmuyorum, çünkü ben insan değilim. Kalan son iki vampirden biriyim.

Ama bizden sadece iki tane mi var? Los Angeles'ın bu tehlikeli bölgesinde ters giden bir şeyler vardı ve bu beni meraklandırıyordu. *Los Angeles Times*'ın geçen ay yazmış olduğu vahşi cinayetler serisi, Ray'le benim yaşlanmamızı engelleyen ve insanları etkileyen hastalıklardan etkilenmememizi sağlayan özel kana sahip son kişiler olmadığımıza beni inandırmıştı. Bu katillerin kurbanlarının vücutları yarılmış, kafaları kesilmiş ve gazetedeki makalelerin yazdığına göre bazı vakalarda, kanları son damlalarına kadar kurutulmuştu. Beni Los Angeles'a getiren bu son olguydu. Kanı severim, ama daha fazla vampir bulmaya hevesli değildim. Türümüzün ne yapabileceğini biliyordum ve dönüşüme ait sır bilindiğinde de ne hızda çoğalacağımızı kestirebiliyordum. Bu akşam bulacağım herhangi bir vampir, günün ilk ışıklarını görene kadar bile yaşayamayacaktı ya da belki ayın doğuşuna şahitlik etmeyecek demek daha doğru olacak. Güneşe deli olmuyorum, ama mecbur kaldığımda onunla başa çıkabilirim.

Gökyüzündeki dolunay beni takip ederken, son cinayetin işlendiği yere uzak olmayan caddeye bir ipucu bulmak amacıyla adım attım. On altı yaşındaki bir kız dün, kolları koparılmış halde çalıların arkasında bulunmuştu. Saat gece yarısını geçmişti ve takvimler aralık ayının ortasını gösterse de sıcaklık ortalama on altı dereceydi. Los Angeles'ta kış, yeşil peynirden yapılmış bir aya benzerdi, bu tabii işin esprisiydi. Günün modasına uygun, siyah deri pantolon ve kısa kollu siyah bir kazak giymiştim.

Pürüzlü kaldırımın üzerinde av peşinde dolaşırken siyah botlarım duyulamayacak kadar az ses çıkartıyordu. Saçlarımı siyah kasketimin içine toplamıştım. Siyah rengi de, kırmızı kadar severim. Çok güzel göründüğümü biliyordum. On beş santimlik bıçağımın soğuk çeliği sağ baldırıma değiyordu; bunun haricinde silahsızdım. Bu güzel kış gecesinde, pek çok polis arabası devriye geziyordu. Kafamı eğip olduğum gibi gözükmeye çalışırken, bir tanesi solumdan geçti. Çünkü silah taşımamama rağmen durdurulup soruşturulmaktan korkuyordum. Ama korkum kendim için değil, polisler adınaydı. Bütün bir SWAT timi bile beni durduramazdı. Bununla birlikte genç bir vampirin de bana eş değer olamayacağına karar vermiştim. Ve dişi mi, erkek mi olduğunu bilmediğim bu vampir, bu kadar pervasızca öldürdüğüne göre gerçekten çok genç olmalıydı.

Peki ama bu genç vampir kimdi? Ve onu kim yaratmıştı?

Rahatsızlık verici sorulardı bunlar. Üç genç erkek caddenin yüz metre aşağısında beni bekliyordu. Caddenin diğer tarafına geçtim, ama yolumu kesmek için harekete geçtiler. Bir tanesi uzun boylu, ince yapılı; diğeri bir kütük kadar bücürdü. Üçüncüsü, cennetin yanlış tarafında büyütülmüş karanlık bir meleğin yüzüne sahipti. Bu kesinlikle liderleriydi. O ve suç ortaklarından kaçmaya çalıştığımı gördüğünde, altında kendi kanunları yatıyormuşçasına pazılarını esnetti ve gülümsedi. Kirli, yeşil montunun altında bir silah taşıdığını gördüm. Diğerleri silahsızdı. Ne yapacaklarını görmek için durduğumda, üçü birden bana doğru koştu. Tabii ki arkamı dönüp kaçabilirdim. Olimpiyatlara katılacak kadar antrenmanlı olsalar bile, beni yakalayamazlardı. Ama dövüşten kaçmayı sevmem, hem zaten bir anda susamıştım da. Liderin gülümsemesinin, vücudundaki kanın ağzımda akıp kuruduğunu hissettiğimde solacağını biliyordum. Onları beklemeye karar verdim. Çok beklemem gerekmeyecekti.

"Hey, bebek," dedi lider, beni yerinde duramayan bir tavırla yarım daire şeklinde çevrelerken. "Burada yalnız başına ne yapıyorsun? Yolunu mu kaybettin?"

Rahat göründüm. "Hayır, sadece yürüyüşe çıktım. Siz ne yapıyorsunuz?"

Gülümsemeleri sırıtmaya döndü. Bu, onlar için iyi değildi.

"Adın ne?" diye sordu.

"Alisa. Senin adın ne?"

Olduğunu düşündüğü genç tanrı gibi güldü. "Paul. Hey, sen güzel bir kadınsın Alisa, bunu biliyor musun? Ve ben güzelliği gördüğüm yerde takdir ederim."

"Bunu yaptığına bahse girerim, Paul. Peki, tehlikeyi gördüğünde de takdir eder misin?"

Kıkırdadılar. Komik olduğumu mu düşünüyorlardı? Paul gülerken bacağına vuruyordu. "Tehlikeli olduğunu mu söylüyorsun, Alisa?" diye sordu. "Bir parti kızı gibi duruyorsun. Ben ve ahbaplarım da şimdi bir partiye gidiyorduk. Bizimle gelmek ister misin?" Sıcak olacaktı.

Düşündüm. "Partiye sadece üçünüz mü gidiyorsunuz?"

Paul sivri dilimi sevmişti. "Belki. Ama belki ihtiyaç duyduğumuz şey de sadece budur." Bir adım yaklaştı. Nefesinde alkol vardı; bir Coors birası. Silahın örten montunun iç cebinde, bir paket Marlboro sigarası. Cesur çocuk, sağ elini omzumun üzerine koydu ve sırıtışı daha da alaycı bir hal aldı. "Belki ihtiyaç duyduğun yalnızca ben olabilirim, bebek," diye ekledi. "Ne dersin? Partiye gelecek misin?"

Gözlerinin içine baktım. "Hayır."

Aniden gözlerini kırptı. Bakışlarımın, onları serbest bıraktığımda, ölümlülerin gözbebeklerini yaktığı bilinirdi. Ama Paul'ü incelercesine baktığımda bu, korkmak yerine ilgisini çekti. Omzumu tutmaya devam etti.

"Bana hayır demek istemezsin, tatlım. Ben bu kelimeyi sevmem."

"Gerçekten mi?"

Arkadaşlarına baktı ve benim bulunduğum tarafa ciddi bir tavırla başını salladı. "Buralardan biri gibi durmuyorsun. Buralarda partiye gitmenin iki yolu vardır; yüzün ya gülümser ya da çığlık atarsın. Ne demek istediğimi anladın mı, Alisa?"

Sonunda gülümsedim. "Bana tecavüz mü edeceksin, Paul?"

Omuz silkti. "Bu sana bağlı, tatlım." Montunun altındaki silahını çıkarttı. Bir Smith & Wesson, 45 kalibrelik bir silahtı, ki muhtemelen ona son doğum gününde hediye edilmişti. Silahın namlusunu çenemin altına yasladı. "Ve bu Colleen'e bağlı."

"Silahına Colleen adını mı verdin?"

Ciddi bir tavırla başını salladı. "O bir leydi. Beni asla yarı yolda bırakmaz."

Gülümsemem genişledi. "Paul, sen bir avanaksın. Bana tecavüz edemezsin. Bunu kafandan çıkart."

"Eğer hayatta kalmak istersen, Noel'de gel. Bu olmayacak."

Cesaretim onu kızdırdı. Ama çabucak tekrar sırıttı, çünkü arkadaşları onu izliyordu; bu yüzden sakin ve kontrolü elinde tutuyormuş gibi görünmek zorundaydı. Silahı enseme biraz daha derinlemesine bastırarak kafamı arkaya doğru atmam için beni zorladı. Tabii ben, bir santim bile kımıldamadım, bununla beraber sesimin hâlâ normal çıkıyor olması, kafasını iyice karıştırmıştı.

"Bana şimdi, sana neden sahip olamayacağımı anlatacaksın," dedi. "Konuş, Alisa. Haydi? Şu lanet olası kafanı uçurmadan önce."

"Çünkü ben de silahlıyım, Paul."

Gözlerini kırptı. Bakışım beynini yakmaya başlamıştı. "Neyin var?"

"Bir bıçak. Çok keskin. Onu görmek ister misin?"

Bir adım geriye gidip beni bıraktı ve silahını karnıma dayadı. "Göster," diye emretti.

Önünde sağ bacağımı kaldırdım. Dengem bir heykelinki kadar sağlamdı. "Pantolonumun altında. Onu çıkart, belki küçük bir düello yapabiliriz."

Bir öküz gibi davranarak arkadaşlarına azgın bir bakış attıktan sonra, Paul tedbiri elden bırakmadan pantolonumun iç tarafına elini attı. Yaptığı eylem boyunca bana, kafasını sağ ayağımla kopartabileceğim kadar yakın olduğunu fark etmedi. Ama ona merhamet ettim, hem gırtlaktan fışkıran kanı da içmek istemiyordum. Bu, kıyafetlerimi lekeleyebilirdi. Paul'ün gözleri, bıçağı hissettiğinde büyüdü ve vakit kaybetmeden, bıçağı deri kayışından çıkarttı. Ona sevgiyle dokunurken arkadaşlarına gösteriyordu.

"Geri istiyorum," dedim sonunda. "İki silahı da elinde tutarken düello yapamayız."

Paul buna inanamadı. Saygısız tavırlarım onu yormuştu. "Sen ağzı laf yapan bir fahişesin. Sana bu bıçağı neden verecekmişim ki? Seninle sevişirken bana saplayabilirsin."

Başımı salladım. "Ah, bıçağı sana burada saplayacağımdan emin olabilirsin. Senin ve şu ahbaplarının, bu sokaklarda aç panterler gibi av peşinde koşması umurumda bile değil. Burası balta girmemiş bir orman ve sadece güçlü olan kazanacak. Bunu hayal edebileceğinizden daha iyi biliyorum. Ama balta girmemiş bir ormanda bile kurallar vardır. İhtiyaç duymadığın hiçbir şeyi almazsın ve bunu yaparak, sportmence davranmış olursun. Ama sen sportmen değilsin, Paul. Sen benim bıçağımı aldın ve ben onu şimdi geri istiyorum. Ya hemen verirsin ya da hoş olmayan bir şekilde acı çekersin." Elimi uzattım ve ses tonumu uzun karanlık hayatım kadar değiştirerek, "Bu gerçekten çok tatsız olur," dedim.

Yanaklarının kızarması, kızgınlığını gösteriyordu. O, balta girmemiş ormandaki gerçek bir hayvan değildi. Öyle olsaydı, görür görmez zehirli bir yılanı ayırt edebilirdi. O bir korkaktı. Bana bıçağı vermek yerine, açık tuttuğum avucumu yaralamaya çalıştı. Tabii ki elim önceki pozisyonunda durmadığından, bunu başaramadı. Elimi geri çekerken, sol ayağımı silahına doğru kaldırdım. Eline değil, silahına vurdum ve silah üç katlı binanın tepesine uçtuğunda diğer üçü bunu göremedi, ama ben gördüm.

Paul'un suç ortakları geri çekilirken, o hâlâ silahını aramaya devam ediyordu. Ağzı oynuyordu, ama kelimeleri şekillenmedi.

"Vay canına?" dedi sonunda.

Uzanıp saçlarından yakaladığım Paul'ü yanıma çekerek, sol elimle bıçak tutan elini sıkıca tuttum. Bakışlarımı, cam parçasının içinden geçen güneş ışığı kadar yakıcı hissediyordu. Kavrayışım karşısında titredi. Balta girmemiş ormanda farklı türden hayvanların da var olduğunu ilk kez fark etmiş olmalıydı. Kulağına doğru eğildim ve yumuşak bir ses tonuyla konuştum.

"Daha önce öldürmüş olduğunu anlıyorum, Paul. Bunda bir sorun yok. Ben de daha önce öldürdüm, birçok kez. Göründüğümden daha yaşlıyım ve şimdi öğrenmiş olduğun gibi, senden çok daha güçlüyüm. Seni öldüreceğim, ama bunu yapmadan önce son bir rican olup olmadığını bilmek istiyorum. Çabuk söyle, acelem var."

Kafasını çevirmeye çalıştı, ama gözlerini benden kaçıramıyordu. Onları çekmek istediğinde gözlerimizin birbirine kenetlenmiş olduğunu fark etti. Yüzünden akan terler, kurbanlarının döktüğü gözyaşlarının oluşturduğu nehirler kadar uzundu. Suç ortakları daha da uzaklaşmıştı. Alt dudağı titremeye başladı.

"Kimsin sen?" diyebildi güçlükle.

Gülümsedim. "Senin dediğin gibi, bir parti kızıyım." Gülümsemem kayboldu. "Son dileğin? Çok kötü. Ölümlülere veda et. Kötülüğe benim için merhaba de. Ona, sana katılmak için yakında orada olacağımı söyle."

Sözlerim, kurbanıma acı çektirmek için yapılmış bir şakaydı. Çünkü bir şey yapmayacaktım. Ama yine de söylediklerimin içinde gerçeklik vardı. Paul'ü kendime doğru çekerken göğsümde bir ağrı hissettim. Bu ağrı Yakşa'nın yok olduğu gece göğsüme saplanan kazıktan kaynaklanıyordu; asla geçmeyecekti. O gecenin üzerinden altı hafta geçmişti, ama duyduğum ağrı beni asla bırakmamıştı. Bunun böyle devam etmesinden korkuyordum. Bu şiddetli ıstırap beklenmedik anlarda, kraterden sızan lavlar gibi tüm vücudumu sarıyordu. Ağzımı kapatıp öne doğru eğilmek zorunda kaldım ve gözlerimi kapattım. Beş bin yılda, yüzlerce ciddi yaralanmadan ötürü acı çekmiş olduğumu söyledim kendi kendime. Neden bu seferki beni rahat bırakmıyordu? Gerçekten de ağrıyla dolu bir hayat, lanetlenmiş bir yaşamdı.

Yine de Ray'i dönüştürürken Krişna'ya itaatsizlik etmemiştim. En azından tam olarak değil...

Yakşa bile, Efendi'nin koruması altında olduğuma inanmıştı.

"Ah, Tanrım," diye fısıldadım, Paul'ün kanla dolmuş vücudunu tuttum ve görünmeyen yara izimi saracakmış gibi kendime doğru çektim. Bayılacakmış gibi hissedip, dalgalar halinde gelen acıya dayanamayacağımı anladığımda, uzaktan gelen ayak seslerini duydum. Hızlı atılan adımlardı; bir ölümsüzün hızı ve gücüyle ilerliyordu. Bunu fark etmenin şoku, şiddetli ağrıdan yanan bedenime soğuk duş etkisi yaptı. Yakınlarda başka bir vampir vardı! Doğrularak gözlerimi açtım. Paul'ün suç ortakları beş metre ilerideydi, ama geri çekilmeye devam ediyorlardı. Paul, bana kendi tabutuna bakıyormuş gibi baktı.

"Canını yakmak istememiştim, Alisa," diye mırıldandı.

Derin bir nefes aldım, kalbim kulaklarımın içinde atıyordu. "Evet, yaktın," diye cevap verdim ve bıçağı sağ dizinin üzerine sapladım. Bıçak girerken zorlanmadı, kan bacağından sızmaya başladı. Duyduğu korku yüzünü bir ifade gibi kaplamıştı, ama onun özürleriyle kaybedecek zamanım yoktu. Oynamak zorunda olduğum daha büyük bir oyun vardı. Ona tekme atıp serbest bıraktıktan sonra, bir çöp kutusu gibi yere düştü. Döndüm ve ölümsüzün ayak seslerinin geldiği yöne doğru koştum. Paul eğlensin diye, bıçağımı ona bıraktım.

Bu kişi çeyrek kilometre kadar uzağımdaydı ve çatıdan çatıya atlayarak ilerliyordu. Aramızdaki mesafeyi üç katlı binanın çatısını, iki uzun adımda aşmadan önce yarıya indirmiştim. Kırılmış bacalara ve paslanmış klimalara çarparak ilerlediğim sırada, bir televizyonu sıkabilecek kadar kaslı avım, yirmili yaşlardaki Afrikan-Amerikalı genç bir erkekle göz göze geldik. Ama vampir gücünün böyle bir kas gücüyle işi olmazdı. Güç, kanın saflığı, ruhun yoğunluğu ve yaşadığı hayatın uzunluğu ile ilgiliydi. Ben medeniyetin başlangıcında, vampirlerin ilki Yakşa tarafından yaratılan bir vampirdim ve bundan ötürü olağanüstü güçlüydüm. Havada sıçrarken onu saniyeler içerisinde yakalayacağımı biliyordum. Ama bilerek kendimi geri çektim, beni götüreceği yeri görmek istiyordum.

Avımın bir vampir olduğundan bir an bile şüpheye düşmedim. Her hareketi, yeni dönüşmüş bir kan emicinin hareketlerine uyumluydu. Vampirler algılanması zor, hoş bir koku yayar ki bu, yılan zehrinin zayıf esansından gelmektedir. Önümde koşan varlık, büyük siyah bir yılan gibi kokuyordu. Koku, diğer ölümlüleri sarhoş edecek kadar rahatsız edici değildi. Bu kokuyu geçmişimde âşıklarım ve düşmanlarım için kullanmıştım. Yine de, önümdeki adamın bu kokudan haberdar olduğundan şüphe ediyordum.

Ama kokudan olmasa da benden haberdardı, saldırmak için durmamıştı, koşmaya devam etti. Korkuyordu. Bunun sebebini düşündüm. Nasıl oluyor da biliyordu. Ona kim anlatmıştı? Sorularım hep aynı kapıya çıkıyordu. Onu kim yaratmıştı? Yardım almak için, onu yaratana koştuğunu umut ediyordum. Göğsümdeki ağrı yatışmıştı, ama hâlâ susamıştım ve ava çıkmak için endişe duyuyordum. Bir vampir için başka bir vampirin kanı, pişmemiş bir bifteğin üzerine serpiştirilmiş tuz ve karabiber kadar iyileştiriciydi. Korkusuzca ilerledim. Bu adamın ortakları varsa bulmalıydım. Hepsini yok edecek ve özel jetimle güneş doğmadan, damarlarım ve karnım dolmuş olarak eve geri dönecektim. Kısa bir an, Ray'in bensiz ne yaptığını merak ettim. Bir vampir olmaya çalışmak uzun ve ağrılı bir süreçtir. Orada olmadığım süre boyunca kendini besleyemeyeceğini biliyordum.

Yakınlarda, bir dondurma kamyonetinin çıkardığı sesi duydum.

Gecenin bu saatinde? Çok tuhaftı.

Avım bir dizi apartmanın sonuna geldi. Tek bir sıçrayışla yere indi ve toprağa ayağı değdiği anda tökezledi. Bu fırsatı sırtına atlamak için kullandım ve omurgasındaki bütün kemikleri kırdım, bu şekilde uzaklaşmasına izin verdim. Nereye doğru gittiğini biliyordum; Exposition Parkı, Los Angeles Müzesi, Memorial Sports Arena ve Memorial Kolezyumu. 1984 olimpiyatları bu arenada yapılmıştı. Buranın son durağı olduğunu tahmin ediyordum. Boş park alanını, efsane çizgi film karakteri Roadrunner gibi geçti. Onu kovalarken etrafta izleyecek ölümlülerin olmaması şanstı. Çünkü ben de Çakal'dım ve burası da cumartesi sabahı çizgi film kuşağı değildi. İşim bittiğinde, ondan geriye bir şey kalmayacaktı.

Stadyumu çevreleyen yüksek çit delinmişti. Bir an, cesaretimi gözden geçirdim. Kovaladığım adam gibi beş altı vampir daha olsa bile başa çıkabilirdim, ama bir düzine ya da yüzlerce vampirle başa çıkamazdım. Sayılarının ne kadar olduğunu bilmemem kötüydü. Stadyum bana, Antik Roma'daki tiyatroları hatırlatıyordu. Ve ben doğuştan bir gladyatördüm; stadyuma dikkatli bir şekilde girmeme rağmen, durmadım.

Yapının içine girdikten iki dakika sonra kan kokusunu aldım. Birkaç saniye sonra, güvenlik görevlisinin parçalanmış bedenini buldum. Sinekler, açılmış boğazının üzerinde vızıldıyordu; adam öleli birkaç saat olmuştu. Avım, gözümün önünden kaybolmuştu ama hareketlerini kulaklarımla takip edebiliyordum. Stadyumun en alt katındaydım. Taş kesilmişçesine hareketsiz dururken, kulaklarım radar gibi açılmıştı. Çevreyi tarıyordum. Stadyumun içinde üç tane daha varlık vardı ve hiçbiri insan değildi. Peşinde olduğum adamın adımlarını takip ettim. Diğerleriyle buluştu, kuzeyde bulunan binanın sonuna doğru giderken sessizce konuştular, ardından köşeye ulaştıklarında, birkaç kola ayrıldılar. Benim nerede olduğumu kesin olarak bildiklerini sanmıyordum, ama planları açık ve netti. Her yönden gelerek beni çevrelemek istiyorlardı. Onları hayal kırıklığına uğratmak istemiyordum.

Korunağımı terk ederek, uzun adımlarla beton tünelin içinden geçip sahaya çıktım. Burada ay, çimenlerin üzerinde parlıyordu. Dördüyle 'de aynı anda karşılaştık. Elli metre çizgisine doğru koşarlarken, beni görünce durdular. Onların bana doğru gelmelerine izin vermeyi düşündüm. Gözlemlemek ve silahlarının olup olmadığını anlamak istiyordum. Altı hafta önce göğsüme saplanan kazık öldürmemiş olsa da, kafaya isabet etmiş bir mermi, kalbe saplanmış bir bıçak beni öldürebilirdi. Ağrım tekrar başladı ama esas sorun, karşımdaki dört vampirdi.

Ay üzerimizde parlıyordu. Üçü, köşelere doğru hareket ederken kuzeydeki vampir hareketsiz, beni izliyordu. İçlerinde uzun boylu, zayıf ve fosilleşmiş iskeleti andıran kemikli elleri olan tek Kafkas oydu. Gümüş renkli ışıkta uzaktan bile olsa, yeşil gözlerinin pırıltısını ve büyümüş göz bebeklerinin etrafını sarmış, örümcek ağına benzer damarlarını fark ettim. Liderleri oydu, ukala gülümsemesi ve sivilcelerin iz bırakmış olduğu yaralı yüzü, kendine olan güvenini ortaya çıkarmıştı. Otuz yaşlarında olabilirdi, ama daha fazla yaşlanmayacaktı. Çünkü ölmek üzere olduğuna yürekten inanıyordum. O, sorgulamak ve kanını içmek istediğim tek kişiydi. Güvenlik görevlisini ve gazetedeki kızı düşündüm. Onu yavaş yavaş öldürecek ve bunu yaparken de zevkini çıkaracaktım.

İçlerinden hiçbiri silah taşıyormuş gibi durmuyordu, ama etrafa bakınırken, çeyrek kilometreden ölümcül bir darbe indirebileceğim bıçağımın yanımda olmamasından dolayı hayıflanıyordum. Daha önce de dediğim gibi, aralık ayının ortasındaydık. Yine de alanın yanında istiflenmiş arazi ekipmanı göze çarpıyordu. Ekipmanlardan sorumlu kişi, onları kaldırmayı unutmuş olmalıydı. Liderleri beni incelerken, dikkatli bir şekilde ekipmanın bulunduğu tarafa doğru ilerledim. Ama gözleri keskindi; bu soğuk, çirkin adam ne yapacağımı biliyordu. El çabukluğuyla ortaklarına, bana doğru ilerlemeleri için işaret etti.

Üç karanlık şekil, hızla merdivenlerden indi. Birkaç saniye içinde açık tribünü geçip, alanı çevreleyen piste vardılar. Ama saniyeler içinde ekipmanın bulunduğu yere ulaşmış ve ekipmanların içinde bulduğum ciridi sağ elime almıştım. Burada bir ciridin olması hoştu. Boşta kalan elimi kaldırdım. Ben liderlerinin bulunduğu yere işaret ederken o, açık tribünün tepesinde durmaya devam ediyordu.

"Seninle konuşmak istiyorum," diye bağırdım. "Kendimi her şekilde savunabilirim."

İki yüz metre ilerideki liderin yüzündeki gülümseme genişledi. Partnerleri kendilerine, onun kadar güvenmeseler de aptal aptal gülüyorlardı. Benim bir vampir olduğumu biliyorlardı. Elimdeki ciride baktılar; onunla ne yapabileceğimi aptal genç ölümsüzler gibi merak ediyorlardı. Liderin bulunduğu yere doğru baksam da, aslında her üçünü de göz hapsinde tutuyordum.

"Ölmek için acele etmek her zaman hatadır," diye bağırdım.

Lider elini arkasına götürdü ve arka cebinden bir bıçak çıkardı. Bıçağın keskin yüzünde taze kan olduğunu gördüm. Bıçaklar üzerinde geliştirdiğim kabiliyet yüzyıllar sürdüğünden, bu mesafeden bıçağı benim gibi atabileceğini düşünmüyordum. Bıçağı ustaca çevirdikten sonra avucunun içinde dengeledi. Sahanın içine kadar kovaladığım adam önümde, liderle aramda duruyordu. Dörde karşı bir, diye düşündüm. Bu dengeyi değiştirmek istiyordum. Bir ölümlünün gözlerinin takip edemeyeceği bir hızla elimdeki ciridi, genç adama fırlattım. Benim gücümü ve yeteneğimi fark ettiğinde artık çok geçti. Yana doğru sıçramaya çalıştı, ama ciridin ucu göğsünü delerek kaburga kemiğini geçti ve omurgasına saplandı. Parçalanmış kalbinden fışkıran kanın sesini duydum. Cirit vücuduna saplanmış halde yere sendelerken, ağzından bir ölüm hırıltısı çıktı.

Fırlatılan bıçağın havayı kesen sesini duydum.

Liderin ustalığının farkına vardığımda çok geçti.

Sola doğru çekildim, kalbimi koruyacak kadar atiktim, ama bıçağın sağ omzuma saplanmasına engel olamadım. Ağrı çok şiddetliydi; güçsüzlük tüm kolumu sardı. İstemesem de, dizlerim üzerine düştüm; bu esnada bıçağın dışarıda kalan ucuna ulaştım. Diğer ikisi büyük bir hızla bulunduğum yere doğru koşarken, bana ulaşmalarının an meselesi olduğunu biliyordum. Bu zamanı kullanmak isteyen lider, açık tribünün merdivenlerini indi. Saplanan bıçağın, kendi bıçağım olduğunun farkına vardım. Büyük ihtimalle lider, Paul'le olan maceramı izlemiş, ardından da adama sapladığım bıçağı çekip aldıktan sonra, benimle karşılaşmak için stadyuma gelmişti. Bu adamın gücü ne boyuttaydı? Yaralandıktan sonra bile onunla baş edebilir miydim?

Paul'ün bacağındaki yaradan dolayı acı çekmeye devam ettiğini sanmıyordum. Esas sorunum lider değil, diğer iki vampirdi. İçlerinden biri bana kafa atmak üzereyken, omzuma saplanmış bıçağı çıkartmayı başardım. Hızlı bir hareketle bıçağımı fırlatıp bıçağın adamın kafasına saplanışını izledim. Ama gücümün tükenmesi yüzünden kenara çekilmedim ve öldürdüğüm adam üzerime yığıldı. Yere sert bir şekilde çarptığımda, üzerimde yüz kiloluk insan eti vardı. Omzumdaki damarın derin kesiğinden kan fışkırırken, bir an bayılacağımdan korktum. Bir düşman hızla yaklaşırken, yerde öylece yatıp kalamazdım. Üçüncü vampir paldır küldür ayaklarıma doğru yürürken üzerimdeki vampiri attım. Bana saldırmasını engelleyebildim; bu seferki vampir hızlı değildi. Yerde kendi kanımın içinde yatarken sol bacağımla, sol dizinin üzerine vurarak kemiğini kırdım. Çığlık attıktan sonra yere düştü; vakit kaybetmeden üzerine çıkarak dizlerimle, kollarını çim sahanın üzerine yapıştırdım. Uzaktan liderin yavaş yavaş yaklaştığını görürken, kolay bir av olduğumdan hâlâ emin görünüyordu. İlk kez, burada kalıp kalmamayı düşündüm. Altımdaki vampiri sorgulamak istesem de, buna zamanım yoktu. Saçlarını kökünden tutup yoldum.

"Lideriniz kim?" diye sordum. "Adı ne?"

Yirmi beş yaşından daha büyük olamazdı ve vampir olalı aşağı yukarı bir ay olmuştu. Ormandaki bir bebekti. Arkadaşlarının başına geleni görmüş olsa da, tehlikenin büyüklüğünün farkındaymış gibi durmuyordu. Bana küçümsüyormuş gibi baktı ve bu sefer ölümsüzlerle ilgili tecrübe sahibi olmadığına kesinlikle inandım.

"Canın cehenneme, fahişe," dedi

"Daha sonra," diye cevap verdim. Durum farklı olsaydı onu yargılar, ardından da işkence ederdim. Ama bunun yerine elimi ensesinin etrafına sardım ve o daha çığlık atamadan, kafasını boyun kemiklerinin tamamı kırılıncaya kadar çevirdim. Ellerimde can verdi. Vakit kaybetmeden ayağa kalktım ve iki numaralı kurbanımın kafatasının içindeki bıçağı çıkarttım. Lider bıçağı çıkartırken beni gördü, ama ne hızlandı ne de adımlarını yavaşlattı. İfadesi, sevgi ve sabırsızlığın tuhaf bir karışımıydı. Yirmi beş metre yakınımda bir kaçıkmış gibi duruyordu. Düzeltiyorum, az sonra ölü olacak bir kaçık. Bıçağı sol avucumun içine alarak kalbini hedef alacak şekilde kolumu kaldırarak, o beni vurmadan attım. Iskalamayacağımı biliyordum.

Hayatta ıskalamazdım, ama ıskaladım.

Bıçağı havada, göğsüne birkaç santim kala *yakaladı*.

Bıçağı sapından yakalamıştı, ki bu benim bile henüz yapamadığım bir şeydi.

"Ah, hayır," diye fısıldadım. Bu adam Yakşa'nın gücüne sahipti.

Zorluklardan yılacağını sanmıyordum.

Döndüm ve alana girdiğim tünele doğru yöneldim. Omzum zonkluyor, kalbim çarpıyordu. Attığım her adımı, son adımım olacakmış gibi hissediyordum. Bıçak geri gelecek ve şu anda kötü yaralanmış olan omzumu delip geçerek kalbime saplanacaktı. Belki de böyle olması en iyisi olacaktı. Belki o zaman çektiğim acı son bulacaktı. Aslında, kalbimin derinliklerinde ağrıyı durdurmak istemiyordum. Çünkü bu ağrı bana, hayatta olduğumu hatırlatıyordu ve başkalarının hayatını bazen düşünmeden alsam da, kendi hayatımı her şeyden çok sevdiğimi hissettiriyordu. Hem, o ölmeden öldüğümde, dünyanın hali ne olacaktı? Bu adamın felaket getireceği şüphesizdi.

Ama bıçağı fırlatmadı. Bunu yapmadığı gibi, gitmeme izin verdi. Arkamda hızlanan adımlarını duyduğumda, benimle kanımı içmeden önce –kendi koşulları altında– konuşmak istediğini anladım. Sahip olduğum gücü emmek ve kollarında öldüğümü hissetmek istiyordu. Ama bu, yemin ederim ki sahip olamayacağı bir ayrıcalıktı.

Uzun, beton tünelden aşağı doğru koşarken, botlarım makineli tüfek gibi bir ses çıkartıyordu. Arkamdakinin adımları gittikçe hızlanıyor ve adım adım bana yaklaşıyordu. Ondan uzaklaşabilecek kadar gücüm yoktu. Zaten bunu denemeye niyetim de yoktu. Karanlığın kardeşleri, güvenlik görevlisini öldürdükten sonra silahını almamışlardı. Stadyuma ilk girdiğimde dokunulmazlığıma olan güvenimden, silahı almamıştım. Şimdiyse o silah benim son umudumdu. Saldırgan bana ulaşmadan silahı almayı başarırsam, korkunç bir yaradan dolayı kanamanın nasıl bir şey olduğunu ona öğretecektim. Çok kilolu değildim, çıplakken sadece kırk beş kilo geliyordum, ama en az bir litre kanı çoktan kaybetmiştim. Ümitsiz bir halde, nefesimi düzenlemek ve yaramın iyileşmesini sağlamak için durmak zorundaydım. Güvenlik görevlisinin silahı, bana bu fırsatı verebilirdi.

Cesedin yanına vardığımda, arkamdakiyle aramızdaki mesafe sadece otuz metreydi. Birden planımın ne olduğunu anladı. Silahı kılıfından çekerken gözümün ucuyla bu güçlü vampirin bıçağı kaldırdığını gördüm. Onu şu anda kullanacak ve kanımın geriye kalanının boşa akmasına da aldırış etmeyecekti. Mermileri, özellikle başka bir vampir tarafından atıldığında, yakalamanın, kenara çekilmenin ne kadar zor olduğunu biliyor olmalıydı. Bense hâlâ bıçağı yakalamayı ümit ediyordum. Silahı sıkı sıkıya tutarken, kendi etrafımda dönüp havaya sıçradım. Ne yazık ki, yapmış olduğum manevra onu şaşırtmamıştı. Ateş açtığımda, aslında *benim* olan bıçak, saniyeler içinde karnıma, göbek deliğimin yakınlarına saplandı. Canım yanıyordu. Tanrım, bu kadar şanssız olduğuma inanamıyordum. Yine de hayatta kalma şansım vardı. Yere doğru düşerken ateş açtım ve ölümcül bir yara almaktan kaçınmak için ani hareket yapmış olmasına rağmen onu vurabildim. Bir mermi karnına, biri boynuna, sol omzuna ve iki tanesi de göğsüne isabet etti. Yere kapaklandığımda onun da düşmesini bekledim.

Ama düşmedi. Sendelemiş olsa da, ayakta kalmaya devam etti.

"Aman Tanrım," diye fısıldadım, dizlerimin üzerine düşerken. Şu piç ölmeyecek miydi? Açık tribünün alt kısmındaki karanlık gölgenin ortasında birbirimize bakarken, ikimiz de çok miktarda kan kaybediyorduk. Bir anlığına bakışlarımız kilitlendi ve içindeki huzursuzluğu her zamankinden çok hissettirdi, ki bu hiçbir insan ya da vampirin paylaşmak istemediği bir şeydi. Mermilerim bitmişti. Gülümsüyor gibi görünüyordu. Bu kadar eğlenceli bulduğu şeyin ne olduğunu bilmiyordum. Ardından döndü; uzaklaşırken onu ne görebildim ne de duyabildim. Karnıma saplanmış bıçağı çıkarırken içinde bulunduğum kan gölünün ortasında nefes almaya çalışıyordum. Dürüst olmak gerekirse, böylesine kötü bir geceyi en son ne zaman yaşamış olduğumu hatırlayamıyordum.

Ben hâlâ medeniyetin başlangıcındaki Sita'ydım, eşsiz benzersiz esnekliğe sahip bir vampir. Tabii, şu adını bilmediğim düşmanla karşılaştırılmadığım sürece. Ölmemişti, bundan emindim. Ve belki yirmi dakika betonun üzerinde kıvrandıktan sonra hayatta kalacağımı biliyordum. Sonunda, yaram iyileşmeye başladı ve oturup derin bir nefes almayı başardım. Göğsüme saplanan kazıktan önce, yaramın iki dakika içinde kapandığını bilirim.

"Yaşlanıyor olmalıyım," diye söylendim.

Etrafta vampir olduğuna dair bir işaret yoktu. Ama polis stadyuma yaklaşıyordu. Bıçağımı pantolonumun altındaki kılıfına yerleştirdikten sonra, tökezleyerek beton tünelin içinden geçip alana çıktım. Bir su hortumu bularak yıkanabileceğim kadar yıkandım. Omzumda ve karnımda yara izi yoktu. Ama çok fazla kan kaybetmiştim, korkunç güçsüzdüm ve şimdi de polis için endişeleniyordum. Polis arabaları stadyumun dışındaydı. Birileri, silah seslerinden dolayı onları aramış olmalıydı. Bu kadar çok ceset etrafta yatarken, stadyumun içinde yakalanmak hata olurdu. Beni sorgulamak için şehir merkezine götürürlerdi, ki o zaman da kıyafetlerimin durumunu açıklamak zor olacaktı. Olaylar yatışıncaya kadar stadyumun içinde saklanmayı düşündüm, ama bu saatler, hatta günler alabilirdi ve ben eve dönüp Ray'le bir sonraki adımı konuşmak için sabırsızlanıyordum.

Stadyumu terk etmeden önce, üç vampirin de ölmüş olduklarından emin olmak için onları kontrol ettim. Yaranın ağırlığına rağmen, iyileşip ayağa kalkmaları her zaman mümkün olabilirdi. İkinci kez emin olmak için, her birinin kafatasını botumun topuğuyla ezdim. Bu grotesk iş midemi bulandırmadı. Her şeye rağmen onları bulacak polis memurlarının hayatlarını koruyordum.

Kalabalığın en az bulunduğu yere doğru aceleyle çıktım, çiti aştım. Parlak bir ışık bana doğru tutulduğunda, park yerindeydim. Bu ışık... Kahretsin... Polis arabasından geliyordu. Araba yanıma yanaştı ve içinden son yirmi yılını donut yemekle geçirmişe benzeyen polis memuru, başını yolcu koltuğundan dışarıya çıkardı.

"Gecenin bu saatinde burada ne yapıyorsun, genç bayan?" diye sordu.

Endişeli göründüm. "Arabamı bulmaya çalışıyorum, bir saat önce bozulmuştu ve yardım çağırmak için etrafta dolaşırken, şu oğlanlar beni kovalamaya başladı. Bana su tabancalarıyla saldırdılar ve tehdit ettiler." Titredim ve bakışını yakalayarak, inanç düğmesine bastım. "Ama kaçmayı başardım."

Polis bana tepeden tırnağa baktı, ama ben kıyafetlerimin üzerindeki kan lekelerini fark edeceğinden şüpheleniyordum. Bu karanlıkta lekelerin görülmesi zordu. Üstelik bakışım onu titretmişti. Güzelliğim, gençliğim ve arkamda salınan uzun sarı saçlarımdan etkilenmişti. Direksiyon başındaki ortağına bir bakış attı, ardından bana döndü ve gülümsedi.

"Su tabancalarıyla saldırmış olduklarından dolayı şanslısın," dedi. "Bu bölge, gece dolaşılacak bir yer değildir. Arkaya atla, seni arabana götürelim."

Bu teklifi reddetmek saçmalık olurdu. "Teşekkür ederim," dedim, kapıya doğru elimi uzatırken. Polis arabasının içindeki boş koltuğa oturdum. Genç bir adam olan ortağı bana bakıyordu.

"Stadyumun içinde miydiniz?" diye sordu.

Onun da bakışını yakaladım. "Hayır," dedim tereddütsüz bir ses tonuyla. "Stadyuma nasıl girebilirim ki? Etrafını saran çit, dört buçuk metre boyunda."

Bir kukla gibi başını salladı. "Az önce stadyumun içinde sorun vardı."

"Anlıyorum," dedim.

Telsizden biri konuşuyordu. Şişko polis memuru benimle ne şekilde karşılaştıklarını anlattı. Hattın diğer ucundaki adam anlatılan hikâyeden etkilenmemişti. Gelinceye kadar beni tutmalarını emretti. Adamın sesi telsiz hattı parazitli olsa da güçlü çıkıyordu. Onu da diğerleri gibi kolayca kontrolüm altına alıp alamayacağımı merak ediyordum. Oturduk ve patronun gelmesini bekledik; şişko polis memuru gecikme için özür diledi. Polis memurlarının kanını içmeyi düşündüm, ama polislere karşı her zaman özel bir ilgim olmuştu, oturmaya devam ettim. Şişko polis memuru bana donut ikram etti, ki bu açlığımı az da olsa bastırdı.

Gelen adam, Los Angeles Polis Departmanı'ndan ya da FBI'dan değildi. Sivil bir arabayla yaklaştı ve bana çıkmamı söyledi. İtiraz etmeden söyleneni yaptım. Kendini Özel Dedektif Joel Drake diye takdim etti; otoriter bir havaya sahipti.

Mavi gözleri benimkilerden koyu olsa da, en az benimki kadar açık renk saçları olan, genç bir adamdı. Üzerinde deniz mavisi spor mont ve pahalı beyaz bir pantolon vardı. Göze çarpacak kadar yakışıklıydı. Arabada onun yanına binerken, kendimi dizilerdeki oyunculara benzettim. *Ajan Vampir*; böyle bir dizi olmalıydı. Cildi bronz, yüz hatları keskindi. Kapıyı kapatmadan önce beni tepedeki ışıkta inceledi. Siyah kıyafetlerimin üzerindeki kan lekeleri bu kez de görünmese de, sırılsıklam olduğumun farkındaydı. Diğer polis memurları uzaklaştı.

"Adınız ne?" diye sordu.

"Alisa Perne."

"Arabanız nerede?"

"Tam olarak bilmiyorum. Bir saatten beri yürüyorum, kayboldum."

"Bir grup oğlanın size su tabancalarıyla saldırdığını söylediniz, değil mi? Buna inanmamı mı bekliyorsunuz?"

"Evet," dedim ve gözlerinin içine baktım, gerçekten çok güzel gözlerdi. Onlara zarar vermekten korktuğum için, istediğimi zorla yaptırmak için tereddüt ettim. Ama güçlüydü ve özel bir güç kullanmadığım takdirde, istediğim gibi hareket etmeyecekti. Beni sorgulamasına izin veremezdim. Sesimi alçaltıp öyle ayarladım ki ona, kulaklarının etrafında konuşuyormuş ve aslında benim söylediklerimi düşünüyormuş gibi hissettirdim.

"Ben yanlış bir şey yapmadım," dedim yumuşak bir ses tonuyla. "Anlattığım her şey doğru. Ben yardıma muhtaç, buraların yabancısı olan genç bir bayanım. Yapabileceğiniz en iyi şey beni arabama götürmek olacaktır."

Birkaç saniye söylediğim şeyi düşündü. Sesimin kafasının içinde yankılandığını biliyordum. Ardından silkindi, içine yerleştirdiğim düşünceden kurtulmaya çalışıyormuş gibi görünüyordu. Düşüncelerini okuyamıyor olsam da, duygularını hissedebiliyordum. Ciddi kuşkuları vardı. Elini uzattı ve kapıyı kapattı, motor çalışmaya devam ediyordu.

"Bu akşam stadyumun içine girdiniz mi?" diye sordu.

"Hayır. Stadyumun içinde ne var?"

"Önemli değil. Polis seni orada bulduğunu söyledi, park yerinde. Orada ne yapıyordunuz?"

"Benimle uğraşan oğlanlardan kaçıyordum."

"Kaç kişiydiler?"

"Emin değilim. Üç ya da dört."

"Bize bu bölgede iki kişi rapor edildi. Sizin tarifinize uygun biri tarafından saldırıya uğradıklarını bildirdiler. Birkaç dakika önce bir adamı yolun kenarındaki su oluğunda ölü bulduk. Buna ne dersiniz?"

Yüzümü ekşittim. "Bu konu hakkında hiçbir şey bilmiyorum. Nasıl ölmüş?"

Joel kaşlarını çattı. "Vahşice öldürülmüş."

Başımı sallayıp endişeli göründüm. "Ben sadece arabama dönmeye çalışıyordum. Beni oraya götüremez misiniz? Benim için uzun bir geceydi."

"Nerelisiniz?"

"Oregon. Los Angeles'ı bilmiyorum. Yanlış çıkıştan çıktım

ve ardından arabam stop etti. Belki yardımınızla yolu bulabilirim." Elimi uzattım ve koluna dokundum; bakışlarını bir kez daha yakaladım ama bu seferki bakışım yakıcı değil, yumuşaktı. "Lütfen?" dedim.

Sonunda başını salladı ve vitesi geçirdi. "Hangi çıkıştan çıktın?"

"Adını unuttum. Şuralarda bir yerde. Size gösterebilirim ve belki geldiğim yeri tekrar bulurum." Park yerinden çıkıp kuzeye doğru yol alırken, karayolunun bulunduğu yeri işaret ettim. "Dürüst olmak gerekirse, hayatım boyunca hiç kimsenin canını yakmadım."

Keskin bir şekilde kıkırdadı. "Bu gece yaşananlarla bir ilginizin olmasını hayal edemiyorum."

"Los Angeles'ın şiddet dolu bir yer olduğunu duydum."

Başını sert bir şekilde salladı. "Özellikle geç saatlerde; gazeteleri okuduğunuzu sanıyorum?"

"Evet. Cinayet masasından mısınız?"

"Bazılarımız öyle."

"İpucunuz var mı?"

"Hayır. Ama bu zaten söylenecek bir şey değil."

Gülümsedim. "Ben gazeteci değilim, Ajan Drake."

Hafifçe gülümsedi. "Bu bölgeye geceleri yirmi mil bile yaklaşmamanız gerekir. Ne zamandandır Los Angeles'tasınız?"

"Niye soruyorsunuz?"

"Size daha ayrıntılı sorular sorma ihtiyacı duyabiliriz."

"Anlıyorum."

"Rıhtıma giden karayolunu mu kullandınız, yoksa Santa Monica'yı mı?"

"Santa Monica Karayolu'ndaydım. Kuzeye doğru birkaç blok daha devam edelim. Caddeyi tanıyacağımı düşünüyorum."

"Kaç yaşındasınız Alisa?"

"Yirmi iki."

"Los Angeles'ta bulunma sebebiniz ne?"

"Arkadaşlarımı ziyaret ediyordum. Önümüzdeki yıl burada okumayı düşünüyorum."

"Ah nerede?"

"USC'de."

"Stadyum, USC'nin yanında."

"İşte bu sebepten burada dolaşıyordum. Arkadaşlarımdan biri kampüste kalıyor." Bir kez daha titredim. "Ama buralardaki şiddet eğiliminden dolayı, üniversite seçimimi bir kez daha düşüneceğim."

"Bunu anlıyorum." Bana doğru bakarken aynı zamanda vücudumu inceliyordu. Parmağında alyans yoktu. "Demek öğrencisiniz. Ne okumak istiyorsunuz?"

"Tarih," dedim.

Nereye döneceğini sormasının haricinde, birkaç dakika konuşmaksızın ilerledik.

Aslında onu arabamın bulunduğu yere götürmek istemiyordum. Benim önerilerime itaat ediyor olsa da, hâlâ kendi bildiğini yapıyordu. Ve büyük bir ihtimalle antrenmanlıydı. Plaka numaramı ezberler ve bu numara onu araba kiralama şirketine götürürdü. Arabamı bıraktığım yere bir blok kala kırmızı bir Honda'nın önünden geçerken durması için işaret ettim.

"İşte bu," dedim, arabanın kapısını açarken. "Çok teşekkür ederim."

"Çalışacağını düşünüyor musunuz?" diye sordu.

"Neden durup çalışıp çalışmadığını görmüyorsunuz." Seksi bir ses tonuyla, "Bunu benim için yapar mısınız?" diye ekledim.

"Sorun yok, Alisa. Kimliğiniz var mı?"

Aptalca sırıttım. "Bunu soracağınızı biliyordum. Korkarım ehliyetsiz kullanıyorum. Ama size yarın bulunacağım yerin numarasını verebilirim. Numaram 310–555–4141. Bu Los Angeles'taki gerçek numaram. Ama bunu aradığınızda Oregon'daki evime aktarma sağlanacaktır. Yarın beni bu numaradan istediğiniz saatte arayabilirsiniz. Numarayı sizin için yazmamı ister misiniz?"

Tereddüt etti, ehliyetimle ilgili konuyu düşündüğünü biliyordum ve plaka numaram sayesinde izimi bulabileceğinin de farkındaydım. "Buna gerek yok, akılda tutulabilecek kadar kolay bir numara." Bir kez daha durdu ve gömleğimdeki nemli lekeleri inceledi. Onlara bakarak bunların kan lekeleri olduğunu söylemesi imkânsızdı, ama dikkatle yıkamama rağmen, koku alıp alamayacağını merak ediyordum. Onu kurnazca etkilemiş olsam bile, üzerimdeki kan lekelerini görse gitmeme kesinlikle izin vermezdi. Henüz serbest değildim.

"Bana adresinizi verebilir misiniz?" diye sordu.

"Joel," dedim özel bir şekilde. "Birini öldürdüğüme gerçekten inanmıyorsunuz, değil mi?"

Hafifçe geriye yaslandı. "Hayır."

"O zaman bunları neden istiyorsunuz?"

Tereddüt etti, omuz silkti. "Adresiniz varsa, alacağım. Aksi takdirde telefon numaranız yeterli olacaktır."

"Büyük ihtimalle yarın konuşacağız," diye de ilave etti.

"Tamam. Sizinle tanışmak hoştu." Arabadan indim. "Şimdi şu lanet arabayı çalıştırmayı umuyorum."

Joel rica ettiğim gibi önümde bekliyordu. Bu, isteyerek yapılmış bir rica değildi, ama şüpheleri dağıtmak için buna ihtiyacım vardı. Honda'nın kapısı kilitliydi, ama onu sert bir şekilde açıp direksiyonun başına geçtim. İki parmağımı kontağın içine sokarken Joel'un plaka numaramı incelediğini dikiz aynasından fark ettim. Ben düz kontak yaparken, plaka numaramı yazdı, ardından motor çalıştı. Kaldırım kenarından hareket ederken ona elimi salladım. Bitişikteki evin sakinlerinin, arabalarını alıp giderken beni duymalarını istemiyordum.

Bloğun etrafında sürdükten sonra, kendi arabama bindim ve bir saatten kısa bir süre içinde, özel jetimle Oregon'a doğru uçuyordum. Yine de savaşçı vampirle yarım bıraktığım savaşı bitirmek için Los Angeles'a çok yakında geri döneceğimi biliyordum. Ya iyi ya da kötü olan kazanacaktı.

İKİNCİ BÖLÜM

Eve vardığım zaman Ray görünürlerde yoktu. Evimiz yeniydi, çünkü eskisi Yakşa içindeyken havaya uçmuştu. Ormanlık bir alan içindeki modern konağımız, eski evimizden uzakta değildi. Pek çok elektronik rahatlığa, okyanus manzarasına ve öğlen güneşini engelleyecek kalın perdelere sahipti. Ray'in öğlen güneşine, diğer vampirlerden daha hassas olduğunu biliyordum. O, Bram Stoker'ın efsanelerinden çıkmış vampir modellerine benziyordu. Varlığındaki değişikliklerin çoğu onu sarsıyordu. Okul arkadaşlarını, eski kız arkadaşını ve özellikle de babasını özlüyordu. Ama ben ona bunların hiçbirini veremezdim. Babasını öldüren kişi olduğumdan, onu geri vermem imkânsızdı. Ona verebileceğim şey sadece sevgiydi, bunun yeterli olacağını umut ediyordum. İki dakika kadar evde kaldıktan sonra arabama bindim. Gün doğumuna bir saat vardı.

Onu bulduğumda eski kız arkadaşının verandasında oturuyordu, ama Pat McQueen, onun yakınlarda olduğundan habersizdi. Ailesiyle birlikte evinde uyuyordu. Herkes gibi, Ray'le benim patlamada yok olduğumuzu düşündüğünü biliyordum. Arabanın içinde başını dizlerinin arasına gömmüş oturuyordu; yaklaştığımda bile kafasını kaldırmadı. İçimi çektim. "Polis olsam ne olacaktı?" diye sordum.

Kafasını kaldırdı, melankolik hali güzelliğini yok etmişti.

Ama yine de onu görmek kalbimi ağrıtmıştı, kalbim onunla tanıştığım andan beri hem duygusal hem de fiziksel olarak ağrıyordu. Krişna'nın arkadaşı Radha bir zamanlar, arzunun sevgiden daha eski olduğunu ve birinin diğeri olmadan var olamayacağını söylemişti. Bunun yanında adı arzu anlamına geliyordu, Krişna'ysa sevgi demekti. Ama ben ilişkilerinin birbirlerine, Ray'e duyduğum tutku kadar ıstırap çektirdiğini görmedim. Ben ona sonsuzluğun krallığını vermiştim, ama onun istediği tek şey güneşin altında yürümekti. Onun güçsüzlüğünü ve açlığını fark ettim. Altı hafta geçmişti ve bir şeyler yemesi gerektiği her seferde, Ray'i kurbanlarımıza acı vermeden ya da onları öldürmeden beslenmesi için zorluyordum. Beni görmek onu mutlu etmedi, ki bu beni daha da üzdü.

"Polis olsaydın," dedi, "silahını kolaylıkla alırdım."

"Bunu yapacağın bir sahne yaratalım."

Başını salladı ve kıyafetimin üzerindeki kan lekelerini işaret etti. "Bu akşam kendi sahneni yaratmış gibi duruyorsun." Cevap vermediğimde, "Los Angeles nasıldı?" diye ilave etti.

"Eve döndüğümüzde anlatırım." Döndüm. "Gel."

"Hayır."

Durdum, omzumun üzerinden bir bakış attım. "Güneş yakında doğacak."

"Umurumda değil."

"Doğduğunda olacak." Bana cevap vermedi. Gidip yanına oturdum, elimi omzunun üzerine koydum. "Sebep, Pat mi? İstediğin takdirde onunla konuşabileceğini biliyorsun. Ben sadece bunun kötü bir fikir olacağını düşünüyorum."

Başını salladı. "Onunla konuşamam."

"O zaman burada ne arıyorsun?"

Bana dik dik baktı. "Buraya geldim, çünkü üzüntümü yaşayabileceğim başka bir yer yok."

"Ray."

"Babamın nerede gömülü olduğunu bile bilmiyorum." Döndü ve omuz silkti. "Artık fark etmez. Her şey gitti."

Elini tuttum ama o benimkini tutmadı. "Babanı gömdüğüm yere seni götürebilirim. Ama orası sadece üzeri örtülü bir çukur. Sana yardımı dokunmaz."

Başını kaldırdı ve bana baktı. "Başka gezegenlerde de vampirlerin olduğunu düşünmüyor musun?"

"Bilmiyorum. Belki. Uzaktaki bazı galaksilerde, vampirlerin doldurmuş olduğu bir gezegen olabilir. Bu gezegende de bir zamanlar olduğu gibi."

Başını salladı. "Krişna'yı ayrı tutmak gerek."

"Evet. Krişna hariç."

Gökyüzüne bakmaya devam etti. "Böyle bir gezegen, yani sadece vampirlerin yaşadığı bir gezegen olsa, çok fazla yaşamazdı. Birbirlerini yok ederlerdi." Bana baktı. "Sana bunu mu yaptım? Seni yok mu ettim?"

Üzgün bir şekilde başımı salladım. "Hayır. Bana büyük bir mutluluk verdin. Ben sadece bunun karşılığında sana ne verebileceğimi bilmek isterdim. Unutmana yardım etmek için."

Nazikçe gülümsedi. "Unutmak istemiyorum, Sita. Belki de problem budur." Duraksadı. "Beni onun mezarına götür. Uzun kalmayız."

"Emin misin?"

"Evet."

Ayağa kalktım, ona elimi uzattım. "İyi."

Ormana gittik. Ağaçların arasından geçerken, ona rehberlik ettim. Özel Dedektif Michael Riley'yi gömdüğüm yeri hatırlıyordum; ben her şeyi hatırlarım. Ayrıca toprağın iki metre altında çürümeye yüz tutmuş bedeninin kokusunu da alabiliyordum. Ray'in de aynı kokuyu almasından korktum. Bir vampirin hayatı, ardında bıraktığı cesetlerin hayatına eşdeğerdir; ölüler birçok insanı dua etmeye yöneltse de, benim dua etmek için duyduğum his güçlü değil. Babasını gömdüğüm yere vardığımızda, Ray dizlerinin üzerine çöktü ve onu duygularıyla baş başa bırakmak istediğimden, birkaç adım geri çekildim. O an bir acı dalgası beni vurdu. Bu acının benliğimi ele geçirmesine karşı koyamayacak derecede güçsüzdüm. Ya da haddinden fazla suçluydum. Ray'in mezar taşı bile olmayan bir mezarın başında, kuru gözyaşları döktüğünü duydum.

Son aldığım yaralar tamamen iyileşmişti, ama göğsüm yanmaya devam ediyordu. Evim yanarken, Ray'in göğsüme saplanan kazığı çıkarttığı geceyi hatırladım. Güçlükle kendime geldim, ölüp ölmeyeceğimi bile bilmiyordum ve sonraki üç gün boyunca bunu Ray de bilememişti. Yaralarım hızlı bir şekilde kapansa da bilincim yerinde değildi. Tüm bu zaman boyunca hayatım boyunca gördüğüm en acayip rüyayı görmüştüm.

Bir uzay gemisindeydim ve uzayın boşluğunda ilerliyordum. Ray yanımdaydı ve varacağımız yer gökbilimciler tarafından yedi kız kardeş olarak adlandırılan, Ülker Yıldız Kümesi'ydi. Uzay gemisinin büyük kapısı önünden uzun yolculuğumuz süresince mavi-beyaz yıldızların parıldadığını görebiliyorduk. İçimizi heyecan kaplamıştı, çünkü sonunda evimize, ait olduğumuz yere döndüğümüzü biliyorduk. Orada vampir değil, yıldızların parlaklığından beslenen ışığın melekleriydik. Rüyadan uyanmak acı vericiydi; gözlerimi kapattığım zaman bu rüyanın geri gelmesi için dua ediyordum. Yıldızların rengi bana Krişna'nın gözlerini hatırlatmıştı.

Ray üzerindeki kederden çabuk kurtuldu. Arabaya döndük ve eve gitmek için, aydınlanmak üzere olan doğu ufkuna doğru yol aldık. Sevdiğim sessiz bir halde yanımda oturuyordu. O hiçbir şeye bakmazken, kendi karanlık düşüncelerim dudaklarımı mühürlemişti. Enerjim çok düşüktü, ama altı yüz kilometre güneyimde yayılmaya devam eden kara vebayı durduracak bir plan geliştirmeden dinlenmemem gerektiğini biliyordum. Şeytani gözlere sahip bu vampirin bir sonraki gece daha fazla vampir yaratacağını biliyordum. Yarattıkları, yok ettiklerimin yerini alacaktı. Ve onlar da sırayla kendi vampirlerini yaratacaktı. Her gün, her saat kritikti. İnsanlık tehlike altındaydı. Krişna'ya düşmanlarımı yok edecek gücü bana vermesi için dua ettim.

Ray dinlenmek için uzandığında, damarımdan gününü geçirebilecek kadar kan içmesine izin verdim. Sadece bir ağız dolusu kadar içmiş olsa da, bu beni kurutmuştu. Ama gözlerini kapatıp uyuduğunda, onun yanına uzanmadım. Babasını rüyasında görmesi için onu yalnız bıraktım. Los Angeles'ta olanları daha sonra anlatacaktım.

Arkadaşım Seymour Dorsten'i ziyaret ettim. İçindeki AIDS virüsünü kendi kanımdan birkaç damla kan vererek yok ettikten sonra, onu iki kez görmüştüm. Eski sağlığına kavuşmuştu. Bir kız arkadaşı vardı, onu kıskandığımı söylemiştim ama o inanmadı. Penceresine tırmandım ve onu yataktan aşağı doğru çekerek uyandırdım. Kafası ahşap zemine sert bir şekilde çarptığında sırıttı. Sadece benim Seymour'um bu tip şeyleri kaldırabilirdi.

"Rüyamda seni gördüm," dedi, üzerindeki battaniyeyi yüzüne kadar çekerken.

"Giyinik miydim?" diye sordum.

"Tabii ki değilim." Doğruldu ve kafasının arkasını ovdu. "Gözlerin gördüğünü, beyin unutmaz."

"Beni ne zaman çıplak gördün ki?" diye sordum, cevabı bilmeme rağmen.

Cevap olarak kıkırdadı. Büyük biyografi yazarım Seymour'u aldatmayı başaramamıştım. Ruhsal bağımızı bilerek, bütün geceyi başımdan geçen olaylar hakkında yazarak geçirip geçirmediğini merak ettim, ama sorduğumda başını hayır dercesine salladı. Kız arkadaşıyla film izlemiş ve erken yatmıştı.

Ona Los Angeles'ta olanları ve her tarafımın kan lekeleriyle dolu olmasının nedenini anlattım.

"Vay canına," dedi anlatmam bittiğinde.

Yatağında geriye doğru yaslandım, kafamı duvara dayadım. Seymour yerde oturmaya devam ediyordu. "Şimdiye kadarkilerden daha iyisini yapmak zorundasın," dedim.

Başını salladı. "Onların nereden geldiğini bulmamı istiyorsun."

"Onları bir canavar yaratmış. Bundan şüphem yok. Evet, nereden geldiklerini bilmek istiyorum." Başımı salladım. "Bu konu üzerinde yol boyunca düşündüm, ama açıklamasını bulamadım."

"Her zaman bir açıklama vardır. Ünlü Sherlock Holmes'un dediğini hatırlıyor musun? İmkânsızı elediğinde kalan her neyse, ne kadar inanılmaz olsa da gerçek olmalıdır." Seymour düşünürken, avuçlarını birbirine bastırdı. "Senin kadar güçlü bir vampirse, Yakşa tarafından yaratılmış olmalı."

"Yakşa öldü. Ölmemiş olsaydı da, başka bir vampir yaratmazdı. Krişna'ya ettiği yemine bağlıydı. Son beş bin yılını onları yok etmeye harcadı."

"Yakşa'nın öldüğünü nereden biliyorsun? Patlamadan kurtulmuş olabilir."

"Büyük olasılık kurtulmamıştır."

"Ama kurtulmuş olması imkânsız değil. Bu benim fikrim. Yakşa, senin dışında, vampir yaratacak tek kişiydi. Hamile bir kadından başka bir Yakşini doğmuş olma ihtimalini gündeme getirmediğin müddetçe."

"Bana o geceyi hatırlatma," diye tersledim.

"Moralin bozuk. Ama aynı gece iki kez kendi bıçağımla yaralanmış olsam, benim de moralim bozulurdu."

Hafifçe gülümsedim. "Benimle dalga mı geçiyorsun? Susamış olduğumu biliyorsun. Şimdi damarlarını açıp kanını içsem, bu konuda yapabileceğin hiçbir şey olmaz."

Seymour bu fikre ilgi duydu. "Kulağa ilginç geliyor. Kıyafetlerimi çıkarmalı mıyım?"

Yastığı sert bir şekilde ona attım. Neredeyse başını uçuruyordum. "Kızı yatağa atmayı hâlâ başaramadın mı? Derdin ne senin? Damarlarında benim kanın varken istediğin herkesi, istediğin zaman alabilmelisin."

Başını biraz daha ovdu, büyük ihtimalle günün geri kalanında çekeceği baş ağrısını düşünüyordu. "Yatmadığımı nereden biliyorsun?"

"Bakir bir erkeği bir kilometre öteden tanırım. Uzun süre at binmişçesine yürürler. Şimdi sorunumuza dönelim. Bu herifleri Yakşa yaratmış olamaz. Bu ihtimal dışında. Ama haklısın, onları yaratabilecek tek kişi de Yakşa'ydı. Bu bir paradoks. Bunu nasıl çözeceğim? Ve benden en az iki katı daha güçlü ve hızlı yaratıkları yok etmeyi nasıl başaracağım? Anlat bana, genç yazar ve ben de bana tercih ettiğin şu aptal kızla cinsel tatmini yaşayabileceğin kadar uzun yaşamana izin vereyim."

"Üzgünüm, ama soruna cevap veremiyorum. Ama cevabı nerede bulacağını gösterebilirim."

"Nerede?"

"İzlerin bittiği yerde. Yakşa'yı en son gördüğün yerde. Senin ayarladığın düzenek sayesinde havaya uçtu, ama dinamit bile geriye bir şeyler bırakır. Onun kalıntılarına ne olduğunu bulmaya çalış, böylece yeni düşmanının nereden geldiğini bulabilirsin."

Başımı salladım. Söyledikleri, her zamanki gibi mantıklıydı. "Ama nereden geldiklerini bulsam bile onları nasıl yok edeceğimi öğrenmem gerek."

"Yapabilirsin. Yakşa daha zorlu bir düşmandı. En azından bir vampirin ne yapıp ne yapmayacağını biliyordu. Bu herifin gidişatına bakılırsa, yeni doğmuş bir vampir olmalı. Daha ne olduğunu öğrenme sürecinde. Güçsüz olduğu taraflarını henüz bilmiyor. Onu zayıf noktasından bul, saldır ve düşüşünü izle."

Yere doğru kaydım ve Seymour'u dudaklarından öpmek için diz çöktüm. Hafifçe saçını da çektim. "Bana öylesine yakınsın ki," dedim. "Nedir bu?"

Komik bir şeyler söyleyecekti, ama ifadesi dondu. Dokunuşum karşısında hafifçe titredi. "Gerçekten bu kadar kötü mü?" diye sordu yumuşak bir ses tonuyla.

"Evet. Yakşa daha zorlu bir düşman derken haksızdın. Kendine has bir şekilde, Yakşa insanlığın koruyucusuydu. Bu herifse tam bir psikopat. Tüm insanlığı yok etme eğiliminde. Ve başarılı olabilir. Onu çok yakın bir zamanda durduramazsam, geride hiçbir şey kalmayacak."

"Ama onu çok kısa gördüm."

"Gözlerinin derinliğine baktığımda, görmem gerekenleri görmüştüm. Anlattıklarıma inan."

Seymour yüzüme dokundu, gözlerinin içinde hayranlık ve sevgi vardı.

"Sana güveniyorum, çünkü benimle tanıştığın zaman ölmüş gibiydim ve sen hayatımı kurtardın. Sen benim hikâyemin kahramanısın. Bul onu Sita, köşeye sıkıştır. Ardından da kıçına tekmeyi bas. Harika olacak. Tanrı sana yardım edecektir."

Elini dikkatlice sıktığımda, güçsüzlüğümü ve ağrımı bir kez daha hissettim. Bu ağrının bu dünyadan göç edene kadar beni bırakmayacağından emindim. İçimdeki, sadece koşma ve unutulmuşluğun içinde saklanma isteğini ilk kez duyuyordum. Ama yapmamam gerektiğini biliyordum, bunu yapamazdım. Yakşa gibi benim de ölüp rüyamdaki yıldızlara gitmeden önce yapmam gereken son bir görev daha vardı.

Ya da soğuk cehenneme giderdim. Ama ben soğuğu sevmem. Hiçbir vampir sevmez. Yılanlarda olduğu gibi, soğuk bizi yavaşlatır.

"Şeytanın da ona yardım edeceğinden korkuyorum," dedim. "Hangisinin daha güçlü olduğundan emin değilim."

ÜÇÜNCÜ BÖLÜM

Güneş tepe noktasına ulaştığında ofisimde oturmuş, bir sonraki adımımın ne olması gerektiğini düşünüyordum. Altı hafta önce evimde meydana gelen patlamadan sonra, itfaiyeci, polis memuru ve olay yeri inceleme ekibinden oluşan üç uzman ekip gelmişti. Ne olduğunu, bana Ray anlatmıştı. Beni görüş mesafesinden uzaklaştırarak ormanın içine sürükleyen Ray'le konuşamamıştım, ama kendime geldiğimde ekiplerle temasa geçmiştim. Patlamaya ait her türlü bilgiye karşı suçsuzmuş gibi davrandım. Patlamanın sebebi ya da gerekçesi bir düzendi. O günlerde, bana çevrede insan bedenine ait kalıntılar bulduklarından bahsetmemişlerdi. Tabii bu, bir beden bulamadıkları anlamına gelmiyordu. Polis bu bilgiyi benden saklamış olabilirdi. Bildiğim tek şey, patlamada ya da bölgede buldukları her ne ise, hâlâ araştırılıyor olmamdı.

Polisle bağlantıya geçmem gerekiyordu ve bu çok acildi. Olay yeri araştırma ekibi ve hastane Yakşa'nın kalıntıları hakkında bir şeyler biliyor olabilirdi, ama bunları öğrenmek için uygun yollar ya da otorite sahibi kişiler bulamadığım takdirde, elle tutulur bir bilgiye ulaşmam imkânsızdı. Güçlü bağlantılarım ve servetimle bir bağlantı kurabilirdim, ama bu zaman alırdı. Çalışma masamın başında düşünceli bir şekilde otururken, telefonumun üzerindeki ışık yanıp sönmeye başladı. Şehirlerarası bir aramaydı. Telefonu kaldırdım.

"Evet?" dedim.

"Alisa?"

"Evet, Ajan Joel Drake. Araman ne hoş." FBI ajanının böylesi kritik bir zamanda telefon açmasını Krişna'nın bir işareti olarak kabul ettim ve vakit kaybetmeden karar verdim. İşaretlere tabii ki inanmazdım, ama oldukça ümitsiz durumdaydım. "Ben de sizi aramayı düşünüyordum. Dün akşam değinmediğim, konuşmamız gereken şeyler var," diye ekledim.

İlgilendi. "Ne gibi?"

"Bu cinayetlerin arkasında kimin olduğuna dair bir ipucum var."

Bir an için sustu. "Ciddi misin?"

"Evet. İyi bir fikrim var."

"Nedir?"

"Bunu özel olarak anlatacağım. Bu akşamüstü Portland'a gel. Seni havaalanından alırım. Geldiğine memnun olacağını garanti edebilirim."

"Şehirden birkaç günlüğüne ayrılmayacağını söylemiştin?"

"Yalan söyledim. Havayollarını arayıp uçuşunu ayarla."

Kıkırdadı. "Bir saniye bekle. Soruşturmanın ortasında öyle istediğim gibi Oregon'a uçamam. Bana ne bildiğini anlat, ardından konuşuruz."

"Hayır," dedim sert bir şekilde. "Buraya gelmelisin."

"Neden?"

"Katil buralı."

"Bunu nereden biliyorsun?"

Ses tonumu büyüleyici tona soktum. "Birçok şey biliyorum, Ajan Drake. Stadyumun içinde bulduğunuz heriflerden birinin göğsüne cirit, diğerinin kafasına ise bıçak saplanmıştı ve üçüncüsünün boyun kemiklerinin tamamı kırılmıştı. Bana bunları nereden bildiğimi sorma. Bu davayı çözmek ve şereflendirilmek istiyorsan, FBI'daki çalışma arkadaşlarına benden bahsetme. Bunu bir düşün, Joel, büyük bir kahraman olabilirsin."

Bilgim onu sersemletmişti. Düşündü. "Beni yanlış anladın, Alisa. Bir kahraman olmaya ihtiyacım yok. Ben sadece cinayetleri durdurmak istiyorum."

Samimi olmasını sevmiştim.

"Buraya gelirsen durdurabilirsin," dedim, yumuşak bir ses tonuyla.

Gözlerini kapattığını duydum. Sesim zihninden gitmeyecekti. Bir tür cadı olup olmadığımı merak ediyordu. "Kimsin sen?" diye sordu.

"Bunun bir önemi yok. Biletini ayırtırken hatta kalacağım, en erken uçuş hangisiyse onu ayırt."

"Çalışma arkadaşlarıma nereye gittiğime dair bilgi vermek zorundayım."

"Hayır. Bu dava üzerinde sadece ikimiz çalışacağız. Bu, benim şartım."

Bir kez daha kıkırdadı ama bu kez sesinde neşe yoktu. "Genç bir bayana göre epey cesaretlisin."

On iki saat önce karnıma isabet eden bıçağı düşündüm. "Yüreğim sağlamdır," dedim.

Joel beni hatta bekletti. Birkaç dakika sonra döndü; uçağı üç saat içinde inecekti. Onu terminalden almam üzerinde anlaştık.

Telefonu kapattıktan sonra, ofisten çıkarak Ray'in yanına kıvrıldım. Kımıldadı, bana sırtını döndü ama uyanmadı. Portland bir buçuk saatlik mesafedeydi. Düşmanın üzerine gitmeden önce dinlenmek için doksan dakikam vardı.

Joel'u havaalanından aldığımda yorgun görünüyordu. Bir önceki gece fazla uyuduğunu sanmıyordum. Vakit kaybetmeden soru sormaya başladı, ama ondan arabaya bininceye kadar beklemesini rica ettim. Arabaya bindiğimizde müziği açtım, piyano resitalimin kaydıydı. Mayfair'e doğru yola çıktık. Konuya nasıl gireceğimi düşünmeye devam ediyordum. Gizemli bir araştırmaya işaret eden kanıtlarla uğraştığımız için, muhafazakâr davranmam çok sorun değildi.

"Bu piyanist kim?" diye sordu sonunda.

"Sevdin mi?"

"Müzik büyüleyici ve piyanist de mükemmel."

"Benim."

"Ciddi misin?"

"Bana bu soruyu ikinci kez soruyorsun. Ben her zaman ciddiyimdir, Ajan Drake."

"Lütfen, Joel de. Gerçek adın Alisa mı?"

"Niye sordun? Beni araştırdın mı?"

"Biraz. Fazla bir şey bulamadım."

"Bilgisayarınızda Alisa Perne'ü bulamadığınızı mı söylemek istiyorsun?"

"Bu doğru. Gerçek adın ne ve sana bu kadar güzel piyano çalmayı kim öğretti?"

"Kendi kendime öğrendim. Ve bana Alisa denmesinden hoşlanmıyorum."

"Sorularıma cevap vermedin."

"Sorularından birine cevap verdim."

Bana dik dik baktı. Cümle boyunca sesime dikkat etmediğinden, uzun hayatım sesime yansımaya başlamıştı. Sözlerimle sesimin bir hayalet gibi çıkabildiğini biliyordum. Büyüleyen tek şey müziğim değildi.

"Kaç yaşında olduğunu söylemiştin?" diye sordu.

"Göründüğümden daha yaşlıyım. Cinayetler hakkında nasıl bilgi sahibi olduğumu bilmek istiyor musun?"

"Diğer şeyleri de bilmek istiyorum. Dün gece stadyumda değildim dediğinde, yalan söyledin."

"Bu doğru. Oradaydım. Üç adamı da alanda öldürülmüş olarak gördüm."

"Katili görebildin mi?"

Duraksadı. "Onu tanıyor musun?"

"Hayır. Ama daha önce tanıdığım biriyle bağlantılı. O adam, altı hafta önce evimde meydana gelen bir patlamada öldü. Seni buraya getirmemin sebebi, bu adamın kalıntılarını bulmama yardım etmeni istememdi. Şimdi Mayfair'deki polis merkezine gidiyoruz. Onlardan dosyayı, senin için açmalarını istiyorum."

Başını salladı. "Mümkün değil. Sana yardım etmeden önce sorularıma cevap vermek zorundasın."

"Yoksa beni tutuklayacak mısın?"

"Evet."

Hafifçe gülümsedim. "Bu olmayacak. Ve sadece cevap vermek istediğim sorularını yanıtlayacağım. Benimle işbirliği yapmanın dışında şansın yok. Dün gece dediğin gibi, herhangi bir ipucun yok. Ve tahmin edebileceğinden çok karanlığın içine batmış durumdasın. Olağanüstü güçteki biri tarafından öldürülmüş birkaç kişi var. Gerçekten de insanüstü bir güce sahip."

"Ben bu kadar abartmazdım."

Yumuşak bir ses tonuyla homurdandım. "Bir adamın her bir kemiğini kırmak, büyük güç gerektirir. Otopsinin bildirdiği bu, değil mi?"

Joel tedirgin bir şekilde kıpırdandı, ama bütün dikkatini üzerime çekmeyi başarmıştım. "Kurbanların otopsileri tamamlanmadı."

"Ama Los Angeles Polis Departmanı'nın adli tıbbı adamın boynundan bahsetmiştir. Seni meraklandırıyorum, değil mi?"

Dikkatli konuştu. "Evet. Bunları bilmen beni meraklandırdı."

Ona doğru eğildim ve bacağına dokundum. Birini etkilemek istediğimde, dokunuşum hassas olabiliyordu. Ve Joel'dan etkilendiğimi itiraf etmek zorundaydım. Onu Ray gibi sevmiyordum, yine de Ray'in haberi olmadığı sürece onu baştan çıkarabilirdim. On binden fazla sevgilim olmuştu ve ölümlülerin sadakat ve bağlılıkla ilgili düşüncelerini paylaşmıyordum. Ama sadece seks için Ray'i kırma riskine girmek istemiyordum, ayrıca ona bir daha yalan söylemeyecektim. Joel parmaklarımdan yayılan elektriği hissettiğinde kıpırdandı. Yerinde duramayan adamları severim.

"Bir şey mi söylemek istiyorsun?" diye sordum, elim bacağına dokunmaya devam ederken.

Boğazını temizledi. "Çok çekicisin, Alisa. Özellikle anlaşılmaz olduğunda ya da ikna etmeye çalıştığında." Elime, paha biçilmez bir mücevher mi, yoksa kucağında ilerleyen bir örümcek mi olduğuna karar veremiyormuş gibi bakıyordu. "Ama ben, aldatıcı görüntünün içini görmeye başlıyorum."

Elimi itti, ama itişi aşağılayıcı değildi. "Hepsi bu mu? Aldatmaca?"

Başını salladı. "Nerede büyüdün?" Kahkahalarla güldüm. "Balta girmemiş ormanda! Cinayetlerin işlendiği yerden çok da farkı olmayan bir yerdi. Genç adamın boynu kırıldığında onu izliyordum. Bunu normal biri yapamaz. Aradığın kişi normal değil. Evim havaya uçtuğunda, ölen arkadaşım da normal değildi. Ona ne olduğunu anlayabilirsek, kalıntılarını bulabilirsek, katili bulabiliriz... Umarım... Ama bu insanların neden normal olmadığını, güçlerinin kaynağını ya da evimin havaya uçmasının sebebini sorma, çünkü anlatmayacağım."

Bana bakmaya devam etti. "Sen normal misin, Alisa?" diye sordu.

"Ne düşünüyorsun?"

"Hayır."

Bacağına vurdum. "Tamam. Böyle düşünmeye devam et."

Evet, benim hakkımda çok fazla şey bildiğini düşünüyordum.

Her şey bittiğinde, Joel Drake'i öldürmeyi düşünüyordum.

DÖRDÜNCÜ BÖLÜM

Mayfair'e giderken, Joel bana hayatından bahsetti. Belki onun özel hayatına burnumu sokmuş olabilirim. Belki de saklayacak bir şeyi yoktu. Onu dikkatlice dinledim ve kendi sessizliğimin içinde, onu daha çok sevmeye başladım. Belki de niyeti bana karşı açık olmaktı. Göründüğümden daha tehlikeli olduğunu zaten düşünüyordu.

"Kansas'taki bir çiftlikte büyüdüm. Efrem Zimbalist Jr.'ın oynadığı *The FBI* serisini seyrettiğim ilk günden beri FBI ajanı olmak istedim. O programı hatırlıyor musun? Gerçekten harikaydı. Bir kahraman olmak istiyordum; hayalim banka soyguncularını yakalamak, kaçırılmış çocukları bulmak, seri katilleri durdurmaktı. Ama Quantico, Virginia'daki akademiden mezun olduğumda, Cedar Rapids Iowa'da masa işlerini yapmak üzere atandım. On iki ay boyunca sadece hesap işleriyle uğraştım. Ardından büyük bir olay oldu. Ev sahibim öldürülmüştü. Bıçaklanmış ve mısır tarlasına gömülmüştü. Yaz sonlarıydı. Polis çağrılmış, kadının cesedini bulmaları zaman almamıştı. Cinayeti işleyenin kadının erkek arkadaşı olduğundan emindiler. Adam yakalanmış, dava başlamıştı. Bense onlara, adamın kadını sevdiğini ve canını yakacak bir şeyi asla yapamayacağını söylemeye devam ediyordum. Ama beni dinlemek istemediler. Zaten FBI ile polis arasında, eskiye dayanan bir rekabet vardı. Los Angeles'ta bu davanın üzerinde çalışırken bile LAPD sürekli bilgi saklamaya devam ediyor.

"Bu arada ben, özellikle kadının on altı yaşındaki çocuğunun peşine düştüm. Kulağa çok normalmiş gibi gelmediğini biliyorum. Üstelik kadının tek çocuğuydu. Ama oğlunu, erkek arkadaşı kadar iyi tanıyordum ve çocuk sağlam değildi. Evsiz insanların soyunduklarında kıyafetlerini alabilecek kapasitedeki bir bağımlıydı. Bir gün arabamın radyosunu çalarken yakaladım onu. Acelesi vardı. Kafası dumanlı olduğunda deli gibi olurdu ve dünya üzerindeki en iyi insanın bile gözlerini oyabilirdi. Gerçeğe ait her türlü duygusunu kaybetmişti. Annesinin cenaze töreninde *Whole Lot of Love* adlı şarkıyı söylemeye başladı. Aynı zamanda da kurnazdı. Ama acayip davranışları suçunu gizliyordu. Ve ben bunu onun yaptığını biliyordum, bunu nereden bildiğimi sorma. Annesi hakkında konuştuğumda gözlerine bir ifade yerleşiyordu; sanki evin ona kalmış olmasının ne kadar güzel bir şey olduğunu düşünüyordu.

"Sorun, suçu işlediğine dair elimde bir kanıt olmamasıydı. Onu izlemeye devam ederken, kendini ifşa etmesini ümit ediyordum. Başka bir yere taşınmadığım için endişeliydim, çalışmadığım saatler boyunca kazığın üzerinde oturduğumu biliyordum. Cesaretimin alt üst olduğunu hissediyordum.

"Ardından, Cadılar Bayramı geldi. Avluya çıktığımda büyük bir balkabağını laterna yapmak için oyuyordu. Arabama doğru yürürken bana mide bulandırıcı bir gülümseme sundu. Bu arada kurbanın erkek arkadaşının davası yarılanmıştı. Davayı kaybediyordu. Dediğim gibi kadın bıçaklanmıştı ve çocuğun elindeki bıçağa baktığımda otopsi raporunda, kurbanın tenindeki alışılmışın dışında metal diş izlerinden bahsedildiğini hatırladım. Bu bıçak tuhaftı. Keskin tarafında düzensiz aralıklar vardı.

"Bıçakla ilgili taşıdığım şüpheyi kendime sakladım ve kayıtsız bir ifadeyle baktım, ama ertesi gün arama emriyle geri geldim. Bıçağı buldum ve keskin tarafının fotoğrafını sorgu yargıcına götürdüm. Cinayet silahıyla tamamen uyuşuyordu. Özetlemek gerekirse, çocuk sonunda suçlu bulundu. Şu anda biz konuşurken o, Iowa'da müebbet hapis cezasını çekmeye devam ediyor."

"Hem de hepsi bir balkabağı sayesinde."

"Hepsi keskin bir ajan sayesinde," dedim. "Bu davadaki başarın, daha büyük ve daha iyi şeyler sağladı mı?"

"Evet. Patronum ısrarımdan dolayı memnun olmuştu ve bana iki tane faili meçhul cinayeti çözme görevini verdi, içlerinden bir tanesini çözdüm ve ardından terfi aldım. O zamandan beri Los Angeles'ta çözülmesi zor cinayetler üzerinde çalışıyorum." Başını salladı. "Gizemlerin çözüm anahtarı ısrardır."

"Ve hayal. Bana bu hikâyeyi neden anlattın?"

Omuz silkti. "Potansiyel bir şahitle normal bir konuşma sürdürmeye çalışıyorum."

"Bu doğru değil, anlattığın hikâyelere vereceğim tepkiyi görmek istedin."

Gülmek zorunda kaldı. "Bana ne yapacaksın, Alisa? Beni bir kahraman mı yapacaksın, yoksa bir rezil mi? Senin istediğin gibi yaptım ve hiç kimseye nereye gittiğimi söylemedim. Ama onları bir ara aramak zorundayım. Onlara Oregon'da hoş bir sarışınla gezdiğimi söylersem bu, sicilimde iyi durmaz."

"Hoş olduğumu mu düşünüyorsun?" diye sordum.

"İşine gelen kelimeleri seçiyorsun, değil mi?"

"Evet."

"Ben de senin hoş olduğunu düşünüyorum," diye ilave ettim.

"Teşekkür ederim. Erkek arkadaşın var mı?"

"Evet."

"O normal mi?"

Göğsümde şiddetli bir ağrı duydum. "O harikadır."

"Son iki gündür nerede olduğunu kanıtlayabilir mi?"

"Buna gerek yok. Sana stadyumun içinde olduğumu ve cinayeti gördüğümü anlattım. Eğer şahit olmak suçsa, ben de suçluyum."

"Bunu bir FBI ajanına anlatmak seni endişelendirmiyor mu?"

"Endişeli görünüyor muyum?"

"Hayır. Beni endişelendiren de bu." Sesi ciddileşti. "Şu anormal kişi, adamın boynunu nasıl kırdı?"

"Çıplak elleriyle."

"Ama bu imkânsız."

"Sana bu soruları sormaman gerektiğini söyledim. Mayfair'e gidinceye kadar bekleyelim ve polisten ne elde edebileceğimize bir bakalım. Ardından sana daha fazlasını anlatırım."

"FBI ofisini arayarak geldiğimi bildirmek zorundayım. Sadece kapıdan girdim diye bana dosyaları açmayacaklardır."

Cep telefonumu uzattım. "Kime haber vermek istiyorsan ara, Joel."

Mayfair polisi bize çok fazla bilgi vermedi; durum şimdilik kritikti. Arabanın içinde oturmuş merkezin içindeki konuşmayı dinlerken, Joel patlamadan sonra alınmış bir bedenden haberdar oluyordu, ama beden, tahmin ettiğim gibi parçalanmamıştı. Şaşırdım... Yakşa patlamadan kurtulmayı nasıl başarmıştı? O, dünya üzerindeki bütün yaratıklardan daha güçlüydü ama öyle olsa bile, bu kadar dinamitin onu havaya uçurması gerekiyordu. Polis merkezi Joel'a, Yakşa'nın bedeninin Mayfair'in yedi kilometre ilerisindeki sahil yolu üzerindeki morga götürüldüğünü söyledi. Orası Yakşa'nın peşimden gönderdiği Slim ve adamlarını hakladığım yerdi.

"Lütfen, ölmek istemiyorum."

"O halde hiç doğmamalıydın."

Slim'in kanı da, sonu kadar acıydı. Öyle olmalıydı. Joel arabaya geri döndüğünde ona polis merkezindeki polislerin söyledikleri hakkında yalan söylemesi için bir fırsat verdim. Ama bana doğruyu söyledi.

"Sahil kenarına gidiyoruz," dedim cep telefonunu ona uzatırken. "Onlara yolda olduğumuzu bildir."

"Ölen arkadaşının adı neydi?"

"Yakşa."

"Bu isim çok garip."

"Sanskritçe," derken gözlerinin içine baktım. "Şeytani bir varlığın ismidir."

Sahildeki morgu arayıp konuşması bittiğinde, "İşte iş budur," dedi.

Karşı çıkmadım, göz kırptım. "Her geçen saniye daha çok ilerliyoruz."

Joel büyük bir FBI ajanıydı ve morgun kapısından girer girmez, buzun içinde sakladıkları cesetleri göstermekten memnun oldular. Ama problem aradığımız cesedin kayıp olmasıydı. Şimdi Mayfair polisinin saklamış olduğu şeyi anlayabiliyordum.

Joel'un sinirleri bozulmuştu. Benimse başım dönüyordu. Yakşa hâlâ yaşıyor muydu? Bana saldıran vampiri, o mu yaratmıştı? Eğer durum buysa, hepimizin kaderi yazılmıştı. Seymour bana son damlasına kadar güvenebilirdi, ama ben kendini yaymayı hedefleyen yaratıcımı durduramazdım. Yine de bütün bunlar mantıklı değildi. Yakşa ölmek için can atıyordu ve ölürken de Efendi'ye vermiş olduğu söze sıkı sıkıya bağlı kalmak istiyordu.

"Kayıp derken ne demek istiyorsunuz?"

Şüpheli ölümleri araştıran görevli, Joel'un sorusu karşısında sarsılmıştı. Parmağını reçel kavanozunun içine daldırmış bir çocuk gibiydi. Bu adamın parmaklarıysa son yirmi yılının her gününü formolun içine sokmuştu. Kocaman kulaklarından sarılık virüsü her an sızabilirdi. Bir vampir olarak bile, bir insanın şüpheli ölümleri araştıran bir mesleği seçip gün boyunca nefis kanlarla dolu, taze cesetleri incelemesine bir anlam veremiyordum. Morg görevlileri her zaman garip olmuştur. Bir zamanlar Fransa'da, İkinci Dünya Savaşı bittiğinde bir morg görevlisini pahalı bir tabutun içinde canlı canlı gömmüştüm. Bana bütün Amerikalıların domuz olduğunu söyleme gafletinde bulundu, ki bu beni kızdırdı. Üzerini toprakla örterken, hâlâ domuz gibi tekmeliyordu. Yaptığım bu yaramazlık beni eğlendirmişti.

"Emin değiliz," dedi morg görevlisi. "Ama çalındığına inanıyoruz."

"Bu gerçekten harika," diye hırıldadı Joel. "Ceset kaybolmadan önce burada ne kadar kalmıştı?"

"Bir hafta."

"Özür dilerim," diyerek söze girdim. "Ben Özel Ajan Perne, adli tıp kanıtlarında uzmanım. Hakkında konuştuğumuz cesedin bozulmamış bir vücut olduğundan emin misiniz? Yani ölmüş müydü?"

Morg görevlisi doku parçacıkları gözüne kaçmışçasına göz kırptı. "Ne öneriyorsunuz?"

"Yani kalkıp gitmiş olabilir mi?" diye sordum.

"Bu kesinlikle mümkün olamaz."

"Neden?" diye sordum.

"Her iki bacağı da kopmuştu," dedi morg görevlisi. "Ölmüştü. Burada bulunduğu süre boyunca da buzlukta tutuldu."

"Cesedi kimin çalmış olduğuna dair şüphelendiğiniz biri var mı?" diye sordu Joel.

Morg görevlisi doğruldu. "Evet. Burada bir çalışanımız vardı, Eddie Fender, kendisi cesedin kaybolduğu gece ortalıktan kayboldu. Giderken son maaşını bile almamış. Gece vardiyasında çalışıyordu ve çoğu zaman kontrol edilmiyordu."

"Görevi neydi?"

"Hademeydi, şu bildiklerinizden."

Burnumdan soludum. "Cesetleri kesilmeden önce hazırlamaya yardım ediyordu."

Morg görevlisi kendini hakarete uğramış gibi hissetti. "Biz insanları kesmeyiz, Ajan Perne."

Joel etrafı sakinleştirmek istercesine elini kaldırdı. "Bu adamın bir kaydı var mı? İş başvurusu?"

Morg görevlisi başını salladı. "Sahil yolundaki polis merkezine kopyalarını teslim ettik. Ama siz orijinalleri görebilirsiniz. Benimle ofise kadar gelirseniz, dosyanın içinden çıkarıp verebilirim."

"Sen git," dedim Joel'a. "Ben biraz etrafa göz gezdireceğim."

Gözlerini kocaman açtı. "Ölüleri rahatsız etme."

Arka taraftaki morgu kontrol ettim. Hassas koku alma kabiliyetim beni kısa zamanda Yakşa'nın tutulduğu yere götürdü. Zehrin kokusu, ölmüş bile olsa buzun içine işlemişti. Ama bu koku, altı hafta ya da beş bin yıl öncesinden hatırladığım kokuya kesinlikle benzemiyordu. Soğuk bölmenin içindeki kokuda bir gariplik vardı. Bir şey kanını kirletmişti. Eğer Yakşa öldüyse, bu dünyayı Krişna'yı düşünerek terk etmemişti. Kaygılarım daha da arttı.

Joel morg görevlisinin yanındayken morgun içinde ilerlemeye devam edip manikür yapan bir sekreterin bacaklarını masasının üzerine uzatmış oturduğu bir ofis buldum. İşini çok fazla ciddiye almayan bu kadını sevmiştim; içeri girdiğimde dahi doğrulma zahmetine katlanmadı. Tabii bu arada ben de buluğ çağındaki bir kız gibi görünüyordum. Kadınsa otuzlu yaşlardaydı, her türlü bilgi için başvurulabilecek bir ansiklopedi, iki litrelik bir diyet kola şişesi ve ekranında *geçici arıza* işareti yanıp sönen bir bilgisayarın bulunduğu masanın arkasında oturuyordu. Dudaklarını kırmızıya boyamış, saçları antik zamanlardan kalmış bir peruk gibi dimdik duruyordu. Yirmi kilo fazlası vardı, arkadaş canlısıymış gibi görünüyordu, ama biraz pasaklıydı.

"Vay canına," dedi kadın beni gördüğünde. "Ne kadar hoşsun! Bu korkunç yerde ne arıyorsun?"

Gülümsedim. "Özel Ajan Joel Drake'le beraber geldim. Adım, Alisa Perne. Bir cinayeti araştırıyoruz."

O an doğruldu. "FBI'dan mısınız? Bir amigo kız gibi duruyorsunuz."

Oturdum. "Teşekkür ederim. Siz de yönetici sekreteri gibi duruyorsunuz."

Bir dal sigara çıkarttı ve elini salladı. "Evet, bu doğru. Ve burası da yönetici ofisi. Sizin için ne yapabilirim?"

"Eddie Fender'i tanıyor musunuz?"

"Şu ceset çalan herifi mi?"

"Onu çaldı mı?"

Sigarasını yaktı. "Kesinlikle. O cesede âşık olmuştu." Kıkırdadı. "Ceset benim ona bugüne kadar yapamadığımı yaptı."

"Eddie'yle özel olarak mı görüşüyordunuz?"

Öne doğru eğildi ve sigaranın dumanını üfledi. "Onunla yatıp yatmadığımı mı soruyorsun? Dinle kardeş, fikrimi sormak istersen, bu işi Eddie Fender'le yapmaktansa beynimi uçurmayı tercih ederim."

Başımı salladım. "Adınız ne?"

"Sally Dietrich. Alman değilim, sadece Alman ismi taşıyorum. Eddie cinayet davasının sanığı mı?"

"Biz sadece davayı ilgilendiren kanıtları topluyoruz. Bana bu konu hakkında anlatacağınız bir şey varsa, sizi memnuniyetle dinlerim."

Sally fısıldadı. "Size bu herif hakkında öyle bilgiler verebilirim ki, arkanıza bakmadan kaçarsınız. Dinleyin, bir dakikanız var mı? Anlatacağım çok şey var."

Bacak bacak üstüne attım. "Yeteri kadar zamanım var. Bana bildiğin her şeyi anlat."

"Üç ay önceydi. Burada röntgen filmleri eksik olan eski dosyaların incelenmesine yardım eden geçici bir sekreterimiz vardı. Cesetlerin ve gazetelerin anlattığı şeylere inanma. Adli tıbbın bulduğu hiçbir kanıt mahkemede gösterilmemelidir. Biz otopsi raporlarını sürekli karıştırıyoruz. Burada birkaç gün boyunca kalmış bir herif vardı ve ölüm belgesinde, ölüm sebebinin tüp gebelik olduğu yazıyordu. Bu arada geçici sekreterin adı, Heather Longston'dı ve biraz yavaş olsa da, bir elmalı turta kadar güzeldi. Eddie ona kur yaptı ve onunla çıkması için teklifte bulundu; kız da onu uyarmama fırsat bile kalmadan Eddie'nin teklifini kabul etti. Onunla konuştuğumda da kendini adama kaptırmış gibi görünüyordu. Bu, ne kadar aptal olduğunun en güzel örneğidir. Bir herif giydiği elbiseye iltifatta bulunmuş, onu akşam yemeğine davet etmiş ve o da ona bağlanmıştı. Heather, kendini telefonla satışı yapılan her şeyi almak zorundaymış gibi hisseden kızlardandı. Bir kez evini ziyaret etmiş ve yeraltında su ve petrol aramak için kullanılan şu çatal şeklindeki çubuklardan iki tane almış olduğunu görmüştüm.

"Böylece Eddie ve Heather buluştular. Onu önce Mc Donalds'a akşam yemeği için götürmüş. Bana Eddie'nin üç tane hamburger aldığını söyledi. İçecek yok, kızarmış patates yok, başka hiçbir şey yokmuş. Hamburgerleriyse sade yemiş; sadece etini. Ardından da yürüyüşe çıkmışlar. Onu nereye götürdüğünü tahmin edin?"

"Mezarlığa," dedim.

"Tam üstüne bastınız. Hamburgerleri mideye indirdikten sonra elinden tutmuş ve mezar taşlarının bulunduğu yere doğru gitmişler. Heather, mezarların bulunduğu yere vardıklarında başının döndüğünü söylemiş. Eddie'yse kıza, bir mezarın üzerinde yatıp sevişmek istediğini söylemiş. Heather'a bundan inanamayacağı kadar zevk alacağını belirtmiş. O da inanmış. Çürüyen bir cesedin bir buçuk metre üzerinde sevişmişler. Heather onun fena öpüşmediğini söylemişti. Mezarın üzerindeki çiçeklerden birkaç tanesini kopartmış ve ona hediye etmiş. Bu hareketin onu duygulandırdığına bahse girerim." Sally başını salladı. "İki kaçığın bir araya gelmesi ne kadar da sevimli, değil mi?"

"İki ucubenin beraber olması kadar sevimli," dedim.

"Ne demek istediğini biliyorum. Bu arada, en hastalıklı bölüm şimdi geliyor. Eddie onu birlikte film seyretmeleri için dairesine götürmüş. Çekmeceden ne çıkarttığını tahmin edin?"

"Porno filmleri?"

Sally öne doğru eğildi. Kocaman göğüsleri geçen haftadan kalma işinin üzerine değerken masanın üzerinde bulunan kola şişesini devirdi. "Hard porno. Bu nedir biliyor musunuz?"

"Evet. İnsanların, özellikle kadınların öldürüldüğü porno filmleri."

"Hastalıklı Eddie'nin, bu tür filmlerden serisi vardı. Heather'a bunlardan, Disney'in en son filmleri olmadığını fark etmesine kadar, üç dört tanesini izletmişti. Bunların kısa filmler olduğunu anladım. Ardından Heather ayağa kalkmış ve gitmek istemiş. Ama problem, Eddie'nin onu bırakmak istememesiymiş."

"Ona zarar vermek için tehdit etmiş mi?"

Sally, saçını arkaya attı. "Bundan emin değilim. Ama öyle olduğunu düşünmüyorum. Heather'ı yatak odasındaki dolabın içine bağlamış ve üzerinde Eddie'nin liseden kalma ceketinden başka bir şey olmaksızın, bütün gece boyunca çubuklu buzlu şekerlerden emmesi için onu zorlamış. Evine gidip gargara yaptığında, yarım litreye yakın anestezi ilacı içmiş gibi hissettiğini söylemişti."

"Ama ona herhangi bir şekilde zarar vermemiş."

"El bileklerinin incinmesinin dışında bir sorunu yoktu. Ona olup biteni polise anlatmasını söyledim, ama bunu yapmak istemedi. Onunla tekrar çıkmak istiyordu! Eddie'ye gittim ve ona bir daha Heather'la buluşursa polise gideceğimi ve onlara şu evinde istiflediği hard pornolardan bahsedeceğimi söyledim. Bu filmlerin yasadışı olduğunu biliyorsunuzdur. Tabii ki biliyorsunuz! FBI'da çalışıyorsunuz. Sizin gibi genç biriyle otururken bir an için bunu unutmuşum. Bu arada Eddie geri adım attı, çünkü işini kaybetmek istemiyordu. Size anlattığım gibi, bu herif cesetler üzerinde çalışmak için doğmuştu. Onların Barbie bebekleri olduğunu düşünüyordu."

"Çalınan cesedi sevdiğini söylemiştiniz."

"Onunla her zaman oynuyordu."

"Onunla nasıl oynuyordu?"

"Bilmiyorum. Ceset her zaman dışarıdaydı."

"Onunla oynamamasını söyleyen olmadı mı?"

Sally kıkırdadı. "Hayır! Cesetler asla şikâyet etmez."

Duyduklarımı anlayabilmek için bir an için sustum. Yakşa'nın kalıntılarıyla oynamak, onun kanıyla oynamak anlamına geliyordu. Ölmüş bir vampirin kanı canlı bir vampir yaratabilir miydi? Bilmiyordum.

"Heather'ı bir daha rahatsız etti mi?" diye sordum.

"Hayır."

"Onu tehdit etmenden ötürü senden intikam aldı mı?"

Sally tereddüt etti; doğal neşesi duraksadı. "Bundan emin değilim. Doğduğundan beri yanımda olan yaşlı bir kedim vardı, Sibyl. Ona bağlıydım. Eddie'yle konuşmamızdan iki gün sonra, onu arka bahçemde ölü buldum."

"Nasıl ölmüş?"

"Bilmiyorum. Üzerinde hiçbir iz yoktu. Kedimi otopsisi yapılsın diye buraya getirmedim." Sally ürperdi. "Buradan bıktım. Anlıyor musunuz?"

"Anladım. Kediniz için üzüldüm. Şu Eddie'nin parlayan yeşil gözleri, zayıf elleri ve sivilceli bir yüzü mü vardı?"

Sally başını salladı. "Bu o. Birini mi öldürdü?"

Ayağa kalktım. Adamımı bulmuş olmak beni rahatlatmadı. O, korktuğumdan da kötüydü.

"Evet," dedim. "Şu anda kendi hard pornosunu çeviriyor."

BEŞİNCİ BÖLÜM

Slim ve silahlı adamlarının benim için geldikleri Water Cove Rıhtımı'nda otururken, etrafta bizden başka kimse yoktu. Dışarısı piknik yapılamayacak kadar soğuktu, ama bizim üstümüz kalındı. Balık ve patates kızartması yedik, kuşlara yem attık. Güneş durgun suya yansırken, yüzümüze vuran soğuk hava, tuz kokusu yüklüydü. Siyah kalın güneş gözlükleri takmıştım, kafamda bir şapka vardı. Kırmızı ve siyah şapkaları severim.

Bu güzel rıhtımı gördüğüm ilk gün, çoktan vampir olmuştum. Bu yüzden bir ölümlünün bu güzel suları nasıl algıladığını bilemiyorum. Bulanık suyun içindeki yosunları, balıkları ve midyeleri görebiliyordum. Benim için okyanus, gözle görülen hayat ve yiyeceklerle dolu kocaman bir akvaryumdu. Çok fazla susadığım zamanlarda balıkların, hatta köpek balıklarının bile kanını içmiştim. Bir zamanlar on yedinci yüzyılda, şimdi Büyük Okyanus diye adlandırılan kıyılarda büyük beyaz bir balinayı öldürmüştüm, ama kanı için değil. O şey bacağımı ısırmayı denemişti.

Yakşa'nın bacaksız halini düşünmeye çalıştım.

Ve kendime imkânsız olan soruyu sordum.

Hâlâ hayatta olabilir miydi?

Joel elinde morg görevlisinden aldığı ve içinde Eddie Fender'e ait ayrıntılı bilgilerin yer aldığı kâğıtları tutuyordu. Onu kâğıtlardan bir anlam çıkarmaya çalışma işinden birkaç dakika içinde kurtaracaktım. Ama önce, konuşmasını engellemek için onunla konuşmak istiyordum. Doğruyu söylemek gerekirse, onu öldürmek istemiyordum. İyi bir adam olduğunu görebiliyordum. Onun için insanlığa yardım etmek, insanlık tarafından alkışlanmaktan daha önemliydi. Ağzını sıkı tutmasını sağlamak için ona düşman ve kendim hakkında daha fazla bilgi vermeliydim. Ama o zaman, onu öldürmek için daha fazla sebebim olacaktı. Bu bir paradokstu. Zaten hayat her zaman böyle değil miydi? Tanrı böyle yaratmıştı.

Ona, hiçbir ölümlüye söylememem gereken şeyleri söyleyecektim. Çünkü yaralıydım, kendi ölümüme yakın olduğumu hissediyordum. Bu his bana pervasız davranma hakkını veriyordu.

"Buraya sık sık gelir misin?" diye sordu Joel, Mayfair'den yirmi kilometre ötedeki Water Cove Rıhtımı'nı işaret ederken. "Yoksa Seaside'a mı gidersin?"

"Hayır." Güçsüzlüğüm beni ikinci bir gölge gibi sarmıştı. Yakında kan içmezsem, hem de çok yakında, bu gece Los Angeles'a dönecek durumda olamayacaktım. "Neden soruyorsun?"

"Altı hafta önce evinin ne şekilde patlamış olduğunu düşünüyordum. Garip bir tesadüf eseri, evin havaya uçtuğunda, bir grup katil Seaside'daymış. Hafızam beni yanıltmıyorsa katillerin buraya gelmesi, evinin havaya uçmasından bir gün önceymiş."

"Gerçekten iyi bir hafızan var."

Ona daha ayrıntılı bilgi vermemi bekledi ama vermedim. "Sen ve arkadaşının, işlenen cinayetlerle bir ilgisi var mı?" diye sordu.

Güneş gözlüklerimin siyah camları ardından ona doğru baktım. "Neden sordun?"

"Benzin istasyonunda öldürülenlerden biri kadınmış. Morgdaki memurun anlattığına göre kafası insanüstü bir varlık tarafından ezilmiş. Bunları yapanın insan değil, bir canavar olduğunu söyledi." Duraksadı. "Bu öldürüş tarzı Los Angeles'taki cinayetleri anımsatıyor," diye ilave etti.

Kuşlardan birine kızarmış patateslerimden sundum. Onları kovalamadığım sürece hayvanlar beni severdi. "Benim bir canavar olduğumu düşünüyorsun, öyle değil mi Joel?"

"Sorularıma sorularla karşılık verirsen devam edemeyiz," dedi.

"Bir cevap, bir sonraki soruyu beraberinde getirir." Omuz silktim. "Seninle hayat hikâyemi paylaşmak istemiyorum."

"O gece Seaside'da insanlar öldüğünde, burada mıydın?"

Duraksadım. "Evet."

Nefesini tuttu. "O kadını arkadaşın mı öldürdü?"

Elime bulaşan isi, eteğime sürerek temizlemeye çalıştım. "Hayır. O kadını beni öldürmesi için arkadaşım göndermişti."

"Nasıl bir arkadaş bu?"

"Sebepleri vardı."

Joel içini çekti. "Seninle hiçbir yere gelmiyorum. Anlatmaya çalıştığın ama ağzından çıkartamadığın şey neyse, artık onu anlat."

"Adamımız Eddie Fender."

"Bunu biliyor olamazsın."

"Biliyorum ve gerçek bu. Ve diğer şeyler... senden hoşlandım ve canını yakmak istemiyorum. Eddie'yi bana bırakmak zorundasın."

Homurdandı. "Teşekkür ederim, Alisa, ama kendime dikkat edebilirim."

Koluna dokundum ve siyah gözlük camlarının ardından gözlerinin içine baktım.

"Nasıl bir tehlikeyle karşı karşıya olduğunu tahmin bile edemezsin. Beni anlamıyorsun." Elimi ceketinin kolundan aşağı doğru kaydırdım. Çok fazla çaba sarf etmeme gerek kalmadan, bakışım onu güçsüzleştirdi. Onu öldürmek yerine öpmeyi düşündüm. Ama ardından sevdiğim Ray geldi aklıma. Yakın zamanda kalkmış olacaktı; güneş ufka varmak üzereydi. Portakal renkli ışınlar yüzüne vurduğunda karşımda oturan Joel'u, beş bin yıl önce şeytanların hüküm sürdüğü mahkeme salonundaki tutuklu sanıklara benzetiyordum. Bana öylesine yakın oturuyordu ki, onu dünyama almak istiyordum ama bunun, onun kendi dünyasını mahvetmeden mümkün olamayacağını da biliyordum. Ray'in dünyasını mahvetmiştim. Joel'u korkutmak zorundaydım. Ve bu seferki korku, esaslı olacaktı. "Kadını öldüren bendim."

Sinirli bir şekilde gülümsedi. "Bundan kesinlikle eminim. Nasıl yaptın? Çıplak ellerinle mi?"

Elini tuttum. "Evet."

"O zaman çok güçlü olmalısın?"

"Evet."

"Alisa."

"Sita. Adım, Sita."

"O zaman neden Alisa adını kullanıyorsun?"

Omuzlarımı silktim. "Bir isim işte. Sadece değer verdiğim insanlar bana Sita diye seslenir."

"Benim sana nasıl seslenmemi istersin?"

Hüzünlü bir şekilde gülümsedim. "Bir katile nasıl seslenmek istersen, öyle."

Elini elimin üzerinden çekerek birkaç dakika boyunca okyanusa baktı. "Bazen seninle konuştuğumda, kendimi doğaüstü bir varlıkla konuşuyormuş gibi hissediyorum. Öylesine mükemmel duruyorsun ki. Gerçek olamayacak kadar mükemmel demek istiyorum."

"Teşekkür ederim."

"Kadını öldürdüm derken ciddi değildin, değil mi?"

Sesimi duygulardan arındırdım. "Fryer and Tads'in köşesinde oldu. Kadın, kadınlar tuvaletinde yerde bulundu. Beyninin yarısı yerlere saçılmıştı. Dediğin gibi, kafasının ön tarafı ezilmişti çünkü kafasını arkadan tutmuş ve duvara çarpmıştım." Kolamdan bir yudum aldım. "Morgdaki memur sana bu bilgileri vermedi mi?"

Joel'un şaşırmış yüz ifadesinden, morgdaki memurun ona tam olarak bu bilgileri vermiş olduğunu anladım. Bana bakmaktan kendini alamıyordu. Onun için gözlerim okyanuslar kadar büyük, derinliğiyse cehennem kuyusu kadar karanlıktı. Okyanusun dibinde erimiş kayalar vardı. Gözlerimin derinliğinde sönmeyen bir ateş hissettiğine inanıyordum. Titremeye başladı; nedenini anladım.

"Bu gerçek mi?" diye fısıldadı.

"Evet. Ben normal değilim." Ayakta durup o daha ne olup bittiğini anlamadan elindeki kâğıtları aldım. Gözlerim gözlerini oyuyordu. "Evine git, Joel. Evin her neresiyse. Beni takip etmeye çalışma. Bunu yaparsan anlarım ve o zaman senin peşinden gelmek zorunda kalırım. Bu katille karşılaşmak istemeyeceğin gibi, benimle karşılaşmayı da istemezsin. O, hem benim gibi hem de değil. İkimiz de zalimiz, ama onun zalimliğinin bir sebebi yok ve kesinlikle acımasız. Evet, o kadını ben öldürdüm ama bunu kadına karşı duyduğum garezden dolayı yapmadım. İnan bana, istediğim zaman nazik de olabilirim. Ama kendimi kafese kapatılmış hissedersem, Eddie'den daha tehlikeli olurum. İşte bu nedenle, ona özel bir yerde, özel şartlar altında bir tuzak hazırlamak zorundayım. Onu durdurmanın tek yolu bu. Ve bunları yaparken, sen yanımda olmayacaksın. Eğer benimle kalmaya ısrar edersen, ölürsün. Anladın mı?"

Bana, daha önce görmediği ve çözmeye çalıştığı bir varlıkmışım gibi bakarken "Hayır," diye mırıldandı.

Bir adım geri gittim. "Beni tutuklamaya çalış," diye bağırdım.

"Vay canına?"

"Tutukla beni. Kadını çıplak ellerimle öldürdüğümü biliyorsun. Cinayetle ilgili bütün detayları biliyorum, ki bu bile başlı başına tutuklama sebebidir. FBI ajanı olarak vazifen beni hapse atmak değil mi? Silahını çek ve bana haklarımı oku. Derhal!"

Tepkim onu yüreğinden vurmuştu; beyninin bu durumu algılaması çok çabuk olmadı. Ama sonunda söylediğimi yaparak silahını çekti ve bana doğrultup, "Tutuklusun," dedi.

Elindeki silaha bir tekme attım. Suyun yüzlerce metre ilerisine fırladı. Şaşkın ifadeli yüzü, yakut rengindeki ışıkta bile solmuş görünüyordu.

"Görüyorsun ya işte," dedim yumuşak bir ses tonuyla. "Bu oyunu benimle oynayamazsın. Bunun için gereken donanıma sahip değilsin. Silahın okyanusun dibini boyladı. İnan bana Joel, güven bana... yoksa sen de mezarın dibini boylarsın." Yanından geçerken hafifçe omzuna vurdum. "Az sonra bir otobüs gelecek. Rıhtımın girişinde bir durak var. Elveda."

ALTINCI BÖLÜM

Ray, Los Angeles'a gelmemeliydi. Bunu kalbimin derinliklerinde hissediyordum. Güneş batıp uyandığında, ona Los Angeles'ta olup biten her şeyi anlattım ve o da gelmek için ısrar etti. Daha çok vampir olduğu düşüncesi onu nasıl da ürpertmişti! Korkusu kalbimi parçalamış olsa da, zihnimde onun düşüncelerini paylaşıyordum. Bizi gerçekten de kötü varlıklar olarak görüyordu. Yine de, *İki vampir bir vampirden daha güçlüdür,* diyordu, ki bu hesaplama bana da mantıklı gelmişti. Kritik bir durumda ona ihtiyaç duyabilirdim. Aynı zamanda, onu yanıma almasaydım, bir gece daha beslenmeden duracağını biliyordum. Buna daha kaç gece dayanabilirdi bilmiyordum. Başka vampirler beni bıçaklamadığı sürece, ben kan içmeden altı ay boyunca dayanabilirim.

Los Angeles'a endişeli bir halde özel jetimle uçarken, henüz beslenmemiştik. Ama yere indiğimizde, Ray'e herhangi bir şey yapmadan önce ava çıkacağımızı söyledim. İsteksiz bir şekilde kabul etti ama kimsenin canını yakmayacağımıza dair söz vermemi istedi. Bu isteyerek vermiş olduğum bir söz değildi. Damarlar açılmışken ortaya çıkabilecek komplikasyonları asla bilemezsin.

Malibu'nun kuzeyinde bulunan Zuma kumsalına gittik. Bu sahil, kurbanların çokluğundan dolayı, her zaman için benim en sevdiğim yer olmuştur. Sahildekiler birkaç yabancı turist, evsiz ve sarhoşlardan, yani kayboldukları hemen anlaşılmayan insanlardan oluşuyordu. Mucizelere inanmaya başladığımdan ya da gönülsüz Kont Drakula'ma âşık olduğumdan, son zamanlarda yemeğimi nadiren öldürüyordum.

Bir zamanlar Kont Drakula'nın esinlendiği gerçek Kazıklı Voyvoda'yla, on beşinci yüzyılda Transilvanya'da Osmanlı Türkleri ile yaptığı savaş sırasında tanışmıştım. Onun köpek görünümüyle ilgili anlatılan tüm hikâyeleri unutabilirsiniz. Karşımda duran adam, modern dişçiliğin elinden geçmek zorundaydı. Ağzındaki dişler çürümüştü; nefesi iğrenç kokuyordu. Vampir değil, kafa kesmeye ilgi duyan bağnaz bir Katolik'ti. Gerçi bana at arabasında gezinmek için teklifte bulunmuştu. Alışılmışın dışındaki adamları etkilerdim. Uygun sözcükleri seçerek onu reddettim.

Arabamla kuzeye doğru giderken, uyku tulumlarını açmak üzere olan genç bir çift gözüme çarptı. Sahilin neredeyse bir kilometrelik şeridinde başka kimse yoktu. Bana bir yemek gibi görünseler de, Ray'in bu konuda şüpheleri vardı. Her zaman şüpheleri vardı. Ray'le ben normal bir çift olsaydık ve lokantaya yemeğe gitseydik, Ray ona sunulan menüyle asla memnun olmazdı. Eğer bir vampirsen düşündüğün değil, bulduğun kanı emmek zorundasın, yoksa açlıktan ölürsün. Peki ya doğuştan kan hastalıkları? Ya da AIDS? Bunların hiçbiri sorun değildir. Kanımız her türlü hastalığa karşı koyacak kadar güçlüdür. Ve dişlerimizden vücudumuza kadar inen ne varsa, karşı korumayı sağlar.

Bu çift sağlıklı görünüyordu ve genç insanların kanını tercih ettiğimden, bu beni mutlu etmişti. Kanlarını içtiğim kurbanlarımın *yaşam heyecanlarına* karşı duyarlı olduğum doğrudur. Bir keresinde tanınmış bir rap şarkıcısının kanını içmiş ve ertesi gün boyunca baş ağrısı çekmiştim.

"Bunların nesi var?" diye sordum Ray'e, genç çiftten yüz metre ileride arabayı park ederken. Çift arkamızda kaldığından, onlara ulaşmak zor değildi. Dalgalar büyük, akıntı hızlıydı. Okyanusun dalgaları tüm gücüyle kayalara çarpıyordu.

"Neredeyse benim yaşımdalar," dedi.

"Evet? Seksen yaşında olmalarını mı tercih ederdin?"

"Beni anlamıyorsun."

"Seni anlıyorum. Bu genç çift, arkanda bıraktığın hayatını hatırlatıyor. Ama kana ihtiyacın var. Artık bunları sana açıklamam gerekmemeli. Dün gece iki kez ciddi şekilde yaralanmış olmama rağmen, eve geldiğimde seni kendi kanımla beslemek zorunda kaldım."

"Beni beslemeni istemedim."

Ellerimi indirdim. "Evet, ama ölmeni seyredemezdim. Ray, lütfen! Haydi, yapacağımız şeyi çabuk yapalım."

"Onlara nasıl yaklaşacağız?"

"Yakınlaşma yok. Yanlarına gidecek, üzerlerine çullanacak ve kanlarını emmeye başlayacağız."

Ray kolumu tuttu. "Hayır. Korkup polise gidebilirler."

"Polisin, yirmili yaşlardaki gençlerin histerik hikâyelerini dinlemekten daha önemli işleri var."

Ray gerçekten de çok dikbaşlıydı. "Onları yakalayıp hipnotize etmem sadece birkaç saniye sürecek. Acı çekmeyecekler."

Arabadan indikten sonra kaşlarımı çatarak, "Benim acı çekmem daha çok hoşuna giderdi herhâlde?" diye sordum.

Ray isteksiz bir şekilde arabadan inerken, "Hayır, Sita! Sadece her şeyin çok çabuk olup bitmesini istiyorum," dedi.

Yanına gidip elini tuttum. Genç bir çift, masum bir gezinti için dışarıya çıkmıştı. Ama benim ruhsal durumum bozuktu. "Benim acı çekmem daha çok hoşuna giderdi," diye tekrar ettim. Sarışın çift birbirleriyle o kadar meşguldü ki, onlara yaklaştığımızın farkına varmadılar. Ray'e bir memnuniyet bakışı attım. Her ikisini de hipnotize etmeyi umuyordum. Ray omuz silkti. Ona kalsa kanlarını içmeden önce anesteziyle bayıltmayı tercih ederdi. Artık sabrım son sınırına ulaşmıştı. Kızla çocuğun bulunduğu yere doğru uzun adımlarla yürüdüm ve üzerlerindeki uyku tulumlarını çektim. Uyku tulumu tam bir buçuk metre uzağa düştü. Bana, onları ısıracakmışım gibi bakıyorlardı.

"Soyulmak üzeresiniz," dedim. "Biraz tuhaf bir soygun olduğunu biliyorum, ama canınızı yakmadan, paranızı çalmadan, bize inanılmaz bir hizmet sunacaksınız. Hareketsiz kalıp direnmeyin de, her şey on dakikanın içinde olup bitsin."

Sakin durmuyorlardı ama bu önemli değildi. Kızı kaptığım gibi Ray'e verdim, genç adam bana kaldı. Ellerini arkadan sıkı sıkı tutuyor olmama rağmen, ağzı açıktı, buna rağmen bağırabilecek olmasından endişe duymadım. Dalgaların çıkarttığı seslerden dolayı onları birilerin duyması imkânsızdı. Birileri onların sesini duysa da sorun yaratmazdı. Los Angeles'ta yer yerinden oynasa, insanlar bunu bir Ahenkli Yakınsama olarak algılayabilirdi. Zuma Sahili'ndeki ufacık bir çığlık kimseyi endişelendirmezdi. Ama yine de kurbanımın ağzını, boştaki elimle kapattım. "Sessizlik içinde beslenmeyi tercih ederim," derken kızla boğuşan Ray'e bir bakış attım ve hiç sebep yokken, "Süreci uzatarak olayları çıkmaza sokuyorsun," diye bağırdım.

"Bazı şeyleri kendi yöntemimle yapıyorum," dedi.

"Hmmm," diyerek homurdandım. Gözlerimi kapatıp başparmağımın tırnağını kullanarak damarını açtım, ağzımı yaklaştırıp akan kanı içime sert bir şekilde çektim. Ağzımın içini dolduran kanı, dondurmanın üzerine dökülen çikolata sosuna benzetiyordum. Kollarımın arasındaki genç adam kendini bana teslim etti ve bu duygudan zevk almaya başladı. Bu şekilde besleniyor olmak, kurbanımın binlerce hassas noktasına dokunuyormuşçasına haz almasını sağlarken, benim için kurbanımım kanı, içime akan yüzlerce ırmak anlamına geliyordu. Tabii istersem kurbanımın kanını emerken çok korkutucu da olabilirdim. Örneğin Slim'le işim bittiğinde, cehennemin en karanlık yüzünü gördüğünden eminim.

Kanını emdiğim kurbanlarımın vampir olması imkânsızdır. Bunun için özel bir kan değişimi, yani benim kanımın onunkiyle karışması gerekirdi. İşte bu sebepten, Eddie'nin bu değişimi gerçekleştirebilmek için iğnelerin yardımına başvurup vurmadığını merak ediyordum.

İşim bitip, içime çektiğim kanın ferahlığını yaşadığımdan, dört kişi olmamız gerekirken üç kişi kalmış olduğumuzu hemen fark edemedim. Ray'in kurbanı elinden kaçmıştı ve inanılmaz bir hızla tepeden aşağı binaların bulunduğu alana, sahil karayoluna doğru koşuyordu.

"Kahretsin, Ray!" diye bağırdım.

Omuzlarını silkti. "Elimi ısırdı."

"Git getir onu! Yok, ben getirim." Ona kendinden geçmiş olan çocuğu uzattım.

Ray ona sunduğum kurbanı isteksiz bir şekilde kabul ederken, "Gücü azalıyor," dedi.

"Kendi gücün hakkında endişe etsen bence daha iyi olacak," diye bağırdım, kızın arkasından koşarken. Kızın benden yüzlerce metre uzakta olmasına rağmen çığlık atmaya başlamamış olması bir mucizeydi. Herhâlde geçirdiği şokun etkisinden henüz kurtulamamıştı. Çevre yoluna çıkmaya üç metre kala, onu kolundan yakaladığım gibi kendime doğru çektim. Tahminimden daha kuvvetle direnmeye devam ederken, kazığın göğsüme saplandığı yere bir yumruk indirdi. Bu yumruğun canımı acıtmasına şaşırmıştım. Ama tutuşum gevşemedi. "Bu yumruk canımı acıttı, kardeşim," diye bağırdım, o korku içinde gözlerimin içine bakarken.

Sağ elimle kollarını arkadan birleştirirken, sol elimle de ağzını kapattım. Başparmağımın tırnağıyla damarını genişçe açıp her zamankinden daha büyük bir açlıkla kanını emmeye başladım. Kan hayattır ve hiçbir laboratuvar ortamında elde edilemez. Bundan dolayı da ölümsüzlük kaynağımız olan kan, diğer kaynakların yanında en önemli yeri teşkil etmektedir. Ama kızın kanını bu şekilde emmek bana erotik gelmediği gibi, son derece de canavarcaydı. Göğsümün ağrısını dindirmeye çalışırken, kollarımdaki kızın kanını hunharca içiyordum. Bugüne kadar yaşadıklarımın intikamını alırcasına, onu kendime sunulmuş bir ödül olarak kabul etmiştim.

Kurbanımın kanını emerken doğrularımla yanlışlarımı şaşırmış bir haldeydim. Ray omzuma vurup kızı bırakmamı istedi. Gözlerimi açtığımda, çocuğun yüz metre ileride gecenin beklenmeyen yaratığından kurtulmuş halde yattığını gördüm. Yarın kötü bir baş ağrısıyla kalkacak, onun haricinde başka bir sorun yaşamayacaktı. Kollarımın arasındaki kızsa başka bir meseleydi. Ürkütücü bir şekilde solmuştu, üzerinde durduğumuz kum kadar soğuktu ve hırıltıyla soluyordu. Kalbi göğüs kafesinin içinde kanat çırpıyordu. Çömelerek onu sırtüstü yatırdım. Ray karşıma diz çökerek başını salladı. Suçum, acı bir tatlı gibiydi.

"Bunu yapmak istemedim," dedim. "Sadece kendimi kaptırdım."

"Atlatabilecek mi?" diye sordu.

Elimi göğsünün üzerine koydum, modern tıp cihazlarının bile alamayacağı bir hassaslıkla kalp atışlarını dinlerken, kızda çocukluktan gelen bir kalp rahatsızlığı olduğunun farkına vardım. Sadece kanını emmiş olmam, onu bu duruma getirmezdi. Kendimi kaybetmiş olmam, almam gerektiğinden fazlasını almam ve onun anatomik güçsüzlüğü birleştiğinde hayatta kalmayacak gibi görünüyordu.

"İyi görünmüyor," dedim.

Ray kızın elini tuttu. Benim elimi bir aydan beri tutmamıştı. "Onun için bir şey yapamaz mısın?" diye sorduğunda sesinde acı vardı.

Elimi uzattım. "Ne yapabilirim ki? İçtiğim kanı ona geri vermem imkânsız. Bitti gitti. Haydi, buradan gitmek zorundayız."

"Hayır! Onu burada kaderine terk edip gidemeyiz. Gücünü kullan. Onu kurtar. Beni kurtardın."

Kısa bir süre için gözlerimi kapattım. "Seni değiştirerek kurtardım. Onu değiştiremem."

"Ama ölecek."

Kıza bir bakış attım. "Evet, doğan her şey bir gün mutlaka ölecektir."

Ray içinde bulunduğumuz durumu kabul etmek istemiyordu. "Onu hemen hastaneye götürmek zorundayız." Kızı kaldırmaya çalıştı. "Kan nakli yapabilirler. O zaman hayatta kalmayı başarabilir."

Yumuşak bir el hareketiyle onu durdurdum. Kızın ellerini göğsünde birleştirirken kalbinin, son atışlarını atmak üzere olduğunu fark ediyordum. Ray'in bundan sonraki hayatını kötü bir yaratıkla geçirecek olduğunu bilmesinden dolayı gözlerinde oluşan nefretten korkuyor olsam da, bakışlarımı ondan kaçırmadım. Bana öylesine nefretle, acıyan bir ifadeyle bakıyordu ki bu, içinde bulunduğum durumu haddinden fazla zorlaştırıyordu.

"İnan bana Ray, başaramayacak," dedim. "Onu hastaneye götürmüş olsak bile, hayatta kalması imkânsız. Kalbi zayıftı. Emmeye başlamadan önce bunu fark edemedim. Öylesine susamıştım ki kendimi kaybettim. Bu bazen olur. Ben mükemmel değilim. Karşında duran mükemmel bir yaratık değil. Eğer senin için bir teselli olacaksa, üzgün olduğumu söylemek isterim. Onu iyileştirebilseydim, bunu yapardım. Ama Krişna bana bu kabiliyeti vermedi. Ben sadece öldürebilirim."

Ray kızın kalp atışlarını bir dakika boyunca takip etti. Her şey sadece bir dakika sürdü. Sonunda kız, boğazını sıkmışçasına yumuşak bir hırıltı çıkarttıktan sonra kumun üzerindeki sırtını kabarttı, ardından da sesi kesildi. Ayağa kalkarak Ray'in elini tuttum ve arabaya geri götürdüm. Ölümün konuşulmaması gerektiğini uzun bir zaman önce öğrenmiştim. Bu, karanlık hakkında konuşmak gibiydi; her iki konu da yalnızca kargaşa getirirdi. Özellikle gece boyunca yaşayan bizim gibiler için. Doğan her şey bir gün ölür, diye düşündüm Krişna'nın söylediklerini hatırlayarak. Ölen her şey yeniden doğacaktır. Bu derin bilgelik içeren sözleri, Karanlık Çağ denilen Kali Yuga Çağı'nda yaşayan bizleri rahatlatmak için söylemişti. Ama arabaya binip sahilden uzaklaşırken, Krişna'nın gözlerinin şeklini hatırlayamamam garipti. Gökyüzünü sis kaplamıştı. Yıldızlar, ay görünmüyordu. Genç olmanın ne anlama geldiğini bilemiyordum. Her şey gerçekten karanlıktı.

YEDİNCİ BÖLÜM

Ray'in babası Özel Dedektif Michael Riley'le tanıştığımda, önceleri yaşadığım malikâneyi anlatmıştı. Servetim hakkında ne kadar çok şey bildiğini göstererek beni etkilemeye çalışmıştı.

"Mayfair'e taşınmadan önce Los Angeles-Beverly Hills'de, 256. Cadde'deki iki yüzme havuzlu, tenis kortlu, sauna ve rasathaneli üç yüz elli metrekarelik bir malikânede oturuyordunuz. Değeri neredeyse altı buçuk milyon doların üstünde ve bu durumda günümüzün sayılı zenginleri arasında yer alıyorsunuz, Bayan Perne."

Riley'nin hakkımda bu kadar çok şey bilmesinden etkilenmiştim. Onu öldürmemin başlıca sebebi de buydu. Zuma Sahili'nden ayrılır ayrılmaz, Riley'nin bahsettiği eve gittik. Riley evin özelliklerini saydığı sırada, derin bodrumuma değinmemişti. Burada uziler, granada torpilleri, lazer ışıklı keskin nişan silahları ve on milimetrelik silahlarımın susturucuları vardı.

Tüm bu silahlarımı Orta Doğu'dan illegal yollarla aldım. Arabamı yüklerken kendimi, bir önceki hayatında vampir olması gereken Rambo gibi hissediyordum. Rambo'nun kurbanlarının boğazını kesme biçimine bayılıyordum. Silahları arabanın içine istiflerken Ray bana şaşırmış bir ifadeyle bakıyordu.

"Biliyorsun," dedi. "Daha önce hiç ateş etmedim."

Bu önemliydi. Bir vampir olması iyi ateş edeceği anlamına gelmiyordu, ama öğrenmesi sadece birkaç derse bakardı. Kendim her türlü silahla daha önceden talim yapmıştım. Kabiliyetim sayesinde, silahları tam kapasiteyle kullanabiliyordum.

"Kendi ayağını vurma, bana yeter," dedim.

"*Beni vurma yeter,* demeni beklerdim," dedi.

Emin olmayan bir ifadeyle, "Bu da var," dedim.

Edward Fender'in iş başvurusunda bildirdiği tek bir adres vardı, o da annesinin eviydi. İçimdeki bir his annesinin adresinin geçerliliğini koruduğunu söylüyordu. Bayan Fender'in evi, stadyumun dört kilometre batısında, Los Angeles'ın kenar mahallerinden biri olan Inglewood'da bulunuyordu. Evin önüne varıp arabayı park ettiğimizde, saat dokuzu çeyrek geçiyordu. Arabanın camını açtım, Ray'in sessizce oturmasını rica ettikten sonra evin içinde olup biteni anlayabilmek için kulak kabarttım. Televizyon açıktı ve ekranda *Çarkıfelek* vardı. Yaşlı bir kadın sallanan sandalyesinde oturmuş, dergi okuyordu. Ciğerleri zayıftı; arada bir kuru kuru öksürüyordu. Evin ön cephesine bakan pencere hafif açıktı. İçerisi tozlu ve nemliydi. Bunların yanında insan-yılan karışımı bir şey daha kokuyordu.

"İki saat önce buradaymış," diye fısıldadım Ray'e.

"Yakınımızda mı?"

"Hayır, ama buraya inanılmaz bir hızla gelebilir. Ne de olsa, benden iki kat daha hızlı. Annesiyle yalnız konuşacağım. Caddenin aşağısında, gözden uzak bir yere park etmeni istiyorum. Birileri evin etrafında dolaşıyor olsa bile, beni uyarmaya kalkışma. Arabayla kaç. Ben, geldiğini anlar, onunla sıkı bir pazarlık yaparım. Anladın mı?"

"Orduda mıyız? Emirlerine uymak zorunda mıyım?"

Elini tuttum. "Gerçekten, Ray. Böylesi bir durumda bana yardım edemezsin. Sadece zarar verirsin," dedim. Arabadan ayrılırken küçük bir silahı ceketimin cebine soktum. "Beynine sıkacağım iki mermi, başka vampirler yaratmasını engelleyecektir. Ardından diğerlerinin peşinden gidebiliriz. Bunun yanında onlar bir dilim pasta gibi olacak. Çocuk oyuncağı."

"Pasta sever misin, Sita?"

Gülmek zorunda kaldım. "Evet, tabii ki. Özellikle kremalı olanları."

"Bana doğum gününün ne zaman olduğunu söylemedin, biliyor musun?"

"Evet." Ona doğru eğildim, öptüm.

"Seni tanıdığım gün, yeniden doğdum."

Öpüşüme karşılık verdi, arabanın içinden çıkarken de kolumdan tuttu. "Seni suçlamadığımı biliyorsun, değil mi?"

Ona tam anlamıyla inanmasam da başımı salladım.

Kapıyı çaldıktan birkaç dakika sonra kadın kapının önünde belirdi. Saçları beyazdı, yüzü harabeye dönmüştü. Romatizmalı parmaklarını kaldırdığında elleri, saldırmaya hazır aç sıçan pençelerine benziyordu. Çekik gözlerindeki donukluk, asırlardan beri siyah beyaz televizyon izlemiş gibi duruyordu. Gözlerinin içinde, duygudan eser kalmamış, iyiliğe inanmayan bir küçümseme görünüyordu. Giydiği sabahlığın üzerinde haftalardan beri yediği yemek lekeleri ve kan vardı. Boynundaki kırmızı lekeler iyileşmek üzereydi.

Oğlu kanını emiyordu.

Vakit kaybetmeden gülümsedim. "Merhaba, Bayan Fender? Adım Kathy Gibson, oğlunuzun bir arkadaşıyım, Eddie evde mi?"

Güzelliğim, sevecenliğim ve düzgün konuşmam bir anlığına dengesini yitirmesine neden oldu. Annesinin evine getirdiği kadınları düşününce ürperdim. "Hayır. Gece vardiyasında çalışıyor. Geç saate kadar gelmez." Birkaç saniyeliğine sustuktan sonra beni tepeden tırnağa inceledi. "Adınız ne demiştiniz?"

"Kathy." Sesim onun için tatlı ve yumuşaktı, garip biçimde ikna ediciydi. "Bu kadar geç saatte gelmeyi düşünmemiştim. Sizi rahatsız etmediğimi umarım."

Kadın omuz silkti. "Sadece televizyon izliyordum. Eddie nasıl oldu da sizden daha önce bahsetmedi?"

Ona baktım. "Birkaç gün önce tanıştık. Kardeşim tanıştırdı."

"Kardeşim Eddie'yle çalışır," diye ekledim.

"Klinikte mi?"

Kadın beni kandırmaya çalışıyordu. "Eddie klinikte çalışmıyor ki."

Kadının rahatlaması yüzüne yansıdı. "Depoda mı?"

"Evet, depoda." Gülümsedim. Bakışım daha derinlere nüfus etti. Kadın zihinsel olarak dengesizdi. Gizli sapıklıkları vardı. Bakışım geri çekilmesini sağlamadı. Genç kadınlardan hoşlanıyordu, bunu biliyordum, küçük kızlara bayılıyordu. Bay Fender'i merak ettim. "İçeriye girebilir miyim?" diye ekledim.

"Pardon?"

"Çok acil telefon etmek zorundayım. Telefonunuzu kullanabilir miyim? Korkmayın ısırmam."

Doğru noktaya parmak basmıştım. Oğlunun kanını içiyor olması hoşuna gidiyordu. Oğlu kanını onun rızasıyla içiyordu. Bir vampir olarak ben bile sınırlarımı bilirim ve çarpık ilişkilere girerek yakınlarımın kanını emmem. Tabii burada tam olarak bir ensest ilişkiden söz edilemezdi. Yine de bu evin içinde mükemmel bir aile yapısının varlığından kesinlikle söz edilemezdi. Ön kapıyı benim için açtı.

"Tabii ki," dedi. "İçeriye girin, lütfen. Kimi arayacaksınız?"

"Erkek kardeşimi."

"Ah."

Evin içine girer girmez koku alma duyularım alarma geçti. Eddie çok yakın bir zamanda bu evde uyumuştu. Onun burada uyumasına izin vermiş olmalıydı. Muhtemelen güneşe olan hassasiyetini sorgulamamıştı. Güneşe karşı olan direncim, sayesinde bu yaratığın karşısında şansım olabilirdi. Benden birkaç kat daha güçlü Yakşa bile güneş ışınlarına karşı benim kadar dayanıklı değildi. Eddie'nin gün ışığında koruma faktörlü bir krem ya da daha iyisi bir güneş gözlüğü olmadan evden ayrılamıyor olmasına şükrettim. Gözlerim evin içini araştırırken, kulaklarım evin dışını kollamayı asla ihmal etmiyordu. Eskisi kadar görmezden gelemiyordum.

Bayan Fender beni, sallanan sandalyenin yanındaki telefona götürdü. Kirli bulaşık bezinin yanında *Mad Magazine* dergisinin eski bir sayısı vardı. Aslında bu dergiyi az çok severdim.

Rastgele bir numara çevirdim. Cevap yoktu.

"Eddie'nin evindeyim. Eddie evde değil. Birkaç dakika geç kalacağım. Görüşürüz." Telefonu kapattım. Kadına bir kez daha baktım.

"Eddie bu akşam aradı mı?" diye sordum.

"Hayır. Neden arasın ki? Gideli ancak bir iki saat oldu."

Ona doğru bir adım attım. "Başka arayan var mı?"

"Hayır."

Yalan söylüyordu. FBI aramıştı, büyük bir ihtimalle Joel.

Ama ne Joel ne de onun takımından herhangi biri –Eddie'nin haricinde– bu eve gelmişti. Gelselerdi, kokularını almış olurdum. Er ya da geç yetkililer gelip araştırma yapacaktı. Ama bu durum göründüğü kadar önemli olmazdı. Eddie kolay kolay tuzağa düşmeyecekti ve suç ortaklarıyla da bu evde buluşmuyordu. Depo kilit nokta olabilirdi. Adrese ihtiyacım vardı. Ona bir adım daha yaklaştığımda dağınık mutfakla sevimsiz oturma odasını ayıran duvara yaslandı. Gördüğü tek şey gözlerimin üzerinde olduğuydu. İncelik yapacak zaman yoktu. Korku göğüs kafesini sararken, içinde büyük bir merak taşıdığını da biliyordum. Tuhaf bir niyeti vardı, ama bunu yapacak gücü yoktu. Aramızda bir adımlık mesafe kaldığında durdum.

"Eddie'nin yanına gidiyorum," dedim yumuşak bir ses tonuyla. "Bana en kestirme yolu tarif et."

Kukla gibi konuştu. "Hawthorne Meydanı'ndan doğuya, Washington'a git. Sağa dönerek Winston'a sap." Gözlerini kırptı ve öksürdü. "Depo orada."

Yüzümü yüzüne değdirdim. Nefesimi soludu, kendinden geçiren bir kokuydu. "Buraya geldiğimi hatırlamayacaksın. Kathy Gibson diye biri yok. Tatlı bir sarışın yok. Ziyaretçi gelmedi. FBI aramadı. Ama arayacak olursa oğlunun uzun zamandan beri buraya gelmediğini söyle." Avucumu kadının alnına bastırdım, kulağına fısıldadım. "Beni anladın mı?"

Boşluğa baktı. "Evet."

"İyi." Dudaklarımı boynuna sürttüm ama ısırmadım. Ama Eddie beni bir kez daha kızdıracak olursa, annesini gözlerinin önünde ısıracağıma kendi kendime söz verdim. "Hoşçakalın, Bayan Fender."

Ama evden dışarıya çıkmadan önce arka odadan yüzüme doğru esen soğuk esintiyi fark ettim. Elektrik motorunun titreşimi vardı ve bir soğutucunun içindeki gaz kokusunu aldım. Yatak odasının yanındaki odada büyük bir soğutucu olmalıydı. Daha fazla araştırma yapmak için geri dönecektim. Kararımı verdim; kadını içine sokmuş olduğum durumdan geri döndürmek zaman alacaktı. Deponun adresini almıştım ve Eddie'yi bulmak öncelikli meselemdi. Gerek duyarsam daha sonra döner, evi araştırırdım.

SEKİZİNCİ BÖLÜM

"**B**ana kocan Rama'dan bahsetsene?" diye sordu Ray, arabayla depoya giderken. "Ve kızın Lalita'dan?" Sorusu beni şaşırtmıştı. "Çok uzun bir zaman önceydi."

"Ama her şeyi hatırlıyorsun, öyle değil mi?"

Bir saniyeliğine sessizliğe gömüldükten sonra, "Evet," dedim. "Tanıştığımızda neredeyse yirmi yaşındaydım. Hindistan'da o zamanlar yaşadığımız yer, bugünkü adıyla Racastan olarak bilinir. İşte o zamanlarda tüccarlar, yılda dört beş kez uğrarlardı. Çöl ile balta girmemiş ormanın arasında yaşıyorduk. Gelen tüccarlar güneşten korunmamızı sağlayan şapkalar, böcekleri kendimizden uzaklaştıran bitkisel ilaçlar satıyordu. Rama bir tüccarın oğluydu. Onu ilk kez, köyümüzün kenarında akan nehrin kenarında gördüm. Küçük bir çocuğa uçurtma uçurtmasını öğretiyordu. O günlerde uçurtmalarımız vardı. Bu arada uçurtmayı Çinliler değil, biz bulduk." Başımı salladım. "Onu ilk kez gördüğümde, biliyordum."

Ray ne demek istediğimi anlamıştı, ama yine de sordu. Sahilde olanlara ayrıntılı bir şekilde girmeden, "Neyi biliyordun?" diye sordu.

"Onu sevdiğimi. Yani birbirimize ait olduğumuzu." Bir an gülümsedim. "Efendi Vişnu'nun, yani sekizinci avatarın adlarından birini almıştı. Avatar, Tanrı'nın vücut bulmuş ve yeryüzüne inmiş şeklidir. Efendi Rama, Tanrıça Sita'yla evliydi. Sanırsam Krişna da dokuzuncu avatardı. Doğduğum günden beri Efendi Vişnu'ya iman ettim. Belki bu yüzden yolum, Krişna'nın yoluyla birleşti. Her neyse, Rama'yla benim adımın uyumunu şimdi anlamış olduğunu sanıyorum. Belki birleşmemiz alın yazısıydı. Rama birçok yönüyle sana benziyordu. Sessizdi ve konuşurken düşünme molaları veriyordu." Ray'e baktım. "Hatta senin gözlerine sahipti."

"Aynı gözler mi?"

"Aynı bakmıyordu. Ama aynıydı. Anladın mı?"

"Evet. Bana Lalita'yı anlatsana?"

"Lalita da tanrıçalardan birinin adıdır. Anlamı; *oynayan*. Onu doğurduğum andan itibaren yaramazlığı elden bırakmadı. On aylıkken bile emekleyerek nehrin kıyısına kadar gidebiliyordu." Kıkırdadım. "Hatta bir keresinde onu nehrin kenarında, bir yılanla botun içinde otururken buldum. Şans eseri yılan uyuyordu, çünkü zehirliydi!" Ne kadar korkmuştum. Derin bir nefes aldım. "O günlerde beni tanımak istemezdin."

"Seni o zaman tanımış olmak isterdim."

Düşünceleri tatlıydı. Aslında gerçekten de bu şekilde düşünüyordu, ama bu acı verdi. Ellerim direksiyonda kıpır kıpır oynarken, "Ben de çok şey istiyorum," diye fısıldadım.

"Reenkarnasyona inanıyor musun?"

"Neden soruyorsun ki?"

"Sadece meraktan. İnanıyor musun?"

Düşündüm. "Krişna reenkarnasyonun gerçek olduğunu

söylemişti. Geriye baktığımda söylediği her şeyin doğru olduğuna inanıyorum. Ama bu konuyu onunla hiç konuşmadım. Gerçi onunla herhangi bir konuda da fazla konuşamamıştım."

"Eğer reenkarnasyon gerçekse, o zaman biz ne oluyoruz şimdi? Tanrı'ya doğru evrimleşiyor muyuz? Ya da ölmekten korktuğumuzdan dolayı, sıkışıp kaldık mı?"

"Bu soruyu kendime binlerce kez sordum. Ama cevabını bugüne kadar bulamadım."

"En azından bir tanesini cevaplayamaz mısın?"

"Hangisini?"

"Korkuyor musun?"

Elimi uzatıp elini tuttum. "Kendi adıma ölmekten korkmuyorum."

"Ama başkaları için korkmak da aynısı değil midir? Eğer Krişna'ya güveniyorsan, ölüm olmadığına inanmalısın."

Gülümsemek için kendimi zorladım. "Bu gece filozof olduk."

Gülümsedi. "Endişelenme! İntihar etmeyi düşünmüyorum. Sadece içinde bulunduğumuz durumu geniş bir çerçevede ele almak gerektiğini düşünüyorum."

Elini sıkıp bıraktım. "Bence Krişna olup bitecek her şeyi dev bir ekranda görmüş gibi. Bu dünyada olan hiçbir şey, cesaretini kırmıyor. Bu kadar kötü şey olmasına rağmen, o hiç yılmadı. Eşi Radha'yı kollarından sıkı sıkıya tuttuğumda bile, sakinliğini elden bırakmadı."

Ray başını salladı. "Onun kadar huzurlu olmak isterdim."

"Evet. Ben de."

Elini uzatıp uzun saçlarımı okşadı. "Benim Rama olduğumu mu düşünüyorsun?"

Nefesimi tutmak zorunda kaldım. Gözlerim yaşardı. Sözlerim titrekti. "Anlamadım."

"Evet, anladın. Senin için mi geri döndüm?"

Gözlerimde yaş vardı. Bu gözyaşları, beş bin yaşındaydı. Yakşa dönüşümümü yaptıktan sonra, ne kızımı ne de kocamı bir daha gördüm. Bana böyle bir şey yaptığından ötürü ondan ne kadar nefret etmiştim. Eğer vampir olmasaydım Ray'le tanışamazdım. Sorduğu soru karşısında başımı sallamakla yetindim.

"Bilmiyorum," dedim.

"Sita..."

"Seninle tanıştığımda," diyerek sözünü kestim, "Krişna beni sana yönlendiriyormuş gibi hissettim." Elini alıp yanağıma bastırdım. "Rama gibi hissediyor, onun gibi kokuyorsun." Bana doğru eğildi ve beni kulağımdan öptü. "Sen bir harikasın."

"Sen de mükemmelsin."

Gözlerimden akan gözyaşlarımı sildim. "Krişna her zaman gök mavisiyle ifade edilir. Bunların sembollerden başka bir şey olmadığını söylemiştin. Senin yanında yatarken Krişna'yı rüyamda görüyorum. Gözleri her zaman mavi, yıldızlar kadar parlak." Duraksadı. "Sen de buna benzer rüyalar gördün mü?"

Başımı salladım.

"Anlatsana."

"Belki daha sonra."

"Peki. Ama kocan, Krişna'yla tanışmadan önce ölmemiş miydi?"

"Evet."

"Öyleyse geçmişe ait bir hayatı hatırlatamam."

Ray arkasına yaslandı, hayal kırıklığına uğramış gibiydi.

"Rüyamda asla kan görmüyorum, ya sen?" diye sordu gelişigüzel.

Sık sık, diye düşündüm. Belki bir zamanlar, beş bin yıl kadar önce, daha fazla ortak yönümüz vardı. Sevdiğim kişilere yalan söylemekten nefret etsem de, ona söyledim. Ona ve kendime yalan söylemeyi bırakacağıma söz vermiş olsam da, "Hayır," dedim. "Asla."

Futbol sahası kadar, büyük deniz feneri kadar uzun, gri bir yapının, Eddie'nin annesinin depo dediği yapının, iki blok ötesine park ettik. Ama binanın içinden ışık yansımıyordu. Binanın dış cephesi bakımsızlıktan dökülüyor, ön kapının camları toz ve kirle kaplı olduğundan, bir kömür madeni girişini andırıyordu. Yapıyı çevreleyen çit yüksekti, köpeklerle korunuyordu. Çitin dayanıklı telleri taze cesetleri asmaya elverişliydi. Burada oturanlar kurnazdı, ama yeterince değil. Bu uzak mesafeden bile yağmaladıkları bedenlerin çürümeye yüz tutmuş kokusunu duyuyordum, ayrıca FBI'ın ve Los Angeles Polis Departmanı'nın Los Angeles'taki suç dalgasını ayrıntılarıyla araştırdıklarını biliyordum. Yakşi'nin ve evrenin kara kubbesinin altındaki yılanların kokusu binadan sızıyordu. Bir düzine kadar vampirin içeride olduğunu tahmin ediyordum. Peki, içlerinden biri Eddie miydi? Ve suç ortaklarından sokaklarda dolaşanı var mıydı? Vahşi köpekler deponun etrafında dolaşıyordu. Besili görünüyorlardı.

"Bir planın var mı?" diye sordu Ray.

"Her zaman."

"Planında ben de yer almak istiyorum."

Başımı salladım. "Seni bekleyen tehlikenin farkında mısın?"

"Aynaya bakmak yeterli oluyor, kardeşim."

Gülümsedim. "Bu binayı içindekilerle yakmak zorundayız.

Bunu başarabilmek içinse büyük miktarda benzine ihtiyacımız var. Bu kadar benziniyse yakınlardaki rafineriden bir çift tanker çalarak sağlayabiliriz."

"Şu görünüşümüzdeki güzellik ve ısırma kabiliyetimizle bu, zor olmasa gerek."

"Doğru. Ama asıl zorluğu, benzin yüklü tankerleri binaya yanaştırırken ve ortalığı ateşe verirken yaşayacağız. Önce binayı çevreleyen çiti kesmek zorundayız, böylece fark edilmeden kolayca içeriye girebiliriz ama bunu yapabilmek için de, önce köpekleri susturmak zorundayız. Silahımın namlusuna susturucu takıp onları bu mesafeden vurmak zor olmayacaktır."

Ray irkildi. "Bu gerçekten gerekli mi?"

"Evet, insanlığın sonunu getirmektense, birkaç köpeğin öldürülmesi daha iyidir. Önemli olan tek şey *gün doğumundan* sonra, onlar içeride uyurken saldırıya geçmemiz olacak. Bu kararımız Eddie için de geçerli."

"Gün doğumunda uyumayı seviyorum," diye hatırlattı Ray.

Ciddi bir ses tonuyla, "Tankerlerden bir tanesini kullanırken, güneş ışınları sana zorluk çıkarabilir. Senin için kolay olmayacağını biliyorum. Eğer her şey yolunda giderse, işini bitirir bitirmez korunaklı bir yere saklanırsın," dedim.

Başını salladı. "Kulağa bir dilim pasta gibi geliyor. Çocuk oyuncağı."

"Hayır. Bu, fırında Alaska." Binaya baktım ve başımı salladım. "Yanacak."

Kendime güveniyormuş gibi görünmem bir maskeydi. Bir önceki gece Eddie'nin gözlerinin içine baktığımda çılgın görünüyordu, ama kesinlikle çok kurnazdı. Onu ve adamlarını kolayca bulmuş olmak beni rahatsız ediyordu. Porno filmin çevrilmesi için sahne kurulmuştu, zevkini çıkartmak gerekirdi. Ama ben aslında, şovun kimin tarafından yönetildiğini merak ediyordum. Ya *Los Angeles Times*'ın baş sayfasında yer alacaktı ya da Eddie'nin filminde yanarak son bulacaktı.

DOKUZUNCU BÖLÜM

Deponun iki blok aşağısında gölgelik yerde çömelmiş, susturucu ve lazer güdümlü silahımı dolduruyordum. Arkamızda iki büyük benzin tankeri duruyordu. Onları çalmak için rafineriye kadar gitmemize gerek kalmamıştı. Bu şeyleri varoş mahallesinden ayrıldıkları sırada, karayoluna doğru yönelirlerken gördük. Bir tanesine *kazara* vurdum ve arabamın hafiften hasar almasını sağladım. Her iki sürücü de dışarıya çıktı ve çığlık atmaya başladım. *Benim arabama zarar vermeye nasıl cüret edersin! Onu daha yeni aldım! Adamım, bunun bedeli ağır olacak!*

Ardından kafalarını birbirlerine tokuşturarak anahtarları aldım. Kısa bir süre sonra onları attığım çöp konteynerinde uyanacaklarını tahmin ediyordum. Ray tankerlerden birini deponun yakınlarına sürerek bana yardım etti. Bir an için, av heyecanının onu eğlendirdiğini sandım. Ama ardından güneş yükseldi. Şimdi, yani on beş dakikadan beri, kalın bir battaniyenin altında kendini güneş ışınlarından korumaya çalışırken, yanan gözlerini kırpıştırıyordu. Gerçi şikâyet etmedi. Asla etmezdi.

Silahımı doldurmayı bitirip sol dirseğimi dizimin üzerine koyarak binanın ön kapısına yakın duran büyük siyah köpeğe nişan aldım. Sadece köpeğin kafasına isabet etmem yeterli olmayacaktı. Mermiyi aynı zamanda tel çitin deliklerine de isabet ettirmem gerekecekti. Sapan bir mermi, planı altüst edebilirdi. Köpek yapmak istediğim şeyi sezinlediğinde hırladı ve o an ağzının kenarından sızan salyasından kan damladığını fark ettim, ayrıca güneşin ilk ışınlarına bakmakta zorlanıyorlardı. Bu, Eddie Fender'in başka bir sürpriziydi.

Gün doğumundan bir saat önce Eddie bir düzine vampirle dönmüştü. Şu anda binanın içinde yirmi bir tane vampir vardı. Hepsi iri yarı erkeklerdi. Yanlarında Kafkasyalı bir çift vardı; kahvaltı. Deponun içine götürülürken ikisi de çığlık atıyordu; boyunları açılıncaya kadar da susmadılar. Ray karamsar bir şekilde volta atarken, onları kurtarmak için saldırmamız gerektiğini söylüyordu.

Ama ben iki kişiyi kurtarmak isterken, insanlığı riske atmak istemiyordum.

Battaniyesini yine burnuna kadar çekerek, "Acı çektirmektense, şu insanları vurmanı tercih ederdim," diye mırıldandı. Üzerine çektiği battaniye, sokakta yaşayan birinin hediyesiydi. Battaniyesi için ona beş yüz dolar ödedim ve bu bölgeyi terk etmesini söyledim. Yüksek bir duvarın dibinde korunaklı bir yerde duruyor olmamıza rağmen, Ray'in alnından terler akıyor ve gözlerini kırpıştırmayı durduramıyordu.

Kanlanmış gözleri, üzerlerine gaz yağı sıçramış gibi duruyordu.

"Eğer bu bir teselliyse," dedim, "Bu köpekler kudurmuştan beter."

"Ne demek istiyorsun?"

"Köpeklere kanını vermiş."

"Asla. Vampir köpekler?"

"Daha kötüsü de olabilirdi. Vampir balıklar. Okyanusta yüzen vampir bir balık sürüsünü bir düşün. Onları asla bulamazdık."

Ray duyulamayacak kadar hafif bir sesle kıkırdadı. "Her şey bittiğinde balık tutmaya gidebilir miyiz?"

"Tabii ki. Washington Nehri'nde alabalık tutmaya gidebiliriz. Onları yakalamak için oltaya ihtiyaç duymadığını keşfettiğinde, inanılmaz eğleneceksin."

"Yine de olta kullanabilirim. Eskiden babamla sık sık balık tutardık."

"Ben de babamla aynısını yapardım," dedim hüzünlü bir sesle. "Yakşa, babamı öldürmeden önce." Ah, Yakşa! Ölmüş bedeni neredeydi? Ve ne şekildeydi? Şüphe bedenimi veba gibi sardı, ama ondan sıyrılmayı başardım. Silahımı birinci köpeğe doğrulturken Ray'e fısıltıyla, "Onları çok çabuk öldüreceğim. Bunu yaparken benimle konuşma," dedim.

"İyi."

Köpeğin acımasız gözüne tüfeğimin dürbününden nişan aldım. Tetiğe bastığımda, havada hafif bir ıslık sesi duyuldu. Kalibrem düşüktü, buna rağmen köpeğin kafasının üst kısmı koptu. Sessiz bir şekilde yere düştüğünü diğer köpekler fark etmemişti. Ama çok yakında fark edeceklerdi. Kanın kokusunu alacaklardı ve Eddie'nin kanının bulaştığı köpekler, bu koku karşısında çılgına dönecekti. Ama onlara bu şansı vermedim. Atışlarımın arasında neredeyse hiç durmadan bir yaratıktan diğerine geçerek, dokuz tane vampir köpeği bir dakikadan az bir süre içinde öldürdüm. Elimdeki silahı yere koydum ve çitlerin tellerini kesecek makası elime aldım. "Ben dönünceye kadar bir yere kıpırdama," dedim. "Döndüğümde harekete hazır ol. Her şey planım doğrultusunda gelişecek olursa buradan çıkmamız on dakika sürecek."

Yalın ayak, sessizce yüksek çitin bulunduğu yere doğru gittim. Şans hâlâ benim yanımdaydı. Saat erkendi ve cadde boştu. Tiyatro binasından uzak değildik. Belki iki kilometre... Burası şehrin sanayi bölgesiydi. Dosdoğru deponun bulunduğu yere gidip onu havaya uçuracağımız için, çitin içine delik açmak gereksiz olacaktı. Bu girişimden vazgeçmemin iki sebebi vardı. Ray'in güçsüz durumundan ötürü öldürülebilmesinden korkuyordum. Yine de becerikli bir yaklaşımla, bütün vampirleri yok ettiğimden emin olacaktım. Hassas burnum sayesinde deponun içinde bir zamanlar kauçuk köpüğü istiflendiğini ve poliüretan yataklarının olduğunu anlayabiliyordum. Poliüretan, yanıcı bir maddedir. Niyetim tankerleri sessiz bir şekilde deponun arka tarafına park etmek, Los Angeles'taki evimden getirdiğim patlayıcıları tankere yapıştırmak ve güvenli bir yere kaçmaktı. Eddie'nin suç ortakları, iki ateş arasında kalmış olacaktı. Deponun arkasında bir başka terk edilmiş binanın yüksek tuğla duvarı vardı. Yangın duvara çarpıp, onlara kaçış olanağı sağlayacak bir delik sağlayabilirdi. Eğer bu delikten kaçacak vampirler olursa, ben çitin diğer tarafında silahımla onları bekliyor olacaktım. Onlar da köpekleri gibi yok olacaklardı. Planım iyiydi ve işlememesi için hiçbir sebep yoktu.

Ama hâlâ endişeliydim.

Çitin önünde diz çökmüş halde, çiti kesmeye başladım. Etrafta gözetleyen birilerinin olup olmadığını anlamaya çalışırken ya da kirli pencerelerin yakınlarında birilerini ararken ne bir ses ne de hareket vardı. Her şey sessiz ve huzur içindeydi. Eddie'nin yarattığı vampirler güneşe karşı çok hassastı ve güneş doğduktan sonra etrafı gözetleyemiyorlardı, bundan hiç şüphem yoktu. Belki Eddie gücünden dolayı kendine haddinden fazla güveniyordu. Bunun gerçekten böyle olduğunu ümit ediyordum. Çit kesme makasım, telefon hatlarındakine benzer, duyulamayacak kadar hafif klik sesi çıkartarak sessizce çalışıyordu. Kestiğim çit parçalarını çatlamış asfaltın üzerine koydum. Çitin ortasında büyük bir delik açmam beş dakikadan az sürmüştü. Delik, tankerlerimizin geçebileceği kadar büyüktü. Ray'e ve tankerlerimizin bulunduğu tarafa geri döndüm. Battaniyenin altından kafasını çıkartıp yanan gözleriyle bana baktı.

"Keşke bulutlu bir gün olsaydı," diye mırıldandı.

Başımı salladım. "Güneş tutulması olsa çok daha iyi olurdu." Elimi uzattım. "Saldırmaya hazır mısın?"

Yavaşça ayağa kalktı, battaniyesi hâlâ kafasının üzerindeydi. Yaptığım el becerisini uzaktan inceliyordu. "Uyuyorlar mı?"

"Öyle gözüküyor."

"Eddie'nin içeride olduğundan emin misin?"

"Onu içeriye girerken gördüm, ama dışarıya çıkıp çıkmadığını fark etmedim. Arka kapıdan kaçmış olabilir." Omuz silktim. "Şu anki fırsatı bir daha bulamayız. Şimdi saldırmak, hem de sert biçimde saldırmak zorundayız."

Başını salladı. "Tamam." Tankerin yanına topallayarak gitti; tankere binmesine yardımcı oldum. "Sita bu tankeri kullanacak ehliyetimin olmadığını biliyorsun. Bu yaptığımız kanunlara karşı gelmektir."

"Burada insanların değil, tanrının kanunları işler. Belki onların istedikleri kadar mükemmel varlıklar değiliz, ama elimizden gelenin en iyisini yapmaya çalışıyoruz."

Ciddi bir ifadeyle beni incelerken, ter damlacıkları alnından akıyordu. "Bu gerçekten doğru mu? Şu dünyaya verebileceğimiz güzel bir şey var mı?"

Onu kucakladım. "Eğer bu yaratıkları durdurmayı başarırsak, yaptığımız işin ne kadar büyük olduğunu anlayacaksın." Onu öptüm. "Kızın ölümüne sebep olduğum için çok üzgünüm."

Kolunu omzumun üzerine attı. "Senin suçun değildi."

"Babanı öldürdüğüm için de üzgünüm."

"Sita." Kolumu tuttu. "Beş bin yaşındasın. Çok fazla geçmişte yaşıyorsun. Bugünü yaşamayı öğrenmelisin."

Gülümsedim, kendimi aptal bir çocuk gibi hissetmiştim. Bu, kötü bir his değildi. Yaptığım ve gördüğüm bunca şeye rağmen, bilge olan oydu. Ona doğru uzanıp gözlerinin önünü açmak için saçını kenara attım ve onu bir kez daha öptüm.

"Bana Rama'yı çağrıştırıyorsun," diye fısıldadım kulağına. "Öyle çok benziyorsun ki, sen kesinlikle o olmalısın. Söz ver bana, Ray. Birlikte kalacağız, sonsuza kadar."

Bana tam bir cevap vermedi, ne olduğunu anlamak için geri çekildim. Battaniyesini yere düşürmüş, güneşe bakıyordu. Doğrudan değil, çünkü hâlâ gölgede duruyorduk. Onu geri çekmenin gözlerini acıtacağını düşünüyordum.

Düşünceli bir edayla, "Gökyüzü masmavi," dedi. "Engin." Bana doğru döndü ve yumuşak bir sesle kıkırdadı. "Okyanusta kaybolmuş vampir balıklar gibiyiz."

Kaşlarımı çattım. "Ray?"

Elimi sıktı. "Krişna'yı düşünüyordum. Sana, aşkımızın ölünceye kadar süreceğine dair yemin ederim." Depoya doğru baktı. "Güney tarafından mı yanaşmamı istiyorsun?"

"Evet, solumdan. Beni takip et. Yakın dur. Kapını hafif aralık tutarak sür. Kapıyı çarpma. Büyük giriş kapısından girer girmez, motoru susturup sürmeye devam et. Binaya yaklaşabildiğin kadar yaklaş, park et. Dışarıya çıktıktan sonra kapını kapatma. Mümkün olduğu kadar çabuk fünyeyi ateşle. Seninkinin yandığını duyduğum anda kendi fünyemi yakarım. Kaçmaya kalkarlarsa onları durdururum. Her şey bitip burada buluştuğumuzda, balığa gideriz." Bir şey daha eklemek için durdum, ama ne söyleyeceğimi bilmiyordum. "Dikkatli ol, Ray."

"Sen de, Sita." Elini kalbinin üzerine götürdü. "Seni çok seviyorum."

Elimi kalbimin üzerine koydum. Göğsümdeki ağrı geri gelmişti, nefes alamıyordum.

Belki bu Tanrı'nın işaretiydi.

"Seni seviyorum," dedim.

Depoya doğru ilerledik, ben önden gidiyordum. Ray'in önüne geçtim. Çitin içine açtığım delik, tankerin geçmesine olanak sağladı. Ölü köpeğin üzerinden geçerken hayvanın kafası ezildi. Motoru susturdum ve boş viteste binanın arkasına doğru ilerlemeye devam ettim. Benim manevram Ray'inkinden hızlıydı, binanın arkasını bundan dolayı seçmiştim. Binaya doğrudan girmek yerine, yanından dolaşmak zorundaydım. Yaşadığım yıllar boyunca kanlarını içtiğim sayısız tır şoförünün kanı damarlarımda dolaşırken, hâlâ henüz uzman olamadığım insan yapımı bazı şeyler vardı. Tankeri park edip dışarı çıktım. Gözümün ucuyla Ray'in deponun bir iki metre uzağında durduğunu gördüm. Caddenin alt tarafına bir dondurma kamyoneti park etmişti.

Keskin kulaklarıma rağmen, hâlâ her şey huzurlu, her şey sessizdi.

Ray'in tankeri, binanın öteki tarafında park edilmiş duruyordu. Onun dışarıya çıktığını ve patlayıcıyı yerleştirmek için tankerin arka tarafına doğru yürüdüğünü duydum. Yolun ortasında durdu, ama fitili yaktığını duymadım. Kalp atışlarımı sayarken görevini tamamlamasını bekliyordum.

Ama her şey sessizdi. Fitil yakılmadı.

Kalbim deli gibi çarpmaya başladı.

Tüfeğim omzumda, tankerin arka tarafından Ray'in bulunduğu yere doğru ilerlemeye başladım. Yolunda gitmeyen bir şeyler olmasından korkuyordum. Sorunun ne olduğunu bilmeden, tankerimi tutuşturamazdım. Ama benzini uzaktan ateşlemem de mümkün değildi. En azından kolaylıkla. Bir mermi yarım bıraktığım işi tamamlayabilirdi de, tamamlayamayabilirdi de. Ama benzinin yanından uzaklaşmadan Ray'i kontrol edemezdim. Tüm hayatım boyunca olduğu gibi yine bir paradoksla karşı karşıyaydım. Bir an düşündükten sonra, tankere doğru eğildim ve altındaki kapağı çevirerek açtım. Tankerin içindeki benzin fışkırarak akmaya başladı. Bulunduğum yer, Ray'in tankerinin bulunduğu yerden daha yüksek olduğundan tankerden akan benzin ayaklarımı yaladıktan sonra depoya doğru yol almaya devam etti. Yayılan kokunun içeridekileri uyaracağından endişe ediyordum, ama başka çarem yoktu. Benzin önümde, diğer tankere doğru ilerlemeye devam ediyordu. Bombalarımız birleşecekti.

Şu anda Ray'ın tankerini görebilsem de, onu göremiyordum. Ayakları bile görünmüyordu. Tüfeğim kullanıma hazır halde yavaşça ilerledim. Kulaklarım etrafı tarıyordu. Binanın içindeki durum normaldi. Yirmi bir tane vampir karınları dolu, kan kırmızısı rüyalarını görürken, huzur içinde uyuyordu. Ama tankerin arkasında biri vardı. Belki iki kişi. Belki iki vampir.

Zor da olsa, nefeslerini duyabiliyordum. Bir tanesi sakin ve rahattı. Diğeri nefes almak için çaba sarf ediyor, mücadele veriyordu. Büyük bir ihtimalle ağzının üzeri kapatılmıştı. Bir anda olup biteni anladım. Ray'i yakalamıştı ve sürücü koltuğunun arkasındaki dinlenme kabininde onu rehin tutuyordu. Eddie etrafa göz atmam için gelmemi bekliyordu. Ardından saldıracaktı. Bu hatayı bir kez yapmıştım ve bir daha yapmamaya yemin edebilirdim. Düşmanımı haddinden fazla küçümsemiştim.

Bunların hepsi önceden planlanmıştı. Eddie beni tuzağa düşürmek istiyordu.

Ama paniklemedim. Buna zamanım yoktu ve zamanımı dikkatli kullanmak zorundaydım. Duyma kabiliyetim geçen yüzyıllar boyunca gittikçe kendini geliştirmişti. Eddie'nin benden güçlü olduğunu bilsem de benim kadar gelişmiş duyulara sahip olamayacağını düşünüyordum. Beni henüz fark etmemiş olabilirdi. Onu şaşırtma şansım hâlâ olabilirdi.

Bir kez daha bulunduğum durumu hızlıca gözden geçirdim. Ona sağdan ya da soldan yaklaşabilirdim. Ya da tankerin üst tarafından. Tankerin üstüne çıkmayı sağlayan merdiven tehlikeli olabileceğinden, tankerin üzerine çıkmam Eddie'yi şaşırtacaktı. Ama bu yolu kullanmayı tercih edersem, tankerin üzerine çıkmayacaktım. Üzerine atlayacaktım. Tüfeğimi sıkı sıkıya elimde tutarken, tankerden birkaç uzun adım uzaklaşıp hız kazanıp bir sıçrayışta Eddie'nin bulunduğu yere doğru tüfeğimin namlusunu tutarak indim. Hızlı hareket ettim, çok hızlı, ama tankerin diğer tarafına ulaştığımda, orada değillerdi.

Kahretsin.

Hayal kırıklığından o kadar şaşırmış bir haldeydim ki, dengemi kaybettim ve yere çaptım. Aklımın yerine tekrar gelmesi birkaç saniye sürdü. İşte o anda Eddie, Ray'in arkasında durmuş bir halde onu kendine bir kalkan olarak kullanıp gelişigüzel yürürken, kemikli elleriyle de sevgilimin boynunu tutuyordu. Eddie'nin hızı beni şaşırtmaya devam ediyordu. Zarar vermeye fırsatı olmadan, hemen ayağa kalkmıştım. Ama beni asıl şaşırtan sahip olduğu gelişmiş refleksleri değil, ne yapacağımı tahmin edebilmesiydi. Beni sayfaları açık bir kitap gibi okuyordu. Ama ikimiz de yırtıcı hayvanlar olduğumuza göre, bu garip değil miydi? Ray'i öldürebilecek durumda olduğunu göstermek istercesine sarstı. Buna rağmen Ray sakin görünüyordu. Onu kurtaracağıma inanıyordu. Ben de aynı şeyi düşünmek isterdim.

Eddie sırıttı. "Merhaba, Sita. Tekrar karşılaştık."

Adımı biliyor olması, Yakşa'nın hayatta olduğuna işaret ediyordu. Ama Yakşa'nın bana ait bilgileri bu yaratığa vererek, ezeli düşman olsak bile bana ihanet etmiş olmasına inanamıyordum. Silahımı doğrultmuş, Eddie'nin yüzündeki ifadeyi inceliyordum. Dün geceye nazaran daha temkinli olsa da, üzerindeki yorgunluk dikkatimi çekmişti. Altı mermiyi vücudundan çıkarmak, ondan bir şeyler almıştı. Ama gözlerindeki soğukluk değişmemişti. Annesini düşündüm, yetişme tarzını, bir çocuğu içinde cinayetlerin işlendiği porno filmleri izlemeye ve bundan da zevk almaya iten faktörler ne olabilirdi? Her zaman toplumdan dışlandığını ve odasında yalnız başına geçirdiği gecelerde, limitsiz bir güce sahip olduğunda yapacaklarını düşünmüş olmalıydı. Sonunda bunu elde etmişti. Gözlerinde zafer ifadesi vardı. Seçilmiş bir varlık olup, kutsal bir görev üstlenmiş olduğuna inanıyordu. Bu, beni her şeyden daha fazla rahatsız ediyordu. Bir peygamber, bir suçludan daha tehlikeliydi. En azından suçluları zapt etmek basitti. Ama kendini peygamber sanan birinin, sürekli olarak uyarılması gerekiyordu. En azından sahte olanların. Eddie, Ray'i öldürmemişti, çünkü bizimle oynamak istiyordu. Bunda bir sorun yok, diye karar verdim. Bildiğim çok oyun vardı.

Güneş Eddie'yi rahatsız ediyordu, ama ben başa çıkabiliyordum. Gözlerini kısıyordu.

"Merhaba, Eddie," dedim memnun olmuşçasına. "İyi görünüyorsun."

"Teşekkür ederim. Bu kadar çabuk bulmakla beni kendin iyileştirdin. Depoyu bulabilmen en az bir haftana mal olur, diye düşünmüştüm." Duraksadı, "Beni nasıl buldun?" diye ilave etti.

Sesi garipti. Güçlü, arzulu, iğrençti. Söylediğim kibar sözlere nasıl karşılık vereceğini merak ederken, sesinde derinlik yoktu. Ray'i elinde tutarken, onu vurmak söz konusu bile değildi. Ray'in arkasına gizlenmiş olduğundan, kendini çok az gösteriyordu.

Bizi tuzağa düşürmek için beklerken, ikimizin de alanda olacağını biliyordu. Ama söylediklerinden yola çıkarak annesini ziyaret ettiğimi ya da geçmişine ait bilgilere ulaştığımı bilmediğini anlıyordum.

"Ardında eşsiz bir yol bıraktın," dedim yumuşak bir ses tonuyla. "Ben sadece *kırmızı* asfaltı takip ettim."

Söylediklerim hoşuna gitti. Ve sinirlendirdi. Kendi içinde bir çelişki yaşadığını görebiliyordum. Ray'i sert bir şekilde sarstığında, sevgilim nefes alabilmek için çaba sarf etti. "Soruma cevap ver," diye emretti.

"Bunun karşılığında bana ne vereceksin?" Dört metrelik bir mesafede durmaya devam ediyordum. Deponun içinde herhangi bir hareketlilik yoktu. Ona yardım edecek bir suç ortağının olduğunu tahmin etmiyordum. Kimse doğrudan benzin birikintisinin içinde olmasa da, bize doğru gelmeye devam ediyordu. Bir kez daha sözlerimi zihnine yerleştirmeye çalıştım. Ama durum buna müsait değildi.

"Erkek arkadaşının yaşamasına izin vereceğim," dedi Eddie.

"Bunu neden yapıyoruz? Arkadaşımı bırak, ben de sorularının cevabını vereyim. Elimde tuttuğum parlak silahı da kenara bırakacağım."

"Önce silahını kenara bırak, daha sonra teklifini düşüneceğim," dedi Eddie.

Sesim şu ana kadar zihnini etkileyememişti. Denemeye devam ediyordum. "Birbirimize güvenmediğimiz doğrudur. Uzun bir zaman boyunca birbirimize meydan okuyarak karşılıklı vuruşabiliriz. Hiçbirimiz kazanamaz. Ray'in karşılığında sana bir teklif sunmama izin ver. Sen yeni doğmuş bir vampirsin, bense çok yaşlıyım. Sana öğretebileceğim sayısız güç olduğunu söyleyebilirim. Tek başına bu güçlerinin farkına varman en az birkaç yüz yılını alır. İstediğin gibi bir vampir olabilmek için yardımıma ihtiyacın var."

"Bana bu sırlarını gerçekten vereceğine nasıl emin olabilirim ki?" diye sordu. "Arkadaşını bırakır bırakmaz bana ateş açabilirsin."

"Çünkü sana ihtiyacım var," derken, ikna edici bir şekilde yalan söylüyordum. "Senin kanın benimkinden daha güçlü. Değiş tokuş yapabiliriz. Senin gücüne karşılık benim bilgim."

Eddie düşündü. "Bana sırlarından birkaç tanesini söyle."

"Ama daha az önce görmedin mi? Buradayım. Tam karşındayım ve sen buraya nasıl gelmiş olduğumu bile bilmiyorsun. Beni buraya getiren şey, gücüm. Sana bunun sırrını verebilirim, diğerlerinin de, ama önce arkadaşımı bırakmalısın."

"Çok ilginç bir ses tonun var."

"Teşekkür ederim."

Eddie'nin sesi sertleşti. "İnsanları etkin altına almayı, güç gösterisi olarak mı nitelendiriyorsun?" diye sordu.

Sorusunun karşısında donup kaldım. Hiçbir şeyi kaçırmıyor

ve durum böyle olunca da Ray'i de bırakacağa benzemiyordu. Onu öldüreceğimi biliyor olmalıydı. Daha tehlikeli bir alternatif düşündüm.

"Kukla gibi duran ölümlüleri etkim altına alıyorum," dedim. "*Güçlü* vampirleri etki altına almak kolay değildir. Ama seni takip edenler gibi zayıfları nasıl kontrol altına alacağını sana gösterebilirim. Eddie ne kadar vampir yaratırsan, onlar da o kadar yaratır ve bir gün gelir, kontrolü elinden kaybedersin."

"Buna inanmıyorum."

"İnanacaksın. Kulaklarını aç ve beni dinle. Bu, senin için bulunmaz bir fırsat. Eğer bunu değerlendirmezsen, daha sonra çok pişman olursun. Sen de öleceksin. Çok gençsin. Kendini güçlü hissediyorsun. Ama karşıma silahsız olarak çıkmakla hata ettin. Bu silah doldurulmaksızın birçok mermi atacak kapasitededir. Sana yapacağımı vücudun kaldırmayabilir. Arkadaşımı öldürürsen, ben de seni öldürürüm. Bu kadar basit."

Korkusuzdu. "Yaşlı ve sırlarla dolu olabilirsin, ama hata yapan sensin. Bu herif senin için çok önemli. Hayatı ellerimin arasında. Elindeki tüfeği indirmezsen, onu öldürürüm." Ellerini daha da sıktı ve Ray'in nefes almasını tamamen engelledi. "Bırak o silahı!"

"Beni tehdit etmeye nasıl cüret edersin, pislik?" Silahımı doğrulttum, Ray'in göğsüne nişan aldım. "Bırak onu."

Eddie kararlılığını korudu. "Binlerce yıl önce poker oynuyorlar mıydı, Sita? Ben oynadıklarını düşünmüyorum. Blöf yapmayı bile bilmiyorsun. Sana bırak, dedim. Arkadaşın morarmaya başladı."

"Mor, kırmızıdan daha iyidir," diye cevap verdim. "Birazcık kırmızı beni korkutmaz. Onu hemen bırakmazsan, ateş edeceğim. Bu bir keskin nişancı silahı ve Ray'in göğsüne nişan aldığımda, kurşun onun göğsünü delip geçer ve senin ciğerine saplanır. Böyle bir durumdayken, arkadaşımı tutabileceğini sanmıyorum. Kurşunu çıkarttıktan sonra iyileşmeye başlayacağını biliyorum, ama buna fırsat vermeden diğerlerini de sıkarım. Onu bırakmadan kaç mermiye dayanabileceğini sanıyorsun? Ölmeden önce kaç mermiye dayanabilirsin?" Duraksadım. "Iskalamam."

Yürekli olmam onun gibi Ray'i de sarsmıştı, rengi yeşile döndü. Nefes almakta hâlâ zorlanıyordu. Eddie düşünmeye başladı. "Arkadaşına ateş edeceğini sanmıyorum," dedi.

"Neden etmeyecekmişim? Zaten onu öldürmek üzeresin." Ray'in karın boşluğuna, kaburga kemiklerinin altına nişan aldım. İkisi de kabaca aynı boydaydı, yaralar aynı yerde açılacak, ama ciğerlerden daha az ölümcül olacaktı. "Üçten geriye doğru sayıyorum. Üç, iki…"

"Bekle!" dedi Eddie vakit kaybetmeden. "Sana son bir teklif sunmak istiyorum."

Silahımı indirmedim. "Evet?"

"Arkadaşlığımızın bir nişanesi olarak, diğer arkadaşının nerede olduğunu sana söyleyeceğim. Sen de erkek arkadaşınla birlikte deponun uzağına gitmeme izin vereceksin. Onu orada bırakacağım." Yalan söylüyordu. Deponun arkasına varır varmaz, Ray'in boynunu kıracağını biliyordum.

"Bana önce Yakşa'nın nerede olduğunu söyle, teklifini daha sonra değerlendiririm."

Homurdandı." Sen kurnaz bir orospusun."

"Teşekkür ederim. Yakşa nerede?"

"Uzakta değil."

"Bu laflardan usandım artık," diyerek, elimi tetiğin üzerine koyduktan sonra, yumuşak bir ses tonuyla, "Ray," dedim. "Seni vurduktan sonra kendini kurtarman için savaşmanı istiyorum. Seni tutmaya devam edecek, ama ikinizin de kan kaybedeceğini sakın unutma. İkimizden daha güçlü olsa da, ona yardım edecek kimse yok. Sana iki üç kez ateş edecek olsam bile, ölmeyeceğine söz veriyorum." Sesimi hüzün kapladı. "Ama sen Eddie, acılar içinde çığlıklar atarak öleceksin. Dün gece vahşice öldürdüğün insanlar gibi."

O, zalim bir iblisti. "*Senin* çığlıklarını duymak için can atıyorum."

Ateş açtım. Kurşun nişan aldığım gibi, Ray'in karın boşluğunu delip geçmiş, oradan da Eddie'nin vücuduna isabet etmişti. Eddie'nin vücudundan çıktı ve tankerin ön kapısına saplandı. Ray, karın boşluğundan akan kanla birlikte iki büklüm olmuş kıvranıyordu. Buna karşın Eddie, Ray'i siper etmekten vazgeçti. Bu herifin ne yapacağı bilinmiyordu. Bunun yerine üzerime doğru attı ki bu, dengemi kaybetmeme yol açtı. Yanıma geldi. Evet, elimde silah tutmama ve aramızdaki mesafenin dört metre olmasına rağmen, bir kez daha ateş açamadan yanıma kadar gelebilmişti. Kara şimşek gibiydi. Sırtıma sert bir tekme indirdi. Başımı yere çarptım, silahı bırakmış olmasam da kontrolünü kaybetmiştim. Bir an için gördüğüm yıldızlar Krişna mavisi değil, cehennem kırmızısıydı ve patlayacakmış gibi duruyordu. Sersemlemiş haldeki Eddie, dizlerinin üzerine çökmüştü; elimdeki silaha yoğunlaşması bana avantaj sağladı. Silahımı kafasına sıkmak için doğrulttuğumda bir kez daha benden hızlı davrandı. Karate hareketini andıran bir hareketle tüfeği ortasından ikiye ayırdı ve kullanılmaz hale soktu. Karnından kanlar fışkırıyordu, ama kırılmış oyuncağıma baktığında sırıttı. Beni alt ettiğini düşündü.

"Ölmeden önce ne kadar çok şey yapabilirim," dedi, ona sormuş olduğum sorulardan birini cevaplandırırcasına.

"Gerçekten mi?" Karnına, yarasının bulunduğu yere esaslı bir tekme attım, bu onu kıvrandırdı. Biraz kıvranmış olsa da, daha ben doğrulmaya fırsat bulamadan, sol yumruğuyla başıma öyle bir bastırdı ki, kafam omuzlarımın arasından kopup yere yuvarlanacakmış gibi hissettim. Bir kez daha yere yuvarlandım, ağzımdan kanlar fışkırıyordu. Çakıl yığının içine düştüğümde başım dönüyordu. Yüzümde duyduğum acı, vücudumu kaplamıştı. Çenemi ve en azından birkaç dişimi kırmıştı. Ve henüz işi bitmemişti. Sulanmış gözlerimden gördüğüm kadarıyla, ölümcül tekmeyi atmak için doğrulmuştu. Ama bu arada sevgilimi unutmuştu, büyük ihtimalle onu küçümsemişti. Kendinden emin olmayan adımlarla Eddie'ye saldırmaya hazırlanan Ray, ölümümü birkaç saniyeliğine erteleyecekti. Başımı salladıktan sonra, kanayan kolumu kaldırarak tankeri işaret ettim. Aramızda kısa bir bakışma oldu. Ama Ray anladı. Ona fünyeyi yak, bombamızı patlat, insanlığı, kendini kurtar demiştim. Ben Eddie'yi birkaç saniye daha oyalayacaktım. Ray tankere doğru yöneldiğinde diğer tankerden akan benzin, Ray'in bulunduğu tarafa ulaşmıştı. Eddie, Ray'in tankere yöneldiğini elbette görmüştü. Onu durdurmak için harekete geçtim. O anda var olan son gücümü kullanarak, kendimi Eddie'nin yarı beline kadar doğrultabildim.

Çarpıştık ve acı veren bir dövüşün içine bir kez daha düştük. Kalkmak için çaba sarf ederken, beni saçlarımdan yakaladı ve yüzümü kendininkine doğru çekti. Nefesi iğrençti; anlaşılan kurbanlarının kanlarını emmesinin yanında, etlerini de yiyordu. Bana, benden bir parça kopartacakmış gibi bakıyordu. Gözleri çıldırmış gibi bakıyordu, heyecanlı ve çılgındı. Prozac bu durumda yardımcı olamayacaktı. Saçımı kopartırcasına çekti, binlerce kök elinde kaldı.

"Canımı yakıyorsun," dedim.

Pis bir sırıtışla yumruğunu bir kez daha sıktı. "Bir de bunun tadına bak, Sita."

Yumruğu atmasını beklerken gözlerimi kapattım. Bu seferki yumruğun beni istediğim yere götüreceğinden emindim. Ray'e yeteri kadar zaman kazandırmış olduğumu umut ediyordum. Anlamadığım şey, Ray'in bana zaman kazandırmaya devam ediyor olmasıydı. Ama yumruk inmedi. Ray'in sesi, çok uzaktaymışçasına kulağıma geldi.

"Eddie," dedi sert bir ses tonuyla.

Gözlerimi açtığımda Ray söylediklerimi yapmak yerine, tankerin gövdesine yumruk atmıştı. Benzinin bentleri kırılmıştı, bir barajdan akarcasına oluk oluk dökülen benzini gördüm. Küçük bir tahta parçasını ateşlemişti ve ölüm vadisinden güvenli bir şekilde geçmemizi sağlayacak minyatür bir meşale gibi başının üzerinde tutuyordu. Benzin dumanının, kendinden daha hassas olduğunu bildiğimden, havaya uçmamızın an meselesi olduğunu tahmin edebiliyordum. Ray benzin dumanının ortasında bulunuyordu. Eddie'yle ben de güvenli bir yerde değildik. Benzin ayaklarımızın dibine kadar gelmişti.

"Sadece bir tane tutuşturucum var," dedi Ray, Eddie'ye. "Eğer Sita'nın gitmesine izin vermezsen, tankerin içine atacağım. Ne düşünüyorsun?"

Eddie ders alacağa benzemiyordu. "Blöf yapıyorsun," dedi.

Ray'in gözlerinin içine bakarken, "Hayır sevgilim, yapma!" dercesine yalvarıyordum.

Ray belli belirsiz bir gülümsemeyle, "Koş, Sita. Uç. Onu başka bir gün haklarsın. Sonunda kazanan sen olacaksın. Krişna'nın minnettarlığına sahip olduğunu asla unutma." Parmakları hareket etti.

"Ray!" diye bağırdım.

Elindeki meşaleyi tankerin içine attı. Eddie aceleyle beni bıraktı. Portakal renkli alevler, benzin şelalesinin üzerini tutuştururken şok olmuştum. Yaşadığım sonsuz hayat, şahitlik ettiğim sayısız ölüme rağmen bu kadar küçük bir ateşin, bu evrende değer verip sevdiğim her şeyi yakabiliyor olması beni hayal edemeyeceğim derecede yıkıyordu.

Ama bu durumum sonsuza dek sürmeyecekti. Meşale yarı yola ulaştığında Ray'in yanına varmıştım. Ama Yakşa'nın yaratmış olduğu ilk gözbebeği olan ben bile, yer çekiminin yanında yavaş kalmıştım. Bana doğru uzatmış olduğu elini yakalayamadan meşale, benzin dökülmüş yere düştü.

"Hayır!" diye haykırdım.

Yerdeki benzin alevden bir yol yapmıştı. Ray'in ayakucuna vardığında sırılsıklam olmuş kıyafetlerini tutuşturdu. Saniyeler içinde taparcasına sevdiğim aşkımın, canlı bir meşaleye dönüşüne şahitlik ettim. Belki ışığın oyunu diyordum, ama kahverengi gözlerinin gök maviliğinde parıldadığını gerçekten de gördüm. Bu gözler, uzun zamandır hatırlayamadığım ya da görmediğim yıldızların rengindeydi. Yüzünde acıyı andıran bir ifade olmaması, kararını hür iradesi doğrultusunda verdiğinin işaretiydi, o beni, insanlığı kurtarmak istemişti. Tanrı'ya adanmış bir mum gibi, gözlerimin önünde eriyip gidiyordu. Alevler durdukları yerde sabit kalmıyor, bana doğru geliyordu. Bacağımı tutuşturmadan kaçmam gerektiğini anladım. Ama alevler ilerlemeye devam etti, bana doğru gelirken aynı zamanda Ray'in arkasında durduğu tankere doğru da ilerliyordu. Tanker daha yakındı. Kendi bacağım yanmaya başlamadan önce, Ray'e ulaşabilir, onu içinde bulunduğu durumdan çekip çıkartabilirdim, ama alevler Ray'in tankere açmış olduğu deliğe kadar ilerlemişti. Az sonraki patlama planladığımız gibi olmayacaktı, ama aynı etkide olacağı kesindi.

Benzin yüklü tankerlerden biri patladı.

Kızgın, kırmızı bir el vücuduma çarptı. Vuran şok dalgasının aralığından Ray'in alev topuna dönmüş haline, son bir kez daha baktım. Ardından dumanın içinden geçercesine havaya uçtum. Belli belirsiz bir duvarın görüntüsü göründüğünde duvara çarptım ve vücudumdaki kemiklerin tamamının kırıldığını hissettim. Yere kapaklandım ve umutsuzluk kuyusunun içine düştüm. Kıyafetlerim yanıyordu, ama alevler içimin dipsiz karanlığını aydınlatamıyordu.

Son gördüğüm şey, üzerime atılmış bir monttu.

Ondan sonrası sadece, sonsuz bir karaltıydı.

ONUNCU BÖLÜM

Kendime gelmeye başladığımda, küçük tepelerin bulunduğu uçsuz bucaksız bir yeşilliğin içindeydim. Güneşin olmadığı bir gökyüzünü binlerce masmavi yıldız süslüyordu. Yüzüme esen ılık, huzurlu rüzgâr içine binlerce çiçeğin kokusu karışmışçasına mis gibi kokuyordu. Uzaktan bir grup insan sohbet ederek, tepelerin arasına gizlenmiş bir gemiye doğru ilerliyor, menekşe rengindeki geminin yaydığı ışık, yıldızlara kadar uzanıyordu. Bir şekilde, bu geminin yola çıkmak üzere olduğunu ve benim de o gemide olmam gerektiğini biliyordum. Ama yola çıkmadan önce, Efendi Krişna'yla konuşmak zorundaydım.

Geniş platformun üzerinde, yanımda, sağ elinde altın flütünü, sol elinde lotus çiçeğini tutarak duruyordu. Kıyafeti sadeydi, benimki gibi yerlere kadar uzanan mavi bir elbise giyiyordu. Boynunda, yeryüzündeki her bir ruhun kaderinin görülebildiği görkemli Kaustubha taşı vardı.

Bana doğru bakmak yerine, karşısındaki yıldızların altındaki devasa büyüklükteki gemiye bakıyordu. Konuşmaya benim başlamamı bekliyormuş gibiydi, ama bazı sebeplerden ötürü bana en son söylemiş olduğu şeyi hatırlayamıyordum. Özel bir durumda olduğumu biliyordum. Ne soracağımı bilmediğimden, zihnimi kurcalayan bütün soruları sormaya karar verdim.

"Bir dahaki görüşmemiz ne zaman olacak, Efendim?"

Binlerce insanın kaçmak için doluştuğu gemiyi gösterdi. "Zaman ve boyut kavramları dünyevidir. Burada yaşadığın bir an, sonsuzluğu ifade edebilir. Her şey senin kalbine bağlıdır. Beni hatırladığın her an gözlerinin önünde olacağım."

"Dünyada bile mi?"

Onaylarcasına başını salladı. "Özellikle orada. Dünya eşsiz bir yerdir. Tanrılar bile orada doğmuş olmak için can atıyor."

"Bunun sebebi ne, Efendim?"

Belli belirsiz gülümsedi. Gülümsemesi büyüleyiciydi. Efendi'nin gülümseyişinin, meleklerin zihinlerini büyülediği duyulmuş bir şeydi. Benimkini büyülemişti.

"Bir soru, başka bir soruyu beraberinde getirir. Bazı şeyleri merak etmek gerekir." Sonunda yüzünü bana doğru döndürürken, akşamın ılık esintisi uzun siyah saçlarını dalgalandırıyordu. Yıldızların parlaklığı gözlerinin içinde yansırken, evrenin tamamını orada görebiliyordum. Bana doğru akan ve içimi ısıtan sımsıkı sevgi dalgası, cennetin en güzel hediyelerinden daha güzeldi. Yine de bunu hissetmek kalbimi kırmıştı, çünkü kısa bir zaman sonra gitmiş olacağını biliyordum. "Bunların hepsi *hayal*," dedi. "Bir düş."

"Bu hayalin içinde kaybolup gidecek miyim, Efendim?"

"Tabii ki. Beklenen buydu. Uzun bir süre kaybolmuş olacaksın."

"Seni unutacak mıyım?"

"Evet."

Gözlerimden süzülen yaşları hissettim. "Neden bu şekilde olmak zorunda ki?"

Düşündü. "Bir zamanlar okyanusların hâkimi olan büyük bir tanrı vardı. Bu okyanus... adını bilmiyorsun, ama sana uzak değil. Bu tanrının üç tane eşi varmış. Bir kadınla başa çıkmanın nasıl zor olduğunu biliyorsundur. Üç kadını idare etmenin ne kadar zor olduğunu tahmin edebilirsin. Üçüncüyle evlenir evlenmez, diğer ikisi yanına gelip hediyeler talep etmiş. Birincisi, 'Ah sevgili Efendim, sizin en asil, en narin ve güzel eşinizim. Bu yüzden beni en güzel hediyelerle donatmalısınız,' demiş. İkincisi gelmiş ve 'Sana itaatkâr bir şekilde hizmet ettim ve gözüm de senden başka birini görmedi. Bana büyük bir hazine sunmalısınız,' talebinde bulunmuş. Tanrı ilk iki eşinin taleplerine gülmüş olsa da, onları memnun etmek için arzu ettikleri ne varsa yerine getirmiş. Birincisine okyanusun mücevherleri olan elmasları, zümrütleri ve safirleri vermiş. İkincisine de mercanları ve muhteşem deniz kabuklarını. Üçüncüsünün herhangi bir talebi olmadığından, ona da okyanusun tuzunu vermiş."

"Sadece tuz mu, Efendim? Hepsi bu kadar mı?"

"Evet. Çünkü kadının başka bir talebi olmamış. Tuzu alan kadın onu okyanusun üzerine serptiğinde muhteşem mücevherler görünmez olmuş ve deniz kabuklarının üzeri tuzla kaplanmış. Böylece Tanrı'nın diğer iki eşi hazinelerini bulamaz olunca, ellerinde bir şey kalmamış. Şimdi hediyelerin en büyüğünün ve en güçlüsünün tuz olduğunu anladın mı?" Krişna duraksadı. "Bu hikâyeyi anlayabildin mi, Sita?"

Tereddüt ettim. Krişna'nın anlattığı hikâyelerde her zaman derin bir anlam vardı. Birden fazla ders çıkartmak mümkün oluyordu. "Evet. Bu yakınlardaki okyanus ayak basmak istediğimiz dünya, tuz, dünyanın hazinelerini kaplayan büyü ve hayaldir."

Başını salladı. "Evet, ama hazineden bahsederken, anlatmak istediğim dünyadaki kötülük değil. Bu hazineye sahip olan tanrıça, aynı zamanda hazinenin taşıdığı güce de sahip olacak. Bu okyanusun derinliklerine dal, Sita. Sana kucak açacak ve hayalini bile kuramayacağın güzellikleri sunacaktır." Duraksadı, sonra daha yumuşak bir ses tonuyla konuşmaya devam etti, gökyüzüne baktı. "Dünyayı düşledim ve bu sebepten ötürü dünya yaratıldı. Rüyamda, seni orada gördüm." Elini uzattı, saçımı okşarken bayılacağımı sandım. "Dünyanın sana öğreteceği şeyleri öğrenmen için gittin. Bu hem doğru hem de yanlış. Doğru olan ne varsa, paradoks değil midir zaten? Benimle asla kimse gelmeyecek ve bir yere gitmeyecek. Beni anladın mı?"

"Anlamadım, Efendim."

Elini geri çekti. "Önemli değil. Sen de, dünya kadar eşsizsin. Ama kendinden önce gördüklerin gibi oraya gidip gelmeyeceksin. Rüyanda ve benimkinde, oraya gidecek ve kalacaksın."

"Bu ne kadar sürecek, Efendim?"

"Bir çağın başlangıcında doğacak ve bir sonrakine kadar geri gelmeyeceksin."

Gözyaşlarım geri geldi. "Bu zaman boyunca seni bir daha göremeyecek miyim?"

"Değişiminden kısa bir süre sonra beni göreceksin. Belki dünyadan ayrılmadan önce son bir kez daha olabilir." Krişna gülümsedi. "Her şey sana bağlı."

Değişim derken ne demek istediğini anlamadım, ama bunu sormak yerine, "Her şeye rağmen gitmek istemiyorum," dedim.

Güldü. "Bunu şimdi söylüyorsun, ama daha sonra söylemeyeceksin..." Birkaç saniyeliğine gözlerimin içine bakmıştı, ama ben asırların geçtiğini sanmıştım. Bu zaman zarfında yüzlerce, hatta milyonlarca yıldız gözlerimin önünden kayıp gitmişti. Bir an için evren gözlerimin önünde canlanmıştı ve kendimi onun tarafından yeniliyormuş gibi hissetmiştim. Tepeden bir adım bile uzaklaşmadan, Krişna'nın gözlerinin içinde gördüğüm hayat, benim hayatım olabilirdi. Gözlerinden çıkan parlak bir küre gözlerimin içine girerken, fısıldayan bir sesle, "Şimdi nasıl hissediyorsun, Sita?" diye soruyordu.

Elimi kaldırıp başıma götürdüm. "Biraz başım döndü. Kendi kaderimi görmüş gibiyim..." Duraksadım. "Dünyaya gitmiş, evlenmiş ve çocuk sahibi olmuştum. Her şey öylesine garip ki... Sanki insan değil, başka bir türdüm. Bu mümkün müydü?"

Başını salladı. "Kısa bir süre için, insan olacaksın. Kaderin çizildi, Sita ve bu gördüklerin de kaderinin bir parçası. Minnettarlığımı kazanmak ve bana ulaşmaya çalışmak için ne yapman gerektiğini düşündüğünü biliyorum. Ama sana rehberlik edebilecek kimse yok, sen her zaman benimlesin ve ben de her zaman seninle olacağım. Kalbinin derinliklerinde başkalarının binlerce farklı hayatta yapamayacakları şeyleri, her zaman kendi uzun hayatın boyunca başarmaya çalış. Sen bir meleksin, ama benim gibi olmak isteyeceksin. Ama ben hem melek hem de şeytan, hem iyilik hem de kötülük olacağım. Yine de ben her şeyden daha üstün olacağım, Sita. Bulduğun en büyük hazinenin, ardında bıraktığın hayaller olduğunu anlayacaksın."

"Ne demek istediğini anlamadım, Efendim."

"Bunun hiçbir önemi yok." Flütünü kaldırıp dudaklarına götürdü. "Şimdi çalacağım yedi notalık şarkı, sana insanlığı anlatacaktır. İnsan ve vampir olarak hissedeceğin bütün duyguları bu şarkının içinde bulacaksın. Bu şarkıyı hatırladığın her an, beni de hatırlayacaksın. Bu şarkıyı söyler söylemez beni karşında bulacaksın."

"Bekle! Vampir ne demek?"

Ama Krişna şarkıyı çalmaya başlamıştı bile. Kulak kabartıp dinlemeye başladığımda, kulağıma gelen notalar, ılık bir rüzgâr gibi yüzüme çarpıyordu. Önünde havalanan toz, gözlerimin içine dolduğundan, Krişna'yı göremiyor, yanımda olduğunu bile hissedemiyordum. Yıldızların parlaklığı sönmüştü. Etraf zifiri karanlığa gömülürken, üzüntümü tarif edebilecek kelimeler yoktu.

Şarkıyı bana vermesinden dolayı mı duyamadığımı merak ediyordum. Ya Efendimi olmak istediğim şey için kaybettiysem? Nefret eden bir âşık, günah işleyen bir aziz ve öldüren bir melek.

İstemediğim bir dünyada gözlerimi açtım. Buradan çıkış yoktu. Hem cennette hem de cehennemdeydim.

"Merhaba," dedi bir ses.

Ucuz motellerden birindeydim. Etrafa baktığımda çekmeceleri, duvarları yansıtan tozlu aynayı fark ettim. Kabarık bir şiltenin üzerinde çıplak bir halde yatarken, incecik bir çarşaf üzerimi örtüyordu. Aynanın yansımasından, pencerenin yanındaki sandalyenin üzerinde oturan Özel Ajan Joel Drake'i gördüm. Beni sorgulamak için sabırsızlandığını hissedebiliyordum. Ama hiçbir şey söylemedim.

Ray ölmüştü. Bunu biliyor, hissediyordum. Ama aynı zamanda, bir şey hissedemeyecek kadar acı çekiyordum. Göğüs kafesimin içinde deli gibi atan kalbimin sesini duyabiliyordum. Bu kalp bana ait olamazdı. Binlerce yıl boyunca içtiğim binlerce insanın kanına rağmen, kendimi boş bir fıçı gibi hissediyordum. Odanın içi sıcak olsa da, tir tir titriyordum.

Sonunda, "Evet?" dedim.

Oturduğu yerden kalkıp yatağın yanına gelen Joel, "Sita,"

dedi. Göğsüme saplanan ağrı beni kıvrandırırken, "Her şey yolunda mı?" diye sordu.

"Evet."

"Bir moteldesin. Depodaki patlamadan sonra seni buraya getirdim. Tam, on iki saat önce. O zamandan beri derin bir uykuda uyuyorsun."

"Evet."

Kendi söylediklerine inanmıyormuş gibi konuşuyordu. "Senin izlediğin yolu takip edip Eddie'nin annesini ziyaret ettim. Garip bir durumdaydı ve bozuk bir plak gibi sürekli olarak deponun adresini sayıklıyordu. Çok az konuştu."

"Evet." Eddie'nin annesinin beynini istediğim düşünceyi yerleştirmek için haddinden fazla zorlamış olmalıydım. Tekrar etmesi bundan kaynaklanıyor olabilirdi. Bunu geçmişte de yapmıştım ve etkisi nadiren kalıcıydı. Bu kadın, bir ya da iki gün içinde normale dönecekti. Bunu dert etmiyordum.

"Aceleyle depoya gittim," diye devam etti Joel. "Oraya vardığımda sen ve şu arkadaşın, Eddie'yle mücadele ediyordunuz. Ondan sonrası da patlama." Duraksadı. "Alev topu seni uzağa atıp kafanı tuğla duvara inanılmaz bir kuvvetle çarptığında, öldüğünü sandım. Daha sonra kıyafetlerinin yandığını fark ettim. Üzerini kendi ceketimle sararak alevleri söndürmeye çalıştım. İşte o zaman nefes almaya devam ettiğini gördüm. Seni kucakladığım gibi arabama attım ve hastaneye götürürken fark ettim ki... Bunu kendi gözlerimle gördüm." Konuşmakta güçlük çekiyordu. "Yaraların iyileşmeye başladı, hem de gözlerimin önünde. Saniyeler içinde yüzündeki kesikler kapandı ve yüzlerce parçaya ayrıldığını tahmin ettiğim suratın, eski haline döndü. Kendi kendime bunların gerçek olmadığını düşündüm. Seni hastaneye götüremezdim. Bundan sonraki on yıl boyunca deney tahtası olarak kullanılabilirdin." Durdu. "Böylece seni buraya getirdim. Sana anlattıklarımı anlayabildin mi?"

"Evet."

"Bana olup biteni anlatmak zorundasın. Kimsin sen?"

Aynaya bakmaya devam ettim. Ona soru sormak istemiyordum. Soru sormak zayıflıktı ve ben her zaman güçlüydüm. Herhangi bir ümit taşıyormuş gibi durmuyordum. Ama buna rağmen sordum.

"Tankerin yanındaki genç adam..." diye başladım.

"Partnerin? Alev topuna dönüşen adam?"

"Evet," dedikten sonra yutkundum. "Kurtulabildi mi?"

Joel yumuşak bir ses tonuyla, "Hayır," dedi.

"Emin misin?"

"Evet."

"Ama öldü mü?"

Joel ne demek istediğimi anladı. Arkadaşım da benim gibiydi, yani normal değildi. Birkaç kez ciddi şekilde yaralanmış olmasına rağmen iyileşebilirdi. Ama Joel başını iki yana salladığında, Ray'in parçalara ayrılmış olduğunu anladım.

"Öldü," dedi.

"Anlıyorum." Doğrulmaya çalıştım ve güçsüz bir şekilde öksürdüm. Joel bana bir bardak su getirdi. Dudaklarımı bardağın kenarına değdirdiğimde, kırmızı damlalar suyun içine düştü. Bu kan damlaları ağzımdan ya da burnumdan değil, gözyaşlarımdan kaynaklanıyordu. Bugüne kadar çok az gözyaşı dökmüştüm. Ağladığıma göre, bu çok özel bir durum olmalıydı.

Joel bir tereddüt içindeydi. "Erkek arkadaşın mıydı?" diye sordu.

Başımı salladım.

"Çok üzgünüm."

Bu sözlerin bana bir yardımı dokunmuyordu. "Deponun önündeki iki tanker de havaya uçtu mu?"

"Evet."

"Patlamadan sonra depodan çıkan birileri görülmüş mü?"

"Hayır, bu zaten imkânsız olurdu. Ortalık gerçekten cehennem yerine dönmüştü. Polis depoyu, parçalanmış cesetleri topladıktan sonra kordon altına aldı." Duraksadı. "Tankerleri sen mi havaya uçurdun?" diye sordu.

"Evet."

"Neden?"

"İçeridekileri öldürmek için. Onlar seni öldürmeden, ben onları öldürmek istedim, ama bu konuları şimdilik konuşmak istemiyorum. Diğer adamdan haber var mı? Erkek arkadaşımla benim yanımda olan adam? Kaçtı mı?"

"Nereye gittiğini bilmiyorum. Sadece gitmiş."

"Aman Tanrım!" Bu, kaçtığı anlamına geliyordu.

"Kimdi o adam?" diye sordu Joel.

"Tahmin edebileceğinden eminim."

"Edward Fender?"

Başımı salladım. "Eddie," dedim.

Joel arkasına yaslandı ve bana dik dik baktı. On iki saat önce vücudundaki tüm kemikleri tuz buz olan bu genç kadın, gözlerinden akan kanlı yaşların haricinde tamamen iyileşmiş görünüyordu. Hafifçe aralanmış pencereden kararmış gökyüzünü fark ettim. Neonun parlaklığı, başlayacak yeni ve uzun bir gecenin haberini veriyordu. Ona yaşananların *neden* olduğunu anlatmamı istiyordu, ama ben de kendime aynı soruyu soruyordum. Sevebileceğim birini bir kez daha bulmak neden beş bin yıl sürmüştü? Neden sadece altı hafta sürdükten sonra ellerimden kayıp gitmişti?

Neden zaman ve boşluk, Krişna? Etrafımıza bu duvarı ören, bizi içine hapseden sensin. Özellikle de sevdiklerimiz bizi terk ettiğinde. O zaman duvar öylesine yükseliyor ki, ne kadar yükseğe zıplasak da onu aşamıyoruz. O zaman geride üzerimize gelen duvarlardan başka bir şey kalmıyor.

Rüyama inanmıyordum. Hayat bir şarkı değildi. Hayat bir lanetti ve hiç kimsenin hayatı da benimki kadar uzun olmamıştı.

"Nasıl oluyor da bu kadar çabuk iyileşebiliyorsun?" diye sordu Joel.

"Sana normal olmadığımı söyledim."

Ürperdi. "İnsani bir varlık mısın?" diye sordu.

Gözlerimden akan kanlı yaşlarımı sildim, gülümsemem acıydı. Rüyam neydi? Benim farklı olmam mı bekleniyordu? Ne kadar ironik ve aptalca. Uykuya dalmadan önce annesine kâbus görüp görmeyeceğini soran bir çocuk gibiydim.

"Doğruyu söylemek gerekirse hayır, insan değilim," diye cevap verdim. "Ama ağladığıma göre ki ağlamak insana has bir duygusal ifade olduğundan, insanım da diyebilirim." Kırmızı lekelerle bezenmiş ellerime bakarken, Joel'un bakışlarını üzerimde hissettim.

"Kanıyorsun. Hâlâ yaraların olmalı."

Elimi kendime doğru çektim ve sorusunu duymazlıktan geldim. "Ben buyum. Bu, benim için normal." Bir kez daha yanaklarımı silmek zorunda kaldım. Şu gözyaşlarım... onları durduramıyordum. "Gittiğim her yerde, dokunduğum her şeyde... kan var."

"Sita?"

Ani bir hareketle doğruldum. "Beni bu isimle çağırma! Ben burada değilim, anlıyor musun? Sita çoktan öldü. Ben gözlerinin önünde gördüğün bir şeyim! Şu... kanlı şey!"

Çıplak olmama aldırış etmeden ayağa fırladım, yanan kıyafetlerimin yerdeki yığınına takıldım. Tökezleyip pencerenin önüne kadar gittim. Portakal soyar gibi, vücuduma yapışan giysileri üzerimden soymuş olmalıydı. Perdeyi hafifçe yana doğru çekerek dışarıya baktığımda gördüğüm manzara, rüyalarımda gördüğüm diğer galaksiler kadar yabancı gelmişti. Depodan çok uzakta olamazdık. Hâlen varoş mahallesinde, yani düşman bölgesinde olmalıydık. "Şu anda ne yaptığını merak ediyorum," diye mırıldandım.

Joel arkamda duruyordu. "Sen dinlenirken, dışarıya çıkıp birkaç parça giysi aldım." Köşede duran sandalyenin üzerindeki torbayı işaret etti. "Ama sana uyup uymayacağından pek emin değilim."

"Teşekkür ederim." Köşeye gittim, aldığı mavi kot pantolonunu, gri süveteri giydim. Uymuştu. Ayakkabı yoktu, ama ayakkabıya ihtiyaç duymuyordum. Poşetin yanındaki bıçağımı fark ettim. Bacağıma bağladığım deri ipi yoktu, pantolonumun arka cebine koydum. Birkaç santim taşmıştı. Joel beni takip ederken gözlerinde korku vardı.

"Ne yapmak istiyorsun?" diye sordu

"Onu bulacağım. Onu öldüreceğim."

Bana doğru bir adım daha yaklaştı. "Önce benimle konuşmak zorundasın."

Başımı salladım. "Bunu yapamam. Seninle rıhtımdayken konuşmaya çalıştım, ama sen beni takip etmeye devam ettin. Hâlâ beni takip etmeye devam edeceğini düşünüyorum. Ama bunu anlıyorum. Sen sadece işini yapmaya çalışıyorsun. Ben de kendi işimi yapmaya çalışıyorum." Kapıya doğru döndüm. "Öyle ya da böyle, çok yakında her şey bitmiş olacak."

Kapının koluna elimi attığımda, beni durdurdu. Yaşanan onca şeye rağmen benim için endişeleniyordu. Gerçekten cesur bir adamdı. Elini itme girişiminde bulunmadım. Bunun yerine gözlerinin içine baktım, ama onu etkim altına alma ya da kontrol etme gibi bir amacım yoktu. Gözlerinin içine öylesine yumuşak baktım ki, o da benimkilerin içine bakabildi. Ray olmadan, uzun hayatım boyunca ilk kez kendimi yalnız hissediyordum. Ve öylesine insan. Acımı fark etti.

"Seni nasıl çağırmamı istersin?" diye sordu yumuşak bir ses tonuyla.

Suratımı buruşturdum. "İstersen bana Sita demeye devam edebilirsin... Joel."

"Sita! Sana yardım etmek istiyorum," dedi.

"Bana yardım edemezsin. Sana bunun nedenini açıklamıştım ve şimdi de bunun nedenini görmüş oldun." "Öldürülmeni istemiyorum," diye ilave ettim.

Joel endişeliydi. 'Şu kanlı şey'den hoşlanıyor olmalıydı.

"*Senin* de öldürülmeni istemiyorum. Sahip olduğun özel yeteneklere sahip olmayabilirim, ama tecrübeli bir polis memuruyum. Onun arkasından birlikte gitmeliyiz."

"Silahın onu durduramaz."

"Silahtan başka şeyler de sunabilirim."

İçten bir gülümsemeyle yanağını okşadım, çünkü iyi kalpli olduğunu düşünüyordum. İçinde bana karşı şüpheler taşıyor olmasına rağmen, yine de işini yapmaya ve benimle kalmaya çalışıyordu.

"Unutmanı sağlayabilirim," dedim ona. "Eddie'nin annesinin zihnini ne şekilde etkilediğimi gördün. Benden uzaklaş. Ve yaşanan her şeyi unut." Elimi geri çektim. "Bu, sana bunu anlatabileceğim en insancıl yol, Joel."

Sonunda kolumu bıraktı. "Seni bir daha görebilecek miyim?" diye sordu.

Gerçekten üzgündüm. "Umarım görmezsin. Elveda."

"Elveda."

Kapının dışına çıktım, ardından da kapıyı arkamdan kapattım. Gece, sevdiğim kadar ılık değildi, nefret ettiğim kadar soğuk da değildi. Dışarısının soğukluğu ve gecenin zifiri karanlığı bir vampirin avlanması için en uygun zamandı. Ray'in yasını daha sonra tutacaktım. Şimdi yapılacak çok şey vardı.

ON BİRİNCİ BÖLÜM

*Y*ürüyerek, polis tarafından şerit çekilmiş ve memurların nöbet tuttuğu depoya doğru ilerledim; üç beş blok kala durdum. Keskin gözlerimle Ray'in kalıntılarını görebilme ümidiyle uzaktan inceledim. Suç yeri araştırma ekibi işini henüz bitirmemişti, en küçük kalıntılara kadar toplayıp plastik poşetlere ayırmış, üzerlerini etiketlemişlerdi. Etrafta yanıp sönen kırmızı ışıklar, is kokusu ve Ray'e ait olabilecek ceset parçaları beni üzüyordu. Yine de olay yerinden ayrılmadım. Düşünüyordum.

"Heather'ı yatak odasındaki dolabın içine bağlamış ve üzerinde Eddie'nin liseden kalma ceketinden başka bir şey olmaksızın, bütün gece boyunca çubuklu buzlu şekerlerden emmesi için onu zorlamış."

Yeni doğmuş vampirle tanıştığım sırada, etraftaki dondurma kamyonetinin çıngırtısını duymuştum. Aralık ayının ortalarındaydık ve gecenin bir yarısıydı. Daha sonra Bayan Fender'e gittiğimde, evinde büyük bir derin dondurucu olduğunu öğrendim. Son olarak tankerleri deponun önüne park ettiğimiz sırada, göz ucuyla köşedeki dondurma kamyonetini görmüştüm. Bulunduğum yerden köşeyi göremediğim için kamyonetin orada olduğundan emin değildim. Ama etraftaki güvenlik önlemlerine bakılırsa orada olmalıydı. Ve bu önemliydi.

Eddie'nin çubuklu buzlu şekerlerinin özelliği neydi?

Donmuş cesetleri neden taparcasına seviyordu?

Donmuş cesetleri bir yere mi taşıyordu?

Eğer Eddie, Yakşa'nın cansız bedenine sahipse ve Yakşa hayattaysa, onu kontrol altında tutup kanından faydalanmaya devam ediyor olabilirdi. Bu işlemiyse sadece iki farklı yoldan yapabilirdi. Belki başka yolları vardır, ama en azından ben bu ikisini biliyordum. Birinci yol, Yakşa'nın vücuduna delici ya da kesici aletler sokmak ve bu sayede yaralarının kapanmamasını sağlamak. İkincisiyse doğa kanunlarına aykırı... Yakşa, şeytani bir varlık olan Yakşini'nin vücut bulmuş hali olarak tekrar dünyaya gelmişti. Yılanlar soğukkanlıydı, ama soğuktan hoşlanmıyordu. Biz vampirler dayanabiliyor olsak da, soğuktan nefret ederiz. Buz bizi güneş kadar rahatsız eder, düşünme kabiliyetimizi yavaşlatır, yaralarımızın iyileşmesini engeller. Eddie'nin inanılmaz gücünü ve hakkımdaki bilgileri ediniş tarzını düşündükçe Yakşa'yı *hayatta* tutup, kanını içmeye devam ettiğini düşünmek bana daha mantıklı geliyordu. Eddie'nin onu vücuduna delici aletler sokarak yarı donmuş halde tuttuğunu düşünüyordum.

Ama nerede?

Annesinin evinde?

Çok şüpheli. Annesi deliydi ve Yakşa her yerde bırakılamayacak kadar tehlikeli bir hazineydi. Üstelik Eddie de, Yakşa'nın kanını yakınında tutmak isteyecekti. Geceleri avlanmaya çıktığında bile onu yanında götürmesi büyük bir olasılıktı.

Etrafıma bakındım ve bulduğum en yakın telefon kulübesine girerek, ofisten çıkmadan önce ev ve iş numarasını aldığım Sally Dietrich'i aradım. Dedikodu yapacak ruh halinde olmadığımdan, doğruca konuya girdim. Morgda çalışmaya başlamadan önce Eddie'nin dondurma satıcısı olup olmadığını sorduğumda Sally, *evet,* dedi. Eddie ve annesinin Los Angeles'ta bir dondurma kamyonetlerinin de olduğunu ilave etti. Bilmek istediğim şey de işte buydu.

Ardından, Ray'in eski kız arkadaşı Pat McQueen'i aradım.

Bunu neden yaptığımı bilmiyordum. Böyle bir acıyı paylaşabileceğim son kişi olmasına rağmen, ki böyle bir acı paylaşılabilir mi onu bile bilmiyordum, ama aradım. Bu zifiri karanlık gecede, ona tarif edilemeyecek bir yakınlık hissediyordum. Onun sevdiğini almıştım ama kader de şimdi onu benden almıştı. Belki de adalet buydu. Numarasını çevirirken ondan özür dileyeceğimi mi, yoksa onu daha da mı kıracağımı kestiremiyordum. Ne de olsa Ray'in altı hafta önce toz olup gitmiş olduğunu düşünmüyor muydu? Sesimi duymak hoşuna gitmeyebilirdi. Belki de kapanmaya yüz tutmuş yaralarını bir kez daha açacaktım. Ama birkaç çalışın ardından telefona cevap verdiğinde kapatmadım.

"Efendim?"

"Merhaba Pat, ben Alisa. Beni hatırlıyorsundur."

Derin bir nefes almaya çalıştı, ardından derin bir sessizlik oldu. Benden nefret ediyordu. Bunu biliyordum; telefonu kapatmayı düşündüm. "Benden ne istiyorsun?" diye sordu.

"Bilmiyorum. Ben de bunu kendi kendime sorup durdum. Ray'i tanıyan biriyle konuşmak istedim."

Yine uzun bir sessizlik. "Senin öldüğünü sanıyordum."

"Zaten öldüm."

Sadece nefes alıp verdiğini duyarken, bana sormak istediği şeyin ne olduğunu tahmin edebiliyordum. "O öldü, değil mi?"

Elimi başımın üzerine koydum. "Evet. Ama ölümü bir kaza

değildi. O, cesur bir şekilde ve kendi hür iradesiyle inandığı şeyleri korumak isterken öldü."

Ağlamaya başladı. "Sana mı inanıyordu?" diye sordu acı bir ses tonuyla.

"Evet. Böyle olduğunu düşünüyorum. Ama bana inandığı kadar sana da inanıyordu. Sana duyduğu sevgi derindi. Seni isteyerek terk etmedi. Onu ben zorladım."

"Neden? Neden bizi yalnız bırakıp çekip gitmedin ki?"

"Onu sevdim."

"Ama onu öldürdün! Onunla hiç konuşmamış olsaydın, şimdi hayatta olacaktı."

İçimi çektim. "Bunu biliyorum. Onunla konuşmasaydım bunlar olmayacaktı. Bunların olacağını bilseydim, birçok şeyin farklı olmasını sağlardım. Bilemiyorum. Lütfen inan bana. Senin ya da onun canını yakmayı hiç istemedim. Sadece olaylar bu şekilde gelişti."

Ağlamaya devam etti. "Sen bir canavarsın."

Göğsümde duyduğum acı doruk noktasına ulaştı. "Evet."

"Ona ve bana yaşattığın acıyı unutamıyorum. Senden nefret ediyorum."

"Benden nefret edebilirsin. Bunda sorun yok. Ama onu unutmak zorunda değilsin. Bunu istesen de yapamazsın. Ben de onu unutamam. Pat, seni aramış olmamın nedenini şimdi anlıyorum. Onun ölmüş olması, hayatının son bulduğu anlamına gelmez. Ben onu farklı bir boyutta, farklı bir zamanda da sevdim ve bundan sonrasını kim bilebilir ki? Okulda tanıştığımız ilk gün, yani onu ilk gördüğüm an, yıllar önce kaybettiğim aşkım karşımdaydı. Bir sihirden farksızdı. Onunla tekrar karşılaşabiliriz ya da yıldızlara, onun yanına gidebiliriz."

Kısa bir sessizlik oldu. "Neden bahsettiğini anlamış değilim."

Gülümsemeye çalıştım, bu sefer kendim için. "Bunun hiçbir önemi yok. İkimiz de onu sevdik ve o bizi bırakıp gitti. Bundan sonrasını kim bilebilir? Hiç kimse. İyi geceler, Pat. Tatlı rüyalar. Rüyanda onu gör. Ben uzun bir süre göreceğimi biliyorum."

Biraz tereddüt etti. "Elveda, Alisa."

Telefonu kapattıktan sonra, yere baktım. En azından gökyüzünden daha yakın ve gerçek olduğunu biliyordum. Kara bulutların kapladığı gökyüzünde tek bir yıldız bile yoktu. Eski arkadaşım Seymour'u aradım. Hemen cevap verdi; olup biten her şeyi anlattım. Sözümü kesmeden beni dinledi. Bu çocuğu işte bu özelliğinden dolayı seviyordum. Dedikodularla dolu şu dünyada iyi bir dinleyici bulmak, büyük bir hatip bulmaktan daha zordu. Beni teselli edemeyeceğini bildiğinden bunu denemedi bile. Ama kaybımın büyüklüğünü kabul ediyordu.

"Ray için çok üzüldüm," dedi.

"Evet, gerçekten kötü."

"Sen iyi misin?"

"Evet."

Sesi içtendi. "İyi. Bu yaratığı durdurmak zorundasın. Seninle aynı fikirdeyim; Yakşa büyük ihtimalle dondurma kamyonetinin içinde. Bütün bulgular kamyoneti işaret ediyor. Hatta beni aramadan önce gidip araştırma yapmamış olman beni şaşırttı."

"Çünkü onu içeride bulup Eddie ve polislerden kaçırmayı başarsaydım, seni arayamayacak kadar meşgul olurdum."

"İyi. Yakşa'yı kurtar. Yaraları kısa zamanda iyileşecektir ve böylece ikiniz Eddie'nin peşinden gidebilirsiniz."

"Bunun kolay olacağını sanmıyorum."

Seymour duraksadı. "Bacakları yeniden çıkmayacaktır, değil mi?"

"Seni şaşırtabilir, ama böyle bir şeyi daha önce hiç görmedim. Buna şüpheyle bakıyorum."

"Bu iyi olmaz. O zaman Eddie'yle tek başına yüzleşmek zorundasın."

"Evet, ama son karşılaşmamızda iyi değildim."

"İyiydin. Onun adamlarını yok ettin. Ama hızlı hareket etmek zorundasın, yoksa daha fazlasını yaratacaktır. Ve bu sefer onları kolaylıkla yok etmeni engellemek için hepsini aynı yerde toplamayacak."

"Ama onu güç kullanarak yenemem. Bunu zaten denedim. O benden daha hızlı, daha güçlü. Üstelik de akıllı. Ama sen de akıllısın. Bana ne yapmam gerektiğini söyle, ben de yapayım."

"Sana sadece birkaç öğüt verebilirim. Onu, gücünü en iyi şekilde kullanabileceğin bir alanda sıkıştırmak zorundasın. Muhtemelen senin kadar iyi göremiyor ya da duyamıyordur. Büyük bir ihtimalle de güneşe karşı daha duyarlıdır."

"Güneş onu çok fazla yavaşlatmıyor."

"O zaman soğuğa karşı daha hassastır. Öyle olduğunu ama bunun farkında olmadığını sanıyorum. Annesi söz konusu olduğunda da hassas olabilir. O kim ki? Otuz yaşında. Bir vampir, ama hâlâ annesiyle yaşıyor. Bu herif o kadar da korkutucu olamaz."

"Espri kabiliyetini saygıyla karşılıyorum, ama bana özel bir şeyler söyle."

"Annesini kaçır. Onu öldürmekle tehdit et. Koşarak gelecektir."

"Bunu düşündüm."

"O zaman yap. Ama önce Yakşa'yı onun elinden kurtar. Onu durdurmanın sihrini verebilecek biri varsa, o da Yakşa'dır."

"Çok fazla kitap okuyup yazıyorsun. Gerçekten de ortada bir sihir olduğunu düşünüyor musun?"

"Sihrin kendisi sensin, Sita. Hayatın, senin bile bilmediğin sırlarla dolu. Krişna senin yaşamana bir sebepten dolayı izin verdi. Bu sebebi sen kendin bulmak zorundasın, sonrasında bu durum kendiliğinden çözümlenecektir."

Sözleri beni harekete geçirdi. Ona rüyamdan bahsetmemiştim. Şüphelerim ve göğsümdeki sancı sözlerin geçiremeyeceği kadar şiddetliydi.

"Krişna yaramazlık yapmayı sever," dedim. "Bazen hikâyeler akıp gider, ama bunun belli başlı bir sebebi yoktur."

"O zaman sen de yaramazlık yap. Eddie'yi aldat. Okulun futbol takımındaki erkeklerinin hepsi benden daha uzun ve güçlüdür. Ama hepsi bir demet aptaldan ibaret. Onların salaklıklarını her gün yüzlerine vurabilirim."

"Eğer bu gece ve bundan sonraki gece ölmez, hayatta kalmayı başarırsam, söylediklerini okul takımına aktaracağım."

"Yeterince adil," derken, sesi yumuşadı. "Ray'in ölmesi yeter. Lütfen ölme, Sita!"

Dokunsalar ağlayacaktım. "Bulduğum ilk fırsatta seni arayacağım."

"Söz mü?"

"Tüm kalbimle söz veriyorum."

Seymour'un inlediğini duyar gibi oldum. Benim için korkuyordu. "Kendine dikkat et."

"Kesinlikle," dedim.

Polis tarafından kapatılmış olan bölgeye girmek çok zor değildi. Kimse bakmadığı sırada çok katlı apartmanların çatılarının birinden diğerine atlıyordum. Ama bölgeden bir dondurma kamyonetiyle çıkmak kolay olmayacaktı. Her çıkışta, çaprazlamasına park edilmiş polis arabaları vardı. Ama bu, endişelendiğim son şeydi. Yerin otuz metre üzerinde sessiz bir şekilde ilerlerken, dondurma kamyonetinin yerinde durduğunu gördüm. Gözle görülür gizemli bir ağrı aurası, defnedilmemiş bir cesedi saran karasinek sürüsü gibi kamyonetin etrafını sarmıştı. Bulunduğum yüksek yerden tankerin yanındaki beton kaldırımın üzerine atlarken, tüm vücudumu korku kaplamıştı. Kendimi, kıvranan yılanlarla dolu karanlık bir kuyunun içine atlıyormuş gibi hissettim. Bulunduğum çevrede kimse yoktu, ama zehrin kokusu havayı kaplamıştı. Soğutma bölümünün kapısını açmadan önce, Yakşa'nın içeride kötü bir durumda olduğunu biliyordum.

Kapıyı açtım.

"Yakşa?" diye fısıldadım.

Kamyonetin soğutma bölümünün arka tarafında bir hareketlenme oldu.

Garip bir şekil konuşmaya başladı.

"Benden bir iyilik yapmamı mı istiyorsun, küçük kız?" diye sordu Yakşa yorgun bir ses tonuyla.

Tepkim beni şaşırttı. Bunca yıl ondan korkmuş olmam bir yana, parçalarını birleştirmek için onu ararken bile, ona tereddüt etmeden yaklaşmam kolay olmamıştı. Ama sorduğu aptal soru karşısında üzerimi bir rahatlık dalgası kapladı. Henüz ne halde olduğunu görmek için dikkatle bakmamıştım. Bunu bilmek istemiyordum, en azından şimdilik.

"Seni buradan çıkartacağım," dedim. "Bana on dakika ver, yeter."

"İstersen elli dakika bile alabilirsin, Sita."

Kamyonetin arka kapısını kapattım. Alana sadece polis arabaları girip çıkabiliyordu. Gazeteciler bile bölgeye alınmıyordu, ki bunu anlayamıyordum. Bu kadar tehlikeli bir bölge olmasına rağmen, yirmi polisin bir arada bulunması her gün rastlanan bir olay değildi.

Gideceğim yer belliydi. Kendime bir polis arabası bulacaktım; belki sarı saçlarıma uyan deniz mavisi bir tane olabilirdi. Deponun bulunduğu yere doğru ilerlerken geçen gece stadyumun dışında karşılaştığım polis memurlarına rastladım. Beni gördüklerinde ışıklarını yakıp söndürdüler, ki bu beni neredeyse gülme krizine sokacaktı. Bir kutu donut şişko polisin kucağında dururken, ellerindeki köpük bardaklardan kahvelerini yudumluyorlardı. Olayların olduğu bölgeden sadece birkaç blok öteden bulunuyorduk. Bu durum şeytani mizacıma uygun düşmüştü.

"Sizi burada görmek ne hoş," dedim.

Kucağındaki çörek kutusunu yere düşürmemek için gayret gösterdi. "Burada ne arıyorsun?" diye sordu şişko polis memuru. "Burası sivillere kapatılmış bir bölge."

Cesurdum. "Bu alanda nükleer denizaltı varmış gibi konuşuyorsunuz."

"Çok ciddiyiz," dedi genç polis memuru. "Buradan hemen çıkmanız gerekiyor."

Daha da yaklaştım. "Arabanızın anahtarını bana verir vermez buradan uzaklaşacağım."

Birbirlerine gülümsediler. Şişko polis memuru deponun bulunduğu tarafa doğru başını salladı. "Haberleri izlemediniz mi? Burada olup bitenleri bilmiyor musunuz?"

"Evet, atom bombasının patlamış olduğunu duydum." Elimi uzattım. "Bana arabanın anahtarını verin, gerçekten. Çok acelem var."

Genç polis memuru kırk beş kiloluk yirmi yaşlarındaki birinin görüntüsüne sahip biri üzerinde kullanacakmış gibi elini copunun üzerine koydu. Tabii beni durdurmak için bir Bradley tankına ihtiyacı vardı. Bu genç polis memuru hukuk fakültesine gidememiş ve sırf babasını kızdırmak için sahte bir diplomayla güvenlik kuvvetlerine katılmış gibi duruyordu.

"Sabrımız tükenmek üzere," dedi çömez, sert gözükmeye çalışırken.

"Burayı derhal terk etmezseniz, sıkı kalçanıza tekmeyi yersiniz," diye ilave etti.

"Sıkı kalçam mı? Vücudumun geri kalanına ne olmuş? Yani bu güne kadar kalçamı bu kadar öven biri daha olmamıştı." Çömeze doğru iki adım daha yaklaşarak gözlerinin içine baktım, ama onları yakmamak için gayret gösterdim. "İyi polislere diyecek bir şeyim olmaz, ama seks düşkünü domuzlara tahammülüm yoktur. Beni delirtirler ve bir kez delirirsem, beni durdurmak mümkün olmaz." Genç polisin göğsüne sertçe dokundum. "Şimdi derhal özür dileyeceksin, yoksa kıçını tekmelerim."

Beni şaşırtan –her şeye rağmen onu görmezlikten gelecekken– bana silahını doğrultması oldu. Şaşırmış gibi bir adım geri çekilerek ellerimi başımın üzerine koydum. Şişko polis memuru, bulunduğumuz yere doğru küçük bir adım attı. O daha tecrübeliydi; kargaşanın olmadığı bir yerde kargaşa yaratmanın kötü bir fikir olduğunu biliyordu. Ama kargaşanın benim göbek adım olduğunu henüz bilmiyordu.

"Hey, Gary!" dedi. "Kızı yalnız bırak. Sana kur yapıyor. Silahını indir."

Gary onu dinlemedi. "Ağzı kur yapamayacak kadar bozuk.

Onun bir fahişe olmadığını nereden biliyoruz? Evet, bu doğru. Bir fahişe olabilir. Belki bizden para istiyordur."

"Sizden para falan istemedim," dedim.

Bu sözler Gary'yi kızdırdı. Silahını karnıma doğru salladı. "Şu duvara yaslanacak ve bacaklarını açacaksın."

"Gary," diye şikâyet etti şişko polis. "Kes şunu."

"Şimdi durman daha iyi olacak, Gary," diye uyardım onu. "Aksi takdirde bu işi bitiremeyeceğini sana garanti edebilirim."

Gary kolumdan tuttuğu gibi beni duvara yasladı. Buna izin verdim. Çok üzgün olduğumda birinin beni avlamaya çalışmasını seviyordum. Gerçekten de, yoğun duygular yaşadığımda avlamayı, kan içmeyi, hatta öldürmeyi bile severim. Gary üstümü ararken, onu öldürüp öldürmeyeceğimi düşünüyordum. Ama 'sıkı kalçalarıma' dokunduğunda sınırı aşmıştı. Bir alyans takmıyordu, demek ki bu kadar çok donut yiyip ve sert kahve içmekten, kısa bir süre sonra kalp krizi geçirecek olan ortağı haricinde kimse onu özlemeyecekti. Evet, Gary üzerimi arayıp bıçağımı bulduğunda kanının tadının iyi olacağını düşünüyordum; dünya bir dalkavuğun yokluğunda da var olmaya devam edecekti. Bulduğu silahı, hazine anahtarıymış gibi ortağına uzattı. Kafasında buna gerçekten inanıyordu. Şu anda, sabıkalı bir suçlu olduğumdan, video çekilmediği müddetçe, bana istediğini yapabileceğini sanıyordu. Bu bölgedeki insanların ortadan yok olmasını şimdi daha iyi anlayabiliyordum.

"Bakalım burada ne varmış!" diye açıkladı Gary.

"Böylesine genç bir kolej öğrencisinin üzerinde en son ne zaman bu kadar büyük bir bıçak yakaladığını bana söyler misin, Bill?" Bıçağın ucuyla omzuma dokundu. "Sana bu bıçağı kim verdi? Pezevengin mi?"

"Aslında..." dedim, "bu bıçağı, bana sormadan kıçıma dokunma cüretinde bulunan bir Fransız asilzadesinin vücudundan çıkarttım." Yavaşça döndüm ve gözlerinin içine baktım. "Aynı senin gibi."

Şişko polis memuru yanımıza geldi ve gözlerimin içine bakmaya devam eden Gary'nin elindeki bıçağı aldı. Dikkatlice bakışımı biraz yumuşatıp keyifli bir şekilde bakmaya başlayınca, Gary yoğun bir şekilde terlemeye başladı.

"Tutuklusun," diye mırıldandı.

"Neyle suçlanıyorum?"

Yutkundu. "Suç aleti sayılabilecek bir bıçak taşıyorsun."

Gözlerimi bir an için Gary'den kaçırdım, Bill'e doğru bir bakış attım. "Sen de beni tutukluyor musun?"

Biraz tereddüt etti. "Böyle bir bıçakla ne yapıyorsun?"

"Kendimi korumak için taşıyorum."

Bill, Gary'ye baktı. "Bırak gitsin. Burada yaşıyor olsaydım, ben de bıçak taşırdım."

"Stadyumda karşılaştığımız kızın bu olduğunu unuttun mu?" diye sordu Gary kızgın bir ses tonuyla.

"Cinayetlerin işlendiği gece oradaydı. Şimdi de burada ve herkese kapalı olan bir yerde dolaşıp duruyor." Boşta kalan eliyle kelepçeleri çıkarttı. "Uzat ellerini, lütfen."

Dediğini yaptım. "Kibarca söylediğin sürece."

Silahını kenara bıraktıktan sonra, kelepçelerle yanıma geldi. Ellerimi arkadan bağladıktan sonra polis arabasına doğru yasladı. "Sessiz kalma hakkına sahipsin. Sessiz kalmadığın takdirde, söyleyeceğin her şey aleyhinde delil olarak kullanılabilir. Avukat tutma ya da kendini savunma hakkına sahipsin...".

"Bir saniye lütfen," diyerek konuşmasını böldüm; Gary kafamı eğmiş, arabanın içine binmem için beni zorluyordu.

Gary, "Ne oldu?" diyerek homurdandı.

Kafamı Bill'in bulunduğu yere doğru çevirdim ve gözlerinin içine baktım. "Bill'in arabanın içine oturarak güzel bir uyku çekmesini istiyorum."

"Vay canına?" dedi Gary. Ama Bill herhangi bir şey söylemedi. Haddinden fazla donut yemek onu sersemletmişti. Sihrimin altına çoktan girmişti. Gözlerini etkilemeye devam ediyordum.

"Bill'in arabanın içine oturup güzel bir uyku çekmesini istiyorum," diye tekrar ettim.

"Uyu ve unut, Bill. Benimle asla tanışmadın. Gary'ye ne olduğunu bilmiyorsun. O, bu gece ortadan kayboldu. Ama bu senin suçun değil."

Bill oturdu ve az önce annesinden azar yiyen küçük bir çocuk gibi gözlerini kapattı, ardından da uykuya daldı. Horlamaya başlaması, silahını bir kez daha çıkartıp bana doğrultan Gary'yi şaşırttı. Zavallı Gary.

"Ona ne yaptın?" diye sordu.

Omuzlarımı silktim. "Ne yapmış olabilirim? Kelepçeliyim." Çaresizliğimi göstermek istercesine kelepçelenmiş ellerimi gösterdim. Ardından ona şeytani bir gülümseme sundum. Kelepçeleri kopardım. Bileklerimi esnettikten sonra, kelepçeler beton zemine çarparken yırtık cepten düşen bozuk paralar gibi bir ses çıkarttı. "Kıçımı izinsiz elleyen şu Fransız asilzadesinin boğazını bıçağımla kesmeden önce, ona ne dediğini merak ediyor musun?"

Gary sersemlemiş halde bir adım geri gitti. "Hareket etme! Yoksa ateş ederim."

Ona doğru bir adım attım. *"Bana 'bir adım daha yaklaşma, yoksa seni öldürürüm'*, demişti. Tabii senin sahip olduğun avantajlara sahip değildi. Bir silahı yoktu. O günlerde zaten silahtan pek bahsedilmezdi." Kısa bir an durdum; gözlerim ona çok büyük görünüyor olmalıydı. Volkanlar kadar alevli gözlerimle ona bakarken, "Ellerim boynunda dolaşırken, söylediği şeyi bilmek ister misin?" diye sordum.

Gary titreyerek tabancasının tetiğini çekti. "Sen kötüsün," diye fısıldadı.

"Yaklaştın." Sol bacağımla attığım tekme, Gary'nin elindeki silahın fırlamasına neden oldu. Silahın birkaç blok öteye uçması onu dehşete düşürmüştü. Tatlı bir ses tonuyla konuşmaya devam ettim. "Bana dediği şey, *Sen bir cadısın,* oldu. O günlerde cadıların varlığına inanıyorlardı. Yavaşça ona doğru ilerledim ve solgun kurbanımı yakasından tuttuğum gibi kendime doğru çektim. "Cadılara inanır mısın, Gary?"

Korku maskesi yüzünü kaplamıştı; bedeninin tümü seğiriyordu. "Hayır," diye mırıldandı.

Sırıttım ve boynunu yaladım. "Vampirlere inanır mısın?"

İnanılmaz ama, ağlamaya başladı. "Hayır."

"İşte, işte," dedim saçlarını okşarken. "Seni korkutan herhangi bir şeye inanıyor olman gerekir, yoksa bu kadar altüst olmazdın. Ne tür bir canavar olduğumu düşündüğünü söyler misin?"

"Bırak gideyim."

Üzgün bir halde başımı salladım. "Bana kibar bir şekilde yalvarmış olmana rağmen, üzgünüm, ama bunu yapamam. Arkadaşların bize çok yakın. Eğer gitmene izin verirsem, onlara benim potansiyel bir suçlu olduğumu ve bir suç aleti taşıdığımı söylersin. Bu arada bunun güzel bir tarif olmadığını da söylemem gerekir. Daha iyisini hak etmiyor muyum? Bugüne kadar seks karşılığında kimse para vermedi." Boğazını hafifçe sıktım. "Karşılığını bana kanlarıyla ödediler."

Gözyaşları sicim gibi akmaya devam ediyordu. "Aman Tanrım."

Başımı salladım. "Yakında kavuşacaksın O'na, dua et. Onunla tanışma fırsatı bulduğumu söylemem seni belki şaşırtabilir. Sana az sonra uygulayacağım vahşeti onaylayacağını sanmıyorum, ama yaşamana izin verdiğim takdirde bir gün tekrar karşına çıkıp seni öldürmek zorunda kalacağımı biliyordur. Aşkım elimden alındığına göre de, kimsenin ne düşündüğü umurumda değil." Gary'nin boynunu başparmağımın tırnağıyla açtığımda kanama başladı. Boynundan akan kan, bembeyaz gömleğinde desenler oluşturuyordu. Kızgın duvar yazılarına benziyordu. Boynuna doğru eğildim ve ağzımı açtım. "Bu olay hoşuma gitmeye başlıyor," diye mırıldandım.

Gözlerini kısarak bağırdı. "Kız arkadaşım var!"

Durdum. "Gary," dedim sabırlı bir ses tonuyla. "Sanki evli ve iki çocuğun varmış gibi konuşuyorsun. Bu yalvarışlara aldırış ettiğim zamanlar olmuştur. Bazense hiç önem taşımaz. Öldürdüğüm Fransız asilzadesinin on çocuğu ve üç eşi vardı, ama bunlar onu öldürmemi engellemedi." Kanının tadı hoşuma gitmişti; özellikle yaşadığım yorucu gün ve gecenin ardından; ama bir şey beni durdurdu. "Bu kızı ne zamandan beri tanıyorsun?" diye sordum.

"Altı aydır."

"Onu seviyor musun?"

"Evet."

"Adı ne?"

Gözlerini açıp gözlerimin içine baktı. "Lori."

Gülümsedim. "Vampirlere inanır mı?"

"Lori her şeye inanır."

Gülmek zorunda kaldım. "Ne kadar ilginç bir çift! Dinle Gary, bu gece şanslısın. Biraz kanını içeceğim, sadece sen bayılıncaya kadar, ama ölmene izin vermeyeceğim. Kulağa nasıl geliyor?"

Tamamen rahatlayamadı. Gün içinde bundan daha iyi teklifler aldığına emindim. "Gerçekten vampir misin?" diye sordu.

"Evet. Ama bunu arkadaşlarına anlatmanı istemiyorum. İşini kaybedersin ve belki kız arkadaşını da. Onlara birkaç sokak serserisinin siz başka bir işle meşgulken, arabayı çaldığını söyle. Sen bayılır bayılmaz, polis arabasını alıp işimi görmek zorundayım. İnan bana, arabaya ihtiyacım var." Güçlü bir fahişe olduğumu ona ispatlamak istercesine hafifçe boğazını sıktım. "Bu adil mi?"

Başka bir seçeneği yokmuş gibi bakmaya başladı. "Canım yanacak mı?"

"Evet, ama bu ağrı sana güzel bir his verecek, Gary."

Bunu dedikten sonra damarını biraz daha genişlettim, acelem olduğunu hatırlayarak ağzımı dayayıp kanını içtim. Kanını emmeye devam ederken onu öldürmeyecek olmamın, kız arkadaşıyla bir alakasının olmadığını fark ettim. Hayatımda ilk kez emdiğim kan beni tatmin etmiyordu. Onu ağzımın içinde hissetmek, kokusunu duymak beni sadece güçlendirecekti. Onu öldürmedim çünkü sonunda öldürmekten yorulmuştum. Cesetler hakkındaki saçma sapan konuşmalarım, sapıtmalarımdan ibaretti. Eddie'yi durdurabilecek tek kişi olmam ve kaybettiğim aşkımın acısı; kalbimin içine bir daha çıkmamak üzere saplanmış bir kazığın ağırlığını hissettiriyordu. Yüzyıllar boyunca davalarımı kanla kapatmış olsam da ilk kez bunu yapamıyordum. Bir vampir yerine, yaşamak için öldürmek zorunda kalmayan birinin kollarında teselli arayan insani bir varlık olmayı diliyordum. Kanlı yaşlar geri dönmüştü, artık farklı olmak istemiyordum.

Gary'yi bıraktığımda zevk ve acıdan inliyordu. Sersemlemiş halde yere düştüğünde üzerine eğildim, anahtarları ve polis kepini alarak arabanın içine bindim. Planım basitti: Yakşa'dan geriye kalan ne varsa alıp arabanın içine koyacak, barikatları ve beni durdurmaya yeltenecek güvenlikten sorumlu kişiye atacağım sert bir bakışla geçecektim. Yakşa'yı ıssız bir yere götürecektim. Orada belki sihir hakkında konuşacaktık. Ama konumuz kesinlikle ölüm olacaktı.

ON İKİNCİ BÖLÜM

Bir önceki akşam kadını öldürdüğüm yerin yakınlarında bulunan Seaside'a doğru sürüyordum. Yakşa, yani Yakşa'dan geriye kalan ne varsa, yanımdaki koltukta uyuyarak kendine gelmeye çalışıyordu. Yıkıntı halindeki bacakları olmayan Yakşa'nın sarılı olduğu kefen, yağlı çadır bezine benziyordu ve vücudunun çeşitli yerlerine ağrı içinde kıvranmasına neden olacak birçok kazık saplanmıştı. Konuşmadık. Onu polis arabasının içine yatırırken iğrenç çadır bezini açmak ve sivri uçlu şeyleri çıkartmak istedim, ama o beni durdurdu. Koyu renkli gözleri, yaşadığı her şeye rağmen güzeldi. Gözlerimin içine baktı. Kelimelerle telaffuz edilmese de ne demek istediğini anladım. *Beni bir zamanlar olduğum gibi hatırlamanı istiyorum.* Bunu ben de tercih ediyordum.

Bir önceki geceye nazaran, okyanusun dalgaları durulmuştu. Neredeyse bir göl kadar sakindi. Yakşa, Krişna'yla karşılaşmamızdan bir ay önce Hindistan'ın güneyindeki kocaman bir göle götürmüştü beni. Bana suyun altında bulduğu hazineyi göstermek istiyordu. Yakşa'nın altın, gümüş gibi değerli metallerin yerini saptama kabiliyeti vardı. Bu tip şeyler onu bir mıknatıs gibi çeker, onları bulur ama asla alıp yanında götürmeye kalkmazdı.

SİYAH KAN

Bana gölün altında yatan ve kimsenin var olduğunu bilmediği batık bir şehir olduğunu söylemişti. Bu şehrin yüz yıllık olduğunu ve büyük bir medeniyeti simgelediğini, ama tarihin bu medeniyeti unuttuğunu düşünüyordu. Elimden tuttuğu gibi suyun içine atlamış, metrelerce derinlere dalmıştık. O günlerde ben suyun altında yarım saatten fazla kalamamama rağmen, Yakşa saatlerce kalabiliyordu. Vampir olduğumuzdan bulanık ve karanlık sularda net görebiliyorduk. Otuz metre derinliğe indiğimizde, batık şehir karşımıza çıkmıştı. Sütunlu holler, mermer patikalar, bir heykeltıraşın elinden çıkmış altın ve gümüş işlemeli çeşmeler... Böylesine muhteşem bir şehrin sular altında kalması, bir daha güneşi göremeyecek olduğu anlamına geliyordu. Yine de suyun altında kimse tarafından rahatsız edilmeden, öylesine güzel, zaman kavramı olmadan yaşamaları onlara bir tür saygınlık kazandırıyordu. Ama başka sebeplerden dolayı beni hüzünlendirmişti.

Yakşa beni bir mabet olması ihtimali yüksek olan bir yere götürdü. Büyük, lekeli pencereleri vardı. Bazıları halen sağlamdı, iç tarafı çevreliyor, dairesel hareketlerle taş tavana kadar basamaklar halinde yükseliyordu. Mabedin içinde figürlerin, resimlerin ve heykellerin bulunmaması onu eşsiz kılıyordu. Bu ırkın şekli olmayan bir tanrıya iman etmiş olduğunu anlamıştım ve medeniyetlerinin bundan dolayı yok olduğunu düşünüyordum. Ama Yakşa yanımdan yüzerek geçerken, bugüne kadar hiç görmediğim bir ışıltı gözlerini parlatıyordu. O cehennem çukurundan gelmişti, sonunda kendi insanlarını bulduğunu düşünmüştüm. Tabii onlar, Yakşa gibi şeytani değillerdi, ama dünyanın altında yaşıyormuş gibi görünüyorlardı. O anda oraya ait olduğumu hissetmiş ve nereden geldiğimi kendi kendime sormuştum. Yakşa kafamdan geçen düşünceleri sezinlemiş olmalıydı ki buraya gelişimizin amacına ulaşmışızcasına başını sallamış, ardından da beni yüzeye çıkartmıştı. Suyun yüzeyine çıktığımız an gökyüzündeki yıldızların ne kadar da parlaktı.

Günümüze dönersek, gökyüzü alabildiğine açılmış, yıldızların parlaklığı geri gelmişti. Yakşa'yı kumların üstüne sırtüstü yatırdığımda yanı başımızdaki Los Angeles'ın ışıkları, Samanyolu'nun parlaklığını gölgede bırakıyordu. İnsanlar başlarının üzerindeki milyonlarca yıldızın varlığını unuttuklarında, modern medeniyetler nasıl da kayboluyordu, diye düşündüm. Ne yazık ki benim farkında olduğum şey, bu gece yeryüzündeydi. Eddie, Yakşa'yı saran çadır bezini neredeyse *etine* dikmişti. Görünmeyen kazıklar çadır bezinin altında kalmıştı. Dikkatli baktığımda kaslarının titrediğini fark ettim. Katlanmak zorunda kaldığı işkenceyi düşündükçe, mide bulantısı tüm vücudumu sardı. Elimi buz gibi olmuş alnına koydum.

"Yakşa," dedim.

Başı yana düştü. Gözlerini açmış, karanlık sulara arzuyla bakıyordu. Benim gibi onun da kayıp medeniyetleri düşündüğünü tahmin ettim. Krişna sahneye çıkıp vampirleri yok etmesi için ona söz verdirmeden önce birlikte geçirdiğimiz son akşamüstüydü. Yakşa Krişna'nın koruması altında ölmek için vampirlerin tamamını yok etmeye yemin etmişti.

"Sita," dedi güçsüz bir ses tonuyla.

"Okyanusun altında kalmış birçok medeniyet olmalı."

"Doğrudur."

"Onları gördün mü?"

"Evet, sadece bu okyanusun altındakileri değil, diğerlerinin altındakileri de gördüm."

"Bu insanların nereye gitmiş olduklarını düşünüyorsun?" diye sordum.

"Herhangi bir yere gitmiş olduklarını sanmıyorum. Zaman büyük bir boyuttur. Zamanları geldi, geçti. Hepsi bu."

Zaman ilerliyordu, ama bunun endişesini taşımıyorduk. Küçük dalgaların kayalara çarpmasıyla nefesim, ritmik bir şekilde yankılanıyordu. Bir an için aynılarmış gibi geldi: Her nefes alış kumlara çarpan dalgalar, her nefes veriş dalgaların çekilmesiydi. Geçen beş bin yıllık zaman boyunca dalgalar bu sahilleri dövmüş, aşındırarak yeni koylar yaratmıştı. Bense tüm bu zaman boyunca nefes alıp vermeme rağmen gerçekte değişmemiştim. Okyanus ve dünya benden daha fazla huzurluydu. Ben değişmeye direnirken, onlar değişmeye istekliydi. Zamanım geçmiş ama ben onunla gitmemiştim. Yakşa bana bunu anlatmaya çalışıyordu.

"O gece," dedim. "Ne oldu?"

İçini çekti. Sesim onu duygulandırmıştı. "Sen kapıdan çıkıp koşmaya başladığında, okyanus manzarasını seyrederek ölmek istediğimden, büyük pencerenin önüne kadar gittim. Okyanus bana Krişna'yı hatırlatıyor, bunu biliyorsun ve bu dünyadan göç etmeden önce onu içimde hissetmek istedim. Ama bomba patladığında, şiddeti beni camdan iki parça halinde dışarıya fırlattı. Vücudumun birçok yeri yanmaya devam ettiğinden, az sonra öleceğimden emindim."

"Ama ölmedin," dedim.

"Hayır. Gizemli bir boşluğa kaydım. Kendimi karanlık bir gölün içine hapsolmuş gibi hissettim. Bir sonraki buz çağı yaklaşmış olabilirdi. Öylesine soğuktu ki, kocaman bir buz dağı amaçsız bir halde yerin altında yüzüyormuş gibiydi. Gerçi sonunda bedenimden bir kez daha haberdar oldum. Birisi beni dürtüyor, sarsıyordu. Ama hâlen göremiyordum ve bilincim de tam olarak yerinde değildi. Sesler karanlık bir gökyüzünden geliyordu.

Bazıları benim kendi düşüncelerim ya da sesim olabilirdi. Ama diğerleri çok yabancıydı."

"Eddie sana sorular sordu mu?"

"Adı bu mu?"

"Evet."

"Bana adını asla söylemedi."

"Pek sevecen ya da kibar biri değildir."

Yakşa suratını buruşturdu. "Bunu biliyorum."

Ona dokundum. "Çok üzgünüm."

Yakşa başını belli belirsiz salladı. "Ona ne anlattığımı bilmiyorum, ama haddinden fazlası olmalı. Sonunda kendime gelip, çılgın bir adamın beni bir dondurma kamyonetinin içinde tutsak tuttuğunu anladığımda, benim ve ne yazık ki senin hakkında pek çok şey öğrenmişti."

"Senin kanını alıp kendisine mi enjekte etti?"

"Evet. Morgdayken sağlam kalan yerlerimin iyileşmekte olduğunu fark etmiş olmalı. Beni canlı tutmasının nedeni kanımdan daha fazla faydalanabilmek içindi. Benden o kadar çok kan aldı ki, son derece güçlü olmalı."

"Öyle. Onu iki kez durdurmaya çalıştım, ama her defasında yenildim. Üçüncüsünde de başaramazsam, o zaman kesinlikle beni öldürecektir."

Yakşa'nın tereddütlü halinden soracağı soruyu tahmin edebiliyordum.

Krişna'ya başka vampirler yaratmayacağına dair ettiği yemin, tehlikeye girmiş durumdaydı.

"Başka vampirler yarattı mı?" diye sordu.

"Evet. Sayabildiğim kadarıyla yirmi bir tane yeni vampir yarattı. Ama bu sabah onları yok etmeyi başardım." Duraksadım. "Arkadaşım bana yardım etti."

Yakşa suratıma inceledi. "Arkadaşın öldürüldü."

Başımı salladım. Bir gözyaşı daha. Bir kanlı gözyaşı daha, zamanı ve mekânı olmayan okyanusun içine karışıyordu.

"Beni kurtarmak için öldü," dedim.

"Yüzün değişti, Sita."

Okyanusa bulunması zor huzuru bulabilmek umuduyla baktım. "Benim için büyük bir kayıptı."

"Geçen yüz yıllar boyunca ikimiz de çok şey kaybettik. Ama bu kayıplar, bizim bugün burada olduğumuz gerçeğini değiştirmez."

Başımı belli belirsiz salladım ve elimi kalbinin üzerine koydum. "Patlamanın olduğu gece evden kaçarken, piyanonun bacağı kalbime kadar saplandı. Bazı sebeplerden dolayı bu yara tam olarak iyileşemeyecek. Sürekli ağrıyor. Bazen çok kötü değil. Bazense ona dayanmam çok zor oluyor." Ona baktım. "Neden iyileşmedi?"

"Biliyorsun. Bu yara seni öldürmek içindi. İkimiz beraber ölmek zorundaydık."

"O zaman ters giden neydi?"

"Pencereden dışarıya baktığımda, Krişna'ya sevdiğinle biraz daha fazla zaman geçirmek için dua ettiğini anladım."

"Evet, gerçekten bunu dilemiştim."

"Hâlâ onun koruması altındasın ve ondan ne dilersen, sana dilediğini verecektir."

Acı içinde başımı salladım. "Bir sonraki beş bin yıl süresince Ray'in yanımda kalması bana yeterdi. Ama sevgili tanrın bırak beş bin yılı, bana beş gün bile vermedi." Başımı eğdim. "Sadece aldı."

"O, senin de tanrın, Sita."

Başımı sallamaya devam ettim. "Ondan nefret ediyorum."

"Ölümlüler her zaman sevgiyle nefretin arasındaki farkı abartmışlardır. Her ikisi de kalpten gelir. Birini güçlü bir şekilde sevmediğin müddetçe, ondan güçlü bir şekilde nefret etmen imkânsızdır. Bunun tersi de geçerlidir. Şu anda kalbinin kırık olduğunu söylüyorsun. İyileşip iyileşmeyeceğini bilmiyorum." Duraksadı. "Bunu sana daha önce anlattım. Bizim zamanımız geçti, Sita. Artık buraya ait değiliz."

Ürkerek Yakşa'nın elini sıktım. "Sana inanmaya başlıyorum." Rüyamı hatırladım. "Buradan ayrıldığımızda Ray'i tekrar göreceğime inanıyor musun?"

"Krişna'yı göreceksin. Her şeyin başlangıcı o. Eğer ararsan, Ray'i de bulabilirsin."

Alt dudağımı ısırdım, kendi kanımı içtim. Polisin kanından daha lezzetliydi. "Buna gerçekten inanmak istiyorum," diye fısıldadım.

"Sita."

"Şu canavarı durdurmama yardım eder misin?"

"Hayır." Harap olmuş bedeni parıldıyordu. "Yaralarım çok derin, onu tek başına durdurmak zorundasın."

Sözleri kaybetmiş olduğum gücümü söndürdü. "Bunu yapabileceğimi sanmıyorum."

"Bugüne kadar bir şeyi yapamayacağını söylediğini hiç duymamıştım."

Kıkırdamak zorunda kaldım. "Acaba beş bin yıldır görüşmediğimizden olmasın?" Sessiz kaldım. "Herhangi bir zayıf noktasının olduğunu sanmıyorum. Kazığı nereye saplayacağımı bile bilmiyorum."

"Yine de yenilmez değil."

Sesimi ciddileştirdim. "Çok güçlü olabilir. En azından dünya üzerindeki canlılarla savaşırken diyebilirim." Birden Ray'i ve Krişna'yı ne kadar özlemiş olduğumu fark ettim. "Krişna'nın bana dönmesini diliyorum. Eddie'yi kolayca durdururdu. Bunun mümkün olabileceğine inanıyor musun? Yani benim yanıma gelir mi?"

"Evet. Şu anda bile buradadır belki, ama bizi bunu bilmiyor olabiliriz. Döndüğünde onu çok az kişi fark edebilir. Onunla bir kez daha karşılaştığımı söylemiş miydim?"

"Onu gördün? Dünyayı terk etmeden önce?"

"Evet."

"Bana bundan bahsetmedin."

"Beş bin yıldır görmediğimden olmasın sakın?"

"Evet, tam beş bin yıl oldu haklısın. Onu nerede ve ne zaman gördün?"

"Dünyayı terk edip, Kali Yuga Çağı'nın başlamasından kısa bir zaman önceydi. Hindistan'ın kuzeyindeki ormanlık alanda yürürken karşıma çıktı. Küçük bir havuzun başına etrafında kimseler yokken oturmuş ayaklarını yıkıyordu. Beni gördüğünde gülümsedi ve yanına oturmam için beni davet etti. Onu son gördüğümden çok farklıydı. Gücü yerindeydi, ama yüz hatları alabildiğine yumuşamıştı. Tanrı'dan çok, meleği andırıyordu. Elindeki mangoyu yerken, bir tanesini de bana sundu. Gözlerimin içine baktığında, gücümü ona ettiğim yemini yerine getirmek için harcadığımı söylemeye gerek duymadım. Yan yana oturup güneşin tadını çıkartırken, ayaklarımızı suyun içine sokup birlikte güzel bir zamṇan geçirdik. Her şey mükemmeldi. Geçmişteki düşmanlık unutulup gitmişti. Onun yanındayken, kendimi öylesine mutlu hissediyordum ki, ölebilirdim. Dünyayı onunla terk etmek için ölmek istedim. Ona bunu yapıp yapamayacağımı sorduğumda başını salladı ve bana bir hikâye anlattı. Anlatmayı bitirdiğinde bana neden bu hikâyeyi anlatmış olduğunu anlamamıştım." Duraksadı. "Bu geceye kadar."

"Ne demek istiyorsun?" diye sordum.

"Bu hikâyeyi karşılaştığımızda sana anlatabilmem için anlattığını şimdi anlıyorum."

"Anlat."

"Efendi Krişna, bir zamanlar Mahişya adında olan bir şeytandan bahsetti. Mahişya, kendini Efendi Şiva'yla bir tutmaya başlamış. Lord Şiva'nın, Krişna'dan farksız olduğunu zaten biliyorsun. Mahişya iki tanrının birden varlığının imkânsız olduğuna inanıp, kafasını Şiva'ya ve onun beş bin yıldır hüküm süren *Om Namah Shivaya*[3] mısralarına taktığından, onu ayaklarına çağırmak için büyük bir ateş yakmış. Sahip olduğu tüm mücevherleri ateşin içine atarken, Şiva'nın ayaklarına gelmesini beklemiş. Ama Şiva gelmemiş. Ardından silahlarını, kıyafetlerini ve sahip olduğu bütün süs eşyalarını ateşin içine atmış, ama yine istediğine ulaşamamış. Son olarak sahip olduğu elli karısını ateşin içine attığında da gelmeyince, *daha sunacak neyim kaldı ki* diye düşünmeye başlamış. Düşünmüş ama sahip olduğu her şeyi feda ettikten sonra feda edecek başka bir şey bulamamış. Sonra sahip olduğu bedeni feda etmeye karar vermiş. Ayak parmaklarından başlayarak kulaklarını, ardından da burnunu ateşin içine atmış. Kutsal Kaylaşa Tepesi'nden olup biteni izleyen Şiva korkmuş.

---

[3] Vedalar'ın merkezinde bulunan ve 'Şiva'yı selamlıyorum' anlamına gelen en güçlü mantra. (yay. n.)

Birilerinin kendini Şiva'ya adamasını, bu kişi bir şeytan bile olsa, istemezmiş. Şeytan kalbini çıkartmak üzereyken, Şiva gelmiş.

"'Olağanüstü bir gösteri sergileyerek, bana olan bağlılığını gösterdin,' demiş. 'Benden bir dilek dile, onu yerine getireyim.'

"İşte o zaman Mahişya gülümsemiş çünkü yaptığı gösteri asıl amacına ulaşmış. 'Ah, sevgili Efendi Şiva, sizden iki dileğim olacak,' demiş. 'Birincisi, kimse beni öldürmeyi başaramasın, ikincisi de başına dokunduğum herkes öldürülsün.'

"Senin de tahmin edebildiğin gibi, Şiva bu dileğin karşısında memnun kalmamış. Mahişya'ya başka tekliflerde bulunmuş: Ona yeni bir saray, yeni bir medeniyet ve cennetin meyvelerini sunmaya kalkmış, ama Mahişya bunlardan hiçbirini istememiş. Şiva az önce verdiği sözü tutmak zorunda olduğunu bildiğinden, 'Öyle olsun,' demiş. Mahişya başına dokunmasın diye alelacele orayı terk etmiş.

"Yine tahmin edeceğin gibi, Mahişya gücünü kullanmaya başlamış ve kargaşa almış başını yürümüş. Diğer iblisleri de yanına alarak Cennet'in kralı olan Indra'ya suikast düzenlemiş. Yenilmez olduğundan, hiçbir tanrı onu durdurmayı başaramamış. Tabii ona her dokunmaya çalıştıklarında kafalarına dokunmuş ve senin de bildiğin gibi öldürülmüşler. Bir tanrının bile, yarattığı kulu kontrol edemeyecek duruma geldiği görülmüş. Tanrılar Mahişya'nın zulmünden kaçarcasına Cennet'i terk etmişler ve Cennet'in tek sahibi o olmuş. Tüm evrenin dengesi bozulmuş, iblisler dağları yıkıp volkanları yerlerinden sökmüşler."

"Dünyada o zaman da insanlar yaşar mıymış?" diye sordum.

"Bilmiyorum. Krişna bundan bahsetmedi. Ama bence vardı. Belki gölün altında bulduğumuz batık medeniyet o zamandan kalmıştır. Belki de anlattığım hikâye bizim anlayamayacağımız bir zaman diliminde geçmiştir. Zaten bunun bir önemi yok. Durum gerçekten ümitsizmiş ve düzeleceğe de benzemiyormuş. Bu durum Indra'nın eşi muhteşem güzellikteki Indrani'yi son derece üzdüğünden Indra, Krişna'yı on iki hecelik mantrası *Om Namo Bagavate Vasudevaya*[4] ile yardıma çağırmış. Aslında Krişna dünya üzerinde olup biten her şeyden haberdarmış, ama işler çığrından çıkıncaya kadar müdahale etmeyi uygun görmemiş."

"Neden?" diye sordum.

"Bu onun tarzı. Sebebini sorgulamak da biz düşmez. Bunu denediğimden biliyorum. Yani, ateş neden sıcak? Gözlerimiz neden görüyor, ama duymuyor? Neden doğum ve ölüm var? Bunlar olması gereken şeylerdir. Krişna, Indra'nın eşi Indrani'ye bir dilek sunduğunda Indrani bunu değerlendirmiş ve yenilmez Mahişya'yı yok etmesini dilemiş.

"Bu, Krişna için ilginç bir sorunmuş. Yani Şiva'dan bir farkı olmamasına rağmen, onun yapamadığı bir şeyi kendisinin yapmasının nasıl mümkün olacağını düşünmüş. Verdiği sözü sonuna kadar tutması gerektiğini biliyormuş. Bildiğin gibi Krişna, tüm olumsuzlukların ve paradoksların üzerindedir. Onun karşısına güzel bir tanrıça olarak çıkmaya karar vermiş. Öylesine güzel bir görünümde Mahişya'nın önüne çıkmış ki, iblis kendi çirkin görüntüsünü unutuvermiş ve güzel tanrıçayı elde edebilmek için onu kovalamaya başlamış. Tanrıça kılığına girmiş olan Krişna seksi bir dans yaparak göbeğini açmış, göğüslerini göstermiş ve kalçalarını sallayarak kutsal ormanın içine girerek Mahişya'nın onu gözleriyle takip etmesini sağlamış. Mahişya, gizemli tanrıçaya öylesine tutkuyla bağlanmış ki, onun ilgisini çekmek ve sevgisini kazanmak için gecesini gündüzüne katmış. Aslında birini sevdiğin zaman onun gibi davranırsın, nefret ettiğin zaman

---

[4] Sanskritçe. Vasudeva, Krişna ve babasını karşılayan addır. 'Krişna'yı selamlıyorum.' (yay. n.)

da durum bundan farklı olmaz. Tanrıça'yı elde edemediği için ondan nefret etmesine rağmen, Mahişya'nın tanrıçayı düşünmediği tek bir an dahi olmuyormuş."

Gülmemek için kendimi zorladım. "Evet, ondan nefret ettiğim doğru."

"Evet. Ama sevginin karşıtı nefret değildir. Çok farklı. İşte bu yüzden bu kadar az insan Tanrı'yı bulma imkânını yakalıyor. Kiliseye gidiyor, onun hakkında konuşuyor ya da buna benzer şeyler yapıyorlar, ama iş onu gerçekten anlamaya geldiğinde, ortada elle tutulur bir şey olmuyor. Üstelik kalplerinin derinliklerinde Tanrı'yı göremedikleri için varlığından şüphe duyuyorlar. Tanrı, insanlar için çok fazla soyut. Tanrı, anlamı olmayan bir kavramdır. İsa yeryüzüne bugün inmiş olsa, söyleyecekleri onu bekleyenler üzerinde etki yaratmayacaktır. Onu öldürmeye bile kalkışabilirler."

"İsa'yla tanışma fırsatı buldun mu?" diye sordum.

"Hayır. Sen?"

"Hayır. Ama hayattayken onun hakkında birçok şey duymuştum."

Yakşa derin bir nefes almaya çalışırken zorlandı. "İsa'nın bile beni şu halimde iyileştireceğine inanmıyorum."

"Yapabilseydi bile yapmasını dilemezdin."

"Çok haklısın ama şimdi hikâyemi anlatmaya devam etmek istiyorum. Güzel tanrıçanın kılığındaki Krişna, Mahişya'nın tanrı kavramını soyuttan somuta çevirmeyi başarmıştı. Tanrıça kılığındaki Krişna dans ettikçe dayanamayıp onun dansına katılmıştı. Kendisini öylesine kaptırmıştı ki, büyük bir tehlikenin içinde olduğunu fark etmiyordu bile. Kimsenin onu öldüremeyeceğini bildiği için de herhangi bir korku duymuyordu. İki dileğinin de sonsuza kadar devam edeceğini sanarak hataların en büyüğünü yaptı. Evet, bir değil iki dileği de gerçek olmuştu ama bunlardan ilki mi, ikincisi mi daha güçlü ya da sonsuzdu, bunu kimse bilmiyordu.

"Tanrıça, Mahişya'nın önünde kıvrak figürleriyle dans etmeye devam ederken, belini ve kalçasını kıvırmanın yanında elini kafasına götürüyor, sonra da indiriyordu. Tanrıçanın dansından büyülenmiş olan Mahişya aynı hareketleri tekrar etmek istediğinde elini kafasına değdirdi."

"Ve o anda öldü," dedim hikâyeden aldığım zevki yansıtan bir ses tonuyla. Ama hikâyenin ana fikrini anlamamıştım.

"Evet," dedi Yakşa. "Sonunda yenilmez denen iblis yok edilmişti. Böylece hem Dünya hem de Cennet huzura kavuştu."

"Hikâyenin öğretisini anlamış olmama rağmen, uygulanabilir olup olmadığını kestiremiyorum. Krişna bunu işime yaraması için anlatmanı istememiştir. Bu hikâyenin bana bir yardımı olamaz. Eddie'yi büyüleyebileceğim tek yol ona hard porno seyrettirmektir. Bu herife ceset gibi görünmediğim müddetçe bedenime ilgi duyacağını sanmıyorum."

"Bu doğru değil. Vücudunun içindeki bir şey inanılmaz ilgisini çekiyor."

Başımı salladım. "Kanımı istediğini biliyorum."

"Tabii ki. Benimkinden sonra dünyadaki en güçlü kan, senin kanındır. Geçen beş bin yıllık zamanda ikimizin de kendimizi farklı şekillerde geliştirmiş olduğumuzu fark etmiş olmalı. Senin eşsiz kabiliyetlerinle benimkilerin birleştiğini düşünebiliyor musun? Bu yüzden seni ilk gördüğü yerde öldürmek istediğini sanmıyorum."

"İlk karşılaştığımız gece beni öldürmek için elinde imkânı varken bunu yapmamıştı."

"O zaman söylediklerimin doğru olduğunu görüyorsun."

Bütün bu konuşmalar yüreğimin acısını dindirmediğinden, sesimdeki duygusallığı gizleyemiyordum. Ray ölmüş ve yüz yıllardır nefret ettiğim ama bunun nefret mi, sevgi mi olduğuna karar veremediğim Yakşa'ysa ölmek üzereydi ve Tanrı, dileğimin gerçekleşmesi için beş bin yıl beklemeyi tercih etmişti. Kendimi buzlu bir lagünün içine kıstırılmış gibi hissederken Eddie'nin bir dahaki sefere kaçmama izin vermeyeceğini, hatta beni en ufak bir fırsat vermeden öldüreceğini biliyordum. Eddie Yakşa'nın vücudunu şişlerken binlerce kez Krişna'ya yalvarmış olmasına rağmen, yardıma gelmediğinden, benim etlerim de lime lime doğranırken, acı içinde haykırsam bile, yardımıma gelmeyeceğini biliyordum.

Yakşa'ya soru sormaya devam ettim, ama o gözlerini okyanusun karanlık sularına dikmiş susuyordu.

"İnanç ve itikadım gün yüzüne çıkmayan bir özelliğimdir," dedi. "Bir şeyin doğru olup olmadığını bilmediğinde, ona körü körüne inanmak aptalca görülebilir. Ama ölüm birçok insanın kapısına dayandığında, inanç bir kenara atılır ve güvenilecek bir dayanak aranır. Ölüm insanların inançlarından daha üstündür ve inandığın her şeyi silip süpürebilir. Ölmüş bir Yahudi'yi, Hıristiyan'ı, Hindu'yu ya da Budist'i incelediğinde hep aynı görünürler, aynı şekilde kokarlar. İşte bu sebepten içimizde taşıdığımız inanç duygusunu, Tanrı'nın bize sunmuş olduğu bir lütuf olarak kabul ederim. Ona sahip olup olamayacağına sen karar veremezsin. Tanrı sana isterse verir, istemezse vermez. Kamyonetin içinde mahsur kaldığım haftalar boyunca Krişna'ya beni kurtarması için yalvarmadım. İçime sadakat tohumları ekmesini dilerken, zaten bu duyguya sahip olduğumu anladım."

"Seni anlamıyorum," dedim.

Yakşa gözlerimin içine bir kez daha baktı. Elini kaldırıp kanlı gözyaşlarımın leke bıraktığı yanağıma dokundu. Bu kadar acı çekmiş olmasına rağmen, ruhumda kopan fırtınayı hissettiğinde acımı hafifletmek istercesine gülümsedi. Gülümsemeyi nasıl başarabiliyordu? Gözlerinin içindeki huzur bana, dalgalarıyla barışmış bir denizin en durağan halini anımsatıyordu. Yakşa'nın iç huzuruna kavuşmak üzere olduğunu anlamıştım. Kaybettiğim onca şeye rağmen, ona sevgiyle yaklaşmaktan korkmuyordum.

Bu konuda kendime bile yalan söylemiştim. Onu, Krişna'yı sevdiğim kadar çok seviyordum. O hâlâ benim iblisim ve aşığımdı. Beni büyülüyordu. Kafamı ona doğru eğdim ve saçımı okşamasına izin verdim. Okşaması beni öldürmüyor, aksine rahatlamamı sağlıyordu.

"Demek istediğim," dedi. "Benim için gelmiş olduğunu biliyorum. Beni çektiğim eziyetlerden kurtarmayı istediğini de biliyorum. Uzun iğnelerle kanımı alıp kendine enjekte ettiği zamanlardaki korkunç kahkahası kulaklarımdan gitmiyor. Artık bunu duymayacak olmak beni gerçekten sevindiriyor. Sita, sen beni gerçekten kurtardın. Krişna'nın hikâyesini dinledikten sonra, onu durdurup dünyayı huzura kavuşturacağından da eminim. Benim yarım bıraktığım yeminimi sen tamamlayacaksın. Bunu yapacağına inanıyorum. Biliyorsun ki bu inancı bana Tanrı verdi. Lütfen hem kendine, hem de Tanrı'ya güven."

Duygularım karmakarışıktı, onları bir düzene koymayı başaramıyordum. Duygularından arınmış acımasız bir vampir olan ben, Yakşa'nın karşısında küçücük bir kız gibi titriyordum. Onu tanıdığımda daha çok küçüktüm, ama aradan geçen beş bin yıllık zaman zarfında bile olgunlaşmış olduğumu tam olarak söyleyemiyordum. En azından Krişna'nın istediği olgunluğa hiçbir zaman erişemedim. Yakşa'yı kaybetmek üzere olduğumu ve az sonra onu öldürmemi isteyeceğini bildiğimden, ne yapacağımı bilmez bir haldeydim.

"Bu hikâyenin ne anlama geldiğini bilmiyorum," dedim.

"Ben de bilmiyorum," dedi Yakşa.

Elimi kaldırarak, "O zaman ikimiz de lanetliyiz!" dedim.

Saçımı okşarken, bir tutam saçı avucunun içine sıkıştırıp avucunu sıkmaya başladı. "Geçmişte birçok insan, bizi *lanetliler* diye adlandırırdı. Ama bu gece onlara bunların hesabını sorup suratlarına çarpabilirsin, çünkü sen onların kurtarıcısı olacaksın. Bul onu Sita, onu büyüle, kendinden geçir, sonra da yok et. Sana geldiğim gecede senden çok daha güçlüydüm. Sana kendi rızamla gelmedim. Daha doğduğum gece beni büyülemiştin, senden başkasını düşünemez olmuştum. Beni bile büyüleyebildiysen, Eddie gibi çürümeye yüz tutmuş bir canavarı da büyüleyebilirsin."

Elimi tuttu. "Seni yok etmeyi asla düşünmedim." Bir şeyler söylemek için gayret sarf ediyordu. "Lütfen! Duymak istemiyorum," diye yalvardım.

"Bu yapılmak zorunda. Benim kanıma ihtiyacın var. Bu kan sana verebileceğim tek ve son şey."

Elini alıp titreyen ağzıma doğru götürdüm; parmaklarını incitmemek için gayret gösterdim. Onu ısırmak ya da tırnaklarımla damarlarını açmak, istediğim en son şeydi ama bunu yapmadan kanını nasıl emebilirdim ki?

"Hayır," dedim.

Gözlerini okyanusun karanlık sularına çevirmişti. "Evet, Sita. Bu senin tek çaren ve bunu yapmak zorundasın. Kaybedilecek zaman yok." Gözlerini kapattı. "Seni ilk gördüğüm günkü gibi hatırlamak istiyorum."

Başını salladı. "Ölmek için kötü bir yol değil."

Aynı düşüncelere sahiptim. Karşı koyamayacağımı biliyordum. Çektiği büyük acılara bir son vermenin zamanı gelmişti. Mümkün olduğunca nazik davranarak başparmağımın tırnağıyla damarını açtım. Dudaklarımı yapıştırarak emmeye başladım. İnanılmaz gizemli bir sıcaklık vücudumun içinde dolaşmaya başladığında, içimdeki güçsüzlüğün yerini yenilmez bir kuvvet aldı. Tanrıların bana verdiği lütfu gökyüzündeki yıldızlar üzerimizi aydınlatırken, zaman ve mekân kavramını kaybettiğim bir anda kabul ediyordum. Umut ve inanç dalgası benliğimi sardı. Yakşa son nefesini verirken kulağına eğildim, düşmanı yok edilinceye kadar durmayacağıma söz verdim. Bu hem Yakşa hem de Krişna'ya edilmiş bir yemindi.

ON ÜÇÜNCÜ BÖLÜM

Bir kez daha Edward Fender'in annesinin evinin önünde otururken bulmuştum kendimi. Saat on biri çeyrek geçiyordu. Noel'e tam on gün vardı. Etraftaki evlere baktığımda pencerelerinde bulunan ışıklı süsleme ve figürler bana paskalya yumurtalarını anımsattı. Gary'yle Bill'den çaldığım arabanın içinde otururken, karmaşık duygularıma bir son vermek istiyordum. Başka şeyleri düşünmek istercesine etrafı kolaçan ederken işitme duyum en hassas noktasındaydı. Toprağın bir kilometre altındaki kurtların hareketlerini dahi duyabiliyordum. Bayan Fender evinde uyanık bir halde sallanan sandalyesinde oturup o tuhaf dergilerinden birini okurken, *Kıyametten Önce Ruhunu Kurtar* adlı programı izliyordu. Evin içinde kimse yoktu; Eddie'nin yakınlarda olmadığını adım gibi biliyordum.

Deponun önünde düzinelerce polisin bulunmasından dolayı Yakşa'nın içinde bulunduğu dondurma kamyonetini korumasız bırakmış olmasını anlıyordum, ama annesini tek başına bırakmak, üstelik onu kaçırıp rehin alacağım endişesi taşırken bile yanında olmaması beni son derece şaşırtmıştı. Şimdiye kadar depoyu annesinin sayesinde bulduğumu öğrenmiş olmalıydı. Yine bir tuzağın içine düşüp düşmeyeceğimi merak ediyordum.

Yakşa'nın kanı vücudumda dolaşmaya başladığından beri gücüm iki katına çıkmış durumdaydı. Belki de üç. Ama yine de Yakşa'nın kanını kendine defalarca enjekte eden Eddie'nin gücüne yaklaşmış olduğumu sanmıyordum. Yakşa son nefesini verdikten sonra, vücuduna iri bir taş bağlayıp, kendini evinde hissetsin diye okyanusun karanlık sularına atmıştım. Onun, orada kimse tarafından rahatsız edilmeden huzur içinde uyuyacağını bilmek, onu kaybetmenin hüznünü bir nebze olsun azaltıyordu. Yine de çözülmesi imkânsıza yakın bir sorunla beni baş başa bırakıp bu dünyadan göçüp gitmesine kızıyordum. Krişna beş bin yıl önce anlatılan bir hikâyenin bu gün işe yarayacağından nasıl emin olabiliyordu ki? Beş bin yıllık tecrübelerime dayanarak Eddie'yi yok etmenin yolunu bulup bulamayacağıma şüpheyle bakıyordum. Benim için inanç kavramı, tanrı kavramı kadar soyuttu, o anda bunlara inanmakla, Noel Baba'nın bana hediye olarak içi kan dolu bir fıçıyı getirmesini dilemek benim için aynı kapıya çıkıyordu.

Eddie'nin annesini kaçırıp rehin almaktan başka işe yarayacak bir planım yoktu. Annesini kaçırdıktan sonra fırsatını yakalar yakalamaz, Eddie'nin kafasına sıkacağım esaslı bir kurşunla kendimin ve dünyanın çektiği acılara bir son vermenin düşüncesi bile hoştu.

Gary'ye ait silah kucağımdaydı. Bill'e de ait olabilirdi. İçinde altı mermisi olan bu silahı arabanın içinde bulduğumdan, kime ait olduğunun bir önemi de yoktu zaten. Silahı alıp pantolonumun beline takıp tişörtümü üzerine çekmiş ve arabadan inmiştim.

Rahatsız etmek istemediğimden, daha doğrusu şaşırtmak istediğimden kapıyı çalmadım. Zaten delikten bakıp kimin geldiğini gördüğünde kapıyı açacağını da sanmıyordum. Kapının tokmağını hafifçe oynatmış, içindeki kilidi kırdıktan sonra da kadın daha televizyon kumandasına uzanamadan karşısına çıkıvermiştim. Modern çağdaki Amerikalıların televizyon kumandalarını kendilerini savunacak bir silahmış gibi kullanmaya çalışmaları beni inanılmaz şaşırtıyordu. Yüzündeki korku ifadesi, bir gece önce yapmış olduğum hipnozun etkisinden kurtulduğunu açık ve net gösteriyordu. Onun adına sevinmiştim. Yanına varmamla birlikte, boğazına asılıp onu duvara yaslamam bir oldu. Nefesimin soğukluğunu suratına soluyordum. Yakşa'yı okyanusun karanlık sularına gömerken çırılçıplak soyunup kıyafetlerimi işim bittikten sonra giymiş olmama rağmen, üzerim hâlâ ıslaktı ve üşüyordum. Joel'un bana aldığı kot pantolondan damlayan sular zavallı leydimizin parkelerini kabartıyordu. Korkudan fal taşı gibi açılmış yaşlı gözleriyle gözlerimin içine bakıyordu. Benden korkuyor olmasına rağmen, söyleyeceklerimi duymak istemesi bana son derece tanıdık gelmişti.

"Oğlun nerede?" diye sordum.

Öksürüp, "Kimsin sen?" diyerek soruma karşılık verdi.

"Senin oğlun kötü çocuk olduğuna göre, iyilerden biri demek daha doğru olur." Onu hafifçe sarstım. "Onun nerede olduğunu biliyor musun?" diye sordum.

Başını sallarken morarmak üzereydi. "Hayır, bilmiyorum," dedi.

Bana doğruyu söylediğini hissedebiliyordum. "Onu bu gece gördün mü?"

"Hayır."

Yine usta bir şekilde cevaplamıştı. Sırıtmaya başladım. "Eddie çocukken eğlenmek için neler yapardı? Kurbağaların ağzına çatapatları yerleştirip kafalarının havaya uçmasını mı seyrederdi, yoksa kedilerin içini benzinle doldurup onları ateşe mi verirdi?"

Kendimi durduramıyordum. "Benzini ya da kedileri onun için sen mi aldın?" Bilmek istediğim tek şey bir annenin böylesine bir oğula sahip olmak için ne yapmış olduğuydu.

Kendi iç sesini dinlemek istercesine birkaç saniye suskun kaldığında, bana bir şeyler uydurmak için düşündüğünü hissettim.

"Benim oğlum iyi bir çocuktur ve senin gibi kızlarla nasıl geçineceğini de bilir," dedi.

"Oğlun henüz benim gibi bir kızla tanışma fırsatı bulmadı." Onu sallanan sandalyesinin içine attım. "Burada otur ve mümkünse çeneni kapalı tut," diye bağırdım.

"İkimiz de Eddie'yi bekleyeceğiz."

"Ona ne yapacaksın?" diye sordu.

Pantolonumun kemerine sıkıştırdığım silahımı çıkarttım. "Onu öldüreceğim."

Gözlerini kırpıştırmaya başladığında, sahip olduğum olağanüstü gücün nereden geldiğini merak ettiğini anlıyordum. Benden korkmaya devam etmesine rağmen, kendine olan güveni gözümden kaçmıyordu. Derin bir iç çektiğinde, vücudundaki kireçlenmiş kemiklerinin sesi duyulur gibi oldu.

"Benim oğlum senden daha akıllı, bu yüzden sen onu öldüremeden, o seni çoktan öldürmüş olacak."

Elime aldığım televizyon kumandasıyla televizyonu açıktan sonra, bacak bacak üstüne atıp onunla ilgilenmiyormuş havası yaratırken, "Oğlun o kadar akıllı olsaydı, yürümeyi öğrendiği gün bu evden kaçıp gitmiş olurdu," dedim.

Bu sözler hoşuna gitmemişti. "Bunu söylediğin için benden özür dileyeceksin," dedi.

Beni gerçekten sıktığını düşünürken, "Bekleyelim ve görelim," dedim.

Bir saat sonra telefon çaldı. Eddie'yi korkutup eve gelmesini sağlamak için telefona cevap vermiyor olsam da, Eddie'nin annesinde herhangi bir telaş belirtisi görmediğimden ayağa kalktım ve "Efendim?" dedim.

"Sita?"

Joel'un sesinden ciddi bir kargaşanın ortasında olduğunu anlamıştım. Kısa bir beyin fırtınasından sonra benim Yakşa'yı kurtarmakla meşgul olduğum dakikalarda, Joel'un buraya geldiğini ve dışarıda gizlenmiş halde bekleyen Eddie tarafından kaçırılmış olduğunu anlamam güç olmadı. Beni alevlerin arasından kurtaran adamı pazarlık yapmak için kullanıyor olması beni deli ediyordu. Joel'un bu geceyi çıkartma şansı yüzde bir bile değildi.

"Yanında duruyor, öyle değil mi?" diye sordum.

Joel'un sesi korku doluydu, ama henüz kontrolünü kaybetmemişti. "Evet."

"Yapacağını yapmış. Onu telefona ver!"

"Beni harcayabilirsin, bunu biliyorsun, değil mi Sita?"

"İkimiz de harcanabiliriz," dedim.

Birkaç saniye sonra Eddie telefonu eline aldı. Sesi iğrenç olsa da, olması gerektiği kadar mağrur konuşuyordu.

"Merhaba Sita, annem nasıl?"

"Çok iyi, seni öve öve bitiremiyor."

"Ona zarar verdin mi?"

"Düşünüyorum. Joel'a zarar verdin mi?"

"Sadece kolunu kırdım. Bu da ikinci erkek arkadaşın mı oluyor? Ne yapalım, diğer zavallının ömrü kısaymış."

Sesimi değiştirmeden, "Bazen kazanır, bazen kaybedersin. Benim kadar yaşlıysan birinin diğerinden üstün olmadığını anlarsın," dedim.

Eddie kıkırdadı. "Böyle bir şeyi daha önce hiç duymamıştım. Beni yeneceğini sanıyorsan aldanıyorsun," dedi.

Kızdırmak, sinirlerini oynatmak için onu salak yerine koymaya çalışıyordum. "Bana meydan mı okumak istiyorsun, Eddie? Bütün yaptıkların bu yüzden mi?" Duraksadım. "Dünyayı idare ederek gece çıkabileceğin bir kızdan randevu alacağını mı sanıyorsun? Eski patronunla konuştuğumda, nasıl bir dünya istediğini öğrenmiş bulundum. Bakir bir erkek olduğunu söylesen bile hiç şaşırmayacağıma yemin ederim."

Sözlerim onu kızdırmıştı, sinirlerini altüst edip zayıf noktasını bulmuş olmak beni sevindiriyordu. Herkese karşı gösterdiği gücü bir kenara attığımızda, insani ilişkilerde sınıfta kaldığını, hatta büyük problemler yaşıyor olduğunu söylemek mümkündü. Onun basit bir ruh hastası olduğunu bile söyleyemezdim. Ruh hastaları bile bazı yeteneklerini geliştirebilirler.

Eddie çok daha vahim durumdaydı. Bence okul hayatında da her zaman dışlanmış ve zamanının çoğunu kızlardan intikam almak için onlara tecavüz edeceği şekilleri düşünerek geçirmişti.

Yaramaz bir çocuğun ses tonuyla, "Konumuza dönsek iyi olacak," dedi. "Santa Monica Rıhtımı'nda otuz dakika sonra buluşalım. Otuz dakikayı bir dakika bile geçirecek olursan, sevgili arkadaşını öldürmeye başlarım. Eğer lastiğin patlar da gecikirsen, bil diye söylüyorum, arkadaşını yavaş yavaş kesmeye başlayacağım. Bu yüzden belki yetişebilirsin. Yirmi dakikadan fazla geç kalmadığın müddetçe onu tanıyabilecek durumda görebilme ihtimalin var. Ah, bu arada unutmadan, annem evde kalacak ve ona hiçbir şekilde zarar verilmeyecek." Kısa bir an durduktan sonra, "Söylediklerimi anlayabildin mi?" diye de sordu.

Homurdanarak, "Ah! Sen atla dediğinde atlayacağımı sanıyorsan, ne yazık ki yanıldığını söylemek zorundayım. Elinde bana karşı tehdit olarak kullanabileceğin hiçbir şey yok. Bu gezegende böyle bir unsur bulman imkânsız olduğundan, otuz dakika içinde asıl sen buraya geliyorsun. Gecikirsen annenin kafasını kopartır, Noel süsü olarak kapıya asarım. Kafasından akan kanların güzel bir görüntü sunacağından emin olabilirsin." Bir an durduktan sonra, "Söylediklerimi anlayabildin mi?" diye sordum.

Kızgın bir ses tonuyla, "Blöf yapıyorsun," dedi.

"Beni en iyi anlayan sen olmalısın ve anladığında blöf yapmadığımdan da emin olacaksın."

Telefonu suratına kapattığımda, geleceğinden adım gibi emindim. Joel'u yanında getirip pazarlık yapmak için kullandığında çuvallarsam diye endişe ettiğimden, buraya gelmeden onu öldürmesini umut ediyordum. Aksi takdirde ben öldürmek zorunda kalacaktım.

ON DÖRDÜNCÜ BÖLÜM

Bin yıl kadar önce İskoçya'nın Highlands bölgesinde o an içinde bulunduğum duruma benzer bir olayla karşılaşmıştım. O günlerde Welson Baronu Harold'la aşk yaşıyordum.

Kuzeybatı İskoçya'nın soğuk kış günlerinde Harold, okyanusun buz gibi sularının yaladığı tepelerde yer alan modernize edilmiş şatosunda yaşamını sürdürüyordu. Hawaii o zamanlarda keşfedilmiş olsaydı, bana orayı hatırlatırdı. Tanıştığım diğer ölümlülerin içinde, bana Cleo'yu hatırlattığı için en çok Harold'ı severdim. İkisinin de inanılmaz bir espri anlayışı vardı ve ikisi de şehvet düşkünüydü. Uçkuruna düşkün erkekleri sevdiğimi inkâr edemem.

Harold, Cleo gibi doktor değildi, aksine tam bir sanat adamıydı. Hatta tanıdıklarımın içinde en iyilerinden biriydi. Beni çıplak bir şekilde karşısına oturtmuş ve sayısız portremi yapmıştı.

Portrelerimden biri Paris'teki Louvre Müzesi'nde asılı duruyor. Müzeyi ziyaret ettiğim bir gün resmimin kopyasını çizmeye çalışan Sanat Okulu öğrencilerini gördüğümde, bu beni bir hayli sevindirmişti. Öğrencilerden birinin yanına yaklaşıp gözlerinin içine baktığımda, gördüklerine inanmak istemedi ve şaşkınlıktan dilini yutmuş gibi konuşamadı. Ona gülümsedim ve tek bir kelime konuşmadan yanından ayrıldığım zaman bile daha kendine gelememişti. Yani Harold beni öylesine mükemmel resmetmişti ki, öğrenci portrenin mi, yoksa benim mi canlı olduğuna karar veremedi.

İskoçya'nın o dönemlerinde kibirli bir asilzade olan Lord Tensley, Harold'ın sarayından daha büyük bir sarayda yaşamakla birlikte, daha büyük bir egoya sahip olmasıyla övünür, kendi kurallarını dayatmaya çalışırdı. Benim Harold'a ait olup, ona ihanet etmememe tahammül edemiyor, beni elde etmek için sahip olduğu güçlerin tümünü kullanmaktan çekinmiyordu. Bana çiçekler gönderiyor, mücevherlere boğuyor, o zaman için değerli bir hediye olarak kabul edilen atları yolluyor, yani Orta Çağ'da kız tavlamanın usulü neyse onu yapıyordu. Ama esprili bir adamı, paraya ve güce tercih etmemi bir türlü anlayamıyordu. Bunun yanı sıra Lord Tensley zalim bir adamdı. Günde birkaç boynu dişleyen biri olarak bilinen ben bile bir başkasının acı çekmesinden hoşlanmazken, o bundan müthiş bir haz alıyordu. Bir rivayete göre, kız çocuğu doğuran ilk karısının kafasını çocuğu boğmayı reddettiği için kesmişti. Daha sonraki âşıkları da elinden çok çekmiş, hatta arkalarını kollamaktan boyunları kaskatı kesilmişti.

Harold'la beraberken geçirdiğim günler ömrümün en huzurlu günleriydi. Gerçek kimliğimi saklamaya çalışırken dikkat ediyor ve Highlands'de gece gezintilerine çıkan masum insanların kanını emmemeye dikkat ediyordum.

İskoçya'da yaşadığım dönem boyunca tembel tembel oturup insanlarla dalaşmaktan kaçınırken, istediğim şeyleri elde etmek için gözlerimin sahip olduğu gücü kullanıyordum. Tabii bir süre sonra, cadı olmakla ün salmıştım.

Bu daha önceleri Cleo gibi Harold'ı da rahatsız etmemişti. İkisi de ileri görüşe sahip kişilerdi. Cleo vampir olduğumu bilmemesine rağmen, Harold zaman zaman insanların kanını içtiğimi biliyordu. Bu durum onu etkilediğinden mi bilmem, beni çizmeyi bitirdiği her portrenin üzerindeki yüzüme kan lekelerini eklemeyi unutmazdı. Yaşlanmamak ve ölmemek için onu vampirleştirmemi benden birkaç kez istemiş, ben de her seferinde ona Krişna'ya ettiğim yemini hatırlatmak zorunda kalmıştım. Bir keresinde benim tariflerimden faydalanarak Krişna'nın resmini bile çizmişti, ki bu resmi II. Dünya Savaşı'nda Almanya'da bir bombardımanda tahrip edilinceye kadar en değerli hazinem gibi sakladım.

Lord Tensley'i reddetmekte ısrar ettiğimden, cadı olduğuma dair söylentiler ayyuka çıktığı zaman, iyi adamı oynamak isteyen Lord Tensley beni kazığa bağlayıp diğer cadıların yakıldığı gibi yakılmam için işlemleri başlatmak istemişti. Lord Tensley zamanının ilerisinde bir adam olmasına rağmen, kafası kötülükten başka bir şeye çalışmıyordu. Bir düzine adamını bir araya toplamış, beni ona götürmeleri için oturduğumuz saraya göndermişti. Harold'ın sayısız askerleri, hizmetkârları ve yardımcıları olmasına rağmen, onları daha şatoya varmadan yakalamış ve '*Cevabım hâlâ hayır*,' yazılı notu kesik kafalarına iliştirerek geriye göndermiştim. Bu katliam sonrasında korkup vazgeçmesini beklerken, o daha da hırslanmıştı.

Bir hafta geçtikten sonra hıncı daha da arttığından, sevgili Harold'ımı kaçırmış ve bana 'Kendini kayıtsız şartsız bana teslim edeceksin, aksi takdirde Harold'ın kafasını göndereceğim,' yazılı bir not göndermişti. Lord Tensley'in sıkı bir koruma altında olan şatosuyla benim gibi güçlü bir vampirin bile başa çıkması kolay olmadığından, biraz düşündükten sonra ona, '*Cevabım evet, fakat beni almak için buraya gelmek zorundasın, gelirken Harold'ı da getirmeyi unutma!'* diyen bir not göndermenin daha doğru olacağına karar vermiştim. Lord Tensley, Harold'ı yanına alarak topladığı en iyi yirmi şövalyesiyle çıkagelmişti. Yaklaştıklarını duyar duymaz hizmetimdeki kişilerden hiçbiri savaşçı olmadığından ve ben de onların öldürülmesini istemediğimden, onları azat etmiştim. Yalnız başına gecenin zifiri karanlığında elimde ok ve yayımı tutmuş, cadı avına çıkmış şövalyelerin ayak seslerini dinlerken, elimde tuttuğum meşaleyle şatomun ön kapısında bekliyordum. Lord Tensley, Harold'ı kendi atının üzerinde taşırken, bıçağını da sıkı sıkıya aşkımın boğazına dayamıştı. Bana son kez teslim olmamı, aksi takdirde Harold'ı gözlerimin önünde öldüreceğini söyleyerek beni tehdit etti. Lord Tensley'in gücümü küçümsemediği her halinden belliydi. Ona gönderdiğim on kellenin sırrını merak ediyor olmalıydı.

Aramızdaki mesafeyi korumaya çalışıp Harold'ı ön planda tutması ve gözlerimin içine bakmaktan çekiniyor olmasını, benim gerçekten cadı olduğuma inanmasına bağlıyordum. Geçmişte, modern silahlar üretilmeden önce, gücümü kullanarak en zor durumlarla başa çıkabilmeyi başarmış olmama rağmen, o günkü durum benim için önemli bir problem teşkil ediyordu. Bana doğru fırlatılmış oku gördüğümde, yana doğru eğilerek ondan kurtulmamın yanı sıra bir diğerini de havada yakalardım. O dönemlerde kılıçlı biriyle dövüşürken, elimde kılıç olmasa bile yenilmem imkânsızdı. Dikkatli davranarak ayaklarımdan ve ellerimden önce kafamı kullanmak zorunda olmamın, silahların geliştirilip geliştirilmemesiyle bir ilgisi yoktu.

Olacakları beklerken zamanımı, okumun ucunu yalayıp ilk fırsatta Lord Tensley'in kalbine saplamanın yollarını düşünerek geçirmiştim. En iyi atışımı yapacak ve Harold herhangi bir zarar görmeden işini bitirecektim. Ama yanında getirdiği şövalyelerin Harold'ı öldürmemelerini sağlamak kolay olmayacaktı.

"Teslim olacağım," diye bağırmıştım. "Ama önce onun gitmesine izin vereceksin."

Yaptığım bu teklife Lord Tensley gülmüştü. Aslında yakışıklı bir adam sayılmasına rağmen, kendini kurt sanan bir tilkinin suratına sahipti. Demek istediğim, hem kurnaz hem de bir o kadar kendinden emindi ve zafer onun olduğu müddetçe onun elde ediliş şekliyle ilgilenmezdi. Onun aksine Harold, bir erkeğin olabileceği kadar çirkindi ve uzuvlarını taşımış olmak için taşıyordu. Burnunu bir keresinde ayakta durmayacak kadar sarhoşken düşüp kırmış, bunu ikinci ve üçüncü kırıklar takip etmiş ve sonunda ortaya eğri büğrü bir şey çıkmıştı. Ama bu görünüşüne rağmen, beni güldürebilmeyi başarıyor, sabahlara kadar da yatakta beni inletiyordu, ki bunlar bana yetiyordu. Onu kurtarmak için elimden gelen her şeyi yapacağımdan en ufak bir şüphesi bile yoktu.

Kendi hayatıma mal olsa bile onu Lord Tensley'in elinden kurtarmak zorundaydım. Hayatım boyunca korkaklara tahammül edemedim.

"Önce teslim ol, sonra aşığını bırakırız," diye bağırdı Lord Tensley.

"Burada benden başka kimse yok," dedim. "Zavallı, yalnız bir kadın. Neden şövalyelerini gönderip beni aldırmıyorsun?" diye sordum.

"Pis cadı, seninle tartışacak zamanım yok," diye cevap verdi Lord Tensley. Bıçağını indirip Harold'ın koluna sapladı, ki o günlerde modern tıp gelişmediğinden bu öldürücü bir yara olarak kabul edilebilirdi. Rüzgâr deli gibi esip kolundan akan kanının kokusunu burnuma getirdiğinde içim parçalanmıştı. Lord

Tensley'le pazarlık yapmaya kalkışmak büyük bir hataydı. Pazarlık yapmak yerine istediğini yapmış olsaydım, Harold yaralanmamış olacaktı.

"Teslim olmaya geliyorum," diye bağırmış, elimdeki ok ve yayı kenara bırakmıştım.

Ama başımı şatonun ön kapısından dışarıya uzattığımda, vücudumun geri kalan kısmı kapının içinde durmaya devam ediyordu. Geleceklerini bildiğimden atımı arka tarafa bağlamıştım, blöfüm işe yaramadığı takdirde atıma bindiğim gibi kaçacaktım. Eğer Harold atın yanına kadar gitmeyi başarırsa sadece iki kilometre ötedeki mağaraya kadar gidebilir, huzur içinde saklanır, olağandışı kız arkadaşı düşmanları püskürttükten sonra kendisine katılabilirdi. Bana sonsuz bir güven duyduğundan, Harold'ın güvenini boşa çıkartmak istemiyordum. Kolundan kanlar aktığı anda bile, içinde bulunduğum karanlık durumu aydınlatmak istercesine bana gülümsemeyi ihmal etmiyordu. Gülümsemesi beni şaşırtmamıştı, ama onu hayatta tutan şeyin bana duyduğu güven olduğunu bilmek işimi daha da zorlaştırıyordu. Şatonun kapısından ayrılmadan gözlerimi Lord Tensley'in gözlerine dikerek konsantre olmaya çalıştım.

Ama o, gözlerini benden kaçırmaya devam ediyordu.

Sesimi mümkün olduğunca güçlü çıkarmaya çalışarak, "Bırak onu gitsin," diye bağırdım. Bir kez daha gözlerinin içine bakmayı denemek zorunda olduğumu biliyor, ama bunu ne şekilde yapmam gerektiğini bilemiyordum.

"Dışarıya çık cadı, yoksa bıçağı diğer koluna da saplarım," diye bağırdı Lord Tensley.

"İki kolu da yaralandıktan sonra senin pis vücudunun resmini çizemeyecek."

Harold solak olduğundan şu an için bir tehlike söz konusu

değildi, beni kazığa bağlayıp yakmalarından sonra geride çizilecek bir vücudun kalmasını da zaten kimse umursamıyordu. Pis vücuduma dokunma ve koklama şansını elde edemediği için, bahsettiği şeyin vücudumun kendisi değil, yapabildikleri olduğunun farkına ancak o anda varabiliyordum. Bir adım daha ilerleyerek, duygusuz bir ses tonuyla, "Şimdi sözünde dur ve onu serbest bırak," dedim.

Lord Tensley istediğimi yaptı, ama bu bir kandırmacaydı. Beni yakaladığı anda Harold'ın peşine düşeceğini, yataklık yapmaktan onu ya parçalara ayıracağını ya da yanı başımdaki kazığa bağlayıp yakarak öldüreceğini gayet iyi biliyordum. Tabii arka bahçede bekleyen attan bir haberi yoktu; Harold çözülürken gözlerinin içine bakarak, arkada bekleyen ata binip ikimizden başka kimsenin bilmediği o mağaraya kaçmasını anlattım. Harold'la aramızdaki derin telepatik bağ ilk kez işe yaramıştı. Zaten bu bağ ilişkimize renk katan başka bir noktaydı. Yarasının ağrısına ve durumun ağırlığına rağmen, söylediklerimin tamamını anlamayı başarmıştı.

Onun mağaraya kaçmasını istediğimi anlayan Harold, anladığını belli etmek istercesine başını salladı, arka bahçeye doğru ilerledi ve karanlık gecenin içinde kaybolup gitti. Arkasında bıraktığı kan birikintilerinin kokusu burnuma geldiğinde içimi kaplayan hüzün beni daha da hırslandırdı.

Harold'ın gözden kaybolup epey bir mesafe kat ettiğinden emin olduktan sonra, dikkatimi Lord Tensley'in bana bakmamak için gayret gösteren oğluna vermeye başladım. Bu genç adam daha on altısındaydı, ama bir öküz kadar iri ve güçlüydü. Görünüşüne bakılacak olursa bir sonraki yaşamında bir futbol takımının forvet oyuncusu olabilir ve yılda iki milyon dolardan daha fazla kazanabilirdi. O zamanlarda bir futbol takımının olmaması ya da etrafta saçılan dolarların yokluğu, bu gerçeği değiştirmeyecekti. Bazı insanların yüzlerine bakıp geleceklerini tahmin edebilmemin nereden kaynaklandığını ben bile bilmiyorum. Onu bir an önce öbür tarafa gönderip işini bitirmek arzusuyla yanıp tutuşurken, bir yandan da dikkatli olmam gerektiğini biliyordum. Birkaç adım ileriye gidip çocuğun gözlerinin içine bakarken, kimsenin duyamayacağı bir şekilde, "Baban bir büyücüdür ve zamanın varken onu öldür," dedim.

Lord Tensley'in oğlu kılıcını çektiği gibi babasının midesine sapladı. Lord Tensley'in oğlu tarafından bıçaklanmış olduğunun şaşkınlığı yüzüne yansımıştı. Atından yere düşmeden önce kısa bir an için yüzüme baktığında gülümsediğimi görmüştü.

"Harold'ın çizimlerinden birini evinin en mahrem köşesinde sakladığını biliyorum. Şimdi git ve bak. Bir cadı için güzel değil miyim?"

Bir şeyler söylemeye çalıştı ama ağzından kelimeler yerine bir avuç dolusu kan fışkırdı.

Biraz kıvrandıktan sonra, yere yuvarlanmadan önce can verdi. Lord Tensley'in öldüğünü gören şövalyelerden yarısı kaçmayı tercih etti, ki bu kişilerin arasında bulunan öküz kadar güçlü oğlu da unutmamak gerek, ortadan toz oldular. Kalanları acımasızca haklamak fazla zamanımı almadı, ama Harold'a yetişmem gerektiğinden öldürmenin zevkini çıkaramamıştım. Harold'ın yanına vardığımdaysa, onun için ayarladığım atın sırtında kolundaki yaradan akan aşırı kanama yüzünden hayatını kaybetmişti. Sevgili Harold iyi bir insandı ve onu özlemediğim bir an bile yoktur. O günden sonra bir daha İskoçya'ya ayak basmadım.

Şimdi, bu hikâyenin ana fikri ne olabilir? Acıdan başka bir şey yoktur. Bir kişinin kötülükle başa çıkabilmesi mümkün değildir. Onların ne yapacağı çoğu zaman kestirilemez. Annesini sıkı sıkıya elimde tutarak beklerken, Eddie'nin tuhaf işler peşinde olduğunu biliyordum.

Hâlâ bilmediğim şeyse, Krişna'nın hikâyesinden alacağım dersin ne olduğuydu.

ON BEŞİNCİ BÖLÜM

Birkaç blok ötede olan Eddie'nin kokusunu alabiliyordum. Buraya varmak için acele etmişti. Kendi hayatı kadar, annesinin hayatından da endişe duyuyordu. Arabasını son sürat sürmüş, vardığında da evin ön bahçesine park etmişti. İki kişinin ayak seslerini duyar gibi oldum. Kapıyı çalması beni şaşırttı; elimdeki silahı annesinin kafasına dayadıktan sonra ona içeri girmesini söyledim.

Eddie, Joel'un iki kolunu da kırmıştı; kullanamaz hale gelen kollar iki yanda öylece sarkıyordu. Çektiği inanılmaz ağrıya rağmen Joel soğukkanlı görünmeye çalışıyordu. Bu çocuğun hal ve hareketleri beni gerçekten etkiliyor, diye düşündüm. Ama onu kurtarmak için, insanlığı riske atmaya hakkım yoktu. Onu görmezden gelmeye mecburdum. Joel'la göz göze geldiğimdeki gülümsemesi yakalanmanın özrünü taşıyordu. Eddie onun içeriye girdiğinden emin olduktan sonra eve girdi.

Ama özür dilemeye niyetinin olmadığı her halinden belli oluyordu. Yine de söylediğim şeyleri harfiyen yapmış olması, bir adım öne geçtiğimin işaretiydi. Doğru zamanda doğru cesareti göstermiş olmak, bana ilk turu kazandırmıştı.

FBI'ın kullandığı on milimetre çapındaki bir silahı Eddie'nin elinde gördüğümde herhangi bir tepkide bulunmadım. Silahı Joel'un kafasına tuttu. Aralarındaki mesafenin açılmamasına dikkat ediyordu. Dikkatle baktığımda, cildindeki bozukluklar gözüme çarptı. Buluğ çağındaki sivilcelerini bıçakla kesip içindeki irini akıtmaya çalışmış, ama yerleri birer yara izi olarak kalmıştı. Göz bebekleri zümrüt gibi parıldasa da, geneline bakıldığında radyoaktif yağmuruna tutulmuşçasına yaralı olduğundan, bana bile korkutucu geliyordu. Gözlerinin beyazı kırmızıya dönüşmüş, sanki kan oturmuştu. Onu erken bir saatte çağırdığımdan, güneşten etkilenmişti. Bütün bunlara rağmen beni ve tek parça halindeki annesini görmüş olmak onu sevindirmişti. İkimize de gülümsemeye çalıştı. Annesi tırnaklarımı boğazında hissettiğinden, herhangi bir tepki vermezken, oğlunu görmekten dolayı sevindiğini biliyordum.

"Selam anne," dedi Eddie. "Selam Sita," derken, kapıya bir tekme atarak kapanmasına neden oldu.

"Zamanında gelmeyi başardığınıza memnun oldum. Hoş, annenle ne zor şartlarda büyüdüğünü konuşmak da zevkliydi. Zamanın nasıl geçtiğini bile anlamadık."

Eddie kaşlarını çattı. "Bir fahişe olduğunu biliyorsun, değil mi? Bu kadar zor bir durumda bile sana nazik davranmaya çalışıyorum, ama sen hâlâ beni çileden çıkartmaya çalışıyorsun."

"Yani arkadaşımla beni öldürmek istediğini göz ardı edip, bir şey yokmuş gibi seninle arkadaşlık etmemi mi istiyorsun?"

"Önce sen kan döktün," dedi.

"Çünkü ben arkadaşlarından daha güçlüydüm. Şu at gözlüklerini çıkart Eddie ve gerçekleri gör. Buraya öpüşmek ya da koklaşmak için gelmedik."

"Neden geldik?" diye sordu Eddie. "Rövanş yapmak için

mi? Geçen sefer iyi bir oyun çıkartmadığını söylemek zorundayım."

"Bilemiyorum. Salak çeteni yok ettim."

Eddie kıs kıs güldü. "Bundan nasıl emin olabilirsin ki?"

Gülümsedim. "İnsanların yalan söyleyip söylemediklerini anladığımdan şimdi emin oldum. İşte senin sahip olmadığın bir yeteneğimi daha görmüş oluyorsun. Geride sadece senin kaldığını ikimiz de gayet iyi biliyoruz."

"Ne olmuş? İhtiyaç duyduğum anda yenilerini yaratabilirim."

"Niye ihtiyaç duyasın ki? Emir verilecek birilerini etrafında görmek için mi? Hazır konu açılmışken, bana vampir yaratmaktaki amacının ne olduğunu söyler misin? İnsanlığın tamamını vampirleştirip onların hâkimi mi olmak istiyorsun? Yaptığın işe şöyle mantıklı bir yaklaşım sunarsan, işe yaramadığını sen de göreceksin. Herkesi avcı yaparsan, avlayacak avı nereden bulacaksın?"

Eddie hafifçe şaşırmıştı. Akıllıydı ama bilge değildi. İstekliydi ama miyoptu, bir sonraki adımın ne getireceğini göremiyordu. Ardından her zamanki gibi öfkelendi. Tavırları volkan lavları gibi aniden parlıyordu. Mantık, yabancı olduğu bir şeydi.

"Şu cadı sesinle kafamı karıştırmaya çalışıyorsun," dedi. "Güzel zaman geçiriyorum ve önemli olan tek şey bu."

Homurdandım. "En azından önceliklerinin ne olduğunu anlamış bulunmaktayız."

Sabırsızlanmaya başladı. Joel'u daha sıkı kendine çekip başparmağını boynuna batırdığından, parçalanan deri kanamaya başlamıştı. "Annemi bırak gitsin," diye emir verdi.

Hiçbir şey olmamış gibi tırnağımı annesinin boynuna batırdım. "Buradaki problemi görmüyorsun. Şu an elinde tuttuğun herifi çok fazla tanımıyorum. Onu öldürsen bile kılım kıpırdamaz. Yani, bana emir verecek durumda değilsin."

Gözlerimin içine dik dik bakmaya çalıştı. İçlerinde güç vardı ama bunu kontrol edemiyordu. "Masum bir kadını gözünü kırpmadan öldürebileceğini sanmıyorum," dedi.

"Hayatın boyunca canını sıkmış," dedim. "Masum değil."

Bunun karşılığında Eddie tırnağını Joel'un boynuna batırdı. Bu dondurmacının derin açılmış damarlara karşı bir ilgisi vardı. Kanama şiddetli ve yoğundu. Joel belli belirsiz bir tavırla hareket etmiş olsa da, kendini kurtarmaya çalışmadı. Büyük ihtimalle bunun zaten mümkün olmayacağını düşünüyordu. Son kozumu, elimde joker olduğunu umut ederek oynamama izin vermişti. Elimde olan tek şey Krişna'nın anlattığı soyut hikâyeydi. Joel'un kaybettiği kandan dolayı kendinden geçmeden önce bir şey söyleme ihtiyacı duyduğunu anladım. Ölmekten korkmuyordu.

"Buradan canlı çıkmama izin vereceğini sanmıyorum Sita," dedi Joel. "Bunu sen de biliyorsun. Bu yüzden en iyi vuruşunu yap ve onu hakla."

Söyledikleri mantıklı geldi. Annesini kendime kalkan olarak kullanarak ateş açabilirdim. Problem olan tek şey Joel'un, Ray olmamasıydı. Yani birkaç dakikanın içinde iyileşmesi imkânsızdı. Ateş açtıktan kısa bir süre sonra can verecekti ve bu arada Eddie'yi öldürüp öldürmediğimden de emin olamayacaktım. Bu sorunun kökeni asırlar öncesine dayanıyordu. Günü kurtarmak için günün anlamına zarar vermemek gerekiyordu. Birkaç saniye tereddüt ettikten sonra, tırnağımı annesinin boynuna bastırdım. Annesi çığlık attı. Boynundan akan sımsıcak kan parmaklarımı yaladıktan sonra göğsüne doğru süzüldü. Hangisinin kanı daha çabuk bitecekti? Dürüst olmak gerekirse, bunun cevabını bilmiyordum. Annesi dengesini kaybedip kollarımın arasına düşmek üzereyken, Eddie'nin yüzü morarmaya başlamıştı.

"Ne istiyorsun?" diye sordu.

"Joel'un gitmesine izin ver," dedim. "Ben de anneni bırakırım. İkisi de gittikten sonra kozlarımızı olması gerektiği gibi teke tek paylaşabiliriz."

"Seni tek elimle bile yenerim," dedi.

Sırıttım. "Olabilir."

"Olabilirlere yer olmadığını sen de biliyorsun. Joel'u bırakmış olsam bile, annemin gitmesine izin vermeyeceksin. Burada anlaşmak için değil, beni yok etmek için bulunuyorsun."

"Yani?" dedim.

"Silahını çek," dedi Joel duygu dolu bir sesle. Boynundan akan kan, gömleğini ıslatmış, pantolonuna kadar inmişti. Eddie, Joel'un atardamarını açmıştı. Üç dakika içinde ölecekti. Bayılması, bu sürenin yarısını alacaktı. Dengesini kaybedip sırtını dayadığında, Eddie'nin onu tutması zor olmadı. Joel sakin kalmaya gayret gösterse de, yüzü kireç gibi olmuştu. Kan kaybından ölürken kendini izlemek kolay değildi. Kolları kırık olduğundan, parmaklarını kaldırıp yaraya bastıramıyor olması en kötüsüydü. Buna karşı Eddie'nin annesi kollarında herhangi bir sorun yaşamadığından yarasına bastırıyor ve kanamayı geciktiriyordu. Eddie ya da ben acilen bir şey yapmazsak ikisi de aynı zamanda ölecekti.

Ama ne yapacağımı bilemiyordum.

"Bırak onu," diye bağırdım.

"Hayır," dedi Eddie.

"Annemi bırak."

Cevap vermedim. Bunun yerine paniklemeye başladım. Antik çağlardan kalma Krişna'nın kamçısı olan ben, binlerce insanı öldürmüş olmama rağmen, elim kolum bağlı durup Joel'un ölmesine seyirci olmaya tahammül edemiyordum. Belki bunca zamandır sabit kalmış olan doğam, sonunda değişiyor olabilirdi. Artık iki gün önceki kişi değildim. Belki bu değişim Ray'le Yakşa'nın kaybından kaynaklanıyordu, ama ellerimin arasından başka birinin daha kaydığı düşüncesi beni titretiyordu. Bir mide bulantısı tüm benliğimi kapladığında orada bulunmayan bir kırmızı gördüm, bu kırmızı kanın renginden daha koyuydu. Lekelenmiş bir güneş, dünyanın sonundaki ufukta batıyordu. Bu dünyanın sonu olacaktı, bunu biliyordum, bu manyağı durdurmak için insan hayatının matematiği yeterli olmayacaktı. Beş milyar insanı korumak için bile birinin hayatını feda edemezdim. Özellikle de bu kişinin hayatı gözlerimin önünde yok olurken. Joel'un kanı pantolonundan damlayarak tozlu döşemenin üzerine birikmeye başlamıştı. Annesinin kanı da modası geçmiş geceliğinden yere aynı şekilde damlıyordu. Eddie'de yolunda gitmeyen şey neydi? Saniyelerin geçtiğini anlamıyor muydu? Annesi kollarımın arasında çığlık atarken, onun için üzülüyordum.

Sonunda öne geçecek bir koz bulmuştum.

"Bir dakikalık bir süreden az bir zaman içinde annen için yapabileceğin bir şey kalmayacak," diye açıkladım. "Ama şimdi harekete geçecek olursan onun boynunu iyileştirir, gitmesine izin veririm."

Eddie dudaklarını büktü. "Sen iyileştiremezsin. Sadece öldürürsün."

Sesim sertleşti. "Her ikisini de yapabilirim. Sana gösterebilirim. Ama önce gitmesine izin ver. Onu bıraktığın takdirde annen de serbest kalır. İstersen bu işlemi aynı anda da yapabiliriz."

Eddie başını salladı. "Yalan söylüyorsun."

"Belki söylüyorumdur, belki söylemiyorumdur. Ama annenin ölmek üzere olduğu bir gerçek." Duraksadım. "Bunu görebiliyor musun?"

Yanakları morarmaya başlamış olmasına rağmen pes etmeye niyetli görünmüyordu. "Hayır," dedi.

Joel yana doğru kaydığında, yere düşmemek için desteklenmesi gerektiğini anladım. Gömleğinin üzerinde bir litreye yakın kan vardı, bir o kadarı da zemin kaplamasının üzerindeydi. Gözleri bembeyazdı. Bana güçlü olmam gerektiğini anlatmaya çalışıyordu, ama kelimeler ağzından çıkmıyordu. "Sadece ateş et," diye yalvardı.

Tanrım, bunu ben de istiyordum. İçinde bulunduğu ıstıraptan kurtaracak bir mermiyi Joel'un kafasına, diğer beşiniyse Eddie'nin vücuduna yerleştirmeye can atıyordum. Annesi kollarımın arasında durmaya devam ettiği sürece, bunu zarar görmeden başaracağımı da biliyordum. Denge son noktasına gelmişti, terazi devrilmek üzereydi. Annesi kollarımın arasına yığıldı. Kalbini çalıştıracak kadar kanı kalmamıştı. Buna rağmen gözyaşı dökecek gücü kendinde bulabiliyordu. Neden bu gözyaşları beni etkiliyordu? O, kötü biriydi. Krişna onu öteki tarafta kollarını açmış halede beklemeyecekti, tabii böyle bir yer varsa. Evet, şaka gibiydi ama bana dokunan şey onun sefilliğiydi. Bana ne olduğunu anlayamıyordum.

Ne yapacağımı bilmiyordum.

"Joel," dedim, Eddie'ye acı içindeki bir sesin nasıl olacağını göstermek istiyordum. "Bunların olmasını istemezdim."

"Biliyorum..." Gülümsemeye çalıştı ama başaramadı. "Beni uyarmıştın."

"Eddie," dedim.

Sesimdeki çaresizliği duymak hoşuna gidiyordu. "Evet, Sita?"

"Sen bir ahmaksın."

"Sen de fahişesin."

Derin bir iç çektim. "Ne istiyorsun? Gerçekten? En azından bunu söyleyebilirsin."

Biraz düşündü. "Bana ait olan her şeyi."

"Tanrım!" Kusmak istedim. "Seni öldürecekler. Bu gezegen öylesine büyük ki... Saklanacak çok yer var. Ama insan ırkı seni kovalayacak ve öldürecek."

Umursamaz bir tavırla, "Ne olup bitiğini daha anlamadan yok olmuş olacaklar," dedi.

Joel'un boğazından akıp yerde biriken kan küçük bir nehir oluşturduğunda, gözlerimi kendimi zorlamama rağmen birikintiden ayıramıyordum. Bir zamanlar kırmızı akıntılara bayılırken, onların okyanusa aktığını hayal ederdim. Bunlar Krişna'nın sonsuz nimetleriydi. Krişna şu anda neredeydi? Emirlerine itaat ettiğim takdirde beni koruyacağına dair söz veren yüce Tanrı? O da zamanın ve boşluğun içinde diğerleri gibi ölüp gitmişti. "Krişna," diye fısıldadım kendi kendime. "Krişna."

Karşıma çıkmadı ama ben Eddie'nin annesini serbest bıraktım. Güven duyulacak bir zaman değildi. Hissettiğim umutsuzluk duygusu her olasılığın üzerindeydi. Kadın ölümün eşiğinde duruyordu, ama oğlunun yanına bir şekilde giderken suratında oluşan gülümseme tarla korkuluklarınınkine benziyordu. Sevgili oğlunun bir kez daha kazandığına inanıyordu. Kalın kırmızı bir iz, zemin kaplaması boyunca onu takip ediyordu. Ölümlü kalkanımın yokluğunda, çaresizce Eddie'nin ateş açmasını bekliyordum. Ama ateş etmedi. Zaman ondan yanaydı ve o da büyük ihtimalle hain planlarını çoktan yapmıştı. Annesinin kendisine kadar gelmesini bekledi.

"Kelebeğim," dedi kadın tatlı bir ses tonuyla, kanı çekilmiş kollarını oğluna doğru uzatırken. Joel'u bir kolunun üzerine alırken, oğlu onu kucaklamaya hazır gibi görünüyordu.

"Güneşim," diye cevap verdi Eddie.

Ama annesini boştaki eliyle sert bir şekilde tuttu.

Annesini döndürdü. Sersemletircesine.

Şeytanın dokunuşu. Boynundaki kemiklerin tümü kırıldı.

Annesinin cansız bedenini yere atarken tuhaf sırıtışı bütün yüzünü kaplamıştı.

Her şeye rağmen annesinin deli olmadığını tahmin ediyordum.

"Her zaman bana ne yapmam gerektiğini söylerdi," diye açıkladı.

Sonraki dakikalarda düşünme yeteneğimi kaybettim. İçimdeki bir ses silahımı çekmem gerektiğini söyledi, ben de yaptım. Koltuğun içine kıvrılmış olan Joel cam gibi gözlerle ikimize bakarken, neler olduğunu algılayabiliyordu ama bir şey yapması imkânsızdı. Eddie parmağımın ucundan akıttığım bir damla kanla Joel'un kanamasını durdurmama izin verdi. Büyük ihtimalle bunu başarıp başaramayacağımı görmek istemişti.

Yakşa'nın bana daha önce söylemiş olduğu, Eddie'nin kanıma karşı duyduğu ilgiyi artık ben de fark edebiliyordum. Beni gördüğü yerde kanımı alıp saklayabilmek için yanında deney tüpleri getirmişti. Eddie silahını bana doğrultup yemek masasının önündeki sandalyeye oturmamı işaret etti. Cebinden çıkarttığı turnikeyi sol kolumun üzerine bağlamıştım. Avucumu sıkmamla birlikte damarlarım ortaya çıkmıştı. Ona karşı gelmeden iş birliği yapıyor, sıkılmış damarlarımın zonklamasını hissediyordum. Kanımı almaya çalıştığında, beş bin yıldır dirseğimde duran beni ilk kez o anda fark etmiş olmak ne kadar saçmaydı.

Ölmek üzere olduğuma inanmam mümkün değildi.

Gözlerini üzerimden ayırmadan mutfağa gidip birinin içinde buz olan iki bardakla geri geldi. Zaferini, açtığı yıllanmış şarapla kutlamak istemesini doğal karşılıyordum. Uzun iğnenin ucunu damarımın içine soktuğunda, herhangi bir direnişte bulunmadım. Kanım tüplerin içine akarkense sadece seyretmekle yetindim. Tüplerin içindekini mutfaktan getirdiği bardaklara boşalttı. Bardaklar dolmaya başladığında koltuğun üzerinde nefesi duyulmayacak kadar hafif, yarı baygın bir halde uyuyan Joel'a bakarken, Eddie kanımı içmeye devam ediyordu. Beni en çok rahatsız edense, Eddie'nin yüzündeki sırıtıştı.

"Kazanan ben oldum," dedi.

"Ne kazandın? Sen zalim, acımasız ve felaket getiren bir yaratıksın ve benim bu dünyadan gidişim, bu gerçeği değiştirmeyecek. Güç, servet, hatta ölümsüzlük sana mutluluk getirmeyecek. Bu kelimenin ne anlama geldiğini hiçbir zaman bilemeyeceksin."

Eddie güldü. "Şu anda mutlu gözükmüyorsun."

Kafamı salladım. "Bu doğru. Ama en azından ben mutluyum diyecek kadar aptal davranmıyorum. Neysem oyum. Sen ahlaksız fantezilerinin kahramanı olduğunu sanıyorsun. Bir sabah ya da bir gece uyanacak ve aynaya baktığında gördüğün kişinin bu kadar çirkin olmamasını dileyeceğini sana şimdiden söylemem gerekir."

"Sen kaybetmeyi içine sindiremiyorsun."

Başımı salladım. "Bahsettiğim yüzünün çirkinliği değil. Yeterince uzun yaşadığında ne olduğunu anlayacaksın. Bu kaçınılmaz. Bu gece seni öldürmeyi başaramazsam bunu bir gün kendin yapacaksın. Kesin olan bir şey varsa o da asla değişmeyecek olmandır. Her zaman hastalıklı biri olarak kalacaksın ve insanlar sana Tanrı'nın yarattığı iğrenilecek bir yaratık gibi bakacak."

Kaşlarını çattı. "Tanrı'ya inanmıyorum," dedi.

Üzgün bir şekilde başımı salladım. "Ben de inanıp inanmadığıma emin değilim."

Tüylerim ürperdi.

Kanım, ölümsüz kanım, beni terk ediyordu.

Çok uzun sürmeyecekti.

Eddie doldurmuş olduğu kocaman bardağı ağzına götürerek sağlığım için şerefe kaldırıp büyük bir yudum yutarken bile Krişna'yı düşünmeden edemiyordum. Krişna'nın, Yakşa'ya bana anlatması için verdiği hikâye beynime hücum ediyormuş gibi hissediyordum. Sanki iki hafızam vardı, biri hatırlarken, diğeri unutmaya çalışıyordu. Hikâyeyi hatırlamış olmak bile beni rahatlatmaya yetmiyordu. Oysa Krişna'yla muhteşem güzellikteki tepede yaptığımız konuşma beni ne kadar da mutlu etmişti. Aslında o tepeye ulaşabilmek için ölmek en çok istediğim şeydi, ama insanlığı yarı yolda bırakamazdım. Eddie'yi alt etmem için ne yapmam gerekiyordu? Kasanın anahtarı kimin elindeydi? Keşke Krişna bir anda karşımda hayat bulup bana ne yapmam gerektiğini anlatsaydı.

Eddie ağzına kadar doldurulmuş kanlı bardağı kafasına dikmeye devam etti.

Şimdi insanların duygularını ifade eden yedi notamı çalacağım. Bir insan ve vampir olarak aynı hisleri duyacaksın. Bu melodiyi hatırladığın her an beni de hatırlayacaksın. Şarkıyı söyle ve ben yanı başında olacağım.

Bunu bana anlatmasının sebebi neydi? Belki bunların hepsi bir rüyadan ibaretti ve Krişna bana hiçbir şey anlatmamıştı. Bunların sebebi, Ray'i kaybettikten sonra yaşadığım travma olabilir miydi? Yüreğimin derinliklerinde duyduğum teselli ihtiyacım böyle bir rüyayı görmeme neden olmuş olabilir miydi? Bunların hepsini gerçek olmalarını istediğim için ben uydurmuş olabilir miydim? Ama uydurmuş olsam, gerçek olmayan bir şeyin bana bu kadar büyük bir mutluluk vermesi mümkün müydü? Krişna'nın, içlerinde evrenin tüm güzelliklerini gördüğüm güzel gözlerini unutamıyordum. Onun güzelliğine, sözlerinden daha çok inanmış gibi hissediyor olmam normal miydi? Bu güne kadar onun sevgisini anlamaya çalışmamıştım, çünkü anlaşılmaz olduğunu düşünüyordum

Tanıştığımız gün sadece oradaydı; ucu bucağı olmayan gökyüzü gibi.

Tanıştığımız gün.

O unutulmaz günde ne yapıyordu?

Flütünü çalıyordu ve Yakşa onu dövüşmek için zorlamıştı. Beraber kobralarla dolu bir çukurun içine inmiş ve canlı çıkanın kazanacağında hemfikir olmuşlardı. Yılanları kendilerinden uzak tutmak için flütlerini çalmışlar, uzun bir süre için de bunu başarmışlardı. Sonunda, içimizdeki duyguları harekete geçirecek notaların sırrını bilen Krişna kazanmıştı. Çaldığı notalar sayesinde sevginin ne olduğunu bilmeyen Yakşa'nın yüreğine sevgiyi, nefreti ve korkuyu ekmeyi başarmıştı. Yakşa diğer iblislerde olduğu gibi, içini korku duygusu kapladığında kendini değiştirmeye karar vermişti.

Eddie'yle başa çıkmak için çalacağım bir flütüm yoktu, ama yine de Krişna'nın söylediklerini anımsadım.

"Şarkımı söyle ve ben yanı başında olacağım," diye mırıldandım.

O günden beri, ki aradan geçen zamandan söz etmek gereksizdi, bu sözleri hatırladığıma göre rüyam gerçekti, sadece hayata geçmesi biraz zaman alacaktı.

Eddie'nin gözlerinin içine bakarak ıslık çalmaya başladım.

Bana baktı ama herhangi bir tepkide bulunmadı. Kanımla doldurduğu üçüncü bardağı kafasına dikmekle meşguldü. Gücümün tükenmek üzere olduğu anlarda sevgi ve nefreti içeren notalara ayıracak zamanımın kalmadığını biliyordum.

Krişna'nın korkuyu harekete geçiren notalarını kullanarak ıslık çalmaya devam ediyordum. Notalar, vurguları ruhuma kazınmışçasına çıkıveriyordu. Dudaklarım Krişna'nın flütü kadar işe yarıyordu. Onu göremiyor ama varlığını bana hissettirmesi için dua ediyordum. Duyduğum korku iliklerime işlerken bile, Eddie kanımı yudumlamaya devam etti. Aldığı son yudumun ardından birden yüzünü kaplayan endişeli ifadeyi görmek beni mutlu etti. Çaldığım şarkı sadece Eddie'nin ruhuna değil, aynı zamanda benim ruhumun da derinliklerine iniyor ve bir vampire dönüşmeden önceki hayatımın ne kadar mutlu olduğunu anımsatıyordu.

Değişmek istediğimi hatırlamak, bana daha büyük bir acı vermişti.

Eddie kanımla dolu bardağı ağzına götürmek isterken sanki görünmez bir güç tarafından engelleniyordu, bana doğru bakarak, "Ne yapmaya çalışıyorsun?" diye sordu.

Ona kelimelerle cevap vermek yerine, dünyayı kurtaracağına inandığım zehirli notaları çalarak cevap verdim. Notaların etkisi odanın içini kaplıyor ve Joel güçlükle nefes alıyordu.

Çaldığım şarkının onu da öldürmek üzere olduğunu biliyordum, ama kesmeden devam ettim. Notaların Eddie'yi rahatsız ettiği her halinden anlaşılıyordu.

Elinde tutuğu bardağa hâkim olamayıp yere düşürdü, düşürür düşürmez de silahı üzerime doğrulttu.

"Şu salaklığı hemen durdur," diye emretti.

Bu melodiyi bitirmek zorunda olduğumu biliyordum, çünkü durdurmadığım takdirde beni öldüreceğinden en ufak bir şüphem yoktu. Ardından gelen nota Krişna'nın Yakşa'yla yarıştığı gün çaldığı bir nota olmadığından, bana yabancı geliyordu.

Ama bu notayı rüyamdan hatırlıyor ve gördüğüme göre bunun bir anlamı olmalı, diye düşünüyordum. Bir vampire dönüştükten sonra Krişna'nın insan ve yaratıkların duygularını anlatan notaları bana vermiş olması şu anda işime yarıyordu; en azından bunu denemek zorundaydım.

Cinsel dürtüleri harekete geçiren notayı çalmaya başladığımda havaya yayılan enerji, Eddie'nin yıllardır kurmuş olduğu ama şu ana kadar gerçekleştiremediği cinsel fantezilerini harekete geçirmişe benziyordu. Ona daha da yaklaşmış ve kafamı omzunun üzerine koyarak vücudunu titretmeye başlamıştım. Sinir sistemini olduğu gibi, sonunda cinsel dürtülerini de alarm durumuna geçirmeyi başarmıştım. Aslında Eddie'ye üstünlük sağlamış olmaktan çok, Krişna'nın bana anlatmak istediğini anlamak bana inanılmaz bir mutluluk yaşatıyordu. Ben gerçekten bir *büyücüydüm*. Elindeki silah yere düştüğünde bile Eddie herhangi bir tepkide bulunmadı. Sadece hınzır bir sırıtış, ama ondan öte bir şey yoktu. Artık kanıma karşı olan ilgisi de azalmıştı. Düşündüğü tek şey benimle sevişmekti. Ben onun hayatı boyunca sahip olamadığı lise aşkıydım, onun elini bile tutamadığı kız arkadaşı ve asla sahip olamadığı her şeydim.

Yumuşak bir ses tonuyla, "Benim gibi bir kıza asla sahip olamadın," dedim.

Başka bir nota. Başka acımasız bir okşama.

Eddie dudağını yalıyordu.

"Benim gibi birine asla sahip olamayacaksın," diye fısıldadım.

Artık notayı çalmıyordum. Nota kendi kendini çalıyordu.

Eddie duyduğu tutku yüzünden kıpırdanıyordu.

"*Asla.*" Bu kelimeyi ağzımı şekillendirerek çıkarttım.

Bir nota daha.

Eddie bardağını düşürdü, kolumdan tuttu. Beni öptü.

Hmm. Öff.

Tadımı çıkartmasına izin verircesine arkaya doğru yaslandım.

"Soğuk severim," dedim.

Eddie anladı. O bir dondurmacıydı, donmuş cesetlerin uzmanı. Bu onun alanıydı ve onu zorlamaya gerek yoktu. Özellikle de kolumdan tutup beni evin arka tarafına doğru götürürken. Gecenin bir vakti canı istediğinde yiyebileceği çubuklu buzlu şekerlerin bulunduğu büyük buzluk. Çok güçsüzdüm. Eddie beni saçlarımdan sürüklüyordu. Buzluğun büyük beyaz kapısını açıp beni sisli ayazın içine itti. Bu soğuk karanlıkta gözleri benimkiler kadar keskin değildi. İkimiz de soğuktan hoşlanmıyorduk. Kalçamın üzerine düşer düşmez Eddie bana özel bir amacı varmış gibi bakmaya başladı Soyunmama fırsat vereceğine inanmıyordum. Saçlarımı yana doğru attım, sağ elimi kaldırıp sol göğsümün üzerine koydum. Son bir kez konuşmadan önce bir nota daha çaldım.

"Karanlığı öylesine tercih ederim ki," dedim. "Benim için her şeyi daha da iğrenç gösterir."

Eddie—ona ulaşabilecek birçok nokta vardı. Söylediklerim

onu harekete geçirdi. Ayağını içeriye atar atmaz kapı ardından kapandı. Tepe ışığı ya çalışmıyordu ya da zaten yoktu. Her yer karanlık, her yer soğuktu.

Zifiri karanlık ortamda vücut hatlarından fazlasını görebiliyordum ve hareketlerinden, beni net göremediğini anlamıştım. Ayrıca soğuk ortam vampir kanını donuklaştırmıştı. Bu hem iyiydi hem de kötü. Ne kadar yavaşlarsa onu alt etmek o kadar kolay olacaktı. Ama aynı durum benim için de geçerli olacaktı. Tek avantajım hareketlerimin yavaşlayacağını önceden bilmemdi. Ne yazık ki yılanlar kış gecelerinde sevişmiyordu. Soğuk ortam Eddie'nin doruk noktasına ulaşmış arzularını azaltmıştı, ki bu benim için iyi değildi. Başka bir nota çalmama fırsat kalmadan yarı yolda durdu; o an aldatılmış olduğunu fark ettiğini anladım.

Şimşek hızıyla kapıya doğru döndü.

Ona çelme taktım, yere düştü.

Buzluğun büyük kapısının sıkışması durumunda, içeriye giren kişinin onu kırabilmesi için etrafta bir balta olması gerekiyordu. Eddie'nin buzluğundaki balta, kapının iç tarafına yaslanmıştı. Eddie düştüğünde, sırtına çıktım ve başının üzerinden baltayı kaptım. Büyük bir parçaydı. Kafamın üzerine kaldırdım, ellerimde ağırlığını hissettim, gerçek bir mutluluktu.

"En sevdiğin renk hangisi, küçük çocuk?" diye sordum.

Eddie dizlerinin üzerine doğrulmuş, karanlığın içinde beni bulmaya çalışıyordu. Yanında olduğumu biliyordu, ama elimde tuttuğum şeyin ne olduğunu fark edemiyordu.

"Vay canına," dedi.

"*Vişne kızılı?*" diye bağırdım.

Baltayı sert bir şekilde indirdim. Lanet olası başını koparttım.

Siyah bir kan fışkırdı. Kesilmiş kafaya bir tekme atarak sandviç şeklindeki dondurma kolisinin yanına attım. Baltayı yere düşürdüm, karanlığın içinde kapıyı aradım ve açtım. Gücüm tükenme noktasına gelmişti. Bir baltamın bulunması ve vampir olmama rağmen hayatta kalmayı başarabileceğimi düşünmüyordum.

Joel'u koltukta ölmek üzereyken buldum. Bir dakikası daha vardı, belki iki. Önüne diz çöktüm, yana düşmüş başını kaldırdım. Gözlerini açtı, bana gülümsemeye çalıştı.

"Onu durdurdun," diye fısıldadı.

"Evet, öldü." Sustum, damarımın içindeki iğneye, turnikeye ve plastik tüpe baktım. Kolumu sıkarak kanamayı durdurmaya çalıştım. Joel'un yüzüne baktığımda kendimi suçlu hissettim. "Ne olduğumu biliyor musun?" diye sordum.

Zor cevap verdi. "Evet."

"Benim gibi olmak ister misin?"

Gözlerini kapattı. "Hayır."

Onu tuttum, sarstım. "Ama öleceksin, Joel."

"Evet." Kafası göğsüne doğru düştü. Nefesi kesilecek gibi oldu. Ama bir kez daha konuştu. Sesinin tatlılığı kalbimi binlerce parçaya ayırdı ve ona karşı kendimi sorumlu hissetmeme neden oldu. "Sita."

İkinci bir hırıltı. Bunu her zaman yaparlardı. Güneşin gücü dahi onları bir an bile durduramazdı ve ölüm, ışığı çalan karanlık gibi bir anda gelirdi. Eddie yedek bir şırınga getirmişti; gözüme batarcasına yemek masasının üzerinde duruyordu. Krişna başka vampirler yaratmayacağıma dair bana söz vermişti. Bunun karşılığında bana merhametini sunacak ve beni koruyacaktı. Ray'i değiştirerek başka bir vampir yaratmış olmama rağmen, Yakşa benim hâlen Krişna'nın merhameti ve koruması altında olduğuma inanıyordu. Çünkü Ray'e kanımı onu kurtarmak için vermiştim. Çünkü onu seviyordum.

"Sevginin olduğu yerde, minnettarlığım olacaktır."

Joel'u kurtarabileceğime inanıyordum. Bunu yapmak görevimmiş gibi geliyordu.

Ama onu seviyor muydum?

Tanrı yardımcım olsun, bilmiyordum.

Tökezleyerek yemek odasına doğru gittim ve masanın üzerinde duran şırıngayı alarak geri döndüm. Plastik tüpün ucuna tıpatıp uydu. Kolumdaki turnike sayesinde damarlarımdan akan kan onun damarlarına rahatça girebilecekti. Atlı hafta önce Ray'de olduğu gibi Joel da sonsuza kadar değişmiş olacaktı. Onun yüzüne bakarak ölümlü ya da ölümsüz, herhangi bir varlığın hayatını sonsuza kadar değiştirecek bir kararı verme hakkına sahip olup olmadığımı merak ettim. Bildiğim tek şey öldüğü takdirde onu özleyeceğimdi.

Yanına oturup, onu kollarımın arasına alarak iğneyi damarına batırdım. Kanım onunkine karışıyordu. Ama nerede duracaktı? Koltuğa yaslanıp kendimden geçmeden önce, sadece geceleri yaşabileceğinden ötürü yarın sabah kalktığında benden nefret edeceğini biliyordum. Bana bunu yapmamam gerektiğini söylemişti. İsterse yaptığım şeyden dolayı beni öldürebilirdi. Öylesine bitkindim ki, bunu düşünecek halim yoktu. *Bırak devam etsin*, diye düşündüm. *Bırak son vampir o olsun.*

KIRMIZI ZAR

Rene'ye

BİRİNCİ BÖLÜM

Ben bir vampirim. Kan görmek beni rahatsız etmez. Hatta kanı severim. Kendi kanımı görmek beni korkutmaz, ama kanımın başkalarına ve dünyaya yapabilecekleri beni korkutur. Bir zamanlar, Tanrı başka vampirler yaratmamam için bana yemin ettirmişti. Bir zamanlar, Tanrı'ya inanırdım. Tanrı'ya olan inancım gibi ettiğim yemin de, yaşadığım uzun hayat boyunca birkaç kez kırılmak zorunda kaldı. İblisin çocuğu olan ben, Alisa Perne, unutulmuş ismiyle Sita, dünya üzerindeki en yaşlı canlıyım.

Ölüm kokan bir oturma odasında uyandım. Kanımın ince plastik bir borunun içerisinden FBI Özel Ajanı Joel Drake'in koluna damlayışını izledim. Artık bir vampir olarak yaşayacaktı. Efendi Krişna'ya ettiğim yemini bozmuştum. Joel benden onu vampirleştirmemi istememişti. Aksine, benden huzur içinde ölmesine izin vermemi istemişti. Ama onu dinlemedim. Bu yüzden Krişna'nın artık ne koruyuculuğu ne de merhameti üzerimde olacaktı. Belki bu iyi bir şeydi. Belki yakında ölecektim. Belki de değil.

Kolumdaki iğneyi çıkarttım ve ayağa kalktım. Koridorun sonundaki dondurucuda ölü yatan Eddie Fender'in annesi, Bayan Fender'in cesedi ayaklarımın dibinde yatıyordu. Annesinin boyun kemiklerini kıran Eddie bir vampirdi, hem de çok güçlü bir vampir. Saate bakmak için annenin cesedi üzerinden geçtim. Karanlığın güçleriyle savaşırken saatimi bir yerde unutmuştum. Mutfakta ocağın üzerinde bir saat tıkırdıyordu. On ikiye on vardı. Dışarısı karanlıktı.

Nerdeyse yirmi dört saattir baygındım.

Joel da yakında uyanacaktı, bunu biliyordum ve o zaman gitmemiz gerekecekti. Ama Eddie'yle olan boğuşmamın kanıtlarını, incelemeleri için FBI'a bırakmak istemiyordum. Eddie'nin, Yakşa'nın kanını çalıp kullandığını gördükten sonra bu hastalıklı evi buharlaştırmam gerektiğini biliyordum. Koku alma duyum işitme yeteneğim kadar keskindi. Arkadaki büyük dondurucuyu soğutan pompa elektrikli değildi, benzin ile çalışıyordu. Sundurmadan çok miktarda yakıt kokusu alıyordum. Benzini evin her tarafına saçtıktan sonra Joel'u uyandıracak ve kibriti çakacaktım. Beni yok edebilecek bir güç olmasına karşın yangın bana keyif verirdi. Vampir olmasaydım kundakçı bir manyak olabilirdim.

Benzin, iki adet yetmiş litrelik çelik depolarda saklıydı. Birkaç adamın gücüne sahip olduğumdan ikisini de aynı anda kaldırmakta zorlanmadım. Hatta verdikleri hafiflik duygusu beni şaşırttı. Kendimden geçmeden önce ben de, Joel gibi ölümün eşiğindeydim. Şimdi ise her zamankinden daha güçlüydüm. Bunun bir nedeni vardı: Yakşa, ben onu denize gömmeden önce damarlarında kalan son kanı bana vermişti. Gücünü vermişti ve o ana kadar, bunun ne kadar harika bir şey olduğunun farkına varmamıştım. Yakşa'dan defalarca kan içmiş olan Eddie'yi alt edebilmem bir mucizeydi. Belki de Krişna son bir kez yardımıma gelmişti.

Bidonları oturma odasına taşıdım. Dondurucudan Eddie'nin

vücudunu, kesilmiş kafasını, hatta dondurucunun tabanındaki donmuş siyah kanı aldım. Hepsini kaldırıp oturma odasındaki şömineye yerleştirdim. Sonra da kanepeyi ve masaları yanması kolay parçalara ayırdım. Ses Joel'un hareket etmesine neden olmasına rağmen, uyandırmadı. Yeni doğan vampirler derin uyumanın yanı sıra aç uyanırlar. Joel'un, sevgilim Ray gibi canlılardan kan içme konusunda isteksiz olup olmayacağını merak ediyordum. Umarım olmazdı. Ray'i her şeyin üzerine seviyordum, ama bir vampir olarak tam bir baş belasıydı.

Ray'i düşünüyordum.

İki günden daha az bir süredir ölüydü.

"Aşkım," diye fısıldadım. "Kederim."

Yas tutmak için vakit yoktu, hiçbir zaman yoktur. Acı içindeki mutluluk için de zaman yok, diye düşündüm. Sadece yaşamak, acı çekmek ve ölmek için zaman vardı. Tanrı bu yaradılışı planlamıştı. Ona bir şaka gibi geliyordu, bir rüya. Bir zamanlar gördüğüm bir rüyada Krişna bana pek çok sır anlatmıştı. Ama yalan söylemiş de olabilirdi. Onun gibi bir yalan.

Yakıtı etrafa dökmeyi bitirmiştim. Evi parçalara ayırmaya hazır olduğum sırada yaklaşan arabaların sesini duydum. Siren sesi yoktu, ama onların polis devriyesi olduğunu biliyordum. Polisler normal insanlardan daha farklı araba kullanırlardı, aslında daha kötü kullanırlardı. Devriye arabasının içerisindeki memurlar daha hızlı hareket ederler ve varacakları yere ulaşmak için sabırsız olurlar. Son derecede hassas olan işitme duyumla en az yirmi araç saydım. Onları buraya getiren şey neydi?

Joel'a göz attım.

Ona, "Eddie için mi geliyorlar," diye sordum. "Veya benim için mi? Üstlerine ne anlattın."

Belki de onu çok hızlı, çok sert yargılıyordum. Los Angeles

Şehri son günlerde birçok acayip görüntüye şahit olmuştu. İnsanüstü kişiler tarafından parçalanmış bedenler... Belki Joel bana ihanet etmemişti, en azından kasıtlı olarak. Belki de ben kendime ihanet etmiştim. İhtiyarlığımda pasaklı bir hale gelmiştim. Joel'a doğru hızlı bir şekilde hareket ettim ve sert bir şekilde onu sarstım.

"Uyan," dedim. "Buradan çıkmamız gerekiyor."

Uykulu gözlerini açtı ve, "Farklı görünüyorsun," diye fısıldadı.

"Gözlerin farklı," dedi.

Gerçeklik yüzüne yansıdı. "Beni değiştirdin mi?"

"Evet."

Zayıf bir şekilde yutkundu. "Halen insan mıyım?"

İçimi çektim. "Sen bir vampirsin."

"Sita."

Parmaklarımı dudaklarına koydum. "Sonra. Buradan acilen çıkmamız gerekiyor. Polis geliyor," dedim. Onu ayağa kaldırdığımda Joel inledi. "Birkaç dakika içinde kendini daha güçlü hissedeceksin. Daha önce hiç hissetmediğin kadar güçlü," dedim.

Mutfaktan bir çakmak buldum ve ön kapıya doğru ilerledik. Ama daha biz kapıya varamadan üç devriye arabası ani frenle kayarak durdu. Arka tarafa yöneldik ama orada da durum farklı değildi. Polis memurları, silahları ellerinde gece karanlığını kesen mavi ve kırmızı ışıklarla arabalarından dışarı fırladı. Yolun sonunda daha çok araç gözüktü, içlerinde SWAT ekibi barındıran zırhlı hilkat garibeleri. Projektörler yandı. Etrafımız sarılmıştı. Bu gibi durumları kontrolüm altında tutabiliyordum veya şöyle söyleyebilirim, bir vampir olarak çok iyi başa çıkabiliyordum. Anlatmak istediğim, tuzağa kapılmış olmak, kötü yanımı ortaya çıkartıyordu. Şiddete karşı yakın zamanda edinmiş olduğum iğrenme duygumu bir kenara ittim. Bir zamanlar, Orta Çağ'da, kızgın bir kalabalık tarafından etrafım sarılmışken yüzün üzerinde erkek ve kadını öldürmüştüm.

Tabii onların silahları yoktu.

Başıma isabet eden bir kurşun beni muhtemelen öldürür, diye düşündüm.

Hâlen gerçekliği kabullenmeye çalışan Joel, "Gerçekten bir vampir miyim?" diye sordu.

"Artık bir FBI ajanı değilsin," diye mırıldandım.

Ayağa kalkarken silkelendi. "Ama öyleyim. Veya en azından onlar öyle olduğumu düşünüyor. Onlarla konuşmama izin ver," dedi.

"Bekle," diyerek onu durdurdum, düşünüyordum. "Eddie'nin kalıntılarını incelemelerine izin veremem. Bu kanın ne olduğundan emin değilim. Bu kanın ne yapabileceğinden de emin değilim. Onu yok etmeliyim ve bunu yapabilmek için de evi yakmam gerekiyor."

Dışarıda bir megafon aracılığıyla boğuk sesli bir memur, ellerimiz havada dışarıya çıkmamızı söylüyordu. Teslim olmak için ne kadar da yaratıcılıktan uzak bir yoldu bu.

Joel, Eddie'nin neler yapabildiğini biliyordu. "Her şeyin neden benzin gibi koktuğunu merak ediyordum," dedi. "Bu yeri yakacaksın, bu benim için sorun değil. Ama sonra ne yapacaksın? Bir orduyla baş edemezsin."

"Edemez miyim?" Ön pencereden dikkatli bir şekilde dışarıya baktım ve başımı gökyüzündeki ritmik sese doğru kaldırdım. Bir helikopter vardı. Neden? Bunların hepsi korkulan seri katili yakalamak için miydi? Evet, böyle bir canavar için ağır güçler gerekirdi. Yine de toplanmış erkek ve kadınların içinde gizli bir etkileşim seziyordum. Bu, bana Yakşa'nın suikastçisi Slim'in beni kaçırmak için gelişini anımsatmıştı. Slim'in adamları normal olmadığım yolunda uyarılmıştı. Sonuçta onlardan zar zor kaçabilmiştim. Aynı şekilde bu adamlar da bende bir anormallik olduğunu biliyorlardı.

Neredeyse düşüncelerini okuyabiliyordum.

Bu garip geldi.

Duyguları hissedebilme yeteneğim her zaman vardı. Şimdi bir de düşünceleri mi okuyabiliyordum?

Yakşa'nın kanı bana ne gibi güçler vermişti?

Joel, "Alisa," diyerek bana modern ismimle seslendi. "Sen bile bu çemberi kıramazsın." Düşüncelere daldığımı fark etti. "Alisa."

"Burada bir canavar olduğunu düşünüyorlar," diye fısıldadım. "Kafalarından geçenleri *duyuyorum*." Joel'u sıkıca tuttum. "Onlara benim hakkımda ne anlattın?"

Başını salladı ve "Bazı şeyler," dedi.

"Onlara güçlü olduğumu söyledin mi? Hızlı olduğumu?"

Tereddüt ettikten sonra içini çekti. "Onlara çok fazla şey söyledim. Ama senin bir vampir olduğunu bilmiyorlar," dedi. Pencereden dışarı dikkatli bir şekilde baktı. "Diğerlerinin nasıl öldüğü, parçalara ayrıldıklarıyla ilgili şüphe duymaya başlıyorlardı. Annesinin nerede yaşadığıyla ilgili bilginin içinde bulunduğu Eddie Fender dosyam ellerindeydi. Bu sayede bizi buraya kadar takip etmiş olmalılar."

Başımı salladım. "Teslim olamam. Bu benim doğama aykırı."

Ellerimi ellerinin arasına aldı. "Hepsiyle birden savaşamazsın. Ölürsün," dedi.

Gülümsemek zorunda kaldım. "Ama onlardan daha fazlası ölecek." Gülümsemem kayboldu. "Ama burada direnirsem sen de öleceksin." Kararsızdım. Tavsiyesi mantıklıydı. Yine de kalbim bana ihanet ediyordu. Ölümün yaklaştığını hissediyordum. İsteksiz bir şekilde konuştum. "Konuş onlarla. Aklına gelenin en iyisini söyle onlara. Ama sana tekrar söylüyorum. Bu evi alevlere teslim etmeden bu evden çıkmayacağım. Artık Eddie Fenderler olmayacak."

"Anlıyorum," dedi ve kapıya döndükten sonra durdu. Sırtı bana dönük olarak, "Neden yaptığını biliyorum," dedi.

"Beni affediyor musun?"

"Ölecek miydim?" diye sordu.

"Evet."

Arkası dönükken nazik bir şekilde gülümsedi. Gülümsemesini hissettim. "O zaman seni affetmek zorundayım," dedi. Bir elini başının üzerine kaldırdı ve diğeri ile kapı tokmağını tuttu. "Umarım patronum dışarıdadır."

Perdelerin arasındaki bir boşluktan, dışarıda ilerleyişini seyrettim. Joel kimliğini açıkladıktan sonra bir grup FBI ajanı bir adım öne çıktı. Takım elbiselerine bakarak onların FBI olduklarını söyleyebiliyordum. Tıpkı Joel'un dün göründüğü gibi görünüyorlardı. Yine de onu bir arkadaş olarak karşılamadılar. Bir anda şüphelerinin ne olduğunu tam olarak kavradım. Los Angeles'ı silip süpüren ölüm felaketinin bulaşıcı olduğunu biliyorlardı. Eddie ve ben geride çok ceset bırakmıştık. Ayrıca azat ettiğim bir polisi de hatırladım. Kanını emdiğim. Vampir olduğumu söylediğim. Yetkililer bu adamın söylediklerine tam olarak inanmamış olabilirdi, yine de benim cehennemden gelen bir tür şeytan olduğumu düşüneceklerdir.

Joel kelepçelenip zırhlı araçlardan birinin içerisine sürüklendi. Gözden kaybolmadan önce bana çaresizlik dolu bir bakış attı. Onu dinlediğim için kendime lanet ettim. Şimdi benim de aracın içerisine alınmam gerekiyordu. Her şeyden öte, Joel'a yakın olmalıydım. Onlara ne söyleyeceğini bilmiyordum. Onun kanıyla ne yapacaklarını bilmiyordum.

Birçoğunun öleceğini fark ettim.

SWAT ekibi silahlarını hazır hale getirdi.

Tekrar, teslim olmam konusunda seslendiler.

Çakmağı yaktım ve Eddie'nin vücudunun etrafına topladığım tahta parçalarına dokundurdum. Bu çirkin kafaya içimden, hoşçakal, dedim. Cehennemde emeceği buzlu şekerlerin, çatlamış ve kanayan dudaklarını soğutacağını ümit ettim. Sonra arkamdaki yangın büyürken, ön kapıdan dışarıya adım attım.

Bir anda üzerimdeydiler. Daha kaldırımın kenarına bile ulaşamadan kollarım arkaya çekilmiş ve kelepçelenmiştim. Bana haklarımı bile okumadılar. Yarım litre kan hakkın var. Bunu karşılayacak gücünüz yoksa, mahkeme sizin için biraz akıtacaktır. Tamam, Joel'u atmış oldukları zırhlı aracın içerisine sürüklendiğim sırada biraz alaycı düşünüyordum. Orada bir Amerikan vatandaşı olarak tüm haklarım verilecekti. Arkamda yangını söndürmeye çalıştıklarını gördüm. Ordu gücünü getirip itfaiye araçlarını unutmaları ne kadar da kötüydü. Ev, yanan kuru bir odun yığını gibiydi. Eddie Fender insanoğlu için sorun çıkarabilecek hiçbir miras bırakamayacaktı.

Ya ben? Joel?

Bacaklarımız aracın tabanına zincirliydi. Üç adam ellerindeki otomatik silahları ve tepede yanan ışığın altındaki hayalet suratları ile karşımızda oturuyordu. Silahları bize çevrilmişti. Hiç kimse konuşmuyordu. Bunların haricinde, iki silahlı adam da sürücünün yanında oturuyordu. Birinde çifte, diğerindeyse makineli tüfek vardı. Bildiğim kadarıyla kurşungeçirmez olan bir camla bizden ayrılmışlardı. Cam ayrıca ses de geçirmiyordu. Yine de onu küçük parmağımla bile kırabilirdim.

Peki, etrafımızdaki minyatür orduya ne demeliydi? O kadar kolay kırılmayacakları kesindi. Kapılar kapanıp ileriye doğru hareket ettiğimizde, bir düzine kadar aracın etrafımızda konuşlandığını duydum. Helikopter üzerimizden takip ederek, ışığını bizim araca yöneltmişti. Alınan önlemler aşırıydı. Olağanüstü bir güce sahip olduğumu biliyorlardı. Bu gerçeklik, bilincimin derinlerine doğru batıyordu. Beş bin yıl boyunca, birkaç olay haricinde hiçbir zaman tanınmadan insan tarihinin içerisinde hareket ettim. Oysa artık deşifre olmuştum. Düşman olmuştum. Ne olursa olsun, nereye kaçarsam kaçayım hayatım asla eskisi gibi olmayacaktı.

Kredi kartlarımı kesip atmam gerekecekti.

"Bizi nereye götürüyorsunuz?" diye sordum.

Ortadaki, "Sessiz ol," dedi. Adamda eğitim çavuşu yüzü vardı. Yıllarca bağırmaktan oluşmuş derin çizgiler vardı yüzünde. Ortakları gibi çelik yelek giyiyordu. Bu yeleğin bana da yakışacağını düşünüyordum. Göz göze geldik, hafifçe gülümsedim.

"Ne oldu?" diye sordum. "Genç bir kadından korkuyor musun?"

"Sessizlik," dedi silahını sallayıp ve rahatsız bir şekilde kıpırdanarak. Bakışlarım güçlü bir kozdur. Beynin sinir hücrelerinde delikler açabilir. İstediğim zaman sesim hipnoz etkisi yaratabilir. Boz ayıyı bile uyutabilir. Gülümsemeden edemedim.

"Bir sigara alabilir miyim?" diye sordum.

Düz bir sesle, "Hayır," dedi.

Eğilebildiğim kadar öne eğildim. Aslında tüm bu adamlar,

planlarıyla birlikte Slim'in adamları kadar hazırlıklı değildi. Yakşa, adamlarının kıramayacağım özel bir alaşımdan yapılmış kelepçeler temin etmelerini sağlamıştı. Ama bu seferkileri kâğıt gibi koparabilirdim. Yine de bu SWAT uzmanları birbirlerine çok yakın oturuyorlardı ve bana doğrultulmuş üç farklı silah vardı. Hepsini halledemeden muhtemelen beni öldürürlerdi. Bu nedenle zekice planlanmış bir yaklaşımda bulunmam gerekiyordu.

Göreceli düşünüyordum.

"Benim hakkımda size ne anlatıldığını bilmiyorum," diyerek devam ettim. "Ama sanırım çizgiyi aşan şeylermiş. Ben yanlış bir şey yapmadım. Ayrıca buradaki arkadaşım, bir FBI ajanı. Ona bu şekilde davranılmamalı. Onu serbest bırakmalısınız." Adamın gözlerinin derinliklerine gözlerimi diktim; görebildiği tek şeyin gittikçe büyüyen siyah gözbebeklerim olduğunu biliyordum. Yumuşak bir şekilde konuştum. "Gitmesine izin vermelisiniz, *şimdi*."

Adam anahtarlara elini atıp tereddüt etti. Bu bir paradokstu. Bir insanın iradesini zorlamak her zaman bir isabet meselesiydi. Ortakları onu izliyor ve bana bakmaya korkuyorlardı. Genç olanı bankın üzerinden kalktı. Aniden korkmaya başlamıştı; beni silahı ile tehdit etti.

"Şu kahrolası çeneni kapa," diye bağırdı.

Geriye yaslanıp kıkırdadım. Bunu yaparken de bakışlarını yakaladım. Korku onu savunmasız hale getirmişti, o artık kolay bir hedefti. "Seni korkutan ne?" diye sordum. "Şefinin beni serbest bırakması mı, yoksa arkanı dönüp onu vurman mı?" Bakışlarımı kafasının içerisine iyice yerleştirdim. "Evet, onu vurabilirsin. Bu eğlenceli olabilir," dedim.

Bu oyundan hoşlanmayan Joel, "Alisa," diye fısıldadı.

Genç adam ve şef birbirlerine endişeli bir şekilde baktı.

Üçüncü adam soluyarak ayağa kalktı ve neler olup bittiğini anlamadı. Göz ucuyla Joel'un başını salladığını gördüm. En kötü halimi görmeliydi. Yeni ilişkimizi yanılsama olmadan başlatmanın en iyi yoluydu bu. Gözlerim şeften, genç olana döndü. Kafataslarının içerisindeki ısı yükseliyordu. Hafifçe her silah diğerinin göğsüne doğru dönüyordu. Yine de birbirlerini öldürmeleri için onları daha fazla zorlamam gerekiyordu. Aslında bu gerekli değildi. Bu işi kendi kendime de halledebilirdim. Gerçek şu ki, onların dikkatini biraz dağıtmak istiyordum.

İkiye bölmeden önce.

Silahları farklı yöne çevrili olduğundan, bacaklarımı havaya kaldırıp bileklerimdeki zincirleri kopardığımda savunmasız kalmışlardı. Etkim altına almadığım üçüncü adam hızlı bir şekilde harekete geçti, tabii insan standartlarına göre. Ama hareketleri beş bin yaşındaki bir vampir için ağır çekim gibiydi. Silahının tetiğini çekemeden sağ ayağımla bulunduğu yere uzanarak, çelik yeleğini, göğüs kafesini ve kalbini ezdim. Kalbi durmuştu. Adam çökerek, acınası şekilde bir top gibi yere yığıldı.

Kelepçelerimi kopartıp başını ellerimin arasına aldığımda şefe, "Bana o sigarayı verecektin," dedim. Gözleri büyüdü. Dudakları hareket etti. Bana bir şey söylemek istedi; belki bir özür. Ama hiç çekecek durumda değildim. Avuçlarımı iki taraftan birleştirip kafatasını çatlattığım zaman, oyun hamuru kıvamına gelmişti. O anda ağzı açıldı, gözleri yavaşça kapandı. Beyni, kolalı yakasından aşağı akıyordu. Vazgeçmiştim; çelik yeleğini istemiyordum.

Genç olana göz attım.

Öncekinden daha da korkmuştu.

Ona dik dik baktım.

"Geber!" diye fısıldadım. Kızgın olduğumda isteğim zehirlidir ve şimdi damarlarımda birleşen Yakşa'nın kanı ile bu zehir, yılan zehrinden bile daha güçlüydü. Genç adam yere düştü.

Soluk alması durdu.

Joel midesi bulanıyormuş gibi bakıyordu.

"Öldür beni," diye sövdü. "Buna dayanamıyorum."

"Neysem oyum." Zincirlerini kırdım. "Sen de ben neysem, o olacaksın."

Acı dolu. Hayalleri olmayan. "Asla," dedi.

Başımı salladım. "Ben de aynı şeyi Yakşa'ya söylemiştim," dedim. Birden yumuşadım ve koluna dokundum. "İkimizden birini tutuklamalarına izin veremem. Etrafta binlerce Eddie dolaşıyor olabilir."

"Bizimle sadece konuşmak istiyorlar," dedi.

Şu ana kadar yoldaşlarına ne olduğundan habersiz bir şekilde önde bulunan adama göz atarken başımı salladım. "Bizim normal olmadığımızı biliyorlar," diye fısıldadım.

Joel yalvarırcasına, "Bensiz daha kolay kaçabilirsin. Daha az insan ölür. Beni bırak. Beni bir mermi sağanağında yakalamalarını sağla. Kanım kaldırımı ıslatsın, başka bir şey istemiyorum," dedi.

"Sen cesur bir adamsın, Joel Drake."

Diğerlerine ne yaptığıma göz gezdirirken yüzünü buruşturdu. "Hayatım boyunca insanlara yardım etmeye çalıştım; onları yok etmek için değil."

Yumuşak bir ifadeyle gözlerinin içine baktım. "Ölmene izin veremem. Seni hayatta tutabilmek için neleri feda ettiğimi bilmiyorsun," dedim.

Durakladı. "Ne feda ettin?"

İçimi çekerek, "Tanrı'nın sevgisini," dedim. Öndeki adamlara döndüm. "Bunları sonra konuşuruz."

Joel beni son bir kez durdurdu. "Öldürmek zorunda değilsen, öldürme."

"Elimden geleni yapacağım," diye söz verdim.

Kurşungeçirmez cam, iki-beş santim arası bir kalınlıktaydı. Minibüsün tavanı çömelmemi gerektirmesine karşın, bariyere iki esaslı tekme savurabilecek kadar zeminden ileriye doğru sıçrayabildim. Son derece güçlü bacaklarım vardır. Cam binlerce küçük parçaya ayrıldı. İki adam arkalarına dönünceye kadar, kafalarını birbirlerine tokuşturdum. Oturdukları yere yığıldılar. Baygındılar, ölmemişlerdi. Sürücünün tabancasını kılıfından aldıktan sonra namluyu başına dayadım.

Kulağına, "Arkadaki adamlar öldü," diye fısıldadım. "Aynadan bakarsan bunun doğru olduğunu görebilirsin. Ama öndeki arkadaşlarının yaşamasına izin verdim. Çünkü ben iyi bir kızım. İyi ve kötüyüm. Bana nereye gittiğimizi söylersen sana karşı da iyi olacağım. Söylemez, önümüz veya arkamızdaki arkadaşlarını bir şekilde uyarmaya çalışırsan gözlerini oyar ve onları yutarım." Biraz durdum. "Bizi nereye götürüyorsunuz?"

Konuşmakta zorluk çekiyordu. "C-14."

"Bu bir polis merkezi mi?"

"Hayır."

"Nedir peki? Çabuk!"

Öksürdü, korkmuştu. "Devlet."

"Orada laboratuvar var mı?"

"Bilmiyorum. Orasıyla ilgili hikâyeler duydum. Sanırım var."

Silahla hafifçe başına vurarak, "İlginç," dedim. "Senin adın ne?"

"Lenny Treber." Bana gergin bir bakış attı. Şakağından oluk oluk ter akıyordu. "Senin adın nedir?"

"Benim birçok ismim var, Lenny. Burada sıkışmış durumdayız. Sen, ben ve arkadaşım. Buradan nasıl çıkarız?"

Titremesini durduramıyordu. "Anlamıyorum."

"C-14'e gitmek istemiyorum. Bu polis kuşatmasından kurtulmam için bana yardım etmelisin. Yardım etmek, hem senin hem de polis arkadaşlarının çıkarına olur. Arkamda çok sayıda dul kadın bırakmak istemiyorum." Bir an durdum. "Evli misin, Lenny?"

Derin nefes alarak sakinleşmeye çalıştı. "Evet."

"Çocukların var mı?"

"Evet."

"Çocuklarının babasız büyümelerini istemezsin, değil mi?"

"Hayır."

"Bana ve arkadaşıma yardım etmek için ne yapabilirsin?"

Konsantre olmaya çalışıyordu, ama zorlanıyordu. "Bilmiyorum."

"Bundan daha iyisini yapman gerekir. Öndekilere telsizden tuvalet molasına ihtiyacın olduğunu söylersen ne olur?"

"Buna inanmazlar. Kaçtığını anlarlar."

"Bu minibüs kurşungeçirmez mi?"

"Evet."

"Size hakkımda ne anlattılar?"

"Tehlikeli olduğunu."

"Başka?" diye sordum.

Neredeyse ağlamak üzereydi. "Beni çıplak ellerinle öldürebileceğini söylediler." Şef polisin kafatasından damlayan beyin parçalarını net bir şekilde gördü. Aslında bu, benim standartlarıma göre bile dehşet verici bir görüntüydü. Lenny'nin vücudu titredi. "Aman Tanrım," diyerek soluğu kesildi.

Tatlı bir şekilde sırtını sıvazladım. "Benim de kötü yanlarım var," diyerek itirafta bulundum. "Ama beni sadece birkaç cesetle yargılayamazsın. Artık birbirimize ilk ismimizle hitap ettiğimize göre seni öldürmek istemiyorum, Lenny. Eskortlardan kaçabilmemiz için başka bir yol düşün."

Çaba göstererek, "Başka bir yol yok. Bu işte hayal edilebileceğin en gelişmiş güvenlik seviyesi var. Onlardan uzaklaşmaya çalıştığım anda ateş açacaklardır," dedi.

"Emirler bu şekilde mi?"

"Evet. Kaçmana hiçbir koşul altında izin verilmeyecektir."

İyice düşündüm. Beni tanıyor olmalıydılar, hatta Lenny'nin düşündüğünden daha fazla. Ama bu nasıl mümkün olabilirdi ki? Arkamda çok fazla kanıt mı bırakmıştım? Tiyatro binasını düşündüm, kırdığım boyunları, attığım ciritleri. Bu mümkün olabilirdi herhâlde, sanırım.

Ön koltuktan makineli tüfekle çifteyi alarak Lenny'ye, "Kaçıyorum," dedim. Ayrıca adamlardan birinin üzerinden çelik yeleği çekip aldım. "Öyle ya da böyle."

Lenny "Ateş açacaklar," diye itiraz etti.

"Açsınlar bakalım." Baygın adamlardan iki silah için de cephane topladım. Hâlen vampir hislerine alışmaya çalışan Joel'a işaret ettim. Taşlaşmış gibi minibüsün içerisine gözlerini dikmişti. "Çelik yeleklerden birini üzerine giy," dedim ona.

"Çatışma olmak zorunda mı?" diye sordu.

"Sıcak bir çatışma olacak." Lenny'ye dönük konuştum. "Bu minibüsün maksimum hızı nedir?"

"Saatte yüz otuz kilometre."

İnledim. "Bir polis arabasına ihtiyacımız var."

Lenny, "Önümüzde ve arkamızda çok sayıda var," dedi.

Üzerimizdeki helikoptere göz attım. "Yere yakın uçuyor."

Lenny, "Ağır silahlılar. Kaçamazsın," dedi.

Adamları yana doğru iterek ön koltuğa yerleştim. Çelik yelek üzerime biraz büyük gelmişti. "Teslim olmam gerektiğini mi düşünüyorsun?"

"Evet," dedi hızlı bir şekilde. "Ama bu sadece benim görüşüm."

Öndeki ve arkadaki devriye arabalarını incelerken, "Yaşamak istiyorsan talimatlarıma uy," dedim. Toplamda on altı araç, görebildiğim kadarıyla da her birinde ikişer memur. Ayrıca en azından işaretsiz üç araç daha vardı—FBI ajanları. Joel'u ne kadar çabuk tutukladıklarını düşündükçe şaşırmaya devam ediyordum. Konuşmasına bile fırsat vermemişlerdi.

"Buraya gel. Birkaç dakika içerisinde araç değiştireceğiz."

Joel çelik yeleği giymiş şekilde başını omuzlarıma yaklaştırdı. "Helikopter sorun," dedi. "Ne kadar iyi sürücü olduğun veya ne kadar aracı devre dışı bıraktığın fark etmeyecektir. Helikopter hep bizimle birlikte olacak ve yukarıdan aydınlatacak."

"Belki. Emniyet kemerini tak." Aracın ön panelinden ayağımla destek alarak Lenny'ye, yaklaşmakta olan bir patikayı gösterdim. "Oraya, Lenny. Sola sert bir dönüş yapmanı istiyorum. Dönmeyi tamamlar tamamlamaz, tam gaz ver."

Lenny terleyerek, "Tamam," dedi.

Joel'a, Lenny'nin tabancasını verdim. "Arkamı kollamaktan

çekinme," dedim ve gözlerine baktım. "Benim tarafımdasın, değil mi?"

Joel tereddüt ederek, "Kimseyi öldürmeyeceğim," dedi.

"Beni öldürmeye çalışacak mısın?"

"Hayır."

Silahı ona verdim. "Tamam." Patikaya yaklaşıyordu. "Hazırlan, Lenny. Numara yok. Arkadakilerle aradamızda mümkün olduğunca fazla mesafe açmaya çalış."

Lenny sola döndü. Minibüs hızla çöp kutuları ve sandıkları devirerek dar patikaya girdi. Araçların yarısı, patikaya girmeye çalışırken çarpıştılar. Hiç yoktan iyidir… Arkamızda sıkışıp kaldıklarından, polislerin bize ateş etmesi çok da kolay olmadı.

Ne yazık ki patika başka birçok yol ile birleşiyordu. Neyse ki gece yarısıydı ve neredeyse hiç trafik yoktu. Birinci caddede şanslıydık. Çartışmada iki polis aracını atlattık. İkinci caddede de şansımız yaver gitti. Ama üçüncü caddeye doğru hızla ilerlerken o sırada sokakta bulunan tek araç olan portakal yüklü bir kamyona yandan çarptık. Meyveler minibüsün üzerine döküldü. Lenny kafasını direksiyona vurdu. Sersemlemişti. Devriye araçlarından biri bize arkadan çarptığında kafasını bir kez daha vurdu. İşte istediğim buydu; araçların birbirine girmesi.

"Haydi, gel," diyerek Joel'a seslendim.

Minibüsün yan tarafından dışarıya atlayıp makineli tüfeği kaldırdım ve arkamıza yığılmış olan araçlara mermi yağdırdım. Sıkışmışlardı ama bunun uzun sürmeyeceğini biliyordum, çünkü diğer araçların köşeden dönüp gelmeleri an meselesiydi. Saldırımın aniliği karşısında polisler araçlarından sürünerek çıkıyorlardı. Yukarıdaysa helikopter tehlikeli bir şekilde alçaktan uçuyordu ve ışıkları bana çevriliydi. Işığın parlaklığının arasından bir tetikçinin bana nişan aldığını gördüm. Çifteyle nişan alıp tetiği çektim.

Adamın kafasının üzeri uçtu.

Cansız bedeni yakındaki bir binanın çatısına düştü.

Henüz işim bitmemişti.

Bir sonraki mermi helikopterin ışığını devre dışı bıraktı. Üçüncüsüyse arka tarafındaki pervaneye isabet etti. Pervane çatırdadı, ama dönmeye devam etti. Çifteyi tekrar hazırlayıp sonra ateş etmeye devam ettim. Bu sefer pervane durdu. Helikopterin kendi ekseni etrafında dönmesini engelleyen ve dümen kontrolü sağlayan pervaneydi bu. Diğer bir deyişle, helikopterin sabit kalmasını sağlıyordu. Uçan makine anında kontrolden çıktı. Olayı seyreden polislerin korktuğu oldu ve helikopter, araçların dizili olduğu yerin ortasına düştü. Patlama şiddetliydi; birkaç polis memuru alevler içinde kaldı. O arada kazandığım zamanı Joel'u minibüsün içerisinden çekip çıkarmak için kullandım. Herhangi bir insanın koşabileceğinden çok daha hızlı bir şekilde koşarak bloğu geçtik.

Bütün bunlar on saniye içerisinde olmuştu.

Şu ana kadar bize tek bir mermi dahi atılmadı.

İkinci polis konvoyu köşeyi dönmekteydi.

Caddenin ortasına geldiğimizde, birinci araca çifte ile iki el ateş edip içindeki polis memurlarını öldürdüm. Araç kontrolünü kaybederek park etmiş olan diğer araçlara çarptı. Arkasındaki polis araçları ise frenlerine asıldı. Makineli tüfekten saçmakta olduğum mermiler polislerin araçlarını siper alarak sürünmelerine neden oldu. Joel'a bedenimi kalkan yaparak ikinci araca doğru koştum. Hareketlerim takip edilemeyecek kadar hızlı olduğundan, polise bulanık bir şekil olarak görünüyordu. Bu nedenle bana nişan alamıyorlardı. Yine de ateş açtılar ve bir mermi sağanağı etrafımda uçuşuyordu. Çelik yeleğim birkaç darbe almasına rağmen zarar görmedi. Bir mermi bacağıma saplandı, ama düşmedim. Bir başkasıysa sağ kolumun üstüne isabet etti. Bir şekilde ikinci polis aracına ulaştım ve Joel'u içeriye ittirdim. Ben sürmek istiyordum. Kanamam vardı ve acı şiddetliydi ama bunların farkına varamayacak kadar acelem vardı.

Vitesi attığımda Joel'a "Kafanı aşağıda tut!" diye bağırdım. Hareket ederken yeni bir mermi yağmuruna maruz kaldık. Kendi tavsiyeme uyarak eğildim. Hem ön hem de arka cam patlayarak parçalara ayrıldı. Cam kırıkları sarı saçlarıma doldu. Tüm bu cam kırıklarını temizleyebilmek için özel bir şampuana ihtiyacım olacaktı.

Kaçtık, ama teşhis edilen bir çift için, son derece dikkat çeken bir aracın içerisindeydik. Kuzeye doğru yol almak amacıyla Harbor Otoyolu'na atladım ve takipçilerimizle aramızda mümkün olduğunca fazla mesafe bırakmaya çalıştım. Ayağım sonuna kadar gaz pedalındaydı ve araçların arasında zig zag çizerek ilerliyorduk. Kuyruğumda iki polis aracı vardı. Daha da kötüsü, gökyüzünde ikinci bir helikopter belirmişti. Ve pilot selefinden ders almış görünüyordu. Helikopter takip edebileceği ama menzilim dışındaki bir yükseklikte ilerliyordu.

Joel yeniden, "Helikopterden saklanamayız," dedi.

"Burası büyük bir şehir," diye cevap verdim. "Saklanacak çok yer var."

Üzerimdeki kanı gördü. "Yaraların ne kadar kötü?"

Bu ilginç bir soruydu, çünkü sadece birkaç dakikada hepsi tamamen iyileşmişti. Yakşa'nın kanı; büyüleyici bir iksirdi.

"Ben iyiyim," dedim. "Sen yaralı mısın?"

"Hayır." Duraksadı. "Bu başladığından beri kaç adam öldürdün?"

"En az on. Saymamaya gayret ediyorum."

"Birkaç bin yıl sonra yaptığın bu mu? Saymayı bırakmak?"

"Düşünmeyi bıraktım."

Bir hedefim vardı. Otoyolda çok uzun kalamayacağımızı bildiğimden, helikopterden kaçabilmenin tek yolunun onun içinde olmak olduğunu fark ettim. Aşağı Los Angeles'ta bulunan yüksek binaların birçoğunda helikopter pistleri ve işadamlarını önemli toplantılara götürmek için bekleyen helikopterler vardı. Bir helikopter kullanabilirim. İnsanoğlunun imal ettiği her türlü makineyi kullanabilirim.

Üçüncü Cadde'de otoyoldan çıktım. Ama şimdi kuyruğumda on tane polis aracı vardı. Rampadan aşağıya inerken çok sayıdaki polis aracının yolumu kesmek için barikat kurmaya çabaladığını gördüm. Yolun ters tarafına geçerek onları atlattım ve yüksek binaların bulunduğu doğuya yöneldim. Ama güzergâhım yeni polis araçları ile bloke edilmişti. Muhtemelen Los Angeles polis kuvvetlerinin yarısı bizim peşimizdeydi. Bilmediğim bir binanın kapalı garajına girmek zorunda kaldım. Ahşap bir bariyer yolumu kesiyordu, ama yeşil düğmeye basıp bilet almak için durmadım. Arkamdaki güvenlik güçleri de durmadı. Hep birlikte bariyerden hızla geçtik. Asansör işareti dikkatimi çekince arabayı asansör kapısının birkaç santim ötesinde durdurdum. Arabadan inip düğmeye bastık. Bizi yukarı katlara götürecek ulaşım aracımızı beklerken arkamızdakilere ateş açtım. Birkaç kişi daha öldü. Joel'a yalan söylemiştim. Sayıyorum; üç adam ve bir kadın yüzlerinden vuruldu. İyi bir nişancıyım.

Asansör geldiğinde kendimizi içeri attık.

En üst katın düğmesine bastım. Kat yirmi dokuz.

Silahımı yeniden doldururken, "Asansörü zemin kattan durdurabilirler mi?" diye sordum.

"Evet. Ama bunu nasıl yapacaklarını kestirmek, birkaç dakikalarını alacaktır." Omzunu silkti. "Ama bu fark eder mi? Binanın etrafını bir ordu ile kuşatacaklardır. Kapana kısıldık."

"Yanlışın var," dedim.

En üst katta asansörden indik. Burada hukuk firmalarının, plastik cerrahların ve yatırım danışmanlarının pahalı ofisleri bulunuyordu. Ama Los Angeles'ta bunun gibi çok sayıda pahalı gayrimenkul bulunuyordu ve ofislerden birkaçı boştu. En yakın boş ofisin kapısına bir tekme atarak geniş pencerelerin yanına kadar gittim ve yakınlardaki binaları inceledim. Gözüme kestirdiğim helikopter pisti olan yüksek binaya ulaşabilmek için caddeyi ve birkaç binayı geçmem gerekiyordu. Filmlerdeki gibi uçabilen vampirlerden biri olmadığıma lanet ediyordum.

Yine de tek bir atlayışla yüksek binalara sıçrayabiliyordum.

Joel yanıma geldi. Polis güçlerinin binanın altında toplanmasını izledik. Gece karanlığında iki helikopter daha belirdi. Parlak ışıkları binanın yan tarafını tarıyordu.

Joel, "Asansörle peşimizden buraya çıkmayacaklardır," dedi.

"Ancak yukarıdan ve aşağıdan etrafımızı sarmış olduklarında geleceklerdir." Sonra durdu. "Ne yapacağız?"

Caddenin diğer tarafındaki binayı göstererek, "Yeni bir olimpiyat rekoru kıracağım," dedim. Çatısı bizden sadece üç kat daha aşağıdaydı. "Oraya atlayacağım."

Etkilendi. "Orası çok uzak. Bunu gerçekten yapabilir misin?"

"Koşarak hızımı alabilirsem. Birkaç dakika sonra seni helikopterle almaya geleceğim. Helikopteri bu binanın çatısına indireceğim. Beni bekliyor ol."

"O binanın çatısını kaçırırsan ne olacak?"

Omuz silktim. "Zemine uzun bir yol var."

"Düşüşten kurtulabilir misin?"

"Sanırım. Ama yeniden kendime gelmem birkaç dakika sürer."

Joel, "Benim için geri gelmemelisin," dedi. "Helikopteri çal ve kaç."

"Bu, söz konusu bile olamaz."

Ciddi bir tavırla konuşuyordu. "Çok fazla insan öldü. Kaçsak bile vicdanımdaki bu ağırlık ile yaşayamam."

Sabırsızlanmaya başladım. "İnsan ırkı için ne kadar tehlikeli olduğunun farkında değil misin? Ölü olarak bile. Kanını alabilirler, hayvanlara zerk edebilirler veya Eddie'nin yaptığı gibi kendilerine enjekte edebilirler. Neler yapabildiğimize şahit olduktan sonra, bunu yapacaktırlar da. İnan bana, bu akşam öldürüyorsam bu, yarın dünyanın güven içinde uyanabilmesi içindir."

"Bu doğru mu, Sita? Tüm bu adam ve kadınları kurtarmak için ölebileceğin."

Yüzümü ondan öteye çevirdim. "Seni kurtarmak için ölebilirim."

Nazik bir şekilde konuştu. "Beni hayatta tutmak için neyi feda ettin?"

Eğer yapabilseydi, ağlayacaktı. "Sana söyledim."

"Anlamadım?"

"Fark etmez. Olan oldu." Yeniden ona döndüm. "Bunları tartışmak için daha çok zamanımız olacak."

Saçıma dokunduğunda bir parça cam yere düştü. "Onu özlüyorsun."

"Evet."

"Onun ölümünü seyrederken senin için ne anlam ifade ettiğini bilmiyordum."

Üzgün bir şekilde gülümsedim. "Bir insan gidinceye kadar onunla ilgili hiçbir şey gerçekten bilinmez."

"Onun yerini alamam."

Zayıf bir şekilde başımı salladım. "Biliyorum." Sonra, "Gitmem gerekiyor," dedim.

Bana sarılmak istedi. "Bu, hoşçakal olabilir."

"Henüz hiçbir şey bitmedi."

Uzun atlamama başlamadan önce, önümü kesen camı tekmeledim. Bu, yukarıda vızıldayan helikopterlerin dikkatlerini çekmesine rağmen yerimi tespit etmeleri için fırsat tanımadım. Pencereden uzaklaşıp çifteyi elime aldım ve makineli tüfeği Joel'a uzattım.

"Yüksekten korkar mısın?" diye sordu.

Onu öptüm. "Beni tanımıyorsun. Ben hiçbir şeyden korkmam."

Derin bir nefes alarak zorlu girişimime başladım. Çok kısa bir mesafede hızlanabilir ve en yüksek hızıma on adımda ulaşabilirdim. Dengem ve mesafeleri kestirebilme yeteneğim kusursuzdur. Pencerenin parçalanmış alt çerçevesine mükemmel bir şekilde temas ettim.

Binalar arasındaki mesafeyi uçarcasına geçmek nefes kesiciydi; benim için bile. Yerçekimine meydan okurcasına sanki sonsuza kadar yatay olarak havada süzülecekmişim gibi hissediyordum. Helikopterlerin arama ışıkları beni yakalamak için çok yavaştı. Karanlıkta uçuyordum. Soğuk hava yüzüme vuruyordu. Aşağıda küçük suratlar gökyüzündeki imkânsızlığa bakıyorlardı. Güldüm. Beni kapana kıstırdıklarını sanmışlardı, aptal ölümlüler. Yanlış düşünmüşlerdi.

Son derece hızlı hareket ettiğimden, inişim çok kolay olmadı. Çatının üzerinde sekip, yuvarlanarak hareket eden bir top haline getirdim kendimi. Sonunda durup ayağa kalktığımda her tarafım berelenmişti. Üzerime ateş açabilmek için helikopterler çılgınca manevralar yapıyorlardı. Nefes almaya bile fırsat bulamadan hareket etmek zorunda kaldım. Bir sonraki çatıya sıçrarken mermilerin dizili halde önümde uçuştuğunu gördüm.

Binalar arasındaki sonraki atlayışlar caddenin hep aynı tarafında gerçekleştiğinden, ilki kadar dramatik değildi. Ama son olarak helikopter pistinin bulunduğu binaya yapacağım atlayış, aralarında en dramatik olanı olacaktı. Bir binanın yirminci katına sıçrayamayacağımdan dolayı, gökdelenin çatısına inmeyi planlamamıştım. Pencereden oluşan duvarlardan içeriye atlayacaktım. Katlar arasındaki çelik ve beton bölümlere denk gelmemeyi ümit ediyordum.

Bir kez daha yaklaşan helikopterlerden makineli tüfekler mermilerini boşaltmaya başladı.

Bir kez daha hız aldım.

Gökdelenin pencereleri sert, siyah duvarlar gibi üzerime geliyordu. Temas etmeden bir saniye önce geriye yaslanıp bacaklarımı ileri uzattım. Zamanlamam mükemmeldi. Camlar bedenimin alt kısmında parçalara ayrılırken, yüzüm ve kollarımdan uzakta kaldı. Ne yazık ki sakar bir şekilde bir sıra sekreter masasının üzerine indim. Çarpışmanın şoku inanılmazdı, benim için bile. Harap olmuş bilgisayar ve kâğıt ataşları yığınının ortasında durdum, yeniden düzgün nefes alabilmek için bir dakika kadar hareketsiz yattım. Tepeden tırnağa kan içerisindeydim. Acı içerisinde kıvrandığım sürede yaralarım iyileşmeye ve kırılan kemiklerim kaynamaya başlamıştı.

Dışarıda ziyaretçiler vardı. Helikopterlerden birinin pilotu gökdelende açtığım deliğin seviyesine gelme cesaretini göstermişti. Helikopter parçalanan camın önünde süzülüp parlak ışığı ile içerisini tarıyordu. Pilot dahil araçta üç kişi vardı. Enkazın arasından göz attığımda makineli tüfeğin başındaki adamın tetiğe basmaya hevesli olduğunu gördüm. Bunun sivil bir helikopter yerine bir polis helikopteri olmasını ne kadar istediğimi düşündüm. Ama pilot pervasız değildi. Helikopteri sürekli iki yana hareket ettiriyordu. Üzerine atlamak benim için riskli olabilirdi. Planıma sadık kaldım.

Sekerek yavaşça ayağa kalktım. Sağ kaval kemiğim hâlâ kırıktı, ama yaklaşık bir dakika içerisinde iyileşecekti. Tanrı, Yakşa'nın kanını kutsasın. Masaların arkasında eğilerek arama ışığının ofis içerisinde oluşturduğu uzun, güçlü gölgeler arasında kırık pencereden uzaklaştım.

Helikopter durmadan dar yaylar çiziyordu; bazen deliğin uzağına gidiyor, bazen de saklandığım yere yaklaşıyordu. Pencereler koyu renkli filmle kaplanmıştı. Bu yüzden spot ışığı doğrudan benim üzerimde olmadığı zamanlarda hareketlerini kolayca takip edebiliyordum. Hareketlerine bakılırsa deliğin biraz içerisindeki boşluğa takılmış gibiydiler. Bir şekilde enkazın yakınında yaralı ve ölmekte olduğumu düşünüyorlardı.

"Bana gel bebeğim," diye fısıldadım.

Yana doğru yaptıkları üçüncü harekette önümdeki pencereyi patlattım ve ateş açtım. İlk olarak makineli tüfeğin başındakini hallettim. Bakışları hoşuma gitmemişti. Sonra da arama ışığını söndürdüm. Aracın yakıt tankına nişan aldım. Söylemem gerekir, havai fişeklerden her zaman hoşlanmışımdır; renkli patlamalar. Çiftenin tetiğini çektiğimde helikopter patlayıp havada büyük bir ateş topuymuş gibi yanmaya başladı. Pilot, alevler bedenini yutarken bağırdı. Diğer adam ise parçalara ayrılarak yan kapıdan dışarıya uçtu. Makine susarak yere doğru düştü. Aşağıda çığlık atan insan sesleri duyuyordum; üzerimdeyse uzaklaşan helikopterler. Savaşma arzularını kaybetmişlerdi.

Asansöre giden yolda bir bekçiye rastladım. Neredeyse başını bile kaldırmadı. Üzerimdeki kan ve silahlara rağmen bana *iyi geceler* bile diledi. Ona gülümsedim.

"Size de iyi geceler," dedim.

Asansör beni en üst kata çıkardı; oradan çatıya çıkan bir merdiven bulmak zor olmayacaktı. Çatıda bizi özgürlüğe uçuracak iki helikopter bekliyordu. Her ikisinde de jet motorunun bulunması işime yarıyordu. Polis helikopterlerinden daha hızlı olmasa bile en azından onlar kadar hızlı olacaklardı. Ne yazık ki nöbet tutan bir güvenlik görevlisi vardı. Yaşlı bir adam, muhtemelen az gelen emeklilik maaşının yanına ek gelir sağlayabilmek için gece vardiyasında çalışan biri. Bana bakıp yanıma doğru hızlı bir şekilde ilerledi. Tabancası vardı ama kılıfından çıkartmadı. Gözlük camları oldukça kalındı, gözlerini kısarak beni yukarıdan aşağıya süzdü.

"Sen bir polis misin?" diye sordu.

Ona yalan söyleyemezdim. "Hayır. Kötü adamım. Az önce helikopteri havaya uçuran bendim."

Dehşete kapılmıştı. "Binadan binaya atlamanı seyrettim. Bunu nasıl yapabiliyorsun?"

"Steroidler."

Bacağına vurdu. "Biliyordum! Gençliğin bugünlerde aldıkları ilaçlar korkunç. Ne istiyorsun? Helikopterlerden birini mi?"

Elimdeki tüfeği ona gösterdim. "Evet. Lütfen bana anahtarları ver. Seni öldürmek istemiyorum."

Elini hızlı bir şekilde kaldırdı. "Bunu yapmak zorunda değilsin. Anahtarlar kontağın üzerinde. Bir helikopteri nasıl uçuracağını biliyor musun?"

Silahımı yana çevirdim. "Evet. Ders almıştım. Merak etme."

Yakındaki helikoptere benimle birlikte yürüdü, bir Bell 230'du. "Bu bebeğin menzili beş yüz kilometrenin üzerindedir. Şehirden mümkün olduğunca uzaklaşmalısın. Radyo ve televizyon sürekli sen ve arkadaşınla ilgili yayın yapıyor ve sizi bir terörist çetesi olarak adlandırıyorlar."

Kokpite tırmanırken güldüm. "Savunmanı unutma. Üstün güçler altında ezildiğini söyle sadece. Genç bir kadının burnunun dibinden bir helikopter çaldığının bilinmesini istemezsin herhâlde."

"Üstelik sarışın bir kadın," diyerek onayladı. "Kendine dikkat et!"

Benim için kapıyı kapattı, ardından havalandım.

Joel'u bulunduğu yerden almak, bu gecenin en kolay işiydi. Polis helikopterleri yaklaşık bir kilometre ötede bekliyorlardı. Gökyüzünde havaya uçurulmaya alışkın değillerdi. En son havaya uçurduğum helikopterin parçaları gökdelenin önüne dağılmıştı. Uzaktan da birinci helikopterin düştüğü yerden çıkan dumanı görüyordum. Joel helikoptere binerken başını salladı.

"Bizi takip etmeyi asla bırakmayacaklar," dedi.

"Bilmiyorum," ve şakayla karışık, "Benim peşimden gelmeye korkabilirler," dedim.

Kuzeydoğuya doğru yola koyulduk. Banliyö yığınından çıkıp saklanabileceğimiz doğal bir ortama geçebilmek için sabırsızlanıyordum. Yakındaki dağlar bir olasılıktı. Helikopterimiz hızlıydı, saatte üç yüz kilometre hız yapabiliyordu. Polis helikopterlerinin bizi sıkıştırmıyor olması beni şaşırtmıştı. Bunun sebebi onlardan daha hızlı olmamız olamazdı. Açıkçası bu, sorgulamam gereken bir durumdu. Aramızdaki mesafenin en azından otuz kilometre açılmasına izin verdiler. Bu mesafe rahatlamamı sağlamıyordu, çünkü hâlâ gözlem altında olduğumuzu biliyordum. Yere yaklaşıp, radar seviyesinin altına inmek bir işe yaramayacaktı. Bir şey bekliyorlardı, zaman dolduruyorlardı.

"Takviye güç," dedim uyuyan şehrin üzerinde bin metre yükseklikte uçarken.

Joel başını salladı. "Daha büyük silah talep ettiler."

"Askeri helikopterler."

"Muhtemelen."

"Hangi yönden geliyor olacaklardır?"

"Buranın güneyinde büyük bir askeri üs var. Bu nedenle kuzeye doğru gitmek isteyebilirsin."

"Cajon Geçidi'ne ulaştıktan sonra öyle yapmayı planlıyordum."

Geçit, çöle doğru uzuyordu, ayrıca saklanmak için güzel bir yerdi. Otoyol geçidin içerisinden geçiyordu ve sürmeye devam ettiğinizde, sizi Las Vegas'a kadar götürüyordu.

Joel, "Bu kadar beklemek istemiyor olabilirsin," tavsiyesinde bulundu.

"Anladım," dedim. Yine de onlarla aramıza daha fazla mesafe koyma isteği karşı konulmazdı. Bana emniyet hissi veriyordu; tehlikeli bir yanılsama. Ama onlardan uzaklaştıkça, çöller beni çağırıyordu. Mevsim kış olduğundan dağlar karla kaplı olacaktı ve dayanıklı olmama rağmen soğuğu sevmiyordum. Mevcut hızımızla Cajon Geçidi çok uzakta değildi. Üzerinden geçtiğimizde şehirden çıkmış ve özgürlüğe doğru uçmuş olacaktık.

Sormak için beklediğim soruyu yönelttim.

"Susadın mı?"

İhtiyatlı bir hal aldı. "Ne demek istiyorsun?"

Ona bir bakış attım. "Nasıl hissediyorsun?"

Derin bir nefes aldı. "Ateşim var gibi. Sanki kramp giriyor."

Kafamı salladım. "Kana ihtiyacın var."

Söylediğimi sindirmek için biraz bekledi. "Gerçekten insanların kanını içiyor musun? Yani hikâyelerdeki gibi."

"Hikâyeler bazı gerçekleri yansıtır, ama harfi harfine uymaz. Vampirsen hayatta kalmak için kana ihtiyacın vardır. Öte yandan kanını içtiğin insanları öldürmek zorunda değilsin ve temasın onları vampire dönüştürmez. Hayvan kanıyla da yaşayabilirsin, ama bununla tatmin olmayacaksın."

"Her gün kana ihtiyacın var mı?"

"Hayır. Birkaç günde bir. Ama başlarda her gün isteyeceksin."

"Eğer içmezsem ne olur?"

"Korkunç bir şekilde ölürsün," dedim.

"Ah. Normal yiyeceklere ihtiyacım olacak mı?"

"Evet. Daha öncesi gibi acıkacaksın. Ama bir şey bulamadığında uzun bir süre yemeden de dayanabilirsin. Ayrıca uzun süre boyunca su altında nefesini tutman da mümkün olacaktır."

"Peki ya güneş? Benimle birlikte güneşte oturdun."

"Evet. Ama bunu daha sonra denesen daha iyi olur. Güneş seni öldürmez, ama rahatsız eder, en azından ilk birkaç yüzyıl. Beş bin yıl sonra bile hâlâ güneş tam tepedeyken ona dayanabilecek kadar güçlü değilim. Vampirlerle ilgili daha önce duymuş olduğun her şeyi unut. Haçlar, beyaz güller, kutsal su... Bunların hiçbiri sana rahatsızlık vermeyecektir. Bram Stroker bunları yazdığında sadece romanına biraz tat katmak istemişti." Durdum. "Onunla bir kez karşılaştığımı biliyor muydun?"

"Vampir olduğunu söyledin mi?"

"Hayır, ama benimle ilgili özel bir şey olduğunu biliyordu. *Drakula* kitabımı imzaladıktan sonra adresimi almaya çalışmıştı. Ama ben vermedim." Bileğimi ağzıma götürdüm. "Damarımı açacağım. Birkaç dakika kanımı emmeni istiyorum."

Kıpır kıpır oldu. "Kulağa acayip geliyor," dedi.

"Zevk alacaksın. Tadım harikadır."

Joel isteksiz bir şekilde kanayan bileğimi kabul etti, ama o Ray değildi. İşinde yeteri kadar kan görmüştü ve benimkini görmek midesini bulandırmamıştı. Aksine birkaç dakika boyunca aç bir şekilde bileğimi emdi. Doymadan önce onu durdurmalıydım. Gücümün azalmasına izin veremezdim.

Kolumu geri çekerken, "Nasıl hissediyorsun?" diye sordum.

"Güçlü. Uyanmış."

Kahkaha attım. "Tanışacağın her kız bunu senin için yapmayabilir."

"Kalbimize saplanan bir kazıkla ölebilir miyiz?"

Kahkaham boğazımda kaldı. Sorusu, evimin patladığı ve Yakşa'nın öldüğünü varsaydığımız olayda almış olduğum yarayı aklıma getirdi. Göğsümdeki ağrı halen ordaydı, ama Yakşa'nın kanını içmiş olmak beni hemen hemen iyileştirmişti. Krişna'ya yeni vampirler yaratmamam üzerine vermiş olduğum sözü bozduğumdan, yaşasaydı Yakşa hakkımda ne düşünürdü, diye merak ettim. Bu kadar çok masum insanı öldürdükten sonra. Şüphesiz lanetlendiğimi söylerdi.

Yakşa'yı özlüyordum. Ve Ray'i. Ve Krişna'yı.

"Ölebilirsin," dedim sessizce.

On dakika sonra dağların arasındaki boşluğa ulaştık; sola sapıp yokuş yukarı çıkmaya başladık. Geçit, deniz seviyesinden neredeyse bir kilometre yukarıdaydı. Polis helikopterleri gece karanlığında beyaz ve kırmızı noktalar saçarak elli kilometre arkamızdan geliyorlardı. Gecenin sona ermesine yaklaşık dört saat vardı. Gece bitmeden Joel'la sığınacağımız, sessizce düşünebileceğim ve bir sonraki hamleme karar verebileceğim bir yer bulmalıydım. Sağ ve sola bakarak helikopteri terk edebileceğimiz bir yer aradım. Geçidin sarp kayalıkları çölden daha fazla saklanılabilecek yerler sunuyordu. Yine de bu kadar erken yere inmek istemiyordum. Birden takipçilerimizi başımızdan atabileceğimiz başka bir fikir geldi aklıma.

Helikopteri göle düşürürsek ne olurdu?

Batardı ve muhtemelen arkasında işaret bırakmazdı.

Planım iyiydi. Yakıt durumumuz göz önüne alındığında bu iş için en yakındaki gölü seçmeliydim; Big Bear veya Arrowhead. Hâlâ karlı dağlara doğru gitmeye karşı direniyordum. Yeni doğan bir vampir olarak Joel da pek rahat edemeyecekti orada. Yakşa beni dönüştürdükten sonra soğuğa karşı nasıl hassas olduğumu hatırladım. Vampirler, yılanlar ve Yakşini'nin dölleri—hepimiz sıcağı tercih ederiz.

Kum tepeciğine, vahaya ve bir göle ihtiyacım vardı.

Geçidin içerisine daldık ve çöle yöneldik.

Kasvetli topraklar altımızdan geçiyordu.

Zaman geçiyordu. Bizi takip eden kimseyi göremiyordum.

Joel en sonunda, "Sonsuza kadar havada kalamayız," dedi.

"Biliyorum."

"Neyi bekliyoruz?"

"Mead Gölü'nü. Hoover Barajı tahminimce sadece yirmi dakikalık bir mesafede."

Ama çok fazla oyalanmıştım.

Beş dakika sonra güney yerine batıdan üzerimize doğru gelen iki askeri helikopter belirdi. Gözlerim çok keskin olduğundan onları yüz kilometre öteden görmüştüm. Göle ulaşmanın hâlen mümkün olabileceğini düşünüyordum. Diğer yandan yerimizi tespit ettiklerini, bizi radarlarıyla takip ettiklerini biliyordum. Hafifçe rotamı değiştirdiğimde, onlar da aynısını yaptı. Joel endişemin farkına vardı, ama ilk başta sebebini pek anlayamadı. Dönüştürülmüş olmasına rağmen görüşü benimkiyle mukayese edilemezdi.

"Ne oldu?" diye sordu.

"Misafirlerimiz var," dedim.

Etrafına bakındı. "Göle ulaşabilir miyiz?"

"Olası." Şakayla karışık "İki Apaçi helikopteriyle başa çıkabilir miyiz?" diye sordum.

"İmkânsız."

Peşimizdeki araçların tipleri hakkında tahmin yürütüyordum; tahminlerimde yanılmadığımı birkaç dakika sonra gördüm. Apaçi helikopteri üzerindeki çok fazla bilgim yoktu, ama dünya üzerindeki en ölümcül saldırı helikopteri ile karşı karşıya olduğumuzu bilecek kadar bir şeyler okumuştum. İki helikopter birbirine yakın uçuyordu ve doğrudan yolumuzu kesecek bir rota üzerinde ilerliyorlardı. Çöl, gökyüzü kadar siyahtı ve geniş hipnoz edici pervaneleriyle bizden kesinlikle daha hızlıydılar. Makineli tüfek taretleri ve roket atarları aracın iki yanından tehlikeli yumruklar gibi sarkıyordu. Bizi yere serecek darbeyi indirmek için üzerimize geliyorlardı. Sonunda Joel da onları gördü.

"Belki de teslim olmalıyız," diye öneride bulundu.

"Ben asla teslim olmam."

Göle beş kilometre kala bizi yakaladılar. Suyun geniş yüzeyi net bir şekilde görünüyordu, gerçi isterse ayın öteki yüzü de olabilirdi, çünkü şu anda bize herhangi bir faydası yoktu. İlk başta bunu düşünmüştüm. Öte yandan Apaçi helikopterleri silahlarını hemen üzerimize kilitlemediler. Üstümüz ve altımıza tehlikeli bir yakınlıkta uçarak yere inmemizi emrettiler.

Joel gözlemleyerek, "Birisi bizi canlı yakalamalarını söylemiş," dedi.

"Kim?"

Omuz silkti. "Emir Amerika Birleşik Devletler Başkanı'ndan gelmiş olabilir. Ya da helikopterlerin geldiği üssün komutanı emri vermiş olabilir."

"Suya ulaşmamız gerekiyor," dedim. "Suyun altında kaybolmayı deneyeceğimizi hayal bile edemezler."

"Ben de hayal edemem. Gerçekten nefesimizi o kadar uzun tutabilir miyiz?"

"Ben neredeyse bir saat tutabilirim."

"Peki ya ben?"

Bacağına vurdum. "İnançlı ol. Bu gece en azından bir düzine kez ölmemiz gerekiyordu, ama bak, hâlâ hayattayız. Belki Krişna bizi tüm olanlara rağmen terk etmemiştir."

Joel kuru bir sesle, "Bir dakika sonra ateş açmaya başlarlarsa bunu Krişna'ya doğrudan sorma şansımız olur," dedi.

Apaçiler bir süre daha alçak uçuş yaptıktan sonra bu kedifare oyunundan sıkılıp yolumuzun üzerine mermi yağdırdılar; parçalara ayrılmamak için keskin bir şekilde hızımızı düşürmek zorunda kaldım. Yine de istedikleri zaman bizi gökyüzünde havaya uçurabilirlerdi. Gölün üzerinde uçmamı istememelerine karşın geride duruyorlardı. Yolumuzu engelliyorlardı; rotada kalmak için dalış yapmak zorunda kalıyordum. Yere birkaç metre kalana kadar inmiştik ve Joel neredeyse kalp krizi geçirecekti.

"Aşağılık bir pilotsun," dedi.

"Yatakta da gayet iyiyimdir," diye cevap verdim.

"Tabii ki, ona hiç şüphem yok."

Askerler, Los Angeles Polis Teşkilatı mensupları gibi değillerdi. Emirlerine uyulmasını beklerlerdi. Bizi canlı yakalama talimatı almış olabilirlerdi, ama bunun yanında muhtemelen kaçmamızı engelleme emri de almışlardı. Suya çeyrek kilometre kala cerrahi bir hassasiyetle üzerimize ateş açtılar; pervane bıçaklarımız artık tam olarak yerinde değildi. Helikopterimiz havada bocalamasına karşın düşmedi. Üzerimizdeki ses, mağlup olduğumuzu bildiriyordu. Yine de göle doğru ilerlemeye devam ettim. Başka şansım yoktu.

Joel'a, "Atlamaya hazır ol," dedim.

"Sen ayrılmadıkça ben de ayrılmayacağım."

"Güzel söz. Ama suya ulaştığımız anda atlamak zorundasın. Yakın olanına değil, uzaktaki kıyıya doğru yüz. Mümkün olduğunca uzun süre su altında kal."

Joel tereddüt etti. "Yüzmeyi bilmiyorum."

"Ne?"

"Sana yüzme bilmediğimi söyledim."

İnanamadım. "Bunu bana daha önce neden söylemedin?"

"Ne planladığını bilmiyordum. Bana söylemedin ki."

"Joel."

"Sita."

Helikopterin ön panelini dövmeye başladım. "Lanet! Lanet! O zaman yüzmeyi öğrenmek zorundasın. Sen bir vampirsin. Tüm vampirler yüzebilirler."

"Kim diyor?"

"Ben diyorum ve bu konudaki tek otorite de benim. Şimdi benimle tartışmayı bırak ve atlamaya hazır ol."

"Sen de benimle atlayacaksın."

"Hayır. Ölümcül bombardımanlarını başlatıncaya kadar beklemek zorundayım, bu şekilde öldüğümü düşüneceklerdir."

"Bu delilik. Öleceksin."

"Çeneni kapat ve kapını yavaşça aç. Uzaktaki sahile vardığında tepelere doğru koş ve saklan. Seni bulacağım. Bir vampirin nefesini on beş kilometre öteden duyabilirim."

Apaçiler suya ulaşmamızı engellemeye kararlıydı. Biri saldırıya geçerek kendini tam olarak yolumuzun üzerine attı. Çarpışmayı engellemek için dik bir dalış daha yapmak zorunda kaldım, ki helikopterimiz zaten çarpışacağından dolayı bu son derece kolay olmuştu. Su sadece birkaç metre uzaklıktaydı. Arkamızdaki Apaçi ateş açtı. Benim onlara önceden uyguladığım stratejimi taklit ediyorlardı. Kuyruk pervanemizi uçurdular. Anında kontrolü kaybettim. Öte yandan su hemen altımızdaydı.

"Atla," diye bağırdım Joel'e.

Bana son bir bakış attı. Oldukça üzgün görünüyordu.

Sonra gitti.

Kolu sert bir şekilde geriye çekerek yükselmeye çalıştım. Hem onları Joel'dan uzaklaştırmak hem de hayatta kalmak için. Onu atlarken görmediklerini ümit ediyordum. Helikopterim suyun yüzeyinden uzaklaşmaya başladı. Bir kilometre ötedeki Hoover Barajı'nı gördüm. Bu kadar uzağa gidebilmeme imkân yoktu. Helikopterim hiperaktif bir at gibi üzerinden beni atmak istercesine silkeleniyordu. Kapımı açarak elime aldığım çifteyle yanımdan geçen Apaçi'ye ateş ettim. Üst pervanesine isabet ettim, ama bu aletler çok dayanıklıydı. Askeri helikopter sert bir şekilde yana yattı. Sonra iki helikopter yeniden birleşti ve arkamdan takip etmeye başladılar; tıpkı yaralanmış bir kelebeği izleyen ikiz eşekarıları gibi. Omzumun üzerinden, pilotlardan birinin nişancısına kafa salladığını gördüm. Adam ellerini kontrol düğmelerine uzattı, bunun roketleri ateşleme mekanizması olduğuna şüphe yoktu. Kapımı sonuna kadar açtığımda, portakal renkli bir alev Apaçi'nin yanından uçmaya başlamıştı bile. Reflekslerim hızlıdır, insan standartlarına göre göz kamaştırıcı bile olabilir, ama ben bile bir füze ile baş edemem. Roket, helikopteri vurduğunda koltuğumdan daha yeni kalkmıştım.

Helikopterim bir saniyede buhar oldu.

Büyük bir patlama olmuştu. Yanan metal, saçımın üzerinden kafatasımı keserek tüm bedenime kavurucu bir acı dalgası gönderdi. Bir pervanesi olmayan bir helikopter gibi tepetaklak düştüm.

Yüzüme akan oluk oluk kandan kör olmuştum. Gölün bana doğru yaklaşan soğuk suyunu görmüyordum, ancak kırık olan tarafıma vurduğu zaman onu hissettim. Kafama saplanmış olan erimiş şarapnel, karanlık su ile temas ettiğinde zangırdadı. Bir buhar patlaması neredeyse kafatasımın infilak etmesine neden olacaktı. Issız derinliklere girdaba kapılmış gibi dönerek indiğimi hissediyordum. Bilincim gidip geliyordu. Göl dipsiz gibiydi ve ruhum, üzerinde rakamları olmayan bir zar kadar boştu. Kendimden geçerken bu şekilde ölmek zorunda olmamayı diledim; Krişna'nın merhameti olmadan. Diğer tarafta onu görmeyi ne kadar da çok isterdim. Tanrı beni affetsin, onu hâlâ çok seviyordum.

İKİNCİ BÖLÜM

Yüzümde dolaşan solgun bir ışık hüzmesiyle uyandım. Gözlerimi açtığımda bunun, beni işaret eden helikopterlerin arama ışıkları olduğunu gördüm. Onlar yüksek bir irtifada, havadaydılar. Bense sırtüstü şekilde gölün dibinde yatıyordum. Baygın olmama rağmen bilincim nefesimi tutma bilgeliğini göstermiş olmalıydı. Ne kadar süre baygın kaldığımı bilmiyordum. Başım hâlâ ağrıyordu, ama acı dayanılır düzeydeydi. Helikopterdeki personelin beni göremediği aşikârdı.

Joel'un nasıl olduğunu merak ettim, kaçabilmiş miydi?

Sol bacağım helikopter enkazının altında kalmıştı. Bu iyiydi. Aksi takdirde bedenimde çok sayıda mermiyle su yüzeyinde süzülüyor olurdum. Bacağımı serbest bıraktıktan sonra karnımın üzerinde döndüm ve ışıklardan uzağa yüzmeye başladım. Gölün daha derinliklerine mi, yoksa kıyıya doğru mu bilmeden. Nefes alma isteğim güçlüydü, ama beni ele geçirecek kadar değil. Yüzeye çıkmadan önce daha uzun bir mesafe yüzebileceğimi biliyordum. Gölün her bir noktasını taramalarına imkân yoktu. Kaçacaktım.

Ama Joel serbest değilse, benim de özgür olmama imkân yoktu.

On dakika sonra, ışıklar iyice arkamda kaldığı zaman yüzeye çıkıp etrafa göz attım. Gölün ortalarına gelmiştim. Helikopterimin havaya uçurulduğu kıyı şeridine yakın yerde, helikopterler ışıklarını suya yönlendirerek havada daireler çiziyorkardı. Bu noktaya yakın olan sahilde çok sayıda kamyon, üniformalı insan, birkaç polis memuru ve silahlı personel vardı. Joel bir düzine silah kafasına çevrilmiş vaziyette onların arasında duruyordu.

"Lanet olsun," diye fısıldadım. "Gerçekten de yüzemiyormuş."

Onu kurtarmak için acele edemezdim. Bu girişime bulunmaktan kendimi alıkoymam gerekiyordu. Hızlı hareket etmek doğamda vardı. Yüzyıllardır sabırlı olmayı öğrenemedim. Siyah gölün ortasında su üzerinde dururken, yılların bana sadece keder getirdiği kanısına vardım.

Joel zırhlı bir aracın içerisine sokuldu. Kıyıdaki adamlar dalgıç takımlarını giyiyorlardı. Cesedimi istiyorlardı, rahata ermek için onu görmeleri gerekiyordu. Joel'u takip edeceksem hızlı bir şekilde hareket etmem gerektiğini biliyordum. Öte yandan öldürmeyi bırakmalıydım. Hâlen hayatta olduğumu onaylayabilmek için bölgedeki tüm şüpheli ölümleri araştıracaklardı. Alnımdaki zonklama hissi dikkatimi çekti. Kafatasımın içerisinden çıkmaya çalışan şarapnel parçasına uzanıp çıkardım. Yakşa'nın kanının bana karışmasından önce, böyle bir yara beni kesin öldürürdü.

Joel'un tutulduğu kıyı ve barajın bir kilometre kadar soluna doğru yüzdüm. Pek çok yunustan daha iyi yüzebilirim, bu yüzden birkaç saniyede kıyıya ulaştım. Sudan süzülerek çıkıp kayalık alana saklandığımı kimse görmedi. Kafamdaki ilk düşünce toplananlara doğru sinsice yaklaşmaktı. Yine de Joel'u takip etmek için onların araçlarından birini çalamazdım. Aramızdaki mesafenin açılmasından duyduğum üzüntüyle kıyıya konuşlanmış ordudan uzaklaşıp kamp alanına doğru hareket ettim. Aileler doğal ortamda bulunmak için kışın bile Mead Gölü'ne geliyorlardı. Gökyüzündeki dolunay beni aydınlatıyordu. Gerçi bu, kesinlikle ihtiyaç duyduğum bir şey değildi. Apaçiler bir kez daha yerimi tespit ederlerse yemin ederim ki, helikoptere kadar zıplayacak ve pervanelerini koparıp atacaktım. Helikopteri ele geçirdikten sonraysa roketleri kullanma sırası bana gelecekti.

    Düşünceler boşunaydı, doğuştan avcı olan birinin kafasının içindeki dırdır işte...

    Kamp alanının dışında bulunan bir çadırda uyuyan üç kişilik bir aile buldum; yan tarafa park etmiş oldukları yeni Ford Bronco kaçırmam için beni bekliyordu. Sessizce kilidi kırdıktan sonra direksiyonun başına geçtim. Aracı düz kontak yaparak çalıştırmam, sadece iki saniye sürdü. Sonra camım açık bir şekilde yola düştüm.

    Tüm yaşamım boyunca duyma yeteneğim her zaman en güçlü duyum olmuştur. Bulutlardan düşmeye başlayan kar kristallerini iki kilometre üzerimdeyken duyabilirdim. Bu yüzden de askeri motor alayının motorlarını çalıştırıp gölden uzaklaştıklarını duymakta hiçbir problem yaşamadım doğrusu. Komutan muhtemelen sarışın cadının cesedi bile bulunmadan Joel'u güvenli bir yere götürmenin iyi olacağını düşünüyordu. Onları gölden uzaklaşan yolda takip etmek için kulaklarımı kullanıyordum. Yine de burnum havadaydı, çünkü koku alma duyum da son derece keskindi. Beni şaşırtıyordu. Diğerlerinin arasındayken dahi Joel'u son derece net bir şekilde koklayabiliyordum. Bunun yılanların şeytani ırkından doğmuş olan Yakşa'nın başka bir lütfu olduğunu düşünüyordum. Yılanların her zaman olağanüstü koku alma duyuları olmuştur.

    Askeri alayı oldukça uzak bir mesafeden izleyebildiğim için yeni kazandığım bu duyuya minnettardım. Bu insanlar aptal değildi, takip edilip edilmediklerini kontrol edeceklerdi. Bir kez daha düşüncelerini hissetme kabiliyetimle karşı karşıya kaldım. Ölümlülerin duygularını her zaman sezinleyebiliyordum, ama düşüncelerini asla. Yakşa kesinlikle akıl okuyan biri olmalıydı. Bunu bana hiç söylememişti. Böylece, önümdeki insanların arkalarını kontrol ettiklerinden düşünceleri yoluyla da emin olmuştum. Aramızdaki mesafenin yirmi kilometreye kadar çıkmasına izin verdim. Tabii farlarım sönük olarak arabayı kullanıyordum.

Grup, önce Las Vegas yönüne ilerledi. Sonra da Günahlar Şehri'ne beş kilometre kala doğuya doğru saparak, taş döşeli dar bir yola girdiler. Levhayı gördüğümde daha da geriden sürmeye başladım. YASAK BÖLGE yazısı birçok tabelada belirtilmekteydi. Bir hükümet üssü gibi bir yere doğru ilerlediğimizi hissediyordum.

Önsezim bir saatten az bir süre sonra onaylanmıştı. Las Vegas'ın yaklaşık seksen kilometre açığında Joel'u taşımakta olan zırhlı araç, özenle korunan bir kampın içerisinde kayboldu. Hızlanıp Bronco'yu yoldan dışarıya sürdükten sonra, aracı yoldan ve kamptan yaklaşık bir kilometre uzaklıktaki bir tepenin arkasına park ettim. Yaya olarak tesise koşmaya başladım ve attığım her adımda tesisin ne kadar karmaşık ve girilmez olduğunu gördükçe şaşırdım. Tesisin etrafını saran çit, yaklaşık elli metre yükseklikteydi ve üzerinde dikenli teller bulunuyordu. Normalde, bir ter damlası bile akıtmadan bu tip bir engeli aşabilirim. Ama ne yazık ki kampta her yüz metrede bir, makineli silahlar ve bomba atarlarla donatılmış nöbetçi kuleleri ve bunun yanında çok sayıda kule vardı. Tesis büyüktü, en azından çapı bir kilometre kadardı. Kuleler ve çite ilave olarak görüş alanı içerisine bir metre yüksekliğindeki metal beysbol sopalarını anımsatan çok sayıda elektronik aparat, kampa labirent şeklinde yerleştirilmişti. Tetiklendiklerinde felç eden bir elektrik alanı yarattıklarını düşünüyordum. Vampirler elektriğe karşı duyarlıdır. Bir zamanlar bir şimşek üzerime düşmüştü ve kendime gelebilmem için üç gün boyunca bir tabutta yatmam gerekmişti. Bu süre zarfında erkek arkadaşım beni gömmeye çalışmıştı.

Tesisin bir tarafı, neredeyse sadece beton bir piste adanmıştı. Las Vegas dışındaki çölde bulunan ve gelişmiş savaş uçakları, nükleer ve biyolojik silahların test edildiği çok gizli bir hükümet tesisiyle ilgili bir şeyler okuduğumu anımsadım. Şu anda onunla karşı karşıya olduğuma dair içimde sinsi bir şüphe vardı. Tesisin arka tarafı çorak bir tepeye kadar uzanıyordu ve askeriyenin, deneylerini casus gözlerden uzak bir şekilde gerçekleştirebilmek için bu doğal yükseltinin altını kazmış olduklarını düşünüyordum.

Sherman tanklarla Apaçi helikopterler, barakaya benzer yapıların yakınına park edilmişti. Silahların on saniye içerisinde faaliyete geçirilebileceğine şüphe yoktu. Bir şey benim için netliğe kavuşmuştu.

Bu tesisin içerisine sızmama imkân yoktu.

Girsem bile, canlı çıkmama imkân yoktu.

Joel'u taşımakta olan zırhlı araç tesisin ortasında durdu. Silahlı askerler alelacele etrafında sıralandı, silahları çekilmiş ve ona doğrultulmuştu. Zalim suratlı, omzunda tek yıldız ve gözlerinde ölüm bulunan bir general araca yaklaştı. Arkasındaysa beyaz önlüklü bilim insanları vardı, kesinlikle görmek istemediğim bir manzaraydı. General, gruptaki birine işaret ettikten sonra zırhlı aracın kapısı açıldı. Ağır zincirler nedeniyle omuzları düşmüş olan Joel ortaya çıktı. General garip bir şekilde korku duymaksızın ona yaklaştı ve üzerini aradı. Sonra da omzunun üzerinden bir bakış attı. Çok sayıda bilim insanı başlarını salladı. Bunun ne demek olduğunu anlayamadım. Neyi onaylıyorlardı? Joel'un gerçek bir vampir olduğunu mu? Vampirlerle ilgili bir bilgileri yoktu.

"Ya da var mı?" diye fısıldadım.

Ama bu mümkün değildi. Son iki bin yıl veya daha uzun bir süredir Yakşa ve ben dünya üzerindeki son vampirlerdik. Tabii son zamanlarda buna başkaları da eklenmişti. Ama Ray'in dönüşümü çok uzun ömürlü olmamıştı, Eddie psikozlu bir anormaldi ve ben Eddie'nin tüm yavrularını yok etmiştim.

Ya da edemedim mi?

Bizi canlı olarak ele geçirmek isteyen kişinin bu General olduğunu fark ettim. Apaçi helikopterlerinin pilotlarına emirleri veren oydu. Roketleri kullanmadan önce uzun bir süre beklediler ve ancak zorlandıklarında kullandılar. Muhtemelen General kullandıkları için onlara kızgındı. Joel'u inceleme şekli neredeyse kötü niyetli olduğunu gösteriyordu. General, Joel'dan bir şey istiyordu ve istediği şeyin ne olduğunu da biliyordu.

Joel'u binanın içerisine soktular.

Bir bilim insanı ile görüştükten sonra General de binanın içerisine girdi.

Arkama yaslanıp sızlandım. "Kahretsin."

Hedefim belliydi. Joel'u üzerinde detaylı testler yapılmadan o tesisten çıkarmam gerekiyordu; daha açık olmak gerekirse, onlar kanını incelemeden önce. Ne bulacaklarından emin bile değildim, ama ne bulurlarsa bulsunlar bunun insan ırkının geleceği için hayırlı bir şey olmayacağını biliyordum.

Ama zorla içeriye giremezdim. Bu yüzden içeriye sızmalıydım. Bunu nasıl yapacaktım? Nöbetçilerle arkadaş mı olacaktım? Bay Makineli Tüfek'i baştan mı çıkaracaktım? Çekici kişiliğim ve hipnoz edici gözlerim düşünüldüğünde bu düşünce çok da abartılı değildi. Ama gördüğüm kadarıyla adamların hepsi tesiste yaşıyordu. Bu çok talihsiz bir durumdu.

Las Vegas yönündeki neon dolu ufka baktım.

Kendi kendime, "Ama çocuklar tesisten ayrılıp şehre gidecektir ve sonra," diye söylendim.

Günün ağarmasına daha iki saat vardı. Keskin gözlerimle tesisi inceleyip savunmasız bir nokta ararken, General'in görüştüğü bilim insanının sivil bir arabaya bindiğini gördüm. Tesisten ayrılmadan önce kontrol noktasında durdu. Bu sırada ben de Bronco'ma doğru koşuyordum.

Bu bilim insanı ile konuşmak istiyordum.

Çalıntı aracıma girerken, ellerim ve kollarımın soluk beyaz bir ışıkla ışıldadığını gördüm. Bu etki beni afallattı. Yüzüm de ışıldamaya başlamıştı! Daha doğrusu açıkta kalan tüm tenim, Las Vegas yönünde, alçakta duran dolunayın ışığı ile parlıyordu.

"Burada ne tip bir radyasyonla uğraşıyorlar?" diyerek söylendim.

Buna sonra kafa yormaya karar verdim.

Bilim insanı tam bir hız canavarıydı. Las Vegas'a kadar yol boyunca yüz altmışla gitti ya da en azından şehrin yedi kilometre ötesinden başlayan karayoluna ulaşıncaya kadar. Takip edebilmek için Bronco'yu zorladım. Hükümet yollarında muhtemelen hiçbir polis ona ceza kesemezdi. Tüm umutlarımı Vegas'ta yaşadığına bağlamıştım, ama Mirage Oteli'ne girdiğinde hepsi söndü. Muhtemelen sadece birkaç saatlik eğlence için çıkmıştı dışarı.

Otoparkta yanına park edip takip etmeye karar vermiştim.

Sonra üzerimde ne olduğunu fark ettim.

Eğrilmiş bir çelik yelek ve kanlı kıyafetler.

Paniklemedim. Bronco'yu çaldığım insanlar tatildeydi. Eminim aracın bir yerinde kadın kıyafetleri vardı. Bak şu işe! Arkada iki beden büyük bir kot ve bir takım elbise gibi üzerimi saran ıslak, Mickey Mouse desenli kazağı buldum. Şans bu ya, saçımdaki kan ve cam kırıkları ben Mead Gölü'nün dibinde yatarken temizlenmişti. Otoparkın karanlık bir köşesinde üzerimi değiştirdim.

Bilim insanını kumarhanenin içinde zar masasının başında buldum.

Kırk beş yaşlarında, kalın siyah saçları ve geniş şehvetli dudakları olan çekici bir adamdı. Yüzü güneşten kurumuş, bronzlaşmıştı; yüzünü kaplayan çizgiler hoş olmayan bir görüntü yaratmıyordu. Birçok fırtına tarafından yıpratılmış, ama onlardan kurtulabilmiş biri gibi görünüyordu. Gri gözleri derin, dikkatli ve odaklanmıştı. Beyaz laboratuvar önlüğünün yerine şık spor bir mont giyiyordu. İçeriye girdiğimde elinde bir çift kırmızı zar vardı ve o zarların emirlerine uymasını içten içe istediğini hissediyordum. Tıpkı diğer kumarbazların dilediği gibi.

Bir yedi veya on bir atmayı başaramadı. Bahsi kaybetti ve el başka bir oyuncunun oldu. Masanın üzerinde yüz dolarlık bir fişi olduğunu fark ettim. Devletten maaş alan bir bilim insanı için pek de küçük bir bahis değildi bu. Bir yüz doları daha masaya koyduğunda şaşırdım. Onu da kaybetti.

Adamı kırk beş dakika boyunca inceledim. Masadaki müşterilerden sıradan biri onu Bay Kane, bir başkasıysa Andy diye çağırdı. Sanırım adı, Andrew Kane'di. Andy panik verici bir düzeyde kaybetmeye devam ediyordu. Cebindeki nakit bitince, daha fazla fiş alabilmek için bir kredi kartı fişi imzalamak zorunda kaldı. Ama bu siyah bal arıları da hızlı bir şekilde yok oluyordu ve şevki gitgide hüsrana dönüşüyordu. Sayıyordum. Bir kalemde iki bin dolar gitmişti. İçini çekerek masadan ayrıldı ve barda içtiği bir duble viskiden sonra kumarhaneden çıktı.

Onu eve kadar takip ettim. Yaşadığı yer mütevaziydi.

İçeriye gidip yatmaya hazırlandı. Sabah güneşi gökyüzünü aydınlatmaya başladığında ışığını söndürdü. Görünüşe göre gece vardiyasında çalışıyordu. Aksi takdirde General, Andy'yi Joel için çağırmış olurdu. Önümüzdeki günlerde uzun saatler boyunca çalışıp çalışmayacağını merak ediyordum. Adresini ezberledikten sonra Mirage Oteli'ne geri döndüm. Eğer burası Andy'nin takıldığı en favori yerse, benim de en favori mekânım olacaktı.

Kredi kartım, param ve kimliğim olmamasına karşın resepsiyondaki kadın, güzel mavi gözlerime baktıktan sonra lüks suitlerden birinin anahtarını uzattı. Odamdan New York'taki danışmanıma telefon ettim. Sesinde bir anormallik yoktu. Henüz ona ulaşmamışlardı. Uzun konuşmadık.

"Kod kırmızı," dedim ona. "Paketin Las Vegas'taki Mirage Oteli'ne gönderilmesini sağla. Oda numarası İKİ-BİR-ÜÇ-DÖRT. Hemen."

"Anlaşıldı," dedikten sonra telefonu kapattı.

Paket, yeni bir hayata başlamam için gerekli olan her şeyi içermekteydi: Pasaport, ehliyet, nakit para ve kredi kartları. Bir saat sonra kapımda olacaktı. Ayrıca içinde detaylı bir makyaj çantası, peruklar ve farklı renklerde lensler bulunacaktı. Son beş bin yıl her türlü olasılığa karşı hazırlıklıydım, bu dahil. Yarın tamamen başka biri gibi gözükecektim ve Andrew Kane gizemli genç bir kadınla tanışıp ona âşık olacaktı.

ÜÇÜNCÜ BÖLÜM

*E*rtesi akşam ağırbaşlı, kısa kâkülleri olan, kızıl saçlı ve yeşil gözlü genç bir kız, Andrew Kane'in evi önünde bekliyordu. Aslında öğlenden beri yeni aldığım cipin içerisindeydim, ama çılgın bilim insanı bütün gece ayakta kalmış çoğu insanın yapacağı gibi deliksiz uyumuştu. Evine bu kadar erken gelmemin nedeni, eşyalarını karıştırmak için duyduğum sabırsızlıktan kaynaklanıyordu. Bir sonraki hareketimden önce neler olduğunu kesin olarak bilmeliydim. General'in Joel tesise getirildiğinde onunla görüşmüş olması, Joel'in önemini gösteren gerçeklerden biriydi. İçgüdüsel olarak Andy'nin değerli olduğunu hissediyordum. Yoz bir kumarbaz olmasına karşın gri gözlerinde bir etkileyicilik vardı. Kumar tutkusu beni rahatsız etmiyordu, aksine bariz kumar borçlarını ona karşı kullanabilirdim. Elbette Andy'yi, Joel'u kurtarmak üzere tesise girmek için kullanacaktım.

Acilen. Her geçen saatin baskısını hissediyordum.

Onu doyurmadıkları takdirde, Joel susamış olmalıydı.

Yeni doğan birinin açlığı acı vericidir.

Gazeteler, Los Angeles'ta hunharca yapılmış olan terörist saldırısından bahsediyordu. Yetkililer en az üç düzine İslam yanlısı teröristin bu işe karıştığını ve yerel polisin, üstün güç ve askeri ekipman karşısında ezildiğini söylüyordu. Vali, katiller adaletin önüne getirilinceye kadar güvenlik güçlerinin rahat uyku uyumayacağına dair yemin ediyordu.

• Bu denli yoğun bir geceden sonra güneş bana kurutucu geliyordu. Yine de Yakşa'nın kanını içmeden önceki halime oranla ona daha rahat katlanıyordum. Beş bin yıl sonunda, güneşin Yakşa'ya bir etkisi olmadığını düşünüyordum. Bu gücü şimdi kesinlikle kullanabilirdim. Sonunda Krişna'nın yanında huzura kavuşmuş olması için dua ediyordum. Krişna'ya ne çok dua ediyordum. Üstelik ondan nefret etmem gerekirken, ne garip. Tamam, bir vampirin kalbine akıl ermez. Bu nedenle batıl inançlı insanların kalbimize kazık saplamak istemesi aslında çok da şaşırtıcı değil.

Andrew Kane akşamüstü saat beşe kadar evinden çıkıp arabasına binmedi. Kumarhaneye gitmeye vakti yoktu. Şüphesiz, General onu bekliyordu. Andy Otoyol 15'te aracını yedi kilometre sürdükten sonra, hükümet yoluna sapıp hızını yeniden yüz altmışa çıkardı. Cipimin güçlü bir motoru vardı ve onu yedi kilometrelik bir mesafeyle takip ettim. Aslında onu işe kadar takip etmek, zaman kaybından başka bir şey değildi. İçeriye girip binalardan birinde yok olacaktı. Ama güvenlikten geçmesinin ne kadar süreceğini ve kaç güvenlik noktasında durması gerektiğini bilmek istiyordum. Tesise yaklaştığımızda aracımı yoldan çıkarttım, çölden geçtim ve daha önce saklandığım tepeye park ettim. Yanımdaki koltukta güçlü dürbünlerim vardı. Doğaüstü güçlerim mekanik yardımla daha da iyi hale getirilebilirdi.

Ben dikizleme noktama ulaşmadan önce Andy tesisin ön kapısına vardı. Yine de yeterince görebiliyordum. Doğal olarak durdurulmuştu, ama nöbetçiler onu iyi tanıyordu. Neredeyse kimliğini göstermesine bile gerek kalmadı. Nöbetçiler bagajını aramadılar. Arabasını aynı noktaya park ettikten sonra Joel'un sokulduğu binaya girdi, tüm tesisteki en geniş ve modern binaydı. Binadan kimyasal kokular yayılıyordu. Kesinlikle içeride bir laboratuvar vardı.

Tesisi daha yakından incelemek istiyordum, ama bunun için en uygun zaman geceydi. Ayrıca Andy'nin evine girmek için de sabırsızlanıyordum. Yolda kimseyi sollamadan, Las Vegas'a gittim. Dalgıçların beni hâlâ Mead Gölü'nün zemininde arayıp aramadıklarını merak ediyordum. General'in, Joel'u kurtarmaya çalışacağımı düşünüp düşünmediğini de merak ediyordum. Bunda şüpheliydim.

Andy'nin evi, üç yatak odasıyla sessiz bir çıkmaz sokağın sonunda bulunuyordu. Las Vegas'ta bulunduğumuzdan, mecburi olarak arka bahçede bir havuz vardı. Cipimi sokağa park ettikten sonra duvarı tırmandım ve arkadaki kapının kilidini açtım. İçerisi serindi, havalandırma açık bırakılmıştı. Kapıyı kapattıktan sonra bir an için durdum ve dinledim, etrafı kokladım. Burnuma birçok koku geliyordu. Resmi olarak tanışmamamıza karşın bunlar bana adamım hakkında çok şey anlatıyordu.

Vejetaryendi. Et kokusu yoktu. Sigara değil, ama içki içiyordu. Dolabın içerisinde likör şişelerini görmemin yanı sıra kokusunu da alabiliyordum. Parfüm kullanmıyordu ama çeşitli makyaj ürünlerinin solgun kokusu vardı. Bizim Bay Andrew Kane orta yaşa içerliyordu.

Bekardı, eşi veya çocuklarla ilgili resimler duvarlarda yoktu. Mutfağa girdim. Çoğunlukla dışarıda yiyordu, zira buzdolabında az miktarda yiyecek vardı. Mutfak tezgâhının üzerindeki faturaları karıştırdım. Bankalardan gelen birkaç zarf vardı. Üç kredi kartı da limite dayanmıştı.

Ofis olarak kullandığı yatak odasına girdim.

Neredeyse bayılacaktım.

Masasının üzerinde siyah, beyaz ve kırmızı renklerden oluşmuş, çift sarmal DNA molekülünün bir modeli duruyordu. Beni rahatsız eden bu değildi. Yanında farklı, daha karmaşık bir DNA modeli vardı; iki yerine on iki adet kodlanmış bilgi içeren büklümü vardı. Bunu ilk kez görmüyordum. Yedi yüz yıl önce muhteşem bir İtalyan simyacı olan Arturo Evola da benimle altı ay geçirdikten sonra buna benzer bir model yapmıştı.

"Bu mümkün değil," diye fısıldadım.

Andrew Kane, vampir DNA'sını kırmaya başlamıştı bile.

DÖRDÜNCÜ BÖLÜM

On üçüncü yüzyılda, İtalya'nın iyisiyle kötüsünün birbirine karıştığı Orta Çağ'da Katolik Kilisesi inanılmaz bir güce sahipti. Krallar ve kraliçeler dövüşüyor ve ölüyorlardı. Ama yaşam ve ölümün gerçek gücünü Romalı Papa kullanıyordu.

O günlerde sanat, Kilise'nin insanlara bahşettiği bir lütuftu. Bu, alt tabaka olan zavallı halka öldükleri güne kadar odaklanacakları bir şey vermekten başka faydası olmayan, katı ilahiyat bilimlerinin verdiklerinin üzerinde ve ötesinde bir şeydi. Bunu kesin olarak acı bir gerçekle söylüyorum. O günlerde yaşayıp Kilise'ye kızmamak mümkün değildi. Bugünlerdeyse Kilise'nin iyi ve sorgulanabilir şeyler yaptığını düşünüyorum. Hiçbir din mükemmel değildir, özellikle de insanoğlu ona el attıktan sonra.

1212 yılından 1245'e kadar Floransa'da yaşadım ve zamanımı en nadide tabloların ve heykellerin bulunduğu kiliseleri turlayarak geçirdim. Rönesans döneminin gelmesine daha zaman vardı ve ne Michelangelo ne de Da Vinci henüz doğmuştu. Yine de bu ilk yıllar yaratıcılıkları için kayda değerdi. Bugün bile Bonaventura Berlinghieri'nin *St. Francis* adlı yağlı boya tablosunu ve Niccola Pisano'nun *Çobanlara Duyuru* adlı hipnoz etkisi yaratan heykelini unutamıyorum.

Engizisyon Mahkemesi, Kilise'nin bir başka lütfuydu. O günlerde çoğu insanın aklında şeytani bir lütuf olarak yer alıyordu. Birinin kâfir olarak suçlanabilmesi için, kurbandan gizli tutulan iki muhbirin bulunması yeterliydi. Muhbirlerin kendileri de kâfir veya cadı olabilirdi —eski İtalya'da bunlar hoş sıfatlar değildi. Bir kişinin kâfir ilan edilebilmesi için itiraf etmesi gerekiyordu. Uzuvların biraz gerilmesi ya da biraz sıcak korla yakılmaları veya kurbanın *strappado* adı verilen dikey askıya asılması, masum bir insanın bile kâfirliğini itiraf etmesi için yeterli oluyordu. Kurbanların işkence direğine bağlanıp canlı canlı yakıldıklarını izlemek için şehir meydanına giderdim. Geriye dönüp Roma İmparatorluğu'ndaki imparatorları, Moğol ordularını ve Japon savaşçılarını düşündüğümde, onların sergiledikleri barbarlık, Kilise tarafından neden olunan acıyla karşılaştırıldığında sönük kalıyordu, çünkü insanları meşale gibi yakanlar haç takıyorlardı ve kurbanları çığlıklar içerisinde ölürken ilahiler söylüyorlardı.

Midemin bunları kaldıramayacak duruma gelmesi için birkaç idam seyretmem yeterli olmuştu. Gizlice Engizisyon Mahkemesi üyelerini öldürerek kendimce bir şekilde Engizisyon'u bertaraf etmeye çalışıyordum. Cesetlerini genellikle genelev gibi uygunsuz yerlerde bırakıyordum ve böylelikle cinayeti araştırma yapma cesaretlerini kırıyordum. Engizisyon Mahkemesi üyelerinin kanını boşaltırken, boyunlarındaki damarlardan ve arterlerden emerken kulaklarına merhamet meleği olduğumu fısıldıyordum. Hiçbiri kolay ölmedi.

Buna rağmen Kilise, tek başına bir vampirden daha büyüktü. Engizisyon tıpkı bir hastalık gibi kendi gizemli deliliğiyle artarak yayıldı. Kolayca durdurulamazdı. Floransa'dayken insanoğlunun yaratıcılığının canlanması karşısında kasvetimin üzerine neşe yağdı. Tüm bu zaman boyunca insan avladım, ama onlarla gurur da duydum, özellikle cesurca ve beklenmedik bir şey yaptıklarında. En iyi sanat, her zaman kendiliğinden gelendir.

Arturo Evola simyacı olarak biliniyordu; aksi takdirde Orta Çağ Floransası'nda uzun süre yaşaması pek mümkün olamazdı. Yirmi bir yaşındaki bu Fransisken rahibi son derece de dindardı. Rahipliğe on altı yaşında girmişti, ki en iyi eğitimi almak isteyenlerin rahip olması gerektiği o dönemlerde, bu pek şaşırtıcı değildi. Işıl ışıl bir adamdı ve şüphesiz, on üçüncü yüzyılın en yaratıcı beynine sahipti. Ne yazık ki tarih onu tanımadı. Sadece ben tanıdım ve ne yazık ki onunla ilgili anılarım keder doludur.

Onu bir gün ayin sonrasında gördüm. Kilise'yi küçümsüyordum ama ayinlerden keyif alıyordum. İlahileri, koro ve orgların çıkarttığı sesleri dinlemeyi seviyordum. Günah çıkarttıktan sonra sık sık cemaate katılırdım. Günahlarımı anlatırken dürüst bir yüz ifadesi takınmam kolay olmuyordu. Bir kez, sadece eğlenmek için, hayatımda neler yaptığımla ilgili tüm gerçekleri rahibe anlatmıştım. Ama sarhoştu ve dua edip davranışlarıma dikkat etmemi söylemişti. Onu öldürmek zorunda kalmadım.

Arturo'yla ayinden sonra bana İsa'nın etini ve kanını temsil eden kutsal şarap ve ekmeği verirken tanıştım. Beni çekici bulduğunu söyleyebilirim. O günlerde birçok rahibin metresi vardı. Çingene bir şifacı bana, Arturo hakkında bir şeyler söylediği için onu bulmaya gitmiştim. Çingeneye göre o, taşı altına, güneş ışığını fikirlere, ay ışığını şehvete dönüştürebilecek bir simyacıydı. Arturo hakkında bilgisi vardı. Gerçek çalışmasının Kilise'den gizlenmesi gerektiği için bana, ona yaklaşırken ihtiyatlı olmam gerektiğini söyledi. Anlamıştım.

Genellikle simyacı, baz metalleri altına dönüştürmeye çalışan esrarengiz bir kimyager olarak bilinir. Bu kaba bir tanımlama. Simya, evren bilimi kadar antropolojiyi de içerisine alan, geniş kapsamlı hem fiziksel hem de metafiziksel bir sistemdi.

Doğal ve doğaüstü olan her şey içerisinde bulunabilirdi. Simyanın hedefi organizmanın bütünlüğünü deneyimlemekti. Bir nevi aydınlanma yoluydu. Çingene, Arturo'nun doğuştan simyacı olduğunu söylemişti.. Kimse ona bu sanatı öğretmemişti; bilgisi içeriden geliyordu.

"Onunla ilgili tek sorun Katolik olmasıdır," demişti Çingene. "Hem de tutucu."

"Peki her iki bilim dalını nasıl birleştirebiliyor?" diye sormuştum.

Çingene dua etti. Onun da Kilise'ye karşı inançları vardı. "Sadece Tanrı biliyor," dedi.

İlk karşılaşmamızda Arturo bana pek de tutucu biri gibi gelmemişti. Davranışları tatlı, gözleri gibi yumuşaktı. Kendini tek bir insanı dinlemeye odaklayabilmek gibi nadir bulunan bir yeteneği vardı. Geniş elleri gerçekten çok hoştu ve parmaklarıyla koluma dokunduğu zaman, kalbime de dokunabileceğini hissettim. O kadar gençti ki! O öğleden sonra astronomiden bahsettik; simyaya giden orta bir yoldu. Gökyüzüyle ilgili bilgilerim onu memnun etmişti. Beni yemeğe davet etti ve yemekten sonra şehirde dolaşmaya çıktık. O gece vedalaşırken, bana âşık olduğunu biliyordum.

Neden onun peşinden gittim? Hayatımda yaptığım birçok şeyin aslında tek bir ortak nedeni vardı; merak. Ama bu sadece başlangıçtaki nedendi. Kısa bir süre sonra, ben de ona âşık olmuştum. Bu duygu onun simya bilgilerini deşmeye başlamadan önce oluşmuştu. Gizli dünyasının derinliklerine girmeden önce bile, o günlerdeki hiçbir rahibe benzemediğini biliyordum. Bakirdi ve bekarlık yeminini onun için çok önemliydi.

Aklımdaki soruları bir güne sığdırmadım. Yavaş yavaş ilerledim. Bakırı altına çevirebilir misin? Sonsuza kadar yaşayabilir misin? Cüzzamlıları iyileştirebilir misin? Bilgilerini benimle paylaşma isteğini onda yaratmak için öncelikle kendi bilgimden parçalar gösterdim. Bitkilerin tedavi özellikleriyle ilgili bilgim çok genişti. Arturo'nun kilisesindeki yaşlı bir keşiş, ciğerlerinin enfeksiyon kapması yüzünden hastalanmıştı ve ölecekmiş gibi görünüyordu. Ona, keşişe verilmek üzere bir bitki karışımı getirdim. Keşiş yirmi dört saat içerisinde iyileşti ve Arturo bu çayı yapmayı bana kimin öğrettiğini öğrenmek istedi.

Güldüm ve ona Yunanlı arkadaşım Cleo'dan bahsettim. Tabii Cleo'nun birkaç yüzyıl önce öldüğünü söylemeyi unuttum. Arturo etkilenmişti. Ve ancak o zaman kristallerinden, mıknatıslarından ve bakır levhalardan, yani simyanın gizli ögelerinden konuşmaya başladı. Bana o gün hayatındaki idealinin ne olduğunu anlattı. Sanki bir tanesini keşfetmek yetmiyormuş gibi, görevinin kutsallık ve ölümsüzlük iksirlerinin tamamını keşfetmek olduğunu açıkladı. Arturo her zaman büyük düşünürdü. İsa'nın kanını yeniden yaratmaktan başka bir hedefi yoktu.

"Bunu yapabileceğini sana düşündüren nedir?" diye sordum.

Açıklarken gözleri parlıyordu. Delice bir ışık değildi; parlak bir ışıktı. Bunu şimdiye kadar hiçbir ölümlüde görmemiştim.

"Çünkü insanın ruhunu buldum," dedi. "Bunun var olduğunu kanıtladım. Bunu nasıl görebileceğini gösterebilirim sana, onu kaplayan karanlığı nasıl kaldırdığımı."

Tüm bunlar bana çok ilginç gelmişti. Arturo beni kilisenin altında yer alan gizli bir odaya götürdü. Hayatını kurtardığım yaşlı keşiş de Arturo'nun hobisinden haberdardı ve bizi görünce başını diğer tarafa çevirdi. Çingenenin haricinde usta bir simyacı olduğunu bilen bir o vardı. Arturo'ya çingeneyi sordum. Görünüşe göre Arturo sayfiyede attan düştükten sonra çingene onun iyileşmesine yardımcı olmuştu. Uzun gecelerde pek çok özel sohbetleri olmuştu. Çingenenin bana kendisini anlatmasına hem şaşırmış hem de biraz kızmıştı.

"Onu suçlama," dedim. "Son derece ikna edici olabilirim." Benden bir şey sakladığını hissettiğim anda gözlerimin gücünü çingenenin üzerinde kullanmıştım.

Arturo beni gizli odasına götürdü ve bir sürü mum yaktı. Modern kâğıtlar kadar ince, bakır bir levhaya uzanmamı istedi. Bitişikteki raflarda kuvars kristalleri, ametist, yakut, elmas ve safirlerden oluşan değerli taşlar koleksiyonunu gördüm. Ayrıca her biri haç şeklinde olan çok sayıda güçlü mıknatısları vardı. O zamana kadar hiç haç şeklinde bir mıknatıs görmemiştim.

Bakır levhaya uzanırken, "Ne yapacaksın?" diye sordum.

"Hiç insan aurasıyla ilgili bir şey duydun mu?" diye sordu.

"Evet. İnsan bedenini sarmalayan bir enerji alanı..."

"Çok iyi. Eski mitolojide geçer ve ayrıca sanat içerisinde de yer alır. Kutsal aile ve azizlerin tablolarında, kafalarının üzerlerinde haleler görürüz. Yine de insanlar, kendileri bunu deneyimleyemedikleri için auraya inanmazlar. Sadece fiziksel görünüşe odaklanırlar. Şimdi ruhunu aurana doğru çekerek bilincinin yayılmasını sağlayacağım. Böylelikle fiziksel bedeninin yerine ruhuna odaklanacaksın."

"Fiziksel bedenim hoşuna gitmiyor mu?" diye sordum.

Durdu ve gözlerini bana dikti. "Çok güzel," diye fısıldadı.

Gözlerimi kapatmamı söyledi. Kristalleri ve mıknatısları nasıl yerleştirdiğini görmemi istemedi. Tabii gizlice baktım; kristalleri kafamın üzerine ve mıknatıslarıysa bedenimin alt kısmına belli bir açıyla yerleştirdiğini gördüm. Bir şekilde görünmez enerji yayacak bir sistem yaratmaya çalışıyordu. Çalışırken bir yandan da dua ediyordu. Bu dualar her zaman hoşuma gitmiştir. Bana Radha ve Krişna'yı hatırlatırlar.

Arturo işini tamamladığında gözlerimi kapalı tutmamı ve burnumdan normal şekilde nefes almaya devam etmemi söyledi. Söylediğine göre, nefes önemliydi. Ruhu tecrübe etmenin sırlarından biriydi bu.

İlk birkaç dakika hiçbir şey olmadı. Ama sonrasında yavaş yavaş bedenimden yükselen bir enerji hissettim. Tabanımdan başımın üzerine yükselen. Aynı anda aklımın genişlediğini hissettim. Tuhaf bir dalgalanma hissi, sıcak bir huzur her yanımı kapladı. Nefes alış verişim bazen hızlanıyor bazen yavaşlıyordu. Kontrolüm dışındaydı ve kontrol edilmeyi de istemiyordu. Zaman geçmişti. Tamamen uyanık değildim, ama uyumuyordum da.

Arturo benimle konuştuğunda sesi sanki kilometrelerce öteden geliyordu. Oturup bulunduğum konumdan çıkmamı istedi. Ama karşı koydum, halimden çok memnundum. Kolumdan yakalayarak beni oturttu ve deneyini bitirdi. Gözlerimi açıp ona dik dik baktım.

"Neden durdurdun?" diye sordum.

Terliyordu. "İlk denemende çok fazla enerji alabilirsin." Gözlerini bana dikti, neredeyse nefessiz kalmış gibiydi. "İnanılmaz bir ruhun var."

Gülümsedim. "Neymiş bende o kadar özel olan?"

Başını salladı. "Çok güçlü."

Deneyin bilincim açıkken yapılmış olması enteresandı, ama kullandığı tekniğin insan kanını İsa'nın kanına dönüştürmede nasıl kullanılabileceğini anlayamadım. Onu bu konuda sıkıştırmama rağmen bu konudaki sırrını açıklamadı. Ruhumun gücü onu şaşırtmaya devam ediyordu. İyi geceler dilerken gözlerinde korku ve derin bir düş kırıklığı gördüm. Sıradan bir kadın olmadığımı biliyordu. Düşündüğümde bunu normal de buldum. Zararı yoktu. Nasıl olsa özel yeteneklerimi daha fazla öğrenemeyecekti.

Ama böyle olmadı.

Hakkımdaki her şeyi öğrendi.

En sonunda, belki kendi bildiğimden daha fazla şey biliyordu.

Rahiplerin yanında yaşayan Ralphe adında bir çocuk vardı. On iki yaşındaydı ve müthiş bir zekâsı vardı. Arturo'nun gözdesiydi. İkisi sık sık Floransa'nın dışına doğa yürüyüşlerine çıkardı. Ben de Ralphe'i seviyordum. Üçümüz ormanlık alanda piknik yapardık ve Ralphe'e flüt çalmayı öğretirdim. Krişna'yla tanıştığım günden beri, flüt en sevdiğim enstrüman olmuştur. Arturo ikimizi çalarken seyretmeyi seviyordu. Bazen kendimi kaybedip aşk, romantik büyüler ve kaybolmuş hayallerin melodilerini çaldığımda Arturo sessiz ve sarsılmaz görünürdü. Bu şekilde ne kadar daha devam edebilirdik, iffetli ve erdemli olarak. Simyacım, içimdeki eski özlemleri kımıldatıyordu. Kristallerindeki enerjiyi merak ediyordum.

Bir gün çatıdaki bir deliği tamir eden Ralphe'e yardım ederken çocuk birden bire taş karoların üzerinde aptalca dans etmeye başladı. Ona dikkatli olmasını söyledim, ama beni dinlemedi. Delicesine eğleniyordu. Trajedilerin en gizemli yanı da bu... her zaman en mutlu anlarda vurur.

Ralphe kaydı ve düştü. Yerden otuz metre yüksekteydik. Omurgasının üzerine düşüp kırdı. Yanına gittiğimde acı içinde inliyordu. Hayatım boyunca çok acı görmüş olmama karşın karşımdaki görüntü beni derinden etkiledi. Ne yazık ki geçen yüzyıllar kalbimi taşlaştırmamıştı. Bir dakika önce **kanlı canlı genç** bir adamdı ve şimdi ömrünün sonuna kadar kötürüm olarak yaşayacaktı ve muhtemelen bu, çok da uzun bir ömür olmayacaktı.

Ralphe'i çok seviyordum. Oğlum gibiydi.

Yaptığım şeyin nedeni de sanırım buydu.

Ona yardım etmek için ille de vampirleştirmem gerekmiyordu.

Sağ bileğimdeki damarı açtım ve kanın, dağılmış omurganın deldiği deriye akmasını sağladım. Yaralar hızla kapandı ve kemikler kaynadı. Tamamen iyileşmiş gibi görünüyordu. En iyi tarafıysa nasıl bu kadar hızlı iyileştiğinin farkında olmamasıydı. Sadece şanslı olduğunu düşündü.

Ama iyi talih ve kötü talih vardır.

Arturo, Ralphe için ne yaptığımı gördü. Her şeyi gördü.

Benim kim olduğumu bilmek istiyordu. Ne olduğumu.

Sevdiğim insanlara yalan söylemek bana hep zor gelmiştir.

Ona her şeyi anlattım. Hatta Krişna'nın bana söylediklerini bile. Hikâyem bütün gece sürdü. Arturo anlatmayı bitirdiğimde hikâyeyi neden gece anlatmak istediğimi anladı. Ama ben anlatırken dehşete kapılmadı. Aydın bir rahip ve simyacı olarak Tanrı'nın bizi neden yaratmış olduğu sorusunun cevabını aradı. Aslında cevabı bildiğini düşünüyordu. Tanrı gibi olmak için buradaydık. Kutsal oğlu gibi yaşamak için. Bunu yapabilmek için ihtiyaç duyduğumuz tek şey, İsa'nın birkaç damla kanıydı.

Arturo, Krişna'nın yaşamama izin vermesinin bir nedeni olduğuna inanıyordu.

Böylelikle kanım insanoğlunu kendisinden koruyabilecekti.

Başlangıçta onun İsa ile vampirleri birbirine karıştırmasından endişe duydum.

"Ama ben başka vampir yaratmayacağım," diye itiraz ettim.

Hevesli bir şekilde ellerimi ellerine aldı ve gözlerimin içine baktı. Beyninde bir ateş yanıyordu; parmaklarının ucunda ve nefesinde bu ısıyı hissedebiliyordum. Kimin ruhuydu bu? Benimki miydi, onunki mi? O an sanki birleşmiştik. Bu yüzden sonra söylediği sözler bana kaçınılmazmış gibi geldi.

"Daha fazla vampir yaratmayacağız," dedi. "Krişna'nın sana bu yemini neden ettirdiğini anlıyorum. Senin kanınla yaratacağımız yeni bir insan. Vampir ve insan kırması... Gölgelerin karanlığında değil, ışığın şanında sonsuza kadar yaşayabilen bir canlı." Gözleri yatağının üzerindeki tahta haça kilitlendi. "Ölümsüz bir varlık."

Büyük bir güçle konuşuyordu. Deli değildi.

Dinlemek zorundaydım. Kelimelerini düşünmek için.

"Bu mümkün mü?" diye sordum.

"Evet." Bana sarıldı. "Sana anlatmadığım bir sır var. Olağanüstü. Doğru malzemelerin varsa –örneğin senin kanın– her şeyi dönüştürebilirim. Eğer istersen sen de böyle bir melez olabilirsin. Hatta seni yeniden insan yapabilirim." Durdu, belki de kızım Lalita'yı kaybetmenin bana yaşattığı acıyı düşünüyordu. Kısırlığımın, ölümsüz hayatımın bir laneti olduğunu biliyordu. Biliyor olmalıydı; çünkü bana, "Sita, bir çocuğun olabilir," dedi.

BEŞİNCİ BÖLÜM

Gece yarısına doğru tesise geri döndüm ve genel yapısını dışarıdan incelemek istedim. Baştan aşağı siyah giyinmiştim. Sırtımda Uzi, bir elimde güçlü bir çift dürbün, diğerindeyse bir Geiger sayacı vardı. Tenimin parlaması olayı hâlen aklımı kurcalıyordu. Joel'a garip şeyler yapıp yapmadıklarını merak ediyordum. Üzerinde radyasyon kullanıyorlar mıydı?

Tesisi incelemek için en uygun noktanın, tesisin yerleştirildiği tepenin üstü olduğuna karar verdim. Oraya ulaşmak için uzun bir yol kat etmem gerekiyordu. Yol, arazi cipim için bile çok sertti. Başım aşağıda dikkatli şekilde ilerliyordum. İçimdeki mistik yılan gibi. Geçen gece gördüğüm General'e dişlerimi geçirme isteği hâlâ içimdeydi. Bana Eddie'yi anımsatıyordu. Bir adamın yüzüne bakarak onunla ilgili pek çok şey anlatabilirim. Belki bir parça düşüncelerini okuyordum. General, Joel'u kullanıp dünyada önde olmak, belki de dünyayı ele geçirmek istiyordu. Pentagon'un bu insanları nereden bulduğu konusunda hiçbir fikrim yoktu.

Tepenin üzerindeki tesisin her bir metrekaresini inceliyordum. Bir kez daha, tesisteki güvenlik seviyesi beni şaşırtmıştı. Adeta yabancı bir ırkın saldırısından korunmak için alınmış güvenlik önlemleri gibiydi. İzlerken, pistin üzerinde iki yanına roketleri sıra sıra dizilmiş bir jet gözüme takıldı. Daha önce gördüğüm hiçbir jete benzemiyordu ve eminim Mach 10 yapabilirdi, yani ses hızından on kat daha hızlı olabilirdi ve eminim ki Kongre'nin bundan haberi bile yoktu.

Geiger sayacım radyasyon seviyesinin normalin üç katının üzerinde olduğunu gösteriyordu. Yine de emniyet sınırları içerisindeydi. Şaşkın durumdaydım. Tenimin parlamasının nedeni radyasyon olamazdı. Radyasyon seviyesinin bu denli yüksek olması bölgede nükleer başlıklı füzelerin olduğunu gösteriyordu. Muhtemelen askeriyenin tepenin içine kazdığı depolardaki füzelerden birinin üzerinde oturuyordum. Mağaralar olduğu artık kanıtlanmış bir gerçekti. Adamların ve ekipmanların aşağıdaki minyatür yolda tepenin içine girip çıktılarını görüyordum. İşte insan ırkı başını böyle belaya sokuyor. Dönek vampirlerin yarattığı tehlike, 'sır' saklamayı seven insanların eline limitsiz miktarda para verilmesi çılgınlığının karşısında kıyas bile kabul edilemez. Özellikle de bu insanlar fizikçi, kimyager ve genetik mühendisleriyse ve çocuklar gibi kötülüklerin kutusu Pandora'yı açmaya odaklanmışlarsa.

Andrew Kane'in, Arturo Evola'nın işini nasıl devam ettirebilmiş olması ise halen aklımı kurcalıyordu. Bunun açıklamasını bir türlü bulamıyordum.

Küçük siyah bir araba tepenin içerisine girdi. Üzerinde oturan askerler sigara içerken kadınlar hakkında konuşuyorlardı. Geiger sayacım bir anda zıpladı. Seviye henüz insan vücuduna zarar verecek seviyede değildi, ama belli ki askerler termonükleer bir mekanizmanın yanında oturuyorlardı. Meşhur güvenli tetikleme sistemini hükümetteki birçok kişinin, benim gibi şakaya aldığını biliyordum. Amerikan yapımı bir nükleer silahı patlatma yetkisi sadece Amerika Birleşik Devletleri Başkanı'ndaydı. Oysa Duvar yıkılmadan önce Batı Almanya'da minyatür bir nötron bombasını patlatma yetkisi bir yüzbaşının elindeydi. Şu anda bile tüm nükleer denizaltı kaptanları, başkanın siyah kutusuna ve gizli kodlarına ihtiyaç duymaksızın füzelerini fırlatma yetkisine sahiplerdi. Ülke saldırıya uğradığında ölecek ilk kişilerden biri başkan olacağından, kaptanların bu yetkiye sahip olması gerektiği düşünülüyordu.

Yine de bu durum insanı tedirgin ediyordu.

General'in de bu bombaları istediği zaman ateşleme yetkisi bulunmalıydı.

Bunu öğrenmek faydalıydı.

Tesisteki incelememi bitirdikten sonra yeniden cipime dönmek için yürümeye başlamıştım ki kol ve bacaklarımla ellerimin yeniden parlamaya başladığını gördüm. Açıkta kalan her milim, ayın şahitliğinde soluk bir şekilde parlıyordu. Çok gizli bir kamp için iyi bir şey değildi bu. Beni daha çok görünür yapıyordu. Cipime ulaşmak için acele ettim ve vakit kaybetmeden içine girip uzaklaştım.

Bu acayip düşünce yeniden aklımı kurcalamaya başladı.

Problem radyasyon değildi. İnsan yapımı bir şey değildi.

Cipin dışına çıkıp üzerimdeki tüm kıyafetleri çıkarttıktan sonra tamamen çıplak kollarımı aya doğru açtım. Adeta astronomik bir uyduya tapıyor, önünde diz çöküyor ve ışınlarını içiyor gibiydim. Yavaş yavaş göğsüm ve bacaklarım göz alıcı bir parlaklığa bürünmeye başladı. Sanki ay ışığını kalbime davet etmeye devam ettikçe daha fazla parlıyordum.

"Bu ne anlama geliyor Yakşa?" diye fısıldadım, şimdi ölü olan yaratıcıma.

Özellikle sol kolum ay ışığı üzerinde süzüldükçe parlaklaşıyordu. Gözüme yaklaştırdığımda ise *içinden bakabildiğimi gördüm*! Kendi etimin içerisinden bakıp yeri görebiliyordum.

Yeniden kıyafetlerimi giydim.

Andrew Kane'i baştan çıkarırken bir Noel ağacı gibi görünemezdim.

ALTINCI BÖLÜM

Gecenin ilerleyen saatlerinde kumarhaneye girip zar masasında Andrew Kane'nin yanında durduğumda Lara Adams'tım. Hâlen kızıl saçlıydım ve yumuşak bir Güneyli aksanının yanında ciddi ve düzgün bir gülümsemem vardı. İsmim benim için yeni değildi. Ray ve Seymour'la tanıştığım Oregon'daki Mayfair Lisesi'ne kaydımı yaptırırken de bu ismi kullanmıştım. Bunun, iki aydan kısa bir süre önce olduğuna inanmak imkânsızdı. Kaçak bir vampir olduğunda hayat nasıl da değişebiliyordu...

Andy bana bakıp gülümsedi. Zarlar elindeydi. Sadece birkaç dakikadır kumarhanede olmasına karşın şimdiye kadar birkaç kadeh içmişti bile.

"Bahis oynamak ister misin?" diye sordu.

Gülümseyerek, "Şanslı hissediyor musun?" dedim.

Zarları avucunda sallayarak, "Şanslıyım," dedi.

Bir tomar siyah yüz dolar fişini çantamdan çıkartıp bir tanesini pas çizgisine, en favori bahsi olan yediye yerleştirdim. Andy zarları attı. Yeşil çuhanın üzerinde dans ettiler. Zarlar durduğunda birinde dört ve diğerinde de üç bize doğru gülümsüyordu.

Krupiye, "Şanslı yedi," diyerek bahisleri ödedi.

Andy bana bir gülücük daha attı.

"Şanslı gününde olmalısın," dedi.

Bahsimi iki katına çıkarttım. "Bu gecenin benim gecem olduğunu hissediyorum," dedim.

Zarlar yeniden bize gülünceye kadar Andy'yle birlikte toplamda sekiz yüz dolar kaybetmiştik. Ama bu, değişmek üzereydi. Doğaüstü denge ve reflekslerimin yanı sıra biraz pratikle zarda istediğim rakamı atabiliyordum. Tesisten döndüğümden beri süitimde pratik yapıyordum. Dikkatlice zarları dik bir şekilde avucumun içinde tutuyordum. Sonra da bir anda zarları atıyordum. Zarlar mutlu bir şekilde zıplayarak insan gözüne son derece normal görünüyordu. Ama aslında başlangıç pozisyonlarında duruyorlardı. Andy ve ben on bir rakamıyla biner dolar kazandık. Pas attığımdan dolayı bir kez daha atma hakkım vardı ve tabii ki attım. Masadaki insanlar beni sevmişti ve çoğu pas çizgisine bahislerini yatırıyordu.

Zarı geri vermeden önce arka arkaya on pas attım. Açgözlü olmamıza gerek yoktu. Andy stilimi takdir ediyordu.

"Adın ne?" diye sordu.

"Lara Adams. Peki ya seninki?"

"Andrew Kane. Burada yalnız mısın?"

Üzgün bir şekilde "Bir arkadaşımla geldim. Ama görünüşe göre eve yalnız döneceğim."

Andy kıkırdayarak, "Böyle olması gerekmez. Gece daha yeni başlıyor," dedi.

"Saat sabahın beşi," diye hatırlattım.

Yudumladığım su bardağına bakarak başını salladı. "Sana daha sert bir şey getirebilir miyim?"

Masaya yaslanarak, "Sanırım daha sert bir şeye ihtiyacım var," dedim.

Oynamaya devam ettik ve dürüst hamlelerle değil, zarı benim atmamla daha iyi kazanıyorduk. Masadaki insanlar elime geçmiş olan atış hakkından vazgeçmemi istemiyorlardı, ama süper kahraman gibi görüneceğime süper şanslı olarak gözükmek istiyordum. Andy yüksek bahis oynayarak önceki gece kaybettikleriyle birlikte biraz daha fazlasını kazandı. İkimiz de çok içtik. Ben dört margarita içmiştim ve Andy de ben kumarhaneye girmeden önce içtiklerine ilaveten beş viski yuvarlamıştı. Alkolün üzerimde hiçbir etkisi yoktur. Karaciğerim sistemime girdiği anda alkolü nötralize etmektedir. Her türlü zehre maruz kalıp hiç etkilenmeden onlardan kurtulabilirim. Andy'se kumarhanecilerin sevdiği biçimde sarhoştu. Onu masadan uzaklaştırdığımda, tek atış için beş yüz dolarlık bir bahis koymaya hazırlanıyordu.

"Ne oldu?" diye itiraz etti. "Kazanıyoruz."

"Aynı anda hem kazanıp hem de bir felakete yol açabilirsin. Haydi, kahve içelim. Ben ısmarlıyorum."

Yanımda yürürken sendeliyordu. "Bütün gece işteydim. Bir bifteğe ihtiyacım var."

"Ne istiyorsan yiyebilirsin."

Mirage'da bulunan kahve dükkânı yirmi dört saat açıktı. Menü esnekti ve Andy bifteğini alabildi. Orta pişmiş biftek ve yanında fırında patates sipariş etti. Bira istedi ama ben süt içmesi konusunda ısrar ettim.

"Mideni mahvedeceksin," dedim yemeğini beklerken. Kanın yanında benim de favori yiyeceklerim vardı. Pilav ve sebzeyle birlikte kızarmış tavuk sipariş ettim. Bir vampire göre şaşırtıcı miktarda sebze tüketiyordum. Damlayan kanın haricinde taze yeşilliklerden daha iyi ne gelebilirdi ki vücuda. Andy ile otururken susamıştım da. Dinlenmeye gitmeden önce erkek turistlerden birini yakalayıp ona nasıl iyi vakit geçirilir gösterebilirdim. Tabii geceyi ve gündüzü Andy'nin yanında yatarak geçirmezsem. Bana baktığında gözleri parıldıyordu.

"Bir şey olmaz," diye cevap verdi.

"Onun yerine daha az içmeyi denesen."

"Tatildeyim."

"Nerelisin?"

Yutkundu. "Buralı," dedi. Bir an için ciddileşti. "Çok güzel ve genç bir kadın olduğunu biliyorsun, değil mi? Tahminimce bunun farkındasın."

"Duymak her zaman güzeldir."

"Sen nerelisin?"

"Güneyden, Florida'dan. Buraya birkaç gün önce erkek arkadaşımla geldim, ama bana sinirlendi."

"Neden?"

"Ona ayrılmak istediğimi söyledim," diye açıkladım. "Hoş olmayan bir siniri vardır." Sütümden bir yudum alırken, içine garsonun damarlarından biraz kan damlatıp sütü biraz tatlandırmak istedim. "Ya sen? Sen neler yapıyorsun?"

"Ben çılgın bir bilim insanıyım."

"Gerçekten mi? Peki seni çıldırtan nedir?"

"Ne tür bir bilim adamı olduğumu kastediyorsun herhâlde?"

"Evet. Buralarda mı çalışıyorsun?"

Hâlâ sarhoş olmasına rağmen ses tonu bir nebze savunma halinde olduğunu gösteriyordu. "Ben bir genetik mühendisim. Devlet adına çalışıyorum. Şehirde bir laboratuvarları var şehirde."

Onunla dalga geçiyormuş gibi konuştum. "Bu laboratuvar çok gizli kategorisinde mi?"

Geriye doğru yaslanıp omuzlarını silkti. "O şekilde tutmak istiyorlar. Diğer bilim insanlarından gizlemek için içeride çalışmamızın haricinde pek bir sıkıntımız yok."

"Sesinde biraz gücenme mi duyuyorum?"

"Gücenme değil; bu kelime çok sert. İşimi seviyorum. Sıradan iş dünyasında bulamayacağım fırsatlar sundu bana. Sanırım sezinlediğin biraz hayal kırıklığı. Laboratuvarımızın sunduğu fırsatlar tam olarak kullanılamıyor. Dünya çapında birçok farklı bilim dalında çalışan bilim insanlarına ihtiyacımız var."

"Laboratuvarın daha açık mı olmasını istiyorsun?"

"Kesinlikle. Ama yine de bu, güvenliği takdir etmediğim anlamına gelmez." Durdu. "Özellikle de son dönemlerde."

"İlginç şeyler mi oluyor?"

Diğer tarafa bakıp kıkırdadı, ama sesinde bir nebze keder vardı. "Çok ilginç şeyler." Yeniden bana döndü. "Sana kişisel bir soru sorabilir miyim, Lara?"

"Tabii ki."

"Kaç yaşındasın?"

Flört edercesine, "Kaç yaşında olduğumu düşünüyorsun?" diye sordum.

Biraz şaşkındı. "Bilmiyorum. Masadayken otuz gibi gösteriyordun. Ama şimdi burada yalnız otururken daha genç görünüyorsun."

Makyajımla kıyafetlerimi daha yaşlı gösterecek şekilde tasarlamıştım. Uzun beyaz elbisem tutucuydu ve boynumda bir sıra inci vardı. Rujum abartılı ve parlaktı. Kızıl peruğuma uyması için kırmızı bir şal takıyordum.

KIRMIZI ZAR

Yeni kimliğim ve ehliyetimi düşünerek, "Yirmi dokuz," dedim. "Yine de iltifatın için teşekkür ederim. Kendime dikkat ederim." Durdum ve, "Sen kaç yaşındasın?" diye sordum.

Gülerek süt bardağını kaldırdı. "Sadece süt içiyor olsaydım karaciğerim daha genç olurdu diyelim."

"Süt vücut için faydalıdır."

Bardağı masaya koyup gözlerini bana dikti. "Başka şeylerin fayda sağladığı gibi..."

"Andy?"

Başını salladı. "İşte olup biten bu şey. Onun hakkında konuşamam, hem sıkılırsın zaten." Konuyu değiştirdi. "Zarı bu şekilde atmayı nereden öğrendin?"

"Nasıl yani?"

"Haydi oradan. Zarı hep aynı şekilde atıyorsun. Gelmesini istediğin rakamı önce avucunda ayarlıyorsun. Nasıl yapıyorsun? Zarları bu şekilde kontrol edebilen birini görmemiştim."

Çok ileri gittiğimi fark ettim. Zeki bir adam olduğunu unutmamalıydım. Alkollüyken bile gözlem güçleri iyiydi. Diğer yandan bende özel bir şey görmesinde bir sakınca görmüyordum. İlgisini çekmek için çok fazla vaktim yoktu. Yarın geceye kadar onu parmağımda oynatabilmeliydim. Joel'u da o zaman kurtaracaktım.

Sorusuna tam bir cevap vermedim. "Çok ilginç hocalarım oldu. Belki başka bir zaman sana onlardan bahsedebilirim."

"Peki, bu geceye ne dersin?"

"Bu gece mi? Bir saat sonra güneş doğacak."

"Güneş batıncaya kadar işe gitmem gerekmiyor." Masaya yaslanıp elimi tuttu. "Senden hoşlandım, Lara. Ve bunda samimiyim." Durdu ve "Sanki seninle daha önce tanışmış gibiyim," dedi.

Başımı salladım ve Joel'la benim aramdaki benzerlikleri hissedip hissetmediğini merak ettim. "Daha önce hiç tanışmadık," dedim.

YEDİNCİ BÖLÜM

Onun evine gittik. Bana bir içki vermek istedi. Ben istemedim ama kendine buzlu bir viski hazırladı. Midesindeki yemek onu ayıltmış olmasına karşın yeniden sarhoş olmaya meyilliydi. Gerçek bir sorunu vardı ve bu artık benim de sorunumdu. Neyse ki alkolün verdiği etki çenesini düşürüyordu ve aslında anlatmaması gereken şeyleri bana anlatabiliyordu. Gerçi henüz Joel ve diğer vampirden söz etmemişti. Buna rağmen bana yardım edebilmesi için ayık olması gerekiyordu. Yaralı ruhunu onarmaya vaktim yoktu. Onun bu kadar içmesine neden olan şeyi merak ediyordum. Patronuna gücenmediğini söylediğinde yalan söylüyordu. Muhtemelen General'den nefret ediyordu. İçki yüzünden karmakarışık olan düşüncelerini okuyamıyordum. Sadece entelektüel heyecanla bir olmuş derin duygusal çatışmalarını hissediyordum. Joel üzerinde çalışmak ve kanını analiz etmekten memnun olmasına karşın, bu projede doğrudan yer almak onu rahatsız ediyordu. Buna hiç şüphem yoktu.

Oturma odasındaki kanepede oturduk. Mektuplarına baktıktan sonra onları yere attı. "Faturalar," diye söylenerek içkisinden bir yudum aldı. "Ölümün yanında hayatın en acımasız gerçeği..."

Aydınlanmaya başlayan gökyüzüne bakarken homurdanıyordu. "Değerimin altında ödüyorlar bana. Bu kesin." İnci kolyeme göz atarak, "Para konusunda endişelenmene gerek yok gibi," dedi.

"Babacığım ölmeden önce petrolden milyonlar kazanmıştı." Omuz silkerek, "Tek çocuktum," dedim.

"Hepsini sana mı bıraktı?"

"Son kuruşuna kadar."

"Güzel olmalı."

"Çok güzel." Kanepenin üzerinde ona yaklaştım ve elimi dizinin üzerine koydum. Baştan çıkarıcı bir dokunuşum vardı. Bir vaizin karısını, azgın bir denizciyi baştan çıkardığım kadar kolay baştan çıkarabilirdim. Seks konusunda bilmediğim şey yoktu ve tereddüt etmezdim. Bedenimi başka herhangi bir silah gibi kolaylıkla kullanabilirdim. "Laboratuvarda tam olarak ne yapıyorsun?" diye ekledim.

Ofisini işaret etti. "Orada görebilirsin."

"Orada ne var ki?"

Viskisinden bir yudum daha aldı. "En büyük keşfim. İlham vermesi için evde bir modelini tutuyorum." Geğirdi. "Ama şu sıra yağlı bir zam bana daha çok ilham verecektir."

Ofisinde ne olduğunu bilmeme karşın oraya doğru yürüyüp biri insan diğeri ise vampir DNA'sı olan iki modele göz attım. "Bunlar nedir?" diye sordum.

Ayağa kalkmayacak kadar keyif alıyordu içkisinden. "DNA diye bir şey duydun mu?"

"Tabii ki duydum. Üniversite mezunuyum."

"Hangi okula gittin?"

"Florida State." Kanepedeki yerime geri döndüm, ama bu

sefer öncekinden daha fazla yaklaştım ona. "Derece ile mezun oldum."

"Dalın neydi?"

"İngiliz Edebiyatı, ama biyoloji dersi de aldım. DNA'nın hayatın mevcudiyeti için gerekli olan tüm bilgilerin kodlanmış şekilde çift sarmal molekül olduğunu biliyorum." Sonra da durdum. "Bunlar insan DNA modelleri mi?" diye sordum.

İçkisini masanın üzerine bıraktı. "Bir tanesi öyle."

"Peki ya diğeri?"

Gerinerek esnedi. "Ortaklarım ve benim son birkaç aydır üzerinde çalıştığımız bir proje."

Kanım dondu. Eddie geçen ay vampir çetesini kurmaya başlamıştı. Andy bir şekilde Arturo'nun vampir DNA fikrini tekrarlayabilmişti, çünkü Joel yakalanmadan çok önce molekülleri inceleme fırsatı bulmuştu. Bu sadece Eddie'nin yavrularından birinin katliamımdan kurtulmuş olduğu anlamına gelebilirdi.

"Bilmiyorum. Aptal çeteni yok ettim."

"Bundan emin değilsin."

"Şimdi eminim. Bilmiyor musun, birinin yalan söylediğini söyleyebilirim. Bu, sende olmayan ama benim sahip olduğum yeteneklerden sadece biri. Geride yalnız senle ben kaldık ve ikimiz de bunu biliyoruz."

"Ne olmuş yani. İhtiyaç duyduğumda onlardan daha fazla yapabilirim."

Eddie başkaları olmadığını kabul etmişti. Beni kandıramazdı ama belki kendi de kandırılmıştı. Belki yavrularından biri başkasını dönüştürdü ve bunu söylemedi. Tek açıklama buydu. Vampir, devlet tarafından yakalanmış ve çöldeki bu tesise getirilmiş olmalıydı. Gizemli vampirin halen orada tutulup tutulmadığını merak ediyordum. Kurtarma görevim daha da karmaşık hale gelmişti.

Geç kalıp kalmadığımı sorgulamam gerekiyordu. Andy en azından vampir DNA kodunun kaba bir taslağına sahipti. O ve ortaklarının kan emiciler yaratmasına ne kadar süre kalmıştı? Bana umut veren tek şey General'in herhangi bir hareketinden önce her şeyin gizli olmasını sağlamasıydı. Muhtemelen vampirlerle ilgili her şey tesiste kilit altındaydı.

Andy'nin yorumuna zorla kıkırdıyorum. Hem de oldukça zorlanarak. "Modern bir Frankenstein mı yaratıyorsunuz?" diye dalga geçercesine sordum ama gerçekte dalga geçmiyordum.

Bir nedenden dolayı sorum hassas bir noktaya temas etmişti ve sessiz bir şekilde oturup elindeki bardak bir nevi kristal küreymiş gibi gözlerini dikti.

"Yüksek riskli bir oyun oynuyoruz," diye itiraf etti. "Bir türün DNA kodunu değiştirmek zar atmak gibi bir şeydir. Ya kazanırsın ya da kaybedersin."

"Ama böyle bir oyunu oynamak heyecanlı olmalı."

İçini çekerek, "Ya masadan yanlış kişi sorumluysa?" dedi.

Elimi omzunun üzerine koydum ve "İsmi nedir?" diye sordum.

"General Hover. Çok sert biridir ve belki annesi ona bir ilk isim bile vermemiştir. En azından ben bilmiyorum. Ona *General* veya *Efendim* diye sesleniyoruz. Düzene, performansa, fedakârlığa, disipline ve güce inanır." Andy başını salladı. "Kesinlikle serbest düşüncenin bulunduğu bir ortam yaratmıyor."

Anlayışlı kız arkadaşı oynamaya başladım. "O zaman işi bırakmalısın."

Andy şaşkın ve acı bir gülüş koyuverdi. "Şimdi işi bırakırsam modern zamanın en büyük buluşunu bırakmış olurum. Ayrıca işe ihtiyacım var ve paraya da."

Saçlarını okşadım. Sesim yumuşak ve baştan çıkartıcıydı. "Dinlenmek ve artık o aptal generali düşünmemek zorundasın, Andy. Sana ne diyeceğim; yarın işten çıktığında doğrudan süitime gel. Mirage Otel'de kalıyorum, oda numarası, 2-1-3-4. Biraz kumarhanede oynar, sonra da geç saatte yemek yeriz."

Ellerimi nazik bir şekilde tuttu. Gözlerimiz bir anlığına temas etti ve zekâsını gördüm, sıcaklığını hissettim. Kötü bir yerde çalışan iyi bir adamdı.

Üzgün bir şekilde, "Şimdi gitmen gerekiyor mu?" diye sordu.

Ona doğru uzandım ve yanağından öptüm. "Evet. Ama yarın görüşeceğiz." Geriye doğru yaslanıp göz kırptım. "Ve çok eğleneceğiz."

Memnun olmuştu. "Lara seninle ilgili en çok ne hoşuma gidiyor, biliyor musun?"

"Ne?"

"İyi bir kalbin var. Sana güvenebileceğimi hissediyorum."

Başımı salladım. "Bana güvenebilirsin, Andy. Gerçekten."

SEKİZİNCİ BÖLÜM

*M*odern edebiyatta anlatılmış en üzücü hikâye bence Mary Shelley'in *Frankenstein*'ıdır. Bir şekilde ben de Frankenstein gibi canavardım. Bilerek veya bilmeyerek tarihin büyük bir kısmında kâbusların ilham kaynağıydım. İlkel korkuydum ben. Hayata dönen ölü bir şey veya daha kesin söylemek gerekirse, ölmeyi reddeden biri. Yine de kendimi Shelley'in Frankenstein'ından ve Arturo'nun yavrularından daha insan hissediyordum. Ben bir canavarım, ama aynı zamanda derinden sevebilirdim. Buna rağmen Arturo'ya duyduğum aşk, bizi çıkışı olmayan bir kâbusa sürüklemekten kurtaramadı.

Dönüşüm sırrı çok basitti ve inançtan bile daha derindi. Yeni Çağ yandaşları arasında daha yüksek bir bilinç seviyesi yaratmak için kristalleri kullanmak son derece mantıklıydı. Bu insanların çoğunun bilmediğiyse kristalin sadece bir yükseltici olduğu ve çok dikkatli şekilde kullanılması gerektiğiydi. İnsan ruhunun içerisinde ne varsa, psişik çekim alanına giriyordu. Nefret kadar merhamet de kolaylıkla dışarıya salınabilirdi. Zaten zalim duygular fırsat bulduklarında hemen genişlemektedir. Arturo'nun hangi insanda hangi kristali kullanması gerektiğiyle ilgili sezgileri güçlüydü. Hatta çoğu kişide kristali kullanmayı bile reddediyordu. Çok az insan bu denli yüksek titreşimleri kaldırabilecek *durumdadır*, demişti. Elinde benim kanımın bulunduğu küçük şişeyi tuttuğunda, bu sezgilerini kaybetmiş olması ne kadar da trajikti. Özel dehasınınsa onu sezgileriyle birlikte terk etmemiş olması üzücüydü. Yaptıklarını ancak bir deha yapabilirdi.

Deli bir deha.

Arturo'nun mıknatısları ve bakır levhaları kendi gizli düzeninde dizmesiyle kişinin üzerinde oluşturduğu titreşimler, kişinin ruhuna transfer edilmekteydi. Örneğin saydam bir kristali başımın üzerine yerleştirdiğinde huzur buluyordum. Ama aynı kristali genç Ralphe üzerinde kullandığında Ralphe huzursuz oluyordu. Ralphe'in kafası çok doluydu ve henüz kristallere hazır değildi. Arturo bunu anlıyordu. Gerçek anlamda bir simyacıydı o. Değiştirilemeyecek her şeyi dönüştürebilirdi. Hem ruhları hem de bedenleri.

Arturo aklı bedenin oluşturduğuna inanmıyordu. Bunun tam tersi olduğuna inanıyordu ve ben de onunla aynı fikirdeydim. Ruhunu değiştirdiğinizde kişinin fizyolojisinde de değişiklik oluyordu. Bir şeyi değiştirmek içinse sadece doğru malzemelere ihtiyacı olduğunu söylüyordu. Kusurlu bir insanı, olağanüstü bir Tanrı'ya... Kısır bir vampiri, sevecen bir anneye...

Direnmeme karşın yeniden insan olma isteğim kanımı vermeme neden oldu. Yeniden kızımı kollarımın arasında tutmak... Eski kederler beni baştan çıkarmıştı. Rama ve Lalita'nın kaybıyla Yakşa ölümsüzlüğümün bedelini çok ağır ödetmişti. Arturo benden çalınan yarımı tekrar geri verecekti. Neredeyse dört bin yıl geçmişti. Yarı, hiç olmamasından iyidir. Kanımın altından yapılmış kadehe damlamasını izlerken, beni kutsaması için Krişna'ya dua ettim.

Sözlerime kendim bile inanmadan, "Sana vermiş olduğum sözü bozmuyorum," dedim. "Sadece laneti sona erdirmeye çabalıyorum."

Kendi tanrıma dua ederken Arturo'nun da kendi tanrısına dua ettiğini bilmiyordum. İnsan ve vampir kanını İsa'nın kurtarıcı kanına dönüştürmesine izin vermesini istiyordu. Deha bir insanı fanatik yapabilir mi bilmiyordum. Ama şunu biliyordum ki, bir fanatik kendi düşlerinden başkasını dinlemez. Arturo yumuşak ve nazikti; sıcak ve sevgi doluydu. Yine de büyük bir kaderin onu beklediğine ikna olmuş durumdaydı. Hitler de aynı şeyi düşünmüştü. Her ikisi de doğanın hiç bahşetmediği bir şeyi istiyordu; mükemmel varlığı. Ve ben, tarihi bir canavar olarak sadece bir çocuk istiyordum. Arturo ve benim asla karşılaşmamamız gerekirdi.

Belki de karşılaşmamız kaderin bir oyunuydu.

Kanım, kadehin içinde kopkoyu görünüyordu.

Kadehin kutsallığı hüznümü gidermek adına bir şey yapamıyordu.

Arturo kanımı seçilmiş kişilerin başlarının üzerine koymak istiyordu. Ölümsüzlüğümün kalıbını ölümlülere transfer edebilmek için. Ruhu değiştirdiği zaman bedenin de dönüşeceğini söylüyordu. Bütün insanlar içinde kanımın nasıl bir potansiyele sahip olduğunu o bilmeliydi. Gözlerimin içine derin derin baktı. Kendi isteğimin başkalarının istekleri karşısında kolayca boyun eğmeyeceğini bilmeliydi.

Ona kadehi uzattığımda, "Bu kanı diğerlerinin damarlarına zerk etmeyeceksin, değil mi?" diye sordum. Başını salladı.

"Asla," diye söz verdi. "Senin tanrınla benim tanrım aynı. Yeminin asla bozulmayacak."

Sessiz bir şekilde, "Kendimi kandırmamalıyım," dedim. "Yeminimin bir kısmını bozdum zaten." Ona yaklaştım. "Bunu senin için yapıyorum."

Bana dokundu ki bu, o geceye kadar pek yapmadığı bir şeydi. Tenime dokunmak ve yanmamak onun için çok zordu. "Bunu kendin için de yapıyorsun," dedi.

Gözlerine derin derin bakmayı seviyordum. "Evet, bu doğru. Ama ben bunu yaparken –kendim için olduğu kadar senin için– sen de aynısını yapmalısın," dedim.

Geriye doğru çekilmek istemişti, ama tersine bana yaklaştı. "Ne demek istiyorsun?" diye sordu.

Onu ilk kez yanağından öptüm. "Sen de yeminini bozmalısın. Benimle birlikte olmalısın."

Gözleri büyüdü. "Yapamam. Hayatım İsa'ya adanmış durumda."

Gülümsemedim. Sözleri komik ama trajikti. Takip edilmesi gereken tohumlar derinlerde içindeydi. Ama ben bunu görememiştim, en azından yeteri kadar. Sadece onu çok istiyordum. Onu yeniden öptüm; bu kez dudaklarından.

"Kanımın seni İsa'ya götüreceğine inanıyorsun," dedim. "Bu olabilir mi bilmiyorum. Ama benim seni nereye götürebileceğimi biliyorum." Kanlı kadehi masaya bıraktım ve kollarımı etrafına sardım. Avına sarılan vampir kanatları gibi. "Tanrın olduğumu varsay Arturo, en azından bu gece için. Senin için işi kolaylaştıracağım."

Arturo'nun tekniğinde ilk seansımda tanık olmadığım bir bileşen daha vardı. Tüm teçhizat etrafımdayken kristallerin üzerine bir ayna yerleştirmişti. Harici başka bir aynayla koordineli çalışan bu ayna sayesinde ay ışığı kristallerin üzerine yansımaktaydı. Bu aslında bedenin değişmesini ve ruhta bulunan yüksek titreşimi sağlayan, kuvars kristallerden geçirilerek yolu değiştirilmiş ışıktı. Arturo etkisi çok güçlü olacağından, güneşi doğrudan kristallere yöneltmediğini söyledi. Tabii Arturo ay ışığının, kozmik yansımayla yumuşatılmış güneş ışığına eş olduğunu biliyordu.

Arturo kendi elleriyle içine kanımı koyacağı bir kristal şişe yaptı.

İlk deney doğuştan özürlü olan bir çocuk üzerinde yapıldı. Sokaklarda yaşayan bu çocuk başkalarının verdiği bir lokma ekmekle hayatta kalmaya çalışıyordu. Arturo'yu Engizisyon'a götürmeyecek biri üzerinde çalışmak benim isteğimdi. Yine de başkaları üzerinde deney yaparak büyük bir risk alıyordu. Kilise onu anında kazığa bağlayıp yakardı. Kilise'nin kendini üstün görme dogmasından, riyakârlığından nasıl da nefret ederdim. Arturo hiçbir zaman kaç Engizisyon üyesini öldürdüğümü bilmedi. Günah çıkartırken ona söylemeyi unuttuğum küçük bir detaydı bu.

Çocuğu bakır levhanın üzerinde rahatlatmak için nasıl yumuşak bir şekilde konuştuğunu hatırladım. Normalde kirli olan çocuğa deneyden önce güzel bir banyo yaptırmıştım. Hayatı boyunca pek çok kişi tarafından taciz edilen çocuk, doğal olarak güvensiz davranıyordu. Ama bizi sevmişti. Onu besliyordum ve zaten Arturo'nun da çocuklar üzerinde bir etkisi vardı. Kısa bir süre sonra çocuk bakır levhanın üzerine yattı ve rahat bir şekilde nefes aldı. Yansıtılan ay ışığı, kanımın bulunduğu koyu renk şişenin içerisine süzülürken odayı unutulması güç bir kırmızı ile çevreledi. Bu bana gecenin hâkimiyetinin başladığı alacakaranlığı anımsatıyordu.

Çocuğun hızlı hızlı nefes almasını izleyen Arturo, "Bir şeyler oluyor," dedi. Çocuk yirmi dakika boyunca aynı hızda soluk alıp vermeye devam etti ve sonunda kasılıp titremeye başladı. Bu süre zarfında yüzü sakin kalmasaydı işlemi durduracaktık. Üstelik bir tarihin yazıldığına ve mucizenin gerçekleştiğine tanık oluyorduk.

Sonunda çocuk sakin bir şekilde yatmaya başladı. Arturo yansıtılan ay ışığının yönünü değiştirip çocuğun oturmasına yardım etti. Gözlerinde bir gariplik vardı; parlıyorlardı. Bana sarıldı.

"*Ti amo anch'io*, Sita," dedi. "Seni seviyorum, Sita." Daha önce hiç tam bir cümle kurabildiğini duymamıştım. O kadar coşkulu bir sevinç yaşıyordum ki, ona gerçek adımı daha önce hiç söylemediğimi bile farketmemiştim. Bütün İtalya'da bunu sadece Arturo ve Ralphe biliyordu. Beyni artık normal fonksiyonlarını yerine getirebildiği için çocuk adına ikimiz de çok sevinçliydik. Bu, hayatımda ağladığım nadir anlardan biriydi; kan yerine gerçek gözyaşları.

Kırmızı olanlar sonra gelecekti.

Birinci deneyin başarısı Arturo'ya o kadar büyük bir özgüven vermişti ki, dikkati gölgeledi. Zihinsel bir değişim görmüştü ve şimdi fiziksel bir değişim görmek istiyordu. Bir cüzzamlı aramaya gitti ve altmışlı yaşlarda, ayak parmakları bu korkunç hastalık yüzünden çürümüş bir kadınla birlikte döndü. Cüzzamlı insanlara bakmak bana hep acı gelmiştir. İkinci yüzyıl Roma'sında cüzzama yakalanan bir sevgilim olmuştu. Hastalığının ilerleyen safhalarında onu öldürmem için bana yalvarmış ve ben de gözlerim sıkı sıkıya kapalı bir şekilde kafatasını duvara çarparak isteğini yerine getirmiştim. Tabii şimdi de AIDS vardı. Doğa ana her döneme kendi özel korkusunu vermekteydi. Aynı Efendi Krişna gibiydi; kötü sürprizlerle dolu.

Kadın ne yaptığımızı anlamayacak durumdaydı. Ama Arturo onun derin ve sakin bir şekilde nefes almasını sağladı ve kısa sürede mucize gerçekleşti. Bir süre aşırı hızlı soluk alıp verdikten sonra çocuktan daha sert bir şekilde sarsılmaya başladı.

Buna rağmen gözleri ve yüzü sakin görünüyordu. Ne hissettiğinden emin değildim. Sonuçta parmakları anında büyümeye başlamamıştı. İşlem bittiğinde Arturo onu üst kata götürüp yatağa yatırdı. Ama kalktığı andan itibaren daha güçlü ve kendinde gözüküyordu.

Birkaç gün sonra ayak parmakları büyümeye başladı. İki hafta sonraysa cüzzamdan hiç iz kalmamıştı.

Arturo kendinden geçmişti, ama ben endişeliydim. Kadına, ona ne yaptığımızı kimseye söylememesini tembihledik. Ama tabii ki *herkese* söyledi. Dedikodular yayılmaya başladı. Akıllıca bir hareketle Arturo kadının iyileşmesini Tanrı'nın merhametine bağladı. Yine de Engizisyon döneminde bir aziz olmak, bir günahkâr olmaktan daha tehlikeliydi. Kâfir olmadığı sürece bir günahkâr kırbaç cezası ile kurtulabilirdi. Ama bir aziz, cadı olabilirdi. Bu nedenle Kilise hakiki bir cadının peşine düşmekten ziyade muhtemel bir azizi yakmayı tercih ediyordu. Acayip bir yargılama tarzları vardı.

Öte yandan Arturo da tamamen aptal değildi. Onlarcası kapısına gelip umut aramalarına rağmen Arturo başka hiçbir cüzzamlıyı iyileştirmedi. Ama doğuştan özürlü sağır ve dilsizler üzerinde deneylerini devam ettirdi. Ah, cüzzamlıları geri çevirmek çok zor oluyordu! İyileşen kadın onlara o kadar çok umut vermişti ki. Modern zaman bilginleri sıklıkla umudun erdeminden bahsederler. Bana göre umut beraberinde kederi getirir. En mutlu insan rüyalarından vazgeçen ve hiçbir beklentisi olmayandır.

Arturo'nun sevgilisi olmanın nasıl bir şey olacağını hayal etmiş ve sonunda sevgilisi olmuştum; ama o mutsuzdu. Benimle yatmayı seviyordu; yanıma uzanmayı, beni hissetmeyi. İlişkimizin zamanlaması talihsizdi. Kaderini gerçekleştirmeye o kadar yakınken bekarlık yeminini bozmuştu. Muhtemelen Tanrı bile onu lanetlemeli mi yoksa kutsamalı mı gerektiğini bilmiyordu. Tanrı'yı merak etmemesi gerektiğini söyledim ona. Onunla tanışmıştım. Ama ne kadar uğraşırsan uğraş o istediğini, istediği zaman yapardı. Arturo'ya pek çok Krişna hikâyesi anlattım; hepsini büyülenmiş gibi dinledi. Yine de her cinsel ilişki sonrasında ağlardı. Günah çıkartması gerektiğini söyledim. Ama kabul etmedi; sadece bana günah çıkartıyordu. Çünkü onu sadece benim anlayabileceğimi söylüyordu.

Ama anlamadım. Ne planladığını anlamadım.

Bu dönem zarfında hayaller görmeye başladı. Daha önce de görüyordu ama ilk önceleri bu durum dikkatimi çekmemişti. Tanışmamızdan çok önce hayaller ona dönüşümün mekaniklerini göstermişti. Ama son zamanlardaki hayalleri acayipti. Modeller yapmaya başladı. Ancak yedi yüzyıl sonra, bunların birer DNA modeli olduğunu anladım; insan DNA'sı, vampir DNA'sı ve başka bir formun DNA'sı. Evet, doğruydu; insanların kanlı ruhumun altında titremesini seyrederken Arturo benden daha fazlasını görüyordu. Aslında bedeni oluşturan moleküllerin kodlarını anlıyordu. Molekülü bir hayalinde gördü ve mıknatıslar, kristaller, bakır ve kan altında nasıl değiştiğini gözlemledi. Normal DNA'nın çift sarmalını gördü. DNA'mın on iki düz dizimini gördü. Ve ikişerli olarak nasıl birleştiğini farketti.

"On iki sarmal diziye ihtiyacımız var," diye itiraf etti. "Ondan sonra mükemmel varlığı oluşturabileceğiz."

"Ama ne kadar çok insan üzerinde deney yaparsan, o kadar çok ilgi çekeceksin," diye itiraz ettim. "Kilise bunu anlamayacaktır. Seni öldürecekler."

Sert bir şekilde başını salladı. "Anlıyorum. Normal olmayan insanlar üzerinde deney yapmaya devam edemem. Mükemmel varlığa yaklaşabilmek için normal insanlar üzerinde çalışmalıyım," dedi.

Aklındakinin ne olduğunu sezdim. "Kendi üzerinde deney uygulayamazsın," dedim.

Sırtını döndü. "Ralphe üzerinde denersek ne olur?"

"Hayır," diye yalvardım. "Onu olduğu gibi seviyoruz. Onu değiştirmeyelim."

Gözlerini duvara dikti, sırtı bana dönüktü. "Onu değiştirdin, Sita."

"O farklıydı. Ne yaptığımı biliyordum. Deneyimim vardı. Yaralarını iyileştirdim. Bedenini değiştirdim, ruhunu değil."

Bana döndü. "Görmüyor musun? Ralphe'i senin sevdiğin kadar sevdiğim için ona bu şansı vermek istiyorum. Onu değiştirebilirsek, kanını dönüştürebilirsek, İsa'nın çocuğu gibi olacak."

"İsa'nın vampirler hakkında bilgisi yoktu," diye ikaz ettim. "Bu ikisini aklında karıştırmamalısın. Bu bir nevi küfür... benim için bile."

Arturo ihtiraslıydı. "Bilmediğini nereden biliyorsun? Onunla hiç tanışmadın ki."

Kızmıştım. "Aptal gibi konuşuyorsun. Birisi üzerinde deney yapmak istiyorsan beni kullan. Bu işe başladığında bana söz vermiştin."

Burnunu çekti. "Seni şimdi değiştiremem. Şimdi olmaz."

Ne söylediğini anlıyordum. Birden paramparça olmuş hayallerin ağırlığını hissettim. Zihnimde daha doğmamış, belki de hiç doğmayacak olan kızımla oynuyordum.

"Önce benim kanıma ihtiyacın var," diye cevap verdim. "Saf vampir kanı." Kristal şişenin içindeki kanı her deneyde olmasa da, sık sık değiştirmesi gerekiyordu. Eski kan işe yaramıyordu; fazlasıyla ölüydü. Devam ettim. "Peki ya deneylerin başarılı olur ve sen mükemmel varlığı yaratabilirsen? Bu gezegendeki herkesi değiştirebilmen için sana yeteri kadar kan veremem."

Omuzlarını silkti. "Belki değiştirilmiş olanlar yeni bağışçılar olabilir."

"Bu, çok büyük bir *belki*. Ayrıca insanları tanırım. Bu seçkin bir kulüp olacaktır. Senin niyetinin ne kadar iyi olduğu önemli değil." Ondan uzaklaştım ve acı acı kıkırdadım. "Kime mükemmellik fırsatı verilecek? Soylulara mı? Ruhban sınıfına mı? En yozlaşmış olanlar, bu işi en çok kendilerinin hak ettiklerine inanacaklar. Bu, tarihten alınabilecek en eski derstir. Asla değişmez."

Arturo bana sarıldı. "Bu olmayacak, Sita. Tanrı bu işi kutsadı. Bu iş sadece iyilik getirebilir."

"Tanrının neyi kutsadığını kimse bilemez," diye fısıldadım. "Veya neyi lanetlediğini."

Neredeyse hiç konuşmadan birkaç gün geçti. Daha önce kimsenin görmediği modeller yapmak için geç saatlere kadar uyanık kalıyordu ve benimle konuşmaya, bana dokunmaya korkuyordu. O ana kadar, beni hem Tanrı'nın bir lütfu hem de sınavı olarak gördüğünü anlamamıştım. Ona ölümsüz algımı vermiştim, ama o zaten bunu en başından görmüştü. Ona sihirli kanı ve leziz şehveti getirmiştim. Birini alıp diğerini almamanın doğru olduğunu düşünüyordu. Onu hata yapmasından alıkoyan sezgilerini kaybettiğini düşünüyordum, çünkü artık bir şeye ihtiyacı olduğunu düşünmüyordu. Tanrı'ya dua etmeyi bırakmıştı ve sürekli olarak kendi kendine İsa'nın kanını mırıldanıyordu. Kana benden daha fazla tutkuluydu, ki ben bile kanı birkaç akşamda bir akşam yemeği olarak kullanıyordum.

Bir akşam Ralphe'i hiçbir yerde bulamadım. Arturo nerede olduğuyla ilgili bir fikri olmadığını söyledi. Yalan söylemiyordu ama doğruyu da söylemiyordu. Ona baskı yapmadım. Gerçeği bilmek istemediğimi düşündüm. Diğer yandan söylemesi için ısrar etmiş olsaydım, dehşeti kontrolden çıkmadan önce durdurabilirdim.

Çığlıklar gece yarısında başladı.

O sırada yürüyüşteydim. Gece geç saatte dışarı çıkarak evsiz birini bulup kanını içmeyi, sonra da kulağına fısıldayıp uyumasını sağlamayı alışkanlık haline getirmiştim. Şeytani din adamları hariç, o günlerde onları pek sık öldürmüyordum. O gece duyduğum çığlıklar tüylerimi diken diken etti. Koşabildiğim kadar hızlı sese doğru koştum.

Korkunç şekilde ezilmiş ve uzuvları koparılmış beş ceset buldum. Sadece doğaüstü güçleri olan birinin bu işi yapabileceği barizdi. Kolu yanında uzanmış olan bir kadın hâlâ canlı olan tek kişiydi. Başını kucağıma koydum.

"Ne oldu?" diye sordum. "Bunu kim yaptı?"

"Şeytan," diye fısıldadı.

"Bu şeytan neye benziyordu?" diye ısrar ettim.

Öğürdü. "Aç bir melek. Kan..." Gözleri koparılmış koluna kaydı ve ağladı. "Kanım."

Onu sarstım. "Bu şeytanın neye benzediğini söyle."

Gözleri kaymıştı. "Bir çocuk," diye fısıldadı ve kollarımda can verdi.

Kalbime bir hançer saplanmıştı, çünkü bu çocuğun kim olduğunu biliyordum.

Kasabanın diğer tarafından daha fazla çığlık duydum.

Hızla oraya gittim ama geç kalmıştım. Daha fazla parçalanmış ceset vardı ve bu sefer bir de şahit vardı. Ellerinde yanan meşaleler bulunan kızgın bir kalabalık toplanıyordu. Şeytan çocuğu görmüşlerdi.

"Ormanlık alana doğru kaçtı," diye bağırıyorlardı.

"Onu durdurmalıyız," diye diğerleri cevap veriyordu.

"Bekleyin," diye bağırdım. "Ne kadar çok insanı öldürdüğüne bakın. Yardım almadan peşinden gidemeyiz," dedim.

Bir adam bıçağını çıkarıp bağırdı, "Kardeşimi öldürdü. Ben de onu öldüreceğim," dedi.

Kalabalık adamı takip etti. Onlara katılmaktan başka çarem yoktu. Karanlık sokaklardan geçerken daha fazla cesetle karşılaştık. Bazılarının kafaları koparılmıştı. Kalabalık ne düşünüyordu? Kendi kendime bu soruyu tekrarladım. Onlar da canavara farklı davranmayacaktı. Kalabalıkların ve mantıklı düşüncelerin pek birbirlerini tamamladıkları görülmemiştir. O güne kadar çok kalabalık görmüştüm.

Kasabanın sonundaki ağaçlık alana geldiğimizde topluluğu bırakıp canavarı kendim bulmaya yöneldim. Üç kilometre öteden onu duyabiliyordum. Bir hayvanın kafasını koparırken kahkahalarla güldüğünü duydum. Güçlü ve hızlıydı ama ben melez değil, saf bir vampirdim. Bana eş olamazdı.

Ağaçtan ağaca atlayıp kalabalığa saldırmaya hazırlanırken onunla karşılaştım.

"Ralphe," diye fısıldadım ve ona arkadan yaklaştım.

Bana doğru döndü, yüzü kanla kaplıydı ve gözlerinde vahşi bir parıltı vardı. Veya diğer bir deyişle hiç ışık yoktu. Gözleri yılan gözlerine benziyordu. Başka bir sürüngenin yumurtalarını kolaçan eden bir yılan gibiydi. Buna rağmen beni tanıdı ve yüzünde bir gülümseme oluştu. Bunu görmüş olmasaydım onu o an öldürürdüm. Ama artık geriye dönüş imkanı yoktu. Kendime has sezgilerim vardı. Bazı şeyleri bir şekilde bilebiliyordum. Genelde en acı olanları.

"Sita," diye tısladı. "Aç mısın? Ben açım."

Ona yaklaştım ve giderek yaklaşan kalabalığın dikkatini çekmemek için dikkatli davrandım. Ralphe ardında kandan bir iz bırakıyordu. Kan her yerinden damlıyordu ve bu beni bile hasta ediyordu. Bir kol boyu uzaklığa gelince kalbimin göğüs kafesimin içinde kırıldığını hissettim.

"Ralphe," dedim yumuşak bir sesle. Durumun tamamen ümitsiz olduğunu bile bile, "Seni Arturo'ya geri götürmeliyim. Yardıma ihtiyacın var," dedim.

Kanlı görüntüsünü dehşet bir korku sardı. Dönüşümün onun için pek de iyi bir deneyim olmadığı kesindi. "Oraya geri dönmeyeceğim," diye bağırdı. "O, beni aç hale getirdi!" Ralphe bir an için durdu ve yapış yapış ellerine baktı. İçinde hâlen bir nebze insanlık vardı. Boğazı düğümlendi ve konuşmakta zorlandı. "Bana bunu o yaptırdı."

"Ah Ralphe," dedim ve onu kollarıma aldım. "Çok üzgünüm. Bu hiç olmamalıydı."

"Sita," diye fısıldadı. Yüzünü bedenime gömdü. *Onu öldüremem*, dedim kendime. Dünyada olmaz. Ama kendime bu sözü verirken hissettiğim ani acıyla geriye çekildim. Beni ısırmıştı! Üzüntüsü dudaklarındaki kan ile yok olmuştu. Sağ kolumun bir kısmını dişlerken onu izledim, yüzünde delice bir sırıtış vardı. "Seni beğeniyorum, Sita," dedi. "Tadın güzel!"

"Daha fazlasını ister misin?" diye sordum. Gözlerim dolu dolu diğer kolumu uzattım. "İstediğin kadar alabilirsin. Yaklaş, Ralphe. Ben de seni beğeniyorum."

Kolumu şehvetli bir şekilde tutup ısırırken, "Sita," dedi. O anda etrafında döndüm ve başını arkadan kavradım. Tüm gücümle gözyaşlarım beni ele geçirmeden önce boynunu kırdım. Boynundaki bütün kemikleri. Küçük bedeni cansız şekilde kollarıma düştü. *Hiç acı çekmedi*, dedim kendime.

"Ralphe'im benim," diye fısıldadım ve ellerimi uzun güzel saçlarında gezdirdim.

Cesedini oradan kaçırıp tepelere gömmem gerekirdi. Ama bu idam benim gibi bir canavar için bile fazlaydı. Sanki hayat bedenimi terk etmişti, yere kapaklanmak istiyordum. Kalabalık beni bulduğunda Ralphe'in cesedini kollarımda tutuyor ve bir ölümlü gibi ağlıyordum. Eski çağlardaki kızım, genç oğlum... Tanrı ikisini de benden çalmıştı.

Kalabalık etrafımı sardı.

Şeytan çocuğu nasıl durdurduğumu bilmek istiyorlardı.

Kalabalıktaki birkaç kişi beni tanıyordu.

"Bu çocuğa sen bakıyordun," diye bağırdılar. "Seni ve rahibi onunla birlikte gördük."

Onları hemen oracıkta öldürebilirdim, ellisini birden. Ama gece, çok fazla ölüme tanık olmuştu. Ellerinde yanan meşalelerle beni kasabaya geri sürüklemelerine izin verdim. Kasabanın merkezinde idamların yapıldığı yerin yakınlarındaki zindana attılar. Bu işin nasıl olduğunu öğrenmek için her şeyi yapacaklarını söyleyerek tartakladılar. Güneş doğmadan Arturo'nun kapısına da dayanacaklarını biliyordum. Yeraltındaki gizli odasına girecek ve gerekli tüm kanıtları topladıktan sonra onları korkulan Engizisyon üyelerine göstereceklerdi. Bir mahkeme ve bir hakim olacaktı. Tek problem, sadece bir karar verilecek olmasıydı.

Öte yandan ben emsalsiz güçlere sahip bir vampir olan Sita'ydım. Kilise'nin sert eli bile, ben izin vermedikçe boğazıma sarılamazdı. Ama ya Arturo? Onu seviyordum ama ona güvenemezdim. Yaşamaya devam ederse deneylerine de devam edecekti. Bu kaçınılmazdı, çünkü bunun kaderi olduğuna inanıyordu. Başka bir Ralphe veya daha kötüsünü yaratmak için kanımdan yeteri kadar vardı elinde.

Birkaç saat sonra onu karşımdaki bir hücreye attılar. Benimle konuşması için yalvardım ama hiç konuşmadı. Köşede kıvrılmış şekilde tozlu aynalar kadar boş gözlerini duvarlara dikti ve aklından geçenlerle ilgili hiçbir belirti göstermedi. Tanrısı onu kurtarmaya gelmemiş gözüküyordu. Bunu yapmak bana kalmıştı.

Ona karşı ifade verdim.

Engizisyon üyesi, hayatımı kurtarmanın tek yolunun bu olduğunu söyledi. Mahkemenin ortasında zincirlenmiş ve etrafım askerlerle kuşatılmış olmasına karşın istesem serbest kalıp hepsini mahvedebilirdim. Soruşturmayı açıkta taze et arayan aç köpekler gibi sürdüren şeytan yüzlü rahibin boğazını kesmek nasıl da tahrik edici geliyordu! Öte yandan Arturo'yu kendi ellerimle öldüremezdim. Bu imkânsızdı. Ama onun yaşamasına ve İsa'nın kanını yaratma çalışmalarına devam etmesine de izin veremezdim. İsa on iki yüzyıl önce ölmüştü ve arayış hiçbir zaman bitmeyecekti. Bu bir paradokstu; çözümse acı vericiydi. Arturo'yu kendim durduramazdım. Bu yüzden diğerlerinin durdurmasına izin vermeliydim.

"Evet," diyerek Kutsal Kitap üzerine yemin ettim. "Bu iğrençliği o yarattı. Bunu yaptığını kendi gözlerimle gördüm. Çocuğu *değiştirdi*. Sonra da beni karanlık sanatlarla baştan çıkartmaya çalıştı. O bir cadı, Peder. Gerçek inkâr edilemez. Yalan söylüyorsam, Tanrı beni çarpsın."

Kilise'deki yaşlı keşiş de *strappado*'da gerildikten sonra Arturo'nun aleyhinde ifade verdi. Bunu Arturo'ya yapmak keşişin kalbini kırmıştı. Öyle hisseden sadece o değildi.

Ne kadar işkence ettilerse de, Arturo asla itiraf etmedi. Çok gururluydu ve yaptığı şey kendince çok asilceydi. Duruşmadan sonra hiç konuşmadık. Aslında onu bir daha hiç görmedim. İdamına da katılmadım. Ama onu kazığa bağlayarak yaktıklarını duydum.

Bir cadı gibi.

DOKUZUNCU BÖLÜM

Poker masasında blöf yaparak yüksek oynayan bir Teksaslının elini kapamasını bekliyordum. Oyun bir süredir devam ediyordu. Masanın üzerinde yüz bin doların üzerinde nakit para ve fiş vardı. Eli benimkinden iyiydi. Yakşa'nın akıl okuma yetisi içimde giderek güçleniyordu. Kendi gözlerimle görüyormuş gibi adamın elindeki kâğıtları görebiliyordum. Üç ası ve iki valesi vardı; bir full house. Bendeyse üç yedili vardı. Şeytanın favori sayısı. Kazanan el onunkiydi.

Teksaslının deri çizmeleri ve bir şapkası vardı. Kalın purosundan çıkan duman gözlerimi rahatsız etmiyordu. İçine çektiği duman bulutunu korkutma niyetiyle üzerime üfledi. Gülümsedim ve son artışını gördükten sonra bahsi elli bin daha yükselttim. Sadece şişman kedilerin yer bulabildiği kumarhanenin lüks bir köşesinde özel bir oyunun tadını çıkarıyorduk. Diğer üç adam çoktan ellerini kapamışlardı ve şimdi heyecanla bizi izliyorlardı. Oyunu dikkatle takip ediyorlardı ve birbirlerini tanıdıkları aşikârdı. Teksaslı onların önünde küçük düşürülmek istemeyecekti.

"'*Floş royal*'in olmalı ballı çocuk," dedi. "Artırmana bakılırsa." Masanın üzerine yaslandı. "Veya faturalarını ödeyen şeker bir baban var."

"Bal ve şeker," dedim gülümseyerek. "Her ikisi de tatlı şeyler; aynen benim gibi." Ardından sesimi ciddileştirerek, "Ama faturalarımı ben kendim öderim," dedim.

Güldü ve bacağına vurdu. "Blöf mü yapmaya çalışıyorsun?"

"Belki. En iyi bahsini ortaya koy ve gör."

Bir an için tereddüt etti, sonra da ortadaki pota göz attı. "Ortam biraz ısınıyor. Bu kadar paraya nasıl sahip olacaksın, çocuk? Babacığın vermiş olmalı."

Paranın benim için ne kadar önemli olduğunu anlamaya çalışıyordu. Önemliyse sadece yenilemez bir elim olduğunda bahsi bu denli artırabildiğimi düşünecekti. Masaya yaslanıp gözlerinin içine baktım. Elbette beyin hücrelerini yakabilecek kadar sert değil, sadece biraz sarsacak kadar. Bana çocuk denmesinden hoşlanmam. Ne de olsa beş bin yaşındayım.

"Her kuruşunu kendim kazandım," dedim. "Zor yoldan. Peki, sen nereden buldun, yaşlı adam?"

Sessizce geriye yaslandı. Sesimin tonu onu biraz ürkütmüştü. "Dürüst yoldan kazandım," dedi yalan söyleyerek.

Ben de arkama yaslandım. "O zaman dürüst bir şekilde kaybet. Ya bahsimi gör ya da kartlarını masanın üzerine bırak. Hangisini seçersen seç, benim için fark etmez. Ama artık dırdırı bırak."

Sinirlenerek, "Dırdır etmiyorum," dedi.

Buz gibi bir şekilde omuz silktim. "Nasıl istersen, yaşlı adam."

"Kahretsin," diye söylenerek kartları masanın üzerine bıraktı. "Ben yokum."

Kollarımı masanın üzerine uzattım ve ortadaki paraları topladım. Hepsi bana bakıyordu. "Ah," dedim. "Eminim elimde ne olduğunu merak ediyorsundur. Ama sormayacak kadar profesyonelsin. Haksız mıyım?" Ayağa kalktım ve kazandığım paralarla fişleri çantama doldurmaya başladım. "Sanırım gece benim için sona erdi," dedim.

"Orada dur bakalım," dedi Teksaslı ayağa kalkarak. "Kartlarını görmek istiyorum."

"Gerçekten mi? Onları görmek için para ödemen gerekir sanıyordum. Kurallar Teksaslılar için farklı mı yoksa?"

"Elli bin papelimi aldığından beri farklılar, fahişe. Şimdi göster bakalım."

Bana *fahişe* denmesi, *çocuk* denmesinden daha sinir bozucuydu.

"Pekâlâ," dedim ve kartlarımı çevirdim. "Sen kazanacaktın. Bu da karşılığında para almadan kartlarımı son gösterişim olacak. Şimdi kendini daha mı iyi hissediyorsun? Blöfümü yedin yaşlı adam, hem de sonuna kadar."

Masaya yumruğuyla vurdu. "Kimsin sen?"

Başımı salladım. "Sen zavallı bir kaybedensin ve seninle yeteri kadar vakit harcadım." Arkamı döndüm. Arkadaşlarından biri kolumu yakaladı. Bu bir hataydı.

"Bekle bakalım tatlım," dedi. Diğerleri de yaklaştı.

Gülümsedim. "Evet." Elbette kumarhane tarafından korunuyordum. Adamların dışarıya atılması için tek yapmam gereken sesimi yükseltmekti. Ama kendi işimi kendim görebildiğim durumlarda başkalarından yardım istemekten nefret ederim. Bu gece yemek dört öğünden oluşacaktı. "Senin için ne yapabilirim?" diye sordum.

Adam kolumu tutmaya devam etti ama cevap vermedi. Patron Teksaslıya bakmaya devam etti. Teksaslı yeniden gülümseyebildi.

"Biraz daha oynamak istiyoruz, tatlım," dedi. "Yoksa adil olmaz. Bize paramızı geri kazanmamız için bir şans vermelisin."

Gülümsemem genişledi. "Peki, neden paranızı doğrudan geri vermiyorum?"

Teklifim kafalarını karıştırdı. Teksaslı omzunu silkti. "Eğer istersen. İsteğini kabul etmek beni mutlu edecektir."

"İyi," dedim. "On dakika içerisinde otel parkının batı sınırına gelin. Küçük bir yolculuğa çıkacağız. Paranızı geri alacaksınız." Diğerlerine bakarak, "Bir şartım var: Hepiniz geleceksiniz," dedim.

"Neden başka bir yere gitmemiz gerekiyor?" diye sordu Teksaslı. "Parayı neden şimdi vermiyorsun?"

Tuttukları kolumu silkeleyip serbest bıraktım. "Benim gibi küçük bir kızdan korkmuyorsun değil mi, tatlı babacık?" dedim tatlı bir sesle.

Adamlar güldüler ama gülüşleri zorakiydi. Teksaslı parmağını bana doğru uzattı.

"On dakika sonra," dedi. "Geç kalma."

"Asla geç kalmam," diye cevap verdim.

Planlandığım gibi buluştuk ve her birimiz kendi arabasında kısa bir yolculuğa çıktık. Onları yoldan çıkartıp çölün içerisinde birkaç kilometre ilerlettim. Saat on bire geliyordu. Serin bir geceydi ve dolunay parlak ışığıyla ortalığı aydınlatıyordu. Adamlar araçlarını yanıma park edip dışarı çıktılar. *Benden* korkuyorlardı. Korkularını koklayabiliyordum. Büyük patron hariç hepsinin silahı vardı. Paltolarının altındaki kabarıklık rahatlıkla görülebiliyordu. Ayrıca mermilerindeki barut kokusunu da duyabiliyordum. Muhtemelen onları soymak için bu tezgâhı hazırladığımı düşünüyorlardı. Bana doğru yaklaşırken etrafı kolaçan ediyor ve yalnız olmama şaşırmış görünüyorlardı. Pek zeki değillerdi. İçlerinden ikisinin elleri ceplerinde ve parmakları tetikteydi. Teksaslı önümde durup uzandı.

"Çantanı ver," diye emretti Teksaslı.

"Pekâlâ," dedim çantayı uzatarak. Paranın çanta içinde olması onu memnun etti. Saydıkça gözleri büyüdü. Çantanın içinde bir silah bulmayı beklediğini biliyordum. "Tatmin oldun mu?" diye sordum.

Teksaslı arkadaşlarına işaret etti. Üstümü aradılar. Zorla.

Geriye çekilirken, "Bu kız harika," dedi arkadaşlarından biri.

Teksaslı paraları çantasına tıkıştırmaya başlamıştı. "Evet, tatmin oldum. Ama ben bu işi anlamadım. Neden bizi bunca yol buralara sürükledin?"

"Çünkü açım," dedim.

Sahtekâr bir petrol baronu gibi sırıttı. "Seni akşam yemeğine götürsek mutlu olur musun, ballı çöreğim? Halen yemeğe gidebiliriz. Ne isterdin?"

"Kesinlikle kaburga," dedim.

Tekrar bacağına vurdu. Bu, gergin olduğunda yaptığı bir hareket olmalıydı. "Lanet olsun! En favori yiyeceğim. Kırmızı özsu damlayan kaburgalar. Şimdi seni yemeğe götüreceğiz ve istediğini alacaksın." İğrenç bir göz kırpma hareketiyle, "Belki sonrasında da biraz eğlenebiliriz," dedi.

Ona doğru bir adım atarken başımı salladım. "Burada yiyebiliriz. Piknik yapabiliriz. Sadece beşimiz."

Arabama baktı. "Yanında bir şeyler getirdin mi?" diye sordu.

"Hayır, sen getirdin," dedim.

Sabırsızlanmaya başlıyordu. "Sen neden bahsediyorsun?" diye sordu.

Başımı geriye atıp gülmeye başladım. "O kadar uyduruksun ki. Kibarlığı sadece işine geldiğinde kullanıyorsun. Senden adil bir şekilde kazandığım paraları benden çaldıktan sonra bir de beni yemeğe mi çıkarmak istiyorsun?"

Teksaslı öfkelenmişti. "Parayı senden çalmadık. Sen bize geri vermek istedin."

"Sizin yaptığınız bütün o baskıdan sonra. *Sezarın hakkı Sezara*. Sen sahtekârın tekisin."

"Kimse bana bunu söyleyip cezasız kalamaz."

"Gerçekten mi? Ne yapacaksın? Beni öldürecek misin?"

Bir adım yaklaşıp elinin tersiyle yüzüme sert bir tokat attı. "Fahişe! Öyle bir adam olmadığım için kendini şanslı saymalısın," dedi.

Elimi ağzıma götürdüm. "Öyle bir adam değil misin?" diye sordum yumuşak bir tonda. "Senin kalbini görüyorum, Bay Para Çantası. Daha önce de öldürdün. Bu gece burada çölde toplanmış olmamız ne kadar güzel. Yaşayacak olursan muhtemelen yeniden öldüreceksin."

Gitmek için sırtını döndü ve, "Haydi çocuklar gidelim," dedi.

"Bekle," dedim. "Sana verecek bir şeyim daha var."

Omzunun üzerinden baktı. "Nedir?"

Bir adım ileri çıktım. "Sana gerçekte kim olduğumu söylemem gerekir. Sormuştun hatırlarsan."

Teksaslı bir çeşit acele içerisindeydi. "Peki, kimsin sen? Bir Hollywood yıldızı mı?"

"Sayılır. Bir yerde ben de şöhret sahibiyim. Sadece birkaç gün önce tüm Los Angeles Polis Teşkilatı beni kovalıyordu. Gazetelerde okumuşsundur."

Sesindeki endişe hissediliyordu. Bir kez daha adamları etrafı kolaçan edip başka kimsenin olup olmadığına baktılar. "O teröristlere bir bağlantın yok değil mi?"

"Terörist filan yoktu. Bu sadece kıçlarını kurtarmak isteyen birkaç polisin uydurmasıydı. Sadece ben ve ortağım vardı. Tüm bu kargaşaya biz neden olduk."

Homurdandı. "Tabii ki. Sen ve ortağın yirmi polisin işini bitirdi. Bir yok edici olmalısın."

"Yaklaştın. Vampirim ve beş bin yaşındayım."

"Sen bir psikopatsın ve zamanımı boşa harcıyorsun." Tekrar arkasını dönerek, "İyi geceler," dedi.

Onu yakasından yakalayıp yanıma çekerek yanağını yanağıma dayadım. O kadar sarsılmıştı ki, neredeyse tepki bile gösteremedi. Ama adamları daha eğitimliydi. Bir anda üzerime çevrilmiş üç namlu vardı. Hızlı bir şekilde Teksaslıyı önüme siper ettim. Onu daha sıkı tutmaya başladım; neredeyse nefesi kesilecekti. Sesli bir şekilde öğürüyordu.

"Bu akşam cömert havamdayım," dedim sakin bir şekilde diğerlerine. "Sizlere kaçma fırsatı vereceğim. Normalde bunu düşünmem bile. Kimliğim açığa çıktığına göre her bir delili parçalamakta mahsur görmem." Duraksadım ve gözlerine baktım. Omurgalarında korku titremesini hissettim. "Size tavsiyem arabanıza binin ve Las Vegas'tan mümkün olduğunca uzağa gidin. Bunu yapmazsanız, ölürsünüz. Bu kadar basit." Teksaslıyı biraz çekiştirdim ve inlemeye başladı. Sesim alaylıydı. "Tatlı bir kız için ne kadar güçlü olduğumu görüyorsunuz."

Teksaslı, nefes almasına izin verdiğimde, "Vur onu," diye bağırdı.

"Bu kötü bir fikir," dedim. "Beni vurmaları için önce seni vurmaları gerekiyor, zira onlarla aramda sen varsın. Gerçekten Tex, emirleri vermeden önce birazcık düşünmelisin." Diğerlerine bir bakış attım. "Buradan defolup gitmezseniz siz de akşam yemeğim olacaksınız. Gerçekten bir vampirim ve açım." Tek elimle Teksaslıyı yerden yarım metre kaldırdım. "Onunla ne yapacağımı görmek ister misiniz? Size yemin ederim, bayılıncaya kadar kusarsınız."

Adamlardan biri *Tanrım*, diye fısıldayarak kaçmaya başladı. Araba bile umurunda değildi. Benden uzaklaşmak için çöle doğru koşmaya başladı. Adamlardan diğeriyse öbür yöne doğru hareket etti. Ama geride kalan adam –kumarhanede kolumdan tutan, üzerimi arayan– kaçmaya çalışan adamı vurdu.

"O bir vampir değil," dedi. "Sadece bir çeşit zırdeli."

"İşte bu," diye ona katıldım. "Steroid alıyorum." Gitmek isteyen adama baktım. "Hâlen kaçabiliyorken buradan uzaklaş. Bu adamların hiçbirini bir daha canlı göremeyeceksin. Bana inan, çığlıklarının çölün üzerinde yankılandığını duyacaksın."

Ses tonum oldukça ikna ediciydi. Adamlar birbirinin peşi sıra kaçtılar. Şimdi sadece üçümüz kalmıştık. Ne kadar keyifliydi. Aslında, üç farklı adamın ateşleyeceği silahlardan çıkan mermilerden kaçmayı dört gözle beklemiyordum. Teksaslıya biraz daha hava vererek son sözlerini söylemesine izin verdim. Sesinin tonu değişmemişti.

"Vurun onu," diye kükredi adama.

"Dene ve ne olacağını gör," dedim.

Adam kendinden emin değildi. Silahı havada hareket ediyordu. "Hedefi net göremiyorum."

Teksaslı bana doğru dönmeye çalıştı. "Bir anlaşma yapabiliriz. Param var."

Başımı salladım. "Çok geç. Senin paranı istemiyorum. Sadece kanını istiyorum."

Teksaslı ne kadar ciddi olduğumu gördü. Havamda olduğum zaman gözlerim ve sesim şeytani kötülük ile dolu olabiliyordu; üstelik açlıktan ölmek üzereydim. Teksaslı adeta dolunayın rengiyle örtüşerek ölüm beyazına büründü.

"Beni öldüremezsin," diye bağırdı.

Güldüm. "Evet. Seni öldürmek çok kolay olacak. Göstermemi ister misin?"

Titreyerek, "Hayır," dedi.

"Ben gene de göstereceğim." Ciddi şekilde terlemeye başlayan Teksaslının arkadaşına seslendim. "Adın nedir?"

"Cehenneme git," diye bağırdı ve hareket ederek açık bir hedef yakalamaya çalıştı.

"Bu senin ismin olamaz," dedim. "Annen sana asla bu şekilde hitap etmezdi. Neyse, önemi de yok zaten. Bir dakika içerisinde hiç kimse olacaksın. Ölmeden önce söylemek istediğin bir şey var mı?"

Durdu ve öfkeli bir şekilde, "Kime ne söyleyeceğim?" diye sordu.

Omuz silktim. "Bilmiyorum. Belki Tanrı'ya. Tanrı'ya inanır mısın?"

Onu öfkeden çıldırtmıştım. "Sen acayip bir fahişesin," dedi.

Ciddi bir şekilde başımı salladım. "Acayip olduğum doğru." Bakışlarımın tüm gücü gözlerine kilitlendi. Bu şekilde kilitlenmişken başka bir tarafa bakması imkânsızdı. Gördüğü tek şey, sonsuzluğa dönen iki küçük siyah delik gibi olan gözbebeklerimdi. Çok, çok yumuşak konuştum. "Şimdi sevgili dostum, silahını alıp ağzının içine sokacaksın," dedim.

Adam bir anda dondu.

Sonra sanki bir rüyadaymış gibi ağzını açtı ve silahı dudaklarının arasına soktu.

Teksaslı "Chuck," diye bağırdı. "Dinleme onu, seni hipnotize etmeye çalışıyor."

"Şimdi tetiği çekmeni istiyorum," diyerek devam ettim. "Tetiğe bir miktarda güç uygulamanı istiyorum. Mermiyi ateşleyecek kadar değil, ama yine de yakın. İşte, mükemmel oldu. İyi iş çıkarttın. Şimdi ölümden sadece birkaç saniye ötedesin." Durdum ve gözlerimi çevirdim. Sesim normale döndü. "Nasıl bir duygu?"

Adam gözlerini kırpıştırdı ve aniden namlunun ağzının içinde olduğunu fark etti. Neredeyse kalp krizi geçirecekti. O kadar korkmuştu ki, silahı elinden düşürdü. "Yüce İsa," diye bağırdı.

"Gördün mü," dedim. "Tanrı'ya inanmalısın. Ve ben inandığım için her seferinde ancak birinizden kan içebilirim. Sanırım senin de gitmene izin vereceğim. Acele et, fikrimi değiştirmeden önce çöldeki arkadaşlarına katıl."

Adam başını salladı. "Bu hiç problem değil." Hızla uzaklaştı.

Teksaslı arkasından, "Chuck," diye bağırdı. "Geri dön!"

Teksaslıya ciddi bir ifadeyle, "Geri dönmeyecek," dedim. "Bu tür bir sadakati satın almana imkân yok. Beni satın alamadın. Hatta bana akşam yemeği bile ısmarlayamıyorsun." Durdum. "Artık akşam yemeğimin sen olduğunu anlamış olmalısın."

Çocuk gibi ağladı. "Lütfen! Ölmek istemiyorum."

Onu yakınıma çektim ve en sevdiğim sözü fısıldadım.

"O halde hiç doğmamalıydın," dedim.

Sonra da yemeğimin keyfini çıkarttım.

Teksaslının kanını son damlasına kadar emmeyi bitirdikten sonra onu arabasından uzak bir noktaya gömdüm ve çölde yürüyüşe çıktım. Susuzluğum giderilmişti ama aklım huzursuzdu. Birkaç saat sonra Andy işten çıkacaktı. Bana yardım etmesi için onu nasıl ikna edeceğimi planlıyor olmalıydım, ama bir türlü odaklanamıyordum. Geçen birkaç günü etraflıca düşünüyordum ve sanki yapbozun bir parçası eksikti; bir şeyi gözden kaçırıyordum. Bu parça görüş alanımın dışındaydı. Ne olduğunu bir türlü kavrayamıyordum.

Arturo'nun hayaleti peşimi bırakmıyordu. Dünya ne kaybettiğini asla bilemeyecekti. Daha büyük bir üzüntü olabilir miydi? Engizisyon olmasaydı tarihte acaba nasıl yer alırdı, diye sorup duruyordum kendime. Sita olmasaydı, hayallerini zehirleyen kan olmasaydı? Belki de ismi Leonardo Da Vinci veya Einstein'la birlikte anılacaktı. Kaybolan olasılıkların üzerinde düşünmek bana işkence gibi geliyordu. Arturo simyacıydı; gizli bilimin kurucusu.

Seslice, "Ralphe'e ne yaptın?" diye haykırdım. "Neden bunu yaptın? Zindandayken neden benimle konuşmadın?"

Ama hayaletin de kendine has soruları vardı.

Ralphe'i neden o kadar hızlı öldürdün?

"Yapmak zorundaydım," dedim geceye.

Bana neden ihanet ettin, Sita?

"Yapmak zorundaydım," dedim yeniden. "Kontrolden çıkmıştın."

Ama ben seni hiç suçlamadım, Sita. Üstelik gerçek cadı sendin.

İçimi çektim. "Biliyorum, Arturo. Ama iyi bir cadıydım."

Başladığım noktadan bir hayli uzaklaşmıştım. Önümde dik bir tepelik vardı; zirveye tırmandım. Otuz kilometre solumda, Las Vegas tüm savurganlığı ve yıkımıyla parlıyordu.

Hemen hemen dolunay şeklindeki ay sağımda kalıyordu. Tırmanma, terlememe neden olmuştu. Kıyafetlerimi çıkarttıktan sonra bir kez daha ay tanrıçasının önünde eğildim. Bu sefer ışınların bedenime girdiğini hissettim. Garip bir rahatlama sunan, soğuk bir karıncalanma hissi gibiydi. Nefes alış verişlerim daha da derinleşti. Ciğerlerimin tüm atmosferi yutabileceği ve tenimin tüm gece gökyüzünü emebileceği hissine kapılmıştım. Göğüs kafesimin içerisinde atan kalp, kırmızı kan yerine sanki beyaz bir maddeyi pompalıyordu. Gözlerimi kullanmama gerek kalmadan görünmez olduğumu biliyordum.

Kendimi olağanüstü hafif hissediyordum.

Sanki uçuyormuş gibi.

Bu düşünce bilinmeyen bir yerden gelmişti. Sonsuz derinliklerden gelen bir fısıltı gibi. Belki de Yakşa'nın ruhu geri gelip bana son bir ders vermek istiyordu.

Ayak tabanlarım toprağın üzerinden havalandı.

Zıplamadım. Hayır.

Süzülüyordum. Serin kumun birkaç santimetre üzerinde süzülüyordum.

ONUNCU BÖLÜM

Odama döndüğümde arkadaşım Seymour Dorsten'i aradım. Genç adamı birkaç damla kanımla AIDS'ten kurtarmıştım. Seymour benim psişik ikizimdi. Daha ben bir şey anlatmadan deneyimlerim ve yaşadıklarım hakkında yazabiliyordu. Son zamanlarda ona bir hayli malzeme veriyordum. Uykudan uyandırmıştım ama sesimi duyar duymaz dikkat kesildi.

"Beni yakında arayacağını biliyordum," dedi. "Los Angeles'taki sen miydin?"

"Joel ve ben."

Söylediklerimi sindirmesi birkaç saniyesini aldı. "Joel da mı şimdi bir vampir?"

"Evet. Eddie onu çok kötü bir hale getirmişti. Ölüyordu. Başka seçeneğim yoktu."

"Yeminini bozdun."

"Bunu hatırlatmak zorunda değilsin."

"Özür dilerim," dedi ve durdu. "Ben de vampir olabilir miyim?"

"Bu belayı istemezsin, emin ol. Sana neler olduğunu anlatayım."

Sonraki doksan dakika boyunca Seymour, Yakşa'yı kurtarıp Eddie'yle savaşmamdan bu yana geçen bütün olayları en ince detayına kadar dinledi. Ona çöldeki mezarında uyuyan Teksaslıdan ve ay ışığında uçabilmemden de bahsettim. Seymour söylediklerimi uzunca bir süre tarttı.

"Yani?" diye sordum. "Bunlarla ilgili yazmaya başlamış mıydın?"

Tereddüt etti. "Senin hakkında bir hikâye yazıyordum. Bu hikâyede sen bir melektin."

"Kanatlarım da var mıydı?"

"Beyaz bir ışıkla parlıyordun ve harabelerin olduğu bir alanın üzerinde uçuyordun."

"Kulağa dünyanın sonuymuş gibi geliyor," dedim.

Seymour ciddiydi. "Joel'u bu insanlardan kurtaramazsan dünyanın sonu gelecek. Joel'un dışında ellerinde bir vampir daha olduğunu düşünüyor musun gerçekten?"

"Evet. Andy bir vampire ait DNA modeli kurmuş. Joel oraya getirildikten sonra bunu yapmaya vakti yoktu."

"Vampir DNA'sının neye benzediğini nereden biliyorsun?"

Seymour'a Arturo hikâyesini anlatmamıştım. Hikâye çok acı vericiydi; ayrıca bu durumla da bir ilgisi yoktu.

"Bana güven. Bu konuda deneyimim var," dedim. "Andy'nin modeli çok düzgün. Neyse birini veya ikisini kurtarmam sonucu çok fazla değiştirmeyecek, her hâlükârda bir çıkmazın içindeyim. İçeriye bir kişi girebilip üç kişi olarak çıkabilmem gerekir."

"En büyük şansının Andy olduğunu düşünüyordum. Gözlerinin içine bakıp ona istediğin her şeyi yaptıramaz mısın?"

"Bu geri tepebilir. Eğer çok zorlarsam beyniyle fazla oynamış olurum, ki bu başkalarının dikkatini çekebilir. Onda bir problem olduğunu anlayabilirler. Ama eğer yeteri kadar dikkatli davranabilirsem zihninin derinliklerinden geldiğini düşündüğü birkaç düşünceyi aşılayabilirim."

"Para faydalı bir araçtır. Ona milyonlar öner. Ayrıca patronundan nefret ediyor olmasının da bize bir zararı olmaz."

"Sana katılıyorum. Ama Seymour, senin bana neyi gözden kaçırdığımı söylemen gerekiyor."

"Bir şeyi gözden kaçırdığını mı düşünüyorsun?" diye sordu.

"Evet. Ama açıklayamıyorum. Henüz kafamda tam oturmadı."

Seymour düşündü. "Sana duymak istemediğin birkaç şey söyleyeceğim. Tesisin içerisine girdiğinde doğrudan Joel'a gidemezsin."

"Niyeymiş?"

"Önce General'e ulaşman gerekir. Onu kontrol etmen şart."

"Bu, Joel'a ulaşmaktan daha zor olabilir."

"Bundan şüpheliyim. Muhtemelen Joel senin bile kaçmayı başaramayacağın bir hücrede tutuluyor olacaktır. Bir vampirin ne kadar güçlü olabileceğini bildikleri açık."

"Hiç şüphesiz Joel çok güçlü. Ama benimle kıyaslandığında hâlâ bir çocuk. Onlar bunu bilmiyor."

"Onlar sandığından daha çok şey biliyor, Sita. Gerçekte tüm resmi göremiyorsun. Muhtemelen hâlâ cesedini bulmak için Lead Gölü'nü arıyorlar. Şimdiye kadar bulamamış oldukları gerçeği, General'e senin hâlen hayatta olduğunu düşündürüyor. Ve sana yaptıklarından sonra hâlen hayatta olman, *aşırı* bir dikkatle idare edilmen gerektiği anlamına geliyor." Seymour duraksadı. "General, Joel için geri geleceğini tahmin ediyor olmalı."

"Kendinden o kadar eminsin ki," dedim. "Ne yazık ki ben değilim."

"Duruma mantıklı yaklaş. Los Angeles Polis Teşkilatı'yla mücadele ederken Joel'u arkada bırakmak için birçok fırsatın oldu. Ama bırakmadın. Aksine ona sonsuz bir sadakat gösterdin. İnan bana, psikolojik profilini çoktan çıkartmışlardır. Onun için geri geleceğini biliyorlar. Seni bekliyor olacaklar. General'in peşine düşmeni gerektiren sebeplerden biri de bu. Onu ve aklını kontrol edebilirsen tüm tesisi kontrol edebilirsin."

"Çalışanlar bir şeylerin yolunda gitmediğini fark edecektir."

"Onu sadece kısa bir süre için kontrol etmen gerekecek. Ayrıca başka şansın da yok. Kaçma ve kurtarma girişiminden başka bir nedenden dolayı daha General'e ihtiyacın var."

"Neymiş?" diye sordum. Aslında ne söyleyeceğini biliyordum.

"Vampir kanı örnekleri tüm tesise dağılmıştır. Eminim ki, tesiste birden fazla laboratuvar vardır ve bu durumda etrafta dolaşıp tüm numuneleri toplamana imkân yok. Ayrıca şimdiye kadar yaptıkları araştırmalar bilgisayarlarında kayıtlı olacaktır. Bu nedenlerden dolayı tesisin tamamı yok edilmeli. Tek yol bu. General'i nükleer bir savaş başlığını patlatması için ikna etmen gerekli."

"Bu kadar mı? Tüm bu insanları havaya mı uçuracağım?"

"LA'de çok sayıda insan öldürdün."

Sesim buz gibiydi. "Bundan zevk almadım, Seymour."

Duraksadı. "Üzgünüm, Sita. Zevk aldığını ima etmek istemedim. Soğuk ve acımasız davranmayı da. Biliyorsun öyle biri değilim; sadece bir lise öğrencisi olmamın yanı sıra kötü bir yazarım."

"Herhangi bir şeyde kötü olamayacak kadar parlaksın sen. Lütfen analiz etmeye devam et. Joel'u nasıl canlı olarak dışarı çıkarıp orayı havaya uçurabilirim?"

Tereddüt etti. "Her ikisini yapamayabilirsin."

Kendi kendime başımı salladım. "Bir intihar görevi olabilir. Bunu da düşünmüştüm." Üzgün bir sesle, "Beni özlemeyecek misin?" dedim.

Sesi duyguyla yüklüydü. "Evet. Bu gece buraya gel. Beni bir vampire dönüştür. Sana yardım edeceğim."

"Sen vampir olmaya uygun değilsin."

"Neden? Yeterince seksi değil miyim?"

"Ah, hayır. Problem bu değil. Vampir olsaydın eminim bir seks makinesi olurdun. Sen sadece vampir olamayacak kadar özelsin." Arturo'yu düşündükçe sesim titriyordu.

"Benim kanımla kirlenmek ..."

"Sita? Ne oldu?"

Acımı yutkunarak içime attım. "Hiçbir şey... geçmiş. Beş bin yıl boyunca yaşamanın derdi de bu; çok fazla geçmişe sahip oluyorsun. Ardında bu kadar çok geçmiş bıraktığında günü yaşamak zor oluyor."

Seymour nazik bir şekilde, "Beni kurtaran senin kanın oldu," dedi.

"Şimdi nasıl hissediyorsun? HIV testlerin hâlâ negatif mi?"

"Evet, iyiyim. Beni merak etme. Andy'yi tekrar ne zaman göreceksin?"

"Birkaç saat sonra. Şafak vaktine yakın. Akşam işe geri giderken arabasının bagajına saklanmayı planlıyorum."

"İşbirliğine ihtiyacın var. Tüm tesiste Joel'u arayamazsın."

"Andy şu veya bu şekilde benimle işbirliği yapacaktır." Sonra duraksadım. "Söyleyebileceğin veya bana yardımı dokunabilecek başka bir şey var mı?"

"Evet. Şu yükselme numarasını çalış. Ne zaman faydalı olacağını bilemezsin."

"Buna neyin sebep olduğunu bilmiyorum."

"Yakşa'nın kanı olduğu şüphesiz. Yüzyıllar boyunca bu yeteneği geliştirmiş olmalı. Onunla Hindistan'da olduğunuz zamanlarda uçabiliyor muydu?"

"Uçabiliyorsa bile hiçbir zaman bunu göstermedi."

"Siz vampirler sürprizlerle dolusunuz."

İçimi çektim. "Benim gibi olmaya çok heveslisin. Güçlerime özeniyorsun. Ama asıl bilmediğin şey, benim sana özendiğimdir."

Seymour şaşırmıştı. "Senin isteyebileceğin neye sahibim ki ben?"

Kızım Lalita'yı düşündüm.

Ama bu gece çocuklardan bahsedemezdim.

Sadece, "İnsansın," dedim.

ON BİRİNCİ BÖLÜM

Andy süitime geldiğinde stresliydi, ama bunu heyecanıyla gizlemeye çalışıyordu. Onu dudaklarından sert bir şekilde öptüğümde geleli daha bir dakika olmuştu. Daha fazlasını istiyordu ve istediğini almak için hamle yaptığında onu ittim.

"Sonra," diye fısıldadım. "Gece daha yeni başladı."

"Neredeyse sabah oldu," diyerek benim önceki gece söylediğim sözü hatırlattı.

Ondan uzaklaştım. "Önce biraz kumar oynamak istiyorum."

Bir kumarbaz için zarların seksten daha önemli olduğunu biliyordum.

"İşte bu güzel bir fikir, Lara," dedi.

Kumarhaneye indik. Noel'den birkaç gün öncesi olmasına karşın kumarhane doluydu. Kumarhanede nükleer bir bombanın patlama görüntüsü aklımdan çıkmıyordu. Tabii bu hiçbir zaman olmayacaktı. Hem zaten tesiste bir nükleer savaş başlığını patlatsak bile rüzgâr ters yönde estiği takdirde Las Vegas belki biraz kül yağmuru altında kalacaktı, ama bunun haricinde pek fazla etkilenmeyecekti. Seymour'un rüyasını başarı mı yoksa başarısızlık olarak mı yorumlayacağımı kestiremiyordum.

Dünyanın üzerinde uçan, parlayan bir melek?

Zar oynadık ve ben yine zar atıcıydım. Deneme yapmadan arka arkaya on pas attım ve masadan sevinç çığlıkları yükseldi. Andy yüksek bahis yatırıyordu; hem iyi kazanıyordu hem de normalden fazla içiyordu. Daha birinci masadan ayrıldığımız zaman sarhoş olmuştu. Onu azarladım.

"Beyin hücrelerini bu maddeyle doldururken nasıl bilim insanı olabilirsin?" diye sordum.

Kolunu omzuma atarak güldü. "Bilim insanı olmaktansa sevgili olmayı tercih ederim."

Strip'ten ayrılıp başka bir kumarhane olan Excalibur'a gittik. Burası daha da kalabalıktı. Bu şehrin asla uyumadığı bir gerçekti. 21 oynadık. Kâğıt sayıyordum ve kâğıtlar benden yana olduğunda da ortaya yüksek bahis koyuyordum. Ama kâğıt saymanın getirdiği avantaj bile sınırlıydı ve bu oyunda para kazanamamıştık. Andy beni tekrar zar masasına sürükledi. En favori oyunuydu. Zar atma sırası bana geldiğinde yeniden arka arkaya altı kez pas attım. Andy'nin çok fazla kazanıp borçlarından kurtulmasını istemiyordum. Güneş gökyüzünü aydınlatmaya başladığında onu Mirage Oteli'ndeki süitime sürükledim. Varır varmaz yorgunluktan yatağımın üzerine serildi.

"Yaptığım şeyden nefret ediyorum," diye tavana bakarak söylendi.

Aklındakileri okuyamadığım anlardan biriydi; bu durumdan nefret ediyordum. İçkiler yüzünden olmalıydı. Yanında oturdum. "Zorlu bir iş gecesi miydi?"

"Hakkında konuşmamalıyım."

"Konuşabilirsin. Merak etme. Sır tutmakta iyiyimdir."

"Patronum deli."

"General mi?"

"Evet. Tam anlamıyla delinin teki."

"Ne demek istiyorsun? Ne yapıyor ki?"

Andy oturdu ve kanlı gözleriyle bana baktı.

"Muhteşem bir keşif üzerinde çalıştığımızı söylediğimi hatırlıyor musun?"

"Evet. Modern zamanların en büyük keşfi olduğunu söylemiştin." Gülümsedim. "Beni etkilemeye çalıştığını düşünmüştüm."

Başını salladı. "Abartmadım. Patlayıcı genetik malzemelerle oynuyoruz ve bu yaptığımız işin hafif bir tanımı. General onu suni olarak klonlamamızı söyledi. Bunun ne anlama geldiğini biliyor musun?"

Başımı salladım. "Ondan test tüpleri içerisinde daha fazla yaratacaksınız."

"Evet. Bu, meslekten olmayan birinin görüşü ama aslında doğru." Gözlerini pencereden dışarı, Strip kumarhanesine doğru dikti. Yeniden konuşmaya başladığında sesi duyduğu korkuyu yansıtıyordu. "Öyle bir şey çoğaltacağız ki eğer elimizden kaçarsa tüm insanlığı etkileyebilir."

Düşündüğümden daha kötüydü. Bu maskaralık sona ermeliydi.

Bana bir kapı açmıştı. Fırsatı kullanmalıydım.

"Andy," diye fısıldadım.

Bana baktı. Gözlerini yakaladım.

"Evet, Lara," dedi.

Onu henüz zorlamasam da uzaklaşmasına izin vermiyordum. Aramızda dönen mavi bir sisin bulunduğu dar bir tünel vardı. O bir ucunda zincire bağlıydı ve ben ardımda gölgeler bırakarak ona doğru emin adımlarla ilerliyordum. Dikkatini çekiyordum ama bana tam olarak odaklanamıyordu. Yakşa'nın kanını emdiğimden bu yana akıl çelici yeteneklerim daha da gelişmiş ve güçlenmişti. Beynine zarar vermemek için dikkatli davranmam gerekiyordu.

"Adım Lara değil."

Gözlerini kırpıştırdı. "Nedir peki?"

"Fark etmez. Göründüğüm kişi değilim." Durdum. "Ne üzerinde çalıştığınızı biliyorum."

Tereddüt etti. "Nasıl?"

"Mahkûmunuzu tanıyorum. Benim bir arkadaşım."

"Hayır."

"Evet. Geçen gece sana yalan söyledim ve bunun için çok üzgünüm. Sana bir daha yalan söylemeyeceğim. Las Vegas'a geliş nedenim arkadaşımı kurtarmaktı." Dizine dokundum. "Ama sana zarar vermek için gelmedim. Sana bu kadar değer vereceğimi bilmiyordum."

Nefes alması gerekti. "Ne söylediğini anlayamıyorum."

Bakışlarımı biraz hafifletmek zorunda kaldım. Kafatasının içerisinde basınç birikiyordu. Alnında ter damlacıkları oluşmuştu. Ayağa kalkıp ona sırtımı döndüm ve camdan dışarıya, Strip kumarhanesine baktım. Noel süsleri şafak vaktinin solgun ışığını delip geçen neon ışıklarıyla daha da fazla parlıyorlardı.

"Ama anlıyorsun," dedim. "Elinizde bir mahkûm var, Joel Drake. O bir FBI ajanı, ama onu incelemeye başladığınızdan bu yana bundan daha fazlası olduğunu gördünüz. Kanı diğer insanların kanından farklı ki bu, onu daha güçlü ve hızlı yapıyor. Bu nedenden dolayı onu özel bir hücrede kilit altında tutuyorsunuz. General sana tehlikeli olduğunu söyledi. Ama öte yandan aynı general seni ve iş arkadaşlarını gece gündüz çalıştırarak daha fazla insan kanının sözde tehlikeli mahkûmunuzun kanına dönüşmesini sağlamanızı istiyor." Durdum. "Bu doğru, değil mi Andy?"

Cevap vermek için uzun bir süre bekledi. Sesi tereddütlü bir şekilde çıkıyordu.

"Tüm bunları nereden biliyorsun?"

Yüzümü ona doğru çevirdim. "Sana söyledim. Onun arkadaşıyım. Onu kurtarmak için buradayım. Yardımına ihtiyacım var."

Andy gözlerini benden alamıyordu. Sanki bir hayaletmişim gibi bakıyordu.

"Bir tane daha olduğunu söylediler," diye mırıldandı.

"Evet."

"O sen misin?"

"Evet."

İrkildi. "Onun gibi misin?"

"Evet."

Elini alnına götürdü. "Aman Tanrım."

Bir kez daha yatakta yanına oturdum.

"Biz kötü değiliz," dedim. "Sana neler anlatıldığını biliyorum ama bunlar doğru değil. Sadece tehdit edildiğimizde savaşırız. Bizi LA'de tutuklamak isterken ölen insanlara aslında zarar vermek istemiyorduk. Ama peşimizden geldiler ve bizi köşeye sıkıştırdılar. Kendimizi savunmaktan başka çaremiz yoktu."

Başını elleri arasına aldı. Neredeyse ağlamak üzereydi. "Ama o geceden önce başkalarını da öldürdün."

"Bu doğru değil. Ölümlere neden olan kişi yoldan çıkmış biriydi. Adı Eddie Fender'di. Kazara kanım eline geçti. Sonunda onu durdurdum, ama Eddie bu kan dışarı çıktığı zaman nelerin olabileceğinin en iyi örneği. Biraz önce kendin de söyledin. Tüm insanlığı etkileyebilir. Daha kötüsü tüm insanlığı yok edebilir. Bunu durdurmak için buradayım. Sana yardım etmek için buradayım."

Bana dikkatlice baktı ama parmakları hâlâ yüzündeydi. "Bu sayede zarı o şekilde atabiliyorsun."

"Evet."

"Başka neler yapabiliyorsun?"

Başımı salladım. "Bunun önemi yok. Önemli olan tek şey daha fazla insanın benim ve arkadaşım gibi olmaması."

"Sizden kaç tane var?" diye sordu.

"Sadece ikimizin kaldığını düşünüyordum. Ama tesiste bir tane daha olduğundan şüpheleniyorum." Durdum. "Var mı?"

Benden uzaklaştı. "Sana söyleyemem. Kim olduğunu bile bilmiyorum."

"Beni herkesten daha iyi tanıyorsun. DNA'mın neye benzediğini gördün."

Ayağa kalktı ve odanın diğer ucundaki duvara doğru gitti. Bir eliyle duvardan destek alıyor ve hızlı hızlı soluyordu. "Bahsettiğin adam Joel, o hasta. Ateşi var ve ciddi kramplara maruz kalıyor. Onunla ne yapacağımızı bilemiyoruz." Andy kendiyle mücadele ediyordu. Açıklamalarım ona çok fazla gelmişti. "Biliyor musun?" diye sordu.

"Evet. Onu güneş ışığından uzak tutmanız gerekir."

"Zaten bodrum katında bir hücrede tutuluyor. Güneş yok." Durdu. "Güneşe karşı alerjisi mi var?"

"Evet."

Andy dondu kaldı. "Ama bu durumda güneş onu nasıl hasta edebilir? Dedim ya, güneşi görmüyor."

"Onu hasta eden şey sadece güneş değil. Yalnızca olasılıkları gözden geçiriyordum. Hasta, çünkü aç."

"Ama ona yiyecek verdik. Faydası yok."

"Gerçekte ihtiyacı olduğu şeyle beslemiyorsunuz onu."

"Nedir o?"

"Kan."

Andy neredeyse yere yuvarlanacaktı. "Hayır," diye inledi. "Siz vampir misiniz?"

Ayağa kalktım ve dikkatli bir şekilde ona doğru yürüdüm. Onu şimdiye kadar korkuttuğumdan daha fazla korkutmak istemiyordum. "Biz vampiriz, Andy. Joel sadece birkaç gündür vampir. Onu ölümden kurtarmak için dönüştürmek zorunda kaldım. Eddie onda ölümcül yaralar açtı. Bana inan, etrafta dolaşıp yeni vampirler yaratmak alışkanlığım değildir. Prensiplerime aykırı."

Andy ayakta kalmakta zorlanıyordu. "Peki, seni kim dönüştürdü?"

"Yakşa adında bir vampir. Türünün ilkiydi."

"Bu ne zaman oldu?"

"Uzun zaman önce."

"Ne kadar zaman önce?" diye ısrar etti.

"Beş bin yıl önce."

Yaşımı ortaya koymak bize bir fayda sağlamadı. Andy'nin dizlerinin bağı çözüldü ve yere doğru kaymaya başladı. Top gibi kıvrıldı; ben ona yaklaştıkça da irkilerek geri çekiliyordu. Bir adımlık mesafede durdum.

"Benden ne istiyorsun?" diye sordu.

"Yardımını. Tesise girmek ve dünya yok olmadan önce arkadaşımı kurtarmak zorundayım. Bu kadar basit. Ama tehlikesi de bir o kadar yüksek. Ve biliyorsun, abartmıyorum. General'in elindeki kan, teröristlerin elindeki plütonyumdan bile daha tehlikeli."

Andy zayıf bir şekilde başını salladı. "Ah, buna inanırım."

"Peki, bu durumda bana yardım edecek misin?"

Sorum onu şaşırttı. "Ne? Sana nasıl yardım edebilirim? Sen bir çeşit canavarsın. Tehlikenin kaynağı sensin."

Kararlı bir şekilde konuştum. "Tarihin başlangıcından beri bu dünyada geziniyorum. Tüm bu süre zarfında benim ve benim gibi olanların varlığıyla ilgili sadece efsaneler ve söylentiler vardı. Üstelik bu efsane ve söylentiler de gerçeklik üzerine bile kurulu değildi. Sadece hikâyeydiler. Çünkü tüm bu zaman zarfında hiçbirimiz insanlığı yok etmek için bir girişimde bulunmadık. Öte yandan istese de istemese de General bunu yapacak. Beni dinle, Andy! Onun durdurulması gerekiyor ve sen bana bu konuda yardım edeceksin."

"Hayır."

"Evet! Joel'un kanını klonlamak istiyor musun? Bu malzemenin Pentagon'un göbeğindeki bir silah üssüne gönderilmesini istiyor musun?"

Öfke, Andy'nin sarsılmasına neden oldu. "Hayır! O kanı yok etmek istiyorum! Senin öğütlerine ihtiyacım yok. Ne yapabileceğini biliyorum. Baştan başa inceledim onu."

Ona yaklaştım ve yerde dizlerimin üzerine çöktüm. "Bana bak, Andy."

Başını eğdi. "Bana büyü yapabilirsin."

"Seni doğrular konusunda ikna etmek için büyüye ihtiyacım yok. Ben düşman değilim. Benim yardımım olmadan bu şeyi hayata geçmeden durdurmana imkân yok. Herkesin bizim vampir güçlerimize ve iştahımıza sahip olduğu bir toplum düşün."

Gözünün önüne getirdiğim manzara midesini bulandırdı. "Gerçekten insan kanı mı içiyorsunuz?"

"Evet. Yaşamak için ona ihtiyacımız var. Ama kanını içtiğim insanı öldürmeme, hatta zarar vermeme bile gerek yok. Genellikle başlarına ne geldiğinin farkında bile olmazlar. Ertesi gün sadece biraz baş ağrısıyla uyanırlar."

Anlattıklarım beklenmedik bir şekilde gülümsemesine neden oldu. "Bu akşam baş ağrısıyla uyandım. Benden habersiz kanımı mı içtin?"

Hafifçe kıkırdadım. "Hayır. Baş ağrıların senin kendi sorunun. İçkiyi kesmediğin takdirde karaciğerin iflas edecek. Beş bin yaşındaki bir doktorun tavsiyelerini dinle."

Sonunda bana baktı. "Gerçekten o kadar yaşlı değilsin, değil mi?"

"Krişna dünya üzerinde dolaşırken hayattaydım. Hatta onunla tanıştım."

"Nasıl biriydi?"

"Harika biriydi."

"Krişna harika mıydı?"

"Evet. Beni öldürmedi. Benim bir canavar olduğumu düşünmemiş olmalı."

Andy yavaş yavaş sakinleşiyordu. "Sana öyle dediğim için üzgünüm. Sadece... ben daha önce hiç bir vampirle karşılaşmamıştım. Demek istediğim; daha önce hiç bir tanesiyle aynı otel odasında bulunmamıştım."

"Dün gece benimle yatmadığına memnun musun şimdi?"

Bu küçük noktayı unuttuğu belliydi. "Vampire dönüşmüş olacak mıydım?"

"Ölümsüz olmak için bir ölümsüzle yatmaktan daha fazlası gerekir." Yumuşak bir şekilde konuşuyordum. "Ama bunu zaten biliyor olmalısın."

Sırıttı. "Değişimi gerçekleştirmek için kan transferi olması gerekir. Tahminimce yüksek miktarda kan."

"Evet, bu doğru. Deneyleriniz bunu doğruladı mı?"

"Sadece birkaç şeyi öğrenebildik. Ama insan bağışıklık sisteminin, bu tip kana karşı ciddi bir saldırı gerçekleştirdiğini biliyoruz. Önce etrafını sarıyor, sonra da onu yok etmeye çalışıyor. Sadece çok miktardaki DNA kodu transferinin sistemi tamamen dönüştürebileceğini kanıtladık. Aslında DNA'nızın sistemi ele geçirip kendini her bir hücreye kopyalayacağını düşünüyoruz." Bir an durdu. "Yakşa seni dönüştürdüğünde bu mu olmuştu?

Tereddüt ettim. Daha sonra kullanabileceği bilgileri vermek istemedim.

"Beni dönüştürdüğünde gençtim. Sürecin neredeyse tamamında bağırıyordum."

"Şimdi öldü mü?"

"Evet."

"Ne zaman öldü?"

"Birkaç gün önce," dedim. "Ölmek istedi."

"Neden?"

Üzgün bir ifadeyle gülümsemeye çalıştım. "Krişna'nın yanında olmak istedi. Onun için önemli olan tek şey buydu. Beni dönüştürdüğünde kötü biriydi. Ama öldüğünde tam bir azizdi. Tanrı'yı çok fazla seviyordu."

Andy bana hayretler içinde bakıyordu. "Bana doğruyu söylüyorsun."

Hafifçe başımı salladım. Krişna'yı düşünmek beni her zaman sarsıyordu.

"Evet. Belki de sana en başından anlatmalıydım. Biliyor musun, seni hipnotize edecektim. Seni baştan çıkartacaktım, para teklif edecek ve başını döndürecektim; artık ne yaptığını bilemeyecek bir hale gelinceye kadar." Nazikçe bacağına dokundum. "Ama tüm bunların hiçbirinin gerekli olmadığını anladım. Sen gerçek bir bilim insanısın. Gerçeği arıyorsun. İnsanlara zarar vermek istemiyorsun. Ve bu kanın insanlara zarar verebileceğini biliyorsun. Onu bana geri ver. Onu insanlara zarar vermeden nasıl idare edebileceğimi biliyorum."

"Tesise girmene yardım edersem beni ömrümün sonuna kadar hapiste tutarlar."

"Araçlar gün boyunca tesise girip çıkıyor. Onları uzaktan izledim. Beni bagajında içeriye sokabilirsin. Kimse bakmıyorken dışarıya çıkarım ve kimse seni suçlayamaz."

Andy ikna olmamıştı. "Arkadaşın ana laboratuvarın bodrumunda bir hücrede. Hücrenin duvarları senin bile zarar veremeyeceğin özel bir metal alaşımından yapıldı. En azından arkadaşının zarar veremediğini biliyorum. Denemesini izledim. Ayrıca arkadaşın sürekli gözetim altında. Kameralar onu günün yirmi dört saati izliyor. Sonra bir de tesisin kendi güvenliği var. Etrafı kulelerle çevrili. Kulelerde bulunan adamlar ağır silahlı. Tesis bir kale gibi. Her binanın arkasında tanklar ve füzeler var." Durdu. "Onu dışarı çıkarabilmene imkân yok."

"Joel'un tutulduğu bu özel hücrenin kapısı nasıl açılıyor?"

"Hücrenin hemen dışında bir kontrol düğmesi var. Bastığında kapı yana doğru açılıyor. Ama arabamın bagajından bu düğmeye uzanan yol çok uzun. Hatta tesisin dışına çıkmak daha da uzun bir yol. Arkadaşınla kaçabilmek için görünmez olmanız gerekir."

Başımı salladım. "Adım adım tesisteki güvenliğin üzerinden geçebiliriz. Ama bunu yapmadan önce sana daha önce sormuş olduğum soruya cevap ver. Tesiste arkadaşımdan başka vampir var mı?"

Tereddüt etti ve başını eğdi. "Evet."

"Ne kadar süredir orada? Bir ay?"

"Evet."

"Los Angeles'ta mı yakalandı?"

"Evet. Genç bir zenci. Dönüştürülmeden önce Los Angeles'ın güneyinde yaşıyormuş." Andy başını kaldırdı. "Ama hiç Eddie'den bahsetmedi. Onu dönüştüren başka biriymiş. Adını şimdi hatırlayamadım."

Teorim doğru çıkmıştı. "O kişi Eddie tarafından dönüştürülmüştür. Bana güven; bu diğer vampirin nihai kaynağını biliyorum. Joel'a göre nerede tutuluyor?"

"Joel'un hücresinin yanında. Aslında koma halinde. Arkadaşındaki hastalığın aynısı onda da var; kramp ve ateş." Andy başını salladı. "Onunla ne yapmamız gerektiğini bilmiyorduk. Kan istemedi hiç."

"Adamlarınız muhtemelen onu dönüştürüldükten hemen sonra yakalamıştır. Kimse ona ne yapması gerektiğini anlatamadan." Bu zavallı ruhun çektiği acıyı tasavvur etmek pek de hoş bir duygu değildi. "Onu da dışarıya çıkarmam gerekiyor," dedim.

"O zaman onu taşıman gerekecek."

"Yapmam gerekirse yaparım."

Andy beni inceledi. "Çok yaşlı olduğunu söylüyorsun. Bu durumda biz kısa yaşayan ölümlülerden daha zeki olmalısın. En azından ben böyle düşünüyorum; bu durumda şansın senden yana olmadığını da biliyor olmalısın."

"Bugüne kadar kötü şansı yenmeyi başardım. Zar masasında ne kadar başarılı olduğuma baksana."

"Bunu yaparsan büyük bir ihtimalle öleceksin."

"Ölmekten korkmuyorum."

Etkilenmişti. "Sen gerçekte bir canavar değilsin. Benden o kadar çok cesursun ki."

Elini elimin içine aldım. "Bir dakika önce bana yardım etmenin seni tehlikeye atmayacağını söylediğimde yanılmışım. Ancak cesur bir adam beni arabasının bagajında tesisin içerisine gizli bir şekilde sokabilir."

Elimi sıktı. "Gerçek ismin ne?"

"Sita," dedim. "Çok az kişi bunu bilir."

Kızıl saçlarıma dokundu. "Kanının beni sadece korkuttuğunu söylerken yanılmışım. Aynı zamanda beni etkiliyor." Durdu ve yüzünü sinsi bir sırıtış kapladı. "Seks beni ölümsüz yapmak için yeterli değil mi gerçekten?"

"Geçmiş zamanlarda işe yaramadı. Ama bugünler gizemli mucizelere gebe." Beklenmedik bir sıcaklığın ondan bana doğru aktığını hissettim. Gözleri, esrarengiz derinlikleri ve nazik bakışlarıyla beni adeta hipnotize etmişti. Gülümseyerek ona doğru uzandım ve sarıldıktan sonra kulağına, "Şafak sökmek üzere. Eski çağlarda bu, dönüşüm zamanı olarak düşünülürdü. Şimdilik seninle kalacağım," diye fısıldadım. Durdum ve, "Kim bilir ne olur?" diye ekledim.

ON İKİNCİ BÖLÜM

Daha önce gördüğüm bir rüyayı tekrar gördüm. Sonsuza kadar süren bir rüya gibiydi. Yer sonsuzlukta geçiyordu ya da en azından benim böyle bir yer için kullanabileceğim başka bir tanım yoktu.

Çimenlerle kaplı uçsuz bucaksız bir düzlükte duruyordum ve uzak bir mesafede hafifçe yükselen tepecikler vardı. Gece olmasına karşın gökyüzü parlıyordu. Güneş yoktu ama üzerimizdeki yüzlerce mavi yıldız uzun, bulutumsu bir nehirde parlıyordu. Burası bana tanıdık geliyordu. Hava ılık ve tatlı kokularla doluydu. Kilometrelerce ötede çok sayıda insan bir gemiye biniyordu. Devasa boyutlardaydı ve mor renkli bir uzay gemisine benziyordu. Gemi içeriden dışarıya ilahi bir parlaklık yayıyordu, ışık kör edercesine güçlüydü. Kalkmak üzere olduğunu ve benim de o geminin içinde olmam gerektiğini biliyordum. Ama Efendi Krişna ile konuşmamı bitirmeden binemezdim.

Benimle birlikte sağ elinde altın flütü ve diğer elinde kırmızı bir lotus çiçeğiyle geniş ovada duruyordu. Her ikimiz de uzun mavi cübbe giyiyorduk. Onun boynunda nefis bir mücevher vardı; her ruhun kaderinin görülebildiği Kaustubha taşı. Konuşmamı beklerken gökyüzüne baktı. Ama ne tartıştığımızı hatırlayamıyordum.

"Efendim," diye fısıldadım. "Kaybolmuş hissediyorum."

Gözleri yıldızlara sabitlenmişti. "Kendini benden kopmuş hissediyorsun."

"Evet. Seni bırakmak istemiyorum. Yeryüzüne geri dönmek istemiyorum."

"Hayır. Yanlış anladın. Sen kaybolmuş değilsin. Tüm yaradılış bana ait, benim bir parçam. Nasıl kaybolmuş olabilirsin ki? Ayrılmış olduğun hissi bu şaşkınlığını çoğaltıyor." Sonunda bana baktı, uzun siyah saçları yumuşak rüzgârda dalgalanıyordu. Yıldızlar koyu renk gözlerinin derinliklerinde parlıyordu. Tüm yaradılış oradaydı. Gülümsemesi nazikti, yaydığı sevgi duygusuysa karşı konulamazdı. "Zaten yeryüzündesin. Şimdi evindesin."

"Bu mümkün mü?" diye fısıldadım. Hatırlamaya çalışıyordum. Yeryüzünde olmamla ilgili silik hatıralar zihnimde toparlanıyordu. Aklıma bir koca, bir kız evlat geliyordu. Gülümsemelerini görebiliyordum. Yine de karanlık bir perde üstlerini örtüyordu. Onları belirli bir uzaklıktan izliyordum, bana bağlı olduğunu neredeyse hiç düşünemeyeceğim bir aklın içinden. Sonsuz günler ve gecelerin, acı çeken kana bulanmış insanların bulunduğu yüzyıllar gözümün önünde beliriyordu. Dökmüş olduğum kanlar. Sorunun dudaklarımdan dökülebilmesi için kendimi zorlamam gerekti. "Yeryüzünde ne yaptım ben, Efendim?"

"Farklı olmak istedin; farklıydın. Fark etmez. Bu yaradılış bir sahne ve iyi ya da kötü adamlar olarak oynadığımız roller var. Tümü *maya*—hayali."

"Ama ben... günah mı işledim?"

Sorum onu neşelendirmişti. "Bu mümkün değil."

Bekleyen gemiye doğru baktım. Neredeyse dolmuştu. "O zaman seni bırakıp gitmek zorunda değilim."

Güldü. "Sita. Duymadın galiba. Beni zaten bırakamazsın. Ben her zaman seninleyim, yeryüzünde olduğunu düşündüğünde bile." Sesinin tonu değişti. Bir arkadaş gibi konuşuyordu. "Bir hikâye dinlemek ister misin?"

"Evet, Efendim," dedim.

"Bir zamanlar okyanus kıyısındaki küçük bir kasabada yaşayan bir balıkçı ve karısı varmış. Balıkçı her gün kayığıyla denize açılır ve karısı da karada kalıp evle ilgilenirmiş. Hayatları basitmiş ama mutlularmış. Birbirlerini çok severlermiş.

Karısı sadece bir tek şeyden şikâyet edermiş; o da kocasının sadece balık yemesiymiş. Kahvaltıda, öğlen yemeğinde ve akşam yemeğinde, sadece yakaladığı balığı yermiş. Ne pişirdiği hiç önemli olmazmış kadının. Ekmek veya pasta, pilav ya da patates, kocası hiçbirinden yemezmiş. Balık benim yemeğim, dermiş ve böyle olması gerektiğini söylermiş. Genç yaştan beri böyle olduğunu ve bu konuda yemin etmiş olduğunu karısı anlamak istememiş.

Bir gün kadın kocasının bu kısıtlı yemek alışkanlığından bıkmış. Ona bir oyun oynamaya karar vermiş ve balığının içerisine bir parça pişmiş kuzu eti ilave etmiş. O kadar zekice yapmış ki bunu, dışarıdan bakıldığında sanki balık denizden yeni çıkmış gibi görünüyormuş. Ama balığın pullarının arkasında kırmızı et varmış. Adam o akşam eve dönüp masaya oturduğunda masada balık varmış.

Önce yemeğini büyük bir iştahla yemeğe başlamış, yanlış bir şey olduğunu fark edememiş. Karısı da yanı başında oturup aynı yemeği yemiş. Ama yemeğin ortalarına geldiğinde adam öksürmeye ve boğulmaya başlamış. Nefes alamaz hale gelmiş. İşte o zaman tabağında garip bir şeyin kokusunu almış. Karısına dönmüş.

'Sen ne yaptın,' diye sormuş. 'Balığın içinde ne var?'

Karısı korku içerisinde oturuyormuş. 'Sadece biraz kuzu eti. Değişiklikten hoşlanacağını düşünmüştüm.'

Bu sözleri duyan balıkçı elinin tersiyle tabağı yere atmış. Öfkesi sınır tanımıyormuş. Bir yandan da hâlen nefes almakta zorlanıyormuş. Sanki kuzu eti nefes borusunu yakalamış ve serbest bırakmayı reddediyormuş gibiymiş.

'Beni zehirledin!' diye bağırmış. 'Kendi karım beni zehirledi.'

'Hayır! Sadece farklı bir şeyin tadına bakmanı istedim.' Kadın ayağa kalkmış ve kocasının sırtına vurmaya başlamış. Ama fayda etmemiş. 'Neden tıkandın ki?'

Balıkçı yere düşmüş ve morarmaya başlamış. 'Bilmiyor musun?' diye iç geçirmiş. 'Kim olduğumu bilmiyor musun?'

'Benim kocamsın,' diye bağırmış kadın yanına diz çökerek.

'Ben...' diye fısıldamış balıkçı. 'Ben neysem oyum.'

Bunlar son sözleri olmuş. Balıkçı ölmüş ve ölürken de bedeni değişmiş. Bacakları geniş yüzgeçlere dönüşmüş. Teni gümüş pullarla kaplanmış. Yüzü dışarıya doğru uzamış, gözleri sönük ve soğuk bir hale gelmiş. Anladın mı, çünkü o insan değilmiş. Büyük bir balık olarak sadece daha küçük balıkları yiyebiliyormuş. Bunun haricindeki her şey onun için zehirmiş." Krişna durdu. "Anladın mı, Sita?"

"Hayır, Efendim."

"Fark etmez. Sen neysen osun. Ben neysem oyum. Hepimiz aynıyız... vaktin olup da beni hatırladığında." Krişna flütünü dudaklarına götürdü. "Bir şarkı dinlemek ister misin?"

"Çok isterim, Efendim."

"Gözlerini kapat ve dikkatli dinle. Şarkı her zaman aynıdır, Sita. Ama aynı zamanda her zaman değişir de. Gizem budur, paradoks budur. Gerçek her zaman hayal edebildiğinden daha basittir."

Gözlerimi kapattım ve Efendi Krişna büyülü flütünü çalmaya başladı. Zamanın dışındaki bir yerde, burada önemli olan tek şey oydu. Büyülü notalardan çıkan müzik, galaksinin kalbinden esen rüzgârla süzülüyordu. Yukarıdaki yıldızlarsa sanki kâinat yavaş yavaş dönüp yıllar geçiyormuşçasına üzerimize parlıyordu. Efendimin her yerde olduğunu bilmek için onu görmeme gerek yoktu. Elini kalbimin üzerinde hissetmek için ona dokunmama gerek yoktu. Sevgisi haricinde hiçbir şeye ihtiyacım yoktu. Bir süre sonra geride kalan tek şey oydu. İlahi sevgisi, ilahi varlığımın merkezine akıyordu. Gerçekte biz bir ve aynıydık.

ON ÜÇÜNCÜ BÖLÜM

Andy'nin bagajında sırtüstü yatıyordum. Duyma yeteneğim çok gelişmişti; artık tesisten gelen sesleri ve kapıdaki nöbetçilerin konuşmalarını bile duyabiliyordum. Bagajın içerisindeki ışıksızlık benim için tam bir karanlık sayılmazdı. Üzerimdeki beyaz laboratuvar önlüğünü ve göğüs cebime takılı sahte kimlik kartımı net bir şekilde görebiliyordum. Kimlik kartı Andy'nin eski kartlarından biriydi. Resmimi anlaşılmayacak şekilde üzerine yapıştırıp ismi değiştirdim. Artık Pentagon'dan gelen mikrobiyolog Doktor Yüzbaşı Lara Adams olmuştum. Andy güneydoğudan birçok bilim insanının geldiğini söylemişti. Makyajımı daha yaşlı görünmemi sağlayacak şekilde yapmıştım. İçeriye sızabilmeliydim.

Güvenlik kapısında durduk. Andy'nin nöbetçilerle konuşmasını dinledim.

"Uzun bir gece daha mı, Harry?" diye sordu Andy.

"Öyle gözüküyor," diye cevap verdi nöbetçi. "Şafağa kadar mı çalışacaksın?"

"Yakın. Bu gece vardiyası dayanılmaz. Geliyor muyum, gidiyor muyum bilmiyorum." Andy elektronik olarak taranması gereken bir şeyi nöbetçiye uzattı. Tesisten çıkmak için de bir taneye ihtiyacı vardı. Arka cebimde böyle bir tane vardı. Andy doğal bir sesle devam etti. "Masalarda daha çok şansım olmasını isterdim. Böylelikle bu aptal işi bırakabilirdim."

"Seni anlıyorum," dedi nöbetçi. "Şansın bu sıralar nasıl?"

"Dün gece birkaç bin kazandım."

Nöbetçi güldü. "Evet, ama bu arada ne kadar kaybettin?"

Andy de nöbetçinin gülmesine katıldı. "Üç bin."

Nöbetçi geçiş kartını geri verdi. "İyi geceler. Adamı sinirlendirme sakın."

Andy'nin başını salladığını duydum. "Bunun için biraz geç."

Tesisin içerisine girdik. Andy kuledeki nöbetçilerin görüş alanının dışındaki iki hangarın arasına park edeceğini söylemişti. Yeri daha önce incelediğimden dolayı yabancılık çekmeyecektim. Araba hareket etmeye başladığında doğruca o noktaya doğru ilerlediğimize emindim. Özellikle de Andy sola dönerek arabayı park edip motoru kapattıktan sonra. Arabasının kapısını açtı, dışarı çıktı ve uzaklaştı. Ana laboratuvara girene kadar ayak seslerini dinledim. Buraya kadar her şey iyi gidiyordu.

Bagajı açtım ve dikkatli bir şekilde etrafı kolaçan ettim.

Araba gölgelerin arasında kalıyordu. Etrafta da kimse yoktu. Dışarıya süzüldükten sonra bagajı sessiz bir şekilde kapattım. Laboratuvar önlüğünü ince vücudumun üzerinde düzelttim ve kızıl saçlarıma çeki düzen verdim. Kalın gözlük camlarım beni akıllı ama aynı zamanda da inek bir öğrenci gibi gösteriyordu.

"Arka Doğu'dan Lara Adams" diye fısıldadım. *Arka Doğu'*nun Pentagon anlamına geldiğini söylemişti Andy. Orası için asla gerçek ismini kullanmıyorlardı.

"*General'e ulaşmalısın. Onu kontrol etmelisin.*"

Seymour'un tavsiyesi aklıma geldi. Andy'yi Joel'un tutulduğunu bildiğim ana laboratuvara kadar izleme isteğimi bastırarak laboratuvarın arkasında bulunan küçük odaya doğru yöneldim. Bu, General'in kaldığı yerdi. Ön basamakları çıktıktan sonra durdum. Zili çalmadım çünkü içeride kimsenin olmadığını biliyordum. Andy beni bu konuda uyarmıştı. General'in pek yerinde olmadığını söylemişti. Andy, Joel'u alıp buradan mümkün olduğunca hızlı bir şekilde kaçmamı istedi. Tabii bu tesisi havaya uçurmak için General'i kontrol etmem gerektiğinden haberi yoktu. Ama onu ikaz ettim. Havai fişekler başlar başlamaz tesisi en kısa sürede terk etmesi gerektiğini söyledim.

Bir an için kararsız bir şekilde orada durdum.

"General, Joel için geleceğini biliyor."

Seymour akıllıydı ama yine de bazen insanların zekâsını fazla abarttığını düşünüyorum. Tesise ne kadar da kolay girebilmiştim. General yolda olduğumu bilemezdi. Ayrıca onu bulmak için de tüm tesisi arayamazdım.

Joel'a bir göz atmaya karar verdim. Tam olarak nerede olduğunu anladıktan sonra yapacağım hamleleri daha kolay planlayabilirdim. Andy'nin gözden kaybolduğu ana laboratuvarın girişine doğru yöneldim.

Laboratuvarın içerisi hol ve ofislerden oluşan bir labirent gibiydi. Anatomik işlemlerin ve analizlerin alt katlarda yapıldığı görülüyordu. Laboratuvar önlüklü kadın ve erkekler çalışıyordu etrafta. Çok sayıda silahlı asker yoktu. Kimse bana dikkat etmedi. Asansörü dinlerken yukarı-aşağı hareket eden insanları duydum. Merdivenleri asansöre tercih ederdim. Asansör, ele geçirmeye çalışılan bir vampir için ölümcül bir tuzak olabilirdi.

Merdivenleri bulduktan sonra birkaç kat aşağıya indim. Andy bana Joel'un yerin iki kat altında tutulduğunu ve hücresinin binanın doğu sınırında olduğunu söylemişti. Ana giriş kapısından en uzak nokta. Alt katta daha az insan vardı. Yumuşak tonlarda konuşuyorlardı. Olmam gerektiği gibi profesyonel bir havada dar bir koridordan binanın arkasına doğru ilerledim. Joel'un kokusunu zayıf da olsa alabiliyordum. Ama kalp atışını duyamıyordum; nefes alışını da. Hücresinin duvarları çok kalın olmalıydı. Koku bana yol gösteriyordu ve havalandırma kanallarından dağıldıkça onu dikkatli bir şekilde takip ediyordum.

Ekranların ve silahlı iki askerin bulunduğu bir güvenlik merkezine ulaştım. Kapısı kapalı odanın içerisindeki tüm konuşmaları duyabiliyordum. Kapıyı yavaşça açarak içeriye göz attım ve Joel'u ekranlardan birinde gördüm. Parlak ışıkla aydınlatılmış bir hücrenin köşesinde, metal bir zincirle duvara bağlı şekilde oturuyordu.

Diğer vampiri ekranların hiçbirinde göremiyordum. Garip.

Kapıyı kapattım ve çaldım. Nöbetçilerden biri cevap verdi.

"Evet? Yardımcı olabilir miyim?"

"Evet. İsmim Dr. Lara Adams." Ekrandaki Joel'a başımla işaret ettim. "Hasta ile görüşmek için buradayım."

Nöbetçi önce arkadaşına sonra da bana baktı. "Hoparlör aracılığıyla demek istediniz herhâlde?"

"Onunla yüz yüze konuşmayı tercih ederim," dedim.

Nöbetçi başını salladı. "Size ne anlatıldığını bilmiyorum ama hiç kimse hasta ile yüz yüze görüşmüyor. Sadece hoparlör aracılığıyla." Durdu ve kimlik kartımın yanı sıra göğüslerime baktı. Erkek erkektir. "Bu adamla yüz yüze görüşme yetkisini kim verdi size?"

"General Havor."

Adam kaşlarını kaldırdı. "Kendisi mi söyledi bunu?"

"Evet. İsterseniz arayıp teyit alabilirsiniz." Odanın içerisine bakarak, "İçeriye gelebilir miyim?" dedim.

"Evet." Nöbetçi yanımda duruyordu. "İsminizin ne olduğunu söylemiştiniz?"

"Dr. Lara Adams." Monitöre işaret ettim. "Adamı görebiliyorum ama gerçekten nerede? Yakında mı?"

"Köşeyi dönünce," dedi nöbetçilerden biri diğer arkadaşı telefona doğru uzanırken. "O kadar kalın bir kutunun içerisindeyken atom bombası bile işlemez buna."

"Ah," dedim. "Faydalı bir bilgi."

Ellerimi açtım ve parmaklarım bıçak gibi havayı yardı.

Her iki nöbetçi de baygın bir şekilde yere düştü, ölmemişlerdi.

Telefonu yerine koydum. Köşeye doğru ilerledim.

Kafesi açmak için büyük kırmızı düğmeye bastım.

Havanın tıslaması duyuldu. Bir adamın bedeni kalınlığındaki kapı yana doğru açıldı.

"Joel," diye bağırdım yumuşak bir ses tonuyla. Köşeye kıvrılmıştı, duvara zincirliydi. Titriyor, adeta sönmekte olan bir kor gibi yanıyordu. Ona doğru hızla yaklaştım. "Seni buradan çıkartacağım."

"Sita," diye bağırdı. "Yapma!"

Kapı olanca hızıyla kapanıp beni içeriye kilitledi.

Başımızın üzerinde bir televizyon ekranı belirdi.

Andy bana doğru bakıyordu. Arkasındaysa zalim suratlı General Havor duruyordu. Yüzünde sinsi ve yapmacık bir gülümseme vardı. Ama Andy başını yavaşça sallayıp içini çekerken neşeli gözükmüyordu. İlginçti ama ancak o anda düşmanımı net bir şekilde görebildim. Yıllar yüzünün şeklini değiştirmişti, gözlerini donuklaştırmıştı ve yumuşak sesini kalınlaştırmıştı. Tabii bunlar benim gibi normalde dikkatli olması gereken bir vampir için geçerli bahaneler olamazdı. En başından beri kiminle dans ettiğimi biliyor olmalıydım.

Hafif İtalyan aksanıyla, "Sita," dedi üzgün bir şekilde. *"E'passato tanto tempo dall' Inquisizione."*

Sita, Engizisyon'dan beri görüşmeyeli uzun bir zaman oldu.

Dehşet içindeyken her şeyi anlamıştım.

"Arturo," diye fısıldadım.

ON DÖRDÜNCÜ BÖLÜM

*Y*akalanmamım üzerinden birkaç saat geçti. Zamanın çoğunu gözlerim kapalı şekilde meditasyon yapıp yerde oturarak geçirdim. Ama keyif ya da mutluluk hissetmiyordum. İçimdeki nefret giderek büyüyordu: General Havor'a, Arturo'ya ve hepsinden çok kendime. Arturo her yerde işaretler bırakmıştı ama ben hepsini gözden kaçırdım. Aklım tekrar tekrar listemin üzerinden geçmek için zorluyordu beni.

1. Joel yakalandığında doğrudan Andy'ye getirildi. Joel'un özel doğasını General Havor'a onaylayan o oldu. Ama tesiste kalıp Joel'u inceleyeceği yerde, tesisten ayrıldı ve kumar oynamaya gitti. Yüzyılın avını ele geçirdikten sonra yapılabilecek en garip şeydi! Tabii ki Andy eğlenmek için dışarı çıkmamıştı. İzlediğimi biliyor olmalıydı. Oltaya yakalanacağımı biliyordu.

2. Andy'yi hiçbir zaman güneş ışığında görmedim ve bunun nedeni sadece gece vardiyasında çalışıyor olması değildi. Bir vampirin olması gerektiği gibi güneşe karşı hassastı. Kaldı ki, saf bir vampir bile değildi.

3. Andy yüksek gizlilik arz eden işini bana, tamamen yabancı birine anlattı. Ondan bildiklerini söküp almama bile gerek kalmadı. İşinden memnun olmayan birinin davranışlarını sergiledi ve beni ikna etti. Yetersiz maaş, totaliter bir patron ve kötü

çalışma saatleri. Beni en sinsi şekilde oyuna getirdi. Onu oyuna getirebileceğim tüm kozları bana vererek.

4. Tesise girmek için bana yardım etmesi gerektiğini söylediğimde itiraz etti. Bu konuda karşı gelmek için büyük çaba sergiledi. Ama zihniyle oynamadan bana yardım etmeyi kabul etmesi garipti.

5. Andy, Arturo'nun vampir DNA modeline sahipti. Bu noktayı atlamıştım, çünkü ellerinde incelemekte oldukları başka bir vampir olduğunu varsaymıştım. Problem sadece buydu. Başka bir vampir yoktu. Eddie'nin yavrularının hepsini yok etmiştim. Devletin elindeki tek vampir Joel'du.

"Anladın mı, çünkü o insan değildi. *Her zaman olduğu gibiydi, o bir balıktı. Ve büyük bir balık olarak da ancak daha küçük balıkları yiyebilirdi.*"

Rüyamda Krişna bana gizli gerçeğin en bariz gerçek olduğunu söylemeye çalışıyordu.

Andy, Arturo'nun modelini yapmayı başarmıştı, çünkü o Arturo'ydu.

O modeli görmem için neden ortalıkta bırakmıştı? Muhtemelen bana işkence vermek içindi, şüphesiz.

Gözlerimi açtım. "Lanet olsun," diye fısıldadım.

Joel bana baktı. Zincirlerini kırmıştım. Artık duvara sabitlenmiş olmadığından düzgün bir şekilde boylu boyunca uzanıp dinlenebiliyordu. Zincirler görevlerini tamamlamışlardı. Joel kapıda olmuş olsaydı kafesin içerisine girmeme gerek kalmayacaktı. Duvarların gücünü test ettim. Nöbetçi haklıydı; nükleer bir bomba bile buraya zarar veremezdi.

Hücrenin duvarları düz beyaz renkte ve metalikti. Alan altmış metrekarelik bir yerdi. Kapaksız bir tuvalet duvara monte edilmişti ve tek bir karyola vardı. Joel ince bir şiltenin üzerinde yatıyordu.

"Hepimiz hata yapabiliriz," dedi.

"Bazıları diğerlerinden daha fazla yapıyor."

"Beni kurtarma hareketini takdir ediyorum. Ama Eddie damarlarımı kestikten sonra beni ölüme terk etmeliydin."

"Muhtemelen haklısın. Ama o zaman da şu anki arkadaşlığından keyif alamazdım." Durdum. "Nasıl hissediyorsun?"

Yakalandıktan hemen sonra ve kendimi azarlamadan biraz önce yaptığım ilk şey, Joel'un kanımdan içmesine izin vermek olmuştu. Nakil daha ciddi problemlerini hafifletmiş olsa da hâlen sıska gözüküyordu. Yine de ona daha fazlasını vermek konusunda pek istekli değildim. Buradan çıkarken tüm gücüme ihtiyacımız olacaktı.

"İyi hissediyorum," dedi. "Günlerdir ilk kez."

Ona uzandım ve elini sıktım. "Senin için çok zor olmuş olmalı. Seni detaylı biçimde incelediler mi?"

"Garip bir soru oldu," dedi ve ekrana doğru işaret etti. Ona Arturo'dan bahsetmedim. "Eski bir arkadaşın olduğunu sanıyorum."

Her kelimenin kaydedildiğini biliyordum. Mahkemede aleyhime neyin kullanılabileceği ve neyin kullanılamayacağını bilmiyordum. Ama sessiz kalma hakkımın olmadığını biliyordum. Bilgiyi benden alabilmek için işkence yapıp yapmayacaklarını merak ediyordum. Bu onlar için zaman kaybı olacaktı. Yine de avukatımı aramama izin vereceklerine dair şüphem vardı.

"Çok uzun zamandır tanışıyoruz," dedim.

"Vegas nasıldı?"

"İyi. Zar masasında çok para kazandım."

"Bu harika. Nerede kaldın?"

"Mirage Oteli'nde." İçimi çektim. "Üzgünüm, Joel. İkimiz de burada olmamalıydık. Her şeyi berbat ettim."

"Kendine bu kadar yüklenme. Her şeyden öte Eddie'yi durdurdun."

"Evet. Sadece binlerce Eddie'nin ortalıkta dolaşmaması için yaptığım bir şey." Bilerek sesimi yükselttim ve ekrana doğru bağırdım. "Bunu duydun mu, Arturo? Serbest dolaşan binlerce Ralphe! İstediğin bu mu?" Sesim fısıltıya dönüştü. "Olacak olan bu ama."

Bağrışıma bir cevap almayı beklemiyordum. Ama bir dakika sonra televizyon ekranı yeniden canlandı. Arturo, güvenlik odasında yalnız başına oturuyordu. Başka bir deyişle köşe başında.

"Sita," dedi. *"None oho mai pensato che ti avrei rivista."*

Seni yeniden göreceğimi hiç düşünmemiştim.

"Ben de," diye mırıldandım.

"Rahat mısın?" diye sordu rahatlıkla bir dilden diğerine geçerken. İstediğinde aksanını belli etmiyordu. Uzun bir süredir Amerika'da yaşıyor olmalıydı.

"Hiçbir kafes rahat değildir." Durdum. "Sen rahat mısın?" diye sordum.

Ellerini açtı. Ne kadar da büyük olduklarını hatırladım. Birdenbire pek çok detay aklıma geliverdi. Gözlerindeki sıcaklık, çenesinin yapısı. Neden daha önce tanıyamamıştım ki? Bunun bariz nedenleri vardı. Son görüşmemizden bu yana yirmi beş yaş ihtiyarlamıştı; öte yandan yüzü kesinlikle yirmi beş yıldan daha fazla değişiklik içeriyordu. Muhtemelen son görüşmemizden bu yana gerçekte yedi yüz yıldan fazla bir zaman geçmiş olduğundan.

Yine de bu saydıklarımın hiçbirinin beni kandıramamış olması gerekirdi. Onu aslında iki kesin nedenden dolayı tanıyamamıştım: Zamanımızda yaşamasının mümkün olamayacağı gerçeği. Bu fikir aklıma bile gelmemişti. Ve sinsice izlediğim Andy, bir zamanlar sevmiş olduğum Arturo ile aynı ruha sahip değildi. Şimdi gözlerini dikip bana bakan adamı neredeyse hiç tanımıyordum. Üstelik onunla aylar boyunca aynı yatakta yatmıştım.

"Ne yapmamı bekliyordun?" diye cevap verdi. "Durdurulman gerekiyordu."

Sesim öfkeyle doluydu. "Ne için durdurulmalıydım?"

"Los Angeles'ta vahşice işlenmiş cinayetler vardı. Senin işin olduğunu biliyordum."

"Benim işim olmadığını biliyordun! Başka bir vampirin bunlara yol açtığını biliyordun! Yedi yüz yıldan bu yana yapacağımız ilk sohbeti bir yalan ile başlatma. Zevk için asla öldürmediğimi bilirsin."

Hiddetim bir adım geri çekilmesine neden oldu. "Özür dilerim. Dolaylı olarak bu işin içinde olduğunu söylemeliydim." Durdu. "Cinayetleri kim işledi?"

Mümkün olduğunca az bilgi verme kararımdan vazgeçtim. Ne de olsa vereceğim bilginin onlara bir faydası olmayacaktı. Önemli olan tek şey benim kanımdı.

"Eddie Fender isimli psikopat bir vampir tüm cinayetleri işledi. LAPD ve FBI onu durdurmak için ellerinden gelen her şeyi yapıyordu. Ama cinayetleri durduran kişi ben oldum. Peki, karşılığında ne aldım? Bir madalya mı? Hayır, tüm polis teşkilatı peşime düştü."

"O memurlardan en az iki düzine kadarını öldürdün."

"Çünkü beni öldürmeye çalışıyorlardı! Düşman olan ben değilim burada. Asıl düşman sen ve senin dâhil olduğun o sürü." Konuşmama ara verdim ve durdum. "Neden bu insanlarla birliktesin?"

"Onlara yardım edebilirim. Onlar da bana yardım edebilir. Ortak ilgi alanlarımız var. Çoğu ortaklıktaki neden de bu değil midir?"

"Neden, insanların bencil hedeflerinin olmasıdır. Ama bencil olduğunu hiç hatırlamıyorum. Neden ABD ordusu için çalışıyorsun?"

"Eminim şimdiye kadar anlamışsındır. Deneylerimi tamamlamam gerekiyordu."

Güldüm. "Halen İsa'nın kanını mı arıyorsun?"

"Bunu sanki bir aptalın işiymiş gibi söyledin."

"Kâfir birinin işi bu. Geçen sefer neler olduğunu gördün."

"Bir hata yaptım hepsi bu. Aynı hatayı tekrarlamayacağım."

"Sadece bu mu? Sadece bir hata? Peki ya Ralphe? O çocuğu seviyordum. Sen de seviyordun. Ama sen onu bir canavara dönüştürdün. Onu öldürmeye mecbur ettin beni. Bunun benim için ne anlama geldiğine dair bir fikrin var mı?"

Arturo'nun sesi buz gibiydi. "Bana karşı ifade vermene neden oldu."

"Durdurulman gerekiyordu. Bunu kendi başıma yapacak kadar gücüm de yoktu isteğim de." Bir an durdum. "Benimle zindanda konuşma fırsatın vardı. Ama konuşmamayı tercih ettin."

"Söyleyecek bir şeyim yoktu."

"Peki, o zaman şimdi de benim sana söyleyecek bir şeyim yok. Gelin ve taze vampir kanını alın. Ama yeteri kadar bilim insanı ve asker göndermeyi unutma. Hepsi geriye dönmeyi başaramayabilir."

"Hücrende olduğun sürece bizim için tehlike oluşturmuyorsun. Ve hayatının sonuna kadar da orada kalacaksın."

"Göreceksin," dedim fısıltıyla.

"Sita, beni şaşırtıyorsun. Hâlâ nasıl hayatta olduğum seni meraklandırmıyor mu?"

Yorgun bir şekilde derin bir nefes aldım. "Nasıl kurtulduğuna dair en ufak bir fikrim bile yok. Bana kendi üzerinde deney yapmadığın yolunda yeminler ederken bile kendin üzerinde deneyler yapıyormuşsun. Bu şekilde DNA hayalleri görmeye başladın."

"Kendi üzerimde deney yaptım. Bu doğru. Ama hiçbir zaman tam melez duruma ulaşamadım. Bu zaten bariz bir şekilde ortada."

Başımı salladım. "Çünkü yaşlandın. Artık gösterişli genç rahip olamamak canını mı yakıyor, Arturo?"

"Öte yandan ölümsüzüm."

"Hmm. Ben de her zaman bir gün ölüp cennete gitmek istediğini düşünürdüm." Aslında haklıydı, elbette o günleri merak ediyordum. "Mahkemeden sonra ne oldu? Nasıl kaçmayı başardın? Seni bir kazığa bağlayıp yaktıklarını duymuştum."

"Engizisyon üyesi idamımı özel bir topluluk önünde gerçekleştirme ayrıcalığını tanıdı. Cadı olduğumu itiraf ettiğimde gitmeme izin veremezlerdi, ama beni yakmak yerine asmaya razı oldular."

"Ve sen iyileştin."

"Evet."

"Şaşırdın mı?"

"Evet. Hesaplanmış bir risk vardı. Ama fazla seçeneğim yoktu."

Tereddüt ederek, "Peki Ralphe'e ne yaptın?" diye sordum.

Arturo ilk kez utanmış görünüyordu. "Deneyi senin kanınla güneş en tepedeyken yaptım."

Donakalmıştım. "Ama böyle bir şeyi asla yapmayacağını söylemiştin. Böyle bir şeye maruz bırakılan kişi yok olurdu."

"Hakkımda konuşulanların nasıl hızla ilerlediğini gördün. Deneylerimi tamamlamak için çok sınırlı bir sürem vardı. Üstelik Ralphe de casusluk yapıyordu. İkimiz de bilmiyorduk bunu. Ne yapmakta olduğumuzu görüyordu. Ve kendi denemek istedi."

Öfke beni ele geçirmişti. "Bu saçmalık! O bir çocuktu! Kendine ne olacağını bilmiyordu bile! Sen yaptın!"

"Sita."

"Sen bir korkaksın! Madem deneyin bu kadar önemliydi, neden kendi üzerinde denemedin. Benim kanımla güneş en yüksek noktadayken?"

Sözlerim onu yaralamıştı, ama yine de sürprizlerle doluydu. "Ama ben de öğlen güneşini senin kanının bulunduğu şişeye yansıttım. O sabah kalabalık kiliseye doğru gelirken seslerini duydum. Hızla bodruma indim ve vampir titreşiminin tüm gücünün üzerimde etkin olmasına izin verdim. Sanırım bu kadar uzun bir süre yaşabilmemin nedeni de o olsa gerek. Kalabalık beni durdurmuş olmasaydı belki dönüşüm tamamlanacaktı ve mükemmel safhaya ulaşacaktım. Bunu asla bilemedim. Kalabalığın yaptığı ilk şey kanının bulunduğu küçük şişeyi kırmaktı."

Sözleri canımı yakıyordu. "O zaman Ralphe'e uyguladığında ters giden neydi? Neden bir canavara dönüştü?"

"Buna neden olan birçok farklı faktör olabilir. Muhtemelen

bunlardan biri güneş en üst noktadayken onu bakır levhanın üzerine yatırmış olmamdı. Ve deneyin başarısızlıkla sonuçlanmasının en önemli nedenlerinden biri de aslında Ralphe'in doğası gereği korkusuz olmasıydı. Normalde hiçbir şeyden korkmazdı, ama dönüşüm başladığında korktu. Manyetik alanın gücü korkusunu büyüttü ve bu da DNA'sının çarpılmasına neden oldu. İşlem tamamlandığında artık onu kontrol edemiyordum. On adamın gücüne sahipti. Onu durduramadan kapıdan çıkıp gitmişti."

"Bana söylemeliydin. Birini öldürmeden önce onu durdurabilirdim. Onu yeniden dönüştürebilirdik."

Arturo başını salladı. "Geriye dönüş diye bir şey olamayacaktı. Ayrıca sana söylemeye çok utandım," diye ekledi.

"Nihayet Yüce Rahip bir itirafta bulundu!" Üzerine gitmeye devam ettim. "Tüm bu anlattıkların, kendinde denemeden önce küçük bir çocuk üzerinde deney yaptığın gerçeğine bahane olamaz. Ve bana yalan söyledin. Kıymetli Tanrı'nın adına bana yalan söylemeyeceğine dair yemin etmene rağmen."

"Herkes yalan söyler," diye cevap verdi.

Gençliğindeki diline geri dönerek, "*Guarda cosa sei diventata, Arturo*," dedim. Şimdi bak ne hale geldin, Arturo.

"İlk tanıştığımızda bir sineği bile incitemezdin. Bu yüzden sana kanımı verdim. Sana güvendim."

Ekrandan bile bakışlarının çok uzaklara odaklandığını görebiliyordum. Sözlerim acı dolu hatıraları karıştırıyordu... her ikimiz için de. Ona duyduğum nefret sadece ona duyduğum aşkla ölçülebilirdi. Onu hâlâ seviyordum ve bu yüzden kendimden nefret ediyordum. Duygularımı sezinlemiş olmalı ki bakışlarını bana çevirdi ve gülümsedi. Ama bu, üzgün bir gülümsemeydi.

"Sana karşı yaptıklarımı savunamam," diye cevap verdi.

"Sadece başarının ödülünün, başarısızlık ihtimalini geri plana attığını söyleyebilirim. Evet. Ralphe'i kullanmamalıydım. Evet. Sana hiç yalan söylememeliydim. Ama bunları yapmamış olsaydım şu an nerede olacaktık? Ben unutulan bir mezarda uzun bir süreden beri ölü yatıyor olacaktım ve sen de kendi bencil evreninde güvenli bir şekilde yaşayacaktın. Yedi yüz yıl önce başlatılan asil görevi devam ettirebilmek adına kanına sahip olamayacaktık."

Alay eden bir ifadeyle güldüm. "Yapabileceğim bir şey yok, ama *bencil* kelimesini bana hitaben kullandığını fark ettim. Kanımın titreşimlerinin altına yattığında senin zihninde ne tür bir hastalık büyümüş? Bir megaloman haline geldin. Bir rahiptin, hem de iyi bir rahip. Tanrı'nın önünde alçakgönüllüydün. Şimdi, Tanrı olmak istiyorsun. Şayet İsa bugün hayatta olsaydı ona nasıl cevap verecektin? Veya kanını çalmadan önce ona kendini anlatma şansı verecek miydin?"

"Kendini anlatmak için bir şans mı istiyorsun?" diye sordu Arturo nazik bir şekilde.

"Anlatacak bir şeyim yok. Vicdanım rahat."

Sesini yükseltti. Nihayet onu tetikleyebilmiştim. "Sana inanmıyorum, Sita. Ben cadılıkla suçlandığımda neden yüzüme bile bakamıyordun?"

"Sen bir cadıydın. Ve değişmemişsin! Lanet olsun sana, Arturo, bu insanlar tarafından tutsak olarak tutulmamın ne kadar tehlikeli bir şey olduğunu görmüyor musun? General Havor'a bir anlığına bakmam bile onun dünyayı yönetmek istediğini anlamam için yeterli."

"Canavar değil o, sadece *Andy* öyle düşünmene neden oldu."

"İnançlar hakkında konuşuyorsun. Bugünlerde neye inanıyorsun? İsa'yla hiç tanışmadım, doğru. Ama senin metotlarına asla göz yummayacağını sen de benim kadar iyi biliyorsun. Yalanların, tuzakların ve işkencelerin. Nedenler sonucu haklı çıkarmıyor. Ralphe'in nasıl insan etini yediğine sen tanık olmadın. Görmüş olsaydın yürümekte olduğun yolun şeytani olduğunu bilirdin."

Arturo ekrandan biraz uzaklaştı. Benim kadar o da yorgundu. Belki de biraz sarsılmıştı. O anda yüzü kırk beş yaşından daha yaşlı gösteriyordu. Neredeyse mezara girmeye hazır gibiydi. Yine de pes etmiyordu, tamamlaması gereken bir görevi vardı. İçini çekerken başını salladı.

"Bu işi zor yoldan da yapabiliriz, Sita," dedi. "Ya da kolay yolu seçebiliriz. Bu sana kalmış. Kanına ihtiyacım var ve onu alacağım."

Sinsice sırıttım. "O zaman kendini bir savaşa hazırlamalısın. Seni uyarmalıyım, Arturo; sana sadece güçlerimin bir kısmını göstermiştim. Eğer şimdi peşimi bırakmazsan emin ol bu sefer tamamını göreceksin. Bu tesiste beni hayatımın sonuna kadar burada tutacak kadar asker ve mermi yok. Bırakılmadığım takdirde insanların öleceğini General'ine söyle. Ölümlerinin günahı senin boynuna olacaktır. Tanrı adına yemin ederim ki, asla cennete gidemeyeceksin. Ne bu dünyada ne de ötekinde."

Ekran kapandı.

Ama kapanmadan hemen önce gözlerindeki korkuyu gördüm.

ON BEŞİNCİ BÖLÜM

*B*irkaç saat daha geçti. Joel hâlâ yerde yatıyordu. Bir kez daha sessiz bir şekilde yere oturdum, bacaklarımı çapraz yapıp bağdaş kurdum ve gözlerimi kapattım. Ama bu sefer dikkatimi dışarıya yoğunlaştırmıştım. Duvarın diğer tarafında güvenlik istasyonundaki nöbetçilerin konuşmalarını duyabiliyordum. Bir futbol maçından bahsediyorlardı.

"Şu Forty-Niners muhteşem," dedi Birinci Nöbetçi. "Hücumları makineli tüfek gibi çalışıyor, sürekli ateşliyorlar. Cowboys için üzüldüm."

"Biliyorsun herkes oyun kurucuya bakıyor," dedi İkinci Nöbetçi. "Ama bence ihtiyacın olan tek şey, iyi bir yakalayıcı. Kötü bir geri oyun kurucu bile uzaktaki oyunculara top atarak iyi görünebilir."

"Bence tam tersi," dedi Üçüncü Nöbetçi. "İyi bir oyun kurucun varsa etrafı sarılmış bir oyuncusuna bile topu ulaştırabilir. Süper Kupa'da çok az takım vasat bir oyun kurucuyla kupayı kazanabilir."

"Zaten her takım da Süper Kupa'yı kazanamıyor," dedi Birinci Nöbetçi.

"Senede bir takım," diye cevap verdi İkinci Nöbetçi.

"Herkes kazanabilseydi zaten Süper Kupa da olmazdı," diye ilave etti Üçüncü Nöbetçi.

Konuşmalarının yanı sıra düşüncelerini de sezebiliyordum. Ne kadar odaklanırsam, Yakşa'nın kanının bana vermiş olduğu yetenek de o kadar güçleniyordu. Birinci Nöbetçi ekşiyen midesini düşünüyordu. Ülseri vardı ve ne zaman gece vardiyasında çalışsa midesi ağrıyordu. Bir sonraki molada arabasına gidip Maalox şişesini alıp almamaya karar vermeye çalışıyordu. İlacını kimse görmeden içmesi gerekiyordu. Diğer adamlar çocuk gibi midesi ağrıdığı için sürekli onunla dalga geçiyorlardı. Aslında Birinci Nöbetçi'nin çektiği acı göz önüne alınırsa çok cesur olduğu söylenebilirdi.

İkinci Nöbetçi'nin düşünceleri sönüktü. Karısı, metresi ve iki saat önce kafeteryada tanışmış olduğu kadını düşünüyordu. Hepsini kendisiyle birlikte yatakta çıplak hayal ediyordu. Vardiyasına başlamadan önce büyük bir şişe kola içmişti ve acilen tuvalete gitmesi gerekiyordu.

Üçüncü Nöbetçi çok ilginçti. Boş zamanında bilim kurgu romanı yazdığını arkadaşları bile bilmiyordu. Avukat olan kayınbiraderi kitabını okumuş ve yazar olma düşüncesini unutmasını söylemişti ona. Ama Üçüncü Nöbetçi kayınbiraderinin hukuk diplomasının, bir yeteneği anlayabilecek çapta olmadığını düşünüyordu. Bence de haklıydı. Üçüncü Nöbetçi'nin aklı zengin ve yaratıcı fikirlerle doluydu.

Düşüncelerini okuyabilmem için ciddi şekilde odaklanmam gerekiyordu. Her seferinde sadece birini okuyabiliyordum. Eski zamanlardan beri gözlerimi bir insanın üzerine odaklayarak düşüncelerini etkileyebiliyor ve kulaklarına tavsiyeler fısıldayabiliyordum. Ama şimdi bakışlarımı kullanmaktan mahrumdum. Etkileyici sesimi bile kullanamıyordum. Yine de ne kadar fazla odaklanırsam, akıllarına o kadar yeni fikirler zerk edebileceğime inanıyordum. Üçüncü Nöbetçi'ye odaklandım, çünkü içlerindeki en duyarlı oydu. Beynimde güçlü bir görüntü yaratarak duvarın öbür tarafından ona gönderdim.

"Bu kız çok tehlikeli. Hepimizi öldürebilir."

Üçüncü Nöbetçi cümlesinin ortasında başka bir şey söyledi. Rahatsız bir şekilde sandalyesinde hareket ettiğini duydum. "Hey çocuklar," dedi.

"Ne oldu?" diye sordu diğer ikisi.

"Oradaki piliç çok tehlikeli. Çok dikkatli olmalıyız. Sam ve Charlie'ye ne yaptığını gördünüz."

"Bir hamlede ikisinin de işini bitirdi," dedi İkinci Nöbetçi. "Bunu bana yapmayı denemesini isterdim. O kadar ileriye gidemezdi."

"Bence onunla uğraşmak istemezsin," dedi Birinci Nöbetçi. "Süper güçlü olduğu söyleniyor."

"Evet, ama bize neden bu kadar güçlü olduğunu söylemiyorlar," dedi Üçüncü Nöbetçi. "Sadece onu izlememizi söylüyorlar. Ama ya kaçarsa? Hepimizi öldürebilir."

"Evet," diye fısıldadım kendi kendime.

"Sakin ol," dedi Birinci Nöbetçi. "Oradan çıkmasına imkân yok."

"Dışarı çıksa bile," dedi İkinci Nöbetçi. "Onu durdurabiliriz. Emirler umurumda bile değil. Tereddüt etmeden ateş açarım."

Ne kadar tehlikeli olduğumun altını çizercesine, "Mermilerin onu durduramadığını duydum," dedi Üçüncü Nöbetçi.

Birinci Nöbetçi'ye odaklanarak ona bir tavsiye gönderdim.

"Onu gözümüzün önünden ayırmamalıyız."

"Gözümüz sürekli üzerinde olmalı," dedi Birinci Nöbetçi.

Aynı düşünceyi Üçüncü Nöbetçi'nin de aklına yerleştirdim.

"Evet," dedi Üçüncü Nöbetçi. "Sürekli tetikte olmalı ve onu izlemeliyiz."

Aynı düşünceyi İkinci Nöbetçi'ye de empoze etmeye çalıştım.

"Tuvalete gitmem gerekiyor," dedi İkinci Nöbetçi.

"Peki," diye fısıldadım kendime. "Üçte iki hiç fena değil."

Sonraki yarım saat boyunca, İkinci Nöbetçi'nin tuvalete gittiği süre dışında, sürekli olarak akıllarında ne kadar tehlikeli olduğum ve beni sürekli olarak gözetim altında tutmadıkları takdirde nasıl kötü şeylerin olabileceği paranoyasını adım adım akıllarına yerleştirdim. Bir süre sonra Birinci ve Üçüncü Nöbetçi paranoya içeren saçmalıklardan bahsediyorlardı. İkinci Nöbetçi onları nasıl sakinleştireceğine veya neden sakinleştirilmeleri gerektiğine emin değildi.

"Ve eğer kaçarsa," dedi Üçüncü Nöbetçi, "Hepimizin kalbini yerinden söküp yer."

"Yeter!" diye bağırdı İkinci Nöbetçi. "Kaçamayacak."

"Bunu biliyoruz," dedi Birinci Nöbetçi. "Gözümüzü kırpmaz ve ışıkları yanık tutarsak kaçamaz."

"Ama eğer ışıklar sönerse hapı yutarız," dedi Üçüncü Nöbetçi.

"Işıklar neden sönsün ki?" diye sordu İkinci Nöbetçi.

Derin birkaç nefes alarak konsantre halinden çıktım. Joel'a

doğru uzanarak onu uyandırdım. Gözlerini açıp bana gülümsedi. Tüm bu kargaşada ne kadar yakışıklı olduğunu unutmuştum. Koyu mavi gözleri sevgiyle doluydu.

"Uyanmak için ne kadar güzel bir yer," diye fısıldadı.

"Teşekkür ederim."

"Uyudun mu?"

Ona doğru eğildim ve kulağına fısıldadım. "Hayır, kaçışımızın tohumlarını ekiyordum. Dışarıdaki nöbetçiler gözlerini bizden ayırmaya korkuyorlar."

Meraklandı. "Bunu bir gerçeğe dayanarak mı söylüyorsun?"

"Evet. İçerideki ışıkları kıracağım ve bu da onların paniğe kapılıp yardım istemelerine neden olacak. Eminim General Havor'un kendisi bile gelecek."

"Peki sonra?"

"Planımın çeşitli aşamaları var. Sadece henüz hepsi tam yerine oturmadı. Sadece beni izle. Ayağa kalk ve söylediğimde hareket etmeye hazır ol."

Joel kapıya en yakın duvara doğru yürüdü. Hücrenin ortasında durup doğrudan kameralara bakarak nöbetçilere düşünmeleri gereken son bir şey gönderdim.

Şeytani bir sesle, "Sizin için geliyorum," dedim. "Aklınız varsa kaçıp saklanırsınız." Dudaklarımı yaladım. "Çünkü ben *çok* açım."

Sonra da seri hareketlerle tavandaki tüm ışıkları parçalara ayırıp hücreyi karanlığa gömdüm. Ben mükemmel bir şekilde görebiliyordum ama Joel'un destek almak için duvara tutunması gerekti. Güvenlik istasyonunda Birinci ve Üçüncü Nöbetçi dehşet içerisinde bağırıyorlardı. İkinci Nöbetçi silahına sarılarak arkadaşlarına susmaları için bağırıyordu. Kıkırdadım.

"Bana gel, General," diye fısıldadım. "Gel, Arturo."

Beş dakika sonra Arturo ve General Havor'un dar koridorda hararetli bir şekilde konuştuklarını duydum. General'in sesini daha önce duymamış olmama rağmen ses tonundaki otoriteden onu tanıdım. Arturo'nun tesis içerisinde yetkisi vardı, ama omzunda bir yıldız bulunan bu adam burayı kontrol ediyordu. İlişkilerinin detaylarını merak ediyordum. Dışarıda onlarca asker ellerinde silahlarıyla paniklememeye çalışarak bekliyorlardı.

Arturo General'e, "Onu kilitli tuttuğumuz sürece bir tehlike arz etmeyecektir," dedi. "Bu bir düzmece. Bize kapıyı açtırmaya çalışıyor."

"Onu göremiyor olmak hoşuma gitmiyor," dedi General Havor. "Ne dediğini duydun. Gücünün sınırlarını bilmiyoruz. Belki şu anda biz konuşurken o, hücre duvarına bir delik açıyordur."

"Zihinlerle oynama konusunda bir uzman o," dedi Arturo. "Sadece bu paniği yaratmak için bilinmeyen güçlerinden bahsederek akıllarınıza şüphe tohumları ekti. Onu kontrol etmek için kapıyı açarsanız ikinci saniyede tepenizde olacaktır. Onu durdurabilmek için öldürmeniz gerekir ve onu öldüremezsiniz."

"Bekleyelim ve bir sonraki hareketini görelim," dedi General Havor.

"Neler oluyor?" diye sordu Joel.

Sadece onun duyabilmesi için alçak bir sesle fısıldadım. "General ve Arturo geliyor. Kapıyı açmak istemiyorlar, ama sanırım onlara biraz ilham verebilirim. Birkaç dakika sonra çok fazla gürültü olacak. Bir kargaşa yaratmanın yanı sıra bunu doğrudan

General'in beynine yansıtacağım. Bu süre zarfında benimle konuşma. Odaklanmam gerekiyor. Sonra, kapıyı açmaya başladıklarında kapının arkasındaki köşeye sığınmanı istiyorum. Ama ben sana işaret vermeden bunu yapma. Ateş açılacak ve kapının arkasındaki o nokta en güvenli yer. Beni anladın mı?"

"Evet. Gerçekten kapıyı açacaklarına inanıyor musun?"

"Evet. Onlara açtıracağım."

Bir kez daha bacaklarımı çapraz yapıp yere oturdum. Bu kez hücrenin ortasına. Birkaç derin nefesle düşüncelerimi toparladım ve kendimi General'in zihninin içine yansıttım. Yerini tespit etmek kolaydı, çünkü ondan yayılan psişik enerji patlamakta olan bir volkandan yayılmakta olan erimiş lav gibiydi. Ama öte yandan sadece birkaç düşünceyle onun aklıyla oynamam çok kolay olmayacaktı. Güçlü kişiliklerde gözlerinin içine sert bir şekilde bakıp kulaklarına fısıldadığımda dahi bazen istediğimi elde etmekte zorlanabiliyordum. Ve o anda bu iki güçlü silahımdan mahrumdum. Yapmaya çalıştığım şey, kapıyı açma emrini vermesi için General'in üzerinde etkili olabileceğine inandığım birkaç senaryoyu aklına yerleştirmekti. Nöbetçileri germek ve ışıkları söndürmek senaryomun ilk basamağıydı. Sonrakiler biraz daha zor olacaktı.

General Havor'un aklına girdim.

Siyah bir mağaraydı burası ve her yer zehirli örümceklerin ağlarıyla doluydu. Gücümü aldığımda General Havor'un bana tecavüz etmek istediğini gördüm. Ayrıca deney tamamlanır tamamlanmaz simyacı Arturo'yu öldürmeyi planlıyordu. İkili arasında güven ilişkisi yoktu. Ayrıca Arturo'nun DNA'sını değiştirerek onu öldüreceğinden korkuyordu. Ama Arturo'nun ne düşündüğünü okuyamıyordum. Aklı ciddi biçimde örtülmüştü.

Yarı melez birinden bu beklenmedik bir şeydi. Emirleri veren adam üzerine odaklanmalıydım. Önemli olan tek şey General Havor'un düğmeye basmasıydı.

Zihinsel pençem ile hamle yapıyordum.

"Cad: kapıyı kıracak."

General'in Arturo'yla konuştuğunu duydum.

"Kapıyı kıramayacağına emin misin?" diye sordu.

"O bile bu alaşıma zarar veremez," diye ısrar etti Arturo.

"Ölü cadının kanı da canlı olanı kadar iyidir."

General Havor bu düşüncesini sesli olarak Arturo ile paylaşmadı. Ama fantezilerinde beni başımdan vurup öldürdükten sonra kanımı doğrudan kendi damarlarına enjekte etmek istediğini gördüm. Fikir ona çok çekici gelmişti. Böylelikle Arturo onu durduramayacaktı veya daha sonra elinde gizlediği bir hançerle beklenmedik bir anda geri gelemeyecekti. General'i en çok endişelendiren, bu ikinci olasılıktı. Takviyelerim onu tam on ikiden vurdu ve aklındaki fikirlerimin ne şekilde gelişip onu etkilediğini izledim. Birkaç dakika sonra General Havor'un kanımın onun damarlarında dolaşmasının neye benzeyeceğini düşündüğünü gördüm. Bir fikir daha gönderdim.

"Neden cadının kanını daha fazla bekleyelim?"

General bir kez daha düşüncesini sesli olarak dile getirmedi.

Yine de kapıyı açmaya henüz hazır değildi.

Gerilip normal şekilde nefes alarak trans halimden çıktım. Bu kadar akıl jimnastiği yeterliydi. Artık sıra acımasız güce gelmişti. Ayağa kalkarak sözde aşılmaz kapıyı inceledim ve hamlemi yapmaya hazırlandım. Havalandım ve ayağımla sert metal kapıya üç güçlü tekme savurdum. Duraksamadan yeniden havalandım ve sırasıyla bir sağ bir sol ayağımla tekmelerime devam ettim. Kapı dayanıyordu ama ses dehşet vericiydi. Dışarıda insanların birbirlerine bağırdıklarını duydum ve General'in ne düşündüğünü biliyordum. *Cadı kapıyı kıracak.* Köşeye sıkışmış durumdayken kapıyı açabilir ve onu öldürebilirdim. Arturo'nun canı cehenneme.

Tekmelemeyi sürdürdüm.

Şimdiye kadar Birinci ve Üçüncü Nöbetçi'nin altına kaçırdığına emindim.

Beş dakika sonra durdum. Bir şeyler oluyordu.

Dinlemeye çalıştım. General ve Arturo tartışıyorlardı.

"Sürekli onun istediğini yapmaya çalışıyorsun," diye bağırıyordu Arturo. "Bizi ondan koruyan tek şey hücre. Bu kapıyı açarsan ölümüne giden kapıyı açmış olursun."

"Bu kapının daha ne kadar süre barikat olarak dayanabileceğini düşünüyorsun?" diye sordu General Havor. "Duvardaki çatlakları görmüyor musun?"

"Çatlaklar metal kafesi tutan duvarlarda. Kafesin kendisinde hiçbir şey yok."

"Buna inanmıyorum!" dedi General Havor. "Şimdi silahlı ve adamlarımız tetikteyken onunla yüzleşelim derim. Ölmesi, kaçmasından daha iyi."

"Peki ya kanı? Ona ihtiyacımız var."

"Onunla işim bittiğinde etrafta fazlaca kan olacaktır."

Arturo tereddüt etti. Sesini alçalttı. "Ne için yeteri kadar kan?"

General Havor cevap vermedi. Sadece kendi damarlarına enjekte edecek kadar kanımın kalacağını biliyordu. İkisini dinledikçe General Havor'un, Arturo'nun melez yaratımıyla ilgilenmediğini daha fazla anlıyordum. O tam bir vampir istiyordu. Aklındaki buydu.

Tekmelerime geri döndüm.

Ayaklarım acıyordu. Ama önemi yoktu.

Ses tüm binayı sallıyordu.

Eminim kuledeki nöbetçiler bile titriyordu.

Kapının dışındaysa askerler, General'e emir vermesi için bağırıyordu.

General Havor ve Arturo tartışmaya devam ediyordu. Onları duyuyordum.

"Öleceğiz," diye bağırdı Arturo.

"O sadece bir kişi," diye bağırdı General Havor. "Hepimizi birden alaşağı edemez."

Durdu, bir karar verdi ve adamlarına "Hazır olun! İçeriye giriyoruz!" emrini verdi.

Bir an için rahatlayıp nefesimi normal haline döndürdüm. "Geliyorlar," diye fısıldadım Joel'a. "Kapının arkasına geç."

"Yardım edemez miyim?" diye sordu. "Ne de olsa sadece FBI ajanı değil, aynı zamanda da bir vampirim," dedi.

Hafifçe kıkırdadım. "Sonra, Joel."

Dışarıdan sanki bir müfreze askerin kırmızı düğme etrafında toplandığına benzer bir ses duydum. Hepsi kırmızı düğmeye basmaya çekiniyordu. Ağır metal kapı onlar için rahatlatıcıydı. Ama General onlara basmaları için bağırıyordu. M16'larla dolu şarjörler yüklenmişti ve mermiler ateşlenmeye hazırdı. Tüfekler omuzlardaydı. Korkularının yol açtığı teri koklayabiliyordum.

Biri düğmeye basma cesaretini topladı.

Kapı açılmaya başladı.

Yukarıya sıçradım ve tavana yakın bir noktada bir köşeye sindim.

Yeni edindiğim uçabilme yeteneğimi kullanmaya gerek duymadım. Boynumun arkasını bir köşeye, ayaklarımı da diğer köşeye bastırarak kendimi tavanda tutmayı başarabiliyordum. Doğaüstü güçlerin avantajları vardır. Kollarımı serbest bıraktım. Saldırıya ve avını yakalamaya hazır zehirli bir örümcek gibiydim. Beni bu metal kafese kapatmaya karar verdikleri güne lanet edeceklerdi.

Kapı daha da fazla açıldı.

Koridorda seslerini duyuyordum. Korkmuş nefeslerini hissedebiliyordum.

Bir iğnenin yere düştüğü duyulabilirdi. Vampir kulakları olmadan da.

Biri, "İçeride değil," diye fısıldadı.

Joel onları endişelendirmiyordu, tek dertleri lanet cadıydı.

General Havor, "Kapının arkasında," diye bağırdı koridorun diğer ucundan.

Tam olarak nerede olduğunu bilmek iyi oldu.

Biri boğuk bir sesle, "Ne yapacağız?" diye sordu. Sanki Üçüncü Nöbetçi'nin sesiydi.

"Ben içeriye giriyorum," diye söyledi Birinci Nöbetçi. Ülseri onu öldürüyor olmalıydı.

"Bunu sevmedim," dedi İkinci Nöbetçi.

Ne olursa olsun kapı yeniden kapanmayacaktı. Kapanmasına izin vermeyecektim. Şimdi bir karar verme aşamasındaydım. Beni istediğim yere götürebilecek tek bir rehine vardı ve o da ince kalpli General Havor'du. Arturo'yu yakalarsam General muhtemelen adamlarına ateş açma emrini verecekti. Aynı şekilde yakaladığım herhangi bir nöbetçi de onun gözünde feda edilebilecek biri olacaktı. Buna dostane ateş diyorlardı. Ama General en az on beş metre uzaklıktaydı. Ve aramızda da birçok asker vardı. Sayıyı azaltmam gerekiyordu. Adamların paniğe kapılıp kaçmalarına yol açmam gerekiyordu.

Bunu yapmak için de acıya yol açmam gerektiğini biliyordum.

Askerlerin farkına bile varamayacağı bir hızla kapının üzerinde süzüldüm, kollarımı kafesin dışına çıkarttım. Askerlerden birini yakalayıp köşeme geri döndüm. Adam kollarımın arasında çığlıklar atıyordu ve ben de devam etmesine izin verdim. *Yaratık* filmlerindeki bir kurban gibi hissettiğine şüphe yoktu. O kadar yüksek sesle bağırıyordu ki, sesini tanımam birkaç saniyemi aldı.

Elimdeki Üçüncü Nöbetçi'ydi. Boş zamanlarında bilim kurgu romanları yazan.

Eminim tüm *Yaratık* filmlerini seyretmişti.

Silahını elinden aldım ve elimle ağzını kapattım.

"Şşşşş," diye fısıldadım. "İşler göründüğü kadar kötü değil. Benimle iş birliği yaparsan seni öldürmeyeceğim. Hakkında çok şey biliyorum ve senden hoşlandım. Ama sorun şu ki arkadaşlarını korkutmam gerekiyor. Şu ana kadar epey korkmuş durumdalar, ama onları kaçacakları noktaya getirmem gerekiyor. General ne emir verirse versin. Beni anladın mı?"

Başını salladı ama gözleri yuvalarından fırlayacak gibiydi.

Gülümsedim. "Bu iyi. Şu anda kalbini göğsünden kopardığımı hayal ediyorlardır herhâlde. Senin de biraz yardımınla şu anda bunu yaptığımı düşünmelerini sağlayabilirim. Seni neredeyse hiç incitmeyeceğim. *İncitmek* kelimesini kullandığımı fark etmişsindir. Dürüst olmak gerekirse, ılık kanını onlara doğru püskürtebilecek kadar küçük bir kesik atmam gerekiyor. Kanın püskürtülmesi her zaman harika bir etki yaratır, özellikle de işin içinde vampirler varsa. Bunu yaparken tüm gücünle bağırmanı istiyorum. Bunu yapabilir misin?"

Başını salladı.

Onu çimdikledim. "Emin misin?"

"Evet," diye boğuk bir sesle cevap verdi. "Ölmek istemiyorum. Bir karım ve iki çocuğum var."

"Biliyorum ve kayınbiraderin de avukat. Bu arada sana söylediği şeyleri dinleme. O da diğer avukatlar gibi... Dürüst bir şekilde para kazanan insanlara imrenirler. Hikâyelerini yazmaya devam et. Hatta istersen benim hakkımda da yazabilirsin. Ama beni sarışın yap; kızıl saçlarıma bakma."

Hafifçe rahatlayarak, "İsmin ne?" diye sordu.

Onun fazla rahatlamasını istemiyordum. "Ben Bayan Şeytan'ım." Sağ kolunun içine deriyi keserek bir çizik attım; yeterince kan akıyordu. "Bağırmaya başla, dostum."

Üçüncü Nöbetçi ona söylendiği gibi bağırmaya başladı. Oynadığı rol alkışı hak ediyordu; hatta yarısına kendi bile inanıyordu. *"Aman Tanrım! Durdurun bunu! Kurtarın beni! Kalbimi göğsümden söküyor!"* Gerçi bu kadar detaya girmesine gerek yoktu, ama ona izin verdim. O diğer askerlere doğru bağırırken, ben de dudaklarımı büzüp kolundan akan kanı üfledim. Ciğerlerim harika performans gösterdi. Kanı duvarın dışına ve yere püskürdü.

Adamların dehşet içinde inlediklerini duydum. Bundan kötüsü olamaz, diye düşünüyorlardı.

Ama daha bir şey görmemiştiler.

Üçüncü Nöbetçi'ye, "Şimdi de ölüm çığlığı at," dedim.

"Sesini yavaş yavaş azaltarak sessizliğe gömül. Sonra seni arkadaşımın saklandığı kapının arkasına atacağım. Ateş açtıklarında orada kalmak isteyebilirsin. Seni şimdiden uyarayım, birçok arkadaşını öldürmek zorunda kalacağım. İşim bittiğinde binadan çıkabilirsin. Burası epey ısınacak. Anladın mı?"

"Evet. Beni öldürmeyeceksin misin?"

"Hayır. Bu gece değil. Söylediklerimi yaptıktan sonra rahatlayabilirsin."

Nöbetçi ölüm çığlığını attı. Özellikle kapı tarafına daha fazla kan fışkırttım. Sonra da adamı Joel'un bulunduğu köşeye attım. Joel adamın sırtını sıvazladı ve rahatlamasını söyledi. Kapının dışında birçok asker ağlıyordu. Geriye çekilmişlerdi, ama henüz yeteri kadar değil. Kollarımı uzatıp bir başkasını yakaladım. Kapı ile çerçeve arasına sıkıştırdığım büyük bir silah taşıyordu elinde. Hamburger ve kızarmış patates kokuyordu. Muhtemelen yemeği henüz iyi sindirilmemişti.

Bu askeri tanımıyordum ve bu, onun için iyiye işaret değildi.

Korkmuş yüzüne karşı, "Şimdi öleceksin," dedim. "Bu şekilde olması gerektiği için üzgünüm."

Onu yavaş ve acı içinde öldürdüm. Kulak zarını patlatacak çığlıklar ve etrafa saçılan kan öyle bir dehşet sahnesi yaratmıştı ki, askerlerin çoğu kendilerini bir türlü uyanamadıkları bir kâbusta sıkışıp kalmış gibi hissediyordu. İşim bittiğinde cesedinden arta kalanları üzerlerine attım. Oralık tam bir pislik içindeydi. Havadaki terör ise artık kapatılamayacak sert metal kapı kadar elle tutulur gibiydi.

Bu son idam beni biraz rahatsız etmişti. Öldürmek zorunda kaldığımda bunu hızlı ve acısız yapmayı tercih ederim. Bir gösteri daha yapmayacaktım. Bunu midem kaldırmazdı. Artık General Havor ve Joel'la birlikte binayı terk etme zamanı gelmişti. Askerin beraberinde getirdiği otomatik silahı almak için tavandaki konumumdan yere indim ve alır almaz yeniden tavana çıkarak ateş açtım. Kapının dışındaki adamlar donup kalmıştı. Hepsi labut gibi düşüyordu.

Koridora çıkmadan önce sekiz tanesini öldürdüm.

Arturo ve General Havor koridorun ucundaydı. Yaklaşık otuz metre uzaklıktaydılar ve geriye çekiliyorlardı. Aramızda birçok asker vardı. Büyük Patron'un yanında ben olmadan binadan ayrılmasına izin veremezdim. İki adamla yapmış olduğum kanlı gösteri işe yaramış görünüyordu. General Havor ve Arturo'nun arkasındaki askerler itişip kümeleniyordu ve adeta onların çıkmasını engellercesine yavaşlatıyordu. General Havor bile adamlarının üzerindeki kontrolünü kaybetmişti. Koridorda kolay ve açık bir hedef gibi duruyordum, ama kimse ateş etmiyordu. Kalplerinin derinliklerinde bu cadının sadece mermi ile öldürülemeyeceğine inanıyorlardı.

Kapıyı açmamış olmayı diliyorlardı.

"Silahlarınızı atın ve ben de yaşamanıza izin vereyim!" diye bağırdım.

Önümdeki çoğu asker o anda teslim oldu. Teslim olmayıp bana doğru nişan alanları da kafalarından vurdum. Arkamda bu kadar çok ceset bırakmak beni hissizleştirmiyordu. Öldürdüğüm her askerin gözlerine bakıp hayatını ve arkasında kimleri bıraktığını merak ettim. Konu sadece benim hayatım olsaydı, kanımın yanlış ellere geçmesi söz konusu olmasaydı, beni baştan aşağı kesmelerine izin verirdim. Ama insanlığa karşı bir sorumluluğum vardı. Biliyorum; bu her kadın ve adamın, her acımasız canavarın gerekçesidir. Kanın kokusu benim için bile fazla yoğundu.

General Havor ve Arturo köşeyi dönerek gözden kayboldu.

Joel'a seslenip koridora gelmesini söyledim.

Dikkatli bir şekilde dışarı çıktı. İnledi.

"Bundan daha kötü bir şey olamaz," diye fısıldadı.

"Haklı olabilirsin," dedim. "Yine de buradan çıkmamız gerekiyor. Bunu yapmak için de General Havor'a ihtiyacımız var."

"O nerede?"

"İkinci katta." Serbest olan kolumla Joel'u yakaladım ve avucumla başını korudum. "Haydi, ona katılalım."

Doğrudan yukarıya sıçradım ve tavanı delip geçtim. Bir kez daha Yakşa'nın kanı imdadıma yetişmişti. Onun kanı olmasaydı, bu tip bir hamle bana ciddi bir baş ağrısı verirdi. Joel'u açmış olduğum delikten yukarıya çekerek birinci kata ayak bastık. Koridorda çılgınca merdivenlere doğru koşturup çıkışa yönelen askerler gördüm. Arturo ve General Havor insan selinin ortasında ayakta kalmaya çabalıyorlardı. Makineli tüfeğimi omzuma kaldırarak General Havor'un sağ uyluğuna nişan aldım. Bir saniye için hedef açıktı ve ateş ettim. General tökezleyerek bir çığlık attı. Kimse yardımına gitmedi, Arturo bile. Joel'u kolundan yakaladım.

"Gel," dedim.

Kalabalığın içine daldığımda çığlık atmaya ve etrafa saçılmaya başladılar. Sanırım kızıl saç bana hiç gitmedi. Belki de kaçışmalarının nedeni tepeden tırnağa kan içerisinde olmamdı. Cehennemin derinliklerinden kaçmış bir yaratık gibi görünüyor olmalıydım. Arturo gözden kaybolmuştu ama General Havor çaresiz bir şekilde merdivenlerin kenarında yatıyordu. Onu çiğneyerek öldürmedikleri için şanslıydı. Yine de onu ayağa kaldıran kişi ben olduğum için şanslı sayılmazdı.

"General Havor," dedim. "Sizinle yüz yüze görüşmekten memnun oldum. Size merhaba dedikten çok kısa bir süre sonra bir iyilik yapmanızı istediğim için üzgünüm. Beni ve arkadaşımı tesisin arkasında bulunan mağaraya götürmenizi rica edeceğim. Orada bulunan termonükleer savaş başlıklarından birine ihtiyacım var. Ateşe karşı ilgiliyimdir. Benim için ne kadar büyük olursa, o kadar iyi."

ON ALTINCI BÖLÜM

Mağara başka bir hapishaneye dönüştü. Oraya fazla kan dökmeden ulaştık ama girdiğimizde içerideki askerleri öldürmek zorunda kaldım. Bu sonsuz katliam bana ağır gelmeye başlamıştı. Joel'un yüzündeki ifade durmam için yalvarıyor gibiydi. Ama bitinceye kadar duramazdım, öyle veya böyle. Bir işi yarıda bırakmak doğamda yoktu.

İçeriye girdiğimiz anda diğer askerler kapıyı üzerimize kapattı. Metal, hücre kapısı kadar kalındı. Tesis ve tepenin derinliklerindeki minyatür ray hattını ortadan ikiye bölüyordu. Işıkları da kapatmışlardı ama acil durum lambaları vardı. Joel ve General'in iyiliği için birkaç tanesini yaktım. Işık, katliamın üzerinde korkunç gölgeler oluşturuyordu. Her yerde kan vardı. Kırmızı, durmak bilmeyen zihnimin içerisindeki sessiz kasveti bulanıklaştırıyordu. Sanki mağaranın duvarları kanıyormuş gibiydi. Ölüleri saymamaya çalışıyordum.

Bu sırlar odasına mühimmat taşıyan küçük raylı aracın kenarına oturmuş olan General'e silahımı göstererek, "Bunu ben istemedim," dedim. Bacağı kanamaya devam ediyordu ama şikâyet etmedi. Belki korkunç bir insandı ama güçsüz değildi. Duygusuz bir yüzü olan sert bir adamdı ve saçlarını tarama şeklinden, başının üzerindeki bir şeyi gizlemek istediği anlaşılıyordu. "Bu senin suçun," diye ekledim.

Suçlamam onu etkilemedi. "İstediğin zaman teslim olabilirsin."

Yanına çömeldim. Joel sol tarafımda yorgunluktan bitap şekilde yerde oturuyordu. General'e, "Ama bu bir alternatif değil," dedim. "Tarih başladığında oradaydım. Ve insanlık emin adımlarla ileriye doğru yürüdüyse bu, benim tarihe müdahale etmememden dolayı oldu. Olanları seyrettim. Önemli bir rol oynamak gibi bir isteğim olmadı. Sana doğruyu söylediğimi anlayabiliyor musun?"

General Havor omzunu silkti. "Bugün tarzını değiştirdin."

Sesim sertleşti. "Buna siz zorladınız." Etrafımızda yatan ölü adamları işaret ettim. "Tüm bunlar senin yüzünden. Onlara bak. Onlara değer vermiyor muydun?"

Sıkılmıştı. "Ne istiyorsun? Nükleer bir bomba mı?"

Ayağa kalktım ve ona baktım. "Evet. Tam olarak istediğim bu. Ve bana yerini gösterdikten sonra da onu aktif hale getirmeni istiyorum."

Homurdandı. "Deli olduğumu mu sanıyorsun?"

"Deli olduğunu biliyorum. Aklının içini gördüm. Kanımı damarlarına enjekte ettikten sonra neler yapmayı planladığını gördüm. Arturo'yu öldürecek ve bana tecavüz edecektin."

Burnu çok havadaydı. "Kendine iltifat ediyorsun."

Burnunu kıracak kadar sert bir tokat attım yüzüne. "Midemi bulandırıyorsun. Arturo'nun seninle nasıl bir takım oluşturduğunu bilmiyorum. Çok çaresiz olmalıydı. Bu arada o ve ben birbirimize hiç benzemeyiz. Bir şey için yalvarmam, ama yalvartmayı iyi bilirim. Bana savaş başlığını ver ve onu aktif hale getir. Yoksa sana öyle fiziksel ve zihinsel bir işkence uygularım ki, hücrede parçalara ayırdığım askerlerinin huzur içinde öldüklerini düşünürsün." Yeniden vurmak için elimi kaldırdım. "Evet?"

Burnunu tutuyordu ve kan kalın parmaklarının arasından süzülüyordu. "Savaş başlığıyla ne yapacağını sorabilir miyim?"

Gözlerini yakaladım ve çömelmesine neden olacak kadar onu yere ittim.

"Senin yol açtığın pisliği temizleyeceğim," diye cevap verdim.

General Havor bana bir bomba vermeyi kabul etti. Bombayı arkalarda bir yerden tekerlekli taşıma aracında getirdi. Ucu ok şeklinde siyah bodur bir nesne ve yanında ayrıntılı bir kontrol kutusu vardı. Sanki eski bilim kurgu filmlerinden fırlamış gibiydi. Bombanın gücünün on megaton, diğer bir değişle on milyon ton TNT'ye eş olduğunu söyledi.

Yan taraftaki renkli düğmelere işaret ettim.

"Belirli bir zamanda patlatılmaya ayarlanabilir mi?" diye sordum.

"Evet. On dakika sonraya ya da on yıl sonraya da ayarlanabilir."

"On yıl benim zevkime uygun değil. Ama adamların beni dinlerlerse kaçabilirler. Dışarıya çıktığımızda pozisyonumu onlara anlatırsın, ki bu da beni bir sonraki noktaya getiriyor." Çıkışımızı engelleyen metal duvarı işaret ettim. "Bu kapı nasıl açılır?"

"İçeriden açılamaz. Gücü kestiler."

"Burada bir telsiz var mı?" diye sordu Joel. "Onlarla konuşabilir misin?"

General Havor omzunu silkti. "Onlara söyleyecek bir şeyim yok."

Generali yakasından yakaladım.

"Beni sinirlendirmek için fazla uğraşmaya gerek yok."

"Onlara burada on beş dakikaya ayarlanmış bir nükleer savaş başlığı olduğunu söyleyeceksin," dedim. "Aslında bu gerçek olacak. Ayrıca onlara bombanın patlamasını istemiyorlarsa bizi serbest bırakmalarını da söyleyeceksin. Son olarak da pazarlık etmeye hazır olduğumu ileteceksin."

Bana güldü. "Bana istediğin her şeyi yapabilirsin, ama bu savaş başlığını aktif hale getirmeyeceğim."

Onu serbest bıraktım ve bir adım geri çekildim. "Benimle oyun oynayabileceğini mi sanıyorsun, General. Sana yapabileceğim en kötü şeyin, seni öldürmek olduğunu mu düşünüyorsun? Arturo sana hiç gözlerimin gücünü anlattı mı? Bakışımın beynini nasıl yakabileceğini." Bir an için durdum. "Önümüzdeki on saniye içinde bana bu savaş başlığını aktif konuma getirmek için gerekli şifreyi söylemediğin takdirde, alnına öyle bir iğne batıracağım ki ömrünün sonuna kadar bir şempanzenin zekâsına sahip olacaksın. Tabii artık hayatın ne kadar sürerse."

Başını eğdi. "Bu bombayı patlatmana izin veremem."

"Peki, öyle olsun," dedim ve bir adım ileri gidip onu çenesinden yakalayarak başını yukarı kaldırıp gözlerimin içine bakmasını sağladım. "Derin düşün, General! Kontrol edebileceğini düşündüğün cadının gözlerinin içine bak. Seni yakacak olan ateşi hazırladığım yeri gör."

ON YEDİNCİ BÖLÜM

On dakika sonra kapı, dışarıdaki en yüksek rütbeli asker tarafından açıldı ve aktif bir savaş başlığıyla birlikte dışarı çıktık. Tetik mekanizması her saniye tıklıyordu. Büyük patlamaya on beş dakika vardı. Arabaları maksimum hızda sürmek, bize ve askerlere kaçmaya yetecek kadar süre verecekti. Ay, başlarımızın üzerinde parlayarak çölün yüzeyine süt renginde bir ışın yayıyordu. Sahne sanki bir rüya gibiydi. Sanki binlerce yıl önce bir nükleer patlama olmuş ve radyoaktif kalıntılar etrafa saçılmıştı.

Küçük bir ordu, yüksek teknoloji silahlarını bize yöneltmişti.

Nöbetçi kulelerinden tepedeki kayalıklara kadar etrafımız sarılmıştı.

Bir dakika önce mırıldayan General Havor bizi bırakmalarını söylemişti.

Ama dinlemiyorlardı.

Dışarıdaki en yüksek rütbeli amir, Arturo'ydu.

Biz mağaradan çıkarken o da bize doğru geliyordu.

"Sita," dedi. "Bu çılgınlık."

"Sen mi bana çılgınlıktan bahsediyorsun, Arturo?" General Havor'un başına bir silah dayayarak titrek bedenini kendime ve Joel'a kalkan yapıyordum. Beyninin içine girdiğimde ağladı, ama yine de direnmeye çalıştı. İstediğimi almak için beyninin büyük bir bölümünü yok etmek zorunda kaldım. Bombayı işaret ederek, "Bu savaş başlığı on beş dakikadan kısa bir süre sonra patlamaya ayarlandı. Bu sana ve adamlarına kaçabilecek kadar süre verir," dedim.

Arturo başını salladı. "Kaçmana izin veremeyiz. Emir doğrudan Amerika Birleşik Devletler Başkanı'ndan geldi. Sonucu ne olursa olsun, durdurulman gerekiyor." Etrafımızdaki adamları göstererek, "Biz harcanabiliriz," dedi.

Kıkırdamaya çalıştım. "Bu kadar insanı feda etmeyeceksin, değil mi?"

"Bu, benim vereceğim bir karar değil."

"Bu saçmalık! Şimdi emir vermen için bekliyorlar. Onlara silahlarını atıp cehennem olup gitmelerini emret." Durdum. "Blöf yapıyorsun."

Arturo gözlerimin içine baktı. Bakışım onu korkutmuyordu.

"Blöf yapanın sen olması için dua ediyorum," dedi yumuşak bir ses tonuyla.

Bombadaki zamanlayıcı on dört dakikaya düştü.

Bakışını gördüm. "En son ne zaman dua ettin, Arturo? Engizisyon'dan önce miydi? Seni astıkları gün müydü? Kanımın bu dünya için ne tehlikeler doğuracağını bildiğim için yapılması gerekeni yaptım. Bu gece de bu kadar insanı bu yüzden öldürdüm; insanlığı korumak için."

Arturo bana meydan okurcasına, "Bizi neden korumak için? Daha muhteşem bir şeye dönüşmekten mi? Asla yaşlanmayan, birbirlerine zarar vermeyen yaratıklara dönüşmekten mi? Daha önce görevimle dalga geçtin. Yedi yüz yıl önce de bana gülmüştün. Ama benim görevim yine de dünyadaki en asil harekettir. Tanrısal olmamıza imkân tanıyan mükemmel insanlık..."

"Ama bir canavarla birleşerek sen tanrısal olamadın."

Sözlerim onu şaşırttı. "Sen bir canavar değilsin, Sita."

"Ama bir melek de değilim. Veya öyleysem de bir ölüm meleğiyim—insanlık söz konusu olduğu süre boyunca. Doğru, yaşama hakkım var. Bu hakkı bana Krişna verdi. Ama sadece yalnız yaşadığım ve kendi türümden başka yaratmadığım sürece. Ama şimdi bu kutsal yemini bozdum. Krişna muhtemelen beni ağır bir şekilde cezalandıracak. Hatta belki cezamı belirledi bile ve bu yüzden buradaki insanlara zarar vererek beni acı çekmeye mahkûm etti. Ama olan oldu. Neysem oyum. İnsanlık neyse o. Asla birleşemeyiz. Bunun görmüyor musun?"

"Beni görmüyor musun, Sita? DNA'larımızın birleşmesiyle ne olabileceğinin bir örneğiyim ben. Ve işlemi sonuna kadar getiremediğimden de, sadece tamamlanmamış bir örneğim. Önümüzdeki birkaç hafta kanınla deney yapmama izin verdiğin takdirde insanlığın neye dönüşebileceğini bir düşün. Senden istediğim sadece bu. Sonra işim bittiğinde gitmene izin vereceğim. Söz veriyorum. Serbest kalabilmen için gerekli ayarlamaları yapacağım."

Acıyla konuştum. "Arturo, seni *görebiliyorum*. Nasıl değiştiğini görüyorum. Genç bir adamken ideal kişiliktin: dindar, sevgi dolu, parlak. Ama kanımı aldığın gün o parlaklığın sönükleşti. Sevgin çarpıldı. Deneylerin uğruna sevdiğin çocuğu bile feda ettin. Bizi, birbirimize olan aşkımızı feda ettin. Bana yalan söyledin ve şimdi de yalan söylediğini görebiliyorum. Sadakatin artık İsa'ya değil, sadece kendine. Ve ben de ona yalan söylemiş olmama rağmen Krişna'yı hâlâ seviyorum ve günahlarımı affetmesi için ona dua ediyorum. Seni de hâlâ seviyorum ve bu insanlara gitmelerini söylemen için dua ediyorum. Ve bu iki aşktan ötürü de teslim olamam. Kanımı alamazsın." Durdum. "Hiçbir insan alamaz."

Arturo beni tanıyordu.

Konu hayat ve ölüm olduğunda blöf yapmadığımı bilirdi.

Zamanlayıcı on üç dakikaya düştü. Uğursuz on üç.

Yüzü ve sesi geri çekilme belirtileri gösteriyordu. "Gitmene izin veremem," dedi sessiz bir şekilde.

Başımı salladım. "O zaman bomba patlayıncaya kadar burada duracağız."

Joel bana baktı. Ben de sessiz bir şekilde ona baktım. Söylenecek söz kalmamıştı.

Arturo bir heykel kadar hareketsiz duruyordu. Ay üzerimizde parlıyordu.

On iki. On bir. On.

On dakika bile patlamanın şiddetinden kurtulmak için yeterli bir zaman olabilirdi.

"*Arturo, ti prego,*" dedim birden. "*Arturo, lütfen.* En azından adamlarını uyar. Onların kaçmasına izin ver. Vicdanımda yeteri kadar kan var zaten."

"Patlama geride kan bırakmayacak," dedi Arturo gözlerini gökyüzüne çevirirken. "Rüzgârda uçuşan toz tanecikleri gibi olacağız."

"Benim için hava hoş. Yeterince uzun yaşadık. Ama bu adamların çoğu genç. Aileleri var. Onlara emri ver; benim ve Joel'un kaçmasına engel olacak yeteri kadar asker bırak."

Arturo içini çekti ve döndü. Kollarını kaldırdı ve bağırdı. "G ve H birimleri gitmekte serbest! Acele edin! Nükleer bir bomba patlamak üzere!"

Büyük bir kargaşa oldu. G ve H biriminden fazlasının gitmek istediğine emindim. Adamlar kamyonların içine doluştu. Motorlar canlandı ve lastiklerden yanık kokusu geldi. Ön kapı ardına kadar açılmıştı. Araçlar tek tek gözden kayboluyordu. Saatte yüz altmış kilometre hızla giderlerse patlama ile aralarına en azından yirmi kilometre mesafe koyabilirlerdi. Bu, hayatta kalmaları için yeterli olacaktı. Ama geride kalanlar kurtulamayacaktı. Hâlen nöbet tutan çok fazla adam vardı. Kaçmaya çalışırsak bizi keseceklerdi. Bu şekilde ölmenin daha iyi olduğunu düşündüm. Ayaklarımızın üzerinde. Her şeyi yutan alevin içinde dağılarak.

Sonra aklıma bir şey geldi.

"Atom bombasının bile zarar veremeyeceği bir kutunun içinde tutuluyor."

Ama hareket edip bodrum katına kaçmaya çalışırsak ateş açacaklardı.

Uzun hayatımda ilk kez bir çıkış yolu göremiyordum.

Zaman hızla geçiyordu.

Sekiz. Yedi. Altı. Beş.

"Bir kez aktif hale getirildikten sonra savaş başlığının yeniden aktif konumdan çıkartılıp çıkartılamayacağını bile bilmiyorum," diye mırıldandım.

General Havor beyninin son kırıntılarıyla, "Aktif konumdan çıkartılamaz," dedi.

"Ah."

Sonra acayip bir duygu hissetmeye başladım; bedenimin içinde hoş ama daimi bir titreşim. Ay tam üzerimizdeydi, tabii ki. Mağaradan çıktığımızdan beri tepemizde parlıyordu. Etrafımızda olan bitenden dolayı daha önce farkına varmamıştım ama açıklıkta olduğumuz süre boyunca bedenim ay ışığıyla dolmuştu. Giderek daha fazla şeffaf hale geliyordum. Kendimi sanki camdan yapılmışım gibi hissediyordum. İlginç olan kıyafetlerimi çıkarmama bile gerek yoktu. Benden sonra bu değişikliği ilk fark eden Arturo oldu.

"Sita," diye bağırdı. "Sana ne oluyor?"

Yanımda duran Joel nefesini tuttu. "İçinden diğer tarafı görebiliyorum."

General'i serbest bıraktım. Ellerime baktığımda avucumun ve parmaklarımın içinden yeri görebiliyordum. Yine de damarlarımda atan kanı ve karmaşık fiber optik bir ağ gibi parlayan kılcal damarlarımı görebiliyordum. Serin bir enerji bedenime yayıldı, ama kalbim sıcaklık doluydu.

Kırılmaya başladığında bile ısınmaya devam ediyordu.

Beyaz parlaklık etrafıma yayıldı.

Havalanıp uçabildiğimi fark ettim.

Yakşa'nın kanı, belki de Krişna'nın merhameti bana bir şans daha verdi.

Bunu istiyor muydum? Yeryüzünü terk ediyormuş gibi hissediyordum.

Joel'u kucaklamak ve onu da beraberimde götürmek için uzandım.

Kollarım içinden geçti!

"Joel," diye bağırdım. "Beni duyabiliyor musun?"

Şaşkın bakıyordu. "Evet, ama sana odaklanmak zor. Neler oluyor? Bu özel bir vampir gücü mü?"

Parlak bedenim yerden havalanmış, süzülüyordu.

"Bir lütuf," dedim. Garip fiziksel durumuma rağmen yüzümde gözyaşlarımı hissediyordum. Şeffaf yanaklarımdan akarken kırmızı bir parıltı ile parlayan beyaz pırlantalar. Bir kez daha sevdiklerime hoşça kal demek zorundaydım. "Bu bir lanet, Joel."

Bana gülümsedi. "Uç, Sita. Uzağa uç. Senin zamanın dolmadı daha."

"Seni seviyorum," dedim.

"Seni seviyorum. Tanrı'nın merhameti halen seninle."

Yer şimdi bir metreye altımdaydı. Arturo beni yakalamaya çalıştı ama başaramadı. Geri durdu, başını salladı ve itiraf etti. "Muhtemelen haklısın," dedi. "İnsanlık bunun için henüz hazır değil." Sonra da, "İhtiyacın olan her şey bodrumda. Seçim senin," diye ekledi.

Anlamadım. Ama bulunduğum yükseklikten ona gülümsedim.

"*Ti amo*," diye fısıldadım.

"*Ti amo anch'io, Sita.*"

Bir rüzgâr beni sürükledi. Birden yüksekte uçuyordum. Yıldızlar etrafımda parlıyordu. Ay, üzerime uzak bir galaksinin ortasında yabancı bir güneşin ortaya çıkması gibi bastırıyordu. O kadar parlaktı ki! Artık görünmez gözlerim parlaklığa dayanamadı ve onları kapatmak zorunda kaldım. Bunu yaptığımda altımda daha da büyük bir ışık parladı. Yanıcı ışınlar yukarıya çıkıp görünmez bedenimden geçti. İnanılmaz bir gürültü ve ısı vardı. Granit bir dağ kalınlığındaki şok dalgası bana çarptı. Buna rağmen acı hissetmedim. Sadece tahrip ve ölüm dalgaları ile uzağa sürüklendim. Tesis gitmişti ve çalınan kan da buhar olmuştu. Dünya bir kez daha güvendeydi. Ama ben Sita, gecede kaybolmuştum.

SONSÖZ

Beni şaşırtsa da Arturo'nun Las Vegas'taki evinin bodrumundaki mahzen karşımda duruyordu. Atom bombası patladıktan sonraki akşamüstünde gizli kapının ardındaki yere dikkatli bir şekilde göz gezdirdim. Bakır levhaların, haç şeklindeki mıknatısların, eski melek heykellerin ardına gizlenmiş kristal şişeler kanımla dolmak için bekliyorlardı. Kristal şişelerin üzerinde bir ayna duruyordu. Bu ayna sayesinde güneşi yansıtabildiğim gibi ay ışığını da yansıtmam mümkün olacaktı.

Seymour Dorsten'i aradım ve olasılıklardan bahsettim.

Bekle, dedi. Yoldaydı.

Oturup bekledim. Zaman ağır ağır ilerliyordu.

"İhtiyaç duyduğun her şey mahzende mevcut."

Hâlâ bir kız çocuğuna sahip olmak istiyor muydum? Hâlâ ölümsüz olmayı arzu ediyor muydum?

Derin sorular. Cevabım yoktu.

Seymour vardığında beni vazgeçirmek için uğraştı.

"İnsan olmak çok da harika bir şey değildir," dedi.

"Vampir olmanın modası geçiyor," dedim.

Değişimi deneyeceğimi biliyordu.

SONSÖZ

Ama onun kanına ihtiyacım vardı.

"Önce beni vampirleştir," diye yalvardı.

Bunun işe yaramayacağına onu ikna etmeye çalıştım.

Karşı çıktı.

Ama cevabım sonsuza kadar *hayır* olarak kalacaktı.

Kanını alıp şişenin içerisine doldurduktan sonra gitmesini istedim.

Güneş tepe noktasına ulaştığında, bakır levhanın üzerine uzandım.

Mıknatıslar auramı açığa çıkarttığında, sihir başlamıştı.

Uyandığımda dengemi kaybetmiş gibi hissediyordum. Birisi kapıyı çalıyordu. Cevap vermek için basamakları çıkmam gerekiyordu, ama gözlerimin önü inanılmaz derecede bulanıktı. Cildim sünger gibi yumuşaktı. Nerede olduğumdan bile emin değildim. Algıladığım tek şey etrafımdaki karanlıktı. Kalbim deli gibi çarparken kendimi hasta olacakmış gibi hissediyordum.

Ön kapıya vardım.

Camlı kısımdan dışarıda dolaşan gölgeyi görebiliyordum.

Kapıyı açmadan önce her şeyi hatırladım.

"Artık insan mıyım?" diye kendi kendime fısıldadım.

Henüz bunu anlama fırsatı bile bulamamıştım.

Kapının çalması devam ediyordu.

"Kim o?" dedim çatallaşmış sesimle.

"Benim, sevgilim," dedi dışarıdaki kişi.

Saçma. Seymour'un sesine benzemiyordu.

Ama yine de ses uzun zaman önce tanımış olduğum birine aitti.

Sesi ısrarcıydı.

"Kapıyı aç," diyordu dışarıdaki ses.

Açmalı mıyım, diye düşündüm.

Titreyen ellerime bakarken, aynı anda birçok şeyi merak ediyordum.

GECE EVİ SERİSİ

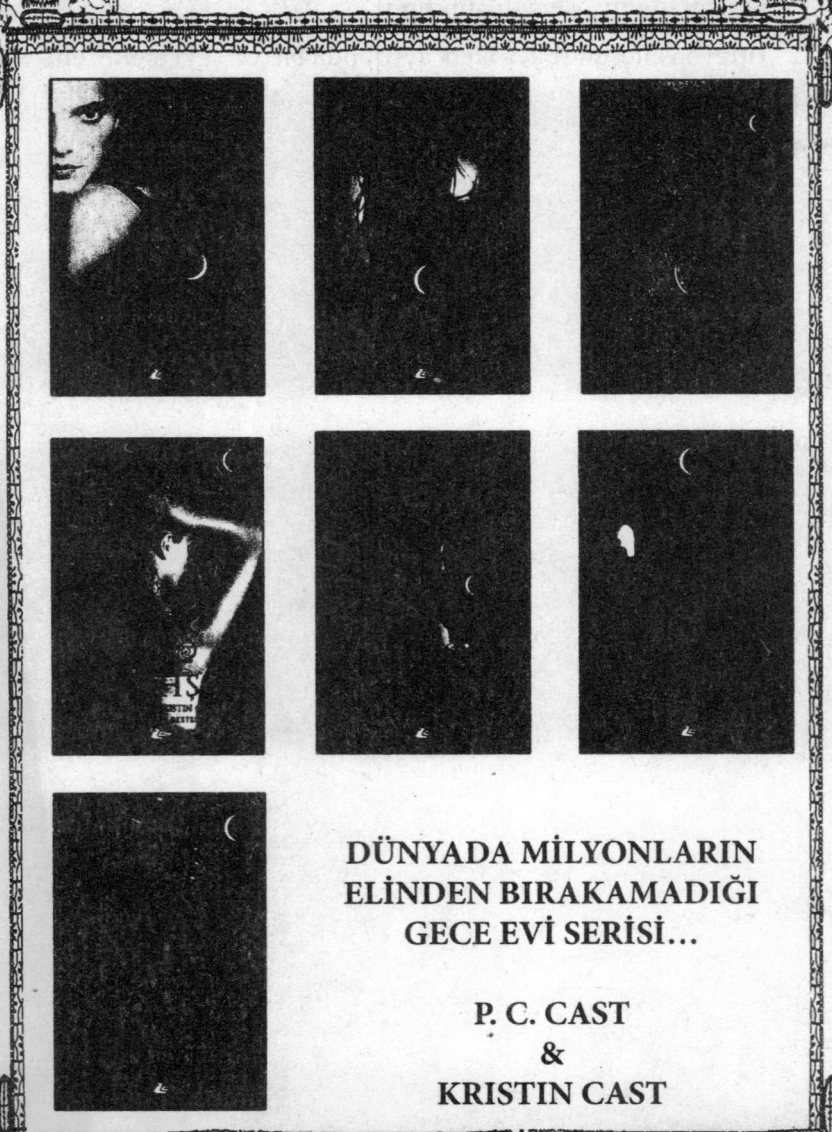

DÜNYADA MİLYONLARIN ELİNDEN BIRAKAMADIĞI GECE EVİ SERİSİ...

P. C. CAST
&
KRISTIN CAST